故事里的中国

第一季 上

《故事里的中国》节目组 / 组编

SPM 南方传媒 广东人民出版社
·广州·

图书在版编目（CIP）数据

故事里的中国．第一季 /《故事里的中国》节目组
组编．— 广州 ：广东人民出版社，2022.3
ISBN 978-7-218-14689-8

Ⅰ．①故… Ⅱ．①故… Ⅲ．①纪实文学—作品集—中
国—当代 Ⅳ．① I25

中国版本图书馆 CIP 数据核字（2020）第 243184 号

GUSHILI DE ZHONGGUO. DIYIJI

故事里的中国．第一季
《故事里的中国》节目组 组编

出 版 人： 肖风华

责任编辑： 肖风华　　李力夫
责任技编： 吴彦斌　　周星奎
装帧设计： 米星 STUDIO
231742409@qq.com

出版发行： 广东人民出版社
地　　址： 广州市海珠区新港西路 204 号 2 号楼（邮政编码：510300）
电　　话： （020）85716809（总编室）
传　　真： （020）85716872
网　　址： http://www.gdpph.com
印　　刷： 北京博海升彩色印刷有限公司
开　　本： 880mm×1230mm　1/16
印　　张： 37.5　**字　　数：** 360 千
版　　次： 2022 年 3 月第 1 版
印　　次： 2022 年 3 月第 1 次印刷
定　　价： 118.00 元（全两册）

如发现印装质量问题，影响阅读，请与出版社（020-85716849）联系调换。
售书热线：（020）87716172

目录

第一章

《永不消逝的电波》：
为了爱与信仰，他倒在黎明前

第二章

《平凡的世界》：
人生路遥，
用奋斗触摸梦想

第三章

《林海雪原》：
有一种奇迹，是中国红

第四章

《白毛女》：
民族歌剧开山之作

第一章 《永不消逝的电波》：

为了爱与信仰，他倒在黎明前

抗日战争爆发后，党中央派李白到上海安置秘密电台，搜集日军情报。当时的李白化名「李霞」。

1958 年，李克农向中央提议，由八一电影制片厂以李白烈士为原型，参考秦鸿钧烈士、张困斋烈士的事迹，拍摄一部电影。4 个月后，这部被称为"1949 年后第一部谍战片"的《永不消逝的电波》正式拍摄完成。

《永不消逝的电波》是中国电影史上的一座里程碑。邓颖超同志曾说："像我们大家所熟悉的电影《永不消逝的电波》中所写的原型李白同志，为了党的利益，最后献出了自己的生命。这些同志是永远值得纪念的。"

《永不消逝的电波》原著仅 2 万多字，且以战争年代为故事背景，因此生活在和平年代的观众，不易与影片产生共鸣。然而，《永不消逝的电波》却打动了一代又一代观众，李白烈士成为无数青年人的偶像。

不论时间如何流逝，不论环境怎样改变，人性的基本面都是不变的。历史给每一代人的命题都是相同的：该如何不虚度此生？该如何找到自己的爱和信仰？该如何在茫茫人海中，不失去自己？

渴望崇高，不论是在革命年代，还是在发展年代，都是人心中不可让渡的、无法沉寂的向往。前贤化为星辰，烛照后人前行之路。人生命运各不同，但求屹立天地间。生而为人，我们注定需要爱和信仰的滋养，而这，正是李白烈士给我们留下的宝贵精神财富。

《永不消逝的电波》引人深思：我们并不缺乏好的中国故事，关键是怎样把它们讲好。

《故事里的中国》通过对见证者的采访，特别是对《永不消逝的电波》中的女主角扮演者袁霞老师的采访，破解讲好中国故事的密码。

袁霞：好剧本来源于真实生活

袁霞：1933 年 2 月出生于山东省黄县，八一电影制片厂一级演员。1948 年参加胶东文协文工团当演员，1950 年随文工团编进空政文工团，1956 年考入八一电影制片厂当演员。曾在故事片《激战前夜》中饰公安战士周洁，在《永不消逝的电波》中饰女主角何兰芬，并获南斯拉夫国际电影节最佳优秀女演员奖，也在一些话剧和电视剧中饰演重要角色。现为中国电影家协会会员。

"要是演不好这个角色，我真是对不起这死去的烈士，
也对不起活着的革命者。"

主持人：在电影中，扮演李侠的是孙道临老师，扮演他的爱人何兰芬的是袁霞老师。1958 年，八一电影制片厂要拍摄《永不消逝的电波》，因为这是 1949 年后的第一部反映我党隐蔽战线工作者的电影，当时非常重视。听说在选择演员的时候，还有争议？

袁霞：对。《永不消逝的电波》是我出演的第二部影片，第一部影片是《激战前夜》，反映福建前线抓特务的。《永不消逝的电波》选角确实一波三折，有一天，我接到导演王苹的电话，她是我国最优秀的女导演之一，她说：袁霞，我有一个最好的剧本，我拿给你看看，看看里边的女主角何兰芬。我一听，立刻就说：好啊。当天晚上，她让场记给我送来剧本。那会儿我们晚上是不休息的，不能回家。

主持人：不能回家，您住哪啊？

第一章 《永不消逝的电波》：
为了爱与信仰，他倒在黎明前

袁霞： 集体宿舍啊。那个时候我们就是周三可以回家，周六可以回家。

主持人：成家后也这样吗？

袁霞： 对。平常就是业务学习。当天晚上我看完剧本，真是一点不夸张，是流着泪看完的，激动极了——真的，我没看过那么好的剧本。我就跟着那个剧情走啊，最后哭得像个泪人。我心里想，如果真能让我演这个女主角，我一定努力、努力再努力，一定把它演好。

主持人：当时有人提出来，说您太年轻了，没法驾驭这个角色。

袁霞： 是的。当时是两种意见，同意导演意见的是少数，摄制组里边呢，主创人员基本都不同意。

主持人：都反对？

袁霞： 说我太年轻了，又是我的第二部影片，角色跨度又很大，从时间上说，长达十几年，身份又多变。说我演不好，最好别用。我们厂有的领导也不同意。

主持人：后来是王苹导演坚持？

袁霞： 后来有一天，王苹导演又给我打电话说："袁霞，我决定了，何兰芬这个角色，就你来演了。"我听清楚了，但我不敢相信，不知说什么好。我说："导演，你再说一遍。"导演又说了一遍："就用你演何兰芬了。"怎么说呢？热血都沸腾了，也不知道怎么下决心好，我说："导演，我一定把它演好。"就说了这么一句话。

主持人：为演好这个人物，您做了什么准备？

袁霞： 说到这个，真是感谢导演，感谢摄制组。八一厂过去拍的影片很多是反特片，没有真正的隐蔽战线片。摄制组就领着我们几个主创人员到了上海去体验生活。应该感谢生活，真的。到了上海，我们先听了地下工作者们的报告，此外，还下到了基层。1958 年，中华人民共和国成立不久，还遗留着一些小作坊，我就到这些小作坊去。小作坊的工作条件差，5 月下旬，上海特别热，缫丝厂中设有一个铁皮大水池，里边放满蚕茧，还有热水——特别烫的热水，女工就在那儿缫丝。别说要把手伸到热水中去，就是站在边上一分钟，便汗流浃背，全湿透了。我跟女工们一起劳动了 7 天，熟悉了她们的生活。

此外，我们还参观了关押革命烈士的监

狱，还有酷刑室。这对我是一个震撼，酷刑室是什么样？一个方方的大屋子，墙上挂满了刑具，上边还沾着烈士的鲜血，已经变成黑色，房子当中是一个大老虎凳，就是压断李白烈士双腿的那个老虎凳。一进去，我真是控制不住，就哭起来了。我心里想，要是演不好这个角色，我是真对不起这死去的烈士，也对不起活着的革命者。

我们还参观了关押李白烈士的监狱，在一座大高楼的底层，特别矮，人坐在里面，抬不起头来，只能屈身坐着。参观时，它还保留着原始状态，地上一摊摊沾有头发的鲜血，都变成了黑色。只要到那儿看一眼，不被感动，真是做不到。我浑身发抖，当时我们就提出来：演好革命者，向革命者学习。这次体验生活，真是激发了我的创作热情吧。

"我到镜子前一照，我真的相信，我就是何兰芬。演员如果有自信了，就能演好。"

主持人：剧组也安排了您和何兰芬的原型——李白的爱人裘慧英见了面？

袁霞：说起来，真是要感谢裘大姐，她每天都跟着我们。有时跟一天，有时跟半天。刚开始，她给我们大家作报告，后来呢，基本上就是我们俩经常在一起了，坐那儿谈。我问她："当初你怎么跟李白认识的？"她就讲，她讲了很多很多，但给我印象最深的就是什么呢？就是何兰芬原本是一名工人，挺朴实的。

1938 年，上级调她去配合李白工作时，你知道她刚开始……就是怎么说呢？

主持人：接受不了这样的一种关系？

袁霞：是啊，刚开始，她说做不来，但是为了革命，她还是去了，去扮演李白的妻子。但对于李白，她总有一种戒心——女同志嘛，总会有戒心。后来她发现，李白这个人特别好。怎么好呢？李白每天晚上要上阁楼发报，她就在床上躺一会儿。李白发完报下来，她让李白去床上睡觉，李白不去，总是弄一个席子，铺在地上睡，让裘慧英睡床。天冷时，李白总是把厚一点的被子给她，想办法照顾她。

主持人： 特别正人君子。

袁霞： 是的，裘慧英觉得，李白真是个正人君子，感动了她。首先是李白的人品感动了她，也就是说，由相识到相知，逐渐相爱。相爱这个过程还是比较长的，实际上她本是李白的一个交通员，负责传递情报。后来她主动向李白学习，学习发报，学习收报。她原本什么都不会，渐渐地，除了当交通员，还是李白的助手。

主持人： 裘慧英大姐和你们生活了多长时间？

袁霞： 拍摄前基本都在一起，大概一个多月。我们不住一块儿，她每天来每天回去。

主持人： 与她接触过程中，还讲了哪些事给您留下很深印象？

袁霞： 李白三次被捕，《永不消逝的电波》中反映了两次。裘慧英谈到，李白第一次被捕后，她在家里的情形。她还要继续工作和生活嘛，怎么生活呢？给别人洗衣服、织毛衣。后来在电影中，也用了她洗衣服的镜头，那是很真实的。大冬天洗衣服，双手冻得要命。

主持人： 对她来讲，可能最难面对的，是上海解放后寻找李白下落，却找到了他的遗骸吧？

袁霞： 是的，对这段往事，她开始不愿谈，因为李白最后一次被捕时，她就知道，李白可能出不来了。有一次，李白被关押在一个房间里，正好对着一户人家的凉台，她就每天抱着儿子上凉台去看李白。上海解放前，李白跟裘慧英说："天快亮了，天快亮了，你一定要坚强地生活下去。"就那么两三句话，因为他不能老在窗户那儿。第二天裘慧英再去时，看不见李白了，她就知道：坏了。

裘慧英始终没得到李白遇害的消息，李白是蒋介石秘密下令杀害的。不久，上海解放了，裘慧英到处寻找李白，听说哪儿发现了烈士遗体，她就疯一般地跑去看，跑了很多次，都没找到，后来终于找到了。她是怎么认出来的？一是从李白烈士的腿，被敌人用老虎凳压断了，二是她给李白缝的那条裤子。说到这些，裘慧英简直控制不住，哭得不行，我们俩便抱头痛哭。我这个人容易激动，别人一激动，我也激动，我本应安慰她，可我也跟她一起哭。

主持人： 裘慧英大姐讲的这些，对您演何兰芬，有什么帮助？

袁霞： 我真的很感激裘慧英大姐。通过她的讲述，我觉得自己好像就是从这个生活里边走出来的一样。所以后来拍戏时，化好妆、穿上服装，我们镜子前一照，我真的相信，我就是何兰芬。演员如果有自信了，就能演好。所以我非常非常感激裘慧英大姐，当然了，导演、搭档也给了我很大帮助，我也非常非常感激他们。

> "我们晚上排戏，下午要走戏，要谈戏，要谈互相间的关系，要谈每个人的任务。"

主持人： 在电影中，李白第一次被捕后，何兰芬回到人去楼空的家里。短短一段戏，包含了很多内心的节奏变化。

袁霞： 这场戏拍得挺好，我自己挺满意。表演时，我走到楼梯的一半，就听导演提高了嗓门，喊了一个"停"。我悬着的心一下就踏实了，为什么呢？我就特别喜欢听导演的这个提高嗓门的"停"，表示她满意了。

主持人： 当年孙道临老师为演好这个角色，也做了很认真的准备，他是如何做的？

袁霞： 说起来，我也应该感谢孙道临老师，他当时已是很有名的演员了，可他一点大演员的架子都没有，这点值得我们学习，也值得现在有些年轻人学习。我们一块儿谈戏，他从来不指手画脚，他不会说你这儿不对，你那儿不对。我们晚上排戏，下午要走戏，要谈戏，要谈互相间的关系，要谈每个人的任务。他有时觉得我哪儿不对，只是提醒我："袁霞，你这会儿怎么想啊？"他这么一提醒，我马上就明白了：是啊，我怎么想的？我要好好想想内心动作，内心动作找准确了，戏也就准确了。

还有一点，我非常感激孙道临老师，就是他的表演非常生活化、非常自然，这个表演风格我很欣赏。我是从舞台过来的演员，演了8年舞台戏，只演了两部电影，很多表演不太生活化。后来，我就跟着他的戏路走。他说台词很自然、很生活化，那我也肯定是很生活化地对上去，不可能提高一个嗓门去说。这样一来呢，我们俩的戏就很搭，合作得很好，导演很满意，我们也很满意。

主持人： 为演好被捕后的那场戏，孙道临老师还体验了老虎凳？

袁霞： 是的。那是演李白第一次被捕后的情况，孙道临老师说，拍摄前让他先体验一下。结果真把他的腿从膝盖这儿捆上，然后往脚下垫砖。垫一块砖还马马虎虎，还能咬牙坚持，垫第二块砖时，真不行了，腿根本搬不上去。导演喊："行了行了，别把腿掰断了。"当时他的汗直往下流，我觉得，他的这个体验

是对的，所以在镜头前，他知道坐老虎凳是什么感觉。当然，拍戏时不能真垫砖，但他能把受刑的感觉反映出来。

再有一个，孙道临老师想了很多。刚开始，大家说他有点书生气，为演好李白，他就让道具组准备一个大蒲扇。在电影中，他在家里都是用大蒲扇。跟贵人交往时，才用扇子。这样，就突出李白这个人物朴实的一面，如果在家里他也用扇子，身份就不一样了，是吧？

此外，孙道临老师还在体验生活的1个月时间里，真的学会了发报，而且非常娴熟。

主持人： 您后来和裘慧英大姐有联系吗？

袁霞： 因为拍了《永不消逝的电波》，我们联系还是挺多的。后来我不是去部队了吗？就没有联系了。1987年，上海举办了一个军事题材影展，我去了，可是我找不着裘慧英，临走的那天晚上，都9点多钟了，吃饭时同桌的一个人说："袁霞，我认识裘慧英，还有她的电话呢。"我说："你赶紧告诉我。"他说没带在身上，回去告诉我。吃完饭，回到家已经11点了，他告诉了我电话号码。太晚了，我也没法去看她，就打了一个电话。没想到，这个电话竟然是我最后一次跟裘慧英通话。

主持人： 后来您跟李白的儿子李恒胜也没有太多的联系了？

袁霞： 有联系。李恒胜每年都给我打几次电话，他到北京开会，总要上我那儿去看我。我们还一块儿做过两三次节目。记得一次是在上海，一次是在合肥，在合肥时，有我，有孙道临，有李恒胜，我们三个人还拍了一张照片。只是从2015年起，就没有他的电话了，他是一个区的老干部局的副局长，我以为他工作太忙。没想到，2015年6月，他的外孙女给我打了一个电话，说李恒胜去世了。我真是不敢相信，他身体一直很好的。头一年八月十五前，他到北京开会，还拿着月饼来看我。

▲ 袁霞和裘慧英等人的合影

力排众议，
以细节刻画时代精神

　　"要拍部电影，表现战斗在敌人心脏的英雄李白。"1957 年，李克农将军提出了构想，1958 年，八一电影制片厂正式开始拍摄《永不消逝的电波》。

　　此前，各电影厂已纷纷推出一些表现英雄主义的影片，但存在着三大问题：

　　首先，过度拔高英雄形象，与普通人生活缺乏关联，让观众觉得"高高在上"，无法产生情感共鸣。

　　其次，人物塑造不够鲜活。

　　最后，黑白分明，显得过于漫画化。

　　如何才能讲好英雄的故事，让它深入人心，转化为真正的精神财富？影片《永不消逝的电波》的结尾部分，当敌人的枪口对准了李侠（原型是李白烈士，但部分细节来自秦鸿均烈士、张困斋烈士），李侠镇定地将密码吞进肚中，向战友们发出最后的电报："同志们，永别了，我想念你们。"该镜头感动了成千上万的观众，被称为"神来一笔"，它是在史实的基础上，经艺术创作而成。

　　《永不消逝的电波》证明，讲好中国故事的关键，在于有会讲故事的人才、讲好故事的方法，以及想讲好故事的激情。

导演曾是"娜拉事件"主角

　　《永不消逝的电波》呈现的是隐蔽战线的斗争，没有战争场景那么好看，如何将其中斗智斗勇的内容用镜头表达出来，且不落入猎奇、寻刺激的窠臼，让整个创作团队深感压力。

　　本片导演王苹生于1916年，原名王光珍，是1949年后被培养出来的首位电影女导演。王苹是南京人，上中学时，对戏剧产生兴趣，与水华、舒强等人组成磨风艺社，磨风是英文moving（动）的谐音。1933年10月，上海左翼戏剧家联盟派出陈鲤庭、宋之的到南京发展新的演艺力量，磨风艺社受到关注，王苹等加入左翼戏剧家联盟的南京分盟。

　　1934年，磨风艺社推出独幕剧《姐姐》，引起轰动，此后又排演了易卜生名剧《娜拉》，王苹担纲主演。

　　《娜拉》在南京市中心的陶陶大剧院公演了3天，自五四运动以后，《娜拉》一直被视为宣传妇女解放的教科书，"成了亿万反叛的、进取的人们脑海中的圣像"。王苹当时还是一名小学教师，利用业余时间登台表演，且当时舞台上女演员较少，又是出演一个有争议的角色，引起国民党教育部不满。教育部电话通知，学校须立刻辞退王苹，以后所有小学一律不得录用她。这就是民国时期轰动一时的"娜拉事件"。

　　"娜拉事件"引发的社会大讨论持续了2年之久（从1935年到1937年），左翼作家茅盾、陈白尘、洪琛等纷纷撰文支持王苹，甚至连秦淮歌女都联名写信支持她。妇女生活杂志社专门召开了"娜拉座谈会"，人们甚至将讨论最激烈的1936年称为"娜拉年"。

　　1935年10月，王苹走上革命道路。1937年后，王苹先后在重庆业余剧人协会、影人剧团、中国艺术剧社、香港旅港剧人协会等单位任演员，在数十个剧目中扮演角色。

1945年，毛泽东同志曾接见王苹，周恩来同志介绍说："这就是南京'娜拉事件'的王苹。"毛泽东同志连连点头。晚年王苹参与了大型音乐舞蹈史诗《东方红》的导演工作，在她的建议下，全剧所有演职人员均未署名。

▲ 导演王苹

孙道临差点没当上主角

王苹接到导演《永不消逝的电波》的任务后，有意请孙道临来饰演主角李侠，引起巨大争议。不少人提出，孙道临的气质更适合演大户人家的贵公子，不适合演革命军人。

王苹曾接触过地下工作，与不少隐蔽战线的英雄有往来，她第一次见孙道临，便表示："孙道临的眼神有种让人捉摸不透的感觉，这是长期从事地下工作的人特有的眼神。"

王苹最终决定以孙道临为主角，为此承受两大压力：其一，在艺术上，人们对孙道临缺乏信任；其二，当时社会上出现了一些传闻，称李白烈士是"假烈士"，说他逃到台湾去了。这让《永不消逝的电波》处境艰难——除了拿出完美的作品，塑造好英雄形象，此外再无退路。

为了演好角色，孙道临甚至尝试了"老虎凳"酷刑的滋味。

《永不消逝的电波》已成"红色经典"，它的经典性就在于表演朴实，让观众感同身受，但在平静的外表下，蕴含着强烈的理想主义激情。

孙道临后来写道：

> 在剧本中，为了保证工作的安全，李侠不断地改变自己的社会面貌作为掩护：湘绣庄的写字先生、无线电行老板、高等生意人、糖果店老板、无线电修理工人。如何通过这一系列的社会面貌来展示人物的实质，是一个熬费斟酌的问题。在上海街道上拍摄他以湘绣庄写字先生的面貌出现那一段时，我仅仅想到要像个"生意人"，装啥像啥，强调了世故圆滑，因而举止显得轻飘琐碎。后来到北京，在摄影内景前访问了一些当年从事地下斗争的老同志。他们告诉我，前些时看了某些描写地下斗争的影片，感到那里面有些地下工作者形象显得卑微平庸，缺乏气概。看起来那原因，主要是由于在某种社会面貌掩护下和敌人周旋时，处理得过于讨好对方的缘故。他们说：党的地下工作者是一贯艰苦朴素的，在任何情况下，都不应脱离他们的正派、诚实的本色，创造李侠这个角色，首先要考虑到他的"底色"，把他的底色涂好了，以后不论社会面貌怎么改变，都不过是换一个环境，一样地作战。

一句话点醒了孙道临，他写道："紧紧抓住角色的核心，这是我在扮演《永不消逝的电波》中李侠的一点重要体会。"

在影片中，孙道临并没回避李侠初期的幼稚。作为地下工作者，刚到上海时，李侠竟然捧着一张地图，大模大样地看起来，在别的同志提醒下，才意识到自己不小心暴露了身份。孙道临演绎的李侠不是完人，但有一种超乎常人的韧劲。这份韧劲来自对党和革命事业的忠诚。

孙道临曾对李白烈士的儿子李恒胜说："当时内心有一种说不出的幸福感、光荣感，作为一个电影工作者，能演这样的烈士，把烈士的精神传送到千千万万观众心里去，这是我的幸福。"

除了选定孙道临演主角引起争议外，《永不消逝的电波》中，选定王心刚演特务姚苇也让很多人吃了一惊。王心刚相貌堂堂，一生只演过这么一个反派角色，他自己也没信心演好。王苹对他说："我之所以让你来演这个角色，是想让你开拓戏路子，早日成为演技派的演员，而不是那种只凭脸蛋吃饭的演员。作为一个好演员，就应该可以演出各式各样的人物。"

王心刚反复揣摩，他在《永不消逝的电波》中的表演，给观众留下了深刻印象。

▲ 孙道临饰演李侠的剧照

影片中一个小小的遗憾

《永不消逝的电波》原创作者是杜印、李强，电影拍摄剧本则是由杜印、李强、黄钢三人完成，影片编剧署名为"林金"，"林"取自"杜""李"两个字的偏旁，"金"取自"钢"字的偏旁。剧本完成后，也留有一些遗憾。在一场戏中，原本台词设置是：

> 李侠：兰芬，我们不走了，我们的计划被批准了。
> 何兰芬（高兴地）：是吗？
> 接着又说：李侠，你太冒险了，如果计划失败了……
> 李侠：为了正确目的而工作的人永远不会失败的。
> 何兰芬：你的胆子太大了。

有人批评说，何兰芬是地下党员、工人阶级的代表，怎么能说出"你太冒险了""你的胆子太大了"这样的丧气话呢？应该充满信心地考虑如何完成计划，而不是考虑失败。

王苹据理力争，认为妻子担心丈夫安全合情合理，不能把何兰芬拍成女政委，况且后面李侠的台词很豪迈，改了可惜。但最终还是不得不改了台词。

袁霞，从被批"不会演戏"到受认可获奖

在《永不消逝的电波》开拍前，不仅孙道临饱受质疑，女主角何兰芬（原型为裘慧英）让袁霞演，也曾引起强烈的批评声。

袁霞当时很年轻，只演过几年话剧，当时刚被调入八一电影制片厂不久，只拍过一部《激战前夜》，表现又不太出彩。而《永不消逝的电波》中的何兰芬一角跨度长达

十几年，身份变化多。在电影厂中，许多人认为"袁霞不会演戏"，甚至有领导表示，如果让袁霞演何兰芬，就拒绝在拍摄同意书上签字。

王苹最终选择了袁霞，因为裘慧英早年是包身工，气质里有一点"土气"，不论角色怎么改变，这点"土气"都是改不掉的，恰好契合袁霞的气质。

最后，领导勉强同意"试试看"。

裘慧英回忆："电影拍摄前，孙道临与兰芬的扮演者袁霞住进了我家，熟悉我的生活习惯，特别是袁霞成了'跟屁虫'，我走到哪里，她跟到哪里。短短一个月，她竟然学会了打毛衣和打麻将。正式拍摄时，王苹导演也给我分配了一个角色——'群众演员甲'，就是站在女主角旁边扮演纺织女工。"

王苹的女儿宋昭回忆，影片中一个场景是李侠回家告诉何兰芬，组织上同意他们留下来的好消息，何兰芬高兴地迎上去。排练时，袁霞手中正抱着孩子，看到孙道临兴奋地走过来，就把孩子往旁边一扔，迎上去说台词。王苹大喊一声"停"，然后就笑了，说："袁霞，你手里抱的是你的儿子，不是个包袱，你怎么能一扔就走，这像个母亲吗？"

袁霞后来说："如果当时王导演不是笑着说这话，我可能就会觉得尴尬。"

这句批评袁霞的话也启发了孙道临，在影片中，最终呈现出来的镜头是：孙道临接过孩子，一边逗孩子，一边说："宝宝，爸爸不走了。"

因为投入了真情，袁霞的表演感人至深。在影片中，当李侠被敌人抓捕受尽了严刑拷打之后，兰芬对着敌人大喊："你们要他死，一枪打死他好了，为什么要这样折磨他！"

多少年后，袁霞回忆这一场景时，说道："说这句台词时，我的心都要被撕碎了，我用尽全身力气，含着血泪一字一句吼完了整句话，眼泪怎么也止不住。"

1978 年，袁霞凭借在《永不消逝的电波》中的表演，获得了第七届索波特国际电影节最佳女演员奖。

"英雄何必读书史，直撼血性为文章。"《永不消失的电波》的幸运在于，它诞生在一个纯真的时代中，在许多纯真的艺术家手中，锻炼成章。

英雄需要能读懂英雄的人来演绎，需要有景仰英雄的人来欣赏。当我们的生活正变得越来越富裕时，有多少人会扪心自问：我是否还会流泪，还会感动？还会为永恒的人类精神而辗转反侧、长夜难眠？如果富裕的代价是冷漠，是普遍的爱无能，那么，我们又该如何找回初心，找回曾经纯真的自己？

李白：我一生不做害人的事情

1949 年 6 月 17 日，上海市公安局接到上级军管会发来的"008"号电文："兹于 1937 年冬，延安党中央派往上海地下党工作之李静安（即李白）同志，去向不明，特劳查。"

当年，是"龙潭三杰"之一、隐蔽战线的卓越领导者李克农，亲自安排李白到上海工作的。20 多天后，李白遇难的消息被确认。

他这样走上革命道路

李白，又名李华初，1910 年 5 月生于湖南浏阳张坊区白石乡板溪村一个贫困农民的家庭中，参加革命后曾化名李朴、李霞、李静安等。

无产阶级革命家、李白的老师曾三同志回忆说："李白在上海搞地下工作时的化名是李霞，李侠用的是真姓，侠是霞的谐音字。"

李白的父亲以贩纸为业，李白 8 岁入本乡公祠小学读书，3 年后，因家贫而辍学。13 岁时，父亲将他送到离家 10 多里远的乾源裕染坊当学徒。1925 年，15 岁的李白参加了当地农民协会和农民自卫军，并加入了中国共产党。

1927 年 9 月，在大革命的低潮期，李白参加了毛泽东同志领导的"秋收起义"，此后转战家乡；1930年，李白带领200多名青年穿越白区，来到井冈山，正式加入红军。

1929年10月，中共特科（中国共产党中央特别行动科的简称，是党在20世纪20至30年代期间，建立的最早的情报和政治保卫机关，主要活动地在当时的中央所在地上海）在英租界大西路福康里9号研制出中国共产党的首部收发两用无线电台，被称为党史上"划时代的通信革命"。

1931年，红军在第一次反"围剿"中，缴获了一部半电台，为此，曾三同志被中共中央派到江西瑞金，成立了瑞金无线电通信学校（长征时改名为红军无线电通信学校），并担任政委。该学校培养了大量通信人才，最多时，一共有八个队，六七百名司号学生，一百多名电话学生，一百多名旗语学生，以及几十名无线电学生。学生大多数是从前方挑选出来的战士，也有少数是在地方上志愿参军的。

曾三回忆："无线电这门课，必须要学习英文和算术；加上学习期限又短，只有六个月，所以学起来也很吃力。由于这些年轻人非常努力，绝大部分同志都学习得很好。因为经过短期实习，就能当报务员。许多新来的教员，看了我们的教育计划直摇头，认为难以实现，但是最后都被这些学生的成绩说服了。"

李白是第二期学员，从1931年6月到12月，总共学习了半年。因勤学好问，李白成为一名无线电通信能手。

有情有义的汉子

1934年10月，李白随红军长征，先后担任红五军团电台台长、政委等职务。在长征中，红五军团是全军的后卫，李白率领无线电队的100多名战友，圆满完成了通信任务，确保了作战指挥的顺利进行。上级给李白配了一匹马，但他从来不骑。在长征途中，李白提出："电台是全军团几千人的耳目，是与总部联络的主要通信工具，我们要视电台重于生命。""电台重于生命"成为他一生的座右铭。过草地时，李白持续高烧，战友们要送他去治疗，他却说："我离不开电台。"

对于李白，曾三留下这样的一段记录：

1934 年 10 月 16 日，我们学校随中央红军参加长征，代号是"红星"第三大队。李白当时是红五军团无线电队的政委，也参加了长征。我们都是搞无线电的，又是师生，又都是政委，且都在中央大队，有很多共同的语言，由于经常相聚，就慢慢熟络起来，成了知心的朋友。

有一天晚上他到我的住处来，一见面，就痛哭流泪，口口声声地说："老师，我对不住你。老师，我对不住你。"我很吃惊，忙说："别哭，别哭，有事慢慢说，说清楚就好了，我不会怪你的，这里面一定有误会。"他止住哭泣说道："我这次来长征，他们给了我另外一个任务，就是要监视你的一举一动，说你是 AB 团（AB 团，是大革命时期国民党右派的一个反共组织，其全称为"AB 反赤团"。"AB"是英文 Anti-Bolshevik，反布尔什维克的缩写，其目的是反对共产党，夺取江西省领导权，故简称 AB 团）的成员，发现问题，要我即时向他们汇报。我和老师相处这么长时间，怎么看也不像呀。老师，我一直敌视你，防范着你，把你当作敌人，我心中有愧呀！"说完他又哭了，我劝慰了他一番。由于谈心交流，从此我们不仅是和睦的师生关系，也成了亲密的战友。我是湖南益阳人，他是湖南浏阳人，都是湖南人，真是"老乡见老乡，两眼泪汪汪"。

可见，李白是一个有主见、有情有义的人。

受《永不消逝的电波》影响，后人误以为李白身材中等，是一位"白面书生"。其实李白身高 1.80 米以上，在当时的南方，属于极罕见的大个子。在长征途中，李白为保护电台的天线，曾用机枪向两架敌机扫射，竟然打伤了其中一架。

在长征中，李白担任红军第五军团第 13 军无线电队政委，报务员靳子云回忆说："别看李政委长得一米八的大个，心可细呢……他到无线电队不久，就和大家建立了深厚的感情，赢得了'老婆婆'的称号。"

▲ 烈士李白

把战友吓了一跳

抗战全面爆发后，党中央亟须派一个有无线电技术的无产阶级革命战士到南京、上海等地建立秘密电台，以便及时了解和掌握全国抗战的形势，加强对敌占区的秘密工作。这是一个非常重要而又危险的工作，需要一个历经考验并经过长征艰难磨炼的老战士承担，周恩来同志考虑再三，决定派李白去。

李白离开延安后，先到西安，然后和博古（秦邦宪）一起乘火车到南京，在周恩来同志身边工作，化名李霞。原计划在南京设立公开的通信电台，在敌人阻挠下，未能实现。

1937 年 10 月，"七七事变"后，李白被派到上海成立秘密电台，恢复了从 1935 年起便中断的、上海党组织与党中央的联系。

曾三同志回忆起李白当时在上海的情况：

> 1938 年春，秘密电台筹建完成。当时李白的处境相当困难，为了保护电台的安全，组织上让他用的电台功率很小。多小呢？三瓦半功率。由于功率小，声音微弱，加上空间各种电波的干扰，在几百公里内通话没有问题，但与几千公里以外通话就非常困难了。当时负责与上海台联系的中央台的同志说："上海台发出的声音非常小，像蚊子叫，很难收听到，我们一干就是四五个小时，每分钟要通报 100 多个字，每个字用 4 个阿拉伯字母组成。"这就是说，在收发电报时丝毫不能分散注意力，连深呼吸都不行。蚊子叮，顾不上打，汗都流到眼睛里，也顾不上擦。有个叫徐明德的同志干着干着就晕倒了。

上海与延安相隔 2000 多公里，这么微弱的电波，传到延安时已接近消失。李白选择在夜深人静的 0 点至 4 点之间发报。为防止灯光透出窗外，李白把 25 瓦的灯泡换成 5 瓦，并在灯泡外面蒙上一块黑布。为防止电报声外扬，李白用一小纸片贴在电键接触点上，起到消音效果。

刚从事地下工作时，李白非常不适应，他的战友申毅后来回忆说："李白长期在部队战斗生活，突然要他转变成一名地下工作者，他感到有些为难，其坚定的革命态度一时无法完全掩饰——见到有钱有势的人便报以不屑的态度，遇到乞讨者，便会毫不犹豫地慷慨解囊，很多次都是身无分文地回来。"

党组织一时不敢给李白安排工作，让他先熟悉社会环境，学会过吃饭、喝茶、有人侍候的生活，李白因此抱怨说："我们的战友都在前方流血、打仗，我竟在这个花花世界安然度日，我的心不安啊。"

为了适应新角色，李白开始蓄发、着长衫、穿皮鞋。一年后，李白和上级派来的新同事裘慧英接头时，裘慧英的第一感觉是"大失所望"，因为"李白头发梳得溜光，皮鞋擦得锃亮，穿着只有资本家才穿的长袍，戴着眼镜，清瘦的脸上略带着几分让人捉摸不透的感觉"。

裘慧英连忙向领导反映，说："看了不像个同志，会不会有错？"领导说："这里是上海，李白作为掩护的职业是职员，你让他身穿八路军军服，还是苦力打扮？"

裘慧英后来成了李白的妻子。

因"能吃苦"，得到李白认可

1939 年时，上海地下党共建立了三个电台，即李白台、郑执忠台和杨建生台。其中李白台担负着八路军上海办事处、中共江苏省委同延安之间的电讯联络任务。此外，李白台还及时向中央反映了侵华日军的兵力和作战动向、上海各界对中共的态度、国际信息等重要情报。

党组织派裘慧英去协助李白，是考虑到李白已 29 岁，孤身一人在上海，容易引起敌人怀疑。刚开始，上级曾派一名女中学生给他当助手，后来又派一名女教师给他当助手，李白都不满意，提出："第一要能吃苦的，第二要经过一些锻炼的。"

于是，组织选择了裘慧英。裘慧英又名何兰芬、周宝琴（在电影《永不消逝的电波》中，使用的名字是何兰芬）。

1917年，裘慧英生于浙江省嵊县（现嵊州市）的一个农民家庭，比李白小7岁。她12岁时到上海谋生，辗转于几家绸厂当工人，后加入了党领导的上海工人救国会，1937年正式成为党员。

裘慧英当过包身工，符合"能吃苦"的标准。

地下党领导人找到裘慧英，通知她说："有项特殊任务要交给你，要你和一位延安来的同志做假夫妻，协助他应付环境。"当时，裘慧英年仅21岁，还没谈过恋爱，表示自己文化低、不老练，还是换个能力强的女同志去执行这项任务吧。

领导说："文化低可以通过学习来提高，不老练，锻炼锻炼就老练了嘛。组织上希望你这名工人出身的党员来挑这副担子。你可千万别辜负党组织的希望啊。"裘慧英便服从了组织的安排。

刚开始，裘慧英对这项"特殊任务"感到极不习惯，总是悄悄跑回工厂。李白知道后，对裘慧英说："我们现在的工作环境和条件虽然变了，但是性质没有变，甚至更为重要了。从表面看，工作似乎单调枯燥，而我们收发的每一个信号都与整个革命事业有关，所以干这一行就得有高度的责任心，有甘当无名英雄的精神才行。"

在裘慧英的口述史中，曾这样记录道：

> 我住在这里，实在闷得很。有天清早，我偷偷跑出去遛马路。李白就批评说："这怎么行？装什么就要像什么！这一带都是有钱人，谁这么早去遛马路呢？"我说："我整天无事可做，还不能出去遛马路？"李白同

志说："我教你发电报吧！"于是每天下午，他抽两个钟头教我。我觉得发电报比开机器难学，滴滴答答，总弄不清爽。发起火来，我就把耳机摔了。他又给我戴上说："应该有毅力。这也是个考验哩！"有一次他严肃地对我说："我们搞这个工作，是党交给的一项重要工作。党中央从延安发给上海的指示，就是靠我们这个电台收发。它是党的眼睛，党的耳朵。"他还教育我："万一出了事，要严守党的机密，哪怕是刀放在脖子上，枪对着胸膛，也不能丧失一个共产党员的气节！"

当时地下党活动经费不足，李白与裘慧英的生活非常拮据，每天只有三分钱的伙食费。长期营养不良让李白的头发大把大把往下掉，裘慧英想出去打工赚钱，李白不同意。他说："你的身份就是'家庭妇女'，掩护电台。"

▲ 李白与裘慧英的结婚合影

为学修发报机，没少挨训

一次，李白的发报机坏了，党组织派一位同志来帮忙修理。机器修好，裘慧英将他送出门，恰好被邻居看到，便问："李太太，你们平时倒没什么人来往，这个从你们家里出来的工人模样的人是谁啊？"

裘慧英马上说："哦，是我们家的电灯坏了，请这位师傅来修电灯的。"

李白知道后，连忙和裘慧英商量道："这次算是给你应付过去了，以后他要是再来呢？总不能老说是修电灯的呀！"李白决定，自己来学习修理收发报机。经地下组织批准，李白和战友涂作潮在威海卫路338号开了一家福声无线电公司，涂作潮当"老板"，李白当"账房"，对外营业，掩护秘密电台的工作。

涂作潮比李白大7岁，长沙人，13岁时辍学。1920年，17岁的涂作潮成为湖南劳工会的第一批会员。1924年，经蔡林蒸（蔡和森之兄）、林育英（林彪之兄）介绍入党，曾自学俄语，化名沃罗达尔斯基，被送到在苏联贝克瓦（克格勃所属的训练基地）学习驾驶、射击、战场指挥、格斗、无线电修理等。1937年1月，随潘汉年到上海从事秘密工作。

李白收发报技术一流，但修理收发报机，得跟涂作潮学。涂作潮也是湖南人，对工作一丝不苟，但性子急，有时因为李白弄坏了一个小小的零件，就忍不住大声训斥他，事后再向李白道歉。李白不放在心上，总是说："你是老板，我是店员，还是学徒，出于这种关系的需要，应该这样。"

涂作潮参加革命前，曾在乡村当木匠，所以大家称他是"涂木匠"。在《木匠的回忆》中，他写道："李白对业务学习很努力，只用了两三个月的时间，便能装配和修理电台以及制作一些零件。他工作起来什么也顾不得。"

裘慧英回忆起当时李白工作时的情形：

李白同志工作是不分白天和黑夜的。晚上收发电报，白天要把电报译出来，还要送出去。工作地点是在我们住家的小阁楼上，门窗关得死死的。夏天又热又闷，我进去半小时，头就发昏了，而李白同志却要连续工作十几个小时。天快亮时，我进去帮助他收拾东西，常常发现阁楼的地板都被他的汗水滴湿了，但是李白同志却愉快地说："只要工作顺利，我的心就很凉爽，天热也就忘了。"有时，我坐在他身边为他扇风。他全神贯注，紧张地工作着。工作完了之后，他一边收拾机器，一边对我发出会心的微笑。

李白的儿子李恒胜在文章中写道："父母亲最初以夫妻名义作为掩护，一个睡地上、一个睡床上。"裘慧英与李白朝夕相处，一年多后，二人产生了感情。1940年秋，经组织批准，李白与裘慧英正式结婚。

周佛海曾出面说情

1941年春末，福声无线电公司的学徒顾根生不辞而别，为了安全，秋天时涂作潮将公司卖掉，与李白转战于各自的岗位。涂作潮在收报机上做了一个小的技术改造——加上一个活动线圈，紧急时将其拉掉，收报机便和普通收音机无异。

随着战争局势日趋紧张，日军加强了对占领区的控制。李白用的电台功率已小到不能再小，但还是被日军的无线电探测车盯住了。1942年9月23日夜，李白正在阁楼上发报时，裘慧英忽然听到杂乱的脚步声，发现几十名日本宪兵和便衣特务正翻越围墙，向楼上冲来。裘慧英忙发出警报，李白立刻把发报机拆散，藏入活动地板中。

敌人闯入李白和裘慧英的家中，搜查了一番，没找到任何证据，正准备离开时，却意外踩塌了一块地板，发现了藏在里面的发报机。

李白夫妇被捕后，分别被关押在两处进行刑讯逼供。一名日本特务拿了一块大铁板，用力压在裘慧英的腿部，几乎把她的腿骨压碎。日本宪兵为得到口供，特意安排裘慧英现场观看李白受刑讯，甚至拔掉了李白的10个指甲。

电影《永不消逝的电波》里，日军占领上海，李侠（原型为李白）被捕后遭受了日军的各种严刑拷打——老虎凳、电击、老虎钳拔指甲，无所不用其极，但李侠在酷刑面前经受住了考验，严守了党的秘密。电影里的这些情节都来源于李白的真实遭遇。

日本宪兵问李白："你是延安派来的，还是重庆派来的？"

李白知道敌人还未掌握实情，便咬定自己受雇于重庆的一位商人，对方只想获得上海实时的黄金价格，只是想投机赚点小钱。在当时，确实有不少商人这么干。日本宪兵看了李白的手，认为他不像业余的发报员，便专门从东京调来了一名无线电专家，将从李白家里缴获的所有电信设备进行检查。

幸亏李白用的收报机是涂作潮改装过的，在日本宪兵闯入家中时，李白已经拔掉了线圈。所以日本专家的鉴定结果是：李白虽有发报机，但没有收报机，无法接收电报。

于是，日本宪兵在1个月后释放了裘慧英，出狱时，裘慧英的体重从100斤降到了70斤，家中的东西都被抢光了。正在茫然失措时，一次裘慧英外出，一名10岁左右的孩子拉住她衣服，递给她一封信。信中称她为何兰芬，这个名字只有组织上知道。在上级安排下，裘慧英回到工厂做工，李白则一直被关押。

曾三回忆："党组织从多方面进行营救，甚至辗转托人，托到了大汉奸周佛海。因为当时日本正在大力和蒋介石沟通搞'全面和平'，营救的人就把李白说成是重庆电台的报务员，周佛海听后，当即表示亲自过问这件事。不久，日本答应释放李白，但还想放长线钓大鱼，提出了三个条件：一是要殷实铺保；二是中日战争结束前，不能离开上海；三是要随传随到。"

按汪伪时期的规定，"无头案"满6个月，如无其他证据，就应释放相关人员，可李白在狱中待了8个多月。后来，两名汪伪特务找到裘慧英，说："你先生吃官司时间很长了，你想不想他回来？想就用两千块钱去保。"

1943年5月，组织用两千元钱保李白出狱，回家时，李白还在吐血，无法走路，脸已肿得变形，裘慧英几乎认不出他。李白见到妻子的第一句话是："同志什么时候来？我希望早点工作。"

党组织征求李白的意见："是要去解放区，还是继续留在上海工作？"李白决定留在上海。担心李白再次被捕，上级给李白准备了离开的船票，但李白始终没走。

预感到自己会第三次被捕

李白获释后，党组织为了他的安全，暂未给他分配工作，让他在党组织开办的良友糖果商店当店员。1944年秋，在陈曼云的帮助下，李白进入国民党军事委员会国际问题研究所，担任报务员，被派到浙江省淳安县去设电台。后由于种种原因，电台始终没能建成，李白只好辗转于浙江省多地。

陈曼云是著名导演蔡楚生的夫人，肄业于日本东京明治大学，也是隐蔽战线上的工作者，同志们都尊称她为"大姑"。

因国民党内部各派势力倾轧，李白在浙江省淳安县第二次被捕，理由是他手中的身份证明已过期，第二天，在国民党军事委员会国际问题研究所的斡旋下，李白出狱。

1945年10月，李白和裘慧英回到上海，再度设立了秘密电台，直到1948年12月30日被捕。

在此期间，李白亲手将许多重要情报发给党中央，包括国民党陆军的部署和序列、海军各舰驻地等，特别是"江防计划"，对后来的"百万雄师过大江"有重大意义。

国民党原军统负责电信的大特务姜毅英是电信高手，长期从事密码破译等情报工作，曾侦破日军偷袭珍珠港等重大情报，因此被提拔为少将。在国民党特务中，她是唯一的女少将。她后来曾说，对李白十分佩服，李白发报用的电台功率极低，居然在陕北能接收到，实在不可思议。

李白被捕后，姜毅英亲自旁听了审讯，回来后她对毛人凤说："这是一个奇才，老头子（指蒋介石）又没说一定要他死，你还是积点阴德。"

对于这次被捕，李白事先有预感。

因国民党军队在战场上连连失败，1948年7月，国民党特务在上海开始通过分区停电的办法来寻找地下电台，并于1948年8月在南京成立了中央电信监察科。

一天深夜，李白正在发报，电台旁的灯泡忽然熄灭，几分钟后，灯泡又亮了，又过了几分钟，灯泡再次熄灭。李白知道，这是敌人正在侦测电台位置。第二天，他便向上级建议，在李白台之外，另成立一个预备电台，他还亲自参与了组装预备电台的工作。

此前，李白曾与潘汉年的得力助手华克之相遇，说出了自己的担忧："（住处的）弄口对面即是国民党第三方面军司令部，这里从前是日本海军陆战队司令部大楼，楼顶建有电力强大的电台。我在收发时，常常受到干扰和吸引，很容易被发觉。其地下一层是监狱，关押了很多政治犯。我们这些坐过牢，受过刑的人，时时见到这种场所，难免会产生心理上的不适。当然，工作安全是首要的，我知道上海房子难找，组织上经费也困难……"

华克之立刻向上级报告，上级给李白换了地方，可不知为什么，新地址依然在那个弄堂里。没多久，李白便被捕了。

李白的老上级刘人寿后来在接受采访时，自责地说："自己将主要精力用于收集情报，对敌方电信侦破的技术能力估计不足，以致李白台在同一地点发报达两年之久。新台建成后才与上级通报一次，李白台即被破坏，这是我缺乏远见所致。"

▲ 李白当年所关监狱的窗户

乖孩子，爸爸以后来抱你

1948 年 12 月 30 日凌晨，被毛人凤称为"金耳朵"的原北平电监科科长叶丹秋，利用美国提供的、最先进的电台测讯车，辅以分区停电的老办法，终于找到了李白的秘密电台。2 名警官带着 14 名警察，闯入李白的家。

分区停电时，裘慧英已发现敌人行踪，但李白正在发送重要情报，没有停下来，全部发完后，敌人已到楼下。二人销毁密电本，将电台藏到地板下，盖好煤块，裘慧英从后门把孩子送到战友家后，返回时，和李白一起被捕。

敌人刚开始未能找到电台，下楼时，一名原在北平地下电台工作的叛徒发现了破绽。曾三同志回忆："他并不认识李白。而他立功心切，当他发现了柜子上的收音机（伪装的收报机），一摸变压器是热的，他马上就把下了楼的特务们叫回来，重新翻箱倒柜，又在楼板上又蹦又跳。有一块楼板是活动的，经他们这一跳，煤球滚落，发报机暴露了，一摸也是热的，这帮特务就将李白夫妇逮捕了。"

李白发出的最后一份电报有多重要呢？——这是他为解放军胜利渡江所传递的最后一份情报，与之后解放上海关系重大。

李白被捕后，敌人对他进行了 30 多个小时的刑讯。特务抓住李白的儿子，问李白："你不讲，难道连孩子也不管了？"李白说："现在我什么也管不了。"特务们又说："不是管不了，只要你讲，你和你老婆、孩子都可以回去，而且可以给许多钱。"李白说："我不用那些不明不白的钱，我不用有血的钱。"特务继续说："不要钱，我们给你当大官，少将、中将，只要你讲，都可以。"李白说："我一生不做害人的事情。"

特务见李白什么刑罚都用了还是无效，又叫裘惠英劝他，因裘惠英拒绝规劝，特务将她打得死去活来，却什么也没有得到，无奈之下只好先把裘惠英母子释放回家。

曾三同志回忆：

（特务们）打得李白满身是血，还用燃烧着的香烧他的眉毛、鼻子、耳朵，非常残暴。但李白始终坚贞不屈，置生死于度外。

5 个月以后的 1948 年 5 月 7 日，当裘慧英带着孩子去看他的时候，李白忍着伤痛，爽朗地对她说："天快亮了，我终于看到了，事到如今，对个人的安危，不必太重视，不论生死，我心都泰然，你们可以和全国各族人民一道过着和平幸福的生活了。"

这时，他的孩子伸出一双小手喊道："爸爸，抱抱我。"

李白说："乖孩子，爸爸以后会来抱你的。"没想到，这竟然是最后一次见面。就在这天深夜，李白同志被特务头子毛森依照蒋介石"坚不吐实，处以极刑"的批示秘密杀害于浦东戚家庙，时年 39 岁。

李白烈士的儿子李恒胜认为，父亲的一生虽然短暂，但他始终追求理想，积极乐观。他曾听母亲裘慧英说，那时家里生活非常困难，逢年过节，别人家吃饭的时候，李白就带着裘慧英外出兜马路。看看商店里的糕团、月饼、年货，再看看别人家的圆台面，回到家，李白就笑嘻嘻地对裘慧英说："看过人家吃饭，我们也算'吃'过啦！"

1949年5月上旬，上海局书记张承宗曾得到情报，称国民党警备司令部准备在浦东枪杀一批革命者，其中有张困斋、秦鸿钧和李白，他们都是党的秘密电台工作者，在《永不消逝的电波》中，部分情节来自张困斋、秦鸿钧烈士的真实故事。可以说，影片中的李侠其实是李白、张困斋、秦鸿钧三个人的结合体。

当时，李白的同事们想去"劫法场"，大家为此讨论到深夜。张承宗与张困斋在"五卅运动"时就合作过，是多年的老战友，正是为了掩护张承宗，张困斋才被捕。张承宗曾说："困斋不就是替我牺牲的？"但当时上海警察手中有5万支枪，"劫法场"只会牺牲更多同志，几无成功机会，甚至可能因此影响上海解放的大局。

最终，在离上海解放只有18天时，三位烈士壮烈牺牲。

1949年8月，上海市为李白等烈士召开了隆重的追悼大会。在横幅上，写着："你们为人民解放事业而战斗到最后一滴血，你们的英名永垂不朽。"

▲ 李白和裘慧英的合影

《永不消逝的电波》中没讲的故事

英雄的遗骸是怎样找到的

李白被捕后，下落如何，在相当长的一段时间里，是一个谜。

1949 年 5 月 27 日，上海解放，裘慧英开始四处打听李白的下落。她看到《解放日报》上的报道：在虹桥公墓、闸北宋公园、普善山庄等地，发现了数百具被国民党反动派杀害的革命志士的遗体。她忙去辨认，都没能找到。

后来，一名被留用的旧警察告诉裘慧英，5 月 7 日晚，有一位穿长衫的囚犯被押上刑车，听说在浦东杨思地区被枪杀。

6 月 20 日，杨思地区百姓在戚家庙后的一块荒地中，挖出了 12 名烈士遗体，其中有李白烈士、秦鸿钧烈士、张困斋烈士。遗体个个被五花大绑，浑身弹痕累累，惨不忍睹。

裘慧英回忆："当挖出李白时，我一眼就认出了这就是我的丈夫，刚出土时还全认得出，几分钟后，可能是空气的原因吧，皮肤全变黑色，头也膨胀变大了。这 12 具烈士遗体中，还有党中央另一条线的地下党员秦鸿钧及上线电台领导人张困斋烈士。老百姓回忆当时的情景说，这 12 位烈士勇敢坚强，敌人枪声已经响起，他们还高呼'共产党万岁！''毛主席万岁！'，吓得敌人开枪时手也发抖了。"

8 月 27 日，从国民党留下的档案中，找到了一份"邀功报告"，此外，还有淞沪警备司令部在 1949 年 4 月 15 日发出的批准复件，称"协助本部破获谍台有功，颁发奖金金圆券伍万元"。

根据这些档案，确认史致礼、强元贵曾协助捕捉秦鸿钧烈士，二人是旧警察，后被留用。然而，在档案中却找不到关于李白烈士的记录。

直到 1950 年 3 月 30 日，发现经营无线电行的可疑人员李成志（原名李树林），携带军用通信器材，其登记身份为国民党"在乡军人"。经审查，得知李成志在国民党"军统"工作了 10 年之久，曾对地下党的电报进行测向，他的领导是徐鸣秋，1949 年后加入了解放军。

上海市公安局立刻全力寻找这个徐鸣秋，恰在此时，原南京军区收到一封检举信，认为解放军华东航空处干训大队教官徐某有嫌疑。

1950 年 7 月 20 日，徐鸣秋被正式逮捕，他交代了当年国民党特务破获李白台、秦鸿钧台的经过，当时主要负责人是国民政府国防部第二厅（此厅专门从事情报工作）上海电监科的中校督查叶丹秋，但徐鸣秋也不知道叶丹秋的下落。

好在，上海市公安局接到江苏省昆山县（今昆山市）的群众举报，称一名自称姓陈的人，"解放前曾在二厅上海电监科任职，参与过破坏李白电台"。根据检举信地址，公安机关抓到了这位姓陈的人，他交代："叶丹秋在上海解放前一度曾回苏州市老家，解放后还和我有来往。"

1950 年 9 月 18 日，叶丹秋被擒获。

叶丹秋早在 1930 年便在国民党部队中担任报务员，因为表现出色，被"军统"录用。抗战期间，曾在军委会参谋本部二厅担任电台台长。

1947 年，叶丹秋被调到华北"剿总"电监科工作，破坏了中共北平地下党的秘密电台，因此升任二厅上海电监科科长。到上海后，经过 7 天密集监测，终于找到李白台，叶丹秋还亲自参与了抓捕。

1951年1月，叶丹秋被依法判处死刑，立即执行。正如人们常说的那样：正义可能会迟到，但从不会缺席。

1955年5月27日，李白烈士牺牲6周年时，在他生前生活、工作过的地方——上海虹口区黄渡路107弄15号修建了"李白烈士浮雕"。

李白烈士的身后事

李白烈士牺牲时，他唯一的儿子李恒胜才4岁。

敌特闯入前，裘慧英已从后门将李恒胜送到战友家，然后独自返回。李恒胜第二天从后门返回时，屋中的敌特感到很诧异：怎么多了一个人？

据李恒胜回忆，一个特务还给了他一个耳光。但他当时还小，不知道特务为什么又抓人又打人，后来，等他慢慢长大，才知道父亲当时被捕的真实情况，得知父亲在国民党监狱里受尽折磨，还是保持一个共产党员的应有本色，他为有这样的父亲感到骄傲。

20世纪50年代，周恩来总理问曾和李白一起在延安工作过的罗青长："李白烈士还有亲人吗？他们生活得怎么样？"得知相关信息后，马上邀请裘慧英到北京。当时裘慧英没工作，独自养育孩子，还要赡养乡下的母亲，靠给别人织毛线养家。

在李恒胜的童年记忆中，母亲织毛衣的样子给他留下最深印象。

周恩来总理亲自请裘慧英吃饭，裘慧英说："儿子在慢慢长大，我们会生活得很好。李白虽然没有看到上海解放的那一天，但我想他应该死而无憾。"

不久，周恩来总理再次邀请裘慧英到北京。在上海市政府安排下，裘慧英后来在邮电局工会工作。

1963年，李恒胜考入北京邮电学院。在今天的北京邮电学院中，矗立着李白烈士的雕像，由陈云同志亲自题字。

20世纪70年代，中央组织部对李白烈士的事迹反复核实认证后，重修了坟墓，并把李白烈士的故居改建成纪念馆。1987年开馆时，陈云同志、罗青长同志分别题字。

1992年，裘慧英去世，终年75岁，她生前跑遍全国，义务给青少年做报告数千次，1991年底被评为全国关心下一代工作先进个人。

2015年6月8日，李白故居纪念馆名誉馆长李恒胜去世，终年68岁。

孙子眼中的英雄爷爷

李恒胜去世后，作为李白唯一孙子的李立立就更加理解了"传承"的重任。这几年，他更有意识地收集史料、寻找遗物，还多次重回爷爷生前工作过的地方探寻。

李立立说："对我影响最深的，就是爷爷对理想信念的坚持。从'言'到'行'，他对党的忠诚和对革命理想的坚定都是一脉相承的，未曾有过半点动摇。革命先烈们参加革命，矢志不渝，直到最后献出自己宝贵的生命，就是为了报效祖国、为了我们今天的幸福生活，并不是为了个人。"

李立立同志曾回忆：

我爷爷是我们党情报通信战线的无名英雄。

1942年中秋节的前一夜，我爷爷当时的工作点是在上海的建国西路福禄村10号的三楼。为了工作的需要，他在电台的技术方面做了一些调整，包括天线，包括它的功率，从原来的瓦数调到15瓦。另外，也对发报机、收报机做了一些改动。但是，当时日本人已经进入法租界了，在租界里不断地抓人，特别是对秘密电台进行侦测。他们采取分区停电的办法，然后进行无线电的侦测，测定方位。我爷爷在发报的过程当中，被他们锁定了。

分区停电，这是当时的一种发现电台的主要方法，当时上海有很多区域，供电是分区域的。停掉一个区域的电，你这个电波被发现还在的话，说明这个区域可以排除。如果在这个区域的电被拉掉以后，你这个电波同时消失，说明这个电台就在这个区域。然后再缩小范围，通过侦测仪来侦测这个电台的具体方位。他们是通过这样的手段，在1942年的时候，侦测到了我爷爷的电台。

当天晚上我爷爷被捕以后，日本宪兵就把我爷爷拉到了现在的这个四川路桥那里，在日本宪兵总部进行严刑拷打。当时就是用了老虎凳，灌了辣椒水，然后上了电刑，还拔了指甲，但是我爷爷始终坚贞不屈，一口咬定自己是商业电台，而且雇用他的人来无踪去无影，他也不知道，他只是为了混一口饭吃。

1943年的5月，我爷爷出狱了。

我奶奶跟我说过，因为我们党的经费有限，当时生活还是比较艰苦的。尽管住的房子还不错，但是在吃的方面，我爷爷一直跟我奶奶说，我们现在的生活比当时在红军长征的时候要好多了。因为在长征的时候，连吃饭都不能保证，现在能吃饱饭，他已经感到很幸福了。另外呢，逢年过节，我爷爷就带着我奶奶到菜场，到马路边上的一些餐馆、一些商店去看一些食品，看一些菜。他就跟我奶奶说，你看到了吧，我奶奶说，看到了。看到了就等于吃过了，已经饱了眼福，回去烧个蔬菜，再吃一下，这个节就过得很丰盛、很幸福了。

我奶奶一直跟我们讲，她说我爷爷在吃的方面，真的非常俭朴。他曾经跟我奶奶说，当时他从延安到了西安，然后到南京，原来党中央准备在南京设立一个无线电工作处，后来国民党不同意，所以呢，他就被派到了上海。在南京的时候，他一直跟周总理在一起工作。周总理当时在跟国民党谈判，工作非常忙，有时候过了饭点回来，菜也没有了，就问我爷爷还有什么吃的，我爷爷说，只有一点菜汤了，周总理说，那就弄点饭，菜汤和一和就可以吃了。我爷爷跟我奶奶说，像周总理这样级别的高级干部对自己的生活都是这么的严格，那我们应该向周总理学习。

我爷爷为在上海从事地下秘密电台工作潜伏了12年。在这12年里面，他白天要做好作掩护的一些职业工作，晚上他要发报。所以说他的工作非常辛苦。在发出的电报当中，主要还是以军政情报为主，这些军政情报，很多到目前还没有解密。其中，我了解的也就是现在在一些公开的资料上反映的，有叛徒出卖组织，我们这个电台，及时向地下党发出警示，避免了党的损失。有国民党起义部队起义这方面的情况，有蒋介石暗中与日本人密谋和谈的一些情况，也有淮海战役包括最后发送的国民党的江防计划这些重要的情报。

1948年12月30日凌晨，我爷爷被捕，郑一次他其实已经知道自己的处境非常的危险，可还是坚持把那封电报发完了。最后的一封电报是十万火急、万万火急的一份电报，所以我爷爷不顾个人的安危，最后把这份电报发完了，他也是在这种情况下被国民党反动派逮捕了。

国民党反动派为什么在这段时间里面能够发现我爷爷的电台呢？

1947年的9月，原来我们党在北平的一个秘密电台被国民党反动派破获，当时这个电台的台长李政宣做了叛徒，他背叛党以后，整个北平的情报网被破坏，同时他也供出了在上海也有一个像他这样的电台。他把这个电台的报务员的发报时间和发报的手法也都向敌人供述了。

当时上海即将解放，国民党把北平的无线电侦测专家调到上海，组成一个小组，从 1948 年的 11 月开始，利用从美国进口的侦测仪，进行昼夜的侦测，加大了侦测力度。再加上当时已经进入决战决胜阶段，我爷爷当时所要发报的报量非常多，发报的频率也非常高。这样呢，就容易被敌人发现。所以就在发这份十万火急、万万火急的电报的过程当中，我爷爷被敌人秘密逮捕。

我爷爷在被捕的当天晚上，就被押到了在四川北路的国民党的稽查大队进行审讯，当时敌人用了 36 种酷刑，花了将近两天的时间，对我爷爷进行残酷的审讯。但我爷爷始终坚贞不屈，没有透露党的任何秘密，也没有背叛组织和出卖同志。国民党在这种情况下，就把他关押到了上海警队司令部，上海警队司令部这一块看管比较严，当时我奶奶去看他也是比较困难。

1949 年的 4 月，我爷爷被关押到了南市蓬莱路监狱，我爷爷通过狱中的人员向我奶奶传递了信息，说："你平时来的时候，这个监狱边上有一家住家的二楼的阳台，从这个阳台上可以看到我监狱上面的窗，如果你来的话，你叫一声，我会通过这个窗跟你对话。"

在 1949 年 5 月 7 日的白天，我的奶奶带着我的父亲去看我爷爷。那时候我父亲四岁多，将近五岁。我奶奶去看我爷爷时，我爷爷就跟她说，今后你不要再来看我了。我奶奶说，为什么？是不是要判决？那我爷爷说，不是的，因为天快要亮了。

那次是诀别，20 天后上海解放了。

在 1949 年 6 月 20 日，在浦东杨思戚家庙发现了我爷爷的尸体，当时被挖出来的时候，12 个烈士都是五花大绑，身上都是弹孔。在很短的时间里面，因为接触氧气，脸部颜色就发黑了。但是，在挖出来的那一刻，我奶奶还是认出了我的爷爷，因为他身上穿的裤子补丁是我奶奶亲手给他缝的，所以她一眼就认出了我爷爷。

李白烈士牺牲后，裘慧英将他亲笔写的 18 封家信捐给了有关部门，大部分用毛笔写成，也有用钢笔写的，字迹清秀。李白烈士在狱中写给裘慧英的最后一封信，裘慧英一直珍藏在身边，只将照片交给了有关部门。20 世纪 60 年代中期，此信的原件遗失，留下永远的遗憾。

李白烈士的信大多是写给父亲和弟弟的，为保守党的机密，故意隐瞒了很多实情。李白烈士虽然是顶天立地的英雄，但在信中，却平易近人、感情细腻，呈现出他的另一面。从所引的几封信中，便可略知一二。

给家族诸人的信（1942 年）

桥公公，各祖母，荣升喜、荣轩仁、荣建富、荣举卿、荣柏柔、荣永、荣生、荣初，各叔伯母，华实、华汉、华大、羽绍暨各兄弟鉴：

别后已是十载有余，屡想专函问候，终因无法探知各房户等之真实情形，使我无从提笔问起，这次接家书后，才知各房的大概近况。回忆起当年合族人丁兴盛，今日所剩无几，殊令人心寒，正是"昔日情景今何在，那堪回首话当年"。可喜者，昔日之小孩今已为父亲，那又是"人生百岁谁无死，前班退去让后班"，后辈小英雄正好雨后春笋般成长起来。他们不但是祖先的继承者，亦是振兴家境的主人翁，于此尽可自慰矣。

我自出外多年，常蒙各房户关怀，在家时更承各房户爱戴，实乃感激不尽，奈何无法亲回面谢，殊觉抱歉，特修数字以表寸意，望各房户恕谅！

我仍寄居沪上，闲来无事看书识字，身体平安，

别无佳况可告，余言不叙，容后再告。

此请
合族平安

华初

倘忘记未能书名者并希望原谅，谨此问好。

此信应写于1942年春夏之间，此时福声无线电公司应已被卖掉，李白烈士和涂作潮分开工作。从信的内容看，应是李白烈士多年未回乡，因常年在外，写信感谢亲族对老人的照顾。

信中提到"我仍寄居沪上，闲来无事看书识字"，其实正是李白台最活跃的时期。署名"华初"，因李白烈士原名为李华初。

给父亲的信（1943 年 3 月 9 日）

父亲大人：

来信于古历二月初三日收到。

知道大人身体痊愈，使我们非常欣快。关于大、三房去岁不幸事件之发生，也是后人之不自爱，亦是祖先之恨事，至此我们亦不能挽救矣！

去岁我托友代寄少许钱钞以济家急，据来信中说，尚未收到，这大约是该友路途受阻，未能如期到达湘省，想此友乃一诚实可靠之人，俟到湘后，

定会寄回的，请大人放心。

家中困难，大人年老身衰，我们是知道的，不过在此时此地我们实在无法可想。即有稍许钱钞，想寄归家，但邮汇不通，仍是无效。我想只要大人及庆、祥二弟能在此艰苦时期忍耐度过，候道路交通便利时，我们定当回家来代父分忧。

我和忠同一个公司做事，每月薪金虽无多余，然自身衣食，足可维持，请大人不必挂虑。

以后回信时，请写明上海茂名路141号良友百货公司内交李裴氏收。

此祝
健康
庆、祥二弟，桂生等均好否。

初、忠同叩

信中提到的"忠"，应指裴慧英（裴慧英曾化名裴慧忠）。写此信时，李白烈士还被关押在日本人的监狱中，但在信中没有透露相关消息。"此友乃一诚实可靠之人"中的"此友"，可能是地下党组织成员。

给父亲和弟弟的信（1943年6月21日）

父亲大人并请转庆、祥二弟：

华庆写给慧忠的信收到。男前患病住院数月，于旧历四月初七出院。

在出院后的第二天曾经写回一信归家，想必已收到？此次男能早日出院，当赖苍天和祖宗的护佑，更托父亲的福德，以至才有今日彼此通信，不然病势不会有这样快好！男自住院后，当时因医院阻难不准家属接见，使慧忠为我奔波忧虑，使大人及合家均为我担心，实感激不尽！

男本想出院后，即回家拜望大人，终因程途多受阻隔恐难如愿，现时承朋友帮忙，推荐在一家糖果公司任司账之职，忠在一家工厂内任职员，我俩早去晚回，倒也非常安乐，请大人不必挂念。

大人每次信中多提到"如汇钱回家倒不如买货回家"，这是我们也知道的。不过因为不能运回，实在想不着办法，只好俟将来路道通再行想法。现此地速成青粉每斤五百元。但不准运往别处。有许多货物都在严禁运出口之例。白米每担壹仟二百元（合老法币贰仟四百元）。生油无买处，多吃猪油。肉每斤廿三元，盐每斤三元，粗布每尺起码亦8元3角。肥皂每块起码8元，劈柴每元十刃。鸡蛋每只壹元2角。其他物品均上涨中。

并问各房户及三妹全家均好否？桂生及二弟媳都好么？

福安

男初
媳忠
阳六月廿一日

这封信写于李白烈士刚出狱时，为不让父亲担心，所以说"住院数月"，并称"当时因医院阻难不准家属接见"。入狱期间，裘慧英又回绸厂工作，生活压力很大，李白烈士却安慰父亲说"我俩早去晚回，倒也非常安乐"。信中记录了沦陷区上海的物价，非常细致，可见生计维艰。

给父亲的信（1943年9月20日）

父亲大人：

古历七月廿五日，大人寄来的一封信，于古八月廿日收到了。

信中并有实兄及华庆各一纸。此次信中大人说得非常详尽，使我们阅后感到万分愧惭和无限的感动。

根据大人信中的意思不外是"我们为何不早还乡？""我们久居异地仅能糊口余无所储又有何益？"对于这事情在过去我虽未叙述我们的苦衷，而使大人怀疑我不忠实，其实我就是将我们遇境的苦衷禀告大人，亦只有增加大人苦恼，加多虑心，于事是无益的。

现在大人即（既）知我们苦况，我不妨简单地禀告大人，我们已（以）往信中的观点。在过去我们情知不能很快还乡。信中多是一些平淡的问候话，并没有谈到我们本身的苦衷，我们写信的目的，不过使大人知道我们现在沪地，一切都好而已。我们接着大人的亲笔信，亦不过知道大人的近况，和见到大人的亲笔字迹而见到大人一般而已！我们唯一的目的，是望着能早日交通便利，地方安宁，归乡耕种，侍奉大人。并不是我们贪图在外，虚荣享乐，忘记生身父亲和生长的故乡。"我出外多年为什么不回家呢？"我现在将几点困难原因告诉如下：

（一）我在外是有固定职业的。在过去公司规矩，是非常严格的。平时无论何人都不准请假，何况我们离家又远非二三月不能往返，哪能准许。倘若我自行私奔，公司当以脱逃罪论，以往一切劳绩尽付流水矣！于我自己及家庭都是有害无益的。背地里受人家讥笑和卑论，落一个有劳无苦的坏名声。

（二）即是（使）公司里能准许请假，甚至还准许退职返乡，但家乡是否可有我生活和一切保障呢？听说常常派差抽丁，难免又被抽调的可能，甚至弄出些意外之事，如果在家仍不能平稳过日终日担心异常，倒不如我们暂时在外为妙。

（三）近年来虽有不少人从各处返家，但旅途中是非常艰难危险的。碰得好能顺逐（遂）到家，碰得不好，就要弄得人财两空，这样的事情是常常听到的。如果拿性命去拼，到（倒）不如暂时在沪地多等一时，俟交通便利时方为万全。

（四）近日有商人自长沙来沪，每人需路费一万元，在过去亦需数千元不可，在此时经济困难下，那（哪）能筹出许多的金钱。目前我俩在沪除吃饭由公司供给外，领到之薪金仅敷日常之用度，不过是在挨度艰苦岁月罢了。

以上四点是使我们停滞上海，迟迟未归的主要原因。家庭的困难，父亲内心的苦衷我们是知道的。可是"手长袖短"亦是空想而已。我们十二万分希望，父亲保重福体，对于男等在外及家庭一切事务，无须过于挂虑。古人言"一生都是命安排"，父亲一生为人忠厚，人所共知。男等在外亦秉承父志"不欺人不害人取财有道听命示（是）从"，我自己凭我自己的心做事，对得住天理鬼神，服得住大众人心，就是我的一切，我从不顾虑的。对于庆、祥二弟之家务事情，父亲更无须顾虑。能从中教导时，当设法启示他们的幼雅（稚）思想，如有违反父意，故意不听教训，盲举独行，父亲有权处理一切家务及其财产家当之权力，想必庆、祥二弟亦是聪明子弟，定不会使父亲烦脑（恼）的。

总括来说，我们是早下决心，只要能得一安全路线，各方稍为平静时，定设法回家的，不过请父亲暂时不可着急，我们内心急于回家，绝不弱于父亲盼我们回家的心里（理）。

此祝
福安

男初

古八月廿一日于上海

慧忠非常记挂父亲，并祝健康

　　在李白烈士的家信中，这是比较长的一封。一方面，是回应父亲"为何不早还乡"的疑问，称公司要求严格，不能请假。另一方面，信中也透露出李白烈士从小所受家教，即"不欺人不害人取财有道听命示（是）从"，所以"凭我自己的心做事，对得住天理鬼神，服得住大众人心，就是我的一切"。李白烈士很少在信中透露个人信息，乃至真实想法，这封信则与众不同。

给弟妹的信（1948 年 5 月 4 日）

素梅、华庆、华祥：

　　古二月十六双号来信，两封于古三月廿四日下午同时收到。听到父亲逝世噩耗，悲痛万分方向莫明，当时无法执笔回信，延至今天才写回信给你们。请愿（原）谅。

　　父亲一病数月，直至身故，这段艰苦时间中，多劳你们照顾和调度，实在太辛苦了，至此总算尽了你们为子女之孝道，我因远居异境，不但没有尽到半点照顾之责，连与父亲一面之缘都没有，实是抱憾终天！

　　据来信说：此次丧事是遵父亲遗言举行祭奠三天，遵佛门规矩念经三天，你们能按此进行，我是非常同情和满意的。只是苦了你们，"无米煮粥"东奔西跑，求人借贷，完成此愿很不容易的。

　　古三月廿四日上午我寄回航空双号信一封给永市仁叔，内有复兴银行长

第一章 《永不消逝的电波》：
为了爱与信仰，他倒在黎明前

沙总行照兑即期支票一张计国币壹百万元，另航空平信一封给素梅并转二弟。此二信收到否？如收到请嘱仁叔即将款兑回以便还债，免失信用。还钱的应即还钱，还货的应即购货还清，尚亏多少，亦即告知。

请华庆详细告诉我以下几点事情：①此次丧事期内，向何人借来之钱或物，总共多少？②来吊唁者外宾多少？房户多少？至亲多少？一共有多少席？统共用费多少？③请了几位师父念经（是否父亲生前知己？）④祭奠三天怎样举行的？有哪些亲朋及房户来上祭？⑤父亲身穿几件衣服？是些什么？⑥现安葬何处？是否仍停着？⑦生前有否遗言？有些什么话？⑧焚化一些什么冥器衣服？及冥钞多少？⑨发白布是否全堂？或亲房及至亲？⑩一般说来是否看得过去？

当接着来信之日，正是家祭之期，当晚我们破例燃着香烛，望空举行了一次祭奠，焚化冥用锡箔两盒，当悲哀的时候，天真的恒胜用两只小手，替他母亲揩眼泪，最后他也莫明其妙随着哭！

在"五七"那天，要买点素菜，买些纸钱在灵前和坟上烧化烧化，至盼。

此祝
近好

初、忠同启
古三月廿六日

并请代问各房户及六亲朋友等。

写这封信时，正是李白烈士工作压力最大的时期，得知父亲病重，却无法赶回。李白烈士自离家后，20多年未再回去，他的大多数家信是写给父亲的，可见父子感情之深。作为革命者，李白烈士并不相信传统迷信，但在信中，他却写道："当晚我们破例燃着香烛，望空举行了一次祭奠，焚化冥用锡箔两盒。"正所谓"无情未必真男儿"，对于那一代中国人来说，父亲在内心的地位如泰山北斗，尽孝被视为人子的基本义务。字里行间，颇见李白烈士对未能尽孝的遗憾之情。

给妻子的信（1949 年 4 月 12 日）

慧英：

本月廿二日（星期五）下午，我由警备部解来南市蓬莱路警察局看守所寄押。这里房间空气比警备部看守所好，但离家路远，接见比以前要困难，你若来看我，要和舅母一同来，坐车时好照顾小孩。听说这里每逢星期一五上午九至十时，下午三至四时可以送东西，因路远来时请买些咸罗卡（萝卜）干或可久留不易坏的东西，带点现钞给我，以便用时便利，炒米粉亦请带些来，此外肥皂一块、热水瓶一只。我在这里一切自知保重，尽可放心，家庭困苦，望你善自料理，并好好抚养小孩为盼。

祝好

静安字四月十二晚

（看守所是由蓬莱警察局大门进来。）

这封信是李白烈士的遗书，25 天后，他便壮烈牺牲了。裘慧英得信后，带着儿子和物品前去探望，见李白脸色苍白，仍由两个难友搀扶着才能站稳。信中只写了生活琐事，没有任何口号，也没有任何感慨。从语气看，李白烈士已看淡生死，他两次提到"小孩"，饱含诀别之意。

▲ 李白和裘慧英的合影

参考文献

[1] 曾三，赖世鹤. 永不消逝的红色电波——怀念革命烈士李白 [J]. 档案时空，2017（9）：32 - 34.

[2] 姚华飞. 敌特档案暴露李白烈士遇害真相 [J]. 档案春秋，2007（11）：43 - 45.

[3] 王岚. 烈士回眸应笑慰——访李白烈士之子 [J]. 湖南党史，2000（5）：54 - 55.

[4] 关捷. 李侠之子说李侠——电影《永不消逝的电波》的画外故事 [J]. 党史纵横，1998（10）：33 - 35.

[5] 于继增. 红色特工传奇之《永不消逝的电波》的主人公原型李白 [J]. 党史博采（纪实版），2012（8）：33 - 37.

[6] 张云. 张承宗与地下市委秘密联络机关"丰记米号" [J]. 世纪，2019（7）：8 - 11.

[7] 孙道临，政协嘉善县委员会文史文员会. 为什么他永不消失——《永不消逝的电波》拍摄散记 [M]. 嘉善县文史资料总第13编·嘉善精英之二，1998：41 - 45.

[8] 宋昭. 妈妈的一生：王苹传 [M]. 北京：中国电影出版社，2006.

[9] 陆米强，王美娣. 革命烈士李白家书 [J]. 档案春秋，2002（4）：18 - 25.

第二章 《平凡的世界》：
人生路遥，用奋斗触摸梦想

路遥和陈忠实、
贾平凹等
陕西籍作家合影

"生活不能等待别人来安排，要自己去争取和奋斗，而不论其结果是喜是悲，但可以慰藉的是，你总不枉在这世界上活了一场。"当著名作家路遥写下这段话时，他的生命即将走到终点。他用全部的生命之光，化成《平凡的世界》，他去世那天，离43岁还有16天。

再没有谁，能像路遥那样，来到人间，似乎只是为了写出伟大的小说，为此宁可忍受贫穷、压力与苦难，他把这一切，都化作了灵魂的修炼。

长期以来，对于路遥的创作，文学界一直有不同的声音，当日本学者安本实决定翻译《人生》时，很多人担心，这个发生在陕北乡镇的、带着泥土气息的故事，能否打动异国读者？多年后，安本实写道："十分激动，激动得流泪了。这篇小说给我当时的第一印象，就是写农村青年不能发展自己才能的苦闷，农村青年人对人生的挑战与悲哀。"

此后，安本实曾10次访问陕北。

奋斗者的心灵是相通的，即使从未谋面，他们注定会被彼此的灵魂感动，会从对方的身上感受到生命的力量。恰好，路遥赶上了一个古老民族被再度唤醒的青春期——20世纪80年代，2亿中国农民告别家乡，走进城镇，他们中的绝大多数人时常都在追问自己："我为什么离开家乡？明天在哪里？我该怎样生活？"

还有无数离开城市的年轻人，无数选择漂泊的年轻人，他们汇成了创业的巨流。除了精神，再没有什么能鼓励他们，而路遥的作品成为一代人的励志书。

于是，路遥笔下的巧珍、顺德爷爷等，成为无数人的心灵寄托，正如路遥所说："这两个人物，表现了我们这个国家、这个民族的一种传统的美德，一种在生活中的牺牲精神。我觉得，不论社会前进到怎样的地步，这种东西对我们永远是宝贵的。"

路遥的创作忠实地记录了一个时代，又像灯塔那样，照亮了一个时代。为此油尽灯枯，长时间的高负荷工作压垮了路遥。鲁迅先生曾说："我们自古以来，就有埋头苦干的人，有拼命硬干的人，有为民请命的人，有舍身求法的人……这就是中国的脊梁。"路遥正是这样的"脊梁"。

据不完全统计，《平凡的世界》销量已达 2000 万册。它已化作一笔宝贵的精神财富，永远刻入我们民族的集体记忆中。

厚夫：路遥是被知识重新塑造的人

厚夫：本名梁向阳，出生于 1965 年 8 月，教授、硕士研究生导师。1983 年 7 月参加工作。1990 年 9 月调延安大学中文系任教，历任助教、讲师、副教授、教授。现任延安大学文学院院长，兼任路遥文学馆馆长。执教之余，从事文学创作，在《当代》《延河》《延安文学》等刊物和报纸上发表作品 40 余万字。

"读书让路遥拥有了瞭望世界、仰望星空的人生梦想。"

主持人： 形容路遥的一生，一定会有两个字——苦难。他很小的时候就感受到贫困带来的人生的痛苦，是吗？

厚夫： 苦难是 20 世纪 50 年代陕北农村的一种常态，但路遥把苦难转化为自己人生奋斗的动力了，这一点非常重要。路遥想上学，所以被过继，这让他的心里更敏感。10 多岁时，他到我们延川县（隶属于陕西省延安市，位于黄河中游陕北黄土高原东部，距延安市 80 千米）城关小学上高小，进入我们县城后，敏锐地注意到城乡社会的巨大差异。路遥把他的苦难转化为自己前行的人生动力。

主持人： 成长过程中，如何克服自卑心理，是每个人都要面对的一道坎儿吧？

厚夫： 是的。我觉得，路遥解决自卑的最重要方式就是读书，读书让路遥拥有了瞭望世界、仰望星空的人生梦想。在《平凡的世界》第一部里，路遥讲田晓霞送给孙少平一本《各国概况》，引起班长顾养明心里的涟漪，顾养明心里暗暗地想，知识的力量可以改变一个人，甚至可以重新塑造一个人。我认为，路遥就是那个被知识所重新塑造的人。

主持人： 书中很多话其实也是路遥内心

思想的流露。

厚夫：是的。

主持人：路遥自己的家庭实在太贫困了，为了读书，只好被过继给了自己的伯父。当时他家的情况是怎样的?

厚夫：路遥去世前，曾对朋友说，他的父亲领着他从清涧（隶属于陕西省榆林市）老家走到清涧县城，走了一个晚上，第二天早晨起来以后，拿着仅有的一毛钱给他买了一碗油茶。路遥喝完后说，爸你也喝一碗，他爸说不渴。路遥的爸爸只有这一毛钱，这一毛钱给他喝了油茶，我觉得这是路遥一生刻骨铭心的记忆。

主持人：这碗油茶，在路遥的爸爸心里是不是也五味杂陈，因为第二天就要把路遥留在自己的哥哥家里了?

厚夫：是啊。那时路遥还不叫路遥，叫卫儿。到了伯父家后，路遥的父亲早晨起来跟他说："孩子，我到延川县城赶集去，赶完集后，回来接你。"路遥后来讲，就知道父亲要把他置在这里，他用的词是"置"，就是放在这里了。路遥说："我看见父亲从坡上下去了，我抱着我伯父家那个老槐树，眼泪吧嗒吧嗒往下流，我不敢出声，我一出声，我

爸就把我接走了，我就上不了学了。"说明路遥还是孩子时，自控能力就比一般的孩子更强一些。

主持人：可能这种穷苦人家出来的孩子更早熟一些，那时路遥也七八岁了，会考虑到方方面面。其实伯父家的条件也不算好，要供他上学也是一个很艰难的事情。

厚夫：1958年时，伯父把路遥领到延川县，在城关公社马家店小学上学。路遥的老师给他起了名字，叫王卫国。路遥原本叫卫儿嘛，卫儿是什么呢? 在我们陕北方言中，能发100多种声儿，判断不出这个卫儿是什么意思。王卫国是路遥的大名，某种意义上，也给路遥确定了人生的身份。王卫国——保家卫国啊，人生要有志向啊。

主持人：路遥的伯父母是怎么供他上学的呢?

厚夫：那就很艰苦了。1961年，路遥考进延川县城关小学的高小部，有过农村生活经历的人都知道，农村小学分两个阶段：一个阶段是初小，小学的一、二、三、四年级在村里上，五、六年级一般在县城里上。在县城里，城关小学在当时相当于贵族小学，县城里的孩子非常

第二章 《平凡的世界》：
人生路遥，用奋斗触摸梦想

多，有干部子女、职工子女等。你想，路遥到县城上学，比什么呢？比吃比不上，比穿比不上，尤其城关小学没有食堂，路遥只能带干粮，热一下吃，夏天经常吃馍饭、喝冷水，冬天只能吃冷饭。在1961年、1962年时，当时条件那么难，路遥的养母只好挂着打狗棍，跑到延长一带要饭，供这孩子上学。

主持人： 那时路遥每个星期一带着干粮去上学，周三时，家里还得给他送粮食。每到星期三，养母就提溜着一个竹篮子，里边放着南瓜、杂面饼，就是这点不多的东西，也是凑来的，甚至就像您说的，有时是要饭要来的。

厚夫： 是的。路遥是半住校生，星期三、星期六可以回家一次。他发现，在延川县的新华书店，以及延川县文化馆阅览室，有好多课外书，他就像牛犊闯进草地一样，闯进了阅读的海洋，发现了一大堆青草，这个青草就是报纸、刊物，还有课外书。读过《平凡的世界》的同学会发现，《平凡的世界》里的孙少平就特别喜欢看课外读物，某种意义上，课外读物打开了路遥认知世界的一个重要窗口。

主持人： 路遥高小毕业后，当时升学率仅20%，但他还是考上了初中。

厚夫： 我跟路遥是延川中学的校友，我小路遥16岁。据我了解，路遥考初中时，在我们延川全县1000多名考生中，成绩排第二名。你注意看，在路遥的几部小说里，曾写过类似的情节。比如《在困难的日子里》，他说少年马建强考取了县中学高一年级的第二名；第二个是《平凡的世界》，孙少安从石圪节小学考上原西中学，成绩是第三名，因为他家庭太穷，只好辍学了。路遥把自己小时候的故事不断地复制在《平凡的世界》等小说中。

主持人： 1969年，路遥从县城返乡，成了知青，那时他遇到了很多从北京到延川插队的知青，和这些知青交往，是不是又给他打开了一扇看外面世界的窗口？

厚夫： 是的。我的理解，北京知青好像天上的星星一样，一夜之间，撒到了我们陕北，尤其是分散到延安地区的各个角落里面去了。你想，说着普通话，穿着绿军装，有着北京滋味的这些知青到陕北后，对我们当地青年人带来多么大的影响啊？从某种意义上说，知青成为那一代陕北青年人，乃至少年人，认知世界的窗口。包括我自己的少年时代，也受过知青文化的影响，我后来说，他们是我少年时代的偶像。

主持人：最大的影响在哪些方面？

厚夫：我觉得是知青们带来了很多课外读物。以我为例，少年时代看过知青的好多课外读物，比如《各国概况》，路遥就把《各国概况》写进了《平凡的世界》，田晓霞送给孙少平的书就有一本是《各国概况》。还有《参考消息》，此外还有《赤脚医生手册》。这些书讲怎样养鱼，怎样养蜂，甚至讲世界历史、世界地理。我觉得，路遥通过与知青对话交流，打开了自己瞭望世界的窗口，从而建构了他的人生参照系。路遥一辈子特别喜欢唱俄罗斯歌曲，我听他的好多同学说，路遥哼俄罗斯歌曲哼得非常好，比如《茫茫大草原》《三套车》《莫

斯科郊外的夜晚》，都会唱。路遥特别喜欢看苏俄小说，比如说列夫·托尔斯泰的《战争与和平》、肖洛霍夫的《静静的顿河》。路遥还特别喜欢喝咖啡，他是陕北农村的青年人，不可想象，他竟然喜欢喝咖啡。

主持人：咖啡在那个年代可是稀罕物件。20世纪60年代末70年代初，一般城市人的家庭里都没有咖啡。

厚夫：但知青可能有。路遥还喜欢抽高档烟，喜欢雨雪交加的天气，他很浪漫。路遥的衣着打扮很有个性，他根本不是一个彻底的乡土作家。

> "他深刻感受到时代变化，他捕捉到这种历史的诗意，所以要写这样一部书。"

主持人：在《平凡的世界》之前，路遥已完成一部优秀中篇小说《人生》，被拍成了电影。照理说，他那么年轻就写出《人生》，完全可以享受名利了，可他一点不满足，他内心有一个梦，他觉得他一定要在40岁前写一部百万字的巨著。

厚夫：我觉得路遥的性格是我们陕北人的性格，也是我们陕西人的性格，也是我们西北人的性格。我觉得西北人善于做大事，他的气量比较大。路遥的老师又是柳青，柳青是路遥人生的教父。路遥在当时上大学的时候最喜欢读的一本书就是柳青的《创业史》，路遥在写《平

凡的世界》之前，他读《创业史》读过七遍。路遥在柳青去世以后写过两篇文章，一篇文章叫《柳青的遗产》，一篇文章叫《病危中的柳青》，充分肯定柳青之于自己人生的这种滋养。我的理解是，路遥在我们陕西文学的传统中，获取了这种精神营养，因此路遥觉得他应该写一部大书，就是在40岁以前写一个三部六卷、100万字全景式反映中国城乡社会史诗性变迁的这样一部大书。

路遥说，必须在40岁以前把这本书写完。我觉得不写这本书，路遥照样是路遥，因为路遥1982年发表的《人生》，使他成了名。路遥有一句原话，我觉得很有意思，他说他从来不拒绝鲜花与红地毯。1982年以后，鲜花也来了，红地毯也来了，但是路遥决心还要奋斗，还要写一部大作品。许多人认为，《人生》达到了一个非常高的高度，已经超不过去了。但路遥说："我必须超过《人生》所设定的这个标尺，我要写一部大书。"

这部书的名字叫什么？原本打算叫《走向大世界》，或者叫《黄土》《黑金》《大城市》。写一个经过知识熏陶的乡下青年人，如何雄心勃勃地进入城市的故事。

主持人：路遥自己可能也意识到了，创作《平凡的世界》将是一个非常艰难的过程。所以从1982年开始，他回绝了所有的采访、所有的邀约，回身去了矿里，开始生活体验，为小说做充分准备。

厚夫：如果在20世纪80年代，选一位扎根生活的最优秀作家，我觉得非路遥莫属。路遥用3年时间做了大量准备工作，读了100多部长篇小说，研究它们的结构；读了当时的经济、历史、文化等资料，甚至还研究了飞碟的资料。为找资料，路遥翻阅了大量书籍，还读了1975年到1985年之间所有的《人民日报》《光明日报》《参考消息》《陕西日报》，甚至还读了《延安报》。路遥："故事可以虚构，生活不能虚构。"他不断走访我们陕北的城市、乡村、工矿企业，甚至学校。为了积累素材，他不断重返县城，以熟悉生活。生活熟悉了，他开始建构故事。路遥擅长阵地战，我透露一个秘密，路遥在1984年12月当选为中国作家协会代表大会的代表，但他毅然放弃这个资格，没去开会，为什么呢？他要做他的准备工作。说明路遥这个人知道什么叫得，什么叫舍。他的人生方式跟许多人不太一样。

主持人：这种选择很能看出一个人的人格。所以他当时翻阅了10年的《人民日报》《陕西日报》，据说翻得手指头上的指纹都磨没了。因为指尖上的皮被老报纸磨薄，一碰就生疼，此后不得不用手掌。

厚夫：是的，他后来是用手掌翻报纸。

主持人：《平凡的世界》关注 1975 年到 1985 年，社会转型期中普通人的命运，书中涉及当时的很多重大事件，比如十一届三中全会、小岗村的承包责任制等，这让《平凡的世界》具有史诗的意味。

厚夫：路遥为什么要写这样一部书？我觉得他深刻感受到时代变化，他捕捉到这种历史的诗意，所以要写这样一部书。我后来做研究时发现，有两个偶然机遇促使他去写这本书：

第一个机遇，是中国青年出版社的副总编辑王维玲老师的鼓励，他是《人生》这本书的责任编辑，《人生》出版后，不断给路遥写信，说你应该写《人生》的下部。高加林由县城回到农村以后怎么办？有人说，高加林会当暴发户、万元户，有人说高加林会东山再起。各种猜测。你应该写一个《人生》下部，这促使路遥进行深入思考。

第二个是路遥的一个叫王天乐的亲弟弟的人生际遇。王天乐是农村人，1980 年秋天，终于摆脱农民身份，被招到铜川

（陕西省省辖市，地处陕西省中部、关中盆地和陕北高原的交接地带）矿务局当采煤工人。这促使路遥认识到当时农村大量有志青年的梦想，这给路遥提供了一个构思小说的可能性。路遥在《平凡的世界》的创作随笔《早晨从中午开始》中写道，我的弟弟王天乐就是孙少平的原型，我弟弟的人生经历就是孙少平的人生经历。在《早晨从中午开始》的题记里有一句话——献给我的弟弟王天乐。这说明，王天乐对《平凡的世界》有原型的贡献。

主持人：我觉得路遥写《平凡的世界》，可以说是殉道式的写作，除了创作，其余的一切，自己的健康，自己的自由，包括家庭，包括亲情都可以祭献出去，这种殉道式的写作，也让他的身体出现了问题。

厚夫：是的。路遥敏锐地感受到时代的变化，捕捉到社会变迁的诗意，经过 3 年枞思，在 1985 年秋，他到铜川的成家山煤矿就开始写这部小说了。你想，当年没有电脑，只能手写，完全是手写，100 万字的话，写一遍抄一遍就是 200 万字了。

路遥特别喜欢用圆珠笔写字，这部小说最早的名字叫《走向大世界》，后来改

成《普通人的道路》，最后定稿叫《平凡的世界》。我觉得《平凡的世界》更有诗意，更磅礴大气。这部小说的最大特点是把一个时代，从1975年到1985年，社会历史的转折变迁过程给写出来了。现实主义小说有三个要素：第一个是典型环境下典型的人物，第二个是把人物命运放置在社会历史的大转折时期，第三个是留下真实的历史记录。随着时代变迁，今天大家可能对当时的时代背景不太熟悉，但是对《平凡的世界》中的细节，我想读者朋友们一定非常熟悉，因为它让我们产生了强烈的共鸣。

《平凡的世界》的第一部是1985年秋开始写，1986年夏天写完。第二部是1986年夏开始写，写到1987年夏完成。第二部书写完后，路遥就吐血了。吐血是病啊，但路遥当时不愿意告诉别人，他在《早晨从中午开始》里写道："我当时想到死，想到放弃，想到了柳青，柳青《创业史》只有半部书，想到曹雪芹《红楼梦》只有半部书，怎么办？我要裹一个白床单，到我的故乡一死了之。但是后来再一想，《平凡的世界》写不完，怎么办？我要写这个书。只好先采取简单的、保守性的中医治疗。"

主持人： 据说他吃了一百多服中药。

厚夫： 是的，一百多服中药。路遥说，

他像牲口吃着草料一样，吃完中药后，身体刚刚开始恢复，1987年的后半年，他就在当时新落成的榆林宾馆写第三部。1988年的3月27日，中央人民广播电台开播《平凡的世界》，路遥一边听着广播，一边修改第三部。

主持人： 在《早晨从中午开始》中，路遥写道，他有一个不好的习惯就是抽烟，从早上醒来就点上烟，一支接一支，不间断的。为了能不间断抽烟，同时不间断写作，他把10条烟拆开，洒在房间的各个角落里，桌子上、凳子上、炕上、地上，随便一个地方，他可以坐下来抽烟，可以坐下来写作，一天下来，烟头可以用簸箕装。

路遥已经完全不在乎自己的生命和身体，一天可能顾不上吃饭，顾不上睡觉。他一般都是到凌晨睡，然后在中午起，中午就是他的早晨，这样的日子不是一天两天，是整整的三年。

厚夫： 是啊，整整三年。路遥在《早晨从中午开始》中写了一个小细节，那时正在写《平凡的世界》第一部，他喂老鼠，为什么喂老鼠？因为两只老鼠每天晚上来捣乱，他打死了一只，剩下的一只还来捣乱，他干脆跟老鼠和平共处，每天晚上多拿一个馒头喂老鼠，因此老鼠成为他的好朋友。这就可以看出，路遥在

写作《平凡的世界》时的那种孤寂感。

主持人： 孤寂和艰苦。经典作家的确是用生命来写作，别林斯基当时也是一边吐血一边写作，但后来很多作家不敢这样了。

厚夫： 是的。我觉得，20 世纪 80 年代中期时，像路遥这样坚持现实主义创作的作家不太多。1985 年 3 月，在河北涿州，中国作家协会开了一次会，讨论农村题材小说，路遥当时语出惊人，他发言说，他就不相信，全世界只有一种澳大利亚羊。意思是文学的品种不是那么简单的单一，国门打开后，八面来风，好多作家去学马尔克斯，去学意识流了，路遥说，他就坚持他的现实主义。路遥当时有一句名言——文学应该表达人类在特定历史时期的进程。我觉得这句话说得非常有道理。

"作家的艺术个性
应与民族文化土壤有效契合，
要深扎到自己民族的根基里面去，才能创作出伟大的史诗性作品。"

主持人： 路遥的这种坚持非常清醒，也非常正确，但这种坚持也让他陷入了困境。他呕心沥血、殚精竭虑捧出《平凡的世界》第一部，却没有出版社愿意出，好不容易出版后，也遭到很多专家质疑，认为这种写法特别老套、过时，这对他可能有一些打击。

厚夫： 是的。为什么路遥能坚持下来？好多人说路遥是无知无畏，我不这样看这个问题，我认为路遥是有知有畏。他有深邃的历史理性，保证他创作走在正确的轨道上，他把我们的时代精神给写出来了。在八面来风的当时，路遥敢于迎风而立。多少人跟着风跑？路遥却迎着风走，才不管别人说什么。路遥有一句话，叫"我要背对文坛，面向大众"。这个话多么坚决。

主持人： 路遥是怎么面对困境的呢？听到那么多质疑的声音，听到那么多的批评，他当时有什么情绪呢？

厚夫： 做路遥研究时，我发现一个细节，路遥在写完第一部后，他当时有个调整，说写第二部时要到上海、到广州，感受一下新时代的浪潮。于是，就索性先让他的弟弟带他到广州去转了一圈。转回来以后，他准备写作时，路遥跟他弟弟说，他们两个到柳青墓去一趟。他的弟弟后来回忆说，到了柳青墓后，路遥就把他支开了，说一个小时后再回来见他。他弟弟回来时，发现路遥的眼眶是红的，说明路遥流泪了。我理解，路遥在当时遇到那种困难时，他向他的人生导师柳青表达自己的创作决心去了——他要坚定现实主义创作的方法，不管别人怎么说，路遥在坚持中求变化，而不是在变化中写作。

主持人：路遥后来说，当大家都在用西式餐具吃中国饭菜时，他不为他依然拿着中国筷子而感到害臊。联想到他在柳青墓前落泪，我觉得在坚强的外表下，路遥也有一颗脆弱的心，但最终他还是坚持下来了。

厚夫：这句话是路遥 1988 年 12 月 31 日，写给当时的中国社会科学院《文学评论》杂志常务副主编蔡葵老师的。蔡葵老师是一位著名的评论家，他约路遥写一个创作随笔，路遥给他写了一封回信，他说："这六年来，我哭我笑，我活在我小说的世界里边。当别人用西式的餐具吃中国菜的时候，我并不为自己仍然拿着筷子吃饭感到害臊。"那一年，

路遥 38 岁。路遥这么说，我的理解是，他坚信作家的艺术个性应与民族文化土壤有效契合，要深扎到自己民族的根基里面去，才能创作出伟大的史诗性作品。

主持人：1988 年，原中央人民广播电台播出《平凡的世界》，这部小说一下子牵动了无数的听众的心。听说路遥当时一边听着广播，一边创作第二部、第三部，他从听众的回馈中汲取力量，是这样的吗？

厚夫：严格来说，路遥已全部写完了，《平凡的世界》播出时，他正在抄第三部的稿子。《平凡的世界》乘着广播的翅膀飞翔，飞进了千家万户。我那时也是一个狂热的文学青年，每天中午 12 点半，准时要听广播，就听中央人民广播电台李野墨老师用那富有磁性的声音，为听众朗读《平凡的世界》。

当时原中央人民广播电台有一档节目，叫 AM474 频道，又叫《长篇连播》，一次播出半个小时。《平凡的世界》播出时，路遥的身体已经垮了，在身体极度虚弱的情况下，他抄完《平凡的世界》第三部，最后几章是在我们延安的甘泉县招待所抄完的。路遥为什么到甘泉去了？因为甘泉是他创作出《人生》的福地。路遥这个人特别讲仪式感，他觉得《平

凡的世界》最后完成稿要放在甘泉县。路遥到甘泉去后，每天中午 12 点半准时收听原中央人民广播电台李野墨老师的播音，听完后才开始工作。路遥给自己规定，在 1988 年 5 月 25 日下午必须抄完，那天晚上要过黄河到山西，然后去北京。那时从延安到北京，走山西比较便捷。

抄第三部时，路遥的手指都痉挛了，他只好跑到洗手间，把暖瓶里的水倒到脸盆里，把手烫开，然后再抄。抄完后，路遥把二层房间的窗户推开，把圆珠笔扔了下去，说："终于完成了，它可能不好，但是它已经完成了，完成了就是好的。"这是德国作家托马斯·曼的一句话，他用到自己身上了。然后，路遥回到洗手间，看见镜子里的那个路遥，他委屈地流泪了。他为什么流泪呢？他觉得几乎认不出镜子里的自己了，镜子中的路遥已两鬓斑白。这 6 年吃的是牛马的苦，完全用殉道的方式，写完了这部 100 万字的小说。

读者们会发现，《平凡的世界》的结构非常完整，每一部都是 54 章，节奏非常统一。说明路遥写这部书是动了元气的，动元气，肯定会伤身。

主持人：一气呵成。

厚夫：是的，一气呵成。陈忠实老师有一个比喻，他说写小说就像蒸馍一样，你不能随便揭开锅看，你要一气呵成。如果不断揭锅，这个馍肯定蒸不好。

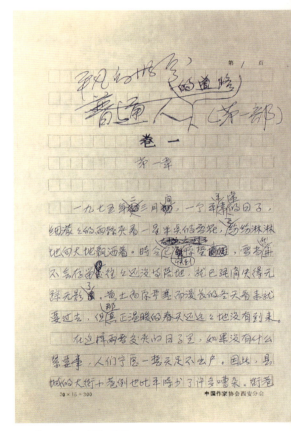
▲ 《平凡的世界》手稿

第二章 《平凡的世界》：
人生路遥，用奋斗触摸梦想

以影视广播语言，还原路遥文学精神

路遥作品的社会反响巨大，与影视、广播、话剧等的介入息息相关，特别是《平凡的世界》在出版界、文学刊物界反响平平时，影视、广播起到了异常重要的作用。

用影视、广播、话剧等方式演绎好路遥作品，并非易事。其中由路遥原著改编的电影《人生》的主演周里京、广播剧《平凡的世界》的播音者李野墨、2015年版电视剧《平凡的世界》的导演毛卫宁等艺术家做出了不可磨灭的贡献。为此，《故事里的中国》对这些再创作者进行了专访，通过他们的口述，了解到影视、播音工作者为传播路遥作品所付出的努力，也从各个角度还原路遥创作《平凡的世界》前后的殚精竭虑、呕心沥血，让人们聆听他"生于平凡，却敢于追求不凡"的生命交响。

伟大的作品如同时代的眼睛，我们可以通过这双眼睛看到时代、看到自己、看到一切，《平凡的世界》就是这样一双眼睛，很多人从书中找到了自己，也找到了出路，这是它永远无法被忽略的价值。

时至今日，《平凡的世界》所传递出的自强不息、顽强奋斗的精神，仍然在滋养生命、催人奋进，鼓励着更多的人——以奋斗追逐梦想，以认真撰写人生这本大书，如此，才能让这个平凡的世界变得不凡。

周里京：好的作品经得住时间考验

周里京：1954 年 12 月 1 日生于北京市，籍贯浙江绍兴。国家一级演员、导演、编剧。中华全国青年联合会第六届委员，中国电影电视艺术家协会委员，中国电影表演艺术学会理事，中国艺术家协会理事、顾问委员，北京电影学院表演系教授。1984 年主演的电影《人生》，获百花奖最佳影片奖、美国艺术科学院奥斯卡最佳外语片提名。

到西安拍《人生》这部片子时，我们见到了路遥先生。我和路遥先生好像有聊不完的话题。他创作时非常有激情，非常有生气，而且他在创作当中非常有韧劲。

路遥写《人生》时，一个人住在招待所，当时正好是冬天，写到巧珍要出嫁时，写着写着，他就把笔从窗户扔出去了，扔出去就哭，等稍微平静一下，还要接着写。结果大冬天的，他只好拿着火柴在楼下找那支笔，因为没有别的笔。把笔找回来后，他擦干了眼泪，接着写。所以我觉得路遥从《人生》到《平凡的世界》，都是用他的心血、他的生命写出来的。

路遥上小学时，同学们兜里都有点零钱，就是钢镚，有时候一下课大家身边就发出哗啦哗啦声，好像兜里有钱。路遥没钱，他就找了一些小钉子、小螺丝，也放在裤兜里，同学兜里哗啦哗啦响，他兜里也哗啦哗啦响，好像自己也有零钱。下课休息，大家都去操场玩，他就靠在教室的墙上，同学让他去，他就靠着墙一点点往外走。因为他的裤子后边有洞，走得太快，裤子就破了。我觉得，因为有生活积累，所以他能写出《人生》这样伟大的作品。

《人生》原来准备拍一部，投了 60 多万元，后来因为篇幅大，就拍成了上下两部，依然只用了 60 多万元，结果票房达到 2000 万元。那时票价是五分、一毛、一毛五，居然创造了 2000 万元的票房。《人生》不仅有很强的思想性，取得的经济效益也很好。

拍摄前，吴天明导演给我寄来了小说，还有一封信。刚开始，我没太注意看信，只看小说了，看完后再看信，马上给吴天明打电话，问我什么时候到剧组。那会儿我和吴天明导演也不认识，他说："你买张火车票过来呗。"我说："我尽快过来好吗？"因为看完小说，我觉得我必须演高加林。到了剧组，导演要排练，我说没问题，什么时候开拍？导演说一个多月以后开拍，我说好的，明天我想去体验生活。

我去体验生活的地方，就在延川县刘家沟的一个生产队，去了以后，和老乡住在窑洞里，土炕上面铺着一张残缺不全的毡子。每天早上，我去给他挑水。他说："你不用挑，我儿子挑。"我说没有关系。后来就是每天去犁地，赶着骡子，犁了两三天地，他说："明天我就不去了，我儿子跟你去。"我说："好啊。"我又说，"你干吗不去了？"他说："我还有别的农活。"我为什么答应呢？因为他儿子曾是民办教师，后来好像被别人顶下来了。

我们在地里干活，天一亮就得去，干到上午 10 点多钟，送饭的便来了，一边是水或稀饭，一边是白面和玉米面混合做成的干粮，有点像馒头。吃饭时，我问他："你不干民办教师了，干什么啊？"他说："学习啊。"我说："学习干吗？"他说："高考啊。"我说："高考完了呢？还回来当民办教师？"他没有说，但是我从他的眼神中能感觉到，他还会回来。通过体验生活，我觉得我可以演好高加林。

当时为了进入创作状态，人人都很较劲，我也比较较劲。有一个情节是发洪水，当时高加林在县里当广播员，出去采访，结果掉到了沟里。剧组挖了一个 2 米深的沟，我说不行，太矮了，同事说，这已经 2 米多了，我说再挖 2 米。后来很多人说，我是用替身演员拍的这一场戏，其实导演特别清楚，我当时就说，这场戏我绝对不用任何替身。当时大家就在那种创作状态中，从来没有想过报酬。那会儿拍《人生》是没有片酬的，我到西安，算是国家干部因公出差，每天补助费 1.2 元，如果晚上拍戏超过 12 点，再加 0.3 元。

我们拍了六七个月，后来改成上下部。当时导演也跟我说，拍一部的话，可能放不下这么多内容，我说我早就猜到了，他说那怎么办，我说接着拍呗。当时中影公司不希望有上下部的这种影片，但剧组上下都觉得，应该献给观众一部完整的作品。我说："顶多再加一两本胶片，为什么不把它拍完整了？实在不行，只给中影公司上部不就完了？"就这样，一个完整的电影《人生》出来了，这可能是吴天明导演和路遥先生更希望的样子。

　　电影还没公映时路遥就看过了，当时我们在做后期，那个台词都是后期录的，我和路遥都住在西安电影制片厂招待所，但不是同一个房间。录台词时，路遥有时候就到录音棚来听。录台词，一般晚上12点出棚。当时是冬天，我往招待所走，他也走，我们俩一前一后，他用陕北话跟我说："你怎么把他演成这个样子？"我说："是你把他写成这个样子了，不是我把他演成这个样子了。"路遥说："我把他写成这样，你就给演成真的了。"

　　路遥说，尤其是高加林卖馍的那个细节，没人买馍，高加林拎着篮子，穿了一双松紧口的鞋，走了回去。路遥说，他就希望高加林这么走，我说那就对了。但路遥还是说："很奇怪，你是怎么想到的？"我说："您提供了比较坚实的文学基础，您就是那么写的，所以我就那么走了。"

　　我是很较劲的人，在创作上我绝对不让步，这不是抢戏，而是我觉得，必须对得起观众，对得起这部作品。一个朋友跟我说，他前些天又重新看了一遍《人生》，觉得还是很好。我不是自卖自夸，我认为，好的作品经得住时间考验，不论是十年前，还是二十年前，乃至多少年前拍的作品，现在反过头看，依然经看，还是有可看的东西。我觉得这才是经得住时间考验、老百姓认可的艺术品。（根据周里京口述整理）

第二章 《平凡的世界》：
人生路遥，用奋斗触摸梦想

李野墨：路遥开创了好几个"第一"

李野墨：男，1958年7月13日生于北京，汉族。中央广播电视总台中国电视剧制作中心导演、演播艺术家。2019年10月，入选"70年70人·杰出演播艺术家"。

路遥的《平凡的世界》写出第一部后，其实并没有得到业界的认可，尤其是文学界，反响不太好。当时路遥很失落，他在北京，在电车上偶遇原中央人民广播电台《长篇连播》的资深编辑叶咏梅。叶咏梅跟路遥曾在延安短暂地共事过，所以他们很熟悉。叶咏梅是上海到延安插队的知青，她对延安有着极其深厚的感情。她见了路遥就问他最近在忙什么，路遥就把近况给她讲了一下，然后她问路遥能不能把这本书给她看一看。看了以后，叶咏梅很激动，她觉得路遥写得很好，就把《平凡的世界》推荐给领导，希望能在《长篇连播》播出。

领导看了《平凡的世界》后，也很感动，于是这本书就成了原中央人民广播电台有《长篇连播》这个节目以来，唯一一部书没写完就开始录的小说。播出后，听众反响热烈，《平凡的世界》才畅销了起来。在《平凡的世界》成功的背后，我觉得叶咏梅老师功不可没。

叶老师也是我的"贵人"。我当时是广播界的新人，此前只播过一两本书。我想，我可能只是叶老师考虑的若干个"之一"后的那个"之一"。她给我看了这本书以后，我正好有一段经历——当年为了拍戏，我到陕北去找外景地，在白水县认识了一个少年人，年龄跟我差不多。后来想，他不就是孙少平吗？在他家里的墙上，贴满了他小时候上学得到的奖状，每学期都有，但中学时，因为家里穷，他就不能继续上学了。我们俩坐在他家的炕头上，聊了一宿，他讲他对上学的渴望，对外面世界的渴望。第二天，我走的时候，他送我到长途公交车的车站。长途汽车离开村子后，上了盘山路，在山头转了一圈回来，我还能见到他那红色的、很旧的绒衣——他还站在那儿，看着我。汽车又转了一圈过来，他还在。

我把这个故事讲给叶老师听，我说我在那一刻觉得，我特别想为这片土地，为这片土地上的那些苦难的、勤劳的，而又很有自尊的人们做点事。可巧有了这本书。可能触动了叶老师的陕北情结了吧，她决定说："我不听别人的试音了，就是你了。"

我非常感谢的还有一位老先生，非常遗憾，我把他的名字忘了。他是《咬文嚼字》编辑部的，当时我读了一个错字，阴霾的霾，我是从小就认为它念 li。大家都没有注意到这个字我读错了，后来这个老先生写了一封长信，首先指出错误，然后可能是怕领导处罚我，写了好多鼓励的话，让我继续努力。

《平凡的世界》这本书在原中央人民广播电台创造了好几个历史上的"第一"。我录这本书时，第一部用的是印刷好的书，第二部用的是人家印刷厂的清样，第三部用的是手稿，我先录完了，才送去印刷，所以这是一个"第一"。还有一个"第一"，就是播出后，是原中央人民广播电台有《长篇连播》这个节目以来，单本书收到听众来信过万封的，原中央人民广播电台当年的统计数据是直接受众达3亿之多。到目前为止，没有书超过这个记录。（根据李野墨口述整理）

毛卫宁：路遥对苦难抱有善意和诗意

毛卫宁：1963年7月13日出生于北京市，毕业于上海戏剧学院，导演、制片人，四川广播电视集团导演、中国电视剧导演工作委员会理事，四川省电视艺术家协会副主席。2015年，凭借当代农村剧《平凡的世界》获得第21届上海电视节最佳导演奖。

从来没有一本书，像《平凡的世界》这样，与我有这么大的关系。

我第一次看《平凡的世界》，是 20 世纪 80 年代的末期，我刚刚从上海戏剧学院毕业，分在电视台工作，我也是先听到李野墨先生的播音，然后买了这本书。第一次读的时候，孙少平这个人物形象对我影响非常大，在"知识改变命运"这一点上，跟我当时的个人处境非常相似。像孙少平看《钢铁是怎样炼成的》一样，我也这样去读《人生》，读《平凡的世界》。

在此过程中，我忽略了别的角色，只对孙少平感兴趣。第一次读这本书，我把孙少平的部分来来回回看了好多次。几年后，20 世纪 90 年代中期，我被下派到县里挂职锻炼。那时叫中央讲师团，在省级单位工作的大学生都要去基层锻炼，我在四川某县挂职锻炼。这一年，我又读了一遍《平凡的世界》。这时我突然意识到，还有田福军这条线。

《平凡的世界》影响了 20 世纪 80 年代一大批年轻人，"知识改变命运"已是我们的人生标配，所以大家比较容易记住。但田福军的这条线也很重要，涉及了改革，正好我又身处在这条线上，我觉得，路遥惟妙惟肖地描写了 1978 年到 1985 年这一段县城改革的状况，他的观察细致深入，我在县里挂职锻炼这一年，甚至能找到现实中的人，对号入座去理解这本书。这是我过去没有注意的地方。

2013 年，当确定要我来导演《平凡的世界》时，我再次读了这本书，又特别关注孙少安。因为改革开放已取得巨大成就，小说中遇到的许多困境，在现实生活中已得到了解决。但孙少安的故事还是引起了我的关注，因为农民问题直到今天，依然是我们国家的一个重要问题。所以我在导演《平凡的世界》时，改变了原作的内容比例，将孙少安作为重要角色来刻画。

应该说，从读《平凡的世界》，到拍《平凡的世界》，整整经历了 30 年，我跟这本书一起成长。对《平凡的世界》，我最重要的感受是：表现苦难、表现残酷、表现卑微的书，很多作家都写过，但路遥却与众不同，他对年轻人的苦难、贫穷抱有善意，抱有诗意。在《平凡的世界》中，你会发现他充满了诗意。

在写《平凡的世界》时，路遥把生活中更多的积累爆发了出来，相比于《人生》，《平凡的世界》是一个跨越，我认为，这个跨越就是他对年轻人的这种善意和诗意。

《平凡的世界》中有 80 多个有名有姓的角色，但其中没有坏人，没有通常意义上的反面角色，他唯一鞭挞的人是王满银，因为他好吃懒做，渴望天上掉馅饼。在今天，王满银式的人物也存在。他们就是路遥所鞭挞的人，但在小说最后，王满银也改变了。

在电视剧《平凡的世界》中，王雷塑造孙少安时，有一些变化。此前我们也讨论过，因为我们意识到，《平凡的世界》毕竟是一部 30 年前的小说，要拍给 30 年后的年轻人看，自然要有所改变。王雷像周里京老师一样，也深入了生活，戏里的双水村，王雷非常熟，每家炕头他都坐过，每户人家他都认识。有一天王雷为了观察生活，坐到村口，外村来了一个老汉，赶了一群羊，王雷就过去搭讪，想用老汉的鞭子和这群羊照张相。老汉问他，他们这帮拍电视的到底啥时候才能走，显然，老汉把王雷当成村里的一个年轻人，还和他聊了半天。与此同时，我们也有一些现代的表现，比如，今天年轻农民的一些局限性等，在戏中的一些细节里，能够体现出来。

片子拍出来后，我曾谈道：路遥去世了，我说我不知道我对作品的理解是不是正确，我给自己设定了一个假想的场景，就是跟路遥对话问："我这么拍了，您是不是满意？或者您当时是怎么想的？"我经常在内心里面跟他对话，我会看他所有的文字，然后想他可能的回答。

后来我们做了一个片花，我和王雷带着它去了路遥纪念馆，面对路遥塑像，王雷把片花举着，献给了路遥先生。王雷说："这个您满不满意？"我回答说："路遥会满意的。"

我和我的团队只能用想象的方式、用灵魂的方式，与路遥对话。因为没有这种对话，我们可能完成不了今天的《平凡的世界》。（根据毛卫宁口述整理）

路遥：像牛一样劳动，
像土地一样奉献

车轮隆隆汽笛叫，
江南江北旗如潮，
——车过南京桥啊，
心儿翻腾似江涛；

看大桥，
大桥造得好，
五彩画笔难绘描；
看长江，
长江水变小，
一溜烟波静悄悄……
啊——
多少代，
多少朝，
勇士摇断千只橹，
好汉撑折万杆篙；

多少船夫盼桥的梦啊，
咆哮的江流一水漂……

如今谁的主意高？
如今谁的手儿巧？
天险飞彩虹，
南北变通道！
——那是咱毛主席绘蓝图，
大桥工人阶级造！

车出桥头堡，
回头瞧：
千条路上万车来，
飞过南京桥，
向着北京跑……

1970 年春，诗人闻频到延川县（隶属陕西省延安市）文化馆闲串，恰好文化干事吴月光从外面回来，他当时负责编《延川文化》，把一篇稿件递给闻频，说："这篇稿子，请你看看写得咋样？"

这首题为《车过南京桥》的诗，让闻频感叹道："没读完，我便被作者的才情深深打动了。其想象的丰富、诗句的奇特，十分令人震惊。"

吴月光带闻频去窑洞外见作者，在闻频印象中，是"一个小青年，个子不高（路遥身高 1.68 米），大约 20 岁，裹一件褪尽了色的烂棉袄，腰里还系着一条破麻绳。表情木木的"。诗的末尾，留有他的笔名——"缨依红"。

闻频说："笔名一般要求独特，好记、好念……你另想一个名字咋样？"

那个青年人略加思索，写下了"路遥"二字。

《车过南京桥》在《延川文化》发表后，很快被《延安报》《群众艺术》转载，这是路遥的处女作，一位当代文学史上的重要作家曰此踏上了创作之旅。

贫穷饥饿的童年

1949 年 12 月 2 日，路遥出生于陕西省清涧县石嘴驿乡王家堡村，属牛。他的父亲是王玉宽，母亲是马芝兰。父母一共生了 9 个孩子（6 男 3 女，其中一个男孩、一个女孩早夭），路遥是长子。

3 岁时，路遥因患重感冒差点死了，在《早晨从中午开始》中，他写道："我年轻而无知的父母不可能去看医生，而叫来邻村一个'著名'的巫婆。在那个年龄，我不可能对整个事件留下完整的记忆。我只记得曾有一只由光线构成的五颜六色的大公鸡，在我们家土窑洞的墙壁上跑来跑去；后来便什么也没有看见，没有听见，只感到向一种无边无际的黑暗中跌落。令人惊奇的是，当时就想到这里去死——我肯定这样想过，并且理解了什么是死。但是，后来我又奇迹般活了，不久就将一切忘得一干二净。"

4岁时，路遥开始帮父母带弟弟、妹妹，他的爷爷王再朝在这一年病逝。

5岁时，路遥成了寻猪草、砍柴等的好手，他后来写道："（我）小小年纪就出手不凡（后来我成为我伯父村上砍柴的第一把好手），为母亲在院子里积垒下小小一垛柴禾。母亲舍不得烧掉这些柴，将它像工艺品一样细心地码在院畔的显眼处，逢人总要指着柴垛夸耀半天。"

一次，路遥在上山砍柴时，一脚踩空，从山顶的一个悬崖上滑落，"我记得跌落的过程相当漫长，说明很有一些高度，并且感到身体翻滚时像飞动的车轮般急速。这期间，我唯一来得及想到的就是死。结果，又奇迹般地活下来了。我恰好跌落在一个草窝里，而两面就是两个深不可测的山水窖"。

两次与死亡擦肩而过，给童年的路遥留下心理阴影，但更大的阴影还是来自饥饿。

路遥的四弟王天乐曾说："路遥每天早晨睁开眼，就面临两件事——活下来，活不下来。"那时实在没东西可吃，饥肠辘辘的路遥甚至饿得跑到旷野里号叫，然后去地里一遍一遍地翻酸枣、野菜、草根……只要不苦的、没毒的，都往肚子里填。

路遥曾写道："童年。不堪回首。贫穷饥饿，且又有一颗敏感自尊的心。无法统一的矛盾，一生下来就面对的现实。记得经常在外面被家境好的孩子们打得鼻青眼肿回家；回家后又被父母打骂一通，理由是为什么去招惹别人的打骂。三四岁你就看清了你在这个世界上的处境，并且明白，你要活下去，就别想指靠别人，一切都得靠自己。因此，当七岁父母养活不了一路讨饭把你送给别人，你平静地接受了这个冷酷的现实。你独立地做人从这时候就开始了。"

路遥家有10来口人，却只有一条被子。路遥7岁时，曾上过小学，不久父母便逼他辍学，回家干活。因家里实在太穷，父亲将路遥过继给伯父王玉德（路遥的三弟王天云后来也被过继给伯父）。王玉德无子，赡养着路遥的奶奶。伯父也是农民，生活不宽裕，但好歹能让路遥上学。

路遥明知父亲要将自己"抛弃"，却又不能说破。他后来写道："我知道他（亲生父亲王玉宽）是要悄悄的溜走。我一早起来趁家里人都不知道，躲在村里一棵老树背后，眼看着我父亲踏着朦胧的晨雾夹着个包，像小偷似的从村里溜了出来，过了大河，上了公路走了。我特别伤心，觉得父亲把我出卖了。"

9 岁时，路遥终于又可以上学了。

喜欢编段子的孩子王

在小学，路遥与李世旺（即作家海波，以下均月海波）成为好友，他们差着 3 岁，但路遥只比海波高一年级。

据海波回忆："路遥当时一派洒脱，活脱脱一个孩子王。""路遥给我留下的第一印象是十分调皮，调皮到令我这样年龄小、身体弱的低年级同学敬畏的程度。很少有人公开和他作对，许多人都以能和他成为一伙为荣，我也不例外。"

路遥虽然调皮，但他不会让同学们感到害怕。

其一，路遥学习成绩好，知道的东西多。

其二，在老师面前他表现得很自信，即使在校长、教导主任面前，也自自然然。

其三，他不欺负小同学，不打人、骂人。"他的调皮主要表现在给人编段子和起外号上，前者能笑得人肚子痛，后者则让人感觉他有'说什么像什么'的能耐。"

据海波回忆，少年路遥编段子的水平不错，但讲段子的方法不行，别人还没听清，他就已经笑出了眼泪，而且他很烦别人追问，一追问，他就不高兴了。

路遥喜欢编段子，可能是受母亲马芝兰影响。马芝兰虽不识字，但有艺术天赋，能唱很多陕北民歌，每年春节闹秧歌，她可以即兴自编自唱。此外，路遥的五叔会弹三弦、说"链子嘴"。

"链子嘴"近似快板书，是从宋代乞丐的"莲花落"演变而成。在《平凡的世界》中，有一位擅说"链子嘴"的田五，能根据新闻事件，现场抓词。比如儿媳妇拒绝他去鱼塘揽工，他立刻就编成"链子嘴"：

双水村，有能人，
能不过银花和海民。
东拉河边挖土坑，
要在里面养鱼精。
鱼精鳖精蛤蟆精，
先吃牲灵后吃人。

吃完这村吃那村，
一路吃到原西城。
原西城里乱了营，
男女老少争逃命。
…………

当时村镇文化生活匮乏，最重要的事莫过于"放电影"——小学五年级到六年级，路遥在延川县城的城关小学住校，那里没有电影院，电影队都是临时租场地，一场一毛钱，每个大人可以带一个小孩。路遥便带海波混进去两次，后来被发现了，他们只好翻墙、钻洞进去。海波被抓住过一次，路遥却"总是平安无事"。

一次放电影，大家钻下水道进去，可一进去便被抓住了，但路遥还是逃脱了。没逃多远，他竟然混入"抓逃者"的行列，命令被抓的小孩们"站端"，然后又求情："训上几句让看去，都是些娃娃。"没想到，看守者们看穿了路遥的把戏，他们对着路遥笑骂一顿，还是放了他们。

少年路遥喜欢阅读，经常和海波泡在延川文化馆的阅览室，其实那里只是一孔窑洞。"那时延川没有汽车站，只有一个过路的停车点，过路的客车有时一天来一次，有时两天来一次，因此，无论报纸还是刊物，都比城市里来得晚，来这里看报刊的人很少。"路遥更关注军事和科学，而非文学。路遥的代表作之一《人生》的主人公名叫高加林，给该人物取名的灵感便来自首位飞上太空的苏联宇航员加加林，当时的陕北，几乎没人知道这个人。

诗人曹谷溪与路遥往来多年，曾任《路遥研究》的主编，他曾说："路遥的政治素养，略高于他的文学素养。他原来的理想不是要当作家，他要当职业政治家。但仕途的失落，唤醒了他潜藏在心底的'文学梦'。"

考了全县第二名

据路遥小学、初中的同学冯荷萍回忆，小学五年级时，她和路遥是同桌。路遥是在村小学上到四年级后才到县城读小学的，在城关小学，第一次上数学课，老师提问，路遥竟没举手就站了起来，大声喊："我会，我来答。"

老师不高兴地问："你叫什么？"

路遥高声回答："卫。"

卫是路遥的小名，同学们哄堂大笑。老师生气地说："大名叫什么？"

在冯荷萍眼中，路遥"个子不高，上身粗布上衣，下边大裆裤，转过脸是个孩子，背过身像个赶集市的农民"。

城关小学的住校生中，分"全灶生"和"半灶生"。"全灶生"在学校食堂吃饭，向学校交纳白面、玉米面和菜金。"半灶生"交不起粮食和钱，只能从家里带干粮，在学校食堂热一下吃。

路遥就是"半灶生"。据冯荷萍回忆，路遥带的饭团是黑色的，她第一次见这种食物，不知道是什么，便回家问父母。父母说，穷人为了省粮食，在饭团里搅了糠菜，所以变成了黑色。冯荷萍带零食给路遥，那时同桌的桌面下，"仓仓"是相通的，冯荷萍就把零食放在里面，可路遥从来不动。

一次，冯荷萍发现路遥没带饭团，就问为什么，路遥低下头小声说："我家今天没什么可下锅了，我走时，大妈还在借东西还没回来，所以今天没带干粮。"

冯荷萍把零食从"仓仓"中推给路遥，路遥又推回来，反复多次，最后"他终于接受了，脸上露出复杂的表情，像是感激又像是羞愧"。

路遥曾对海波说，最让他反感的事，是住校时有的同学在睡觉时，用被子蒙了头，偷吃干馒头，那"咯嘣嘣"的声音让饥肠辘辘的他更加难以入睡。

提到青少年时，路遥的回忆是"我几乎一直在饥饿中挣扎……只要能填饱肚子就满足"。

在小学，路遥的成绩非常好，成绩一直在班上是前几名，还当上了班长。毕业时，全班同学每人要交一毛五分钱作照相费，路遥没钱，很尴尬，还是冯荷萍主动借钱给他，这一次，"他没有推辞，很高兴地接受了"。

1963年，小学毕业时，"伯父不让我考（初中），但一些要好的小朋友拉着我进了考场。我想，哪怕不让我读书，我也要证明我能考上"。结果，14岁的路遥以全县第二名的成绩考入延川县唯一的全日制中学——延川中学，养父不同意路遥继续上学。上中学需交报名费，可养父没钱，城关小学的同学给路遥凑钱，也没能凑齐。

有人劝路遥，不如去找大队书记刘俊宽帮忙。刘俊宽和王玉德是结拜兄弟，他一个村、一个村地讨，讨到两斗黑豆，让路遥去县城卖掉，才终于凑够了报名费。此时报名时间已过了一个星期，按规定，延川中学取消了路遥的入学资格。刘俊宽带着路遥找到校长，路遥才得以入学。

▲　少年时代的路遥
　　（14岁左右）

知识青年返乡成农民

在初中，路遥是最穷的学生，只能吃"丙级饭"，即黑窝头、稀粥和酸菜。路遥自己曾说："我考上初中后，父亲叫我砍柴去。我把绳子、锄头扔在沟里，跑去上学了。父亲不给我拿粮食，我小学几个要好的同学，凑合着帮我上完了初中。"

在自传性质的小说《在困难的日子里》中，路遥借主人公马建强之口，写出自己当时的境况："饥饿经常使我一阵又一阵的眩晕，走路时东倒西歪的，不时得用手托扶一下什么东西，才不至于栽倒。课间，同学们都到教室外面活动去了，我不敢站起来，只趴在桌子上休息一下。我甚至觉得脑袋都成了一个沉重的负担。""中学时期一月只能吃十几斤粗粮，整个童年吃过的好饭儿几乎能一顿不拉（落）记起来。"

饥饿与贫穷，让路遥的内心异常敏感，在小说中，他写道："即使忍饥挨饿，我也从未踏入过别人家的瓜果菜地半步，我现在已经穷的被人瞧不起，除过自己的清白，我还再有什么东西来支撑自己的精神世界呢？假如我真的因为饥饿做出什么不道德的行为来，那不光是别人，连我自己都要鄙视自己了。"

整个初中阶段，路遥的学习成绩优异，毕业时考取了西安石油化工学校，那是一所中专，每月给学生发补贴，足够养活自己，毕业后还能得到城镇户口。然而，1966年暑假，根据上级命令，所有初中毕业生都要回原学校参加运动。

班主任让路遥去写黑板报，路遥高兴极了。他对四弟王天乐说，用笔，他一定能吃饱饭，他一定要把肉吃够，他一定要第一次穿到裤头。多少年后，王天乐回忆说："他想知道馍和肉能不能让人吃够，穿裤头和穿线裤睡觉是一种什么感觉。"

办黑板报时，路遥对自己写的一句话非常满意，即"大旗挥舞冲天笑，赤遍环球是我家"，一度还将"冲天笑"作为自己的笔名。

然而，1968年12月，路遥作为返乡知识青年，又被送回延川县养父母家中，成了一名农民。后来路遥曾写道："像我这样出身卑微的人，在人生之旅中，如果走错一步或错过一次机会，就可能一钱不值地被黄土埋盖；要么，就可能在瞬息万变的社会浪潮中成为无足轻重的牺牲品。"

1969年1月，2.69万名北京知青来到延安地区，其中1300多人来到延川县，他们中许多人是清华大学附中、八一中学等校的学生，其中包括后来成为著名作家的史铁生、陶正等。他们的到来，让路遥看到了一个完全不同的世界。

曹谷溪曾说："如果北京知青没有来，路遥和我们这些人的人生可能会大不相同，或许就一辈子当个农民。"

▲ 21 岁的路遥，1970 年（在延川）

北京知青打开了他的视野

知青刚到延川县时，路遥作为基层干部，与知青往来较多。知青杨世杰回忆说："（路遥）爱结交朋友，尤其喜欢跟我们北京知青交往。"

后来路遥曾直言不讳地说："是这帮知青打开了（他）这个陕北后生的思路，把他的视野从这片黄土高坡，导向了全国，导向了世界，导向了社会的高层次。"路遥还劝海波，"应该多和北京知青接触。这些人看问题准，表达能力也强，'像用手指捅窗纸，一下一个窟窿'。"

回村后，路遥在小学当了一年左右的民办教师。好在诗人曹谷溪还记得他，曹谷溪读过路遥的一首名为《我老汉走着就想跑》的诗：

明明感冒发高烧，
干活还往人前跑。
书记劝，队长说，

谁说他就和谁吵：
学大寨就要拼命干，
我老汉走着就想跑。

这首诗是目前所知的、路遥最早的作品，但正式发表时间比《车过南京桥》晚。此时路遥的创作还有较强的时代烙印，手法也比较稚嫩，但曹谷溪认为路遥很有才华，后来亲手把它抄写在新胜古大队的黑板报上。

曹谷溪当时正在县城担任通信组副组长，组织过多期通信员培训班，以培养骨干通信员的名义，招路遥回县城，在第一、二期培训组当学员，每月只能领 18.5 元的误工补贴。在培训组中，有很多是北京知青，包括路遥后来的妻子林达。

当时延川县城有一个"毛泽东思想文艺宣传队"，主要成员是北京知青，路遥也常去参加活动，结识了北京女知青林虹（也有一些文章写为林红）。林虹是北京八一中学的初中生，父母在北京侨委工作，二人很快发展为恋爱关系。

1973 年，作家李小巴到延川县采访，经曹谷溪介绍，认识了路遥。据李小巴回忆："一天傍晚，他陪我在小县城里逛，他笑着对我说，'北京知青来了不久，我心里就有种预感——我未来的女朋友就在她们中间。'我当时听了十分惊异。我认为这是不可能的事。我几乎认为这是一个不自量力的陕北后生在口吐狂言。"

路遥的好友白炜得知路遥与林虹相互有好感，便故意安排二人正面接触。他带林虹去文化馆院里打扫卫生，推开靠左第一孔窑洞时，林虹见路遥正和衣躺在床上看书，林虹害羞，拔腿就跑。白炜追上林虹，说："你咋能这样？既然有好感、想谈恋爱，为什么怕见面？怪事情！"林虹只好跟白炜重新走进路遥临时休息的办公室。

"你们谈吧，好好谈，我把大门锁住。"白炜说。

一个汉子，不可能不受伤

林虹对路遥的影响很大，路遥后来一直都喜欢在下雪天沿河散步，喜欢唱俄罗斯歌曲，比如《三套车》《拖拉机手之歌》等，喜欢大红衣服，都和林虹有关。

1971年春，位于陕西省铜川市的某军工企业来延川招工，路遥、林虹都报名了，林虹因体检不合格被刷了下来，路遥为了爱情，把招工名额让给了林虹。林虹出了农口，成了工人。到工厂后，她将第一个月的工资寄给了路遥，第二个月，也只留了一点生活费，剩下的给路遥买了高档香烟等。

不过，也有文章指出，当时招工是要一名普通话较好的播音员，路遥的口音很重，不大可能被录取，而林虹曾在县里当过播音员，她的招工指标可能不是来自路遥的赠予。

林虹到铜川的工厂后，与路遥的接触减少，爱上了厂里的一位同事，她感到很矛盾，就和一位在内蒙古插队的女同学倾诉内心的苦闷，没想到，这位女同学竟替林虹给路遥写了一封绝交信。

收到绝交信时，路遥正被隔离审查，浑身生疮，2个月无法下地行走。曹谷溪一辈子只见过路遥两次痛哭，一次就是这一天。

曹谷溪说："路遥的干姐姐刘凤梅（她的父亲刘俊宽，作为村的大队书记曾帮助路遥上了初中，因和路遥伯父王玉海是结拜兄弟，所以路遥称她为干姐姐）告诉我，有一次她回家见到路遥穿一身白衣服，腰里扎一根麻绳。问他给谁戴孝？他说，给自己戴孝。以极端的方式，来宣泄苦闷，这事令人心痛。"

曹谷溪跑到路遥的住处，说："一个汉子，不可能不受伤，受伤之后，应该躺到一个阴暗的角落，用舌头舔干身上的血迹，再到社会上去，还是一条汉子。那个官能当就当，不能当算了，又不是先人留下的，有什么撂不开的？林红（虹）走了，那算个啥事，世上好女人多得是，又不是死光了，不值得你哭鼻流水。"

这段恋情给路遥带来一生的影响，在《人生》《平凡的世界》中，男主角最终都抛弃了女主角。

作家邢小利回忆，一次他和路遥聊天，路遥说，陕北姑娘待人极好，只要爱上某个人，即便后来有情人未成眷属，也一辈子忘不了。路遥感慨地说："那是真爱，不是为了你什么才爱的。"路遥渴望自己的女友能像陕北女子那样淳朴、忠诚，又渴望她有北京知青那样的知识和家庭实力。

谈了七八年恋爱才结婚

得知林虹与路遥分手，同在通信组的林达来安慰路遥。林达是北京知青、关庄公社的妇女专干，刚被调进县城，进了通信组。林达生于1951年，比路遥小两岁，她的父亲是林彦群，后来任中国新闻社福建分社社长，是知名归侨。

将林达提拔到县城的是曹谷溪，因林达与林虹是同学，林达是班长，还是公认的才女，二人关系非常要好，她们的父母在同一单位工作，看林达到延川插队，林虹也跟了过来。曹谷溪希望林达去做林虹的思想工作，让她回心转意。没想到，当路遥讲起他和林虹的故事时，林达一直流泪，他们反而成了恋人。

据林达的好友、画家邢仪回忆，一年春节，路遥和林达邀请她和另一位北京女知青到他家过年，"路遥妈把窑洞收拾得干净利落，窗明席（炕席）净，新糊的窗纸上贴着窗花，热炕上已摆满待客的大红枣、南瓜子、炒黄豆和油馍馍。我们连说带笑爬上炕，玩了一天扑克，笑闹中第一次领略了路遥的妙语连珠和冷幽默。路遥大（养父）沉默寡言，满脸慈爱，蹲在灶台后拉风箱。路遥妈看着儿子和准儿媳，看着准儿媳的北京同学，喜不自禁"。

林达把恋爱的消息告诉母亲，母亲听完了，却说："你讲的都是路遥的优点，路遥有什么缺点呢？……你不知道他的所有缺点，就说明你并不很了解他，你们的事缓一缓为好。你先得冷静下来，拉开距离之后看看。从某种意义上来说，只有你愿意接受和包容他的全部缺点的那个人，才能成为你的生活伴侣……"

林达曾带路遥回北京见父母，林达的母亲较开通，她说："女儿爱上了，我有什么办法呢？"在北京，路遥陪林达见了她的许多同学和家长。有家长说，路遥长得像当时的体委主任王猛，比想象中好；也有家长说，这个陕北小伙子不错，但如果是和我闺女，我不同意。

二人谈了七八年恋爱，直到1978年1月才在延川县招待所里结婚。

据参加婚礼的邢仪回忆："可能是过于紧张，（林）达的脸色苍白，（林）达与路遥站在众人面前显得挺不自在，他们两人分别都向外拧着身子。有人提议，路遥唱歌（林）达和诗，但两位新人几经推脱，最后不了了之。不知怎的，气氛就是出不来。"

渐渐融入北京知青圈子

与林达的爱情，改变了路遥。在当时，北京知青是一个非常封闭的圈子，与外界较少联系。在当地青年中，路遥最早追求北京知青，用邢仪的话说："恋爱一时成为延川县城里青年人热议的话题，许多陕北青年也跃跃欲试，他们试探地问我们：'你们怎么看这件事啊？'"

北京知青也普遍感到好奇，为什么有才女之称的林达会接受一个农民的爱。大家都想看看路遥究竟有什么魔法，这给了路遥机会，他趁机"交了许多知青朋友"。

林达的同学史铁生曾说："我在村里喂牛，难得到处去走，无缘见到他（路遥），我的一些同学见过他，惊讶且叹服地说那可真正是个才子，说他的诗、文都作得好，而且说他年轻，有思想抱负，说他未来不可限量。"史铁生从小就喜欢写作，所以"十分地羡慕他（路遥），十分的羡慕很可能就接近着嫉妒"。

邢仪曾直言不讳地说："由于（林）达的关系，路遥渐渐融入北京知青的圈子。"

一方面，北京知青随身携带大量书籍到陕北，其中不少在当时不允许流通。向知青借书，成了当地青年开阔视野的重要渠道。

另一方面，许多北京知青出身高知家庭，审美素养较高。

通过交流，路遥逐步接受了批判现实主义的美学观，代表作家有列夫·托尔斯泰、陀思妥耶夫斯基，全力塑造普通人为追寻崇高的精神境界，坦然接受种种苦难、诱惑的折磨。这种来自东正教"圣徒传"的写作方式，为失去信仰的现代人提供了新的可能，赋予读者们强大的精神力量，使心灵、永恒、不朽等模糊的概念变得真实可感，被称为现实主义文学的最高峰。

在相当长的一段时期里，这种从欧洲文学舶来的美学观只在院校、知识群体中被接受，通过与北京知青的接触，路遥发现了文学的新大陆——文学不只是美好的语言，它还可以成为精神财富。

1972 年 5 月，《延安山花》诗集由山西人民出版社出版，收录了路遥个人创作的 4 首诗，以及与曹谷溪合作的 2 首诗，引起一定社会反响。

在此阶段，路遥主要身份是诗人，比如他在这一阶段创作的《促拍满路花新填》：

> 抛尽男儿意，换来一无情。
> 城北廓南处，独怜心，何必惆怅？
> 笑向华岳峰。
> 少年正青春，水出火入，便是灿烂人生。
> 揩抹了轻烟浮云，还原真意境。

毕生学葵花，向日倾。

路远任重，无意去争风。

李白桃再红，总要凋零，不及雪里青松。

虽然这首诗一直没公开发表，直到路遥去世后，家人才从他的日记中找到，但与此前的创作相比，路遥的创作显然变得更成熟——抒情更富节奏、更为内敛，不再是一味地剑拔弩张，可减少了口号式的宣泄，该用什么来填充空白呢？

被延安大学中文系录取

1973年，大学恢复招生，采取各单位推荐选拔制，路遥递交了申请书。路遥申报的志愿分别是北京大学哲学系、西北大学中文系、陕西师大中文系。路遥没考虑延安大学，因此前延安大学屡经动荡，路遥对该校的师资力量、教学水平等似乎不太满意。

暑假时，路遥在延川中学参加了"高等院校招生文化考察"，最终成绩是：语文83分，数学22分，理化30分，平均45分。

在理化试卷上，路遥写了这样一段话："本人由于职业和工作的关系，七年未能复习化学，只在考试前翻阅了一下书，这样容易的题都做不出，实感内疚，如果复习时间放长一点的话，还可以做出的……"

那时的招生指标到县，包括学校、专业同时到县，延川县正好有北京师范大学中文系和陕西师范大学中文系的招生指标，这两所大学曾对路遥的成绩表示满意，却因其他原因婉拒。林达知道后，直接找到当时的县委书记申易。申易以开明、爱惜人才著称，他建议路遥，可以考虑上延安大学，因申易的堂弟申沛昌正在延安大学中文系当副主任，且是延川招生组负责人。

当时想上大学，最难过的是"政审"，申沛昌反复向校领导做工作，打消大家的戒备心理，最终，校党委批准"一方面果断录取，另一方面也小心应付"，路遥终于圆了大学梦。

多年之后，路遥在给申沛昌的信中写道："世界之大，但知音不多，学校三年，我们虽然是师生关系，但精神上一直是朋友，您是我生活中少数几个深刻在心的人，我永远不会忘记您。"

1973 年 8 月 20 日，路遥被延安大学中文系录取，"走出了他人生中非常关键的一步"。

大学时代依然贫穷

在延安大学，路遥共学习了 3 年。路遥的养母李桂英曾说："儿子（路遥）上大学前靠家里，上大学后靠的是林达，林达是北京人，家里境况好，在经济上给了儿子很多接济，就连背到学校里去的被子和褥子，都是林达给准备的。"

海波后来也回忆说："在路遥最困难的日子里，林达和他订婚，为了供路遥上大学，使出了全身的力气；婚后甘愿当陪衬，勤勉持家；路遥去世后，面对许许多多的不理解，始终保持着高贵的沉默。"

当时林达的工资也不高，据她的领导曹谷溪说："林达是参加知青招干考来的，路遥是农民身份，那几年我给他安排了在宣传部写文章的临时工作，可以拿误工补贴，一个月 18.5 元，但给林达开的工资和我自己一样高，都是 38.85 元。"

当时的延安大学，主要教学时间都用在"开门办学"上，学员经常到工厂、农村锻炼，路遥真正上课的时间仅一年。路遥主要靠自学，为挤出读书的时间，路遥经常"逃课"，据同学白正明回忆："有时候，上课铃声响了，同学们开始上到二层楼上的教室，路遥猫着腰，怀揣着书由教室楼下一晃一晃地走出校门……一直看书到开饭前返回。""老师在讲台上讲着课，他（路遥）趴在桌上漫不经心地听着听着，就会发出熟睡的鼾声。"

延安大学改变了路遥，体现在两张书单上。

据学者程旸梳理，上大学前，路遥向曹谷溪等人借阅了《浮士德》《草叶集》《铁流》《飞鸟集》《钢铁是怎样炼成的》等书，此外还从知青手中借阅了《牛虻》《安娜·卡列尼娜》《约翰·克里斯多夫》《静静的顿河》等，在知青陶正的推荐下，路遥还迷上了艾特玛托夫。

上大学后，路遥迷上了柳青的《创业史》，他"随身携带的《创业史》，被他读得'脱皮掉肉'，破烂不堪，重要章节，背诵如流"，并大量研读了古典文学。与前一阶段比，路遥的阅读面缩小了，更偏向精读，此后一直奉周立波为自己的文学教父。

此时，路遥在精神上开始摆脱知青的影子。

当时的知青们带有较强烈的居高临下的姿态，以历史的开创者和解释者自居。比如陶正，他曾写道："比如我，归根结底是要以现身的行为求得一种精神上的乐趣，一种高尚的自我满足。"

路遥则不同，他将自己视为底层，对底层群体没有"哀其不幸，怒其不争"的想法，也从不把自己定位为"启蒙者"。

大学时代的路遥依然贫穷，他的干姐姐刘凤梅（当时在延安纪念馆工作）回忆一次路遥去自己办公室的情景："他穿一双很破的布鞋，脚趾头都露了出来，腿上穿一条铁灰色的涤卡裤子，裤缝扯开有半尺长，我要为他缝，他有些不好意思，我说：'我们不是姐弟吗？'他笑笑，说：'那你缝吧！'"

第一次获奖

1976 年 7 月，27 岁的路遥从延安大学毕业，被分配到陕西省文艺创作研究室工作，此后在延河杂志社当编辑。他的生活依然困窘，甚至连内裤都没有。有朋友去看他，他起床，不敢直接从被窝里爬起来。因为他光着屁股，必须要在被窝里穿上长裤才能起床。

1978 年，路遥创作的中篇小说《惊心动魄的一幕》，深受雨果的《九三年》影响，据路遥的同事晓雷回忆："我看过后的第一感觉是震惊，既震惊这部小说的真实感和我的朋友闪射出来的令我羡慕甚至嫉妒的才华，又震惊于这部小说主题和思想的超前。"

《延河》的副主编贺抒玉把这篇小说推荐给其他文学期刊，却屡遭退稿，路遥一度感到绝望，请朋友投给《当代》，并表示：仍不刊用，就不必退稿了，可以直接烧掉。意外的是，小说得到《当代》主编秦兆阳的赞赏，他把路遥请到人民文学出版社（《当代》隶属于人民文学出版社），修改了 20 多天，增加了 1 万多字，最终在头条刊发。同年，《惊心动魄的一幕》获得首届全国优秀中篇小说奖，这是路遥第一次获奖。

在《早晨从中午开始》中，路遥写道："秦兆阳等于直接甚至是手把手地教导和帮助我走入文学的队列。"

参加首届全国优秀中篇小说奖颁奖会时，路遥结识了时任中国青年出版社副总编辑的王维玲，王维玲主动向路遥约稿，路遥一口应允。

领奖的当天晚上，还发生了一件让路遥刻骨铭心的事。他刚回宾馆，便接到一个陌生女人的电话，路遥问她是谁，她回答道："你真的记不得我了吗？一个熟悉的老朋友。"

据作家高建群回忆，路遥扔下电话，像疯了一样跑下楼，看到一个穿红风衣的女子，正在马路对面的电话亭边等他。这位女士说，她曾经来过西安，围绕着那座住宅盘桓了很久，没勇气打听他住在几号，也没有勇气去敲门。她就是路遥的初恋林虹。

高建群说："他（路遥）怀着一种可怕的、令人肃然起敬的感情，恋着她（林虹）。"

可能正因这一刺激，路遥决定在小说中塑造一个完美女性的形象——巧珍。

▲ 30 岁的路遥

《人生》引起轰动

1981 年夏，路遥在陕北甘泉县招待所中用 21 天，写出 13 万字的《人生》初稿。此前 3 年，路遥一直想写长篇，但两次努力，都未能成功。

路遥曾回忆这 21 天的生活："记得近一个月里，每天工作 18 个小时，分不清白天和夜晚，浑身如同燃起大火。五官溃烂，大小便不畅通，深更半夜在陕北甘泉县招待所转圈圈行走，以致招待所白所长犯了疑心，给县委打电话，说这个青年人可能神经错乱，怕要寻'无常'。县委指示，那人在写书，别惊动他。"

刚写完一稿，路遥的亲生父亲王玉宽因砍了村子路边的树，被公安局拘留了，路遥只好跑回去解决问题，还去陕北佳县的道教圣地白云山道观，抽了一签，然后，他抱着小说去铜川煤矿，找到四弟王天乐，给他念了一遍。

据王天乐回忆，路遥读完后，流下热泪，他说："弟弟，你想作品首先能如此感动我，我相信它一定能感动上帝。"

作家高建群说，《人生》写完后，路遥从甘泉回到延安。那天晚上，延安城铺满了月光，他们像梦游一样在大街上来来回回走到半夜。路遥指着那包手稿说："中国文学界就要发生一件大事！"

在西安和咸阳，路遥又用了 10 多天，把稿件改了一遍，最终，以《生活的乐章》为题，寄给了王维玲。王维玲收到稿件后，立刻回信，写了五点修改意见，路遥又来到北京，改出了第三稿。《人生》发表在 1982 年第 6 期《收获》杂志上，立即引起了巨大轰动，从此奠定了路遥的文坛地位。

《人生》被视为一代青年人的励志手册。马云曾说："路遥对我的影响最大，18 岁时，我是蹬三轮的零工，是《人生》改变了我的人生。"贾樟柯也说："上初中时，路遥的《人生》对我影响特别大。"

在一个变动的时代中，《人生》发出了真实的感慨："人生啊，是这样不可预测，没有永恒的痛苦，也没有永恒的幸福，生活像流水一般，有时是那么平展，有时又是那么曲折。"

路遥后来曾这样概括《人生》："这是如何对待土地——或者说如何对待生息在土地上的劳动大众的问题。是的，我们最终要彻底改变我国的广大农村落后的生产方式和生活方式，改变落后的生活观念和陈旧习俗，填平城乡之间的沟壑。我们今天为之奋斗的正是这样一个伟大的目标。这也是全人类的目标。"

1984 年 9 月，由路遥执笔改编、吴天明导演的电影《人生》公映，再度引起轰动。这一年 10 月，《人生》成为中国选送的第一部参加奥斯卡最佳外语片评选的影片。

呕心沥血写《平凡的世界》

《人生》享誉海内外，但文学圈也出现了不同的声音，比如《人生》已写到尽头了，路遥再怎么写，也难超过现在的水平。

面对无休止的赞誉，以及各种活动，路遥深感困扰，他将此称为"广场式生活"。路遥写道："在无数个焦虑而失眠的夜晚，我为此而痛苦不已。在一种是纯粹的渺茫之中，我倏忽间想起已被时间的尘土掩盖得很深很远的一个过往年月的梦，也许是二十岁左右，记不得在什么情况下，很可能在故乡寂静的山间小路上行走的时候，或者在小县城河边面对悠悠流水静思默想的时候，我曾经有过一个念头：这一生如果要写一本自己感到规模最大的书，或者干一生中最重要的一件事，那一定是在四十岁之前。"

一天，路遥正在陕西文艺杂志社编稿，杂志社的主编王丕祥通知路遥：省里将提升路遥担任陕西省作家协会副主席。没想到，路遥立刻拒绝了，他说："当作家协会副主席一职，我需要等到 40 岁以后，到那时我应该写出几部作品了，我想趁年轻多写几部作品。"

有人说路遥"强悍而有侵略性，人也很强势"，正因"强势"，路遥有了新的创作目标。早在 1982 年，路遥便开始构思《平凡的世界》，创作这部小说，给路遥的健康带来难以逆转的伤害，他自己写道："身体软弱得像一摊泥。最痛苦的是吸进一口气就特别艰难，要动员身体全部残存的力量。在任何地方，只要一坐下，就会睡过去……"

作家唐栋曾拜访路遥，发现路遥抽烟过多，"他抽烟很用力，几口就吸完一支，然后把烟头往地上一丢。我借着渐渐明亮起来的光线，发现地上竟然铺了厚厚一层烟头，就像是一种行为艺术。难怪我进屋时感到脚下软绵绵的像踩在什么东西上，原来是这么多烟头"。

见唐栋惊讶，路遥说："这砖地，潮，老鼠还爱打洞；烟能防潮，老鼠也怕这味道。当然，最主要的，还是图个方便，弄个烟灰缸，几下子就塞满了，不停地去倒，麻烦。"

1987 年，《平凡的世界》第二部完稿后，路遥突然开始吐血。在弟弟的陪同下，路遥去医院做了检查，诊断结果是路遥因乙肝引发肝硬化腹水，病情已非常严重。医院要求路遥立刻停止工作，住院治疗。

然而，路遥拒绝了。

一方面，当时社会对乙肝有误解，以为有严重的传染性，乙肝患者常遭歧视。路遥个性要强，无法接受这样的局面。

另一方面，路遥担心从此无法工作，写不完《平凡的世界》。

路遥说："我第一次严肃地想到了死亡。我看见，死亡的阴影正从天边铺过。我怀着无限惊讶凝视着这一片阴云。我从未意识到生命在这种时候就可能结束。"

第二章 《平凡的世界》：
人生路遥，用奋斗触摸梦想

完全被失败和批评打蒙了

写完《人生》后，路遥已是"著名作家"，但收入不多。到后来，他也求朋友找几个效益好的企业，愿意帮着编一本"报告文学"，他说："我也是人，又不是跟钱有仇。"

路遥曾参加一次"荣归故里"的商业活动，只拿到500元钱的出场费和一袋白面，当时他"上身一件土黄色夹克衫，里面一件土布衬衫，看上去好长时间没有洗似的，一条皱巴巴牛仔裤，基本分不清什么颜色"。

让路遥伤心的是，《平凡的世界》第一部在发表时遭遇巨大挫折。西安作协领导将第一部推荐给《当代》杂志的编辑周昌义，提出三个要求：第一，全文一期发完；第二，要刊发在头版头条；第三，必须用大号字体。

周昌义还和路遥见了一面，他拿着原稿在招待所读，却"读着读着，兴致没了"，因为"还没来得及感动，就读不下去了。不奇怪，我感觉就是慢，就是啰唆，那故事一点悬念也没有，一点意外也没有，全都在自己的意料之中，实在很难往下看"。

周昌义决定退稿，此后，《收获》《十月》等杂志也决定退稿，路遥只好把它发表在《花城》杂志上，可反响不佳，第二部就被拒绝刊登了，几年后，才在《黄河》上登出。

据作家白描回忆，《平凡的世界》第一部完成后，"在北京举行的作品研讨会，评论家们对《平凡的世界》几乎是进行了全盘的否定，有些人说得很难听，说真难想象《平凡的世界》是出自《人生》的作者之手……离开北京那天，风雪依然迷漫，去首都机场的路没有现在的高速公路，只有辅路，雪是横着飞，有点林冲在风雪山神庙的感觉。在路上，我们的车和对面来的车几乎相撞，滑到了旁边。我吓得大叫，而路遥在后面昏昏欲睡，他完全被失败和批评打蒙了"。

对于《平凡的世界》受冷遇，周昌义的解释是："当时的中国人，饥饿了多少年，眼睛都是绿的。读小说，都是如饥似渴，不仅要读情感，还要读新思想、新观念、新形式、新手法。那些所谓意识流的中篇，连标点符号都懒得打，存心不给人喘气的时间。可我们那时候读着就很来劲，那就是那个时代的阅读节奏，排山倒海，铺天盖地。喘口气都觉得浪费时间。这不是开脱，是检讨自己怎么会铸成大错。"

1986 年，文联出版公司出版了《平凡的世界》，责任编辑后来写文章说，书稿拿回到出版社以后，同样遭遇了不小的麻烦，领导也缺乏信心。听说当代杂志社和人民文学出版社曾经退稿，领导就更缺乏信心了。

在病床上仍在构思新小说

1987 年，路遥在北京的电车上遇到了原中央人民广播电台的资深编辑叶咏梅，叶咏梅是曾在陕北黄陵插队的北京知青，路遥在延河杂志社当编辑时，与她相识。在叶咏梅的帮助下，1988 年，《平凡的世界》在原中央人民广播电台 130 天连续播放，直接受众达 3 亿之多，引发巨大社会反响，听众来信达 1 万多封。

1989 年，路遥把《平凡的世界》的电视改编权给了电视台。剧组专门到西安跟他见面，递给他一个信封，说是著作权报酬，打开一数，680 元。

1991 年 3 月，路遥荣获第三届茅盾文学奖。令人唏嘘的是，路遥竟无坐车钱到北京领奖，只好求四弟王天乐帮着筹款。领奖日期临近，王天乐终于借到钱，赶到西安火车站送给路遥，并愤愤地说："今后不要再获什么奖了，如果拿了诺贝尔文学奖，我可没本事给你搞来外汇。"

获得茅盾文学奖后不久，路遥便病倒了，他对弟弟王天乐发火，嫌他不经常来看他，在病床上，路遥和林达签了离婚协议。他们已分居多年，为了不给女儿带来伤害，顾及路遥的"面子"，二人勉强保持着法律上的婚姻关系。林达与路遥是患难夫妻，但路遥有三大"恶习"：一是作息时间颠倒，基本不做家务；二是花钱大手大脚；三是收入菲薄，却经常借钱接济穷亲戚，导致债台高筑。

▲ 路遥获第三届茅盾文学奖照片（封面、内页）

海波曾说："他（路遥）把最好的、最大的、最本质的一面献给了社会，献给了读者，而把阴影留给了他的亲人，特别是他的爱人林达。"

在病床上，路遥还在构思新的小说，他说："如果哪天我再站起来，一定要把这些故事写成长篇，每一部都可以超过《平凡的世界》。"

遗憾的是，路遥没能再站起来。

在路遥的弟弟中，有两人因肝硬化腹水英年早逝。

大弟王为军，1997年病逝，年仅44岁。

四弟王天乐，2007年病逝，年仅48岁。

1992 年 11 月 17 日上午 8 时 20 分，年仅 42 岁的路遥因肝硬化、消化道出血医治无效去世。临终前，路遥大喊弟弟："九娃，快救救我，快救救我呀……"在弟弟的怀抱中，路遥痛苦死去。

在葬礼上，林达送来了一副挽联，"路遥：你若灵魂有知，请听一听我们的哀诉……"著名作家陈忠实说："一颗璀璨的星从中国文学的天宇陨落了，一颗智慧的头颅终止了异常活跃、异常深刻，也异常痛苦的思维。"

路遥被安葬在陕西省延安市延安大学的文汇山，墓地很简陋，墓碑上刻着 13 个字，是路遥生前最爱说的一句话：像牛一样劳动，像土地一样奉献。

▲ 病中的路遥

第二章 《平凡的世界》：
人生路遥，用奋斗触摸梦想

曹谷溪：路遥的文学之路，
从《山花》开始

曹谷溪：陕西清涧人，中国共产党党员。1962 年参加工作，历任延川县贺家湾公社及县委炊事员、通讯员，贾家坪公社团委书记，县革命委员会政治工作组通讯干事、宣传组副组长、通讯组组长，《山花》文艺报主编，延安地区文艺创研室副主任，《延安文学》副主编，文联党组成员、常务副主席，《延安文学》主编，编审。中国延安文艺学会理事，陕西省作家协会常务理事。1963 年开始发表作品。1991 年加入中国作家协会。

《山花》是 1972 年创刊的。1965 年，共青团中央、全国总工会和中国作家协会在北京联合召开了一个会议——全国青年业余文学创作积极分子代表大会，朱德委员长、周恩来总理等党和国家领导人接见了这个会议的全体代表。我那个时候是个 25 岁的后生，一个公社的团委书记，第一次到北京，第一次进人民大会堂，非常高兴。首长和我们合影以后，我写了几句顺口溜：

> 红军的儿子延安娃，
> 枪声里出生，红旗下长大。
> 毛主席给我三件宝：大笔、枪杆、锄一把。
> 扛锄我会种庄稼，挥笔满山开诗何。
> 工农兵定弦我唱歌，工农兵爱啥我唱啥。

"工农兵定弦我唱歌，工农兵爱啥我唱啥"从此就成了我进行文学创作和文学活动的出发点，也成了《山花》的办刊宗旨。

在百花凋零的早春寒月，我和路遥、陶正等，还有本地的文化人白军民，一起出版了一本诗歌集，叫《延安山花》，最早的版本叫《工农兵定弦我唱歌》。《工农兵定弦我唱歌》这首诗是《延安山花》的开篇诗，这本诗集在国内外发行了2880册，于是，我们就在1972年创办了文学报《山花》。

山花也就是山丹丹花，学名叫斑百合，它生长在陕北黄土高原的一种非常贫瘠的土地上，但开的花非常鲜艳。它吸收得很少，奉献得很多，是陕北人们最喜欢的一种花，就像民歌中唱的那样："山丹丹花开红艳艳……"

路遥和我一起创办《山花》的时候，我29岁，路遥21岁。路遥后来创作了高加林、刘巧珍、孙少安、孙少平等许多栩栩如生的文学形象，但真正解剖开来，路遥比他创作的所有人物都生动。

那时路遥刚被免去县里的职务，就在这时，路遥的初恋又失败了。他的恋人通过内蒙古的一个北京知青给他写了一封信，说咱俩的这个事情不行了，而且有一句令路遥非常伤心的话——癞蛤蟆还想吃天鹅肉。意思是，你个陕北土包子还要恋北京知青。

路遥在我面前哭泣，说"我完蛋了"。我说路遥啊，一个汉子不可能不受伤，受伤以后你不要哭泣，而是要躲在一个没有人去的地方，用你的舌头舔干伤口的血迹，然后到人面前去，依然是一条汉子。

路遥是一个渴望走向大世界的陕北后生，当时我们陕北有两句顺口溜就是："烟不好是大前门，朋友不好是北京人"。路遥就是要找北京知青，就是说他很希望他的恋人、爱人是北京知青。

后来，林达成了路遥的妻子，他们的孩子叫路远。路遥的路，林达的达有时又写成远，所以就叫路远，建立了一个很美满的家庭。

路遥说，文学使我和谷溪在没有胜利的这一场战争中成为朋友。《路遥文集》第二卷里面有一篇文章叫作《土地的寻觅》，路遥说，谷溪和我是属于两个不同营垒的对手，但是文学又使我们成了朋友，处在一个文学的环境里边。

文学改变了路遥的生命轨迹。刚开始，路遥是写诗的，不是写小说。后来路遥说："我除了诗歌之外，还有热茶饭。"路遥的第一篇小说就是在《山花》发表的，叫《优胜红旗》，后来路遥也是靠这篇《优胜红旗》，一直走向中国文坛的顶峰，获得了最高文学奖。

路遥的所有作品都是励志的，都是鼓舞青年积极向上的。很多媒体记者问我："谷溪，你是路遥的朋友，路遥在哪个窑住过？"我说那时延川县很困难，干部也是学办合，在哪个地方睡觉，哪个地方就是你的办公室。我和路遥就是合睡一盘炕，合用一个办公桌。我说那时候到延川县来的人，没有一个专门的房子给他住——今天他在这个房子住，明天在另一个房子住。

我曾在文章里面多次说过，陕北不仅是个地理概念，更是个文化概念。作为中华民族精神下层的黄河、长城、黄帝陵，非常奇妙地在陕北高原相聚。所以在它赤裸裸的大山中，弥漫着一种文化色彩，陕北是个大气场、大磁场，不管是当地的陕北人还是客居陕北的异乡人，只要你一旦投入这块土地的怀抱，让你的心灵与这块土地同步震颤，你就可以获得巨大的能量，获得意想不到的成功。

有一年上海作家王安忆到陕北转了一圈，对路遥说："哎呀，路遥，陕北这个地方的自然环境太险恶了，无法想象人们在这么困难的土地上是怎么得以生存的，怎么生存下来的。"路遥说："今生今世我是离不开这个地方了，每看到干涸的土地冒出一个草芽，开出一束鲜花、草花，我都会激动得泪流满面。"路遥酷爱生他、养他的这片黄土地，热爱这块土地上的人民大众，才获得了成功。

路遥是从一个弱势群体里慢慢地成长起来的。我曾写过一篇他在苦难的烈焰中涅槃的文章，他的出身很贫寒、很卑微，但是他一直渴望走向大世界，让他的生命价值得到最充分的体现。他是用青春和生命去书写，去完成历史交付给他的神圣使命——像牛一样劳动，像土地一样奉献。（根据曹谷溪口述整理）

熊成帅：我们都是被一些平凡的人感动

熊成帅：清华大学研究生。

我第一次读到《平凡的世界》，应该是在我读高一的时候，2010 年，那个时候我 14 岁，我的语文老师跟我推荐了这本书。那时我刚刚从农村进到城市来读书，我想老师给我推荐这本书，是希望我能在这本书里学习孙少平融入城市的这个过程。在那段时间里，我在他身上找到了共鸣，因为他也是不断地从城市到农村再到城市，面临许许多多的挑战，又能很快融入那个环境。我也刚好处在那个阶段，觉得自己到了一个新的城市，周边的同学们和我有着不一样的生活经历，他们往往都是在城市里已经适应好了的。

在《平凡的世界》里，一开始就讲孙少平他们去吃饭，坐在墙角吃。当时我读到这里觉得跟自己的生活很像，我是在云南省西北部的云贵川交界的一个县城里上学，我当时上学的时候也是到墙角坐着吃饭。我们那食堂不够坐，所以每次我都是和同学坐在一块儿，那个饭只要 2 元多钱，但是我们都舍不得花太多钱，同学就会把他不想吃的肉全扒到我的碗里，那个场景在路边就会有人看到，我心里觉得很尴尬。在《平凡的世界》里，我读到了路遥他自己，我觉得他也有这样的感觉。所以那个时候我读这本书就很触动。

我上高中的时候成绩比较差，我们那个班有 70 个人，我一般就考 60 多名，所以老师们对我态度也不是很好。那个时候我觉得自己跟孙少平的处境很像，不知道自己还能不能继续读下去，想要离开学校去探索自己新的人生，但是又没有这种勇气，非常迷茫。我觉得那是我求学过程中很灰暗的一段时期。

《平凡的世界》这本书给我的人生留了两种底色。我觉得 14 岁是读这本书最合适的年纪，因为这个年纪刚刚开始很纯朴地去想象这个世界的样子，看到这个世界有很多的痛苦。但是在这个痛苦当中又能够找到自己的力量来源。所以给我留的第一个底色就是，不管遇到什么样的事情，不论是在完全绝望的、孤立无援的时候，还是突然遭遇你控制不了的挫折，都依然能保持生机勃勃的生命状态。我本科在北京大学新闻传播学院读新闻学，身边的那些同学们，很多一上大学就已经非常适应大学的生活，他们的语言能力也特别强。而我是通过农村专项计划进来的，就觉得成绩也不好，各方面能力都不太强，很难进入他们这个圈子里去，非常地难受。我觉得孙少平给我留的这个底色就是，不管你是一个什么样的人，你都能够一直坚持做你的事情，并且把它做好，这是很浓的一个底色。另一个是，我可能刚读的时候不明白，但是当我重新翻这本书，我就明白了其实孙少平不是一个非常想要成功的人，我们都是被一些平凡的人感动。我年轻的时候总觉得，我以后一定要做一件很大的事情，做一个很伟大的人，但是读了研究生之后才慢慢明白，绝大部分人，包括我自己其实是做不了那么伟大的人的，我们都只能做一个很平凡的人。可是一个平凡的人不是说他就没有意义，而是要在这个平凡的生活里做得足够好，让自己过得即使很平凡也依然有非常饱满的生命力，这个是《平凡的世界》给我留下的很重要的影响。

我们家有一些哥哥，他们没有机会能够像我一样到外面去求学，可能是人生际遇的不同，他们没有能力去选择自己的人生是留在家里还是到外面来，但是他们在被命运安排到不同位置的时候，依然努力去生活。我有一个哥哥叫熊成富，比我大很多岁，他就是上完高中没有办法继续升学就去参军，参军回到当地也没有办法去找到好的工作，所以他就去我们当地做了一个村的村主任。他在非常年轻的时候，就去一个非常陡峭的悬崖上面的村庄里，带着那些村民在悬崖上修路。当时那些村民都觉得那条路是根本不可能修得好的，因为没有资金。他自己就挨家挨户去动员，那条路一直修了很多年。2008 年的时候云南大旱，那条路刚刚落成，那些村民就可以通过那条路把水运进去，所以村民们非常感谢他。

我原来并不觉得我哥哥跟孙少安很像，是因为我懂事的时候他已经在 2008 年考上了公务员，在政府里工作了，我并不觉得他很像。但是我哥哥后来在我们那个地方依然不断地去修路，他去参与扶贫工作的时候，去签一个扶贫的合同，在路上遭遇车祸去世了。他去世之后我才去收集他生前的各种资料，我读那些资料的时候才发现，其实他非常像孙少安。孙少安可能不太理解孙少平的那些理想，不理解读书人的那些东西，但是他知道要踏踏实实地把事情做好，在自己没有那么出彩的位置上把各种各样的事情都做得特别出彩。我觉得这就是孙少安，也是我哥哥带给我的新认识。

　　路遥先生是我非常敬仰的作家，在我还不太懂事的时候就开始持续阅读其作品。如果还能跟他对话的话，我觉得我可能会告诉他："路遥先生，您在书里想传达给我们、想教育我们的那些东西，那种生命力量，我已经明白了，谢谢路遥先生。"（根据熊成帅口述整理）

参考文献

[1] 申朝晖. 北京知青对路遥及其文学创作的影响 [J]. 小说评论, 2020 (2): 96 - 109.

[2] 程旸. 路遥《人生》中巧珍的原型 [J]. 文艺研究, 2019 (10): 88 - 96.

[3] 程光炜. 路遥和林虹关系的一则新材料 [J]. 文艺争鸣, 2019 (9): 6 - 9.

[4] 梁向阳, 梁爽. 路遥文学年谱 [J]. 东吴学术, 2019 (6): 84 - 103.

[5] 海波. 少年路遥二三事——"遥望路遥"之二 [J]. 博览群书, 2019 (12): 115 - 120.

[6] 张艳茜. 路遥传 [M]. 西安: 陕西人民出版社, 2017.

[7] 邢仪. 那个陕北青年——路遥 [J]. 收藏界, 2012 (11): 114 - 117.

[8] 程旸. 路遥在延安大学 [J]. 文艺争鸣, 2020 (6): 51 - 58.

[9] 鲁淼. 路遥《人生》写作前后 [J]. 美与时代, 2020 (6): 129 - 132.

[10] 韶韶. 床上的路遥 [J]. 方圆, 2019 (9): 70 - 71.

[11] 周昌义. 记得当年毁路遥 [J]. 文艺理论与批评, 2007 (6), 47 - 53.

第三章 《林海雪原》：

有一种奇迹，是中国红

京剧
《智取威虎山》
拍摄现场

在中国当代文学史上，《林海雪原》是一部奇书。一方面，它出自业余作家之手，另一方面，在写作手法上，大量借鉴了传统小说的技巧，一度被称为《水浒传》的当代版，这与"五四"以后，中国小说刻意模仿西方经典小说的潮流，迥然有别。

《林海雪原》最成功之处，是塑造出了一位传奇的侦察英雄杨子荣的形象，他作战勇猛、足智多谋，颇有大侠风范。事实上，杨子荣从参军到牺牲，前后仅1年多。但在他身上，聚集了一个时代的人们对英雄的尊崇与向往。那是一个战乱不已、多灾多难的时代，安定与幸福成了普通人难以企及的梦，特别是经历了抗战的洗礼，人民渴望和平，又遭内战、土匪骚扰等，创巨痛深中，英雄梦被唤醒，那是人们所能看到的、最遥远的希望彼岸。

杨子荣与传统小说中的英雄完全不同。他洁身自好、有理想、有抱负，他不是为了个人而战斗，而是为了大众的幸福、民族的未来而奋斗。杨子荣的精神动力来自对明天的向往，对未来的规划，他为创造一个新世界而生，甘愿为此牺牲。这种未来视角给中国传统的英雄传奇小说注入了新力量，这就是直到今天，《林海雪原》依然能让读者心潮澎湃的原因。

《林海雪原》提供了一个新的理想人格，呈现出人生境界对个体的提升价值。这对于今天的读者依然有教益：随着生活日渐富裕、安宁，我们是否依然要保持奋斗精神？是否依然要渴望崇高？是否依然要坚持从未来、从整体的角度去看问题？

曲毳毳：父亲以作品重叙战友生死情

曲毳毳：《林海雪原》作者曲波的四女儿，也是家中最小的一个孩子。生于 1953 年，成年后参军，在部队考上福建医学院，毕业后被分配到北京儿童医院当医生。1979 年，与著名作家、翻译家叶君健的儿子叶念伦结婚。1980 年，叶念伦作为改革开放后第一批自费出国留学人员到了英国，1981 年，曲毳毳也前往英国，后在英国伦敦大学教授中文。曲毳毳说："多年来，曲家兄弟姐妹四人生活得都很低调，从未向别人炫耀过自己是曲波的孩子，他们都不想被笼罩在父亲的光环之下，只想做一个普普通通的人。"

"他希望能世世代代传下去，
因为杨子荣这些人为革命、为新中国做出了牺牲。"

主持人：《林海雪原》的第一句，是您父亲写的"谨以此书以最深的敬意献给我英雄的战友杨子荣、高波等同志"，这里传递了两个很重要的信息：第一，杨子荣是真实存在的一个英雄人物；第二，您父亲和杨子荣、高波有着非同寻常的战友情，是这样吗？

曲毳毳：是的。我爸爸 15 岁参加革命，经历了抗日战争和解放战争。抗日战争结束后，大批在胶东的部队转移到了东北，为了全中国解放，在那儿开始剿匪。杨子荣是我爸爸的一个好战友，战斗英雄高波是我爸爸的警卫员。当时我爸爸才 23 岁，是牡丹江军区二团的副政委。

杨子荣的岁数大一点，当时已将近 31 岁（杨子荣生于 1917 年 1 月，曲波生于 1923 年 2 月）。他从山东到东北比较早，口音都有了一些改变。杨子荣在侦察排，不只是"智取威虎山"那一段立了战功，他是侦察英雄，在大大小小的战斗中，

第三章 《林海雪原》：
有一种奇迹，是中国红

立功次数非常非常多。我爸爸和他是生死之间的友谊。战争时代，一场战役开始，不知道谁能回来、谁不能回来，所以他们之间的友谊特别纯粹，特别高尚，真的是生死之交。

主持人：您小的时候会听父亲说起他们吗？

曲甮甮：会，我爸爸会说起进山剿匪的故事，也会说起抗日战争时的故事。因为在东北剿匪时，条件那么艰苦，最终却取得了胜利，所以他常挂在嘴边。我们从小就是听着这些故事长大的，所以那时也觉得，自己将来也会参军，成为革命军人，也可以像爸爸那样。我有两个哥哥、一个姐姐，我们从小耳濡目染了这种革命英雄主义精神。

主持人：曲波老师从什么时候起，产生了把这段经历写出来的想法？

曲甮甮：那是到了和平年代，因为负伤，我爸爸不能继续在部队工作了，但过去的事环绕在他的脑海里，无法忘却。

剿匪是一件特别艰苦的事，那时又是在冬天，我看过我父亲他们当时的一张照片，是剿匪胜利后下山拍的照片。他们只穿着那么薄的棉袄，深山老林里的温度又那么低。如果没有杨子荣的侦察，战斗会非常艰难。我父亲和他并肩战斗了那么长时间，不仅彻底打败了坐山雕，还打败了很多土匪。这段经历实在太难忘了。

我父亲下决心把这个故事写出来，他希望能世世代代传下去，因为杨子荣这些人为革命、为新中国做出了牺牲。当时我父亲工作很忙，在一家很大的工厂当厂长，他白天上班，晚上回家写。他用写作寄托他对战友的怀念。

主持人：把个人经历创作成一部几十万字的小说，是不是挺艰苦的？

曲甮甮：是的。我爸爸15岁参加革命时，才上过5年学，他上的是私塾，但他从小就聪明过人、记忆力好，古文底子也非常坚实。据他说，他能把《水浒传》等书中的很多章节背下来。所以他当兵时，人家把他当成知识分子，其实他只读了5年的书。我觉得，他的文学底蕴就是这5年中培养起来的，加上他后来又特别喜爱读书。他当兵后，刚开始还当过一段时间的文化教员，因为那时部队里还有很多文盲。

主持人：这部小说写得顺利吗？

曲霓霓： 不顺利。因为我爸爸毕竟不是写小说的人，即使是大学中文系毕业生，也未必能写出一本小说来。经过长期构思，我爸爸也是试着写，他白天上班，晚上写。我们都不知道，只有我妈妈知道。那时我还小，他在齐齐哈尔工作时就开始创作了。1955年，他被调到北京，仍然是那么忙，但还是坚持在写。他总觉得，他要记录下来，出不出书，就不一定了。所以他一般不会告诉别人，他在写书，只有我妈妈知道。

主持人：他前前后后大概写了多久？

曲霓霓： 写了四五年。写完一章，我妈妈就用给小孩子做衣服的布裁成条，把它钉起来，最后写完了，再拿一个包袱皮儿，整个包起来，去看能不能出版。我爸爸并不是想当文学家，也不想成名，只是把他的思念都寄托在这本书里。

主持人：他当时拿这个手稿去了哪家出版社？

曲霓霓： 当时我爸爸不想让别人知道他在写书，因为不知道能不能出版。所以刻意避开大家，写作时，如果有人来，他就把手稿收起来。他不太相信他写的书能出版，但感情在那儿，他要去试，希望能让杨子荣等英雄的事迹代代相传。我们家旁边有一家外文出版社，我爸爸就抱着手稿过去了。人家说，我们这儿只出版外文，不出版中文，你还是去作家出版社，或者人民文学出版社。我爸爸只好把手稿抱回来，又抱到其他出版社去了，特意说："如果不出版这本书，请你给我家里打电话，不要打到我的单位去。"因为他觉得没出书，还让单位里的人知道了，特别不好意思，不想让人家知道他写书了。

虽然不想让人家知道，但他非常有毅力，继续跑其他出版社。

第三章 《林海雪原》：
有一种奇迹，是中国红

在艰苦年代，他们生死与共了那么长时间，我们特别为他们骄傲。

主持人：听说写过几个章节之后，您父亲把手稿全都烧了，因为觉得不满意？

曲淼淼：我那时太小了，不太清楚这一段。我懂事儿的时候，《林海雪原》已经出版了。这件事有待考证，我妈妈现在无法回答这些问题，所以很抱歉，我真的不知道。

主持人：后来您父亲等到出版社的电话了？

曲淼淼：对，他们说，你来出版社一趟吧，我爸爸以为被退稿了，就去出版社说"那你把稿子还给我吧"。没想到人家说，他们准备出版。1957年，《人民文学》杂志选了书中的几个章节，率先发表了，起名为《奇袭虎狼窝》。随后，人民文学出版社有一个叫龙世辉的编辑专门负责《林海雪原》。对于一本书而言，编辑非常重要，他会提出很多、很宝贵的意见，此外，人民文学出版社的社长秦兆阳也给了很多帮助，他和我父亲后来成了一生的好朋友。

主持人：可能曲波自己都没有想到，他的书会写得这么好。记得秦兆阳曾说，

他看这本书时，直到困得一个字儿都看不下去了，才舍得放下。

曲淼淼：这件事我也不太清楚，但秦兆阳老师应该喜欢《林海雪原》，如果不喜欢，也就不会把它出版了。《林海雪原》出版后，我爸爸也没想到它这么受欢迎。

在我们眼中，我爸爸就是一名革命军人，尽管他20多岁就离开了部队，因为他负伤太重，苏联专家认为他不再适合在部队工作，那时他在海军海校，可他始终认为自己是一名军人。尽管他病得非常厉害，可他走起路来，依然像个军人。我爸爸的小说成功后，他并没有觉得怎么样。他感到欣慰的是，他把这些故事告诉给了全国人民。

主持人：在《林海雪原》中，为什么只有杨子荣和高波用的是真名？

曲淼淼：因为他们两个都牺牲了。高波在杨子荣之前就牺牲了，非常壮烈。其实我特地打电话问过我的两个哥哥、一个姐姐，都说没听到这个消息，就知道高波牺牲了。他不是在袭击小火车时牺牲的，而是剿匪时牺牲的。

主持人： 在小说中，小分队中唯一的女性角色叫白茹，是战地卫生员，年轻美丽。她的出现犹如神来之笔，使小说变得更加有层次。有人说，白茹是以您母亲为原型创作的，是这样吗？

曲淼淼： 如果说在部队当护士，我妈妈确实如此。我爸爸、妈妈同年参军，当时我妈妈才14岁。她从护士、护士长、教导员，到所长，再到园长。但在剿匪那么恶劣的情况下，小分队中不可能有女兵，也不可能有卫生员，但小说需要有一点革命的浪漫主义精神，所以后来还是把小白鸽这个角色加了进去。实际上，我妈妈不是小白鸽，我妈妈总是说，自己没有那么漂亮，不是小白鸽。况且，那时我妈妈的职位跟我爸爸差不了多少，也在牡丹江军区。我很高兴大家喜欢小白鸽，但《林海雪原》是一部文学作品。

主持人： 您爸爸和妈妈真实的爱情故事是怎样的？

曲淼淼： 我爸爸、妈妈是同乡，但我妈妈是在海边长大，我爸爸是在山上长大。他们在同一个部队中工作过，妈妈在战地医院，我爸爸有时去看病、视察工作，他们俩因此认识了。很奇怪的是，我爸爸叫曲波，我妈妈叫刘波，这个事先没

商量过，他们俩都是在参加革命后，自己改的名字。

主持人： 改成了一样的名字？

曲淼淼： 是的，那时他们俩还没见面，就已经改了。人们说，曲波来视察工作，他们这儿恰好有一个刘波。实际上，曲波、刘波都不是他们原来的名字。

主持人： 似乎贺龙元帅有一次见到您父亲时，还问起过这件事？

曲淼淼： 对，他看见我父亲时说，你是曲波，你写《林海雪原》，那小白鸽呢？那个白茹呢？我爸爸说，我夫人不叫白茹，她叫刘波。贺老总就说，那还是叫白茹吧。这个小插曲是我爸爸讲给我们听的。

我爸爸和妈妈在战争年代结下了深厚的感情，我自己估算，他们是1946年结的婚，因为我姐姐是1947年生的。1946年时，我爸爸正在剿匪，工作特别紧张。结婚后第二天，我爸爸就上山去剿匪了。每次上山剿匪，我妈妈几个月都见不到他。

主持人： 那时几个月能回一次家？

曲淼淼： 那不一定，得根据战斗的情况。

当时我爸爸说走就走，什么时候回来，谁也不知道。我妈妈也很担心，因为也许能活着回来，也许再也见不到他了，那时她已经怀上了我姐姐。他们风风雨雨一生，真的很不容易，也是一段佳话吧。

主持人： 当时的局势比较复杂，因为流寇惯匪非常猖獗，剿匪的意义又很重要。

曲磊磊： 是的，不把土匪消灭了，就民不聊生。土匪有武器，会下山来抢东西。所以，剿匪是当时最重要的任务。

主持人： 您家里还保留了一些您父亲的手稿，实在是太珍贵了。

曲磊磊： 这些手稿原本被保留在人民文学出版社，经过1966—1976年这10年，很多手稿就丢失了。我也是无意中在我妈妈家发现的，装订稿纸的小布条还是我妈妈给我们做衣服时裁下来的。我爸爸写稿，从来不按着格写，他这个人向来不是特别循规蹈矩的一个人，他非常擅长打仗，干什么都特别认真。

过去的婚姻和现在不一样。我妈妈生了我姐姐后，因为辽沈战役，全军往南走，我爸爸身负重伤，我妈妈怀着我哥哥已5个月了，她背着卡宾枪，到处找我爸爸。有人说，我爸爸正在东北某县的一个农户家里养伤，他的马夫和他的警卫员陪着他。我妈妈终于找到了他，那时我爸爸的情况很糟，如果没有我妈妈，他可能就死在那儿了，那也就没有后来的故事了。在艰苦年代，他们生死与共了那么长时间，我们特别为他们骄傲。

▲ 曲波手稿

曲波与他的《林海雪原》

今日痛饮庆功酒，
壮志未酬誓不休。

来日方长显身手，
甘洒热血写春秋。

这段出自样板戏《智取威虎山》的唱段，因准确地传达出杨子荣的豪迈气概，曾广泛流传。当今五六十岁的人，几乎人人都能唱出这一段。

真正的杨子荣与小说中的杨子荣颇有不同，杨子荣嗜酒，可在小说中，杨子荣不再喝酒，也看不到他当年"闯关东"时的经历，且"父母双亡"、孤身一人。其实，曲波知道杨子荣的母亲在世，家中有妻子。《林海雪原》问世后，一位参加过剿匪斗争的省级领导曾提出批评："据我所知，一九四六年到一九四七年在牡丹江地区歼灭谢文东等国民党土匪，主要是牡丹江军区和合江军区广大军民，不怕冰天雪地，冒着严寒，深入到深山密林，艰苦战斗的结果。""那时，的确曾派出一些小部队去剿匪，但是，歼灭以谢文东为首的国民党残余土匪这个历史事实，却不是像《林海雪原》所描写的，只是在少剑波领导下的少数部队，脱离了党的领导，凭着少剑波的机智、多谋和杨子荣的英勇、果敢就能解决的。"

这个批评相当中肯，说明小说与历史不能混为一谈。《林海雪原》成名后，引起很多年轻人追捧，确实出现了把小说当成信史的偏颇。但小说就是小说，它有自己的逻辑。换言之：在《林海雪原》中，更多是曲波的回忆与思考，也是曲波的个人经历的某种呈现。没有曲波，就不可能有《林海雪原》。

第三章 《林海雪原》：
有一种奇迹，是中国红

曲波眼中的父亲

曲波本名曲清涛，1923年2月出生于山东黄县（今属龙口市丰仪枣林庄）的一个贫农家庭，父亲当过染匠。

曲波曾回忆父亲说："染坊的工作很苦，他呢，有俩钱，买两亩地，20多岁的时候，他买了两亩地。当时日本人向我们购买花椒。人家种了花椒，我父亲去收购。他卖了花椒，第一年还挣了一些钱，第二年，他就想，还要涨价，我就多买一点，结果价钱'跨'地降了下来，一下子赔光了。于是破产还债，他破产还债之后我才出生。"

据曲波的妻子刘波回忆："曲波的父亲是遗腹子，而到了曲波这一代，母亲生了10个孩子，他就是第10个，可是孩子们都纷纷患病夭折了，只剩下一个女儿和最小的曲波。"曲波出生时，母亲已41岁，父亲则已43岁。

曲波读过5年半私塾，13岁时失学在家。晚年曲波曾回忆说："那段时间很苦闷，家里没有地，父母年迈，地很少，这种情况下我如何生活下去……而且凭我这个人（思想有些英雄主义），在家种一辈子地，不甘心。"

父亲在极为拮据的情况下，给曲波买了一套《说岳全传》，他非常珍爱，一口气看了三遍，看完《岳元帅风波亭归天》一节，竟"号啕大哭了一宿"。出于对秦桧、张邦昌等奸臣的愤恨，他把书上这些人的名字抠掉，本以为父亲会处罚他，没想到父亲却说："好啊！这么小小年纪就分得清忠奸了！书坏了不要紧，咱们再买！"

十五岁加入八路军

1938 年 8 月，"山东人民抗日救国军第三军"在蓬莱、黄县、掖县（今已撤销）成立了政权，称为"北海行政专员公署"，这标志着山东第一个抗日根据地——蓬黄掖根据地基本形成。黄县成了总部机关所在地，号召青年知识分子走上战场。

曲波的老师慕全通任乡长，另一位老师韩昌珍当了部队指导员，还有一位老师曲沛余当了枣林庄抗日人民自卫队的指挥。所以，已加入工农少年先锋队的曲波积极要求参军，为此找到韩昌珍，韩昌珍却表示他年龄太小，且是独子，不适合参军。在同学的建议下，曲波去考了胶东公学（今鲁东大学）。

胶东公学的前身是美国人办的教会学校，叫崇实中学。1938 年 8 月，"北海行政专员公署"仿延安的陕北公学，改成胶东公学，作为专门培养革命干部的学校，办校宗旨是"实施抗战教育，培养抗战建国人才"。初期校址就设在黄县，由县长曹漫之兼任校长。第一期招生 250 人，设社会、师范、普通三科。社会科只招干部，师范科以培养小学教师为主，普通科相当于一般中学。

据曲波回忆，考前他找到曲沛余老师的女婿、正在胶东公学社会科学习的张恒爽，请求帮助，张恒爽"先估计各门可能是什么题，给我作了一天考前的辅导"，所以顺利通过笔试。

在考试中，有一个问题是：妇女回到厨房里对不对？

曲波刚开始回答是"对"，可"歪头看见一个女考生和我答得完全相反，字写得也漂亮，年岁在二十左右"。曲波想："要是回到厨房里，人家招考女生干什么？"便立即否定了自己的论述，用相反的观点，重新写了一篇。

接着是口试。因为胶东公学要求考生必须有初中毕业的文化程度，年龄在 18 岁以上，而曲波当年才 15 岁，面试的老师怀疑他年龄不够，曲波忙说自己会武术。在当时的山东农村，差不多村村有武馆，俗称"拳方"，曲波从 11 岁起学武，据说"武馆里的老师对他极其严格，从基本功到拳法招式，无一不亲自示范教习"。

第三章 《林海雪原》：

有一种奇迹，是中国红

曲波对自己的实战能力极为自信，在面试时，他说："和我同年的，打一个有余，打两个可以，打三个不会输，打四个吃力，打五个必败。"

在考试现场表演了一番拳脚后，不小心把自己真实的年龄说了出来，5名面试老师几乎同时说："诚实是最可贵的。"曲波只好说实话："老师，我要求抗日救国心切，到部队，韩老师说我太小，不得已，只得来考胶公。只因为招生简章上要求十八岁，我要等到十八岁，还得三年。我实在等不得，没办法，我就扯了第一次谎。我是十五岁，请收下我。不够上学资格，当个勤务员就好。"

结果，5名老师同时在曲波的名字上画了对钩。最终，曲波以第50名的成绩考上了胶东公学。

胶东公学老校友于鹤翔回忆："胶东公学实行供给制。教师、学生的吃饭、穿衣统一由学校供给。冬天每人发棉衣一套，夏天发单衣两套。每人每月发1000元（相当于后来的1元）津贴费，教师津贴费略高于学生。"

胶东公学采取军事编制，每班10人，男女搭配，曲波因个子矮，排在最后。据曲波回忆："当时，同学们纷纷改名，绝大多数报考时就没用原名，目的是怕日军汉奸将来残杀抗日家属。我根本没想这些。当看到同学改名时，我脑子里只是闪了一下，也没决定改不改，也不知改叫什么好。"

后来点名时，曲波一慌，便信口说自己叫曲波，连他也不知道为什么起了这么个名字，巧合的是，他后来的夫人也是这一年参军，叫刘波。

1939年2月，日军占领掖县县城，危及黄县。胶东公学不得不撤离黄县县城，退往山区，将大部分学生转到军政学校，年龄较小的学生则疏散回家。曲波回家过春节，但初五便步行40里，回到了学校。

据曲波回忆："当我一到校前的大操场，一个巨大的变化，使我大为惊讶！全副武装的'军政干部学校'的学员，站满了整个操场，他们正扛着步枪、手榴弹、鬼头大刀等正进行操练。"

胶东公学的老师常奚平告诉曲波，敌人迫近，胶东公学没有战斗力，临时编入军政干部学校，军校的编制和部队完全一样，宗旨是训练部队的连排级军政干部，必要时还担负作战任务。常奚平表示曲波年龄太小，无法适应。

曲波不愿被疏散，常奚平无奈，只好说："好啦，答应你，送到军队政治部。你现在年小体弱，不能下连队打仗，先去政治部，做点宣传工作。"果然，曲波被分到政治部组织科，正式成为八路军的一员。

最不愿意当演员

组织科见曲波年龄小，就把他分配到政治部领导的文艺单位——国防剧团。

一次遭遇敌情，据曲波后来回忆：

我跳进一个大概是连部指挥所的掩体，向人家要枪射击。那个手提匣子枪的指挥员，一看我那身漂亮的胶公军装，又看我这点年纪，没好气地说：

"去你的吧，豆儿兵，到你们后方隐蔽去，这是前线！"

另一个较温和："你是哪个单位的？"

"国防剧团！"

"回去，回去！这不是你们演员的地方！"

真使我扫兴，不但不给支枪射击，反而受了冷遇，又赚了个"豆儿兵""演员"的劣名。

没多久，曲波就坚决要求离开国防剧团，晚上，团长、指导员还有三个演员找曲波谈话，大家都认为曲波在"文艺上将很有前途"，但曲波一口咬定："你们看错了，我在文艺上将一无是处。"

在曲波的坚持下，组织上只好把曲波派到作战部队当文化教员。之后曲波又考入胶东抗日军政大学（简称胶东抗大），该校本是延安抗日军政大学一分校，1940年4月，穿越陕、晋、冀、鲁四省，到达胶东，通过在战火中流动办学，共培养了1万多名革命干部，毕业后曲波在胶东军区报社担任记者。

靠脚走遍林海雪原

1945年，曲波随部队奔赴东北，不久被任命为东北民主联军牡丹江军区第二团副政委；1946年冬，参加了剿匪斗争。

为避免"用榴弹炮打苍蝇，用渔网捞毛虾，用滚木礌石打麻雀，用拳头打跳蚤"，只能依靠小分队，要求"能侦能打""侦着就打"。曲波后来回忆说："我在党代表大会上做了一个军事报告，我提出组织全能小分队。后来雪大了以后，试图滑雪，买了四十多套雪具，用不上。真在森林里滑雪，那个滑雪的速度，如果滑得快，一般来讲，一个小时在六十公里到九十公里，碰到45度的坡度，撞上树，那就粉身碎骨。雪原上可以用，在森林里基本上没有用得上。但是我想象要有这个，仗会打得更漂亮。练了一下，实际没有用。"

在《林海雪原》中，曲波还是把滑雪写到了实战中。结果"不但贺老总（贺龙）当真了，毛主席也当真了，他也看了。毛主席说，读者面这么广，你又编了样板戏。"事实上，曲波和杨子荣等当时完全是靠脚走遍林海雪原，脚上穿的是"乌拉"。"乌拉"是用牛皮缝制的，里面织上乌拉草，相对保暖。

在《林海雪原》中，高波、杨子荣、陈振义是真名。杨子荣作为侦察兵，据曲波回忆："他的情报……还从来没错过一次。我能不爱他吗？"高波是曲波的警卫员，跟着曲波两年，不幸牺牲，在战争年代，曲波身边先后牺牲了6名警卫员，第一位牺牲的就是高波。

晚年曲波在接受访谈时，曾说：

杨子荣就一点，爱喝酒。拿着酒壶喝酒。他背着我，他害怕，指挥官眼皮子下哪能喝酒。我问他："你是不是喝酒了？"

他说："你问着，我也不敢隐瞒了。"

你看朴实吧？我说你是侦察兵，怎么能喝酒呢？他说："哎呀，我是越喝酒劲头越大。"我说胡扯，他说不信你试试。

后来我牵着我的烈马，我说你能喝多少，你喝。可别摔死。他咕噜咕噜两壶下去了，脸也红了，问我："你叫我干什么？"

我说："骑这匹马。给我跑六十里再跑回来。"

当然，我的警卫员跟在后面，真跑毁了怎么得了？（杨子荣）跟着火车一直地干——我的马好，干了六十里地，哗地一下拐了回来。他问："怎么样？"

一点事没有，他这个人就有这个（嗜好）。

杨子荣牺牲后，曲波整整病了三个月。

意外受伤，不得不离开部队

剿匪斗争异常艰苦，曲波带领一支 36 人小分队在深山密林里剿匪。零下 40℃的低温天气，流点鼻涕瞬间冻成了冰凌。据曲波的夫人刘波回忆，1946 年冬天，"有一次他回来时，浑身长满疥疮，我赶紧去医院找来药膏，让他烘着炉子，给他全身擦抹了好几遍"。

1948 年 11 月，曲波在辽沈战役中负重伤，那是在辽宁省沈阳市的法库县，曲波的团指挥所被国民党炮兵发现了，遭到炮击，炮弹皮割断了曲波的股动脉。刘波当时已怀孕 5 个月，找了一周，才在河北省易县一个农民家中找到正在发高烧的曲波，据刘波回忆：

> 那时我已怀孕五个月，走到辽西河北交界的易县，看到入关的部队像潮水一般的排满大路。在路上遇到团宣传科长井毅，他告诉我曲波可能在清河域子医院。我打电话过去问："这个人是活着还是没有呢？"医院回话："抢救过来了，还活着……"

> 我赶到医院时，看到曲波躺在门板上，头发很长，发着高烧，脸色苍白。他是股动脉受伤，大腿骨折。我到后正遇上他第二回出血，我也穿上手术服去抢救室，看到他的腹股沟还在跳，伤口化脓脱落。当时急需输血。

刘波要给曲波输血。大夫见刘波正怀孕，立刻拒绝，再三争取下，还是抽了 200 毫升，刘波后来说："是我和孩子俩人的血救了你。"1966 年后，有人说："刘波不是小白鸽，是黑乌鸦。"曲波听说后，开玩笑说："乌鸦也是益鸟，小乌鸦长大后还知道反哺老乌鸦呢。"

在《林海雪原》中，曲波虚构了"小白鸽"的形象，后来多次澄清，小白鸽不是刘波，刘波自己也说："我也不像小白鸽，没有那么漂亮，我是大块头、小眼睛。"曲波一生不吃三种东西：一是鸽子肉，因为它是和平的象征；二是马肉，因曾与战马出生入死；三是狗肉，因小时候两只狗长期陪伴他。

曾有媒体采访原东北边防处副处长董仁棠，一般认为，他就是《林海雪原》中剿匪小分队成员董中松的原型，他是曲波在胶东公学时代的校友。

据董仁棠回忆，曲波伤好后，又于 1948 年在锦州战役中第二次负伤。这一次是他和警卫员面对面擦枪，没想到警卫员的手枪走火了，"打中了曲波的大腿，还反弹回来又打伤了他的手臂"，这次曲波伤得很重，股骨都被打断了，造成他后来不得不拄杖而行，"实际上终止了他的军事指挥生涯"。

受伤后的曲波曾一度被调到海军，他认为在军舰上即使坐着也能指挥战斗，没想到有一次苏联军事顾问看到了曲波，认为这样的残疾人根本无法在军队工作，曲波只好退出现役。

刘波是《林海雪原》的第一读者

1950 年 12 月，曲波脱下军装，任沈阳机车车辆党委书记、副厂长。后来又到齐齐哈尔车辆厂当党委书记。

曲波是二等甲级伤残，平时只能拄着双拐奔波。1955 年因反对高岗推行"一长制"，他在会议上公开质疑，遭到不公正对待。在此阶段，曲波怀念曾经的战斗岁月，开始创作《林海雪原》。他说："过去，我只是口述，听者虽有很多，毕竟天地太小，为数甚微。能否写成几本书呢，那样传颂得不是更广吗？"

刚开始，曲波很担心文化底子薄，刘波给了他很大鼓励，在《我的第一篇小说〈林海雪原〉》一文中，曲波回忆说："我爱人已洞察到我的心情，也不知她从哪一本古书上抄给了我这样一句话：'人之学有难易乎？为之，则难者亦易矣；不为，则易者亦难矣！''经手'、'为之'，'无师志成师'，这是我向自卑宣战时内心发出的最强音。这几句话，鼓舞了我的士气，振奋了我的精神，增强了我的刚毅。写！决心下定了。即使不能出版，留给我的儿女看，让他们学习这些爷爷、叔伯、姑姑、阿姨们的英风浩气。"

刘波回忆：

那时家中写字桌中间的抽屉一直是半开着，一听一机部邻居同事来找，曲波就立即把稿件塞进抽屉。他这个人的缺点是爱面子，自尊心强，怕写不好闹得满城风雨，怕人说闲话，会问下班后哪有这么多精力写字？又怕人说不自量力。

我支持他写作，是他作品的第一读者，也是他的抄稿员。参军前我是小学四年级水平，他是小学五年级半。他小时候看了《三国演义》《水浒传》《说岳全传》等，影响不小，参加革命后又读了《钢铁是怎样炼成的》，受到很大的教育和鼓舞。他有时一天写一万字，我再用两三天抄出来，遇到他空着的地方和自己生造的字，我再去查字典补上。

家务事我全包下，他不管也不会做家务事。到了星期天，我特意带四个孩子到公园、到西山去玩，就是让他在家安心写作。

据媒体报道，当小说初稿写完前 3 章的 15 万字时，他感到自己的文字不能表达内心的情感，一气之下把原稿付之一炬。不过，此说未得到刘波的确认。

一天夜里，当曲波写到杨子荣牺牲的章节时，他抑制不住自己的情感，潸然泪下。他把妻子叫醒说，写到杨子荣牺牲，写不下去了……

编黑话，塑造有争议角色

在《林海雪原》中，土匪们的黑话引起读者的极大兴趣，比如"天王盖地虎，宝塔镇河妖"，但它很可能是曲波自己创作的。

曲波说，在土匪中，不同的人物使用的黑话是不一样的，有的是俗不可耐的联络信号，比如"我这个香烟五毛钱一根，够不够"，没有太多含义，此外，"老大，到哪溜子"这种话全国都听得懂。

有些是曲波创作出来的，比如"正晌午时说话，谁也没有家"，杨子荣对座山雕说这个，暗示许大马棒已被消灭，因为许就是"言加午"，原本写的是"正晌午时说话，全光了"，但局外人能听懂，所以就改成"谁也没有家"，这些都是创作。至于"天王盖地虎"，原本是国民党军队内部使用的语言，"天王"指蒋介石，"地虎"指解放军。

在《林海雪原》中，土匪蝴蝶迷是一个争议较多的角色。曲波说她"活像一穗苞米大头朝下安在脖子上……还有那满脸雀斑，配在她那干黄的脸皮上，真是黄黑分明。为了这个她就大量地抹粉，有时竟抹得眼皮一眨巴，就向下掉渣渣。牙被大烟熏得焦黄，她索性让它大黄一黄，于是全包上金，张嘴一笑，晶明瓦亮。"长得如此难看，却又说她"淫荡"，竟然让许福、许大马棒、郑三炮、马希山这四名匪帮枭雄拜倒其下，让人难以理解。

曲波晚年在接受采访时，这样提到蝴蝶迷：

蝴蝶迷，长得很漂亮……她男人叫张德震，是个大地主，是团长，她是参谋长，就是中央先遣挺进军滨绥保安司令部地下的一个团，家有七千坰地，一坰是十五亩。还有三座煤矿，三个油坊。

我们把他们赶到山上围起来了，我两个营围着他们。蝴蝶迷他们走不了，我一千好几百人，她五百多人。我把她困在山头上。我们给他们下了最后通牒："限你十二点下山投降，十二点以后，我要开始总攻。你如果能够投降，我军保证你的生命、财产安全。"

我的指挥部就安在她家的客厅里。后来，张德震派他老婆下来，他知道我们不会杀女的。谈判嘛，两国交兵，不斩来使。蝴蝶迷下山的时候，她里面穿着丝绒的衣服，带着小手枪，外面披着斗篷，带了八个警卫员，好家伙，"哗哗"地下来。

曲波面相年轻，别人介绍说："这就是我们最高指挥官。"蝴蝶迷不相信，她要求留下200条枪护院，被拒绝后，要求曲波写下保证书，曲波就写"我军保证你的生命财产安全"，特意把"军"字写得特别大。

蝴蝶迷投降后，土改工作队要抄家，蝴蝶迷拿着曲波的保证书和县长对质，县长找到曲波，曲波说："你是军吗？"

县长一下子就明白了，后来蝴蝶迷找曲波，曲波说："我们管不了政府和老百姓。"蝴蝶迷一屁股坐在地上，不说话。后来蝴蝶迷逃跑了，投靠许大马棒。在《林海雪原》中，曲波特意写杨子荣一剑劈死蝴蝶迷，其实是在模仿《水浒传》和《说岳全传》。

据《五常县志》记载，蝴蝶迷的原型王桂珍后被公安机关抓获，被判死刑。当地人说，枪决那天，"很多老百姓都去观看了"。

曲波是少剑波的原型之一

《林海雪原》面世后，引起巨大轰动，老舍先生曾说："单就它的故事性，也可以万岁了。"不少人对书名也产生了浓厚兴趣。

当时作家协会主席邵荃麟曾问曲波："你那个《林海雪原》是怎么起出来的？你看，林是个名词，海也是个名词，雪也是个名词，原也是个名词，那这几个联系起来，是个很美的词。"

曲波回应说，当时在剿匪，"站在高山之巅，俯瞰眼前的森林，风一刮，森林鼓凹鼓凹的，像海洋的波涛一样，'林海'两个字就出来了；这个雪是无边无岸的原野，这个'雪原'就出来了"。

邵荃麟说："看，没有生活怎么能行呢？你看，一个词也需要生活积累。"

其实，刚开始的标题是《林海雪原荡匪记》，曲波说："不要'荡匪记'，就叫《林海雪原》，我叫你猜是什么。"

1959 年，在总政治部主任罗荣桓元帅的提议下，曲波又回到部队工作，重新穿上军装，任总政文化部副师级创作员，被授予上校军衔。在《林海雪原》之后，曲波又完成了《山呼海啸》《桥隆飙》等著作。5 年后，转业到铁道部机车车辆制造总局任副局长。

1966 年，有人指责《林海雪原》中"少剑波雪夜萌情心"等有"小资产阶级情调"，曲波因此受到冲击。1969 年 6 月 27 日，曲波被要求根据《智取威虎山》的样板戏，改写《林海雪原》，曲波拒绝道："我的水平不够，改不出来。"

曲波不肯改，因样板戏《智取威虎山》中加了一个情节，李勇奇是从威虎山上逃出来的，解放军进山剿匪，却让他当向导，曲波认为这是"兵家大忌"。

后来曲波又被人要求写一部反映辽沈战役的小说，并准备给曲波配两名助手，曲波又拒绝了，表示："我在辽沈战役中只是个中层指挥员，不了解整个战役情况，再说我也没有指挥青年作家的能力。"

曲波曾撰文检讨过自己："性情很矛盾，简言之，一是粗野，人称'野马'；一是温情，人称'闺气'。有时显露粗野的一面，有时显露温情的一面。有时粗中有温，野中有情，有时温中是粗，情中是野。"

25岁时，曲波在丹东海校工作，已担任政治委员。一次去地摊，看摆摊的老头、老太太打了起来，老头抓起一个香瓜，就砸在老太太的头上，曲波很生气，上去就给了老头一拳，老头顿时"仰面朝天"。后来才知道，两人是夫妻，因摆摊无收获，家中断炊，发生口角。曲波将刚领到手的21元残疾补贴金给了老人，老人不敢要，曲波又发怒了："再推辞，我把你的瓜筐子砸了。"

在文章中，曲波写道："这两种矛盾的性情，本来和一个修养有素、高雅深沉的学者性格，是完全背离的。不过，我长期检讨，也得出这样一点粗解：粗野时时与耿直坦率相携，温情时时与怜惜同情互生。"

至情至性，所以曲波对笔下人物充满深情，而正是这份深情，让曲波把《林海雪原》写活了。《林海雪原》先后被译成英文、俄文、日文、蒙古文、朝鲜文、越南文、挪威文、阿拉伯文等，还被改编为电影、电视剧和京剧。

刘波回忆：

《林海雪原》火了以后，曲波没有到处做报告，很低调，只是到北海公园参加了活动，讲了话……

曲波是 2002 年去世的，病重时曾五次住院。他总说自己身上有一股革命的英雄主义，经历过严酷的战争，受过重伤，经受多次政治运动的冲击，他都坦然面对，从容对付。我觉得，在《林海雪原》中，少剑波的形象有百分之八十的成分取自他自己的经历。在小说中，可以找到他们那一代军人牺牲奉献的高贵精神和英勇顽强的时代内涵。

▲　曲波与战友的合影

"孤胆英雄" 谱写热血传奇

1969 年，周恩来总理陪访华的美国民间艺术代表团，在中南海礼堂观看现代京剧《智取威虎山》，看完后，美方团长、退役将军克里夫考特大为叹服，称杨子荣就像西方传说中的佐罗，他不停追问："真有杨子荣这个人吗？我们可不可以见见杨子荣的家人？"

当天晚上，周恩来总理指示解放军总参谋部、总政治部，联合查明杨子荣烈士家乡的详细地址，并上报中央。然而，很快交上来的近千字调查报告中却表示：只知道杨子荣烈士原籍在山东胶东一带，详细地址无人知晓。

周恩来总理发出指示："通知总参、总政两部和国家民政部，务必在一个月之内，查明杨子荣烈士的家乡地址和家中现有的亲人。"遗憾的是，在杨子荣烈士的档案中，甚至找不到他的照片，查找工作陷入困境。经多方努力，一个月后也未能查清杨子荣烈士的相关信息。

其实，早在 20 世纪 60 年代，在杨子荣曾战斗并牺牲的地方——黑龙江海林县（今海林市），当地县委鉴于每年收到大量来自全国各地的信件，都在追问杨子荣的情况，便成立了四人调查小组，由县民政局烈士陵园管理站站长关会元牵头。

调查小组于 1966 年南下，跑了沈阳、千山、大连、鞍山、保定、北京等地，找到 10 多位杨子荣的昔日战友，却没人能说清楚杨子荣究竟是哪里人。包括《林海雪原》的作者、杨子荣曾经的老上级曲波，也不知道杨子荣是哪里人。在《林海雪原》中，他甚至没写过杨子荣的外貌，只是说"他的外表是很威武的"，并记得杨子荣曾说："我老杨这条枪，我老杨这点力气，一定要打出共产主义社会来。"曲波当时建议说："你们去找孙大德吧，他在北京。"

孙大德是杨子荣侦察排的战斗英雄，曾和杨子荣并肩战斗过，但他也说不好杨子荣是哪里人。1968年5月，经孙大德介绍，调查小组找到时任驻京某部队副政委的姜国政，姜国政曾在杨子荣所属的牡丹江军区二支队二团一营当干事，参加过剿匪战斗，是杨子荣的老战友。在他的帮助下，找到在京的10多位杨子荣的战友，组织了"老战友追忆杨子荣座谈会"，依然没查到任何线索，只是大概确定了杨子荣的相貌和性格：身高在1.70米左右，长条脸，颧骨略高，浓眉大眼，有少许络腮胡子，性格开朗健谈。

▲ 杨子荣

入伍一年多，战斗上百次

1946年5月，中央政治局委员张闻天来到佳木斯，担任中共合江省委书记，将剿灭土匪作为合江省最紧迫的任务，并直接领导了剿匪工作。

合江省位于黑龙江地区东部的三江平原，是解放战争时期设置的省区之一。当时合江有土匪2.3万余人，形成了所谓的"四大旗杆"，即谢文东、李华堂、孙荣久、张雨新，此外还有座山雕、郑三炮等悍匪。

在剿匪斗争中，杨子荣的才华得到上级重视，很快被调到侦察排，不久便被提拔为排长。

当时许多土匪亦民亦匪，有些人平时藏身民间，很难分辨。杨子荣熟悉东北社会民情，总能找到第一手信息。剿匪多在深山老林中作战，容易迷路，据杨子荣的战友回忆，杨能轻松爬到树顶上瞭望，寻找道路，把部队带出困境，甚至能"从这棵走到那棵"。

据当地文史工作者介绍："他（杨子荣）曾闯关东在东北漂泊了十多年。关外风情、生活习惯，他了如指掌；在城镇里，他帮过工，学过徒，他对行会、帮派、三教九流的规矩，甚至土匪的黑话都略知一二。"

杨子荣在林区当过林业工人，当时的林业工人叫木帮，所以杨子荣"熟悉土匪，土匪也熟悉他们"，比较了解土匪的生活规律。

杨子荣的枪法非常好，在《林海雪原》中有他"枪打双灯"的故事，虽是文学描写，但据杨子荣的战友孙立真回忆，当年座山雕为吓唬杨子荣，一枪打下了一只小鸟，杨子荣笑着说："三爷，看我的。"他一枪竟打下两只小鸟，把座山雕惊呆了，连声称赞："你的枪法真厉害，真厉害！"

从入伍到牺牲，杨子荣在军队只工作了一年多，但他参加大小战斗上百次，立下赫赫战功。在《林海雪原》中，主要写了四个战斗故事，即奇袭虎狼窝、智取威虎山、绥芬草原大周旋、大战四方台，其实这是曲波根据自己部队打过的 72 次战斗，"概括为四战，集中塑造了几个人物"。曲波曾说："不但威虎山的名字过去没有，奶头山、四方台的名字过去也没有，那都是我的艺术创作。"

读过《林海雪原》的读者，对智取威虎山这段印象深刻，其实此战共抓获 26 名土匪，缴获了 6 支枪和上千斤粮食，所谓的"八大金刚"，平均每人还分不到一支枪，更没有"数千喽啰"和"地碉暗堡"。据当时的土匪回忆，所谓的"百鸡宴"，不过是"炖了几只小鸡"。

曲波后来说："（智取威虎山）是我概括了十几次战斗，集中于此。"其中非常精彩的"舌战小炉匠"这段情节，曲波晚年曾对受访者明确表示："杨子荣不能遇上小炉匠。"因为遇上了就是"军事指挥失误"。小炉匠的原型被抓到后，不久便被枪毙了，只是在写作时，曲波考虑到"能不能更惊险一点，能不能让栾平（即小炉匠）上山去"。

智取威虎山后，上级给杨子荣评了三等功。此前，杨子荣曾荣立特等功。

"要怕死，我就不来了"

杨子荣参与的最重要战斗，应是杏树村剿匪战斗。

杏树村今属黑龙江省牡丹江市阳明区五林镇，土匪原被编为国民党 36 团，在村中修了土围墙和碉堡，团长是仙洞村伪村长张德振。土匪们接收了日军投降时上缴的重武器，与其他土匪相比，装备较为精良。

杏树村战斗由牡丹江军区司令员李荆璞（1955 年授少将军衔）等指挥，因土匪们的防御体系比较完整，我军几次冲锋均未成功。

据参战的王希克（1964 年晋升为少将军衔）回忆：

> 我以前与杏树村守敌头目张德振、李开江认识，曾收编过他的人马。他后来叛变投靠了国民党。所以决定写信劝降他，我与李荆璞司令商量。李司令说："可以试试看，反正他也跑不了，不投降再打也不迟，只是没人敢去送信。"

> 这时田松支队长也在听着，马上说，让二团找人去送信。田松命令警卫员把二团副政委曲波（《林海雪原》作者，当时二团尚无团长、政委）找来，让他找人送信。这时，我的信已写好，署名牡丹江军区司令员李荆璞和我。曲波便让附近的七连连长栾绍家找人去送信。

> 栾绍家就向全连喊："谁胆大敢给敌人送信去，站出来！"话音未落，一班长杨子荣就应声而出："我敢去！"连长命令副班长刘延普用机枪掩护杨子荣。说完，杨子荣就拿着信，枪刺刀上挑着白毛巾，跑向了杏树村。

劝降信的大概内容是：你们已被全面包围了，无处可逃，过去你们还做过好事，如果停止抵抗，保证你们全体"官兵"和家人的性命、个人财产的安全。否则后悔不及。

第三章 《林海雪原》：
有一种奇迹，是中国红

131

曲波后来回忆说："让杨子荣送信时，在枪刺刀上挑着白布，这是我的主意，结果战场上没有找到白布，只好找了一条白毛巾"，曲波还叮嘱："要大胆、谨慎。"这句话后来被用在样板戏《智取威虎山》的第四场《定计》中。

杨子荣只身进入匪军的土围子后，匪首说："我看你是来送死的。"杨子荣笑着回答说："要怕死，我就不来了，既然进来，我就没把死当回事。你们也不想想，就凭你们这点人，这么几条枪，就想挡住我们的进攻？说句实话，我是为了你们不死才进来的。"

匪首正在犹豫时，杨子荣突然对匪兵喊话："不投降，我们的十几门大炮就会把围子轰平，想活命的跟我走。"

许多土匪本是普通百姓，有的还是老人、妇女，他们纷纷掷枪于地。匪首只得带着400多人投降，上缴了4挺重机枪、6挺轻机枪、4门迫击炮、300多支长短枪。

事后大家询问杨子荣怎么拖了那么长时间敌人才投降，杨子荣说，接到劝降信后，两个匪首意见不合，张德振和家住仙洞的匪兵主张投降，李开江和家住柳树河子的匪兵主张突围，匪首们在屋里争论不休，在外面有些匪兵甚至用枪威胁杨子荣，杨子荣毫无惧色地讲述投降与不投降之间的利害关系，宣传我军的政策……最后李开江及其部下无奈只得同意投降。

▲ 杨子荣部队集体照

经此一战，杨子荣被评为战斗英雄，当上了侦察排排长。

座山雕死了，牡丹江就太平了

虽然智取威虎山是一次规模较小的战斗，没有小说中写得那么惊心动魄，有当事人说，座山雕是"从地窨子中拖出来的"，但它的细节异常生动，是成功打入敌人内部的少数战例之一，被赋予了传奇色彩，杨子荣因此"成名"。

座山雕本名崔明远，生于1882年，原籍山东省昌潍县，幼年时父母双亡，12岁便随堂兄到黑龙江海林，以伐木维生，15岁时进山当土匪，18岁时便当上了匪首。崔家兄弟共7人，崔明远排行老三，人们又称他为"三爷"。崔明远身材高大，有2米多高，25岁时给地主张家扛活，后入赘，改名张乐山（曲波在接受采访时，称座山雕为张洛山，并特意说明，是洛阳的洛，并说他"真厉害啊"），"继承老岳父的家产，过上富裕日子以后，经常拿出钱物救济穷苦人家"。

座山雕盘踞山林，历经清末、民国、东北沦陷三个时期，始终未被剿灭。座山雕年过六旬依然健步如飞，据其手下供述，他有一个奇特的锻炼身体的习惯，下雪后，让土匪们排成一列，一起追兔子，座山雕经常获胜。

据牡丹江军区原宣传科科长徐诚之介绍，1946年底，牡丹江地区的大股土匪都被歼灭，却始终没找到座山雕的老巢。杨子荣所在的二团曾用一个营的兵力，进山搜索一个月，也没找到座山雕的踪迹。

据《依兰剿匪战役总结》披露：1946年冬，"（座山雕）带两个土匪下山买大烟，被群众发现报告"，"解放军从这边村口进去，张刚刚从另一个村口出村，一交手张就进了树林子。等打进去，打死一个土匪，抓住一个，张却不见了，遍地积雪，找不到他逃走的痕迹。地毯式搜索也找不到他的踪迹。直到审俘结束，才明白，张当时一看被包围就上了树，从一棵树荡到另一棵树，从解放军的头顶上跑掉了"。

为此，时任二团副政委的曲波决定，先派一个侦察小分队打入其内部，而小分队的队长就是杨子荣。

杨子荣带着5名战友，冒着大雪进入夹皮沟，那是海林北部山区方圆几十里内唯一的村屯，果然发现了两名土匪。杨子荣自称是东宁匪首吴三虎的副官，吴三虎被剿灭后，来投奔座山雕。

在《林海雪原》中，杨子荣自称是许大马棒的手下，是一种艺术创作。许大马棒确有其人，真名许万海，"世居海林县旧街哈达村"，以打猎度日，因吸食鸦片，导致"家境寒酸，炕无整席，有时甚至揭不开锅，短顿挨饿"，1943年，许大马棒去世，他没有当过土匪。他的儿子许福、许禄曾是土匪的小头目，曾和曲波的部队在火龙沟激战了3天。《林海雪原》中说许大马棒拥有良田千垧（在当时的东北，1垧相当于15亩），曾活埋70多名劳工，并非事实。

两名土匪信以为真，就把杨子荣等人带到一个窝棚中，让他们先在那里等着，他们进山报信。两天后，土匪回来，说座山雕同意收留，但现在有事，办完了再见面、拜把子。10多天后，土匪回来，杨子荣以"不讲信用"、骗大家"活受罪"为由，把两名土匪捆绑起来，让他们带路去见座山雕。

座山雕非常狡猾，设了好几道地窖子，直到第四个地窖子，才见到座山雕，杨子荣把座山雕周边的人绑了起来，大骂他不仗义。杨子荣还自称有几百条枪藏在山里，取出后一起去吉林。座山雕信以为真，真跟着杨子荣下了山。到了山下，才看到所谓"藏枪的地方"停着一辆苏制汽车，后悔不迭："日本人都没整了我，竟被几个土八路整了。打了一辈子鹰，最后还是叫鹰啄瞎了眼。"

在战斗总结中，杨子荣说过两句话："为人民事业生死不怕，对付敌人就一定神通广大。"

1947年2月11日，座山雕被牡丹江军区特别军事法庭判了死刑。据审判官邹衍回忆："座山雕被活捉之后关押在牡丹江军区看守所，保卫科的同志审讯时我还去看了一次，那是个60来岁的老头子，尖鼻子、白山羊胡子、两腮凹陷，他山里情况熟，身板好，活捉他非常不容易。"

被枪毙前，座山雕说："我死了，牡丹江就太平了。"一些媒体称座山雕病死在狱中，是错误的。

"如果我在前头，也许他不会牺牲"

座山雕被判死刑后才9天，杨子荣便又出发去剿匪。

当时牡丹江一带只剩下李德林残部还没有被全部消灭，但侦察分队已发现其手下、马喜山匪帮副司令郑三炮的行踪。

1947年2月22日夜，杨子荣等5人组成的小分队潜入郑三炮等10多名土匪暂住的小屋附近。为准备第二天的突袭，在孙大德的提议下，大家开始擦枪，因没有擦枪油，只好改用老乡家的猪油。

据小分队成员孙立真回忆，突袭前，杨子荣对他说："每次战斗都是你在前面开路，这次就让我在前面吧。"孙立真不同意，说道："你是全排的主心骨，你在前面，我不放心。"杨子荣却笑着说："凭我的枪法，把枪一指，哪个土匪敢动弹？"说完了，杨子荣便一脚踢开房门，对土匪大喊："不许动，把枪放下，外边被机枪封锁了。"

没想到，土匪拒绝投降。听到拉枪栓声，杨子荣连忙开枪，没想到，扳机被冻住了。土匪孟老三趁机开枪，击中了杨子荣的左胸上部。跟在后面的孙大德立刻开枪，结果扳机也被冻住了。一名土匪想往外跑，孙大德用枪托把他顶了回去，将倒在门口的杨子荣的尸体拖回。小分队的战士向屋内投掷了2枚手榴弹，土匪们哀号起来："不打了，不打了。"

屋内大部分土匪被炸死，只有一名土匪因头顶铁锅，侥幸活了下来，但也因伤失去战斗能力。然而，打死杨子荣的土匪孟老三却趁机逃走。孟老三后被抓获，但他隐匿了这段历史。1949年后，孟老三曾入狱，后又被释放，回村监改。1989年，孟老三病逝。

杨子荣的战友孙立真后来说："我一生最遗憾的就是那次打郑三炮时，不该让杨排长跑在前头，如果我在前头，也许他不会牺牲。"

一般来说，擦枪油不会造成扳机被冻住的情况，但可能引发"缓霜"效应，即低温物体进入温暖环境时，在温度升高时，会先结一层霜。"缓霜"使枪的撞针无法引发子弹的底火。

1947 年 3 月 13 日，杨子荣的追悼会在海林朝鲜族小学举行，百名干部轮流为他抬棺，数千名当地群众自发参加。然而，谁也说不好杨子荣是哪里人，亲属的情况如何。

在《林海雪原》的原稿中，曲波说杨子荣的父亲被地主折磨致死，母亲"哭死"，妹妹被拐卖，只好流落他乡，在编辑的建议下，这部分内容被删除。但 1958 年，曲波在《中国青年》杂志第 10 期发表文章，在回答读者问题时，特意讲了对杨子荣进行教育，帮助他"把个人私仇提高到阶级公仇的地步上去"，这让很多读者误以为，曲波非常了解杨子荣的身世。

在当时，人们普遍认为小说应忠于现实，当时有读者问到小白鸽白茹，曲波表示"实有其人"。到 20 世纪 80 年代，曲波才表示"小白鸽"是艺术虚构。2000 年，曲波撰文表示："恶劣的环境根本不允许带女兵作战。""我们的战争是为了和平，在森林里除了大雪就是野兽和土匪，单纯地记叙这些觉得太冷酷了、太单调了。所以我有意识地创造了一个'小白鸽'。鸽子象征着和平，象征着我们今天的战争是为了明天的和平。"

《林海雪原》是文学创作，并非正史，其中杨子荣的故事不完全属实。

真实身份终于得以确认

杨子荣参军后，从未给家中写信，他牺牲后，留在老家的母亲、妻子毫不知情。

1947年底，一名从东北回到嵎峡河村的村民说，在牡丹江见过杨子荣，"一身土匪打扮，头戴礼帽，穿黑棉袄，腰间插着两支匣子枪"。当晚，杨子荣的母亲宋学芝和妻子许万亮被叫到村公所盘问，村干部说："人家都看见了，还能有假？"

第二年开春，村里取消了杨子荣家的代耕，又将他家门上的"光荣军属"牌子取了下来。宋学芝不服气，为此上访多年。1957年，县里认为"传言证据不足"，给杨家定为"失踪军人家属"，1958年，发了"革命牺牲军人家属光荣证"。

《林海雪原》被改编成电影、样板戏后，在全国各地播放，宋学芝曾念叨："电匣子里说的杨子荣，是不是俺的儿子呢？"杨子荣的哥哥杨宗福（有的记录写成杨宗富）说："娘啊，天下重名重姓的多着呢，要是的话，部队早有信来了。"

宋学芝觉得有理，便没再追问。

1952年，杨子荣的妻子许万亮因肺结核去世，她和杨子荣有一个女儿，早夭。1966年，宋学芝因病去世，去世前，她让杨宗福将儿子杨克武过继到杨宗贵（杨子荣原名）的名下，于是，杨子荣有了一个"儿子"。

1968年，在海林市委调查组的协调下，烟台市地委召开电话会议，要求各县成立"寻找杨子荣办公室"，荣成县为此还发了相关文件，张贴了巡察广告，在不少村通过大喇叭，一天广播三次。一星期后，找到了10多个"杨子荣"，始终和真正的杨子荣对不上号。

调查组组长关会元突然想到，杨子荣可能不是真名。这时，牟平县（今已撤销）一位民政干部告诉他说："有个叫宋学芝的老太太，他的儿子杨宗贵参军后去了东北，一直没回来，乡里一度传说他当了土匪，有一段时间，老太太经常来上访。"

这个杨宗贵会不会就是杨子荣呢?

关会元找到牟平县六七位从东北复员的老兵,请他们回忆一下杨宗贵,老兵韩克利当年和杨宗贵一起在雷神庙报名参军,但他也不记得杨宗贵是哪个村的人了。这时,一名姓姜的老兵回忆说:"杨宗贵出发前,和我拉家常时,说过他家是在什么河。"

周边名字带河的村只有峱峡河村,关会元一说,韩老兵立刻说:"就是峱峡河村。"

在峱峡河村,关会元找到了杨宗福,通过访谈,基本确认杨子荣就是杨宗贵,但没有更多的旁证。1973 年,为了给《林海雪原》外文版配插图,曲波意外找到当年部队表彰大会上的一张集体合影照片,里面就有杨子荣。1974 年,照片辗转被交到关会元手中。为确认照片上的人就是杨子荣,关会元带着照片来到北京,找到杨子荣昔日的战友,大家一看,都惊呼道:"是从哪儿找出来的呀?这就是杨排长。"

关会元把照片翻拍放大后,寄给牟平县民政局,民政局局长留了一个心眼,将这张照片混在其他 3 张人物照片中,请杨宗福辨认。杨宗福一下就拿起杨子荣的照片,当场落泪,说:"宗贵兄弟……"

在妻子去世 21 年、母亲去世 7 年后,杨子荣的真实身份终于得以确认。

2009 年 9 月 14 日,杨子荣被评为"100 位为新中国成立作出突出贡献的英雄模范人物"之一。

杨克武：我们家三代当兵人

杨克武：杨子荣的侄儿，杨子荣的妻子去世后，因当地习俗，必须由亲人送葬才能入土为安，杨子荣的母亲将杨克武过继到杨子荣名下。

二爹杨子荣在当兵参军之前，在最后一次"闯关东"回山东的这三年当中，他结婚了。在他当兵之前，我二妈（许万亮）生了一个小姑娘，这个小姑娘如果在世的话，和我同岁，她比我大几个月。这个小姑娘出生不到一年的时间就夭折了。1950年的时候，因为家庭的种种原因，我奶奶做主把我过继给我婶了，原来杨子荣是我的亲叔叔，我的生身父亲是老大，他是老二。从那时候开始我就叫我婶为母亲了，我们农村也叫二妈。我二妈去世的时候，我七虚岁，当时的情景我记得非常清楚，下着大雪，天气还冷，我以儿子的礼仪披麻戴孝送走了我的二妈。那时候我二爹还叫杨宗贵，杨子荣这个名字那时候还没有出现。在这种情况下，就正式对外公开，我被过继给他做儿子。

二爹杨子荣在1945年前后，从山东报名参军之后就一去再也没有音讯了。我们那个地方有一个雷神庙，二爹参加当兵祭典的那天，我奶奶、我二妈见了他一面，也做了一些工作。本来家里不知道他要当兵。他临走之前是跟民兵连长报的名，家里根本不知道。等到家里人知道后，不同意也得同意，他就要走了，但是那天我爹是以派公参、去公干的这种谎言骗了我奶奶。结果晚上他还没回家，我二妈也找，我奶奶也找，找到村里，说他当兵走了，你们不知道吗？我奶奶和我二妈根本就不知道这回事，还赶着第二天早晨去雷神庙参加祭典，我们村离雷神庙就5公里的路，所以天不亮，我二妈、我奶奶在这个地方见了我二爹最后的一面，直到他牺牲后才知道这个英雄人物是我们家的。

第三章 《林海雪原》：
有一种奇迹，是中国红

儿子走了之后一直没有音讯，对我奶奶来讲是心上一直放不下的一件事情，她找了很久。也就是在那个时期，从东北回来的一个村民说我二爹当了土匪，我奶奶本来是个小脚妇女，也找过政府部门说过这个事情，说他当兵是通过政府征兵走的，怎么现在又说是土匪了。

我奶奶不信这件事，她是一个很刚强的老太太，她当时就在社会上讲："我这个儿子根本就不可能去当土匪，如果说他要当土匪的话就不至于说现在当土匪了，他在闯关东的时候，那时候条件多好，怎么就没有当土匪？现在当兵以后才当土匪？根本就是不可能的事情。"

后来《智取威虎山》这个电影也放了，老太太没看到这个电影，但我们农村有小广播，那个小广播基本家家都有，她在那段时间听到过这个小广播也在寻找杨子荣。就是在《智取威虎山》这个京剧出来以后，开始广播这个事。但是她不知道这个人是我们家的，也不敢相信是真的。

我二爹原名叫杨宗贵，在闯关东的时候就有这么一个印章，杨子荣这个名字是根据他的字儿来的。我的生身父亲，就是杨子荣的大哥，叫杨宗福，字子鲁，二爹杨宗贵的字是子荣。二爹有这么一个印章，当然我们村里也有人知道有这么个印章，但是对我们家庭来说，我父亲也好，我奶奶也好，觉得和那个字重名的人太多了，由于前面出现的那个事，根本就不敢想到这方面。所以，当我们知道这位英雄就是我的二爹的时候，我第一时间跑到我奶奶的坟前、我婶的坟前，告诉她们说有这样一位儿子，有这样一位英雄丈夫，应该瞑目了，可以安息了。

中国的英雄人物可以说太多太多了，但是像二爹这样，当兵时间很短，这么出名，三次立功，又得到一个特级侦察英雄的荣誉称号的，在现在的中国来说，这样的英雄确实不多。所以对我们家庭来说，非常荣幸，非常自豪。

受我二爹的影响，我是1968年当兵的。我儿子也在咱这个地方当兵，在北京，他是中参四部的，在密云和廊坊当过兵，现在在家里。我们家庭，包括我二爹在内，我们现在是三代当兵人。（根据杨克武口述整理）

童祥苓：银幕英雄诞生的台前幕后

童祥苓：1935 年出生，京剧表演艺术家，工老生。他的妻子张南云也是梨园界人士。童祥苓是江西南昌市人，自幼酷爱京剧，8 岁学戏，先后向刘盛通、雷喜福、钱宝森等学艺，多演余（叔岩）派戏；后又拜马连良、周信芳为师，余、马、麒各派剧目均能演出；擅演剧目有《龙凤呈祥》《桑园会》《群英会》及现代京剧《智取威虎山》等。

1958 年，第一个唱杨子荣的是李仲林先生，第二个是孙正阳，就是唱栾平的那个。因为李仲林先生是唱武生的，在我们的那个行当里头武生重表演，重念白，不重唱。后来要为杨子荣树立音乐形象，就把我调来唱《智取威虎山》。

《智取威虎山》如今这么受大家喜欢，第一个功劳应该给毛泽东主席。因为那时候人家问毛主席："《智取威虎山》您还记得吗？"毛主席说："我只记得座山雕了。"因为杨子荣那时候没唱，李仲林先生全是念白，所以后来主席提意见，说京剧是唱做念打，应该把唱放到重要地位，流传了唱，这出戏才能流传开。所以这个功劳首先应该是毛主席的。

那时候把我调来，就是为侧重塑造杨子荣这个音乐形象。至于这个音乐形象，表现出来就是四个字：共产党员。共产党员这个形象应该是什么样呢？后来我想想，应该是光荣的、豪迈的、一往无前的。那时候排戏，我们京剧有一个习惯，比如排第四场，就得把唱段先谱出来，有了唱段，我们才下地排。后来排这四场的时候正好没唱段，我说这没唱段我们怎么排？这没音乐我们怎么唱啊？那时候的导演是龚二佳（音），他是演话剧的，他说你认为杨子荣现在应该怎么唱，你就怎么唱。他这话也对，后来我就回去想，共产党员要豪迈、要挺拔，要这么唱、那么唱，最后找到了一个形象，就是"共产党员（唱）"，这个形象确定了，后来我排练的时候就这么唱的。大伙儿说，

第三章 《林海雪原》：
有一种奇迹，是中国红

这挺好的，就把这段这么谱下来。那个时候所有的唱段都以这个为基调，所以我们"智取"的唱段是比较高昂一点的。

那时候，我记得是第一次统排，我们从第一场到第十场都排好了，统排一次，总理来审查。就在那个上海兰心大剧院，锦江旁边，总理看完戏上台了，他头一句跟我说："你这不是杨子荣啊，你这是诸葛亮啊。"那时候都是塑造无产阶级英雄人物嘛，要把最好的给杨子荣，什么是最好的呢？我们京剧流派余叔岩余先生是最好的。我说我已经把这个最好的给了，怎么还像诸葛亮？后来回去想想才明白，过去的传统戏都是表现古人的，今天我们是演现代的，现代的人要有激情，像古人那么平平稳稳地唱不行了。那时候总理指着第八场，第八场原来不是这个词，第八场的词很美，"辰星落，天报晓，雄鸡高唱（唱）"，可不是诸葛亮嘛。后来就说，你那个词不行，我们杨子荣这个角色是要激昂，你这个词我们激昂不起来，一下改了。一改我看不得了，"劈荆棘战斗在敌人心脏"，这一改，整个就不一样了，马上就不一样了。

那个时候观众也说，我们看你们这个戏真累，我们不能眨眼，一眨眼你们的好些戏就过去了。为什么呢？因为演出的戏过长。观众一般5点多钟、6点钟就下班了，下班回家吃饭洗完澡，为了看我们的戏赶着往那儿跑，都很疲劳，所以我们就得在两小时之内演完，节奏是非常非常之快的。我现在年纪大了，再放录音一听不行，跟不上了，太快了。

1970年要把一个京剧艺术搬上荧幕，把它拍成电影，对演员来说真的是挑战。咱们第一场戏就是第五场"打虎上山"，"打虎上山"是中国电影里头记录的最长的两个镜头，在这两个镜头当中，我们要先走一遍位置，等全场老师都走完了，再布光，布完光就引演员走，走完了才可以拍。因为那时候没有标记，我从幕后出来走到这棵树，完了再到这儿、到那儿，这几个位置我要记住。还要记住这个灯光，错了位置灯光就不对了，所以我就一二三四五六七八九十，十步到这棵树，这棵树离后头那棵树2米，完了九、十、十一、十二、十三、十四，演员要把这些位置记得很准很准。为什么？因为那时候的摄影机不像咱们现在的，摄影师可以通过镜头看，他是看不见的。他是走的时候他看得见，等真拍的时候关上了他在旁边看。所以拍完之后，都不能动，在那儿默、背，一背没问题了，好了，过了，如果有问题重来。而且没有回放。

所以那个时候我们觉得很累。

拍第五场是最热的天，是七八月。要表现的却是身处最冷的地儿，我里头穿着一个棉背心，因为我人瘦要垫起来。棉背心外头有一个短打，短打外头是皮坎肩，皮坎肩外头有一个大衣。我们在舞台演出穿的那个大衣是尼龙丝拉出来的，这边是纱，很轻飘。拍电影是真羊皮的，我一提拉大衣，好家伙！这大衣就20多斤，穿上就够沉的了。谢导说："祥苓同志，我们拍电影要有真实感，这个虽然它是真的，但是你也要跟舞台上一样要得自然。"要流畅，那就得练啊。我记得拍的时候，他给我提的最难的一个问题："童祥苓同志，我们给你提一个要求，就是你最后不要出汗，因为什么？我们要给你一个特写镜头，你不能在'林海雪原'出汗。"后来我就跟他开玩笑，我说那你最好把我装在冰箱里头。最后我倒是真没出汗，脸上有点油，但是不能让汗粒子下来。

大家看电影中那个唱段挺舒展、挺舒服吧，但是我们录音是非常非常艰苦的。现在的录音设备非常先进，一个字儿张三，三字儿不好，重接，李四，重来，我们那时候唱出来了，不能接。必须是一条下来。比如打虎上山从穿林海到地覆天翻，一次性下来。中间有一点错了，重来。我记得我是下午2点钟进去的，晚上8点钟出来这个棚，就录这个打虎。录到最后，我看见那话筒就没办法，就害怕。完事后我就跟乐队说："各位老大，多多包涵，你们那是木头的，我这是肉的，可拼不过你们啊。"有时候真是这嗓子唱的，打虎上山唱十几遍够呛，就往这儿打针，扎进去，完了扭过来再扎进去让那个肌肉松弛。我记得打虎上山刚一录音，谢导拿一个码表，可能现在咱们唱歌、唱戏都没遇见这个情况吧，没有拿码表唱的。谢导说："祥苓同志，你拿这个码表，从导板音乐起到霄汉完，你要坚持18秒，我要拍星星，我要拍月亮，我要拍树，我要拍那个。"

再比如说马舞，那个时候我记得是北京京剧团、上海京剧团、中国京剧院、芭蕾舞团，还有北京民族舞团，给了五个方案，这五个方案我都得要学会，学会之后我要自己组成一个最适合舞台上的马。因为你多了不行，少了也不行。我那时候早晨上班练功、排戏，完了吃饭、洗碗，只有晚上的睡觉时间是我练马舞的时间。基本上那个时候，我一天睡四小时就是很不错的了。所以我们那时候是够苦的了。

第三章 《林海雪原》：
有一种奇迹，是中国红

拍电影的时候我在北京，拍了两年。我家在上海，我们剧组两年间从北京回上海探亲两次，上海的家属到北京探亲两次，但是唯独我没有这个资格。我的夫人没有到北京探过我，我也没回过上海。所以我小儿子见了我，他不认识我，因为那个时候，我是特殊情况，我是立功赎罪的。

别人都回家探亲了，我每天起来打扫打扫屋子卫生，洗洗衣服，一周里要换的衣服该洗洗了。剧组都走了，就我一个人了。那时候在地安门红卫招待所，出了那个招待所就是北海后门，我身上只有 2 元钱，花 5 分钱买门票，从后门进去，从后门走到前门，从前门再走到后门。有的时候我就倚着北海边上那个栏杆，看着水里的鱼。我说你们多自由啊，可以来回游来游去，你看我，我就是孤孤单单的一个人。所以那时候我们就是这么过来的。

电影公映之后轰动了全国，中国邮政以我扮演的杨子荣的形象出了一套非常精美的邮票。1970 年，邮票刚一出来，邮政局送给我 6 张。那时候都是朋友嘛，你来了拿一张，我来拿一张，拿到最后我没有了。后来有一次，一个外国人来采访，他说你有什么资料吗？我说我没有什么资料啊。他说你资料都没有？他回去后就给我寄来 6 张邮票，还写了一封信，他在信上说："我父亲在德国拍卖行拍到了这套邮票送给了我，我把这个邮票送给应该有的人。"这件事令我很感动。（根据童祥苓口述整理）

参考文献

[1] 王仕琪. 传奇英雄杨子荣身世之谜 [J]. 广东党史, 2010 (3): 15 – 18.

[2] 长城长. 还原杨子荣 [J]. 档案时空 (史料版), 2004 (9): 7 – 9.

[3] 臧马. "智取威虎山" 功臣孙立真的传奇人生 [J]. 文史春秋, 2004 (2): 4 – 7.

[4] 王喜平. 杨子荣在杏树村劝降: 一段曾经被误读的史实 [J]. 黑龙江档案, 2010 (2): 113 – 114.

[5] 张均. 悲剧如何被 "颠倒" 为戏剧——长篇小说《林海雪原》土匪史实考释 [J]. 文艺争鸣, 2016 (2): 83 – 91.

[6] 姚丹. "事实契约" 与 "虚构契约"——从作者角度谈《林海雪原》与 "历史真实" [J]. 中国现代文学研究丛刊, 2003 (7): 98 – 117.

[7] 曲波, 徐东春. "小白鸽" 首次披露: 曲波抗日回忆录 [J]. 文史博览, 2005 (7), 16 – 22.

[8] 张均. 杨子荣之 "忠智勇" 考 [J]. 中山大学学报 (社会科学版), 2017 年 (6): 47 – 55.

[9] 姚丹. 重回林海雪原——曲波访谈录 [J]. 新文学史料, 2012 (1): 86 – 97.

[10] 王作东. 曲波在齐齐哈尔创作《林海雪原》的前前后后 [J]. 黑龙江档案, 2015 (6): 111 – 112.

[11] 刘波. 说不尽的《林海雪原》[J]. 党的生活 (黑龙江), 2015 (1): 38 – 40.

[12] 戴恩嵩. 忆曲波 [J]. 春秋, 2011 (3): 26 – 28.

第四章 《白毛女》：

民族歌剧，开山之作

孟于年轻时
穿《白毛女》服装

"故吾对于音乐改良问题，而不得不出一改弦更张之辞，则曰：西乐哉，西乐哉。西乐之为用也，常能鼓吹国民进取之思想，而又造国民合同一致之志意。" 1903 年，匪石在《中国音乐改良说》中提出这一主张，该文发表在当年 6 月号的《浙江潮》中。

匪石说的"常能鼓吹国民进取之思想"的西乐，应该指的就是歌剧。

曾志在《歌剧改良百话》中说得更直接："予之《百话》但以歌剧 Opera 为范围，而 Drama（戏剧）不与焉。"

在艰难困苦的时期，一代仁人志士将希望投向歌剧，但直到 1925 年，俄罗斯籍犹太人阿甫夏洛穆夫的《观音》在北京上演，是"西洋歌剧的完整形式在中国的最早探索"，他后来还创作了《孟姜女》等，并将郭沫若的《凤凰涅槃》写成歌舞剧。与此同时，任光、郑志声、沈醉了等艺术家也创作出一批歌剧作品，但基本是中国的题材、西方式的表达，无法真正被民众接受。从结果看，未达到"鼓吹国民进取之思想"的目的。

相比之下，歌剧《白毛女》堪称奇迹，不仅在中国舞台上取得巨大成功，在国际上也被视为经典之作。据不完全统计，歌剧《白毛女》在世界各地的舞台上已上演超 1 万场。

歌剧《白毛女》的诞生，标志着在一代创作者的努力下，终于找到了一条符合中国自身文化特色的歌剧创作之路。一方面，它继承了传统民族文化；另一方面，它找到了艺术创作的基础，即基层人民的真实需要。

刘绶松先生在《中国新文学史初稿》中写道："《白毛女》是抗战时期最后一年中出现的一部最优秀的歌剧……成为我国现代文学史上稀有的名著之一。""说它是我国第一部成功的新型歌剧，这一点也没有过分的。"

孟于：喜儿精神鼓舞人心

孟于：歌唱家。四川成都人。1941年加入中国共产党。1942年毕业于延安鲁艺音乐系。曾任华北联合大学文工团演员。1945年后演出《白毛女》《血泪仇》等歌剧。历任中央音乐学院音乐团歌唱队队长、独唱演员。1958年毕业于中央音乐学院进修班。后任中央歌舞团独唱演员、艺术处副处长、副团长、党委副书记。演唱的歌曲有《平汉路小唱》《慰问志愿军小唱》等。

"我们鲁艺的小孩都喜欢唱《北风吹》，这首歌得到了群众的欢迎。"

主持人： 孟老师，《白毛女》是在1944年到1945年创作的，当时是如何集体创作的？

孟于： 毛主席文艺座谈会讲话以后，在鲁艺，我们原本在院校里相对封闭地学习，后来就停止了，转向民间学习。我是鲁艺四期音乐系的，开始我们唱中国歌曲、外国歌曲，唱了很多。延安文艺整风后，我们在延安创作了很多很优秀的秧歌剧，像《兄妹开荒》《夫妻识字》《十二把镰刀》等，几十部，都涌现出来，情况非常好。

那时整个延安的文艺活动非常活跃，我们扭秧歌，打腰鼓，经常出去演出。1944年，周巍峙同志领导西北战地服务团，来到延安，他们带来了一个故事，就是在平山县（河北省石家庄市下辖县）发生的白毛仙姑的故事。

当时周扬是我们的院长，他听了后，觉得我们正在为"七大"搞一个献礼节目，那么白毛仙姑这个故事正好可以编一个新歌剧，便组织了一个创作组。一开始，是由西北战地服务团的一个同志写剧本，后来又组织了一期，有戏剧系的系主任张庚同志，加上王滨同志，还有另外一些同志；音乐系有马可、张鲁、李焕之、瞿维他们四位同志，贺敬之当时是我们四期文学系的学员，他和丁毅同学两个人一起执笔。

主持人：可以说集中了全院的优秀创作人才，但创作过程似乎不是很顺利，也遇到了很多的困难。当时周扬还说过一句话"我要和《白毛女》共存亡"，表达他对这个剧的决心。听说剧中的《北风吹》唱段，就写了20多稿？

孟于：是的。张鲁是我们四期音乐系的同学，他也参加了创作，他学习、掌握的民歌很多，很多歌曲都写得非常好。他到《白毛女》创作组去，一天晚上，他"梆梆梆"地敲我的门，他说孟于，你还有油吗？我说什么油，他说点灯的油。我说有啊。因为我们一个月发二两油，晚上点灯，点一会儿就赶快灭灯。他那天晚上把油点完了，可他正在创作《白毛女》中的歌曲，开始写不出来，刚有点灵感了，又没有油了，问能不能借他点油。

我说好，那你就在这儿写吧，我把灯点着，我要做饭，得去捡煤核，说完就走了。

一个多小时后，我回来时，他就告诉我，已经写成了，拿着那个曲子，我们俩就试唱："北风那个吹，雪花那个飘，雪花那个飘飘，年来到……"

我听到他这首歌，当时就说："张鲁，你写得太好了，很有民族风格，非常好。非常亲切，非常自然，而且你用的是四分之三的节奏，这是很难的。"当时民歌里头，这种节奏比较少有。

我说太好了，去参选吧。当时他们四位搞音乐的都写了这个曲子，后来张庚同志组织大家选，果然选上了张鲁的。张鲁特意回来告诉我说："选上了，太好了。"

主持人：是不是当时周扬院长也很喜欢这一段？

孟于：也唱给周扬听了，他很喜欢，所以开场第一个曲子就是《北风吹》。张鲁在教林白和王昆同志唱时，帮我们打饭的那些勤务员，那些小鬼（小孩），都围在那儿听，他们也跟着唱。没想到，我们鲁艺的小孩都喜欢唱《北风吹》，这首歌得到了群众的欢迎。

主持人： 一开始怎么想也想不出来用什么歌来开头，似乎是贺敬之给了一些提示，才用民歌旋律来创作？

孟于： 对的。贺敬之同志讲，可以用《小白菜》这些民歌的旋律改编一下。后来在第二幕开始，"打过了三更夜正深，红喜越想越伤心"，这个歌就是用《小白菜》的旋律改编成的，那个曲子是马可同志写的。

主持人： 对《白毛女》的这部歌剧中的旋律，您是信手拈来，是不是早就融入您的血脉中了？

孟于： 是啊。在鲁艺时，我看过《白毛女》，那时是王昆和林白同志演，我没有参加演出，我在音乐系上学。日本投降后，王昆同志参加了"七大"的献礼演出。演出完成以后，毛主席和所有领导都站起来鼓掌，都认为好，所以一下子，《白毛女》就在延安演了几十场。

主持人： 您是从什么时候开始参加这个演出、开始唱喜儿的？

孟于： 那是1945年，日本投降后，当时鲁艺组织了两个前方文艺工作团：一个由陈荒煤带领葛洛、胡征、赵起扬、陈因、计桂森等于1945年8月出发去鄂豫皖解放区；一个是到东北去的东北文工团，在路上时，领导通知我说："孟于，我们现在考虑决定，希望你参加演《白毛女》。"

我说我学音乐的，我又没学过表演，我怎么去演《白毛女》那么大的戏？我过去演的都是街头剧，《放下你的鞭子》之类，我能演这么大的戏吗？

领导说："行。你看，一是有很好的导演，二是有这么些同志演过，他们会帮助你的。再一个就是说，这些歌曲你都会，你听了，你都会很喜欢的。"

我说那就试试看吧，就这样，我参加了《白毛女》的演出。我们是1945年中秋节从延安出发的，每天背着行李，女同志背13斤，男同志背15斤，背着行李走，那时心里高兴，打败了日本侵略者，我们要到新的解放区去工作了。

主持人： 您参加《白毛女》的演出后，平时都是演给哪些人看？

孟于： 刚开始是在张家口，给机关干部、学生、城市居民演出了一场，后来我们就去部队去演出了。说实在的，刚开始演《白毛女》，我是有点照着葫芦画瓢，别人怎么演，我就怎么演，对内在的东西理解不是很深。我自己也能觉出来。

我的老家在四川成都，我是在城市里长大的，很少接触农民，所以不太了解观众的想法。后来我参加了土地改革运动，听了很多诉苦会。在诉苦会上，听到农民说地主怎么剥削农民、压迫农民，说起过去的一些悲伤的事。在一次会上，有一个妇女，她站起来诉苦，说她当年被地主糟蹋后的痛苦，她的丈夫也不要她了，她在会上讲得痛哭流涕。

我听了后，我就想：她和喜儿的遭遇差不多。从那以后，在其他的斗争会上，我又听到了类似的事情。再演《白毛女》时，我的脑子里是充实的，有了具体形象，所以哭也哭得出来，唱到"那天黑夜爹爹回来……"，我就哭得眼泪哗哗掉，恨也恨得起来了。

原来没有深入生活，后来听了"土改"中农民们的发言，我很受教育。所以把《白毛女》慢慢地演得好了一些。

"对我们文艺工作者来讲，《白毛女》这个戏不仅教育了观众，同时也教育了我们自己。"

主持人： 演出《白毛女》的过程，也是演员自我成长的一个过程，白毛女有极大的冤屈和仇恨在身上，要活下去，要报仇，那都是需要调动自己的情绪的。

孟于： 喜儿的这种精神是很鼓舞人心的。我记得是1946年吧，我在河北怀来，就在怀来战役之前，我们为部队演出，这场也是我演的。演着演着，到了斗争会那一场，舞台底下有点乱，我们的团长就说："赶快孟于，集中集中，台上一定要集中，我们集中把那个戏演完。"

演完后我才知道，当时舞台下有一个解放军战士，拿出枪，说黄世仁太可恶了，他要崩了他，然后拿着枪就往台上跑。参谋长连忙说："这是在演戏，这是在演戏。"拉着他，他还不听，说道："我要崩了他。"

《白毛女》之所以产生了这样一种力量，是因为这名战士的家里也曾受过苦，情况也是类似的。对我们文艺工作者来讲，《白毛女》这个戏不仅教育了观众，同时也教育了我们自己。

主持人：当时丁玲曾经写道，《白毛女》只要去演出，每每都是满村空巷、扶老携幼，屋顶上是人，墙头上是人，树杈上是人，草垛上是人。

孟于：对的，不过我们经常是在广场上演，这边坐着解放军，那边坐着老百姓。演出前，老百姓也唱歌，八路军也唱歌，很活跃的。锣声一响，全场就安静下来。当年演出是没有电的，演戏时，舞台上只有两个汽灯，后台点着六个汽灯。汽灯要是被风刮灭的话，要赶快取后台的汽灯换。我们就是这么演出的。没有音响，没有扩音器，完全靠演员的嗓子在台上唱。

主持人：没有乐器吗？

孟于：有乐器，但乐队很小，有板胡、二胡、京胡，有笛子，有三弦。我们在延安唱《黄河大合唱》时，没有笛音乐器，冼星海同志用洋油筒安上一个把，安上两根弦，就这样。

主持人：就地取材。

孟于：是的，就地取材。《白毛女》的乐队在配备上应该是比较好一点的了，有一支小小的乐队，这个乐队也就十个人。

主持人：尽管演出条件很简陋，但大家的情感非常饱满。孟于老师，这是您当时的一张照片，这是在演出吗？也是在演出的现场吗？

孟于：是的，这就是当年的服装，当年我们穿的衣服跟老百姓是一样的，就是一件粉红色的衣服，但是穿旧了，很破、很旧了，补丁很多。当年演白毛女时，就是穿的这件衣服，唱《北风吹》就是穿的这套，过年也穿着这套衣服。

主持人：几年后，电影《白毛女》开拍了，田华老师扮演喜儿，有几个唱段是您给配的音？

孟于：是的。第一段是第二幕《思念你》："不知道大春到哪去了，也没有他的信……"是一段抒情的歌。然后就是喜儿进山后，他们要杀喜儿，说喜儿是鬼，浑身发了白，后面有四段，那些歌，有的是现写出来的，不是原来的。他们给我打长途电话，让我去长春电影制片厂录音，所以我去了。

主持人：1951 年，电影《白毛女》上映，那时统计说，当时 6 亿中国人，有 5 亿人进电影院看了这部电影，听到了您的唱段。现在回头看，您听自己的演唱，还会激动吗？

孟于： 还激动。因为想起那个时代，想起《白毛女》这个戏在当时产生的巨大作用。我记得，怀来战役时，我们为战士们、老乡们演出《白毛女》，演出十几场，住在二十里、三十里外的老乡都跑来看，天天看。这边坐着解放军，那边坐着老百姓。我们演了十几场，战士们轮流看，怀来战役胜利后，晋察冀军区的领导给文工团写来一封信："这次怀来战役，敌军的数量多于我军数倍，但我们的战士们在前方打得很英勇、很顽强。他们看了《白毛女》后，启发了阶级斗争的觉悟，所以在战场上非常英勇、顽强。这一次怀来战役的胜利，也有你们文工团的一部分力量。"

主持人：解放战争时，一位司令员曾写过，战士们是带着被《白毛女》激发出来的仇恨和力量，投入战斗当中的。

孟于： 对。在我印象中，有一场演出可能是古今中外都没有过的。1948年，我们去为城工部（城市工作部）演出。那时他们集中了北平和保定的地下工作人员，在一起开会，学习北平解放后的一些政策，学习的最后一天，邀请我们去演出。我们从很远的地方赶到会场，演出前，刘仁同志跟我们讲，今天的观众是一些特殊的观众，都是地下工作者，他们看完演出后，马上还要回到北平，为了北平解放，他们要做很多地下工作。今天请你们来，是为这些特殊的观众演出。

当时我有点奇怪，很特殊的观众指的是什么。

当我开始唱《北风吹》，一拉开幕布，我当时就傻了——底下白茫茫的一片，所有观众都穿着一样的白衬衣，连头上包着的白头巾都是一样的，还戴了一个大白口罩。

我们的团长说："注意，开始了，接着再演。"这样我们就又投入演出中。现场观众都坐在那里不动，当中走动的，只有城工部的几位同志。他们互相都不说话，台下没有任何声音。不过演到杨白劳死的时候，他们中也有很多人在哭泣。

演出完，我卸妆出来时，他们正排着队离开剧场，突然有一位同志跑过来，拉着我们的手说："哎呀，你们演得太好了，对我们来说很难得，为我们解放北平增添了力量。"说完，他就跑了。

当时我想：这是谁？后来一想：不行，不能知道他是谁，应该不知道他是谁才对，就让他走了。

主持人：也不能问他是谁？

孟于：不能问的。他们中有学生、有工人。

主持人：从 1945 年首演，到现在 70 多年过去了，您现在再看《白毛女》，您觉得这部作品最大的魅力在什么地方？

孟于：我觉得这部作品是在延安文艺座谈会以后，产生的一部优秀作品。在这个作品中，反映了农村中的斗争。几千年来，地主一直是这样压迫农民的，《白毛女》启发农民们起来反抗封建，推翻地主阶级。

经过"土改"以后，农民得到保护，生活质量有了提高，所以农民对解放军是非常拥护的，军民关系特别好，因为"土改"让千百万农民站起来了。

▲ 孟于饰演白发喜儿

白毛女，从传说到经典

"二十世纪以来在大陆上下的城市乡村，各行各业，男女老少中流传最久、知名最广的那些经典革命故事，第一个就要算《白毛女》。"这是学者孟悦提出的论断。

1945 年 4 月，歌剧《白毛女》第一次被搬上舞台，是在延安中央大礼堂。观看这次演出的观众主要是参加中共"七大"的、来自全国的 527 位正式代表和 908 位列席代表，以及延安各机关的首长，包括毛泽东、刘少奇、朱德等党中央领导人。

据现场观众回忆，当演出到"太阳底下把冤伸"一段时，毛泽东主席也在擦眼泪。不少观众甚至哭出声来，李富春同志劝说道："同志们呐，你们这是干什么？这是在演戏呀！"

此后演出中，多次出现观看《白毛女》的战士要上台揍"黄世仁"的事，甚至还有战士拿起枪，准备枪毙"黄世仁"。

《白毛女》甚至给美国著名记者杰克·贝尔登也留下了深刻印象，他记录道："观众中有许多妇女都有类似剧中人那样的身世。""她们时时用衣袖拭眼泪。不论是年老的还是年少的，不论是农民还是知识分子，都禁不住凄然泪下。坐在我身边一位老大娘，一边看一边哭泣出声，直到终场。"

《白毛女》是中国歌剧史上的一座里程碑，其实它原本只是一个民间传说，甚至在汉代就有类似的传说，把这样一个"老故事"讲出"新内涵"，《白毛女》为后来的文艺创作蹚出了一条新路。

传说中的"白毛仙姑"

　　《白毛女》是以 20 世纪 40 年代、河北阜平一带"白毛仙姑"的传说为基础创作出来的，但白毛女究竟是谁，一直有争议，至少存在四种说法。其中《白毛女》的执笔者贺敬之的回忆比较详细：

　　靠山的某村庄，八路军解放后的几年来，工作一向很难开展，因为该村村民及村干部都有很深的迷信思想，而且据说该村的确出现过"白毛仙姑"，说是一身白，常常在晚间出来。她在村头的奶奶庙里寄居，曾向村人命令：每月初一、十五两日一定要给她上供。长久以来，村人遵命奉行，而且真见到头天晚上的供献上后，第二天一早就没有了。有时，村人稍有疏忽，一次没有给她上供，便听见从阴暗的神坛后发出尖锐的怪声："你们……不敬奉仙姑……小心有大灾大难……"

　　……

　　九年前（抗战尚未爆发，八路军未到此以前），村中有一恶霸地主，平时欺压佃户，骄奢淫逸，无恶不作。某一老佃农，有一十七八岁之孤女，聪明美丽，被地主看上了，乃藉讨租为名，阴谋逼死老农，抢走该女。该女到了地主家被地主奸污，身怀有孕。地主满足了一时的淫欲之后，厌弃了她，续娶新人。在筹办婚事时，阴谋害死该女。有一善心的老妈子得知此信，乃于深夜中把她放走。她逃出地主家后，茫茫世界，不知何往，后来找了一个山洞便住了下来，生下了小孩。她背负着仇恨、辛酸，在山洞里生活了几年。由于在山洞中少吃没穿，不见阳光，不吃盐，全身发白。因为去偷奶奶庙里的供献，被村人信为"白毛仙姑"，奉以供献，而她也就藉此以度日。关于抗战爆发、八路军来到、"世道"改变等，她做梦也没有想到。

　　贺敬之表示："传说这故事的人很多，所以其说就不一了。"曾参与歌剧《白毛女》创作的其他人，说法各不相同。

周而复说："（黄世仁）父子对喜儿都有心思，双方争风吃醋。""一次为了争着使唤喜儿，父亲用烟杆打儿子，儿子正在用菜刀切梨，顺手用刀一挡，不偏不倚，一刀砍在父亲的颈子上，断了气。母子私下商量，要嫁祸于喜儿，说喜儿谋害黄大德（黄世仁的原名）。"

任萍则说："说的是一个地主，前两房妻妾都不生养儿子，他又娶了第三房。一年后，这第三房生的还是女孩。地主大怒，就将母女赶出了家门。从此，这女子带着女儿，住山洞、吃野果，长时间不食人间烟火，满头长发都变白了。"

歌剧《白毛女》的导演王滨则说："后来八路军从那里经过时把她救出，她的头发也渐渐变黑，结了婚，还当上了某地的福利部长。"

贺敬之、周而复、任萍、王滨当时都在延安工作，他们甚至说不清"白毛仙姑"究竟出现在哪里，除河北阜平外，还有传说在河南、山西、陕西等地。

除了以上这四种说法外，张庚、王昆、邵子南、张滨等人的说法也都不一样，但共同点是：谁都没去故事发生的地方核实过。

李满天是故事的原创者

最早写出"白毛仙姑"故事的是李满天，他本名李春芳，又名涓丙，笔名林漫。20世纪30年代初，他考入北京大学国文系。1935年的"一二·九"学生运动后，李满天离开北京大学，1938年来到延安，是鲁迅艺术学院文学系第二期学员的班长（1939年1月入学，1940年5月毕业），毕业后被分配到晋察冀边区政府的教育处工作，担任科长。

1941 年前后，李满天发现"白毛仙姑"的传说在河北阜平一带迅速传播，听起来很真切，但仔细追问，却无人能说出更多细节。

1942 年五六月间，李满天调任《晋察冀日报》编辑，根据传说，他写出短篇小说《白毛女人》，计一万多字。小说稿通过地下交通线，辗转于 1944 年才寄到延安。时任鲁迅艺术学院院长的周扬读后，大为震动，决定将它改编成歌剧。

《白毛女人》是如何到延安的，有不同说法：

一说是 1944 年 4 月，西北战地服务团由周巍峙带队，奉调回延安，诗人、剧作家邵子南也在其中，有人说他也听说过"白毛仙姑"的传说，独立完成了《白毛女》的剧本框架。

一说则是周巍峙称在《晋察冀日报》上看到了李满天的一篇记录"白毛仙姑"的小稿，就剪了下来，回延安后交给了周扬。

这两种说法均不准确，西北战地服务团后来被并入鲁迅艺术学院，可以肯定的是：周扬是通过周巍峙才知道白毛女的，邵子南确实是歌剧《白毛女》早期的主要执笔人。

1952 年，周扬在北京见到李满天，当众表示：李满天是《白毛女》故事的原创者。

1964 年，在一次创作座谈会上，周扬又指着李满天说："他是白毛女故事的写作者，现在很多人不知道这个情况，你们要记住，不能忘了。"

近年来，不少媒体报道称，李满天原本写过相关的新闻报道，且称已"找"到白毛女、黄世仁等人的"原型"，但事实上，李满天后来曾亲笔写道：

一九六八年，我们的"干校"去河北省农村劳动改造。有一天，有个江西还是安徽的人来调查，说他们那里有个组织部女副部长，有人揭发她的家庭是《白毛女》中黄世仁的原型。他原是去找贺敬之同志的，贺敬之同志转介绍到我这里。我即把白毛仙姑传说的形成与我写作的经过向他做了说明，并说，谁也说不清故事发生的具体地点和人物的具体情况，我当时写这一故事，是根据口头传说用典型化的艺术手段写成小说的，我更不知道原型在哪里。把那个副部长说成是黄世仁家的原型，实属子虚乌有。我为此打了证明。

在 1968 年，写证明是很严肃的事，要承担责任。李满天敢写证明，说明白毛女确无原型。

李满天晚年对外基本以林漫自称，因曾担任河北文联副主席，被人们戏称为"林副主席"。他于 1990 年去世，和作家贾大山是好友，追悼会上，贾大山曾开了个辛酸的玩笑："创作了《白毛女》的人，他就是个白毛男啊。"这是说李满天坦荡一生，但也辛苦一生。

当时中国农村的现实

为什么周扬一眼就看中了《白毛女人》？这与 20 世纪 30 至 50 年代中国农村经济破产的严峻现实息息相关。

1933 年《现代》第四卷一期《告读者》中称："近来以农村经济破产为题材的创作，自从茅盾先生的《春蚕》发表以来，屡见不鲜，以去年丰收成灾为描写重心的，更是特别的多，在许多文艺刊物上常见发表。本刊近来所收到的这一方面的稿件，虽未曾经过精密的统计，但至少也有二三十篇。"

20 世纪 30 年代前期的经济破产，与当时的世界经济危机（即 1929 年至 1933 年的大萧条）同步。由于当时传统农业存在结构性缺陷，特别是江浙地区，本以出口生丝、绸布为主，粮田基本用来植桑，靠从外地进口大米维生。随着国际贸易衰落，农民们纷纷陷入困境。

周谷城在《中国社会之变化》中指出："结果都市日愈繁荣，农村日益衰落。""都市的发展，其反面就是农村的崩溃。使农村加速崩溃的种种事实，同时就是使都市发展的事实。""中国近几十年都市发展的事实，恰恰是破坏农村的。农村加速度的崩溃，便促成了都市的发展……过去几十年的事实却是如此的。"

著名经济学家吴永禧在1935年1月5日的《益世报》上指出：占中国人口80%以上的农民原本都是在"债"的深渊中挣扎。一旦经济大环境出现风吹草动，许多农民便资不抵债，不得不走向破产。

这被称为"农村总崩溃"。

清末乡绅刘大鹏在《退想斋日记》中也记录道：

"农家破产"四个字是现在之新名词，谓农家颓败不得保守其产也。当此之时，民穷财尽达于顶点，农业不振，生路将绝，即欲破产而无人购产，民困可谓甚矣。

20世纪30年代后期，随着日军入侵中原，农村经济进一步陷入低谷，广大农民生存维艰，甚至日伪政权南昌市市长万熙在报告中都承认：

我国是农业国家，自事变后，农村经济破产无余，在和平区域内，年来有金友军（即日本侵略军）各种严格统制，人民生活更是痛苦万分，现我国府治本固应努力提倡开辟荒地，发展农业，而于治标方面，对于物质，沟通来源，畅达运输，尤其是在和平区域内，更应依照中日基本条约，据理力争，由我国府全盘负责计划处理，以有易无，平均分配，更是刻不容缓，即以江西而论，向来以产粮著称，人民从未发生粮食恐慌，但自事变之后，经各驻在地之友军，分别严格统治，与大量强迫收买运出，以致连年来，人民生活日益艰难，直到现在，断饮饿毙，比比皆是，惨状之烈，亘古未闻……

《白毛女人》体现出地主与农民之间的尖锐冲突，契合了当时中国农村的现实。在歌剧《白毛女》中，一开始便设计了黄世仁讨债、逼死杨白劳、霸占喜儿的故事，这与当时广大农民的切身经历相契合。

只有百姓喜欢，才有宣传效果

《白毛女人》是一个既有生活基础又能让农民看懂的故事，有较大的创作空间。周扬认为把它改成歌剧更合适。

今天读者可能会觉得很奇怪，为什么要采用歌剧的形式呢？因为在当时，歌剧更容易被普通观众理解。"看戏"是乡村不多的文娱活动之一，很多农民根本看不懂话剧，却能接受与戏曲有近似之处的歌剧。

从 1939 年 1 月起，延安大量招收知识分子加入革命队伍，可这些知识分子创作出来的作品很难得到当地农民的认可。

据著名剧作家姚时晓回忆，延安整风期间，他曾与毛泽东主席有过一段对话：

毛主席问了我的一些经历之后，就问起我到延安以后有没有去过农村，我说去过两次……他一听立刻很感兴趣地问道："你们给农民演戏，农民喜欢看吗？"我老实说："农民看不懂，不喜欢。"他进一步问我："为什么会看不懂呢？"我回答说："我们演一个戏是反映铁路工人的题材，而陕北没有铁路，农民连火车也没有见过，当然看不懂啰！"

我自以为这个回答抓住了要领。毛主席听了却对我笑着说："恐怕不完全是这个原因。我看你们鲁艺的同志要经常到农村去，要多给农民演演戏，要认真了解农民喜欢什么、需要什么，只要你们真正懂得了农民，农民也会懂得你们的。"

当时鲁迅艺术学院以演大戏成风，一演就是《日出》《雷雨》和外国戏，光道具就得拉几大车，到敌后去演出，还得武装部队护送，没有支持工作，反而增了麻烦。据歌剧《白毛女》创作小组的负责人张庚回忆：

> 我们这个戏剧系开始搞的时候，当然就是演一些宣传抗日的戏。但后来慢慢地正规化了，就演了一些比较有名的戏，如《日出》《带枪的人》等，外国的、中国的都有。演的都是话剧，因为那个时候我们只会搞话剧，不会搞别的。我们搞出来的这些戏和农民没有关系，农民也不喜欢看。光讲戏，没问题。可是让谁看呢，就有问题了……

> 为农民演戏就有一个问题，农民不大爱看话剧。那个地方的农民比中原的农民还要原始一些，都爱看唱的戏。

只有百姓喜欢，才会有宣传效果，在当时，只能以戏剧的方式呈现，而"红色戏剧"一直是党的重要宣传武器。早在 1927 年，还在江西苏区时，军队中就已将戏剧团体作为常设机构。1932 年，红军学校成立八一剧团，是苏区的第一个专业化剧团。1933 年，又成立了蓝衫剧团学校（后改名为高尔基戏剧学校）。

到延安时期，戏剧更是受到了高度重视。特别是受毛泽东主席《在延安文艺座谈会上的讲话》影响，1943 年，延安掀起了"新秧歌运动"，使民众对歌剧的接受度大大提升。

开展"新秧歌运动"

秧歌本是陕北流行的一种乡土戏剧，历史悠久，群众基础雄厚。

延安文艺座谈会讲话后，鲁迅艺术学院开始尝试秧歌戏，排出了《反扫荡》《好日子》《我们的指挥部》等秧歌剧。1943年，秧歌剧《兄妹开荒》获得空前成功。

《兄妹开荒》本名《王小二开荒》，原本是为了宣传陕北农民响应边区政府号召，积极开垦荒地。最初的主角设置为一对夫妻，后来为了避免观众联想起传统秧歌中的调情内容，改成兄妹。因形式活泼、对白幽默，深受民众喜爱。老乡们看完戏，回家路上碰到熟人，往往根据内容，说它是"兄妹开荒"，所以该剧改名为《兄妹开荒》。

《兄妹开荒》赢得中央领导的称赞，据创作者李波回忆：当时风很大，黄土飞扬，毛主席身上也落了一层黄土，但他并不在意。这时身边的一个人往他嘴上捂了个大口罩，毛主席马上用手扒拉开，依然兴奋地张着嘴哈哈大笑。

毛泽东主席说："这才像个为工农兵服务的样子嘛。"

《兄妹开荒》"标志着新秧歌剧的正式诞生，并由此带动和促进延安新秧歌运动的蓬勃发展"，此后又涌现出《夫妻识字》《回娘家》《血泪仇》《牛永贵挂彩》等佳作。

"新秧歌运动"影响巨大，毛泽东同志曾说："我们这里是一个大秧歌，边区一百五十万人民闹着大秧歌，敌后解放区九千万人民，都闹着打日本的大秧歌，我们要闹得将日本鬼子打出去，要叫全中国的四万万五千万人民都来闹。"

据张庚回忆，当时中共"七大"召开在即，鲁迅艺术学院原本就"准备排演一个大型的、在现有基础上提高一部的新秧歌剧来作献礼"，恰好有了《白毛女人》的基础，"周扬同志便极力主张把它写成一个戏"，同时"亲自主持了一个会来动员这件事"。

不过，传统秧歌内容简单、人物单一，即使改成"新秧歌"，表演时间也很短，仅半小时左右，不太适合上舞台。在《白毛女》之前，大型秧歌剧很少，有《打倒日本升平舞》，只在小范围演出，从未出现在重大表演中。

把《白毛女》改编成秧歌剧，是一个巨大的挑战。

最早剧中女主角叫"红喜"

刚开始创作歌剧《白毛女》时，有人觉得是一个没有意义的"神怪"故事，有人认为，可以改写成"破除迷信"的题材；还有人认为，可以写成恩格斯提出的"无产阶级姑娘被资产阶级男人所勾引这样一个老而又老的故事"。

周扬一锤定音，提出了"旧社会把人逼成鬼，新社会把鬼变成人"的新主题。

"旧社会把人逼成鬼，新社会把鬼变成人"后来被写进唱词，即剧中喜儿被救出山洞后，由后台唱出。首次上台演出时，当这段歌声响起，毛泽东同志和其他中央领导一同起立鼓掌。体现出周扬的远见卓识。

在周扬的拍板下，成立了《白毛女》创作小组，由张庚领导，参加的有编剧邵子南，导演王滨、王大化、舒强，作曲家马可、张鲁、向隅、李焕之等。

最早剧中女主角名叫红喜（今本《白毛女》中叫喜儿，但被掳到黄世仁家后，改名为红喜），穆仁智叫穆仁心。

剧本最初由邵子南执笔，他按秦腔脚本创作，1944年12月中旬，第一版《白毛女》在鲁迅艺术学院的礼堂演出。据黄世仁的扮演者陈强回忆："邵子南，他写了一稿。他是写现代派诗歌的，马雅可夫斯基式的，不讲究音律。我们觉得他写的东西不好演，观众也不容易接受。"周扬到场观看，此外还有鲁迅艺术学院戏剧音乐系的师生。

据后来正式上演版中，喜儿的扮演者王昆回忆：

> 邵子南的剧本结构和后来被正式采用的由贺敬之执笔的本子结构完全不一样：邵子南的稿子是杨白劳卖豆腐去了，在回来的路上，被地主事先埋伏好的打手从崖上推了下去。

> ……当时是用秦腔配曲的，谁配的我不清楚。那时候，很多新内容的戏是用传统戏曲形式表现的，所谓"旧瓶装新酒"。演黄世仁的陈强的曲调就是用的秦腔……

> 这样，在第一场戏试排的时候，请周扬同志来审看，受到了他的批评。他说：这样写、这样排怎么能把"旧社会把人变成鬼，新社会把鬼变成人"的思想内容表现好呢？从形式上看，音乐和表演上都很陈旧。我们不要洋八股，也不能不加改造地照搬"土八股""封建八股"。

邵子南是四川人，之所以给《白毛女》中的狗腿子起名穆仁心，因为是四川话"没人心"的谐音，当时人们开玩笑说，怎么把狗腿子写成四川人了？

邵子南对周扬的意见持不同看法，拒绝再做结构性改动，他在墙上贴了一个小字报后，就退出了创作组。

邵子南是诗人，个性强，据著名作家孙犁回忆：

> 他的为人，表现得很单纯，有时甚至叫人看着有些浅薄而自以为是，这正是他的可爱、可以亲近之处。他的反映性很锐敏、很强烈，有时爱好夸其谈，不叫他发表意见是很困难的。他对待他认为错误和恶劣的思想和行动，不避免使用难听刺耳的语言，但在我们相处的日子里，他从来也没有对同志

或对同志写的文章，运用过虚构情节或绕弯暗示的"文艺"手法。

在延安我们相处的那一段日子里，他很好说这样两句话："你走你的阳关道，我走我的独木桥。"有时谈着谈着，甚至有时是什么也没谈，就忽然出现这么两句。邵子南同志是很少坐下来谈话的，即使是闲谈，他也总是在屋子里来回走动着。这两句话他说得总是那么斩钉截铁，说时的神气也总是那么趾高气扬。说完以后，两片薄薄的缺乏血色的嘴唇紧紧一闭，简直是自信到极点了。

邵子南本名董尊鑫，四川资阳人，去世于1954年，时年仅38岁。

孙犁说："他（指邵子南）的身体很不好，就是在我们都很年轻的那些年月，也可以看出他的脸色憔悴，先天的营养不良和长时期神经的过度耗损，但他的精神很焕发。"

贺敬之曾说："邵子南同志，他是这一剧本创作工作的先行者，他曾写出最初的草稿，虽然，以后的这个剧本由别人重写，但他的草稿给予后来的人以极大的启示和帮助。"

邵子南后来还写了一首叙事长诗《白毛女》。

贺敬之主张前线创作

创作小组经过讨论，决定由贺敬之、丁毅执笔，特意将文学系的贺敬之调到创作组来。贺敬之在1944年3月曾参加鲁迅艺术学院文工团到绥德的演出，特别是刚完成了《惯匪周子山》的创作，笔头快，引起创作组的重视。

重写的过程并不顺利，遭遇各方批评，但周扬给予了坚定的支持，表示："我要和《白毛女》共存亡。"

从 1945 年 1 月开始到 1945 年 4 月，创作组又进行了 4 个月的集体创作，完成了《白毛女》，这是给"七大"献礼的版本，王昆在剧中扮演喜儿，引起人们关注。

其实，创作组一开始并未选择王昆，王昆回忆："那个时候，嗓子不经常唱就难受。所以，走路也唱，打饭、吃饭也唱，到后来种西红柿的时候也唱，修飞机场的时候也唱……有一天，我感觉有一个人老跟着我，跟了好几天。后来才知道，那个人就是《白毛女》的曲作者张鲁。"张鲁为了挑选"白毛女"，跟了王昆好几天，最终定了让王昆来扮演喜儿。

在王昆的记忆中，第二版《白毛女》本子的主要作者是贺敬之，但张庚回忆：

> 当我们在延安从事创作这个剧本的时候，执笔者虽然是贺敬之同志，但实际上是一个大的集体创作，参加讨论和发表意见的，有曾在发生这传说的一带地方做过群众工作的同志，有自己过过长时期佃农生活的同志，有诗歌、音乐、戏剧的专家。不仅他们，差不多很多的观众，上自党的领导同志，下至老百姓中的放羊娃娃，都提出了他们的意见，而根据这些意见，我们不断地修改，至今天演出这个样子的时候，已经和原来的初稿以及初次排练时的剧本很不相同了。

贺敬之的本子更富生活气息。一方面，他在农村生活了 14 年，对乡村文化很熟悉；另一方面，在新秧歌运动中，他曾深入基层，著名歌曲《南泥湾》就是他写的词，此外还写了《翻身道情》等，因语言质朴，曾长期被误会成民歌。

贺敬之深入生活，与周扬的创作理念相契合。作为文艺理论家，周扬一直主张文学来源于生活，他曾说："我是主张创作家多体验实际生活的，不论是去前线，或去农村都好。因为这，我曾被讥为'前线主义者'，但我却至今不以我的主张为错误。"

《白毛女》一开场，穆仁智在除夕前登门讨债，这是北方民间习俗，取"腊八蒜"的谐音，为"腊八算"，即从这一天起到除夕，务必将积债还清。这个设置恰好击中了当时中国农村贫困化的真问题——20世纪30年代起，中国乡村金融出现了严重的枯竭状况，大量富商携带现金离村入城，农民无处贷款，不得不接受高利贷，大大增加了经济负担，许多农民因此破产。这个看似不经意的情节，深深地打动了当时观众们的心。

《白毛女》的另一种版本

第二版《白毛女》和今天的《白毛女》依然有不小的差别。

据孔昭琪在《〈白毛女〉的另一种版本》中的回忆：

> 我那时看到的《白毛女》从情节到唱词、台词与后来看到的电影差别很大。我那时虽然很小，但对其中的有些唱词、台词已经感到很不舒服。半个多世纪以来，我一直在查找这种版本，但毫无结果；如今有了互联网，仍然查不到……

> 最令人不能接受的是喜儿遭受强暴与欺骗之后，还对黄世仁存有幻想。当黄家上上下下忙着为黄世仁办喜事时，张二家的为喜儿量体裁衣，她拿起正在赶制的衣服朝喜儿身上比量，说道："喔，差不多！"在接下来的独场戏中，喜儿自语道："这回总算是……"并唱道：

> 穆仁智说我该高兴，
> 少东家叫我把日子等；
> 张二身子将衣来比，
> 不由我红喜喜在心里。

后来，张二家的弄清了真相，才对喜儿唱道："人家娶的不是你，娶的是赵家大闺女。"

　　孔昭琪还记得，歌剧版的喜儿还几次提到她和黄世仁有孩子。这些内容确是第二版歌剧《白毛女》中存在的，当年创作团队内部曾就此情节发生过争论，"贺敬之与丁毅认为被黄世仁侮辱怀孕之后的喜儿对黄世仁产生幻想，以为可以因此而嫁给他。邵子南激烈反对喜儿'动摇'这个情节"。

　　最终，鲁迅艺术学院的领导支持了贺敬之、丁毅的情节设计，但后来在创作电影版时，又将此删除。

　　此外，据当事人回忆，"原来最后一场是喜儿和大春婚后的幸福生活。周扬同志指出，这样的写法把整个斗争性很强的故事庸俗化了。后来才改成了斗争会的"。

　　还有一个争议很大的议题，就是最后该不该枪毙黄世仁、穆仁智。贺敬之曾把他搜集到的各种批评，都贴在鲁迅艺术学院实验剧团的墙壁上，有人对剧中批斗黄世仁这一情节提出批评，认为破坏了抗日民族统一战线。

　　按当时的政策，对地主阶级应尽量团结争取，如枪毙黄世仁，怕引起不良社会反响，最终，贺敬之、丁毅认为不能"以牙还牙，以眼还眼"，应该"以德报怨"，批斗一下就可以了，穆仁智也只判了3年徒刑。

　　贺敬之说，这个选择让他承受了巨大压力，"我们吃饭时排队到伙房打饭，排到我这里了，炊事员同志拍着勺子说，噢，是你呀？黄世仁不枪毙，我今天就少给你打点菜"。一位厨房的大师傅则一面切菜，一面使劲剁着砧板说："戏是好，可是那么混蛋的黄世仁不枪毙，太不公平！"

　　陈强回忆："当时咱们对党的政策理解不深，总考虑他算不算抗日统一战线内的。结果第一次彩排后，观众憋气，桥儿沟的老乡骂：'再也不看你们鲁艺家的戏了，看得我气得慌。'"

每次演出都是满村空巷

《白毛女》首次演出取得巨大成功。陈赓、陈锡联是坐在窗台上看的。看完后，陈赓高呼："好！太好了！"他和其他许多从抗日前线来的军队领导都说："快把剧本和曲谱印出来，我们要带回部队去大演特演！"

第二天一早，中央办公厅主任李富春派专人来到创作《白毛女》的鲁迅艺术学院，传达了中央领导的观后感。主要有三点：第一，主题好，是一个好戏，而且非常合时宜；第二，艺术上成功，音乐有民族风格；第三，黄世仁罪大恶极，应该枪毙。

中央办公厅特别对第三点做了解释："中国革命的首要问题是农民问题，也就是反抗地主阶级剥削的问题。这个戏已经很好地反映了这个问题。抗战胜利后民族矛盾将退为次要矛盾，阶级矛盾必然尖锐起来上升为主要矛盾。黄世仁如此作恶多端还不枪毙了他？说明作者还不敢发动群众。同志们，我们这样做，是会犯右倾机会主义错误的呀！"

后来才知道，这是刘少奇同志下的命令，他说："黄世仁不是统战对象，是汉奸、恶霸、地主，还有人命案，应该枪决，不杀不足以平民愤。"

这个命令颇有远见。

在《白毛女》后来的演出中，发生过观众投掷水果击打"黄世仁"、战士持枪瞄准"黄世仁"等事件，部队不得不下令：凡是看《白毛女》演出，战士的子弹一律不准上膛，经检查后方可入场。

王昆说："如果当时不是刘主席（刘少奇）及时决定把黄世仁、穆仁智枪毙掉，陈强演出结束后被群众擒住当坏人处理了，也不是不可能。"

为演好《白毛女》，剧组给上场演员每天发两个鸡蛋。周恩来同志知道后，问：

"不演的时候有没有？"王昆回答："没有。"周恩来同志说："我们现在还很困难哪，你们真是太辛苦了，真是对不住你们啊！将来我们有条件了，一定改善大家的生活。"

首演之后，《白毛女》又在延安公演了30多场，场场爆满。著名作家丁玲曾描写过看戏的场景："每次演出都是满村空巷，扶老携幼……有的泪流满面，有的掩面呜咽，一团一团的怒火压在胸间。"

村村都有演喜儿的姑娘

从1944年2月首演后，一直到1944年10月，《白毛女》一边演出，一边仍在不断修改中，充分吸收了观众的意见。

其实，在当初排演《白毛女》时，也向桥儿沟的老乡、鲁艺的炊事员等开放，他们提出了不少好意见。比如喜儿一头白发，舞台效果不佳，一位观众建议，不如头上绑块布，既醒目又好看。这条建议在正式演出中被采纳。

因为根据建议而不断进行修订和完善，所以《白毛女》的文本在1952年前，就有了四个版本：

其一，1945年末，丁毅对《白毛女》的文本进行修订后，由延安新华书店正式出版，此即"延安本"。

其二，1946年1月，《白毛女》到张家口演出时，贺敬之又执笔修改了一遍，在晋察冀新华书店出版，即"晋察冀本"。

其三，1947年7月，《白毛女》在哈尔滨演出时，丁毅又改动了一版，并交东北新华书店出版，即"哈尔滨本"。

其四，1950年，贺敬之与马可在北京又修订了一版，于1952年交人民文学出版社出版，这被称为"定稿本"。

直到"哈尔滨本"时，仍保留了喜儿怀有黄世仁的孩子的情节。从整体看，这些版本的革命色彩不断提升，到后来，王大春也参加了八路军。

《白毛女》产生了一个意外的作用，即使贫农诉苦成为后来"土改"中的重要内容。中共西北局在1947年1月31日发出的《关于修正土地征购条例的指示》中强调："征购必须与群众诉苦清算斗争结合起来。诉苦诉得越深越好，群众就越能发动，觉悟越加提高。"

1947年6月15日，中共太行区党委在《关于太行土地改革的报告》中也说，在旧历年关，武安县4000多名农民代表一齐进城，批斗住在城里的地主，"全城到处开起了'诉苦会'"。

受《白毛女》影响，甚至一度形成了"诉苦文学"大潮，代表作就是李季的《三贵与李香香》。学者王彬彬曾表示："《白毛女》出现在历史的转折点上，因而对此后几十年间的文艺创作产生广泛而深刻的影响。此后几十年间，诉苦、忆苦在文艺作品中的普遍存在，与《白毛女》有着一定程度的关系。"

解放军经常用《白毛女》来教育刚俘虏过来的敌军士兵，这些士兵大多是贫苦农民，被"抓壮丁"到敌营。当时解放军的许多部队文工团都成立了《白毛女》剧组，歌剧专家居其宏说："解放战争时，几乎每支解放军队都有一个文工团，每个团都在演《白毛女》。解放军走到哪，《白毛女》就演到哪，演过多少场，有过多少观众，难以确计。原来解放军都要正规讲几堂政治课，后来演一场《白毛女》就俘虏一批人，他们马上就转过来，变成坚定的革命战士了。"

在山东解放区，甚至村村都有《白毛女》剧组，都有演喜儿的姑娘。《白毛女》作为当时"新式整军诉苦运动"的重要手段，在整个解放战争中发挥了巨大的宣传作用。

《白毛女》剧组曾赴香港演出

1948年春，《白毛女》剧组赴香港演出。当地审查部门只看了故事梗概，见广告语上写的是"剧情恐怖紧张，故事曲折离奇，包睇（看）到你哭，包睇到你笑"，以为不过是传统神鬼剧，便批准公演。

《白毛女》演出当天，恰好赶上美国大片《出水芙蓉》在港首映，可《白毛女》还是赢得了观众们的认可，到第三场演出时，连时任港督的葛量宏都带随员来观看。

郭沫若先生评价道："中国的封建悲剧串演了两千多年，随着《白毛女》的演出，的确也快临到它的闭幕，由鬼变成人了。五更鼓响鸡在鸣，转瞬间我们可以听到四万万五千万人民齐声大合唱：'报了千年的仇，伸了千年的冤，今天翻了身，今天咱们见青天。'"

在特务干扰下，《白毛女》未能加演，演员或无故遭逮捕，或被聘用单位解职。

1949年2月16日，北平（今北京）和平解放后，华北联大文工团在西长安街的国民大剧院为傅作义起义部队师级以上军官演出了《白毛女》。

第一幕结束时，剧中人物赵大叔面对杨白劳的尸体，对大春、大锁等说出："他黄家总有气数尽的一天，来！我们把他埋了吧！埋到北山角下，要埋得深深的。"台下的原国民党将领们都不自觉地发出一片唏嘘声。

《新民报》记者王戎写道："我在蒋管区住久了，被那种腐朽的靡靡之音麻木得像喝醉了酒似的。看了你们的节目，不只是民族形式，更重要的是它内涵的战斗力，感到了艺术作品中应有的新鲜与生命。"

中外观众都一样爱憎分明

1950 年，《白毛女》被拍成电影，1951 年在全国 25 个城市上映，单日观众人数竟达 47.8 万人。1951 年，电影《白毛女》参加了捷克的卡罗维发利第六届国际电影节，荣获了特别荣誉奖。

《白毛女》不仅感动了中国观众，也被世界观众所接受。

曾在华北大学文工一团演出过《白毛女》的丁帆回忆："1952 年，中国青年艺术团在奥地利首都维也纳演出《白毛女》，到演出结束谢幕时，一位年轻姑娘手捧一束鲜花走上台正要献给演黄世仁母亲的陈波，观众席中有位老人突然大吼一声：'不要给坏蛋献花！'看来无论什么时候，中外观众都一样爱憎分明。"

饰演杨白劳的张守维说："在奥地利剧场门前，有一个曾经找过我们'麻烦'的交通警察，当他看了《白毛女》之后，却向我们举手敬礼了。"一位曾被法国的纳粹分子杀了 3 个儿子的奥地利老大妈，看了《白毛女》，含泪跟演员说："我本来是没有活头了，但从你们的《白毛女》中看到了希望，感谢你们。"

法国小说家科威尔这样评价道：

这部歌剧用一种唤醒中国民众的方式表达农民的疾苦。这种方式包括中国民众本来就很喜爱的旧戏剧，但这部作品不仅仅是旧戏剧里的爱情故事，还有现实主义的内容，兼备激情和柔情，同时还有丰富的内容结构和鲜明的人物形象。

《白毛女》不是一部简单的娱乐作品。人民政府在实行土地革命，而土改不应是政府强迫农民实行，是要根据农民自己的意志来实行的。当时干部说服农民进行土地改革的时候，他们发现多年来的迷信和传说导致农民对于大地主的恐慌，影响到了土地改革工作。因此，这部剧有教育他们进行改革的意义。

歌剧《白毛女》在德国、苏联、罗马尼亚、奥地利、捷克斯洛伐克等国共演出50余场。

中国的故事，也是世界的故事

虽然第一部歌剧《白毛女》和第一部电影《白毛女》均出自中国，但第一部芭蕾舞剧《白毛女》却是日本艺术家率先完成的。

中华人民共和国成立初期，中日两国政府彼此往来甚少，1952年5月，高良复、帆足计等三名日本国会议员绕道欧洲，在莫斯科参加完国际经济会议后应邀飞到北京，与中国签订了《第一次中日民间贸易协定》。在三人中，时年40岁的帆足计颇有艺术眼光，看了歌剧《白毛女》后，特意要了电影版，回到日本后，举办了《白毛女》上映会。

在日本，电影《白毛女》共放映了300多次。因为战后日本百废待兴，很多民众的生活困难，他们把喜儿当成精神偶像，对她所遭遇的苦难感同身受。

日本松山芭蕾舞团团长清水正夫恰好参加了上映会，看后他说："这部影片好极了，这将对日本的妇女解放运动产生极大的影响。"他和夫人松山树子又多次看了电影，决定将其改编成芭蕾舞剧。松山树子扮演主角喜儿，清水正夫担任主创。

因为不了解《白毛女》故事发生的背景，在日本又找不到相关材料，清水正夫便给中国戏剧家协会主席田汉写信，结果收到田汉寄来的《白毛女》剧本、乐谱和舞台照。由于芭蕾舞演员身体瘦削，与喜儿这类劳动者不同，松山树子特意设计了一套银白色的服装，后来中国版的芭蕾舞剧《白毛女》也采用了这一设计。

1955年2月，芭蕾舞剧《白毛女》正式登台，清水正夫回忆："天气非常冷，但

第四章 《白毛女》：
民族歌剧开山之作

是人山人海，连补座都没有。""大幕一落，雷鸣般的掌声响彻了整个剧场，'再来一个''再来一个'的喊声此起彼伏。"

松山树子说："我还很清楚地记得芭蕾舞《白毛女》首演，我真切感受到了观众的热情，我只是拼命地跳舞。谢幕的时候，观众的掌声经久不停。我看到前排的观众都流着泪水，有的甚至大声地哭了出来，台上的演员也已止不住自己的感情，都流着眼泪谢幕。"

1955年10月，在芬兰赫尔辛基参加世界和平大会的郭沫若邀同来参会的松山树子访问中国，在北京，周恩来总理特意安排松山树子与王昆（歌剧《白毛女》中喜儿的扮演者）、田华（电影《白毛女》中喜儿的扮演者）见面，并邀请松山芭蕾舞团访华。松山树子后来说："从第一次访华那天起，中国就成了我'心中的故乡'。"

1958年3月，松山芭蕾舞团首次访华，演出了芭蕾舞剧《白毛女》。1964年9月，松山芭蕾舞团第二次访华，周恩来总理到场观看了演出，演出休息时，毛泽东主席还接见了清水夫妇。松山树子回忆说："在和毛主席交谈的过程中，他多次对我说一句话就是'你们是老前辈了'。毛主席称我们为老前辈，我们很难为情，这是因为中国从这一年开始，全面展开了京剧现代化和古典艺术的改革，而我们则已经把《白毛女》改编成了芭蕾舞剧。所以称我们为老前辈，以此来鼓励我们。"

1964年，上海舞蹈学校也完成了芭蕾舞剧《白毛女》，通过芭蕾舞艺术交流，中国与日本展开了"芭蕾舞外交"。1972年，上海舞剧团赴日演出芭蕾舞剧《白毛女》和《红色娘子军》，推动了中日邦交正常化的发展。

松山树子和森下洋子演喜儿时的舞蹈照片

清水哲太郎：《白毛女》展现中国故事的力量

清水哲太郎：生于 1948 年，松山芭蕾舞团创始人清水正夫、松山树子夫妇的长子。

中国几千年以来，在文化方面给了我们很多滋养，我们日本的文明能有现在这样的程度，都得益于中国的文明。我们一直觉得，要对中国的文化表示感谢。

周总理当时送了日本的译员代表团一个电影的胶片，就是《白毛女》，田华老师演的。我父母看完电影，觉得特别适合编成芭蕾舞剧。

我的父母首先是学习了毛主席的《在延安文艺座谈会上的讲话》这篇文章，让我的父母理解了艺术是为谁服务的，要为劳苦大众、为人民服务，所以他们有了这样的一个理念。我父亲把家里代代留下来的土地拿来抵押，取得了政府对演出的许可，然后把资金集中起来创作了《白毛女》这么一部芭蕾舞作品。

当时没什么资料，但我的父母从电影里记下了那些音乐的谱子，然后找日本作曲家修改。在服装上没资料，当时扮演八路军大春的演员甚至穿着白靴子就上场了，所以非常困难。剧本是我的父母自己写的，后来郭沫若先生、田汉先生包括周巍峙先生把材料寄给了我的父母，他们一点一点分析，一点点学习，然后才一点点明白过来。我的父母觉得，《白毛女》虽然是中国的故事，但具有世界性的意义，所以是一个世界性的故事。同时觉得，《白毛女》表现什么呢？表现世界中受压迫、受欺负、站在弱者地位的女性的呼喊，女性的苦恼，女性的痛苦。

我母亲经常跟我们讲当年的事情。当时周总理在北京饭店的招待会上说，"现在告诉大家一个重大的事，这里有三位白毛女"，然后把王昆女士、田华和我母亲介绍给大家。每次讲，我母亲都觉得非常感动、非常激动，每次都热泪盈眶。这是她的感情的自然流露，首先是见到毛主席、周总理了，其次她作为艺术家，感情是非常丰富的。

松山芭蕾舞团把这部芭蕾舞剧排出来之后，当时的上演其实受到很大阻力，比如我们演出的时候，有一些黑色车辆把剧场围起来了，用高音喇叭喊反对，反对我们演出。但是《白毛女》克服了重重困难，在日本全国各地演出时，受到各阶层，特别是劳动阶层的欢迎，对我父母的鼓舞也很大。

1958年，这部中国题材的芭蕾舞剧才和中国的观众见面。当时中日还没有邦交正常化，比较困难。1971年来中国演出时，当时也受到了周总理的接见。1971年是周总理最繁忙的时期，但他说一定要抽时间去看松山芭蕾舞团演出，剧团一直等着他，最后终于等到周总理亲自来剧场看演出。看完后，周总理决定送给我们白毛女的衣服和头饰，叫我们一定要好好地使用。他可能觉得我们穿的衣服不是特别合乎中国的国情。松山芭蕾舞团一直把这套衣服当成宝贝，这么多年来一直很好地保存和使用。总理当时说是，找了最好的裁缝给我们做的，然后说我们一定要好好地使用，我们觉得非常温暖。

《白毛女》这个故事，令我们深受感动的是，老一代中国人为建设祖国，奋勇前进、献身的精神，这样的理想一直持续到现在，这也是中华民族非常优秀的地方。（根据清水哲太郎口述整理）

▲ 清水正夫与松山树子合影

▲ 松山树子与王昆合影

雷佳：具有人民性，才能赢得观众

雷佳：著名歌唱家，国家一级演员，曾获"金钟奖"音乐大赛金奖、青歌赛民族唱法金奖、中国专业舞台艺术政府最高奖文华表演奖等，是《白毛女》中喜儿的扮演者。

我是喜儿的扮演者。但实际上全国演过喜儿这个角色的，在歌剧、电影、京剧、芭蕾舞剧中，我觉得应该有几百个了吧。

扮演喜儿，我的压力非常大。《白毛女》是我们民族歌剧的开山之作，每一代演过这个歌剧的喜儿形象的塑造者，她们是我的前辈，在我看来，都是令人敬仰的，都是里程碑式的演员。所以，我能参与其中，压力是非常大的。

我生长在新社会，在城市里长大，一开始对《白毛女》中的故事，觉得有距离感。真正走进鲁艺，走进《白毛女》的诞生地，去看看前辈们的创作环境，感到很震动。我记得鲁艺的陈列馆中还有一段话，是一位诗人写的，他说："妈妈，请把我献给祖国吧。"这种情感是我们这一代人不易感受到的。那时到延安去的人，大多怀着革命理想，随时准备把自己全部献给革命事业。在河北平山县，我们跟老百姓一起吃、住了一段时间，他们教会我怎么贴饼子、怎么烧火、怎么包饺子，在我之前的生活里，这些都是没有过的。下基层让我更深刻地体会到，深入生活、扎根人民才是创作的源泉。

当年《白毛女》就是在院子里演，村民们过来看，看后提意见，就这么根据这些意见改出来的。因为《白毛女》演的是人民的故事，产生于人民之间，贯彻了毛主席在延安文艺座谈会里说的，以人民为中心的创作。我们的首场演出选在延安，当时的情景我觉得终生难忘。我们这次是复排的版本，乐队的编制非常大，既有西洋管弦乐，又有戏曲中的打击乐，还有民间的丝弦乐器、特色乐器，所以舞台上没乐池，就把前几排观众席撤掉了，乐手坐在观众席上伴奏。

演出时，能看得到的地方全是人，楼道、侧边上的，还有观众爬到楼上的，好像重现了当年的盛况。在演绎角色时，我想，我在台上要怎么演，才能真正对得起这些前辈们的天才般的创造，才能不辜负这次复排中所有人付出的心血。

台下还坐着一位88岁高龄的老八路军，他曾看过歌剧《白毛女》的首演，70年后，他又来看我们复排版本的首演。他看完后，说道："还是当年的《白毛女》，还是当年的喜儿。"我这颗悬着的心就落地了。

我们特别怕演完了，他觉得不是了，不像了。

时代在变化，但还原民族经典，要让所有人觉得这种民族韵味永远都在里面。传承是动态的，不是一成不变的，但在这个基础上，怎么让大家觉得它还是《白毛女》，这是全组上下特别重视的事。所以在首演完成以后，所有人都如释重负。

我们这一次参加复排的年轻人都感到特别幸运，学到的东西特别多。我们在复排时，现场教我们的都是80多岁高龄的前辈艺术家，比如郭兰英老师，他们都演出过这个歌剧。在台上，郭老师会非常具体地给我们每个人做指导，每一个角色她都烂熟于心，在舞台上信手拈来。

那时郭老师已经86岁了，说到"哭爹"这一段时，她就"扑通"一下，跪在地上，给我们做示范，在场所有人都惊到了，心疼得不行。我现在一说起来，都觉得那一跪是跪在我心上了。我想，像这样的老艺术家，她在演绎角色、传授舞台经验给年轻一辈时，她是忘我的，她对待艺术非常敬畏。

另外一场戏，是我跟演杨白劳的演员高朋在一起，那天下午从1点到晚上9点多，连续8个小时，前辈艺术家一直在耐心指导我们，跟我们讲戏，包括这一段"哭爹"的戏，也有无数次的示范。我觉得，前辈艺术家在讲一个角色时，不仅是在传授技艺、传授艺术，更重要的是传授给我们为艺术的初心，以及对艺术的敬畏。

郭老师对我们是非常严格的，在台上，毫无保留的同时，也不留情面。她要求我们每一个人到了剧场后，就是以角色间的关系存在，比如有一次我跟杨白劳在台上开玩笑，说"你过去点、过去点"，郭老师就急了，说道："喜儿，你对你爹什么态度？"我想：这不还没排吗？但是不行，进入剧场了，你在舞台上，你就必须是这个角色，你不能有角色之外的任何举动。这是她教会我的第一个经验。

第二个是念台词时，就像围读会一样，大家把台本念一下。郭老师说，这一段我是这样表达的，然后就面对面，读到爹死了那一段，她喊了巨大的一声"爹"。我的眼泪"哗"的就下来了，我们在场所有人都流泪了，这就是一个艺术家的功力。

当时大家都称《白毛女》是中国的新歌剧。我觉得它的"新"，可能体现在几个不同的方面，其中有一方面就要感谢郭老师，她在歌剧表演上有一个独特的创造，就是将中国传统戏曲的功，手眼身法步、唱念做打等全部融入角色中，符合当时老百姓的审美，从而使歌剧具有了人民性，所以她才会赢得那么多的观众。（根据雷佳口述整理）

郭兰英：演了一辈子，最爱《白毛女》

郭兰英：1930 年 12 月生于山西平遥，中国女高音歌唱家，晋剧表演艺术家，歌剧表演艺术家，民族声乐教育家。中国文联第四届全国委员，中国音乐家协会第二、三届理事。中国文学艺术界联合会第十届荣誉委员。

那时我很小，也就 16 岁吧，当时在张家口唱戏。突然听说华大来演《白毛女》，什么叫《白毛女》？我不知道，所以就去看了。到那儿一看，人家也是在演戏，他们演的戏跟我们演的戏不一样，我们演的戏就是戏装扮成那样的，他们跟生活当中一样，穿的都是破破烂烂。怎么这样呢？所以我就自然而然地看进去了。一直看，从开始看，看到快到斗争会的时候，那个时候我还要演出，我一看表，坏了，我误了那边的戏了，就赶快往回跑。结果呢，到那儿的时候，还有半个小时我就上台了，所以我简单地化了一下妆就上去演出了。

就在我化妆的时候，我演我的戏的时候，思想都在《白毛女》里边，内心里头还掉眼泪呢。所以从此之后，我就决定要参加这个剧团。后来他们有一个工作人员，到我们那儿做思想工作，问我说"你演这个戏喜欢吗"，我说"喜欢，我自己演我这个戏当然喜欢，但不如你们那个戏，你们那个戏多好啊，跟生活一样，你们怎么演这个戏"？他说"那你将来会知道的"。他就像知道我要参加革命似的。

看完了《白毛女》之后，我就一直想着要演《白毛女》这种戏，不想演原来的那个戏曲了。我一打听，他们是华北联大文工团，我就去找，找了听说他们走了，我说："上哪儿去？"他们说出城了。后来我带着我妈妈，就出城跑去找他们了。找了半天没

第四章 《白毛女》：
民族歌剧开山之作

找着，差一点让飞机炸弹给炸死。那个炸弹正好掉到我这儿，结果掉下来没爆炸。我就把它拿起来，当时就吓得动不了了。后来有个同志在那儿看见了，一看没炸，赶快跑过来说"给我，给我"，他就把炸弹拿走做纪念了。我就问这个同志，问他们在哪儿讲课，他说就在前边那个村子。我就跟我妈妈一块儿，到前边那个村子参加了革命。

一开始我是在这个剧团里边管道具、服装，也参加乐队的工作，在前场里边打小锣、打小镲。我就在前边一边看一边工作，看久了就看会了。有一次王昆生病了，生病了以后怎么办？要演出，票都卖出去了。大家正在着急呢，我就想，我能不能演《白毛女》？后来给领导提出来，报名参加演出，这才有了第一次演出，把整场都演下来了。我自己上场演的时候，我就演我自己的体会，一个是体会，一个是看了王昆、孟于他们的演出，基本上就背会了。

我演了一辈子，最爱演的还是《白毛女》。每次演都会掉眼泪。一方面是这个剧情写得好，这个故事本身就是挺感人的；另一方面是有些个地方跟我的生活也相似，所以两个因素加在一起，加上自己的感情，处理人物的效果就很好。

当时有一次演出，我唱完了之后在那儿哭，一直哭，哭了几分钟了，特别投入这个角色。舒强导演就在旁边喊："兰英，兰英，我们是在演戏。"但我不管怎么哭都有声，还能再唱，这是戏曲的功，是"夏练三伏，冬练三九"，练出来的。

▲ 郭兰英音乐会

我没有具体算过自己唱过多少场喜儿，大概唱了有几十场吧。喜儿对我来说，意味着表现我的生活，表现旧社会，是旧社会穷苦人民的一个集中的体现和代表。最初唱喜儿的时候，更多的还是因为自己有相似的经历才去表演，后来经过80多年的演唱生涯，越来越清晰地知道，自己在为什么唱。所以2018年的时候，我举办了一场个人音乐会，那场音乐会的名字就叫"为人民歌唱"。（根据郭兰英口述整理）

▲ 郭兰英饰演喜儿

▲ 郭兰英音乐会

第四章 《白毛女》：
民族歌剧开山之作

贺敬之：延安是我艺术人生的开始

贺敬之：山东枣庄人。中国共产党党员，1942 年毕业于延安鲁艺文学系，诗人、剧作家。中国文学艺术界联合会第十届荣誉委员。15 岁参加抗日救国运动，16 岁到延安入鲁迅艺术学院文学系，17 岁入党。1945 年和丁毅一起执笔，集体创作我国第一部新歌剧《白毛女》，获 1951 年斯大林文学奖。

1942 年，延安文艺座谈会召开的时候，我没有参加那个会。因为那个时候我还是一个不满 18 岁的小学员。但是我们老师去参加了，每天回来都会为我们传达座谈会的内容。另外有幸的就是，延安文艺座谈会闭幕后一个礼拜，毛主席就到我们鲁艺去，当时有周扬同志，我们院长要先接待他，然后召开我们全院的师生大会。我因为年龄小，我的个子在那个时候也小，就被排在最前头，所以毛主席的样子我看得很清楚，他讲话我也听得很清楚。那一场讲话是比较有名的，所谓大鲁艺、小鲁艺，就是艺术和艺术工作者以及人民群众的关系，和社会生活的关系。这是一个非常重要的命题。所以这次讲话实际上是在延安文艺座谈会讲话之后，又一次比较简化、比较概括性地传达座谈会的精神。

当时毛主席还是讲的湖南话，但是我有幸能听懂。他当时的衣服在胳膊处还打着补丁，这些我都看清楚了。他的讲话内容，在我的记忆中还有另外一个主题，就是讲知识分子的架子问题。各位知识分子要放下架子，不要觉得比工农干部就要高一等。为此还讲了一个故事，就讲柳宗元的黔之驴的故事，讲得生动极了，一边讲一边做着表情，最后说，你这个外来的驴子，老虎怕你，结果你这么样子踢了一脚！老虎就笑了。柳宗元说，技止此耳，所谓黔驴技穷的典故就从这儿来的。这就是告诫我们知识分子，不要瞧不起工农，不要瞧不起本地干部，所以这个也是令我印象很深的内容。

我当时还不到 18 岁，我 11 月生的，那个时候是 5 月。因为后来也有通知写文章回忆，这个是确凿无疑的。我没有记录讲话的本子，当时也没有发给我们文字资料，那时候也没有录音、录像，但后来有一起听过的同志在一起回忆，就有了一个文本。当然，我到延安是奔着革命去的，但是对于这个革命是怎么回事，革命文艺应该是怎样的，我还是没有那么大的觉悟。所以在我的诗里我就多次讲，到延安是我的真正的生命的开始。我的艺术人生也是从这个时候开始，重要的是有了毛主席的文艺思想引导。

特别是延安文艺座谈会上的讲话，当时他说咱们不要洋八股，当然也不要封建八股，要更多地去接触当地的群众，接触当地的干部战士，从当地的民间文艺、民间歌曲里边去汲取养分。他整个的讲话内容，都讲得非常之辩证。当时讲的时候，我们的立场、我们的方向、我们的艺术规律应该怎么掌握，这些都给了我明确的指引。所以在这个讲话之后，对于革命文艺、对于中国文艺的发展产生了积极作用，取得了不错的成就，同时也伴随着不断的怀疑，一直到完全否定。我们有时候也是很痛心的，中间可能加了一些歪曲的事实，这个是不应该的。

《白毛女》是一个不小的作品，在中国或者是革命文艺发展的历史上，它的位置是不能被取代的。但是作为我个人来讲，在这一个事业的中间，我只是一个小小的参与者。虽然文学剧本闹的这个部分有我写的，后来历次的修改也都是由我做的，但其实是集体创作的结晶，只是当年的这些同志一个个都不在了，我还很幸运地活到现在了。我在写整个剧本的时候，自己也是很激动的。因为跟我的出身经历有关系。那个时候我写的诗歌里边，回忆旧农村的一些人物、一些形象，和我自己的经历结合在一起了，所以第一幕写到杨白劳自杀的时候，我是流着泪写的。

当时我写到太阳出来之前，杨白劳喝卤水自杀时的整个过程，脑子里成天就是这些形象。那个时候我是联想到我们中国的发展命运，人民应该怎么翻身，人民遭受了什么苦难。再加上我自己的经历在那里，脑子里老是觉得翻翻腾腾的。我觉得真正的文艺创作都应该是这样的，作者都有自己的真实情感投入在作品中。所以后来一直到中华人民共和国成立后，我写了一些其他的作品，虽然没有什么新的成绩，但是说我是假大空，我就觉得我可以说，我有真实的感情，我所写的这些内容、这些东西也是真实的。因此我自信它还是有真理性的。

我曾经说过，我们讲真话是很重要的，但是真话并不等于反映出来的真实，这个真实可能是客观的真实，也可能要求这个作者的真诚，我就是这么认为的。但是这个不等于是具有真理性的。为此，我在90岁的时候写过一首诗，其中有这样的句子："延水育少年，今成九旬翁；百惭一自豪，不负始信峰！"

《白毛女》首演之前几乎要被否定，周扬同志就给我们打气。因为这个工作的提议者和主要的领导是他。演出是在中央党校的大礼堂。正值中共"七大"期间，第一场首演的时候，去的都是"七大"代表和中央首长，现场挺轰动的。

当时我是这个剧组的党支部里边的宣传委员，另外我还担任私幕，就是拉幕布，还处理跟演员相关的一些杂事儿。所以这一场演出，我就在侧幕旁边看着整个剧场，台下那个反应是很强烈的，我也很感动。特别是我看到毛主席的表情很凝重，到最后喜儿被救出来之后的合唱，唱"太阳底下把冤伸"，唱到眼睛湿润了。这个我是看得很真切的。

后来中央传达了一个评语，说这个演出是成功的，就是黄世仁必须要枪毙！因为在这个创作的过程中，对于结局就已经有一点争论，演出以后，反应很强烈，都说黄世仁应该被枪毙，所以就要改动，改成管政法的代表政府宣布逮捕，处以极刑。结果这一场演出到这个地方，反应就更强烈了。就在那个剧场的最后有一个窗台，窗台上坐了一个观众，大喊一声："好！好！"大家都看得太投入了。

结果第二天，田芳告诉我，说出这个剧场门，有同志要见我。然后他一指，有两个区大代表从那边走过来，我一看，这两个人谁啊？一个是陈赓大将，一个是陈锡联，两个人开着玩笑说着就来了。介绍完，陈赓说，昨天在窗台上叫好的那个人就是他。他说："你们快把剧本给我，我们开完会以后就回到前方去。"大家还提了些意见，还要继续修改，他说不要改了，就是现在这个样子，再改戏那是以后的事，先在学校演出，现在不要改了，他看我们这个戏至少还能够演20年。转眼，这都70年了。

2015年复排《白毛女》，我去给整个创作把关，还加入了"我是人"的唱段。那时周总理来看的时候，就有"我是人"，当时是马可作曲，这个曲子还有另外两首曲子在《文汇报》上正式发表过。但是导演不要。他说那个时候两个人会面了，还来得及唱歌吗？他的观点是很有名的，在整个的《白毛女》的创作过程中，舒强同志关于歌剧、新歌剧的理论体制，就是在这一点上建立的。

《白毛女》经过多次的修改，2005年我出文集的时候，收进文集的第五卷的这个本子就是1962年的，以后也有各种各样的演出，演出还曾经出现过各种的问题，现在思想开放了，主题由阶级斗争变成了爱情，增加了喜儿跟大春的爱情。黄世仁也不要表现得那么狠毒。2015年，马可已经去世了，我们几个都表述了意见，说你演出的话，不能离开基本的主题、基本的情节。我们听了一节写了一封信，所以基本上就以原来1962年的本子演出了。

《白毛女》被搬上芭蕾舞的舞台最早是在日本，是日本的松山芭蕾舞团。松山芭蕾舞团第一次访问中国的时候，就已经改编成芭蕾舞剧了。我在文化部工作的时候到过日本，见过松山树子和她的丈夫清水正夫。那个时候，我看过他们的演出，其中重要的情节都保留了原著内容，包括杨白劳被逼自杀这个情节都保留了。

上海芭蕾舞团是1964年开始演出《白毛女》，松山芭蕾舞团是1955年，早了将近十年。松山树子和她儿媳妇森下洋子都演过"白毛女"。一部真正优秀的文艺作品，是可以跨越国界、跨越语言的，因为它体现出来的反抗压迫、争取独立自由的精神是全世界相同的。

我在很多场合都说过，延安是我真正生命开始的地方。我的《回延安》这首诗发表后不久就被收到中学课本里头。我觉得很受鼓舞。但是也像《白毛女》一样，也有过不同的经历。

之前延安宝塔山下头开辟了一个地方，刻了我写的两句诗"几回回梦里回延安，双手搂定宝塔山"，一些旅游纪念品上也印上这两句话。我事先不知道，后来有同志拍了照片给我。现在进行调整了，宝塔山的这个景区作为有名景区，它有了一个统一的规划。我后来又一次到延安的时候，一些青年同志也跟我谈起这个问题，说我的《回延安》这首诗好像是很流行，特别是这两句。我说宝塔山不是因为有了我这两句诗才出名的，但是这首诗对我的生命很重要，抒发了我很重要的一个思想。

我已经离开延安，但我的心时刻没有离开延安，延安是决定我一辈子的地方。（根据贺敬之口述整理）

▲ 贺敬之

参考文献

[1] 李满天，姚乃文，姚宝瑄．《在燃烧的土地上——抗战文学的足迹》[M]．山西：北岳文艺出版社，1988.

[2] 孙泰然．1930 年代农村经济破产题材小说兴起的多维审视 [J]．湖南社会科学，2020（5），140－145.

[3] 张均．《白毛女》本事演变探微 [J]．暨南学报（哲学社会科学版），2020（6）：50－60.

[4] 史晓霞．延安时期秧歌运动概观 [J]．延安教育学院学报，2008（2）：7－14.

[5] 任动．《白毛女》的创作、修改与改编 [J]．兰台世界，2007（17）：54－55.

[6] 陈冠任．《白毛女》中黄世仁为何必须死 [J]．文史博览，2016（3）：22.

[7] 惠雁冰．《白毛女》的修改之路 [J]．中国当代文学研究，2020（3）：15－27.

[8] 王彬彬．《白毛女》与诉苦传统的形成 [J]．扬子江评论，2016（1）：22－29.

[9] 唐盛．歌剧《白毛女》诞生始末 [J]．党史博采，2003（6）：9－14.

[10] 巴鸿．忆 1948 年《白毛女》在香港的演出 [J]．世纪，1999（6）：61－63.

[11] 鲁小军．周恩来与日本《白毛女》[J]．福建党史月刊，2009（8）：9－12.

红岩精神，热血铸就

江竹筠与丈夫、孩子的合影

1961 年 12 月，罗广斌和杨益言根据亲身经历创作的，反映中华人民共和国成立前夕重庆共产党人地下革命斗争和狱中斗争事迹的长篇小说《红岩》，由中国青年出版社出版。当时谁也没有想到，这部小说会成为中国发行量最大的革命历史小说，到现在为止，据不完全统计，该书已销售几千万册，江姐、许云峰、华子良、成岗、刘思扬等英雄形象，感动了一代又一代读者。

作为小说《红岩》的主要创作者罗广斌，他的人生历程也成为人们关注的焦点：他在成为一名作家之前，曾经是共产党的一位地下工作者；他出生在一个封建的地主家庭，生活富裕，却向往自由，拥有无私无畏的革命情怀，坚信"只有共产党才能救中国"。《红岩》正是以鲜活的故事，呈现出以罗广斌为代表的一代革命者的真实面貌。这些革命志士并不是空洞的理想主义者，他们对人生、对自我、对世界有深刻的思考，并主动承担起相应的责任。他们的目光如此深邃，洞悉了时代的脉搏；他们的心胸如此辽阔，超越了小我的格局；他们的意志如此坚定，足以战胜一切敌人。

毫无疑问，《红岩》的故事在几代中国人的心里留下了难以磨去的印迹，英雄们因为信仰变得坚不可摧，他们用生命所诠释的"红岩"精神一直到今天依然具有强大的感召力。1965 年，改编自小说《红岩》，由北京电影制片厂摄制的电影《烈火中永生》在全国上映。这部作品塑造了如雕塑般立体的革命者英雄群像，洋溢着视死如归的英雄主义气概，其蕴含的革命精神和乐观主义精神更是熔铸成了中华民族的精神财富。

《红岩》写尽了黎明前的苦难，但也写出了黎明的希望。"红岩精神"是一座血红的丰碑，刻满了撼天动地的故事。从《永不消逝的电波》到《烈火中永生》，我们看到了一代又一代的共产党人对共产主义的坚持和勇于献身的革命精神，这些故事在波澜壮阔的历史中成为永恒的经典。

让经典传递理想信念之花

　　《红岩》出版之后备受读者赞誉，尔后根据小说改编的歌剧《江姐》、电影《烈火中永生》也成为难以超越的经典之作。时隔多年，在《故事里的中国》节目中，年轻一代演员刘烨、陈数、公磊等在导演田沁鑫的指导下，重新演绎了《烈火中永生》，以话剧的创作方式表达了对角色、对英雄情怀的不同理解。

"能够在这么好的一个舞台上，扮演这么经典的革命者的形象，是我的荣幸。"

主持人：我们先听听公磊怎么说，因为你演了一个大反派，你是怎么处理这个角色的？

公磊：这是一个经典作品，我们今天怎么去诠释它？能否提炼出更多的养分？一代代人都能从经典中感受到新的营养，这个特别重要。我的角色是个反面角色，但我也受到了正面的教育。我是从最近距离看他们，感受着他们的革命激情。不管演谁，我觉得这都是一份使命。

主持人：这一版有很多不同，导演让敌我双方有了更多、更深的思想和情感的冲突，这是特殊设计吗？

田沁鑫：对。这次创作难度挺大，因为《烈火中永生》和《红岩》太出名了，太出名的东西就不好搞。要在 20 分钟的时间里，把原著的精神抓住，实在很难。我想了一个戏剧的方式，尽可能展现优秀共产党员许云峰、江姐的革命意志和不灭的初心。

我们用两条线呈现。第一条线是公磊演的徐鹏飞，一上来非常明确地告诉观众，

第五章　《红岩》：
红岩精神，热血铸就

197

屠杀行动已经开始了。然后，革命党人开始准备越狱。徐鹏飞和许云峰有一场内心较量的戏，一边是国民党军官虽然保住了生命，但他的事业已彻底失败；另一边是许云峰的生命即将走到终点，但他的信仰与精神的光芒，却是永生的。另一条线，是江姐的感情戏。

主持人： 可能绝大部分人不会想到陈数演江姐，因为她长得太好看了，不易和烈士的形象联系在一起，你自己怎么看？

陈数： 我对扮演好一位革命者还是很有信心的，因为之前有演过这样的作品。但听说演江姐，我的第一反应是拒绝。我说我怎么可能演江姐？谁敢演江姐啊？我们"70后"是看着《烈火中永生》这部电影长大的，留在心中的都是电影里的片段——赵丹老师、于蓝老师……他们精湛的表演，以及表演中表达出的革命者的坚定信仰，已埋藏在我们心中。

今天的我们有勇气、有能力传递出这样的坚定信仰吗？这个我不敢确定。

很感谢田沁鑫导演不断鼓励我、肯定我。江姐是全中国人民的江姐，虽然只有20多分钟，很难全面地概括她，也许这就给了我们这一代文艺工作者一个新机会，我们可以找到不同的侧面来表达她。

主持人： 当年于蓝老师扮演江姐时，夏衍曾经对她说过，你不能演成刘胡兰，你也不能演成赵一曼，江姐她有自己特殊的背景。

陈数： 江姐代表了那一代知识分子革命者独有的精神面貌吧。所以这次扮演江姐，对于我来说，既是一种考验，也是一种心意的呈现。作为一名演员，能够在这么好的一个舞台上，扮演这么经典的革命者形象，是我的荣幸。

"通过江姐，通过杨汉秀，可以看到一大批女性革命者的坚持和信仰。"

主持人： 当年在监狱里，像江姐这样的女共产党员还有很多。

陈数： 是的，为了扮演江姐，我也做了一些案头准备工作，包括了解了当时在渣滓洞的其他女革命者的资料。有一位女革命者，叫杨汉秀，是一个军阀的侄女，她的生活条件原本非常优越，但她毅然投身到革命事业中，把自己的陪嫁都卖掉，用来买武器、弹药，送给游击队，还把家里送来的很多钱财分给战友们，她牺牲时，也非常年轻（36岁）。通过江姐，通过杨汉秀，可以看到一大批女革命者的坚持和信仰。

主持人：是的。还有和江姐同时被枪杀的李青林，还有左邵英，她的女儿叫小卓雅，她和不满周岁的女儿同时倒在黎明前的枪声里……这是一个群像，英雄的群像。

刘烨：是的，我们也想展出个群像，只是20分钟的戏，不可能把那么波澜壮阔、那么有力量的东西完全展示出来，但我们每一个演员都是全情投入的。

主持人：当年电影中的许云峰这个角色，水华导演挑了好多演员，都不满意。于蓝老师问，赵丹怎么样？水华说，这么一个大明星能来演群像中的一个吗？后来写信给赵丹，赵丹很快回信说，我非常愿意接受邀请。

刘烨：我记得1996年在中戏上学时，我妈说："儿子，你以后要做赵丹那样的演员。"这次我演许云峰，对我来说压力也挺大。其实我之前也演过革命先烈，但拿着枪在战场上冲锋的比较多。这次演的是一个精神引导者，主要靠智慧，特别是许云峰和徐鹏飞有一场戏，关于主义和信仰之间的辩论，最后徐鹏飞也知道自己是错的。我觉得那场戏特别有意思，是智慧的较量。

主持人：演完许云峰，刘烨的感受是什么？

刘烨：这次不一样，让我重新认识了当年为我们付出的那代人，重新去了解他们，重新去了解那段历史，重新去感受他们的精神，意义特别重大，我觉得我完成得还是挺好的。

第五章 《红岩》：

红岩精神，热血铸就

《红岩》：一部作品，
一个时代，一种精神

我们有一床红色的绣花被面，　　　　美丽吗？看我挥舞它吧！
把花拆掉吧，这里有剪刀，　　　　　别要性急，把它藏起来呀！
把黄纸剪成五颗明亮的星贴在角上，　等解放大军来了那天，
再找一根竹竿，就是帐竿也罢，　　　从敌人的集中营里，
瞧呀，这是我们的旗帜！　　　　　　我们举起大红旗，
鲜明的旗帜，猩红的旗帜，　　　　　洒着自由的眼泪一齐出去！
我们用血换来的旗帜！

在重庆歌乐山革命纪念馆，陈列着一面别致的五星红旗，还有这首诗。这面红旗是集中营里的革命先烈献给刚刚成立的中华人民共和国的礼物，在小说《红岩》中，被写成是江姐带领女狱友们绣成的。

其实，这面独特的五星红旗是被关押在白公馆二层男监的革命者制作的，他们还集体写了前引的这首诗，该诗的执笔人是罗广斌。罗广斌也遭遇了大屠杀，在 1949 年 11 月 27 日，共有 207 人遇难（已定为烈士者 185 人），罗广斌侥幸逃脱。后来，他成为小说《红岩》的主要作者。

值得一提的是，在此之前，罗广斌几乎没从事过文学创作，只是偶尔写一些公文。《红岩》的另两位作者刘德彬、杨益言此前也没写过小说，但三人均从事过地下工作，后被敌人关押在集中营。

据 1985 年统计，《红岩》的销量已达 71.265 万册，高居同类作品销量之首。2020 年，它又位列年度图书销量第一。一本"业余作家"写出来的小说，就这样以其经久不衰的生命力，征服了几代读者，至今仍然焕发时代的光芒。

原作多次易稿，几度更名

1956 年夏，中国青年出版社第二编辑室（即文学编辑室）创办了《红旗飘飘》丛刊，只有"三个半人"负责，即张羽、黄伊、王扶，此外，文学编辑室副主任萧也牧也拿出一半时间来帮忙。

据张羽回忆："当我们正在安排第二期稿的时候，收到四川省长寿县（今长寿区）读者赵山林的一封来信。信中反映了四川群众的意见：他们听了罗广斌同志介绍中华人民共和国成立前'中美特种技术合作所'的血录，受到很大教育，希望中国青年出版社收集材料，'通过写小说的形式出版发行'，以便收到更好的效果。"

在选题计划中，本有罗广斌的《江竹筠传》，所以张羽写信请罗广斌再写一个《中美合作所血录》的回忆录，半年后，收到了罗广斌、刘德彬、杨益言三人合写的《在烈火中得到永生——记在重庆"中美合作所"死难的烈士们》的回忆录，共 6 节，1 万余字，便安排在《红旗飘飘》第六期出版。

1958 年 1 月 20 日，张羽被调离《红旗飘飘》编辑组，转为单行本的编辑，便给罗广斌去信，问是否可以在《在烈火中得到永生——记在重庆"中美合作所"死难的烈士们》的基础上，扩充为一个中篇的回忆录，准备出书。对方很快反馈，并在年底交稿，题为《圣洁的光辉》。

在编辑报告中，张羽写道：

总的说来，这部作品很真实动人，有浓厚的革命激情，充沛的乐观主义精神，爱憎分明的阶级感情。作品若能再细致些，当能发挥更大的鼓舞力量。但就现在的面貌来看，也有它本身的特点：雄劲、粗犷、朴实、饱满。读着它，象（像）阵阵的战鼓震撼着人的心弦，使人油然地为作者的激情所感染，更热爱那些革命志士，更鄙视那些阶级敌人——美蒋反动派。估计这本书的出版，一定会在读者中产生深远的影响。

1959年2月，《圣洁的光辉》改名为《在烈火中永生》正式出版，引起巨大轰动（到1985年时，该书发行量已达328万册），《北京晚报》还做了全文转载。读者们纷纷追问：这个罗广斌是干什么的？文学家吗？

出身优渥的"硬汉"

1924年11月，罗广斌出生于四川省忠县泰来乡罗家岭（今属重庆市），父亲是清末秀才，曾任忠县教育局局长、四川大学监学、忠县参议长，母亲当过中学校长。据罗广斌回忆："我出世时，父母亲都在做'官'（均系国民党员），家里除在忠县已有田产数百亩而外，又在成都开始买田置产业。抗战前夕，被父亲送往日本学军事的哥哥罗广文，在蒋介石匪军中以杀'奸匪'夺功（曾在瑞金受伤）崭露头角，家庭声势就更加显赫，在重庆、川西洪雅，又陆续买了许多产业。我自己就是在这样一个向上的、兴旺的封建剥削家庭长大，一直被尊称为'幺老爷'，过着优裕的享受生活。"

罗广斌提到的"哥哥"，与他同父异母，毕业于日本陆军士官学校炮兵科，曾在黄埔军校担任教官，后任国民革命陆军中将。在抗战中，罗广文多有功勋，1949年，罗广文率部起义，后任全国政协委员，1956年病逝。

罗家与马家是世交，罗广斌自幼便结识了马识途（后成为著名作家，地下党员，《让子弹飞》的原作者）。

15 岁时，罗广斌与旧家庭开始决裂，他自己的记录是：

> 抗战时期为了躲避空袭，随父亲到川西一个小县洪雅读初中（1938 年）。因为在城市生活得久，比较早熟，15 岁（1940 年）便和一个贫苦的女同学恋爱，原来以为家庭很爱自己，一定会同意的，但家庭却坚决反对，理由是不能门当户对。母亲还说："就是家里答应了，别人也要说闲话，说我们没有家教，影响家声。"

> 第一次，我才开始看清楚了封建家庭、社会的恶毒，对年轻人的专横、控制和压迫。在家里被囚禁似的管制，三年多不准恋爱和通信。这三年多中间，自己开始对封建家庭和社会有了新的看法，经常处在极端不满和抗拒的愤恨情绪中，甚至和父亲闹翻了打起架来，一心想离开家庭，脱离封建社会的控制。

罗广斌提到的这位女性叫牟学莲，是一位落魄商人的女儿。罗广斌当时读了匈牙利作家尤利·巴基的《秋天里的春天》，对爱情充满向往。

1944 年，正在西南联大读书的马识途说服罗广斌的父亲，将罗广斌带到昆明的联大附中读书，马识途此时已是地下党员，他介绍罗广斌加入"民青社"，是党的外围组织。

1947 年，罗广斌考入重庆西南学院，担任新闻系主席和系联会（学生会）主席。因参加革命活动，引起敌人注意，罗广斌转去民建中学当老师。1948 年 3 月，经江竹筠、刘国鋕的介绍入党。

罗广斌是怎么被捕的，说法甚多。罗广斌负责学运，直接上级是重庆市委副书记冉益智，冉被捕后成为叛徒，但他还没来得及供出罗广斌，同时被捕的市委书记刘国定已将罗广斌出卖了。地下工作本应单线联系，但罗广斌入党时，刘国定违规看过他的档案。刘国定叛变后，还写了一本《共产党组织和策略》作为特务教材，教敌特怎样抓共产党人。

当时罗广文任国民党的兵团司令，手握 17 万重兵，部队就驻扎在重庆一带，负责西南的军统特务头子徐远举（《红岩》中徐鹏飞的原型，徐鹏飞是徐远举的曾用名）知道罗广斌是罗广文的弟弟，便请罗广文解决。

罗广文无奈，说道："我这个弟弟从小不服管教，活动太多，你把他抓去教训一下吧，但一定要保住他的命。"在得到徐远举的承诺后，罗广文透露了罗广斌的藏身地——躲在成都，父亲的家中。特务到成都抓走罗广斌，用飞机送到重庆，罗父大受刺激，严令罗广文疏通。徐远举表示，只要罗广斌签一份悔过书，就可以被释放，但罗广斌拒绝了。

罗广斌的狱友顾建平回忆：

罗广斌有骨气，他始终不肯交出组织关系。7 月，他被他家人保释出去，但第二处必须要他写一张自白书或者悔过书，他仍然一个字不肯写，宁愿回到这里来，所以又抱着铺盖来坐牢……罗的事使我很感动，我想，假如换一个人，家庭境遇这样好，监牢生活这样苦，既然走出这黑狱，就可能考虑到恢复自由的"技术问题"，但他竟不折不扣拒绝低头，而且回到监狱时精神仍然那么正常，毫无后悔、怨尤，真难得！真可敬！

▲ 罗广斌

罗广斌后来回忆说："刚进牢，只有一个感觉，就是'度日如年''完了'，在大脑的一片混乱中，我只记得马识途说过的一句话，'不管直接、间接影响别人被捕，都算犯罪行为。'我当时只有一个念头，那就是不影响任何朋友。"

热血同仁，狱中相识

罗广斌与杨益言是在狱中相识的。

杨益言回忆：

> 我认识他，是在重庆"中美合作所"渣滓洞集中营。那是三十年前，一个雾蒙蒙的秋天。我在牢门口眺望，突然看见一个头发黑黑的，瘦削的，比我年纪大一点的青年，被关进了我邻近的牢房——楼上一号牢房。这间牢房和关我的二号牢房一样大，每人只有"一脚半"的地盘。每天放风一次，每次十分钟。放风时，我看他提着便桶匆匆来去。他刚来两天，因为吃了这里每天两餐的霉米饭，便和大家一样，象（像）吃醉了酒似的，面孔、颈项被霉米饭烧得绯红。

大家都知道这个人是国民党高官罗广文的弟弟，但"江姐了解他"。在狱中，大家都非常尊敬江竹筠。江姐看好罗广斌和刘国鋕：刘国鋕的家是四川大富商，重贿徐远举，徐同意放人，前提是刘国鋕声明退党，被刘拒绝；罗广斌则有个当大官的哥哥。江姐认为，他们二人活着出去的机会最大，故狱中文件均交二人保存。

在后来的大屠杀中，刘国鋕慷慨就义，据《红岩档案解密》记载，当刽子手提押刘国鋕时，他正伏在牢房地板上写诗。他说："不要慌，等老子把诗写完以后，再跟你们一块走。"可刽子手不容分说，将他架出了牢房推向刑场。

在赴刑场的路上，刘国鋕口头吟诵了他的诗："同志们，听吧！像春雷爆炸的，是人民解放军的炮声！人民解放了，人民胜利了！我们没有玷污党的荣誉，我们死而无愧！"

刘国鋕牺牲时，年仅 28 岁，罗广斌则侥幸逃出。

杨益言是重庆人，2 岁时，在银行当职员的父亲去世，母亲只好带着他和哥哥到四川省武胜县乡下。1944 年，杨益言考入同济大学电机系，当时学校设在四川省南溪县的一个小镇上。抗战胜利后，学校返回上海，杨益言因参加学生运动被"勒令退学"，回重庆不久，便被逮捕了，关入集中营，经历了铁锁链、竹签、辣椒水、"老虎凳"等酷刑。

1949年4月1日，国共在北平开始和平谈判。谈判前，国民党表示接受"无条件释放政治犯"这一前提，并在3月底和4月初，释放了一小批被关押的革命者。杨益言的影响不大，只是四处给同学寄"通讯"，被邮检组发现而被捕，和地下党组织没建立直接联系，只是一般嫌疑犯。在家人花钱担保下，杨益言于4月8日被释放，侥幸躲过了后来的大屠杀。

刘德彬早就认识杨益言，和杨益言的哥哥杨本泉是中学同学。廖谟高的《刘德彬在渣滓洞》介绍，刘德彬和江姐是同时被捕的，在送往重庆的船上，敌人说刘德彬不老实，把他捆得很紧，几乎昏厥。江姐拿出身上仅有的一块银圆，对特务说："何必这样嘛，给他松一下。"刘德彬这才缓过气来。

刘德彬是四川省垫江人，17岁入党，一直在江姐的领导下工作，当过彭咏梧的交通员。在狱中，他曾给江姐写信："我们向党保证，在敌人面前不软弱，不动摇，绝不投降，像你一样的勇敢、坚强。"

为庆祝1949年元旦到来，罗广斌代表狱友提出：延长放风时间，举行一场篮球赛。也是在这场篮球赛上，刘德彬认识了罗广斌。

成功逃出集中营

1949年11月27日（重庆于11月30日解放），特务们集中到渣滓洞进行大屠杀，白公馆管理松懈，只剩杨钦典、李育生两人值班，罗广斌趁机说服了杨钦典。

当日凌晨，杨钦典剪断了电话线，打开了大门的锁，然后回到楼下二室，对罗广斌说："你们赶快做好准备，我到楼上看动静，如果没有什么问题，我就踏三声楼板，你们就跑！"

罗广斌等19人成功地逃出了集中营。

杨钦典是河南郾城大刘镇周庄村人，出身于贫苦之家，抗战时多次被日本人抓到矿上当劳工，1937年逃出，当了兵，因战功被送到军校。1942年毕业后，在胡宗南直属的骑兵部队工作。1948年，申请调到白公馆当看管。杨钦典也参与了大屠杀，亲眼看到小萝卜头被杀害。重庆解放后，杨钦典自首，在罗广斌等人的证言下，得到宽大处理，返回家乡。后又被重庆公安局判刑20年，1982年撤销判决，回乡务农，2007年去世，终年89岁。罗广斌曾写道："如果没有杨钦典的将功折罪，白公馆剩下的19个人会全部被杀死，那么狱中党组织血和泪的嘱托就不可能被保存下来。"

11月27日，大屠杀最高峰的一天，凌晨两三点，特务把楼上八间男牢房和两间女牢房里的共200余名革命者集中到楼下的八间牢房中，特务们用锁把牢门锁上，然后用冲锋枪向室内扫射。

刘德彬右臂中枪，躺在地上装死。特务进牢房补枪时，见刘德彬浑身是血，以为他已死，便放过了他。特务接着点燃了走廊上的干柴，并浇上汽油，然后撤走。刘德彬、杨培基、林涛、周仁极逃走。他们比罗广斌早三天逃出集中营。

林涛（署名钟林）曾在《我从集中营逃了出来》一文中写过这段经历：

啊，我们室内竟还活着五六个人，这给我们增长了不少的胆气与希望。

两个难友爬到门口边去探望外面狗子们的动静，门外，罪恶的火无情地从几个发火点燃烧着，熊熊地，借着石油的助虐蔓延开来。整个院子被火照耀得通红，使我们并不困难地看清围墙内已经没有狗子们的踪影，为了要给这惨毒无耻的暴行保存一些活口对证人，我们希望能够侥幸逃出，这也是我们的任务；同时，就要临到的被火烧死的不可想象的惨痛，更逼迫我们冲出了。

之所以院子里没人，是因为特务急着去别处继续屠杀。

刘德彬被捕后，敌人把注意力集中在江姐身上，忽略了刘德彬，因此他未受肉刑，这成为他后来受到怀疑的一个重要原因。

以回忆录作为创作素材

从 1949 年 11 月底起，便有一些逃出集中营的革命者开始在报刊上发表个人经历，如任可风《血的实录——记一一·二七磁器口大屠杀》（该文在《大公报》发表时，距大屠杀高峰日才 8 天）、王国源《逃出白公馆》等。

上级决定，将在 1950 年 1 月 15 日举办隆重的追悼会，将罗广斌安排到"重庆市追悼杨虎城将军暨遇难烈士筹备委员会"工作，要求在一个月内，依据生还者的回忆文章，以及集中营的档案材料，为近 300 名遇难者编辑、整理成文字小传，交烈士资格审查委员会评审。罗广斌、刘德彬都参与了编辑工作。评审期间，罗广斌、刘德彬看到了署名为杨祖之的《我从集中营出来——磁器口集中营生活回忆》，直称中美合作所为"法西斯集中营"，引起二人注意。这个杨祖之就是杨益言，该文发表在重庆的《国民公报》上，杨益言的哥哥杨本泉当时在该报当副刊编辑。刘德彬感觉忙不来，便把杨益言也拉了进来。

评审完烈士后，罗广斌、刘德彬将收集到的文章编成《如此中美特种技术合作所——蒋美特务重庆大屠杀之血录》，共计 20 万字。1950 年 7 月，三人发表了《圣洁的血花——献给九十七个永生的共产党员》，虽然只有 1 万多字，但它是《红岩》的前奏。该文很快被转载，还出了单行本，反响甚佳。

追悼会结束后，三人被分配去做青年工作，杨益言回忆：

重庆团组织都曾决定用牺牲在重庆集中营里的革命烈士的斗争事迹作为

教材，具体地进行这一宣传。罗广斌、刘德彬等同志和我，都曾被指定参加了这一口头宣传。

我们没有想到，广大青少年对革命先烈斗争事迹的反映是那么强烈。我们曾经收到过不少青少年，包括抗美援朝前线战士的来信，热烈希望我们把烈士的事迹写出来。这些信，给了我们以极大的教育和勇气。1956 年春，罗广斌、刘德彬和我联名向组织上正式提出了报告，希望把这些材料整理出来。中共重庆市委批准了这个报告，给了我们两个月时间进行这一工作。但这只是在做烈士狱中斗争的片段素材整理，因为，直到这时，我们也未想到写小说，而是想写出些素材，提供给作家们去写。

之所以在 1956 年提出申请，因这一年 3 月，刘少奇同志连续两次就文艺创作发表谈话，都谈到组织青年作家开展业余创作的问题，要求作家协会"应该帮助他们，给他们写作机会，切实保证他们的创作时间，如果不能长期离开工作，可以利用短期的创作假期的办法，让他们进行创作"。

杨益言的哥哥杨本泉在媒体工作，最早得到了这个消息。原四川人民剧院编剧、杨益言的好友胡元，在接受学者钱振文先生访谈时说：

那个时候，1950 年、1951 年、1952 年，他们经常出去讲演，杨益言在1950 年就写了一点东西，我不太清楚是什么。在写作之前，杨本泉就给我讲，说他老弟想写。杨益言、杨本泉、刘德彬，我们都是一个文艺社的，刘德彬是个老大哥，他年纪比较大，他参加革命比较早，他是 1922 年的，1938 年就入党了，这个人老实、忠厚；罗广斌是个少壮派，这个人我以前不熟，罗广斌的记忆力好，风风火火的，他说干什么就干，得有这么个人才行！

杨益言写了点东西，他是我们"突兀社"的，但他在"突兀社"没写什么东西，他是学电机的，但他有个哥哥杨本泉，杨本泉是能写的，下笔快。我和杨本泉以前来往就比较多，住得也近，晚上吃过饭后我们经常和重庆日报的几个人出去喝点儿酒，喝点儿茶，听听评书，在一起活动比较多。

有一次，他就在这个时候说到他的老弟想写东西的事。我说，希望他们写出来。那个渣滓洞我以前就知道，叫"中美合作所"。

1943 年我就知道，那个时候我在南开读书，有一次，我走到了旁边，别人说："去不得！去不得！不得了！"我说："怎么回事？""哎呀，说不清楚，抓住就出不来了。"我看写的是"中美特种技术合作所"，还以为是合作社什么的，看门口旁边有摩托车，我当作是拖拉机，别人说："什么拖拉机，是摩托车，抓人的。"

像写公文一样写《在烈火中永生》

1956 年 10 月，罗广斌、刘德彬、杨益言和杨本泉一起到南温泉，开始创作。

杨本泉曾回忆这段创作时光："在南温泉时的生活情况大概是这样的：每晨六时半起床，散步去搭伙的食堂吃早饭后，赶在八时前回来，上午八至十二时，下午二至六时，像在机关里一样准时上下班，各人坐在各人的桌前翻阅资料或写作。中午午睡半小时。晚上则是自由活动时间，喝酒、聊天、散步、看书，各从其便。"

杨本泉发现，四人的写作方式不同于作家通常的写作方式，更像在机关写公文，甚至四坐的地方都是固定的。胡元回忆："那时候，他们四个人围着一个大桌子，有乒乓球台子那么大，靠窗户这边是罗广斌和杨益言对坐，靠里这边是杨本泉和刘德彬对坐，我去了，杨本泉就把他的位置让给我，他坐在桌子当头，次次如此。"

杨本泉建议三人分工写，然后交杨本泉润色，并拼接成一篇。

杨本泉毕业于复旦大学新闻系，曾任重庆日报社副刊组长，1945 年，他写的短篇小说《丰收》获得重庆新华日报社举行的茅盾文艺奖金征文甲等奖。与三人相比，杨本泉的文学功底更强，因此担任了类似"文学教练"的工作。

四人合作的成果，即《在烈火中永生》。

《在烈火中永生》近似回忆录，但胡元认为，罗广斌等人分不太清纪实和小说的区别。胡元说："其实他们写的小说和报告文学也差不多，只是把事实夸大了一些。报告文学夸大是不可以的，小说就可以。你比如江竹筠受刑，就没有用竹签子。但这种夸大的事情在他们的报告文学中就有。所以他们写的到底是什么，是很不清楚的。"

在写完《在烈火中永生》后，三人还打算将其扩充成更长篇的《禁锢的世界》，并于1957年2月，将前八章托人带给了中国青年出版社。奇怪的是，该稿初期未引起重视，可能是因为体裁太模糊，出版社分辨不出《禁锢的世界》究竟是小说，还是回忆录，便当成退稿来处理。但据张羽回忆，1958年7月时，中国青年出版社的编辑萧也牧曾给罗广斌等人回信约稿，直到此时，罗广斌、刘德彬、杨本泉、杨益言都没有写小说的想法。

改成小说一波三折

1958年10月，中国青年出版社社长朱语今和文学编辑王维玲赴四川、云南考察，找到了共青团重庆市委办公室主任杨益言，提出要把《禁锢的世界》改成小说，杨益言回答说："我们从没有想到写长篇小说，我们写的那些文章，都是历史材料，是希望向作家提供可能有用的创作素材。"

朱语今提出要见罗广斌、刘德彬，二人当时正在长寿县（今长寿区）的长寿湖农场劳动锻炼。罗广斌的女儿说："一九五七年，组织上派他去组建长寿湖渔场，当时他对渔业一窍不通，事隔不久，他就很快地变成养鱼内行，推翻了过去国内外专家认为草鲢鱼不能在内湖繁殖的结论，取得了重大渔业科研成果。"

朱语今、杨益言等人赶到那里，劝说二人写小说，罗广斌、刘德彬也表示，从没写过小说，不敢答应。

朱语今说："你们都是共产党员，都是团干部，天天动员团员青年响应毛主席的号召'破除迷信，解放思想'，你们自己就不能带头实行？你们没写过小说，为什么就不能学着写？就不敢写？你们写小说，目的很明确，不为名，不为利，为了教育青年一代，为了完成烈士的嘱托，完成一个幸存者、一个革命者应尽的义务，把笔拿起来，不要犹豫了，写吧，一定要把书写好！"

罗广斌无奈，只好说："这事还要听市委的，市委要我们写，我们就写；市委不让我们写，我们想写也写不成。"

对于《红岩》的创作，当时的市委第一书记任白戈有些犹豫，他是老作家，对罗广斌、杨益言的创作能力有些怀疑。从市委组织部部长调任长寿湖农场场长的肖泽宽（有时也写成萧泽宽）表示："朱语今是我的老战友，只要我们尽力，就算写不好，团中央也不会说什么。"

任白戈听后表态："好，我支持。"

市委指定肖泽宽领导创作小组。据杨益言回忆，刘德彬当时已不在团委工作，因此没参与小说创作，但"他后来一直十分热诚地支持这一创作，参与讨论，并提过很好的意见"，中国青年出版社编辑王维玲同意这一说法。

成立文学创作组

肖泽宽通过与罗广斌、杨益言谈话，发现他们对国民党敌特的情况不太熟悉，经市委同意，特批二人到公安机关查看敌特档案，其中有一整套、跨度达15年的特务日记，其中详细记载了特务之间的内斗、心理状况。

杨益言后来曾说："仅凭我们掌握的敌特人员的材料，是塑造不出徐鹏飞、毛人凤、严醉、沈养斋那样级别的军统特务形象的，也很难表现出他们各自的不同性格特征和不同时期的内心活动、心理变化。"

1959年，初稿写成后，印成50册油印本，交市委审查，任白戈认为内容过于伤感，表示："小说的精神状态要翻身。"还有一位老作家批评说："（作者）好像还是坐在渣滓洞集中营里写的。"

张羽也说：

> 结构布局有些零碎、松散，表达的角度、选取的生活画面受到某些人宣传过的"写真实"的影响。对于监狱的日常生活，小说采取了过多的自然主义的描写手法。例如：摆出了各种刑具，描写了受刑者的惨叫、呻吟、身上的鲜血、口中的泡沫、扭曲的肢体等，给人以阴森、恐怖、低沉、压抑、绝望的感觉。正如作者后来认识到的，当时是"坐在渣滓洞里写渣滓洞"，因而"满纸血腥，不忍卒读，让人喘不过气来"。

肖泽宽出面召开了三次座谈会，邀请重庆地下党老同志参加，给小说提意见，并提供素材。《红岩》中的"红旗特务"郑克昌便是老同志们提供的线索，肖泽宽让罗广斌等人翻看郑克昌的全部口供，从而更好地把握人物形象。

除了重庆市委对罗广斌等人的创作提出了严格要求，中国青年出版社也多次提出意见，要求修改。

据张羽回忆，1961年春节后，罗广斌、杨益言来京修改作品，经110天修改，开头一两章和末尾几章全部重写。9月时，二人再次来京，被安排在张羽宿舍隔壁的一间大空屋里写作，到后来，张羽也搬到大屋里，"我们3人、3床、3桌，依次展开，进行流水作业。每天晚上是最紧张的时刻。3盏台灯照着3张桌面上铺开的稿纸；3个人悄无声息，埋头写作。一般情况下是：杨益言先改出第一遍稿，交给老罗修改；罗广斌改定后再交我加工处理"。

当时正赶上赫鲁晓夫下令火焚斯大林尸体，张羽建议，是否加上一段情节，表明中国革命者对斯大林的爱戴。

一周后，罗广斌将改好的稿件交给张羽，果然加了一段，是毛人凤对许云峰进行攻心战：

"开口阶级斗争，闭口武装暴动！"毛人凤突然逼上前去，粗短的手臂全力挥舞着，"马克思死了多少年了？列宁死了多少年了？你们那一套马列主义的阶级斗争学说，陈腐不堪，早已为现代社会所抛弃……"

"叫全世界的反动派发狂去吧！斯大林……他继承了列宁的事业，在全世界建立了第一个社会主义国家！……"许云峰举起手来指着毛人凤大声说道。

张羽斟酌了一下，觉得还应该更具体、更鲜明些，就把后面一段做了如下的改动：

"可是斯大林还活着，"许云峰突然打断毛人凤的话，"斯大林继承了马克思、列宁的事业，在全世界建立了第一个社会主义国家。你们听了他的名字，都浑身发抖！"

据曾任重庆文联党组秘书的杨世元表示，为创作小说《红岩》，专门成立了一个"长寿湖农场文学创作组"，当时这个组有10多个人。他说："中青社的张羽、萧也牧这些人都是写手，文学修养很深厚，又是有革命斗争经验的。在四川，由沙汀来修改。和一般关在门里写出的作品不同，《红岩》是被放上了一个传送带来运转的。这个传送带有几个大的齿轮，在重庆是组织部、文联，在北京是中青社，在成都是沙汀这些人，这么传过来，传过去，来加工。"

《红岩》总共修改了 5 稿，出版时 41 万字，但据说它的原稿多达 300 万字。

创作时，正赶上"三年困难时期"，各地都缺粮食，重庆市委给罗广斌、杨益言特殊照顾，每人每晚能分到一个小黑馒头。据杨益言回忆，馒头是每天傍晚时发，他领了就放在一边，不去看它，也努力不去想它。写到下半夜，饿得不行了，便掰一小片，再掰一小片，一个馒头居然很耐吃。

《红岩》有原型也有虚构

多人参与创作，使小说《红岩》的艺术性大大增强，对史料也做了一定剪裁。

比如回避了彭咏梧在和江姐结婚前有妻子，即谭正伦，当时彭咏梧的正式身份是国民党中央信托局的职员，按规定，已婚者可以申请独立住房，否则只能睡集体宿舍。为方便工作，彭咏梧准备将谭正伦接到重庆，但作为秘密工作者，妻子突然出现，必然引起敌人怀疑，所以上级安排江姐和彭咏梧扮演夫妻，二人初期分床而睡。

后谭正伦家遭日军飞机轰炸，彭咏梧与江姐正式申请结婚。婚后，彭咏梧遇到谭正伦的弟弟谭竹安。得知谭正伦还活着，江姐曾坦荡地说："如果革命胜利了，我们都还活着，到那时候才能真正考虑怎样厘清这种关系，需要的话，我会把你姐夫还给你姐姐。"

江姐的话，赢得谭家姐弟的敬重。谭正伦同意离婚，并照顾彭咏梧与江姐的孩子彭云。

谭正伦与彭咏梧也有一个孩子，中华人民共和国成立后，她在重庆第一托儿所工作，工资较低，组织给两个孩子发放了抚恤金，她只领一个人的。因生活俭朴，59岁因病去世，入殓时竟找不到一双没补过的袜子。

江姐在狱中遭受敌人"竹筷子"的酷刑，小说《红岩》中却写成用竹签子。其实，敌人的交代材料中明确写道："……徐匪叫当班的军士拿来一把竹筷子，放在江烈士的十个指尖上，特务军士两手紧握筷子两头，江烈士脸变得苍白，特务军士把手放开后，江烈士站起来说：'今天，你就是把我杀了，我没有组织总是没有组织。'"

本文开头提到的，男监在狱中制作五星红旗的故事，也被移植到了江姐身上。虽然《红岩》中的不少人物有原型，但华子良、双枪老太婆是完全虚构的，因创作组认为只写狱中斗争不够，还应该写狱外同志的斗争，所以才临时塑造了双枪老太婆，没想到竟被后人附会到曾被蒋介石封为"冀辽边区第二路绥靖总指挥部"中将总指挥的赵洪文国身上，而小说中的"华子良"也找到了"原型"，即韩子栋。韩子栋的故事与"华子良"确有相似处，但罗广斌、杨益言等人不知道韩子栋，也不了解他的事迹。

《红岩》中还有一个虚构人物，即叛徒甫志高，很多人认为他就是出卖江姐的冉益智，但冉益智只是原型之一。

《红岩》即将修改完成时，杨益言因事先回了重庆，最后两章由张羽和罗广斌修改，据张羽回忆：

> 在那定稿的最后日子里，我们两人经常围炉促膝畅谈。他向我谈了自己的家世，自己思想的成长，谈了哥哥（即国民党兵团司令罗广文）和嫂嫂，谈了对这个家庭的看法。他对我说，他的部分家庭生活也变成了他的创作素材，描写徐鹏飞夫人在宴会上的气派和风度，就是从嫂嫂身上汲取的灵感。此时此刻，他特别怀念刘德彬。他称刘为"候补烈士"。刘是从渣滓洞的火网中突围越狱的。可惜他没有参加小说的后期写作。

抹不平的心理创伤

1961年12月，《红岩》正式出版，引起巨大轰动，很快被销售到越南、印度尼西亚、柬埔寨、缅甸、老挝、尼泊尔、斯里兰卡、日本、联邦德国、瑞士等国。胡耀邦同志称赞说："《红岩》不只是一本好书，而是在"三年困难时期"，发挥了鼓舞士气和斗志的特殊重要的作用。"

1962年初，中国青年出版社给罗广斌、杨益言发了稿费，共6000元，当时出版社根据稿件质量，把稿费分为六级，最高一档是每千字15元，《红岩》的稿费是按最高标准发的。在写作过程中，罗、杨预支了4000元，剩下2000元决定全部用来交党费。

正值困难时期，肖泽宽表示："为写《红岩》，你们熬更守夜，辛苦了几年，现在又是困难时期，这钱就不要交党费了，拿回去，补助一下生活，照顾一下孩子吧！"

最后二人各留400元，剩下的1200元作为党费上交了。

据学者钱振文钩沉，这只是《红岩》的第一笔稿费，以后中国青年出版社又先后发放了一些稿费，总计71696.7元，加上各媒体转载费，在大学毕业生月薪才50元的时代，可谓巨款。

《红岩》出版后，罗广斌、杨益言转为职业作家。在给张羽的信中，罗广斌表达了自己成为职业作家的感想：

> 这件事又好，又不好。好处是：①时间属于自己多；②行动完全自由；③和文艺界接近，便于提高。不好之处是"脱离"了斗争。这一点，我决心想尽办法来克服。

> ……神仙下凡式的"参观"生活，"接触"生活，是很不够的，必须亲身参加生产斗争、阶级斗争，在实践过程中，才会产生直接的喜、怒、哀、乐。

更有了具体、鲜明的立场（工作中的立场——在实际工作中产生的特有的东西），才会有特定的观点、思想，知道写作的要求。否则是写不出思想比较深远的作品来的。我想多到基层做些实际工作，干好工作，想透了问题，然后再写。即使十年八年，不交出作品，也应该沉住气。

罗广斌的女儿回忆："爸爸兴趣广泛，爱好游泳，擅长篆刻，喜欢打桥牌，市青年排球队比赛也少不了他。记得赵丹到重庆来拍摄故事片《烈火中永生》时，一次休息间歇，爸爸穿着背心、短裤，和赵丹展开了一场'激烈'的乒乓球赛，瞧着爸爸那连蹦带跳的劲头，哪象（像）快40岁的人哟！"

不过，在文联担任党组秘书的杨世元则认为，集中营的生活给罗广斌留下很深的心理创伤，他曾说：

《红岩》出版后，在东南亚国家、在日本很畅销，就邀请他出国访问，市委一直不放。比如说罗广斌作报告，我就负责这个事情，小车把他们接走了，我就打个电话给对方单位，说："请罗广斌作报告就可以了，不必组织参观。"我心里明白，他自己也明白，心里有个阴影在。

1967年2月10日，罗广斌因坠楼而逝，终年仅43岁。对于坠楼原因，各方说法不一。杨益言去世于2017年，终年92岁。刘德彬去世于2001年，终年79岁。

罗广斌留下重要文献

20世纪80年代初，重庆当时的专家胡康民在重庆市委办公厅档案处整理文件时，意外看到一份题为《重庆党组织破坏经过和狱中情形的报告》，多达3万余字。胡康民说："我当时吃了一惊，因为以前从没听说过这份报告。"

这份报告，后被简称为"狱中八条"，从字迹判断，是罗广斌写的，于1949年12月25日递交，距离当时罗广斌逃出集中营还不足一个月。据刘德彬回忆："当年我们在脱险统治联络处工作时，我每天晚上都看见老罗趴在地铺上写东西，写什么他也不告诉我。"

经研究，该报告是1949年1月17日，江姐口头拟的一份讨论大纲："一、被捕前的总结；二、被捕后的案情应付；三、狱中的学习。"经刘国鋕、王朴、陈然等讨论形成的集体意见，其中第七部分提出了八条具体意见：

一、防止领导成员腐化；

二、加强党内教育和实际斗争的锻炼；

三、不要理想主义，对上级也不要迷信；

四、注意路线问题，不要从右跳到"左"；

五、切勿轻视敌人；

六、重视党员特别是领导干部的经济、恋爱和生活作风问题；

七、严格进行整党整风；

八、惩办叛徒、特务。

"狱中八条"特别重视叛徒问题，因被关押的革命者大多被叛徒出卖，比如原重庆党委副书记冉益智，叛变前在组织内道貌岸然，喜欢讲革命理论、革命气节。在为曾紫霞夫妇举行入党宣誓仪式时，着重对他们进行革命气节教育，可半个月后，冉益智就把他们出卖了。冉益智被捕前一天，在北碚区找学运特支书记胡有犹谈话，特别强调，如果出事，一定要坚持革命气节。冉益智第二天被捕，第一个出卖的就是胡有犹。

罗广斌在报告中特别写道："从所有叛徒、烈士中加以比较，经济问题，恋爱问题，私生活，这三个个人问题处理得好坏，必然决定了他的工作态度，和对革命的是否忠贞。"

"狱中八条"作为重要历史文献，至今仍有启迪价值。

第五章 《红岩》：
红岩精神，热血铸就

彭壮壮：我的奶奶江竹筠烈士

我奶奶生于 1920 年四川省自贡的一个小村里，那个小村的生活很贫寒，她大概八九岁时去重庆投奔她的舅舅，因为她的舅舅在那里开了一所医院，发展得很好。

我奶奶和她的母亲去了重庆。她们很倔强，不想只靠舅舅接济生活，因此奶奶八九岁时就做童工了。她在袜厂织袜子，长得很瘦小，手却很灵巧。估计这段生活太苦了，所以她一直没能长高，身高大概只有 1.5 米。我的爷爷生于四川省云阳，也是一个小山村，在长江边，他很小的时候便出来念书，做过老师，后来参加了革命。

奶奶 9 岁时，进了重庆孤儿院小学，虽然此前没怎么上过学，但她非常聪明，在学校里成绩很好。19 岁时，考入中国公学附中，1939 年加入了中国共产党。入党后三四年，1943 年，她被组织安排了一个非常特殊的任务，就是给当时的重庆市委委员——我的爷爷彭咏梧做联络员。

为什么说这是一个特殊的任务呢？因为那时爷爷的公开身份是中央信托局的一名职员，像他这样一个身份，应该有一个家庭。所以组织上决定，让我奶奶扮演他的妻子，所以这是一个非常特殊的任务。

他们之前没见过面，怎么把这么个角色演好？这不是演戏，这关系到很多人的生命，关系到很多秘密工作。他们作为假夫妻，相互掩护，互相支持，工作了两年多，大概到 1945 年，组织上正式批准他们成立家庭。

我听和爷爷、奶奶一起战斗过的战友们说，地下工作不仅是我们在电影里看到的那些，比如被特务追捕等，也有很多生活化的东西。比如照片中，奶奶也烫了头，她经常穿上旗袍、皮鞋，跟爷爷一起散步、看电影。他们那时的称呼也非常有意思，奶奶管爷爷叫四哥。估计是爷爷在他们那一辈中排行老四，后来很多革命同志都管爷爷叫四哥。大家有的管奶奶叫江竹，她最好的朋友就叫她江竹，从小这么叫到大，也有的管她叫竹姐，当然，大家最熟悉的是叫她江姐。

我父亲一岁多的时候，他们照了唯一的一张全家福。照完这张照片后不久，爷爷、奶奶都奔赴下川东，去组织当地的革命工作。1948年1月，爷爷在下川东巫溪地区组织武装暴动，一开始进行得很顺利，后来被当局"围剿"，爷爷带领游击队员准备突围，他们当时只要跑进山坡上的一个密林中，就都安全了。这时，爷爷跟游击队员分成两路，大部队由一人带着进了密林，到了安全的地方。爷爷带其他几个人向反方向跑去了，为什么向反的方向跑呢？因为要做掩护。我去过那个地方，我记得很清楚，从山里下来，山坡下有几排黄泥土屋，爷爷他们跑到那个地方的时候，他身上中了几枪，然后倒在地上。当时"围剿"他们的民团不知他是谁，但觉得他很突出，因为他身材魁梧，而且身上穿了皮袍，腕子上戴了手表，觉得他一定是个大人物，为了回去邀功，就把他的头割下来了。

这些情况，奶奶当时不知道，她只知爷爷领导的武装暴动不太顺利，和爷爷一起战斗的几个同志把消息打探清楚后，见到奶奶，他们两个人还出屋子互相商量了一下，讨论这件事能不能跟奶奶讲。其中一位爷爷叫卢光特，一位叫吴子见（《红岩》中华为的原型），卢爷爷跟吴爷爷说，她应该能撑得住，她很坚强。所以他们就把这个事情告诉了奶奶。

我真不知道我奶奶当时是怎样一种心情，可她作为一个特殊的工作者，没时间沉溺在自己的悲痛中，她当时还要安排其他同志转移。转移后，她还有一件事情要做，就是回重庆去看我爸爸。1948年的春节，大年初一那天，她到了重庆。因为爷爷、奶奶都在下川东工作，我爸爸被寄养在另外一个地下党员的妈妈家。我奶奶去看完我的爸爸后，当天晚上，她找到最亲密的朋友、地下党的战友何理立（江姐的中学同学和好友）。

几十年后，何奶奶给我讲了那天晚上的一些情况：

她问我奶奶："你今天怎么了？为什么到云儿（即彭云）那里，看到他后就一直哭，而且哭得特别伤心？"

何奶奶说："这太不像你了。"

为什么这么说呢？因为那是大年初一，我爸爸被寄养在另外一位同志家里面，奶奶去哭，人家会以为，奶奶觉得我爸爸受委屈了。

我奶奶没说什么，只是不断地问何奶奶："你说一两岁的孩子能记得自己父母的样子吗？"

何奶奶当时就说："江竹啊，你怎么这么奇怪？再过两年革命就成功了，你们一家三口不就团聚了吗？为什么老问能不能记着父母的样子呢？"我奶奶还是没说什么。

那天晚上，大概到了后半夜，何奶奶被我奶奶哭醒了，然后问她怎么了，这时候她才说，我的爷爷牺牲了。

我的爷爷去世后，奶奶曾经说过一句话："活人可以在活人的心中死去，死人也可以在活人的心里活着。"每次听到这段话，我都百感交集，我非常能理解奶奶的想法。组织上本来要安排她去重庆做比较安全的工作，同时又能照顾我爸爸，但奶奶拒绝了。她说，下川东的很多工作只有她知道，很多联络信息都在她手里，她下去比较放心。我感到，那份责任感已深深地刻在她心里，她说那句话，肯定是希望我们所有人都能记住她和我的爷爷做过的事，记住那段历史，记住他们的精神。

作为后人，作为如今已有两个孩子的父亲，我听了心里特别有感触。她写过，说我爸爸是她唯一的孩子，将来也不会再有的。为什么呢？因为她非常爱我的爷爷，但考虑到革命工作，所以在生下我爸爸后，就做了绝育手术。

我奶奶被抓进渣滓洞后，特务们觉得她是一个突破口。我奶奶在地下党中职位并不高，但她的身份特殊，是我爷爷的妻子，还是他的联络员。所以，他们觉得我奶奶掌握了很多秘密情报、联络信息。此外，他们觉得，奶奶是一个年轻的女子，那时才28岁，还有一个孩子，肯定比较软弱。所以，特务们用了很多酷刑。渣滓洞的刑讯室我去过，看到那些刑具，有夹手的竹筷子，有"老虎凳"，还有各种可怕的刑具。可一年多下来，我奶奶一点儿信息都没有透露。她受刑后，身上有很多伤，被押回牢房后，牢房里只有非常窄的一张床，狱中的同志为照顾她，让她在下铺休息。经历了那么多的肉体折磨，我相信，她当时一定有一种非常坚强的信念，在支撑着她。

我听红岩纪念馆的工作人员讲，那时她非常疼，但不想影响其他同志，也不想在看守面前表现出软弱。所以，她在夜里经常一个人咬着被子，甚至把被子里的棉花都咬出来了。她用这样的方法来缓解身上的疼痛。

爷爷、奶奶去世多年后，他们身边的老战友看到我，都对我非常关爱。为什么？因为他们和我的爷爷、奶奶有一份情谊在。我记得很清楚，有两位老人，一位是我前面讲到的、把我爷爷牺牲的消息告诉我奶奶的吴子见爷爷。我小时候，他对我非常关心，教我骑车，教我游泳，还给我说，他们那时到下川东，正好是冬天，他是一个20多岁的年轻小伙子，身体特别好。但奶奶特别关心他们，跟他们讲，一定要穿上衣服，不要冻着，还帮他们补过衣服。虽然过了几十年，奶奶当时对他的照顾，他记忆犹新。

另一位是仲秋元爷爷，他是前面我讲到的，奶奶最好的朋友何理立奶奶的丈夫。1947年，他被抓进渣滓洞，那时他的公开身份是重庆三联书店的经理，是民盟盟员，但地下党的身份没暴露。在整个渣滓洞，唯一知道他身份的就是我奶奶。仲爷爷后来说，他们放风时曾碰到过几次，每次我奶奶都扭过头，不跟他相认，也怕他忍不住相认，用这样的方法来保护他，仲爷爷后来被营救出狱。

这些爷爷、奶奶身边的战友，哪怕过了几十年，都还记得当年的革命友情。

我奶奶是在1949年11月14日被杀害的，临刑前，她把身边的一些东西给了狱

第五章 《红岩》：
红岩精神，热血铸就

友，然后他们二十几个人被推到歌乐山上，一个叫电台岚垭的地方。这个地方以前根本没有上去的路，都是非常泥泞的山路。我相信，他们当时一定是相互搀扶，相互鼓励，昂首挺胸地走上去的。

在那个刑场，他们应该是被机枪扫射杀害的，十年前，工作人员清理现场时，清理出很多弹壳。大概在他们牺牲的两个星期后，重庆解放了。中华人民共和国成立后，一些在渣滓洞遇难的革命志士的亲属上山去找，我的爸爸也由养母背着，到山上去找，可等他们到了山上，清理出现场后，发现所有烈士的遗体都被泼了镪水，已无法辨认。

奶奶在遇难前一两个月，写过一封《托孤信》，她可能预感到自己活不下来了，她要对自己唯一的孩子有个交代，所以给她的表弟谭竹安写了一封信。当时这封信能写成不容易，因为监狱里没有纸、没有笔、没有墨水，他们是用自制的墨水，应该是用破棉絮蘸了一些灰这样自制成墨水，把竹签削尖了做笔，在一张草纸上写就的这封信。

这封信我看过很多次，从信中能看出当时狱中所有人都满怀着一份乐观。他们没有在里面等死，他们在里面还在学习，还在斗争。据后来脱险的同志说，奶奶还在监狱里默写了《新民主主义论》，给大家学习。她写到，在看守所里，可能一个炸弹，两三百人就都没有了，虽然写到死亡，但她没有任何一丝恐惧。在这封信里，她几次提到了孩子，也就是我的父亲。我想，她想到自己的孩子将在一个幸福的新中国里生活成长，肯定也很欣慰。但作为母亲，知道自己可能无法陪伴孩子成长，肯定会有很多话想说。（根据彭壮壮口述整理）

胡波：《红岩》是革命先烈用生命谱写的

胡波：小说《红岩》作者之一罗广斌的女儿。

我的父亲罗广斌出生于一个封建的地主家庭，如果不参加革命的话，应该说他的童年生活和青年生活都是很平静、很富裕的。但我父亲从小就不是一个很安分的孩子，他很调皮、很捣蛋，他比较向往自由，比较喜欢参加各种政治活动。所以，在他很小的时候，他就跟随我父亲的前辈，就是马识途先生——马识途先生跟我父亲是同乡，又是世交，他们就住在一条街道上，因为我父亲不听从家里面的管教，因此我爷爷就把我父亲交给了马识途老先生，想让他来管教我的父亲。于是，马识途先生就把我的父亲带到了当时在昆明的西南联大。

在西南联大附中时，我父亲参加了地下党外围组织的活动，后来，我爸爸在云南的民建中学和四川酉阳的秀山中学担任老师，利用教师身份，从事地下工作。一直到1948年，我父亲因被叛徒出卖，被捕了。

我爸爸比较活泼，又很有组织力和号召力。他在渣滓洞时，1949年的"三大战役"已开始，在中华人民共和国成立前夕，他特意提出来，要在渣滓洞监狱里面搞一场新春联欢会。在那个新春联欢会上，他脚戴铁链，跳起了踢踏舞（在电影《烈火中永生》中，特意还原了这一片段）。他的这种乐观精神也感动了很多难友，大家坚信：理想一定会实现，我们一定要争取活到新中国成立的那一天。

第五章 《红岩》：
红岩精神，热血铸就

郭德贤奶奶跟我父亲一块儿越狱成功，她跟我谈过，说我父亲在监狱里很活跃。

"11·27"大屠杀前，狱中的革命者已预感到，特务要屠杀被关在白公馆、渣滓洞里的烈士，所以和比较同情共产党的看守们做工作，其中一位就是关押他们的杨钦典。"11·27"那天晚上，白公馆的特务大部分被抽调到渣滓洞去屠杀革命志士，杨钦典把钥匙全部交给我父亲，由我父亲把所有牢房打开，包括楼上关押郭德贤奶奶的牢房。当时19个革命志士中，只有我父亲一个人是中国共产党党员，他把大家分成6组，每组3人，老中青配合搭配，然后听他的指挥，从白公馆后侧门出去，通过松林坡再穿过歌乐山，最后逃脱了。

在渣滓洞监狱里，因国民党特务的集中枪杀，只有15位革命者侥幸逃生，其中有《红岩》的作者之一——刘德彬，他的经历也为《红岩》提供了很多的素材。

中华人民共和国成立后，我父亲他们先写报告文学，从1958年开始创作小说。重庆市委员会和中国青年出版社为了支持他们创作，给他们批了创作假。杨益言也配合他们来写这部小说，为了充实他们写的那些素材，给他们创造了很好的条件。

1958年到1961年，是他们整个创作的时间，正是"三年困难时期"，整个国家的经济都比较困难，他们也遇到了很多的困难，但他们以共产党员不畏艰难的精神，克服了一切困难。

当时他们白天都是讨论《红岩》小说里面的细节，夜深人静时才开始写作，每天晚上都是通宵达旦地写。我那时候很小，晚上有时我起来，看见我父亲的房间灯火通明。他写作时，就靠吸烟来提精神。每天早上，在他写作的桌上，烟灰缸里全都装满了烟头，纸篓里面每天都装满了写废的稿子。他写得最多的一天晚上，写了将近1万字。

那段时间，他没有规律地生活，艰苦地写作，把身体搞垮了。我记得当时他还不满40岁，就已经身患冠心病。我曾经看到，急救车两次出现在我家门口，因为我父亲突发心肌梗死。医生说，他的生活太没有规律，写作全是熬夜完成的，这么搞，已经把他的生命提前透支了。可以说，我父亲写《红岩》，靠的是自己那种坚定的信念。

我记得我很小的时候，父亲跟我说过这样一句很有感染力的话，他说："《红岩》这部小说的真正作者不是我们，而是在白公馆、渣滓洞的无数革命先烈，用他们的鲜血和生命谱写的。我们只是这一段历史的记录者和整理者。"

这一句话我终生都记得，这就是我父亲为什么要写作这部《红岩》的推动力吧，我觉得就是这样。

《红岩》小说出版以后，在全国的读者当中引起了很大的反响，至今为止，《红岩》小说一共再版了170多次，发行总量逾千万册，而且还被翻译成十几种外国文字，影响还是很大的。《红岩》小说不但被改编成话剧、歌剧，还有电视剧、电影、连环画，其中电影《烈火中永生》家喻户晓、人人皆知。在电影拍摄中，我父亲全程参与，在搜集素材阶段，他陪同导演组到了北戴河、重庆、贵州，还有四川的一些地方，他们搜集了很多素材。他们还采访了当年狱中脱险的志士，让他们讲述他们在监狱里的英雄事迹。导演组写了30多万字的笔记，他们提笔将《红岩》改编成《烈火中永生》时，先后写了3次，可他们还是觉得不理想。

后来，他们请大剧作家夏衍先生参与编写剧本，导演水华提出，这个剧本要写好，应该以江姐这条主线来贯穿整个剧。采用了这个办法，夏衍先生用了不到4天，就完成了剧本的编写。为《红岩》小说改编为电影《烈火中永生》，奠定了一个很好的基础。

我大概是在上初中的时候读的《红岩》，读它之前，我在上小学时，父亲已经和我讲了很多《红岩》中的故事，比如有江姐的故事，竹签插入十指，

▲《红岩》小说封面图

她绝不吐露组织的半点信息；也跟我讲了成岗在地下党里编《挺进报》，最后被叛徒出卖，抓进白公馆，在监狱里还坚持出《挺进报》的白公馆版的故事；还有小萝卜头、监狱之花、华子良等人的故事。通过这些故事，革命先烈的英雄形象已深深地刻在了我的脑海中。

读初中时，再完整地阅读了《红岩》，更增强了我对这些革命先烈的敬佩。与此同时，我也很自豪，因为我的父亲能写出这样一部光辉的作品，它能感动几代人，所以我很佩服我的父亲。（根据胡波口述整理）

马识途：革命志士"相信胜利，准备牺牲"

> 马识途：男，原名马千木，1915 年生于重庆忠县，1938 年加入中国共产党，长期从事党的组织工作。1941 年到昆明西南联大中文系学习，1945 年毕业。曾与巴金、张秀熟、沙汀、艾芜并称"蜀中五老"。1935 年开始发表作品，著有长篇小说《清江壮歌》《夜谭十记》《沧桑十年》《没有硝烟的战线》，纪实文学《在地下》，短篇小说集《找红军》《马识途讽刺小说集》，散文集有《西游散记》《景行集》，杂文集《盛世微言》等。

我是 1938 年参加中国共产党的。那时日本人侵略中国，宣称三个月要灭亡中国，而学校连放一张课桌的安静地方也没有了，所以我们青年人都参加了"一·二九"学生运动。

当时蒋介石是不抗日的，大家想了想，只有加入共产党才能抗日。所以我开始参加"一·二九"学生运动以后，就参加了党的外围组织，跟着又到了武汉，接受党的训练，然后就在武汉由钱瑛（中华人民共和国成立后曾担任中华人民共和国监察部第一任部长）介绍我入党。宣誓时，找不到一张马克思的照片，后来在一本外国书上找到了，我就对着那张马克思的相片读宣誓词。读完宣誓词，我正式宣布，从今天开始，我把名字改成马识途。我原来叫马千木，改成马识途，因为我认为我从此找到了一生的道路。

入党宣誓后，钱瑛说你各方面比较好，也比较积极，你可不可以参加我们，做一个职业革命家，你愿不愿意？

我也不知道什么叫职业革命家，她说："职业革命家是一个非常危险的事业，也就是为党在白区里领导地下党工作，在我们之前，已有成千上万从事这项工作的同志都牺牲了，现在你愿不愿意参加我们，做一个职业革命家？"

我当时没有什么犹豫的，我说我赞成。从此以后，我就变成一名职业革命家，从支部书记，到县委书记、地委书记、特委书记，一直在担任地下党的领导工作。实际上，这也是一个非常危险的、随时准备牺牲的工作。钱瑛跟我说，要当职业革命家，就必须要有一种思想准备，就是要随时准备牺牲，我说我早就准备好了。因此，我在做地下党工作时，就定了自己的信条，那就是"相信胜利，准备牺牲"。我相信我们的事业是真正的事业，是一定要成功的，相信我们的革命是一定要成功的。

整个地下工作的生活就是这么过来的，我每天都在非常危险的境地中工作，常常早上出去时，都不知道晚上是否能回来。在我来说，就是叫作九死一生。实际上我不止危险了9次，是很多次化险为夷。

最危险的一次，是在茶馆里接头。那时我是川康特委副书记，那天川康特委书记老蒲约我在茶馆开个会，我去了。就在春熙南路的饮涛茶馆，来到楼上，我看老蒲正在喝茶、看报，我走过去和他打招呼。

老蒲过去的分工不在外面活动，他是搞统战的，而当地整个地下党的组织联系方式都在我手里，所以我经常在外面活动。如何鉴别特务，如何斗争，我非常熟悉。我们坐下来以后在那里喝茶，我们那个书记就好像什么事情都没有，但是我的眼睛就看到茶馆角上有三个人不对劲。那个时候我经过长期训练，养成一种能力，能够鉴别谁是特务，或者特务带了什么装备。所以我立刻感觉不对头，那两三个人看起来是特务，而且目标是我们。

我跟书记说："不行了，今天的会不能开了，你先走吧，我来对付他们。"

书记下楼走了，我看到有一个特务尾随着下去，证明老蒲确实被特务跟梢了。所谓跟梢，就是在后面跟上他。一个特务去跟梢了，剩下来还有两个特务，我该怎么办呢？

大家都知道，当时被特务跟梢，只意味着对你有怀疑，跟着你，看你到哪里去、跟什么人往来、你的家在哪里……等一切都摸清了，再开始逮捕。所以，面对这两个特务我很放心，我想他们今天肯定不会逮捕我，我要想办法摆脱他们。我下楼后，在楼梯里转角的地方，故意停下来抽烟，想试一试，果然，准备抽烟时，两个特务"咚咚咚咚"下楼跟了上来。我很沉着地走上街去，想办法摆脱。

一般说来，有一个特务盯梢就很麻烦了，有两个特务，一个盯这边，一个盯那边，一个远远地望着，一个在后面跟着，那是很麻烦的事情。因此我想，这两个特务必须先甩丢一个，脱一个梢，才可能脱另外一个梢。我们做地下党工作，在城市里头，什么地方容易逃脱，哪里有厕所，哪里有茶馆，我们非常清楚。所以我胸有成竹，一定要把他们两个都甩掉。

后来我想了一个办法。春熙路上的人很多，那是一个商业场，旅馆、茶馆多得很，人很多，在路上走来走去的。因此，我就有意识地走到一个路边上，看到有一个胖胖的商人来了，我就走到他的面前去，装作好像是认识，和他打招呼。商人见人多，一时想不起，看别人打招呼，他也会打招呼。于是，我就故意在他的耳边做个样子，好像我们两个说了什么悄悄话，其实我什么也没说。然后，我说："好好好，你走茶馆，我们再见面。"

这个商人走了，结果我就知道，肯定会有一个特务盯他的梢去了，他们一定是怀疑我们两个在那里说了什么悄悄话，以为我们是一伙的。

一个特务跟着商人走了，这就丢掉了一个特务，那么还有一个特务，还要把他丢掉。所以我马上进了另一间茶馆，我从这边门进去，从那边门出去，而特务不知道有两个门，跟不着，我就从这个楼上走下来，面前有三四条路，我选了一条花房后面的路走了，走到后面的一条街，这样子我就走脱了。

我们的那位特委书记老蒲，他没感觉到危险，结果还去找寻另外的一位特委委员见面。他们两个在茶楼见面，结果都被捕了，最后都在重庆牺牲了。这就是我亲身经历过的一件事情。

罗广斌是由我把他带上革命道路的，他家和我家是世交，我的父亲和他的父亲是老朋友，我们住在一个巷子里头。当时我已经在长期做党的工作了，后来我的爱人被捕，小孩失踪。我到南方去了以后，组织让我到昆明去躲避，在西南联大做长期埋伏，积蓄力量，等待时机。当时罗广斌在成都，他是一个公子哥，喜欢玩，根本不打算好好读书。他的哥哥是国民党，是蒋介石信任的一个师长。他的父亲和他的哥哥商量了以后，让我把罗广斌弄到昆明去，加强教育，也就是说，尽量地想办法让他在昆明上西南联大。

于是，我就叫罗广斌到昆明来了。到昆明后，在西南联大附中，在那样一个比较自由、革命气氛比较浓厚的地方，他自然就参加了我们组织的各种活动，思想慢慢地发生了转变，走上了革命道路。

后来，他又不想在西南联大上学了，而我要到农村去打游击，他就放弃读书，跑到农村来找我，要跟着我到农村去参加游击战争。他的父亲、哥哥听到这个消息后，非常着急，说这不得了了，这不是把他送到共产党的手里去了？无论如何要把他弄回来。

可家里要他回去，他不回去。他的哥哥就要派部队来，把他抓回去。那时，假如真要派部队来抓，我们就很麻烦了，因为我是做隐蔽工作的，就劝他回去。他说："那我的关系怎么办？"我说："等我给你介绍吧"。于是，罗广斌就回到重庆他的哥哥那里。但与此同时，他又和党组织，包括刘国鋕等人，都建立起联系。后来，他就由江竹筠，也就是江姐，接收他入了党，而且派他到秀山区做农村的革命工作。

一直到重庆地下党组织遭遇大破坏，罗广斌才逃回重庆，不知道该去哪里好，因为组织关系没有了，重庆市委书记、副书记，也就是他的上级，都叛变了，正在想办法捉他，他无处可去。

我刚好到重庆去，因此我就把他带回成都，我叫他赶快到农村去，可他没有接受我的建议。因为他家里是部队的，他觉得在家窝着比较好一点，我说敌人要来你家抓你怎么办？怎么到农村，我都帮你说好了，可他非常不在乎。

当时特务用什么方法？他们派特务到他家里说，是五哥来找他，五哥就是我，因为我们两个小的时候，一直彼此称兄道弟，他叫我五哥。结果他从后院出来，一下子被特务抓了。后来我还就此问他，我说："你怎么搞的？"他说："我怎么知道他们知道五哥啊？五哥来找我，我当然以为是你，就出来了。"罗广斌被捕了以后，被弄到重庆监狱里头。他的父亲、哥哥都去劝告他，他毫不犹豫地拒绝。

特务从三个方面游说罗广斌，头一个，你要承认不当共产党，当叛徒，他不同意。然后又说："你写个自首书，就是说你以后不干共产党了，也让你出去。"他还是不干，他不写。后来就说："那你什么都不说，你只要当着大家的面说，我不想当共产党了，就把你放出去。"他还是不干。

他在监狱里头一直非常坚持，坚定地要革命到底。同时，他和许多当时的共产党员有往来，做了一些活动。因为看守对他要稍微松一点，所以被关押的同志通过他，能够有一些往来，他也做了许多工作，他甚至想在监狱里办《挺进报》，其他领导同志劝他不要这样搞。

中华人民共和国诞生，五星红旗升起，别的同志在监狱里是无法知道这些消息的，不知道罗广斌是怎么知道的。他把他红色的被单拿出来，而且他还知道五星红旗的含义，就做了四颗星，放在四个角落。总之，罗广斌参加革命的信念是非常坚定的。

《红岩》是一部很有特色的革命文学作品，可以说，这是用革命的鲜血凝结而成的一本书。对于这一本书的创作，我从开头一直到完成，基本上都参与其中。罗广斌从监狱出来后，告诉我许多监狱里的惨况，我说要把它写出来，后来他们就写出了《烈火中永生》，这本书产生了很大影响。他们在向青年作革命报告时，又得到了各方面的支持。因此他们三个人又合起来，写了一本《禁锢的世界》。《禁锢的世界》是一本纪实性的小说，缺乏艺术性。所以，大家又加以努力，下决心要把《禁锢的世界》这本书写好。

对这本书做出最大贡献的，我想应该是老作家沙汀，沙汀对这个事情非常关心，他曾经把他们三个人叫到一起，住了十几天，由他来进行各种写作教育。可以说，沙汀把他们拿来的初稿的每一章、每一节都进行了仔细研究，特别是这书里的一些主要人物，尤其是江姐，沙汀做了细致分析，帮他们进行推敲。在沙汀的帮助下，加上他们做了几年的努力，才写出了《红岩》这本书。

书写出来，我看了以后很感动。除了沙汀在艺术创作上给了他们很多帮助外，我也对这本书做了一点贡献。我当时是从思想上对这本书的创作做了一些建议，我说："这个监狱当然是国民党关押、屠杀革命者的一个场所，但我们共产党人把监狱当成战场，因此，必须要把国民党的屠杀恶行，以及共产党人如何坚持斗争，作为重点加以描写。"另外，我建议监狱是斗争的一个场所，但在监狱外，还有另外的斗争。因此监狱里、监狱外是深情相通的，一定要有更多活动。后来他们接受了我这些想法。

经过几年努力，《红岩》终于出版，影响非常大。在《红岩》这部小说中，我也能看到很多跟自己相似的一些经历。当时特务准备逮捕我时，是郭德贤通知我的。特务冲到她的家里去，她很机智地派秋嫂出来通知我，我才去通知其他的人走脱。因此，我一生都对郭德贤表示感激。因为她到那样危险的时候，能够及时通知我，保护了党的有生力量。

"登山不落同人后，做事敢为天下先"，是我送给青年人的一副字。意思是说，我们人一生都是在走路，都是在上山，我希望我们的青年能走别人没走过的路，师别人之所未师，行别人未完成的事，走到最高的山巅。我希望我们的青年能够在同辈里成为带头人，同时要做一个有担当的英雄。（根据马识途口述整理）

▲ 马识途用电脑打字写作

▲ 马识途伏案写作中

江姐托孤的信（1949 年 8 月 26 日）

竹安弟：

友人告知我你的近况，我感到非常难受。幺姐及两个孩子给你的负担的确是太重了，尤其是在现在的物价情况下，以你仅有的收入，不知把你拖成什么个样子。除了伤心而外，就只有恨了……我想你决不会抱怨孩子的爸爸和我吧？苦难的日子快完了，除了希望这日子快点到来而外，我什么都不能兑现。安弟！的确太辛苦你了。

我有必胜和必活的信心，自入狱日起（去年 6 月被捕）我就下了两年坐牢的决心，现在时局变化的情况，年底有出牢的可能。蒋王八的来渝固然不是一件好事，但是不管他如何顽固，现在战事已近川边，这是事实，重庆在（再）强也不可能和平、京、穗相比，因此大方的给它三、四月的命运就会完蛋的。我们在牢里也不白坐，我们一直是不断的在学习，希望我俩见面时你更有惊人的进步。这点我们当然及不上外面的朋友。

话又说回来，我们到底还是虎口里的人，生死未定，万一他作破坏到底的孤注一掷，一个炸弹两三百人的看守所就完了。这可能我们估计的确很少，但是并不等于没有。假若不幸的话，云儿就送给你了，盼教以踏着父母之足迹，以建设新中国为志，为共产主义革命事业奋斗到底。

孩子们决不要骄（娇）养，粗服淡饭足矣。幺姐是否仍在重庆？若在，云儿可以不必送托儿所，可节省一笔费用。你以为如何？就这样吧。愿我们早日见面。握别。愿你们都健康。

竹姐

8 月 27 日

来友是我很好的朋友，不用怕，盼能坦白相谈。

第五章 《红岩》：

红岩精神，热血铸就

在狱中，江姐与看守黄茂才结识。黄茂才本是国民党的一名下级军官，渣滓洞缺人手，把他调去当看守。在被关押的革命者曾紫霞（《红岩》中孙明霞的原型）的策反下，表示："你们都是真正的堂堂正正的勇士，而我却成了助纣为虐的帮凶。今后，只要你们相信我，让我干什么都行。"

从1948年10月起，黄茂才成为渣滓洞狱中党组织与外界联系的秘密联络员，当年从狱中递出30封以上的信。江姐的遗书，就是黄茂才亲自送到谭竹安手中的。大屠杀前，因母亲病危，黄茂才请假10余天，回来后，江姐已牺牲。

在这封托孤信中，既表达了革命者宁死不屈的坚定信仰，又蕴含着烈士对儿子深深的关爱。感人至深，催人泪下。

张学云写给爱妻余显容（节选）

我觉得"理想"是人生最有价值、最富于吸引力的东西，"理想"是我们生活的原动力，什么东西能使我们作苦斗的挣扎？什么东西能使我们极富于韧性的拼命？什么东西能使我们快乐地、毫不灰心地生活在不能算是人的生活的深渊中？我说就是"理想"！亲爱的，您以为是不是？

您说过去许多年都被您浪费了，到今天您才认真地学习，认真地奋斗，这是很真实的自白，我很高兴呀，此足证您已踏上光明的途程，祝贺吧，我们遥远地互相祝贺吧！

我俩同在一起生活的这些年岁，今天追忆起来还是有许多暗影与创痕，而且每一点都曾用过我俩的泪水洗过的。那种不可避免的龃龉，就是发生于我俩各人生活之舟的没有舵叶……现在不同了，不仅现在应该说自从近年来吧，您的生活之舟有了舵了，而且大家行驶的方向也一致了。您用尽平生极大的气力，满面香汁淋漓地划着生活之舟从后面赶来，远远地听着您在嘻嘻哈哈的唱扬您的快乐的生命，有理想有意义的生活，我迸发所有力气耐着心肠不断地往前奔：我用先行的激励的招呼来打气您，快呀，快呀，不达目的不罢休呀，可是哟，心爱的，您似乎是希望我停留片刻，等到您赶上来后，我俩好在一只船上同来前往吗？您是否已经觉得劳累了，或孤独了，需要同在一只船上，让我出力气划着带您走吗？呵，不，这不对的，这就表示您还有些懒惰和依赖！同时，亲爱的，您记住，我们同是在排山倒海的大浪中啦，假如我一松劲，我会退行千里的，俗语说不日进则日退，逆水行舟，我俩应该各自努力才对，反正目标既同，方向不错，只要各自尽力划去，一定就能在一点相会，在胜利的那一点相会哟……

快乐呀，奋斗呀，我俩在胜利的地方相会吧！

张学云是四川越西人，毕业于中央陆军军官学校，加入党组织后，在罗广斌的哥哥罗广文手下当连长，准备策动起义，因被叛徒出卖，于 1949 年 1 月被捕，被关进渣滓洞监狱。在狱中，他遭遇酷刑，腿骨因坐"老虎凳"而折断。

张学云给妻子余显容写了 28 封家书，充满激情，讨论了生命的意义等问题。张学云在"11·27"大屠杀之夜，为掩护狱友，壮烈牺牲，年仅 27 岁。

许晓轩在狱中写给妻子姜绮华

华：

七年了！从二十九年清明节，我们抱着馨儿在屋后面小山坐着，看到德华走失了路，哭着由警察伴了回家——从那时到现在，七年怕都过了一两个月了吧。七年是很长的一段时间，那么你受苦的时间也很长了。我实在对你不起，让你苦痛了这样久，而就是现在，我还是没有办法来安慰你，除掉说我还活着之外，还有什么可说的呢。还有就是我心里很不安。如此而已。不是想不出话说，而是无法说出实在可靠，可以兑现的话来安慰你啊。

七年，我当然也很不好容易度过，可是我的苦只是外形的，偶然的，有时伤一两天脑经（筋），也就完了。并且我自己清楚苦的来源，因此我想得开，也不会失望和悲观。在你情形完全不同，我可以想得出，你是长时间沉在苦恼里的。就像我只有暂时的苦恼一样，你这几年当中，怕也只有过暂时的愉快，或者只有过暂时的离开苦痛吧？

几年来，我闲着无聊时，常常拿回想过去旧事作消遣。在回想里，当然也有我们过去的生活，每次想到我们在会府住着的一段生活，我就记起自己的过错了。那时你让我帮助你读书，而我总是马马虎虎的拖着，结果是打断了你的兴头，你也就松了下来了。其余想的还很多，此地没法细讲的。

有时我也想到将来，有时更乱想一顿，像做梦一样，想到如果我永远不能回家，家里是怎样的情形。我想到馨儿长大了，她长得很结实，比你我都强。她读我读过的书，做我做过的事，并且相当能干，一切不落人后。我更想到，你在什么地方做一点小事，并且还有一位比我好的人在帮助你，你过着很好的生活。想着，这样想着，我心里舒畅得多，好象（像）肩膀上的一块重石头放下了，也好象（像）丢掉了人家一样重要东西又找回来了一样。请你不要怪我胡思乱想，我这样想确实一点没有坏心，不过这样想着顽（玩）罢了。前面我已说过，这就象（像）做梦一样，梦醒之后，一切又都是原样了。至于说我为什么要告诉你这些梦话，那不过是顺便提起，让你晓得我曾经做过这些梦而已。并且我早迟总说不定要回来吧，回来之后把这当着笑话谈也是好的。

最后我还要请你少记挂我，多关心孩子，把希望多放在孩子身上，她在面前，是可靠的。少把希望放在我身上吧，因为我是身不由己的人。说起来似乎是办不到的事，但请你练习起来，日子久了，会慢慢习惯起来的。

还要申明一句，如果有机会，我决定要回来的。虽然我这一辈子大概免不了在外边奔波，但回一趟家是一定无疑的，并且如果你愿意又不怕劳苦，而且机会又许可的话，那我们一同到外边走走也不错啊。说着说着，又扯远了，远了的事，世界上没有神仙，谁料得定呢。那么还是上面的话：多关心孩子，少记挂我吧！

安
四月十五

　　许晓轩烈士是江苏江都人，1938年5月入党，曾任重庆新市区委书记，1940年因被叛徒出卖而被捕，当时他和夫人姜绮华已结婚6年，女儿许德馨刚8个月。在信中，许晓轩表达了对家人的关爱。

　　在狱中，许晓轩坚持斗争，担任临时党支部书记，是《红岩》中许云峰的主要原型之一。在"11·27"大屠杀当天，许晓轩被敌人杀害，时年仅33岁。

刘国鋕写给五姐刘国蕙的信（节选）

五姐：

　　接到以治（兄弟）来信，知道借给您的几本书已经读完，接到以清来信，知道您准备考农校，这是多值得兴奋的消息！

　　您过去漫长的岁月，都消磨在家里，而这个"家"却是旧社会垂死的身躯上的一个烂疮，它具有旧社会几千年遗留下来的遗烂性的毒质，又加以外面侵来的霉菌，它已经完全是一块脓血和腐肉，生活在脓血和腐肉里的人，自然不会健康的（无论是精神和肉体）。

....

因为旧社会的身躯上，每一个"家"差不多都是疮，不过有的已经溃脓，有的还在发炎，有的是杨梅，有的是疔疮。旧社会的整个身躯都要死亡，寻不出有希望的肉（家），有希望的肉（家），只存在健康的身躯里。

我们要得到完全的幸福，只有让新的产生，让旧的死亡。要新的产生就应当增加新的、健康的、具有抗毒性的细胞。要旧的死亡，也只有增加抗毒体。我们要自救，我们又不愿变细菌，就只有把自己变成抗毒体。自救也就是救人！

要变成抗毒体，先得把自身遗传得来的传染来的毒质除去。把自私、虚荣、狭隘、胆小、无恒心、无毅力等短处除去。把原有的人性（同情、正义感、勇敢、努力……）发挥，同时增强抗毒的能力。

....

您有勇气，只要能努力充实自己的能力——作为抗毒体的能力，前途是无限光明的。联大已毕业的女生很多，但是我知道的，没有一人幸福，因为都走着女人的旧路，都自觉地或不自觉地向毒质屈膝。过去的生活使您知道毒质的祸害，使您知道抗争！这才是最有价值的，最难得到的东西。您的希望就在循着正确的途径努力！

并且您还留心时事（我前面写掉了），这能不令人兴奋？！希望您能继续努力，以求贯彻！

另外，您应当读一些好书和其它新的文艺作品和报纸。为什么应该读报纸，我想无需说。之所以要读文艺作品，因为有好些作用：

①里边包含得有很多活的、有用的知识。因为里面有哲理，社会科学的原理，社会现象与本质的分析，新社会的暗示和描写，人生的道理，努力的途径等，而且都是用文字"画"出来的，很容易接受（当然是指好的文艺）。

②帮助了解纯理论的东西，例如读完《子夜》就知道何以中国民族工业，在帝国主义未驱逐前，不能够建立。

…………

即时敬祝
努力！

弟国鋕上
一九三九年鲁迅逝世纪念日

刘国鋕是四川泸州人，《红岩》中刘思扬的原型，他出身于豪富之家，在重庆，他的公开身份是四川省银行经济研究所资料室的研究人员，并在《商务日报》当过记者。在地下党的安排下，在民盟被民国党政府勒令解散后，组织地下民盟，并成为《挺进报》的主要发行者之一。《挺进报》被叛徒出卖后，刘国鋕入狱。

刘国鋕的家庭在四川有权有势，刘家特意让刘国鋕的五哥刘国錤从香港回重庆斡旋。刘国錤是当时国民党四川省建设厅厅长何北衡的女婿，收到刘家送的纯金香烟盒厚礼，徐远举同意放人，只要刘国鋕签脱党声明，却被刘国鋕拒绝。刘国鋕流泪劝弟弟签，面对亲情，刘国鋕还是拒绝了。

刘国鋕是那一代革命青年的浪漫精神的代表，他单纯、无畏、阳光，在家书中，体现出他的思考深度和革命热情。"11·27"大屠杀时，刘国鋕被杀害，临刑前谈笑自若、视死如归。

第五章 《红岩》：
红岩精神，热血铸就

参考文献

[1] 张羽. 我与《红岩》[J]. 新文学史料, 1987（4）: 126 - 141.

[2] 王树仁.《红岩》之外的真实故事 [J]. 世纪风采, 2020（11）: 24 - 28.

[3] 张正霞, 牛靖懿.《红岩恋——江姐家传》若干史实评析 [J]. 红岩春秋, 2015（1）: 57 - 58.

[4] 杨新. "江姐" 的成长人生 [J]. 红岩春秋, 2019（2）: 44 - 47.

[5] 钱振文. 一个旁观者对《红岩》第一稿写作的回忆——胡元访谈录 [J]. 海南师范大学学报（社会科学版）, 2011（3）: 36 - 44.

[6] 何蜀. 刘德彬: 被时代推上文学岗位的作家（上）[J]. 社会科学论坛, 2004（2）: 71 - 80.

[7] 钱振文. 作为政治文化的历史讲述——《红岩》写作 "前史" [J]. 文化与诗学, 2009（1）: 134 - 162.

[8] 张羽. 格子上的铭文——回忆和罗广斌共同修改红岩的日子 [J]. 编辑之友, 1988（3）: 59 - 64.

[9] 熊坤静, 陆青. 长篇小说《红岩》创作的前前后后 [J]. 党史博采（纪实版）, 2012（4）: 35 - 38.

[10] 钱振文.《红岩》稿费: 革命文学的收益与风险 [J]. 粤海风, 2011（3）: 31 - 35.

[11] 王建柱. "狱中八条" 背后鲜为人知的历史 [J]. 先锋队（上旬刊）, 2015（2）: 46 - 49.

第六章 《焦裕禄》：真情为民的时代楷模

焦裕禄劳作时

魂飞万里，

盼归来，

此水此山此地。

百姓谁不爱好官？

把泪焦桐成雨。

生也沙丘，

死也沙丘，

父老生死系。

暮雪朝霜，

毋改英雄意气！

依然月明如昔，

思君夜夜，

肝胆长如洗。

路漫漫其修远矣，

两袖清风来去。

为官一任，

造福一方，

遂了平生意。

绿我涓滴，

会它千顷澄碧。

这是习近平总书记写的《念奴娇·追思焦裕禄》，最早发表于1990 年 7 月 16 日的《福州晚报》上，其中"生也沙丘，死也沙丘，父老生死系"有注释，即焦裕禄临终前曾说："我死后只有一个要求，要求党组织把我运回兰考，埋在沙丘上。活着我没有治好沙丘，死了也要看着你们把沙丘治好！"

1964 年 5 月，焦裕禄同志去世后，全国先后三次掀起"学习焦裕禄"的热潮。

最早报道焦裕禄事迹是在 1964 年 8 月，焦裕禄同志去世 3 个月后，在河南全省沙区造林会议上，兰考县委领导介绍了焦裕禄同志的事迹，主持会议的副省长王维群被感动了，提出应宣传焦裕禄精神。10 月，新华社河南分社的张应先副社长带着两名记者来到兰考，经半个月采访，完成了《焦裕禄同志对党对人民忠心耿耿——中共河南省委号召全省干部学习已故前兰考县委书记为人民服务的革命精神》，稿件共 2000 多字，11 月19 日在新华社播发，第二天《人民日报》二版也进行了转载。此后《河南日报》又发表了《焦裕禄同志，兰考人民怀念您》等文章。

1966 年 2 月 7 日，《人民日报》刊发了穆青、冯健、周原的《县委书记的榜样——焦裕禄》，共一万多字，在全国范围内，掀起了"学习焦裕禄"的热潮。

1990 年，电影《焦裕禄》拍摄完成，引起巨大轰动，该片创下 1959 年以来国产新片首轮发行拷贝数的最高纪录，共有 3 亿以上的观众看过这部影片，引发全国第二次"学习焦裕禄"的热潮。

2014 年，习近平同志于 3 月和 5 月，两次赴兰考调研指导，指出："我之所以选择兰考作为联系点，一个重要考虑就是因为兰考是焦裕禄同志工作和生活过的地方，是焦裕禄精神的发源地。我希望通过学习焦裕禄精神，为推进党和人民事业发展、实现中华民族伟大复兴的中国梦提供强大正能量。"引发全国第三次"学习焦裕禄"的热潮。

三次热潮的精神是统一的，但追随时代变化，主题各有偏重。可以说，每次热潮都推动了经典创作，而这些创作又加深了年轻人对焦裕禄精神的理解，使他们懂得了铭记与传承焦裕禄精神在当下仍有重要意义。

50 年来，焦裕禄所秉持的"心中装着全体人民，唯独没有他自己"的公仆情怀，以及"敢教日月换新天"的奋斗精神，不断被赋予新的时代内涵，就像一团不熄的火焰，穿越时空，照亮一代又一代人的前行之路。如今，在脱贫攻坚的实践中，不断涌现出年轻的身影，他们从前辈手中接棒过来，脚踩大地，俯身为群众服务，实践着新时代的焦裕禄精神，用自己的行动谱写着新时代最美的青春之歌。

焦守云、余音：人们在歌颂他，我们在传承他

焦守云：焦裕禄女儿。曾任开封市奥运火炬手，策划音乐电视《焦裕禄之歌》。

余音：焦裕禄的外孙，著名歌唱家吴雁泽的关门弟子，现为中国歌剧舞剧院男中音歌唱家，与师父吴雁泽曾经多次合作过《焦裕禄之歌》的演唱与节目录制。

"我父亲把劳动看得非常重。他就觉得，人不能不劳而获。"

主持人：您到兰考时，年龄多大？

焦守云： 我那时 11 岁。我从小跟着奶奶生活，因为奶奶没闺女，我的大爷也没闺女，就把我送到山东老家。我每年跟着我奶奶到我父亲、我母亲那里去住上一两个月，就这么跑着长大的。我父亲最后一次回老家，因为我已经上学了，他就把我带回兰考，在兰考上学。

我父亲 1964 年 1 月回的老家，连半年都不到，他就去世了。

主持人：当时家里是什么样的情况？

焦守云： 非常简陋，没什么家具。我父亲到兰考时，我母亲说，从尉氏县到兰考，就带了几个包袱，有点孩子们穿的衣服。

刚开始，房子在一个办公室里头，相当于现在的 9 平方米或 10 平方米，我们一家人都住在那儿。6 个孩子，有我们的姥姥。我父亲基本住在办公室里，母亲每天去陪陪他，给他洗洗弄弄。怕我父亲想孩子，所以每天会带一个孩子去，让我父亲看看。

主持人：也就是说您每个星期可能可以见到父亲一次？

焦守云：是。但他在家吃饭的时候还是挺多的。刚从山东老家过去时，我基本不认他，因为一直跟着奶奶，而且我说山东话，他们都笑话我。我父亲平时讲话，有山东话，有河南话，因为他在河南工作。但兄弟姐妹都笑话我，觉得我说话跟他们不一样，我经常藏在门口，或者藏在别的地方。

主持人：只有您一个人是在奶奶家长大的，父亲会不会对您格外关心一些？

焦守云：小时候，我一门心思要奶奶，又哭又闹，到最后，跟着我奶奶回去了。刚开始他叫我喊爸爸时，我真的很陌生。他就拿一点东西哄我喊爸爸。我现在真的非常后悔，能喊爸爸时喊得太少了。

和我父亲度过的最后的一个春节，电影上也演了那个片段，我父亲已十年没回过老家，那次他领着全部 5 个孩子回家，当时郊外的雪好深好深，我们想，他要领我们去干什么。他说是去祖坟，给我们讲一讲祖上的事，比如我爷爷因高利贷和租子交不上，上吊自杀了。此外还讲一些祖上的事，比如祖上是做生意的，有些什么人，完了以后领着我们磕头，让我们记住我们的祖先。

我们老家是大孝文化之乡，非常讲孝道，我父亲也非常孝顺。

主持人：后来可能时间久了就跟爸爸开始亲近起来了。他会跟您开玩笑吗？

焦守云：会的。我父亲性格比较活泼。有一次，母亲把我带过去看我父亲，我那时也小，父亲要求我们，要洗脚、洗脸。在农村老家，没有这个习惯。我说："我的脚不洗也比你的脸白。"我父亲非常英俊，但皮肤比较黑。

我父亲也就是笑笑，他说不洗脚不行，不能上床。

主持人：在艺术作品中，似乎您父亲是一个很严肃、不苟言笑的人，实际上呢？

焦守云：父亲从小就会拉二胡，在南下工作队时,他是文工团员,出演过歌剧,在《血泪仇》中演男一号。

主持人:他还会唱歌剧?

焦守云:那时的歌剧难度不大,但作为主角,也是有难度的。

主持人:余音后来会歌剧,跟姥爷有关吗?

余音:是一个巧合吧。因为我后来才知道这件事。当时的歌剧是基于地方小调和戏曲,与宣传结合起来,《白毛女》《兄妹开荒》《血泪仇》都是这样。

焦守云:我父亲有点时间,最喜欢领着我们唱歌,他在洛阳时,领我们去看《马兰花》《红孩子》等电影或戏剧。我父亲和我母亲能认识,也因为他们都是文艺活跃分子。

我父亲拉二胡拉得特别好,一般都是他拉二胡,我妈妈唱,比如河南豫剧《小二黑结婚》,此外他特别喜欢唱《五星红旗迎风飘扬》。

我父亲去世时,家里最小的孩子才 3 岁多,我是 11 岁。小的时候,大道理听不懂,我父亲就用唱歌、劳动来教育我们。我父亲把劳动看得非常重。他就觉得,人不能不劳而获。再一个,他非常反对家里人搞特殊化。

主持人:比如姐姐原本可以找一个更好的工作。

焦守云:对。我父亲说她缺了劳动这一课,就让她去食品厂做酱油。后来食品厂安排她出去卖酱油,她当然不愿意了,哭过、闹过,罢工、不吃饭,能使的招她都使出来了。我父亲就带着她去卖酱油,教她怎么挑担子不磨肩,怎么吆喝。我父亲小时候也卖过油。从那以后,姐姐就想通了,卖了很长时间的酱油。

"父亲那么年轻，平时那么拼命地工作，他怎么会生病？他怎么会不在了。"

主持人：焦书记的最后一个春节，在哪过的？

焦守云：在山东老家。那次回老家时间比较长，他可能注意到身体不好了。再一个，我们十年没回过老家，他也非常珍惜。他回老家时，我奶奶，还有乡亲们，都看得出来他的病，他特别瘦。老人家都叫他禄子，说："禄子，你怎么这么瘦啊？"我父亲就说："可能是太累了吧，休息休息就好了。"

奶奶是白发人送黑发人，最难过。当时我母亲太年轻了，才33岁，一个人带着6个孩子，我奶奶可怜她。人家说："焦妈妈，焦书记去世了，你怎么不哭啊？"我奶奶说："我不能就顾着自己哭，俊雅那么年轻，我得照顾俊雅，得照顾孩子。"

我父亲的丧事办完后，我奶奶要离开兰考，她找了一个架子车，把她拉到我父亲的墓上，她是个小脚，用连跑带奔的速度，一下子扑到我父亲的墓碑上。她哭着，喊着，她说："禄子啊，这可能是咱娘俩最后一次说话了，娘老了，以后也来不了了。"真是哭了个天昏地暗。后来擦擦眼泪，又像没事一样，回到了我母亲那里，她也不想让我母亲看着她哭。

主持人：最让人心痛的主要是孩子还太小了，这么多，6个孩子。

焦守云：我的两个弟弟那时都不明白什么叫死。我父亲在郑州住院、去世时，就我哥哥、我姐姐在跟前，我们在兰考，我母亲处理完我父亲的事儿，哭着回的兰考。我们那时都不知道父亲去世了，也不知道母亲为什么哭得那么厉害。

我吓得够呛，但我姐姐懂事了，就一把把我扎的红头绳拽下来，找了一个白布给我换上。我还是懵懵懂懂的。我妈妈把我搂在怀里，说："守云，你没有爸爸了。"那时我才知道，我真的没有爸爸了。

我的弟弟最小的3岁，大的是5岁，他们还在争论，有一个说咱爸爸不在了，小的说："你瞎说，姥姥说爸爸到郑州开会去了。"我们也在想：父亲那么年轻，平时那么拼命地工作，他怎么会生病？他怎么会不在了？

主持人：后来您父亲的骨灰从郑州运回了兰考，十万群众来送葬。

焦守云：父亲是遗体安葬的，那时还没提倡火化。安葬他时，长篇通讯已发表了，大家都知道了他的事。遗体运回兰考时，就出现了万人送葬的场面。到处都是人，有人说是八万，有人说是十万，几乎每个人都在哭。

遗体运回兰考时，我妈妈几次哭昏过去，她就冲着那个棺材撞过去，几次撞，拉都拉不住。我的姐姐呢，电影镜头里是跪在那里哭，其实，她当时要跳到墓穴里陪爸爸一起走。

我也好，我们家人也好，特别是我母亲，根本都不敢回忆这一段。我母亲哭了一辈子，最后眼睛都哭坏了。我母亲有文化，也当过副县长，别人劝她，她自己也明白，但就是拦不住她对我父亲的思念。

"1990 年，我第一次被我自己的外公感动哭了。"

主持人：余音已是一名专业的声乐演员了，而且还在音乐剧里边扮演了自己的姥爷。

▲ 余音小时候的照片

余音：对。是在民族歌剧《盼你归来》中，还有之前的一个音乐剧《焦裕禄》，我在剧中扮演我外公。在这样的家庭里长大，"焦裕禄"三个字从我小的时候懵懵懂懂，到后来懂事时，看别人指指点点，说我是焦家的人。当我调皮时，老师也会说："你不能这样，你是焦裕禄的外孙。"我一度甚至有些反感，为什么别的小朋友什么都可以做，我就不可以？

父母对我的要求，包括外婆对我的要求，都让我在成长时感到一些压力。比如年三十，外婆一个人包饺子到大年初一，年初一时，别人串亲戚，她会睡觉，因为接受不了不团圆这个事。

主持人： 这样很长一段时间？

焦守云： 是的。

余音： 我外公是领导干部，在哈工大进修过，又在大连起重机厂、洛阳矿山机器厂工作过，他那么喜欢孩子，但焦家没有一张全家福，他甚至没时间和全家拍一张照片。后来我慢慢长大了，学了声乐，跟吴雁泽老师到了北京，考上中国音乐学院。毕业后在中国歌剧舞剧院工作。刚开始，觉得为什么要拿焦裕禄来要求我们？再往后就觉得好奇，他为什么是焦裕禄？为什么这么多人看到他的故事，听到他的故事就会流泪？

1990年，我第一次被我自己的外公感动哭了。那时我10岁，小学三年级，走进电影院，看了电影《焦裕禄》，原来他就是我外公，家里对我们说的都是点点滴滴，电影让我看到了一个完整的外公。从上大学，再到入党，再到走上舞台。我觉得第二个比较大的触动就是在舞台上。

主持人： 扮演他，一定是重新了解他和认识他的过程。

余音： 是的。在舞台上，真要塑造这个人物，要把他的心声通过台词、歌曲演唱出来，不能光是知道和了解，要去体会他。两次塑造外公的过程，我感觉一步一步地跟外公走近了。作为演员，如果不能想到他想的，不能体会到他体会的，你的表演就只能浮在面上。我从小在这样一个家庭中长大，每次创作，都会去采风，走近当年的老人，一次次交流。慢慢地，在精神世界里，离外公会更近一些了。

主持人： 在舞台上，哪些唱段特别打动你？

余音： 民族歌剧的名字是《盼你归来》，第一句就是"魂飞万里盼归来，时代在呼唤焦裕禄，人民在呼唤焦裕禄。"刚开场，是一个风雪交加的夜晚，在火车站，老乡们扒火车去逃荒。外公在兰考的475天，始终的信念是，不要让兰考人再吃不饱肚子，再背井离乡地去讨饭。第一幕有一首歌叫《走进兰考》，这个唱段特别打动我。

主持人： 在这些作品中，姥爷说的哪句话，给你留下的印象最深？

余音： "拼上老命，大干一场，决心改变兰考面貌。"我觉得它体现了共产党人的决心，在那个年代，百废待兴，如果不是这一批优秀的共产党人的奋斗，我们就不会有今天的幸福生活。

穆晓方："榜样人物"焦裕禄发现始末

穆晓方：回族，1953 年生，北京市人，祖籍杞县。著名记者、《县委书记的榜样——焦裕禄》作者穆青的次子，曾任中央广播电视总台社教中心《走近科学》栏目责编，郑州大学穆青研究中心客座研究员。在电视台工作 30 年，曾从事电视宣传管理。做过栏目主编和制片人，在电视宣传方面有丰富阅历。

"三年困难时期"结束不久，正处于国民经济恢复期，人民群众需要精神力量的鼓舞，新华社决定，要出去搞一次重大采访。从北京出发，一直到河南，再到山西，然后去陕西。在河南时开了个座谈会，讨论有什么好的线索，当时新华社河南分社记者周原负责在河南的采访任务，我父亲（穆青）则跟冯健等人接着去陕西调查研究。

到哪儿去找典型呢？周原也有点漫无目标。当时最穷、最困难的地方是豫东，那里常年是灾区，周原说："要不上那边儿去看看？"就鬼使神差地上了一趟长途公交车。其实，周原也不知道这趟车能开到哪儿，上车后问，售票员说是到兰考的。周原想：兰考就兰考吧，咱们就去兰考了。

到了兰考后，周原找到县委，当时接待他的是县委通讯员刘俊生。刘俊生这个人不简单，现在大家能看到的关于焦裕禄的照片，全是他拍的。焦裕禄不愿意照相，刘俊生留下的焦裕禄的照片，都是偷拍的，很不容易，都是非常宝贵的历史记忆。焦裕禄去世后，刘俊生特别有心，将所有相关的遗物都保留起来，包括焦裕禄的一双破棉鞋，他也都收着，现在就陈列在焦裕禄的纪念馆里。

当时周原对刘俊生说，新华社想搞个重点报道，看看你们这儿有没有线索。刘俊生说，你写写我们的老县委、老书记焦裕禄吧。他领导全县人民战胜困难时期，活活累死在了工作岗位上。周原忙问："怎么回事？"刘俊生就和他谈了很多焦书记的事，周原听后，非常感动，立刻回郑州。正好我父亲他们也都回来了，大家在郑州碰到了一起，周原就把这个线索告诉了我父亲。我父亲立刻拍板："哎哟，这么好的典型，走，马上就去。"

当时条件很艰苦，交通工具是一辆很破旧的吉普车，有当地人陪同，加上周原，后座挤了4个人，就这么风尘仆仆又奔向兰考。到了兰考，和县委说明来意，县委立刻召开座谈会，把相关的部门领导都召集齐了。座谈会上，你一言我一语，说起焦裕禄，大家越说越激动。最后说到动情处，所有人都热泪盈眶。连我父亲、周原、冯健他们几个人，也跟着一块儿流泪，最后都哭成了一锅粥，整个会场都失控了，大家真为焦裕禄的事迹感动。连县里的炊事员都纳闷："这些人怎么了？中午饭也不吃，一直开会，开到老晚了。"

开完会后，我父亲更坚定了决心，一定要把这个人物报道出去，一定要采访好。他想：这么多人为焦裕禄掉泪，这不算是好干部，还有谁算？按我父亲的工作习惯，肯定要写好几稿。大家按座谈会上提供的线索，分头深入各村去采访。我父亲采访是非常认真的，第一要真实，第二要抓细节，所有事他都会亲力亲为。到村里采访，我父亲跟老百姓一聊，能聊上一两天，有时甚至是带着行李去的。他就住在牲口棚边看牲口，吃的是大碗盛的菜糊糊，就那样坐在大树底下，一边吃，一边和人家聊。

在村里待了大概一周，采访完成后，就到开封去写。一边写，大家一边掉眼泪。我父亲在兰考采访时，有一个采访本，上面的字迹都很模糊。后来才知道，那是眼泪打湿的。当时周原写第一稿，我父亲负责编辑和修改，看到好句子，便赞不绝口。比如原稿中"焦裕禄他心里装着全体人民，唯独没有他自己"，我父亲说这话太好了，一定要保留。

一共改了7稿，那个稿子的原底都存在新华社的档案室里，上面被改得密密麻麻的。改得最多的地方是最后一段，按我父亲的想法，焦裕禄逝世后，一次贫下中农代表开大会，当时焦裕禄的坟在郑州，没迁回兰考，这些代表就组织起来，去找焦裕禄的墓地，找到焦裕禄的墓碑后，几十人一下全跪倒了，大家在那儿哭："焦书记，我们的好书记，还没看到兰考的变化您就走了。"

我父亲写这一段时，特别动情，他觉得是特别精彩的一段。结果领导审查时说："这个结尾太悲痛了吧，咱们还是要写得光明一点儿。"结果把那段差不多都删掉了，改成"他没有死，他还活在人民心中"。

大概写了一万多字的初稿，他们便带着稿子回了北京。当时社领导吴冷西看过后，觉得非常好，他对我父亲说："你把这个稿子再提炼提炼，先在社里作个报告。"所以，稿子没发表前，我父亲就在新华社给职工作了一次报告，一些新闻界的同行也来听，包括著名主持人齐越。我父亲在台上，一边讲，一边不停地流泪，台下的人也不住地流泪，大家被感动得一塌糊涂，他们都被焦裕禄的事迹所打动。

这篇通讯稿发表之前，我父亲觉得这篇文章会有一定影响，但他没想到，会产生这么大的反响。据说，在广播播出时，兰考县所有汽车都停了下来，路上的行人也都停住了脚步，大家站在大马路上，听大喇叭里的广播，老百姓一边听，一边落泪。第二天早上，报纸一到兰考，大家排着队去邮局买。单位组织大家念报纸，结果念报纸的人哭，听的人也哭。

齐越老师播音时，三次停下来，说念不下去了。每到感人的地方，他便停顿了。好多工作人员都跑过来，说："怎么不播了？"齐越老师说："你们让我歇歇吧。"齐越老师是以最饱满的感情、最好的状态，把这篇文章播完的。这篇文章能有那么大的影响，和当时齐越老师的播音，也有直接的关系，那会儿普通家庭没电视，最接近群众的媒体就是广播。齐越老师又播得那么好，加上焦裕禄的事迹也确实感动人心，所以产生了特别大的社会反响。

稿件通过广播播出后，群众的信就来了，电话也来了，采访的、出书的、编剧的，还有画小人书的，都奔着焦裕禄来。兰考县也不得了了，全国各地来参观学习的人，把县里所有招待所都住满了，最后不得不腾出工厂和学校的宿舍，给这些人住。因为来的人太多了，郑州铁路局专门调整了火车时刻表，让火车在兰考站多停几次。

我父亲后来又多次去兰考，前前后后去了7次，陆续又写了好几篇文章。他写了一篇《再访兰考》。20世纪90年代还写了《人民呼唤焦裕禄》。《人民呼唤焦裕禄》是当时形势所需要的，我父亲看到兰考的变化，他也非常欣慰。当年采访用的那个笔记本，不知道放哪了，找不见了。现在找出来的一本，是1985年时，他再访兰考时的笔记。

我父亲当时一直在思考，如何将焦裕禄精神发扬光大。兰考脱贫了，但解决了温饱问题之后，该向哪个方向发展？不能小富即安，满足于"三十亩地一头牛、老婆孩子热炕头"，他想着要教农民提高文化知识，往更高的精神层次上发展。所以后来他才写了这些文章。（根据穆晓方口述整理）

▲ 穆青

▲ 穆青（右）

▲ 穆青、冯健、周原三人合影

王冀邢：用电影视角诠释真实生活

王冀邢：毕业于北京电影学院导演系。1990 年王冀邢担任影片《焦裕禄》的导演。影片上映后，在全国引起轰动，创中华人民共和国成立以来国产新片首轮发行拷贝订数的最高纪录。在政府奖、金鸡奖、百花奖的评选中均获得最佳故事片奖。

我第一次听到焦裕禄的故事应该是 1966 年，听齐越老师的广播。当时原中央人民广播电台连着广播了多次《县委书记的榜样——焦裕禄》，那时我还是个中学生。我从广播中听了几遍，也看了报纸。所以，印象非常深。

当时主要对几点印象深刻，一是焦裕禄对老百姓说："我是你的儿子。"这个过去我没听到哪个领导干部说过，所以印象特别深。作为县委书记，能对普通老百姓说这话，我觉得他是真正的共产党员。

再一个就是在他上任的第一次县委会上，他把县委委员们带到兰考车站，当时受灾，成千上万的群众去逃荒，焦裕禄在现场对县委委员们说，他们都是我们的父老乡亲，我们心里不觉得有愧吗？我们没有领导好救灾工作，让他们去逃荒要饭。对这个我的印象也特别深，虽然我当时很小。

我原来是搞编剧的，到 1986 年后，我改当导演了。那时就想，我能不能把焦裕禄的事拍出来，但当时的想法并不成熟。1989 年冬，我担任峨眉电影制片厂副厂长，主管艺术创作。我记得好像是 12 月的一天晚上，那天很冷，厂长吴宝文约我在他的办公室谈第二年的创作计划，那时是计划经济，年底要报第二年的拍摄计划。我们研究了一个通宵，觉得这个不太好，觉得那个也不太好，最后我说咱们拍焦裕禄吧？就叫《一个县委书记》。吴宝文马上说："好啊，这个东西好啊，就叫《焦裕禄的故事》。"我们俩一拍即合。

过了几天，我们到北京去开全国故事片创作会，就把计划报上去了，当时电影局的局长是滕进贤，也是我们的老厂长，他刚被调去几年，他非常支持，说："这个题材好，你们搞，今年一定要把它拍出来。"

回来后，我们把这部影片的拍摄提上议事日程，然后请编剧，跟着责任编剧一块儿到兰考体验生活。当时穆青等老前辈的稿子影响太大了，焦裕禄的主要事迹也是通过他们写的那篇通讯传遍了全国。它很翔实，而且有群众基础。从那个时代过来的人，哪怕是青少年，对这篇稿件都有非常深的印象，所以我们还是以这篇稿件为基础，但是要站在新的角度有新的发现，不能他写什么我们就拍什么，那就成通讯报道了，而不是一个艺术片了。

新闻报道和艺术创作还是有区别的，我们要从生活的真实上升到艺术的真实，才能打动人心，特别是要打动年轻观众，我们一定要在情感渲染上多下功夫，要把观众的情绪调动起来。所以，我们主要是抓住党和人民群众的血肉关系这个主题去表演。

党和群众的关系，是执政的基础，是鱼水关系，一定要抓住这个主题，而且一定要体现在焦裕禄的身上。作为一名基层干部，在焦裕禄身上必须体现党的宗旨，就是为人民服务，为老百姓谋利益。

李雪健来演焦裕禄之前，我没跟他合作过，但是看过他的作品。他在我们厂拍过一个电影，叫《钑铧将军》，当时他是一个年轻的演员，才30岁出头，扮演一位中华人民共和国成立后成为将军的、四五十岁的人，李雪健的可塑性非常强，给我留下非常好的印象。

李雪健跟焦裕禄在外形上有差距，但我觉得他能完成这个任务。可他真来了以后，我们到兰考，还有二十几天就开机，我说："你赶紧去焦裕禄家里体验生活去，最好住在他家里，跟老太太（焦裕禄的妻子）聊聊天。"他兴高采烈地去了，却碰了个大钉子，老太太一看他，就很不高兴，说了一句"不像"。

李雪健有点绝望，回来说："哎呀，我演不了，这老太太不认我，焦裕禄家人都不认我，我怎么演啊？没法演，我不行，我不行，我回去了。"

他真想当天晚上就打包回家，我们一起劝他，我说我们想办法。李雪健当时刚拍完电视剧《渴望》，留一个平头，个子又比较矮。可焦裕禄是瘦高个儿，所以老太太不认李雪健，而且李雪健当时有点胖，焦裕禄则是很清瘦的一个人。外形呢，我们可以想办法，但关键是要神似啊，我对李雪健说："你要把焦裕禄的精神状态演出来，这是别的演员没有的，可你的眼睛里边有。"

为了瘦下去，从这一天开始，李雪健每天用清水煮一点菜，喝点菜汤，减肥。开机时，减了二十多斤，跟焦裕禄在外形上比较接近了。

我们在香港给他做了假头发，他把假头发戴起来，服装穿上，一看，哎哟，还真像，李雪健一下有信心了。外形这块短板弥补了一些，对于表演，他是有信心的。后来老太太亲自带儿女到我们剧组来，看了李雪健的表演，非常感动。老太太还亲自把焦裕禄的遗物一件件找出来，送给李雪健。电影中好多道具、服装，都是焦裕禄的家人提供的。

这部电影的拍摄周期非常短，而且季节也不太对，我们是 1990 年 9 月 30 日开机的，要在年底 12 月 31 号前完成，还要通过审查，总共只有 90 天时间。我给自己定的计划就是 45 天拍，45 天做后期。拍摄的 45 天正好秋高气爽，可根据剧情，要有大风、大雪、大雨，当时都没有，只能靠人造。

大风和风沙怎么来的呢？我们用飞机上拆下来的发动机来鼓风，我们摄制组的全部成员，不管是演员、道具组、助理等，全站在前边扬灰，所以在电影上看，风沙那么大，其实都是人工造出来的，不是自然的。这都是实景，都是硬拍的。大雪是人工降雪，那时也没有下雪机，靠全体剧组成员爬到高处，一点一点往下撒假雪花，还得撒得均匀。有些拍摄非常危险，比如灾民要上火车那段，必须在车顶上拍，还要撒假雪花。我们将摄影师绑在火车头上，手端着机器拍，在蒸汽机机头，还站了一排工作人员撒假雪花，火车还是开着的。速度倒不是很快，但拍完我们都后怕，万一掉一人下去，卷到车轮底下怎么办？幸亏没出事故。当时的拍摄条件很艰苦。为了画面更真实，我们想尽了办法。

小时候听焦裕禄的故事，只是一般的感动，没有更深的思考。作为创作者进入这个题材，就要想，该怎么表现这个人的精神？焦裕禄精神到底是什么？不想清楚，就抓不住他的魂儿。

长大后，我对焦裕禄有了更深的理解。我认为他忠实地履行了党的宗旨——为人民服务。

毛泽东主席曾说，要做一个高尚的人，一个纯粹的人，一个有道德的人，一个脱离了低级趣味的人，一个有益于人民的人。这是毛主席对白求恩大夫的评价，我觉得，这五个"人"就是做人的最高境界，而焦裕禄就是这样的人，他就是一个高尚的人、纯粹的人、有道德的人、脱离了低级趣味的人、有益于人民的人。

我觉得，真正的党员就应该是这样的。

《焦裕禄》是在人民大会堂首映的。可能有近千人看吧，因为它在正式上映之前已引起轰动，在试映阶段，许多媒体的记者都看过，大家的反应都非常强烈。上映后，电影《焦裕禄》引起观看的热潮，超过3亿人次观看了这部电影。可以说是轰动了全国吧。

我拍过好几部人物传记类的电影或电视剧。除了焦裕禄、邓稼先，还拍过《叶挺将军》和《共和国之旗》。《共和国之旗》的主人公叫曾联松，他是国旗的设计者。除此之外，我还拍过超导专家赵忠贤。赵忠贤在高温超导体研究领域最先取得了突破，但由于当时信息不通，论文没地方发表，结果瑞典的两位科学家抢在他前面发表了论文，跟他的思路基本一样，那两位科学家得了诺贝尔物理学奖。

这些真实人物是民族的脊梁，他们对国家都做出了非常大的贡献，他们的精神力量至今还在鼓舞着我们前进，他们的灵魂是不死的。我觉得要说民族脊梁，就是他们这些人。

英雄们为事业而牺牲了，比如老百姓都说，焦裕禄是为我们累死的；邓稼先搞原子弹，受到辐射，62岁便去世了。他们这些人都是逆境中的英雄，撑起了我们中华人民共和国，我觉得应该永远记住他们，更多地歌颂他们。（根据王冀邢口述整理）

第六章 《焦裕禄》：
真情为民的时代楷模

"最美奋斗者"焦裕禄

提起焦裕禄，人们马上会想到河南兰考县。兰考县是焦裕禄曾经奋斗过并为之付出生命的地方，他在兰考工作了475个日夜。

在这475天之前，焦裕禄是逐步成长起来的。他本是一位普通农民，在抗战期间，被日军掳到抚顺煤矿当工人，九死一生，几度被捕，还差点被征兵进汉奸部队。经历太多的迷茫与挫折后，焦裕禄加入革命队伍，很快成长为一名优秀的基层工作者。

在焦裕禄身上，带着那一代翻身农民特有的自豪感与自我提升意识，正如他的夫人徐俊雅所说，在焦裕禄的字典里，没有"难"这个字。正是秉持着这种不畏艰险、攻坚克难的拼搏精神，焦裕禄成为打仗、搞宣传的专家，后转到工业部门，很快便成为优秀的车间主任。

进入城市工作后，焦裕禄没有忘本，在党组织的召唤下，焦裕禄又回到农业战线，毅然担起以贫穷著称的兰考县的脱贫工作。为使乡民脱贫，焦裕禄鞠躬尽瘁，甚至不惜付出生命，充分体现出一个共产党员的奉献精神与赤诚。

▲ 焦裕禄

8岁入学，受师生喜爱

"从出生到15岁，家庭有15口人，15亩地，牛2头、骡子1头，房子20余间。全家依靠种地生活。农闲时开一小油坊，打蓖麻油，资金大部分是外债。"这是焦裕禄在《党员历史自传》中写下的文字。

对于焦裕禄在兰考的事迹，因穆青等人创作的《县委书记的榜样——焦裕禄》，公众比较熟悉，但在去兰考之前，焦裕禄下江苏、去东北，还曾带兵打过仗，知道这些事迹的人就比较少了。

据殷云岭、陈新在《焦裕禄》中的考证：焦家本是河北枣强人，明初迁至山东章丘清平乡，六世祖又迁至莱芜县（今莱芜市）焦家峪乡，后分为10支，焦裕禄这一支为"长支"，世居山东省淄博博山县北崮山村。

焦裕禄的爷爷名焦念礼，父亲是木匠，名焦方田，母亲李星英。1922年8月16日，焦裕禄降生，是家中的二儿子。

焦念礼年轻时靠经商略有积蓄，焦裕禄出生时，焦家尚属小康。但军阀混战、灾祸频仍，焦念礼的估衣（收旧衣翻新卖出）生意日渐低迷。焦念礼只得到财主家扛长工，因为不识字被骗，所以焦念礼决心把8岁的焦裕禄送入学堂。

焦裕禄在《党员历史自传》中写道：

8岁（1930年）入本村小学，12岁小学毕叶（业），考入南古（崮）村第六高级小学，15岁高小毕业。在学校阶段，因家是几辈子老农民，与地主阶级子弟入不上伙，并时常受他们压迫和歧视。任何组织未参加过，只知道好好读书，在学校所受的教育，主要是国民党编制的课本，教师对我们贯（灌）输的思想，是拥护蒋政权。教师也对我们讲当亡国奴痛苦，也宣传要抗日，但抗日救国必须依靠蒋政权，因当时对蒋介石建设中国抱很大幻想。

这里面有几处不甚准确，焦裕禄在自传中，填写的出生年为 1923 年，这可能是因为当时公历、农历并用，大多数农村人对公历不熟悉。此外，"本村小学"似是私塾。

在学校期间，焦裕禄曾将家乡的阚家泉写进作文里：

> 仁者乐山，智者乐水。我钦佩那些为国建立过功勋的仁人智者，更爱哺育过无数仁人智者的好山好水。而最令我喜爱的，就是岳阳山南山脚与崮山西山脚交汇（会）处的阚家泉……阚家泉的泉眼有锅口粗细，传说有一条蛟龙自东海钻来，在此处出洞，洞口也就成了泉眼。清凌凌的泉水从泉眼涌出，在近处的洼地浸成一个小湖，然后冲刷出一条河流，流经南崮山我的学校，奔向山外的天井湾去。我常在湖里河里游水捉鱼，也想看见那条蛟龙是怎样自泉眼钻出，张开巨口对着山上的旱地喷水……

据焦裕禄的同桌李安祥回忆，国文老师把这篇《阚家泉的风景》作为范文，让同学们背诵。

李安祥说，少年焦裕禄的脾气非常好，他说："南崮山学堂（正式名为：博山县第五区第五高等学校）四年级之前为私塾，自五年级起，念洋书。当年，男同学信服他，女同学信赖他，老师信任他。"

内忧外患，天灾人祸不断

1936 年，高小毕业的焦裕禄回乡务农。1937 年 12 月 28 日，日军侵占了博山县城。1938 年，焦裕禄的父亲和叔叔分家。

据焦裕禄记录："汉奸、国民党游击队四起，苛捐杂税严重……除靠种地生活外，哥哥到八陡村商店（做）学徒，我担扁担、推小车，正（挣）些钱补助生活。"

焦裕禄还加入了地方自卫组织红枪会，他说："入会后不准吃葱韭芥蒜、不吃肉、不准和女人同床睡觉，每晚烧香叩头，打仗时便枪刀不入，周围几十个村子很快组织起来数千人，每人持一红缨枪，站岗放哨。"

村民陈壬年回忆："那时候鬼子经常来北崮山这一带扫荡，汉奸和国民党也来要粮要款。老百姓被逼得没法，南崮山村的李星七组织了个红枪会，起来抗日自卫。我跟焦裕禄一起入会了。"

红枪会带有封建会道门的性质，存在时间不长，很快在日军的攻击下解散。焦裕禄曾说："看到日本鬼子势力那样强大，国民党，还有其他各种队伍虽多，但只向老百姓要粮要钱，无人敢抵抗鬼子。"

1941 年 1 月，日军制定了《大东亚长期战争指导纲要》和《对华长期作战指导计划》，将华北划分为"治安区""准治安区"和"非治安区"。同年 3 月 30 日，在日军操纵下，伪华北政务委员会开始推行第一次治安强化运动，到 1942 年底，共进行了五次治安强化运动。主要采取清乡、扫荡、连坐、招募汉奸、严格检查良民证、制造无人区等方法，以禁绝抗日活动。

同年，山东又遭遇了空前的旱灾。旱情从 1940 年秋便已开始。整个 1941 年春，只下了一场 15 毫米的小雨，小麦亩产降到 30 斤左右。秋天又一直无雨，80% 的土地绝收，剩下的 20% 也只能收二成。

据传焦裕禄一家饥肠辘辘，保长却来焦家强收 5 块银圆的"地方税"，焦家交不出，被迫将仅剩的 2 亩地卖给同村的地主，焦方田当晚便悬梁自尽。不过，焦裕禄本人的记录是："1941 年因生活困难，还要给汉奸纳粮交款，明年我还要结婚，父亲终日愁闷，秋天上吊自杀了。"卖地、交税等细节是否确凿，尚存争议。

父亲去世后，焦裕禄与哥哥分了家，与母亲一起过。

1942 年 6 月下旬，焦裕禄被两个鬼子和一个汉奸翻译掳走。焦裕禄写道：

我见势头不对，出了大门向南拐，想跑掉。但未走及，从南街走来两个汉奸便衣，各持手枪迎头碰上，用枪指住，将我抓住，叫带路找一开小铺的焦念镐。到了焦念镐小铺，人早已跑了，汉奸将小铺钱纸烟叶收拾一光，便带我到了村外汽车跟前，我一看，汽车上已捆满了邻近村老百姓，我对门一家的一个祖父焦念重也被捆上了汽车。鬼子汉奸还正从各街向汽车跟前抓人。我被捆上汽车。一回（会）又从外村开来很多汽车，一齐开到了博山城西冶街赵家后门日寇宪兵队。从此开始了人不能想像（象）的地狱生活了。

"不能想象的地狱生活"

焦裕禄所说的"不能想象的地狱生活"，指的是什么呢？焦裕禄有非常详细的记录：

汽车到了宪兵队门口，被抓去的人下了汽车，一行行的跪在宪兵队院内，鬼子登记一个用皮靴踢一脚，便关入监牢，我被押入第一个监牢，一进门见到两人躺在地下哭喊，后来问清才知道，一位是朱家庄村放牛的青年，正在山上放牛被抓取的，审问后，被日寇用火油烧的遍身焦烂，正在时而昏醒高声喊妈，并时而高喊小牛犊吃了人家庄稼，打牛打牛。一位是郭庄村的老农民，审问后被日寇用铁锹将腿砍断了，还有三四人，有的还未被审问，有的审问时打的较轻和只灌了凉水。我们一同被押进去的十几人一看都吓坏了，后来才询问已被审讯者，日寇都问些什么，和如何问，他们对我们说，日寇一开始便问在不在共产党，在党就打的轻，何时不说何时挨打，灌凉水不说，就用报纸沾火油烧，到底不说就打死了事。我们一同押进去十来人便商量好了，日寇问时都说在共产党。说了少挨打，最后日寇要杀，死也死在一齐（起），每个人都在心惊胆跳的等待审问，过生死一关。晚上牢门一响，我看到一个鬼子一个翻译，每人就有被鬼子用各种方法治死的危险。整个家庙内被押的几千人，终日都有被日寇用各种方法毒打，刺刀穿，男女裸体跳舞等等残（惨）无人道的迫害，差不多每夜都叫我们往外抬死人。

轮到焦裕禄被审讯时，他回忆："汉奸翻译将我拖到日寇宪兵队桌子跟前跪下。鬼子上去踢了两脚，便问是不是共产党。我说是共产党。又问是正式党员、候补党员？这时自己家乡是敌占区，根本没见过共产党，也不知什么是正式党员和候补党员，便说不知道。鬼子脑（恼）火了，一面咕噜一面说：大大撒谎。拿起扁担浑身上下打了数十下。一回（会）头晕眼花晕过去了。睡过来，浑身是水，全身发麻。"

同年12月初，鬼子将焦裕禄和部分被掳的同乡用汽车拉到胶济路张店车站（即淄博站），关了一个月，再把他们送到济南郊外。"一天鬼子将一个牢中我们十人叫去，跪在一间房内，鼻子尖贴到墙上，一直跪了一天，晚上回牢，一天没吃喝，又饿又渴，我们二十余人一齐跪到地下向日本宪兵队要水喝，跪喊了两个多钟头，日本宪兵恼火了，一面骂一面将水管放开，接上皮管向屋内放水，一开始，我们都扒（趴）在上下喝，一回（会）屋里水没腰深，我们都脱了棉花（衣）用手托着站在水里，鬼子在外边，一面拍手大笑，一面叫大大的米西米西，直到半夜后，鬼子才将水放出，我们只觉得浑身发麻，二十余人挤到一齐（起），一夜也未暖过来"。

在济南伪政权的"救国训练所"，几千名被关押者每天只吃两顿饭，每顿饭前有汉奸领着念所谓的'誓词'，最后一句是"坚决反对共产主义"。待了六七天后，被送到抚顺煤矿当苦力。

抚顺煤矿是当时亚洲第一大露天煤矿，"九一八事变"后，日本占领了东北三省，开始疯狂盗采抚顺煤矿，像焦裕禄这样，被日军抓来的特殊劳工近4万人，到抗战胜利时不足8000人，除极少数逃跑者，绝大多数人都累死在工作岗位上，生还率仅20%，甚至低于"二战"中纳粹的一些集中营。

这些特殊劳工每天工作15小时以上，焦裕禄回忆：

所有人都在宪兵队被折磨了半年多，只剩一身骨头，不能走路，但还要下坑，每天早晨，大把头拿着捆子到宿舍查一遍，谁不下坑便用棍子毒打。再加上有些人因在宪兵队吃不饱又吃不到油盐，到煤窑后叫吃饱了，但吃得过多肠子胀破了。有些人得了病不给治，不到一个月，我们附近村被抓去廿人死去十几人，只剩我们三人了，我对门一家的一个祖父焦念重也死在此煤窑了。

没"良民证"，生存艰难

1943年6月，焦裕禄成功地逃出抚顺煤矿。他记录说："从煤窑跑出到一老乡（姓郑，名字忘记了）处，他在抚顺干消防队，他介绍我到市卫生队做扫马路工作，到八月，挣下了回家的路费，但没有劳工证不能坐火车，又通过郑老乡坐汽车到沈阳买火车票到家。"

焦裕禄到家时，已是1943年8月。

回家才五六天，因没"良民证"，焦裕禄又被抓到汉奸队，母亲不得不卖掉半亩地，买了大烟，向汉奸队行贿，在伪镇长的担保下，得以出狱。这一年，焦裕禄遵循母亲之命，与崮山村东南10里郭庄的郑氏结婚，郑氏比焦裕禄大2岁，没文化。

出狱后，焦裕禄生活无着，只好去"卖兵"，就是替别人当兵。可在"卖兵"的路上，焦裕禄又被日军抓获，好在这次只关了3天，便把他放了。

焦裕禄曾记录这段经历：

> 伪和平救国军到村里要兵，伪镇长趁此机会叫我去当兵，为了生活也只好去当兵了。但当兵须要到伪区公所检查身体，从汉奸队放出来第二天（天）刚亮（，我到）伪区公所去，到了天井湾村，见到村外有几辆汽车，到跟前见到很多鬼子，一见到鬼子我便浑身发抖了，照鬼子统治中国人的法规，见了鬼子要敬礼，敬礼好，翻译向我要良民证，我没有，并问我到那（哪）去，我说到区公所去，日寇叫我围着汽车走了两圈，便将我推上了汽车，拉到了博山城郊四十亩（的）日寇红部（也就是宪兵队）住了三夜也未问，当时想，

这次只有死没有活了，第四天下午，将我与我同时被抓上汽车的天井湾村一挑水老百姓一同叫去，一近（进）门，鬼子说了一遍，翻译说，你们两人没事，现将你们放回家。并每人给了十元伪币，我们两人一路，在半夜跑回了家。

焦裕禄没"良民证"，不敢出门，"回家后没啥吃，将以前爱人的嫁妆、衣服等全卖光了，曾两天吃了半斤豆腐。没有伪军'良民证'不敢出大门，见到穿黄军装的就浑身发抖，夜里听见狗叫就害怕，实在走投无路"。

家乡附近有八路军，但焦裕禄觉得他们不是正规军，恰好对门邻居从一个刚成立的汉奸队回家招兵，说他们是正规军，焦裕禄便跟着对门去当兵了，被分在尚庄第四连。

去了一看，"只有三十余人几根破枪，大部分是刚去（的）新兵，每人每天分两个糠窝窝头，吃不饱还不叫出门"，过了三四天，他们抓了一个老百姓，以通八路为名，在院内吊打，焦裕禄"又害怕又伤心，才真正认识他们不是什么正规军，和其他汉奸一样"，只待到第四天夜里，就假装小便，跳墙跑回家了。

逃荒到江苏宿迁

因怕汉奸来抓，焦裕禄带着妻子、孩子，跟着岳母和黄台村几家百姓，逃荒到江苏省宿迁。

对于去宿迁的经历，焦裕禄自己记录得较简单："1943年，我21岁，逃荒到宿迁县城东15里双茶棚村，在已早逃荒去的黄台村几家老百姓家住下……我给开饭铺姓张家担水，混几顿饭吃。半个月后，张介绍我到城东二里第二区园上村地主胡泰荣（应为胡太荣，焦裕禄有时记成胡泰荣，有时记成胡春荣，皆误）家当雇工，住在地主一头是猪窝、一头是牛草的小棚里。我在胡家当了2年雇工，第一年挣五斗粮食（每斗14斤，一石为十斗），第二年挣一石五斗……"

焦裕禄的同行焦守忠记录：焦裕禄当时已有一个男婴，名连喜，但上火车时太拥挤，小孩落到了辙下，小男孩因此夭折了，仅两三个月大。焦裕禄后来没详细说起这件事，只是极简单地提了句"有个孩子生病了，没钱治死了"。后来，焦裕禄夫妇在宿迁又生了一个女儿，即焦守凤。

　　据当地老人胡程远回忆，胡家当时有"3间主屋、2间东屋和3间过道"，胡太荣分家后得到了二三十亩地，"家里没有男丁，农活都是找人干，之前的长工李景志随家人去了南京，刚好老焦来了，就得了这个工作"。

　　胡程远曾见过焦裕禄，"没说过话，但人看得清楚，四方脸高高的个子（焦裕禄身高1.76米），很精干的模样，或许是生得显老，所以大伙都喊他'老焦'"。不过，村里人知道当年的"老焦"就是焦裕禄，则是20多年后的事了。

　　《焦裕禄传》的作者殷云岭、陈新找到了胡太荣的继子胡俊波，据他回忆：焦裕禄与胡太荣"相处十分和睦，与邻里之间也十分融洽"。

　　1945年六七月间，新四军北上，宿迁县（今宿迁市）解放了，人民政权建立了，工作人员不断召开会议。听到家乡也解放了，焦裕禄便带着"二年工资和女人纺花正（挣）的钱，买了一头驴"，同老乡一同推小车回家了。

▲　焦裕禄劳作时

主演歌剧《血泪仇》

1945 年 8 月，焦裕禄和老乡离开江苏宿迁，胡程远回忆："突然有一天，应该是日本鬼子投降那年，他们一家 4 口就说要走了。"

回到了北崮山村，在共产党员、民兵队长焦方开的推荐下，焦裕禄参加了村里的民兵组织，他说："参加了民兵，并积极参加了斗争汉奸焦念镐、焦兆瑜，又积极参加民兵连解放淄博县城看押俘虏。"

在村民兵连中，焦裕禄执掌军号。军号是上级发下来的，但没人会吹，而焦裕禄上学时，曾参加雅乐队，所以会吹号。这个军号一直陪伴着焦裕禄，如今陈列在他的故居中。

此时北崮山村还没完全解放，直到 8 月 23 日，解放军才第一次解放博山县。

1946 年 1 月，在区委组织委员焦念文和村民兵队长焦方开的介绍下，焦裕禄入党。他说："这时入党是绝对保守秘密的，也未举行仪式，只是支书李京伦念了党章和党员教材，介绍了谁是党员，告诉我候补期三个月，从此才参加了党。但这时对党是干什么的一点也不知道，只知共产党对穷人好，自己自从共产党来了才有出路了。入党要好好干工作，在各种工作中起带头作用。"

不久，焦裕禄被调到巴陵区担任武装部干事。7 月 19 日，国民党整编第 55 师 74 旅和博山、淄川、章丘三个县的保安队还有还乡团将突袭北崮山村，此时解放军主力部队已转移，如何应对强敌，人们一筹莫展。

焦裕禄提出了"空城计"，他和民兵队员在北崮山村周围 10 多个村庄的石墙上，用石灰水写上"某团某营驻"，在老百姓家门口也写上"某排某班驻"。街道上，骡马大车一辆接一辆地走过，车上蒙得严严实实的，伪装成大炮。

敌人一时不明就里，整整耽误了 5 天，当敌人开始强攻时，又遭民兵队布设的地雷的阻击，加上解放军主力及时赶到，敌军惨败。

1947年7月，焦裕禄作为解放区有"土改"经验的优秀干部，被抽调到淮河工作大队，准备南下。该部队经3个月集训，发给军装、枪支，为躲避敌军空袭，只能选择夜行军，每日行近百里。一次急行军中，焦裕禄的鞋子磨破了，就光着脚板在冰天雪地上跑了一夜。有同志把一双备用鞋拿出来让他穿，他说："这比红军长征时好多啦，还是留给别人穿吧。"

为提高士气，淮河大队约定排演现代歌剧《血泪仇》。

《血泪仇》在当年几乎与《白毛女》齐名，讲述了农民王厚仁一家六口，受尽了国民党反动派的残酷剥削与迫害，儿子王东才被抓了壮丁，儿媳被奸自尽，最后一家投奔了陕甘宁边区，获得新生。焦裕禄懂乐器，相貌也好，就让他演王东才，并问他是否有困难，焦裕禄回答说："没有困难，王东才和我是一样的命运。"

淮河大队在行军路上连演了10多场《血泪仇》，在河南省鄢陵县北彪岗村作汇报演出时，十里八乡的百姓闻讯都赶来了，现场来了数千人。

一起南下的董照恒曾对焦裕禄的演出回忆说：

> 真料不到，他（指焦裕禄）的演出获得那样好的效果。说是在看戏，倒不如说是对蒋政权的血泪控诉。台下一片哭声和吼声，焦裕禄的扮相真是逼真极了，那时大队办行军快报，编委会委托我采访焦裕禄，问他为什么能把角色演得那样好。焦裕禄面露悲痛之色，沉重地说：我也是穷苦人，王东才一家的悲惨遭遇就是我家的遭遇。我本来不会演戏，但这样的戏不用人教我也会演。要说是演戏，不如说是我在哭诉。

也是在这一年，焦裕禄随部队到了河南省尉氏县，与家里长期不通音信，加上当时村里很多人死在那里，焦裕禄的母亲以为焦裕禄也牺牲了，便陪郑氏上村公所办了离婚手续。郑氏后改嫁给一名农民。

足智多谋除匪患

1948 年 2 月，焦裕禄随豫皖苏区党委土改工作团到河南省尉氏县工作，当时这里是敌我双方争夺的重地，尉氏县城和周围的鄢陵县城被敌军占领，焦裕禄所在的工作团驻扎在彭店村，与它一河之隔的村还被敌人占据。

据焦裕禄当时的上级张申回忆：焦裕禄喜欢留偏分头，瘦长脸，大眼睛，中等个子，很有气质，讲话时爱叉腰。他性格比较温和，平易近人，人很聪明，做事利索。因为做过长期的党内宣传工作，他很会抓典型，常说榜样的力量是无穷的。焦裕禄每天晚上睡觉前，都要把一天的工作再回想一遍，他说就像"过电影"。

焦裕禄善做群众工作，他在开会时，经常用山东小调进行动员，人们仍记得他唱过的一段：

太阳一出照九州，
天下穷人没自由。
思想起好不难受，
哎嗨呦，好不难受。
财主家住得起楼上楼，
穷人家住的破庵头，
思想起好不难受，

哎嗨呦，好不难受。
财主家吃的鱼和肉，
穷人家少盐又缺油。
只饿得面黄肌瘦，
思想起好不难受，
哎嗨呦，好不难受。

一次会上，还没唱完，焦裕禄突然放声大哭，讲起自己父亲如何自杀，嫂子如何被日本兵吓死，他自己怎样下煤井、坐监牢……焦裕禄有亲和力，老乡信服他。

当年春天，敌方保安中队拼凑了 400 多乌合之众，号称一个团，来攻打彭店村，看老乡慌张，焦裕禄镇定地说："才 400 来人，算什么一个团？"

焦裕禄指挥民兵隐蔽，等敌人靠近后齐射，其实我方只有几条枪，但敌军没战斗经验，突然遇袭，顿作鸟兽散，这是焦裕禄第二次采用"空城计"，他说："事情到了危急关头，不得不演空城计。咱穿的是便衣，群众穿的是便衣，满坡黑压压的，咱就来个全民皆兵。保安团害怕被包围，只好掉头逃窜。"

尉氏县当时匪患严重，土匪头子曹十一、黄老三等横行一时，焦裕禄指挥民兵三次活捉了外号"毁人坑"的黄老三，又三次放了他，直到黄老三手下的土匪彻底丧失抵抗的信心，全部散去，焦裕禄才再度抓获了黄老三，将其公审后枪毙。

"枪毙黄老三，大营晴了天。"当地百姓将焦裕禄的"三擒三纵"编成故事，到处传唱。据"土改"队员徐俊雅回忆，消灭黄老三时，长短枪整整装了5大车。徐俊雅后来成为焦裕禄的第二任妻子。

徐俊雅是河南尉氏县人，父亲为私塾先生，虽然她没正式上过学，但颇有文化修养。1950年6月，河南省团校举办培训班，在尉氏县选招社会青年，在培训班中，刚满18岁的徐俊雅结识了比她大10岁的焦裕禄。

1950年底，二人正式结婚。

直到1954年，再婚后的焦裕禄回山东接走焦守凤，并对郑氏说："我一定会好好待她。"郑氏大哭，只说："你爸是个好人，我对不起他，你要孝顺。"20世纪60年代，郑氏病逝。

▲ 焦裕禄女儿焦守凤
与焦裕禄母亲合影

▲ 焦裕禄妻子徐俊雅

拉牛尾巴的"拼命三郎"

1953 年 6 月，焦裕禄被调到筹建中的洛阳矿山机器厂（1993 年被并入中国中信集团公司，改称中信重工机械公司），担任筹建处资料办公室秘书组副组长。该厂是第一个五年计划期间苏联援建的 156 项重点工程之一，是国家级一流大厂，人们对不懂技术的焦裕禄产生了怀疑，焦裕禄对工程科的技术员说："我要从头开始，为实现国家的工业化一定要钻进去学习。我们是共产党人，工业建设的担子一定要能够挑得起来。"

焦裕禄与一线工人吃住在工地上，1954 年夏，涧河水暴涨，危及工厂的临时木桥，焦裕禄第一个跳到洪水中抢险。

为提高专业技术能力，厂里派焦裕禄等 5 人到哈尔滨工业大学学习。学校对"调干生"的要求是，先要学习速成中学课程，达到高中文化程度后，再编入大学本科学习。焦裕禄只有高小文化程度，他的同学王明伦回忆说："方程怎么解，公式如何代入，字母怎样替换，老焦像个小学生一样问我们，要是大家都不会，他就抄下来去问老师，弄懂了回来再跟我们讲。……他常鼓励大家说：'咱们五个人中，论学历我最低，论年龄我最大，我们是为建设大工业来当学生的，得拿出拼命三郎的劲头来。只要功夫深，铁杵磨成针。'"

几个月后，焦裕禄考试合格，进入本科学习，可惜半年后，焦裕禄等人突然接到回厂上班的通知。有的年轻人表示："咱们干脆不要工资了，也要在这学习。"焦裕禄却说："我们是组织派来的，组织上决定我们回去，我们就必须得回去。"

1955 年 3 月，厂里又派焦裕禄等人到大连起重机厂机械加工车间担任实习车间主任。一起来实习的周锡禄说："一次，焦裕禄去餐厅吃饭，遇到了一位技术人员，为了请教'画法几何'中的一个难题，将吃饭忘在了脑后，竟拿起饭盒、茶缸当实物，与那位技术人员一起对照图纸，一边比比画画，认真求教。当他将问题弄清时，早已过了开饭时间，餐厅大门已关闭。"

有人看不起焦裕禄，说："看，拉牛尾巴的也来学工业了。"

焦裕禄不服气，说："拉牛尾巴的咋了？拉牛尾巴的在共产党的领导下，把天下都打下来了，还有啥困难能挡住？"

最棒的车间主任

实习期间，焦裕禄生活俭朴，每次带饭只有辣椒或咸菜。工人们开玩笑说："你留那么多钱干什么？还能下崽儿吗？"焦裕禄说："哎呀！可不能忘了咱们是穷根子啊！"

当时是计划经济，粮票按职务、工种配给，工人多，干粮少。虽然焦裕禄的工资是 50 多元，比普通工人的 40 多元高一些，但据他在洛阳矿山机械厂的邻居张泉生回忆："我一个月有 59 斤粮食，焦主任只有 22 斤，他家人口多，就那么点粮食怎么吃得饱啊！"焦裕禄家孩子多（6 人），还有两位老人，生活相对困难。张泉生想给焦家点粮票，但焦裕禄从来不肯收。

和焦裕禄打过交道的人都觉得他好说话，工人徐日邵说："他说话能和工人说到一块去，工人有事都愿找他。"

在实习期间，焦裕禄成为厂里"最棒的车间主任"。

焦裕禄的二女儿焦守云记录：

在大连的时候父亲度过了他一生中最快乐的时光。母亲对我们讲："你爸爸一生没享过福，最好的日子都是在大连度过的。"母亲给父亲买了一套深蓝色呢料干部装，这也是他穿过的最好的衣服。父亲悟性高，身材是瘦高个，跳起舞来风度翩翩。苏联专家都夸他，你一个拉牛尾巴的，舞也跳得这么好。母亲也很时尚，烫了头发，穿上了时髦的布拉吉。这段生活经历，母亲回忆起来总是陶醉其中。

焦裕禄穿的这件直贡呢中山装现陈列在兰考的焦裕禄同志纪念馆。晚年的徐俊雅说："他一辈子就穿过这么一件好衣服，陪同苏联专家联欢，很是气派……"

1956年底，焦裕禄回到洛阳矿山机械厂，担任第一金工车间（后发展为提升设备分厂）主任，第一金工车间是全厂最大的金属加工车间。1958年，车间因试制成功我国第一台2.5米五双筒卷扬机，被评为全厂的红旗车间。

在洛阳矿山机械厂工作期间，因长时间超负荷工作，焦裕禄患上了胃病和肝炎，有时疼得连腰都伸不直，只好用筷子顶着肝部。老工人于荣和劝说道："焦主任，你累了，就回办公室休息休息吧！"焦裕禄说："不要紧，能顶得住，屁股和凳子结合多了，腿就会软，人就会懒，就会同工人疏远。"

做艰苦奋斗的榜样

1961年，焦裕禄被强迫住院诊治，住进了肝炎疗养所。1962年春转入郑州医院疗养，疗养期间，焦裕禄还在整理图纸、撰写生产调度报告。厂委找他谈话："省委最近决定，要从工业系统抽调一批年轻干部，加强农业第一线的建设。地方指名要你，省委也指名调你。你是厂委委员，可以推心置腹地谈谈你的想法。"

1959年到1961年，我国遭遇空前的经济困难，各城市都在抽调干部支援农业一线，已在工业战线工作8年的焦裕禄立刻答应了，去尉氏县任副书记。当时的县委书记夏凤鸣回忆：

1962 年 6 月的一天，碧空万里，微风拂面，焦裕禄身穿破旧灰粗布中山装，挎着绿色破军用挎包，敞着怀，手提行李卷儿，一下公共汽车就直奔县委，见了我，行了个军礼道："报告，我又回尉氏工作啦！"

夏凤鸣曾说："老焦是尉氏县的书记，他极朴素，工作热情高，很会处理事情，一个人顶几个人用。"

当时干部下乡，吃的是"派饭"，就是指派农户给临时来村工作的干部提供饭食，上级按标准给付现金。焦裕禄一次到于家村检查，村干部端上白面馒头，还有萝卜、白菜、粉条、豆腐四个炒菜，焦裕禄说："这饭我不吃。"当时尉氏县穷，普通百姓过节才吃玉米面，平时以红薯面果腹。村干部解释说："这是给机耕队同志准备的饭菜，书记来了，正好一块儿吃。下一顿一定从简。"

机耕队又称拖拉机队、机务队，是当时农村少有的技术人员队伍，享受优待。焦裕禄便领着随行的同志离开，到一个熟悉的群众家里要红薯吃，他说："下乡工作不在群众家吃饭，怎能和群众打成一片？如果县委书记吃特殊饭，区社干部大吃大喝就有了先例和理由，影响党在群众中的威信。生活困难时期，群众吃不饱肚子，干部要做艰苦奋斗的榜样。"

焦裕禄曾在袁庄村驻队，帮助乡亲种了几百亩西瓜，焦裕禄曾说："新干部不参加劳动，就不能明确树立阶级观点、群众观点；老干部长期不参加劳动，思想就要起变化，要变颜色。"西瓜收获时，焦裕禄已回县委工作，村民让袁平拉了一车西瓜送去，因袁平和焦裕禄有交情。焦裕禄死活不收，袁平现场砍开一只瓜，送给焦裕禄，焦裕禄忙递给他几毛钱，作为买瓜的钱。袁平生气了，把钱扔在地上，说："全世界没有你这样的人。"

在尉氏县庄头区，发生了干部用公款吃喝的事，焦裕禄痛心地说："我们刚从'三年困难时期'中走出来，农民父老兄弟正饿着肚子，可你们，把他们用血汗换来的钞票一口口吞掉，还有一点良心吗？拍拍你们的肚子，是用什么填饱的？是你们兄弟姐妹的血！"

"我能顶得住"

1962年11月3日，开封地委决定，任命焦裕禄为兰考县委第一书记。

指名调焦裕禄的，是焦裕禄的老上级张申，时任开封地委书记。他说："我在检查开封各县工作中，发现时任兰考县的县委书记王某因工作能力问题，县委工作失误很多，影响很大；并且，他本人生活作风也有问题。我提议把他换下来。但在人选上却费了一番周折。当时，物色了几个人选，面对兰考的困难，他们都不愿去，或者婉言拒绝，或者直截了当拒绝，其中一个县委书记，我给他谈罢话，没有当面拒绝，立即跑到厕所里哭鼻子，后来有人劝他直接找我说，他才找到我说这说那，我就放弃了。正当我为兰考县委记人选发愁时，焦裕禄从工业战线回来了。"

当时兰考县因三年经济困难，水利工程基本无存，因风沙打死了21.4万亩麦子，秋天又淹死20.3万亩庄稼，还有10万亩禾苗被碱死，全年粮食总产量仅5000万斤，比中华人民共和国成立前还低。全县9个区中，7个严重受灾，灾民达19.3万人，占全县人口的53.6%。36万兰考人，五分之一在外逃荒。

为什么要调焦裕禄来？张申晚年曾说："他不怕死，危险关头敢于往前冲。"

然而，任命焦裕禄的申请引起河南省委组织部干部处的质疑，在审批表上，干部处写道："该同志据说已离开农村十年了，刚又回到农村才两三个月，马上任第一书记，需考虑。"

省委组织部慎重考虑，批复"采取两步走的办法，先任第二书记，待熟悉一段后再任第一书记为好"，但开封地委认为，焦裕禄的能力足以担任第一书记，再度向省委提出申请，省委最终决定：焦裕禄担任第二书记，主持县委全面工作，即日赴任。

上级找焦裕禄谈话时，他表示："现在正是兰考困难的时候，组织把这副担子交给我，是对我的信任。我相信，那里有党的领导，有36万要求革命的人民，什么困难都可以克服，我一定完成党交给的任务。"

焦裕禄在洛阳矿山机械厂时患过肝病，但焦裕禄说："病这个东西也是欺软怕硬，没什么了不起，我能顶得住。"此时焦裕禄一直在治疗调养，虽有缓解，但肝区经常疼痛。

张申提醒焦裕禄："兰考是个重灾区，最苦、最难也最穷。到兰考任职，要有接受最严峻考验的准备。"焦裕禄回答道："感谢党把我派到最困难的地方去工作，越是困难的地方越能锻炼人。请组织放心，不改变兰考面貌，我决不离开那里。"

对于去兰考，焦裕禄的妻子徐俊雅曾在文章中表示，她刚开始不太赞同，都知道那是个遍地沙丘盐碱、因讨饭的多而出名的穷地方，但焦裕禄说："党叫我去兰考，就是兰考需要我。越是困难的地方越是要去。"

严于律己，却充满人情味

1962 年 12 月 6 日傍晚，"焦裕禄戴一顶火车头帽，身穿半旧黑色棉大衣，手提办公用的布兜，悄然走进兰考县委机关大院报到"。

当时的兰考县委宣传干事刘俊生回忆："当时我是 21 级干部，月工资 51.5 元，焦书记级别比较高，有 130 多元钱。"焦裕禄工资虽高，但家庭负担重，还经常接济别人，焦裕禄的二女儿焦守云回忆："父亲离开尉氏县到兰考报到的时候，还欠尉氏县 137 元钱。当时他还不上，到了兰考后才从自己的工资里攒够了还给尉氏县。可以想象，我们家当时的经济状况是多么拮据。"

兰考县委根据实际情况，给焦裕禄申请了福利救济。焦裕禄找到机关党委支部书记，问："救济条件有哪几条？"

支部书记回答说："家住灾区，生活困难，本人申请……"

焦裕禄说："我家不在灾区，本人又没申请，为什么有我？"

当晚开会时，焦裕禄说："兰考是个灾区，人民的生活都很困难，我们时时事事都应该首先想到群众。我们是共产党员，要先天下之忧而忧，后天下之乐而乐。宁可自己苦一些，也不能随便要国家的救济。我们是县委机关，应该给全县干部做出榜样。"

焦裕禄严于律己，但在实际工作中却充满人情味。

1963年1月23日，他找来县供销合作社社长孙天相，说："我交给你一个任务，拿出一部分救灾款，组织一批人员到外地搞一些代食品，让群众过好春节，吃到起码的东西。"

焦裕禄的同事、县长程世平曾回忆说："确实有人到地委反映情况，说这种做法违反了国家的粮食统购统销政策。是谁去地委告的状，老焦和我很清楚。我当时生气地说：'有意见为什么不在常委会上提，背后打黑枪？我看是思想品质问题！'老焦笑了，说：'老程，这事应当看得开。咱们是应急措施，难免有不妥之处吧！怎么不让人说话呢？'我算服了，老焦的胸怀就是比一般人宽广得多啊！"

据程世平回忆，当时不仅百姓生活困难，干部生活也很困难：

他（指焦裕禄）在向干部家属了解情况时，得知有那么一位干部，连累带病，倒在了兰考的土地上，心情就十分沉重。回来就找了我，把人事科戴科长叫到我的办公室来。焦书记叫他详细汇报干部的身体情况和死亡情况。起初，戴科长不敢兜实底，只说死了两个。老焦的脸色变得十分严肃，要他从共产党员的党性出发，讲实话。戴科长才低沉地说："已经饿死、累死27位干部。"老焦听后，捏紧了拳头，眉毛拧成了疙瘩。他心里非常难受，产生了一种失职的愧疚。因而立即召开了常委会议，研究干部的实际问题。

第六章 《焦裕禄》：
真情为民的时代楷模

279

制定《干部十不准》

一次焦裕禄晚上开完会回家，已是夜里11点钟，大儿子焦国庆却还没回来，原来，他和同学一起去看戏了。

焦裕禄问儿子，戏票从哪里来，焦国庆说，检票的叔叔看是焦书记的儿子，就把他直接放进去了。

焦裕禄非常生气，补交了票钱，还说："看白戏，是剥削行为。因为演员演戏也是劳动，看戏就要买票。大家都不买票，那不乱套了。你是县委书记的儿子，更应该处处守规矩，不能搞特殊。你知道爸爸这个县委书记是干啥的？是为人民服务的。爸爸自己都没有看白戏的权力！你现在还小，就有了这种特殊的思想，一张戏票是小便宜，长大了就要去占大便宜，就更危险了。"

当时剧场有不成文的规矩，第三排不卖票，给县委领导预留，被人民群众嘲讽为"老三排"，而坐中间的是"老三排长"。焦裕禄说："从今天起，我们要废了这个规矩。这个'老三排'排长我焦裕禄当然不当。"

为此，焦裕禄亲手制定了《干部十不准》：

一、不准用国家或集体的粮食大吃大喝，请客送礼；

二、不准参加封建迷信活动；

三、不准赌博；

四、不准挥霍浪费粮食，用粮食做酒做糖；

五、不准用集体粮款或向社员摊派粮款演戏、演电影，谁看戏谁拿钱，谁吃喝谁拿钱；

六、业余剧团只能在本乡、本队演出，不准借春节演出为名，大买服装、道具，铺张浪费；

七、各机关、学校、企业单位的党员干部，都要以身作则，勤俭过年，一律不准请客送礼，不准拿国家物资到生产队换取农、副产品，不准用公款组织晚会，不准送戏票，礼堂 10 排以前的戏票不能光卖给机关干部，要按先后顺序买票，一律不准到商业部门要特殊照顾；

八、不准利用职权到生产队或其他部门索取物资；

九、积极搞好集体的副业生产，增加收入，改善生活，不准弃农经商，不准投机倒把；

十、不准借春节之机大办喜事，祝寿吃喜，大放鞭炮，挥霍浪费。

习近平同志参观兰考的焦裕禄同志纪念馆时，曾在《干部十不准》的展览墙前驻足良久。

虽然焦裕禄对几个子女要求严，但焦守凤说，他对子女也非常疼爱，"每次回家见到我们，都会摸着我们几个的头，问问最近表现怎么样，他从来没有打过和骂过我们"。

焦守凤在《我的爸爸焦裕禄》中写道：

> 我在上学期间，爸爸除了给我伙食费以外，几乎不给我一点零花钱。1963 年，我已经是初中三年级的学生啦，冬天还穿着我 9 岁上小学时家里给我做的一件花布大衣。刚做的时候长得拖到了脚跟，穿到我上初三，就只够半腰了，那上面已经补上了好多补丁。有个同学说我："你爸爸还是县委书记哩，也不给你做件新衣裳。"我想，也是。春节放假，我就找爸爸要求说："人家都说你是县委书记哩，还叫我穿这件破大衣。你也不怕丢人。"爸爸笑了笑，指着他身上的补丁衣服对我说："你看我这县委书记穿的是啥衣服？这丢啥人！"

在焦裕禄同志纪念馆中，保留着焦裕禄当年用过的被子，上面打了 78 个补丁。

焦裕禄的大女儿焦守凤中考落榜后，找不到工作，县委本打算安排她当打字员，焦裕禄不同意，说："我的女儿刚出校门就进机关，别人的孩子也行吗？"

焦裕禄给女儿推荐了三个工作：一是到县委打扫卫生；二是去学理发；三是去酱菜厂当工人。最后，焦守凤去酱菜厂当了一名普通工人。

　　"（父亲）嘱咐厂长不要对我特殊对待，让我去做酱油醋和腌咸菜。在厂里，做酱油醋是最辛苦的，做出来还要挑着往门市部里去送。"焦守凤说，父亲还不准她住在家里，要求她到厂里和别人同吃同住。"当时我很不理解，就不搭理他，回家也不和他说话。"

▲　焦裕禄大女儿焦守凤

兰考需要这样的好干部

　　据焦守凤回忆，焦裕禄在兰考，"天不亮就走了，中午在单位食堂吃饭，晚上还要在办公室看文件、开会，有时候直接睡在办公室"。兰考县一共140个大队，焦裕禄用一年多的时间就跑遍了120多个。

　　1963年7月的一天，焦裕禄下乡检查工作，路过金营大队郭庄时，他突然跳下自行车向一块高地走去，那里长着几棵棉花。焦裕禄说："为啥别的地方不长，这里长呢？"他捏一小撮土放进嘴里。随行干部问："书记你咋吃土呢？"焦裕禄说："我的舌头是个化验器，能随时化验出土里包含的盐、碱、硝的情况。"

1964 年 3 月 14 日，焦裕禄在常委会上报告说："我个人的思想是，在兰考一天就要干一天，但最苦恼的是身体不好，肝疼，扁桃体肿大，现在又多了个腿痛，工作搞不上去……生活上问题不大，春节回老家时借了 300 元钱，这个月就可以还 100 元，争取三个月还清。"

没想到，2 个月后，他便去世了。

1964 年 3 月 23 日，焦裕禄住进了开封医院，经过诊断，地委领导决定送焦裕禄去郑州医院，焦裕禄却说："我的病没有什么了不起，灾区那样穷，何必把钱花在这上头？"

在郑州医院，焦裕禄被确诊患了肝癌，生命只剩下最后的二十几天。最后的日子里，无数人来医院探望焦裕禄，焦裕禄却不肯住单间，半夜痛醒了，不愿注射止疼针，怕打扰医生。临终前，焦裕禄说："我活着……没有治好兰考的沙丘，死后希望组织上把我运回兰考……埋在沙丘上……看着兰考人民把沙丘治好，我……死后，不要为我多花钱，省下来支援灾区……"

1964 年 5 月 14 日，焦裕禄同志因病逝世，终年仅 42 岁。

1965 年，兰考县实现了粮食自给。全县 2574 个生产队，除 300 来个队是棉花、油料产区外，其余全部有了储备粮。

在纪念文章中，焦裕禄的老领导张申写道：

> 我得知你在带病工作，曾多次要你住院治疗，也曾为你请名医诊断。但是，每次都被你以同样的理由拖了下去。我们未查清你的病情，只好依从了你的意见，直到发觉你病情严重，才强迫你住进了医院。我与续凯同志去看你，你还挣扎着，要从躺椅上起来，我们不让你起。你说你的肝区好像有一块生红薯顶在了里面，我们才感到你的病情已是十分严重了。但是，你仍念念不忘兰考的工作，忧思深重地说："兰考的工作正在爬坡的时候，非常需要我

回去。三两天医院诊断清楚以后，我就可以回去了。"此后，党尽了最大努力抢救你，但病魔终于夺去了你的生命。听到你逝世的消息，我心痛欲裂。焦裕禄同志，我们党多么需要你这样的好党员，兰考人民多么需要你这样的好干部啊。

焦裕禄身后留下 2 位老人、6 个孩子，全靠徐俊雅每月 50 元的工资养活，焦家从没提出过特殊照顾。焦守云回忆："父亲去世以后的头几年，母亲没有给我们添过一件新衣裳。哥哥焦国庆长得快，母亲就将父亲的衣裳改了给他穿。1966 年，毛主席在天安门城楼上接见我的时候，我穿的也是带补丁的衣裳。"

焦裕禄的 6 个孩子后来都在平凡岗位上做出了不平凡的业绩。

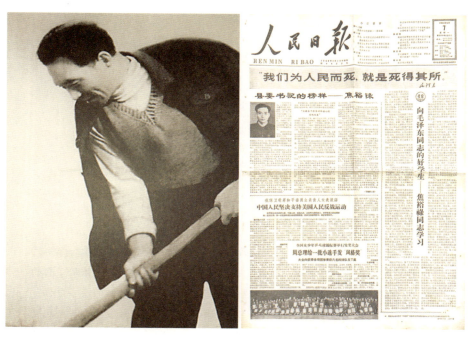

▲ 焦裕禄劳作时

▲ 长篇通讯《县委书记的榜样——焦裕禄》
1966 年 2 月 7 日《人民日报》图

雷中江：逃荒时遇到焦裕禄书记

雷中江：兰考县农民，现在东坝头乡敬老院担任副院长。

当时兰考县在全国最穷，我们东坝头则是兰考县最穷的地方。家里没有吃的，就拿着我家的土布到外边去换吃的。那时兰考县民政局设立了一个收容站，不让人员外出逃荒。在扒火车时，必须选那个隐蔽的地方，我出门逃荒时，胳膊夹着自己家的土布，身上就带了两毛钱，也是我家仅有的两毛钱，买啥也就只有这两毛钱，所以只能扒火车。

为什么在兰考有条件扒火车？当时咱国家的三大主干线，像京广铁路、京浦铁路、陇海铁路，通通都是单轨，这个火车得让客车，慢客车得让快客车，所以兰考火车站停火车的机会多，给外出灾民扒火车创造了条件。

当时民政局里有一部分人在火车站执勤，不让灾民外出，我们就找了个有利地形，先隐蔽起来。我选在火车站的东闸口，过去那个地方扳道是人工扳道，火车到这里会降速，现在使用电扳道了。我在那儿等下午4点多钟那趟车，一等就等了好几天，有时扒不上，人多，火车就开过去了。

当时兰考车站上全是人。那时火车站很小，从站台走过来三个人，那三个人离我们都很近了，我们想跑也来不及，只好硬着头皮等着。我心想，我不偷人家，不拿人家，不违法，你最多把我们送回去。

三个人走近了，前面这个人就问："你们是哪的？"我说我是爪营公社东坝头的。

他又问："你们去干什么？"

我就把我胳膊下夹的土布拿出来给他看。他往前走几步，走到我跟前，一只手握着我的手，一只手扶着我的肩膀说："我是咱县委的，我姓焦，我叫焦裕禄。都是我们没把工作干好，让你们受苦了。你们去吧，路上注意安全。"

这几句话他说得很沉重，我当时都没敢看他的脸，估计他的眼泪在眼眶里打转转。说过之后，他们就从火车站那个门走了，当时我们也不知道他是我们的县委书记。那个年代不像现在，信息这么灵通，而且那时焦书记刚来兰考。

焦书记的几句话，使我们心里有了一个反差：原来害怕不让出去，结果这次让你走，并且要你注意安全。我这心里热乎乎的，打心里对他有感激之情。

那时去换吃的，五六天就回来了，因为家里也在等着吃。到5月份，我回大队当大队会计了。这一天见到焦书记时，焦书记穿的衣服是蓝色的，都褪色发白了，但是很干净，很规矩。焦书记虽说简朴，可绝对有共产党县委书记的风范。

有一次，焦书记带领勘探队来勘探9.9米、8.8米、6.6米的沙丘，我们村就在9.9米沙丘附近。这个沙丘是南北向的，上午11点多，我们在推小车，焦书记从南边过来，外衣在手上搭着，裤角是挽着的。我一下就认出他来了，便跟大伙儿说："焦书记过来了。"

大伙儿都围上去，焦书记就说："你们挨饿，过这么艰苦的日子，干的体力活却这么重。"

焦书记很体谅干活的群众，他从推小车的人手中拿过绊儿，套在自己身上，就往沙丘上拖。那是个独轮车，沙子窝又不好上，我们大家一起帮着推。根本看不出哪个是县委书记，哪个是老百姓。我们焦书记和我们老百姓是一样的。

焦书记在我们兰考的时间不长，475天。可他给我们留下了宝贵的精神财富。一个人的工作不能以政绩和工作时间长短来论，要看你做了什么、你想的是什么，老百姓心里有杆秤。我们兰考有今天，焦书记功不可没。（根据雷中江口述整理）

魏善民：与焦书记一起植树的日子

魏善民：1963 年，焦裕禄在兰考县朱庄村亲手种下一株泡桐树苗，兰考人称它为"焦桐"。焦裕禄去世后，魏宪堂义务管护这棵"焦桐"8 年，直到管护不动了，便嘱托儿子魏善民管护，他说："焦书记是好人，这是他留下的根。你是党员，一定把它管护好！"如今，魏善民已看护"焦桐"48 年。

焦裕禄书记是 1962 年 12 月 6 日调到我们县的。当时快过阳历年了，冷啊，冬天了。他到我们那里去，我们那儿可厉害，什么厉害？风沙厉害。过去黄河一决口，把风沙撒到我们那儿了，我们大队那里有大大小小共 84 座沙丘。

一看那个情况，焦书记问老乡："啥挡风沙？"

老乡说："啥挡风沙？过去还有桐树挡风沙。"

焦书记一听，说："啥桐树？按书上叫泡桐。"

焦书记懂的太多了，泡桐树的心是空的，长得快。他说叫泡桐，我们才叫泡桐了。1963 年 3 月份开始栽泡桐。因为什么？兰考没苗子，到外县找够了苗子，全县才弄了50 亩，在沙土最厉害的大虹口栽了 1000 多棵。

1000 多棵树都是焦书记跟乡亲们一块儿栽的。老百姓栽树得两个人一班，一人先刨坑，一人拿树苗。拿树苗的人扶着，刨坑的人往里培土，培多少土？60%。培好以后，拿树苗的人得踩实，为什么踩实？我们这儿的沙土要是不踩——夏天雨水多，风一刮就倒了。

焦书记选我和他一个班。我是 1942 年生的，焦书记是 1922 年生的，比我大 20 岁，我那时是 21 岁的小伙子，个子比焦书记稍微矮一点，我有点瘦，焦书记也有点瘦，就这样，他选择我，我们两个一班，我刨坑，焦书记扛树苗。

　　现在这些泡桐都长大了。在电影里，当年的泡桐就那么一小棵，现在三个人还搂不过来了，粗得很。现在兰考的泡桐都成林了，已经更新三代。"焦桐"也 56 年了。泡桐栽上后，1963 年还是我父亲照顾的，我父亲照顾了 8 年，后来他的身体不允许了。咱家的党员多，我的哥嫂都是党员，但他们都在外面工作，家里的党员就我在，父亲就把管护泡桐这个任务交给我了。我 1965 年就入党了，我现在的党龄已经 50 多年了。

　　我们那儿现在栽泡桐 20 多万亩，泡桐可以出口，可以做乐器。弹的琴、琵琶，都是用泡桐做的，还可以做家具。焦书记带领我们栽的这些泡桐，都已经成咱老百姓脱贫致富的树了。（根据魏善民口述整理）

参考文献

[1] 谢波，刘守华．档案穿越 2012[M]．南京：南京师范大学出版社，2013．

[2] 余玮．文献里的真实焦裕禄 [J]．中华儿女，2016（6）：57 - 60．

[3] 殷云岭，陈新．《焦裕禄传》[M]．石家庄：花山文艺出版社，1995．

[4] 高建国．焦裕禄的"文艺范儿"[N]．北京日报，2021 - 1 - 5．

[5] 衣利巍．焦裕禄在东北考论 [J]．世纪桥，2016（7）：11 - 12．

[6] 张磊．21 岁焦裕禄逃难至江苏 [N]．扬子晚报，2012 - 10 - 27．

[7] 殷林飞，杨长兴．焦裕禄鲜为人知的军事生涯 [N]．学习时报，2020 - 8 - 24（6）．

[8] 石耘．焦裕禄在洛阳矿山机械厂 [J]．文史月刊，2018（4）：15 - 22．

[9] 高建国．焦裕禄兰考上任记 [N]．光明日报，2020 - 5 - 8．

第一季 下

《故事里的中国》节目组 / 组编

南方传媒 广东人民出版社
·广州·

图书在版编目（CIP）数据

故事里的中国 . 第一季 / 《故事里的中国》节目组

组编 . — 广州 : 广东人民出版社，2022.3

ISBN 978-7-218-14689-8

Ⅰ . ①故… Ⅱ . ①故… Ⅲ . ①纪实文学－作品集－中

国－当代 Ⅳ . ① I25

中国版本图书馆 CIP 数据核字（2020）第 243184 号

GUSHILI DE ZHONGGUO. DIYIJI

故事里的中国 . 第一季

《故事里的中国》节目组 组 编

出 版 人：肖风华

责任编辑：肖风华　　李力夫
责任技编：吴彦斌　　周星奎
装帧设计：米星 STUDIO 231742409@qq.com

出版发行：广东人民出版社
地　　址：广州市海珠区新港西路 204 号 2 号楼（邮政编码：510300）
电　　话：（020）85716809（总编室）
传　　真：（020）85716872
网　　址：http://www.gdpph.com
印　　刷：北京博海升彩色印刷有限公司
开　　本：880mm×1230mm　1/16
印　　张：37.5　字　数：360 千
版　　次：2022 年 3 月第 1 版
印　　次：2022 年 3 月第 1 次印刷
定　　价：118.00 元（全两册）

如发现印装质量问题，影响阅读，请与出版社（020-85716849）联系调换。
售书热线：（020）87716172

目录

半路说《渴望》

蒋元明

第 十 二 章

《红高粱》：
血色的狂野与浪漫

震撼世界的东方巨响

1958 年 8 月的一天，二机部（核工业部）副部长钱三强对一名 34 岁的青年说：中国要放一个"大炮仗"，要调你去参加这项工作。

这个"大炮仗"，就是原子弹。而那个青年，就是"两弹元勋"邓稼先。从那时起，邓稼先便从亲戚、朋友的视线中消失，整整 28 年，隐姓埋名，连他的妻子也不知道他在做什么、在哪里工作。

1964 年，我国第一颗原子弹爆炸成功，震动西方，可西方人却一直在谣传：是一名美国科学家帮助中国完成的研发工作。

1971 年，当年与邓稼先一起在美留学的好友、著名物理学家杨振宁到北京访问，在周恩来总理的安排下，邓稼先与杨振宁见了面，周总理特别批示："一定要让邓稼先如实告诉杨振宁，中国的原子弹是我们中国人自己制造出来的，没有一个外国人参加。"这样，中国自主成功研发原子弹的消息才被外界所了解。

中国原子弹的成功研发，有利于维护世界和平，也提升了我国的国际地位。

然而，在物质条件极其困难的情况下，研究者、操作者、生产者、保护者们究竟付出了多大的代价，却少有人知。从 1964 年到 1996 年的 32 年间，超 10 万人曾在罗布泊腹地的马兰基地工作过。在基地建立初期，他们只能住地窖、住帐篷、烤土豆……苦难淬炼出的"马兰精神"代代传承，正是这种精神的支撑，中国人才能创造出人间奇迹。

1986 年，杨振宁看望重病中的邓稼先，邓稼先说："我虽然因为核辐射得了癌症，但是我无怨无悔，因为我让国家变得更加强大。"这一年的 7 月 29 日，邓稼先去世，他将自己的一生全部奉献给了祖国的核事业。

"两弹一星"工作者们的故事总是能打动国人的心。然而，想要真正讲好这个故事，并非易事：

其一，故事中的很多内容仍未解密。

其二，太多人为此付出甚至牺牲，"两弹一星"工作者们是一个群体，因此必须刻画好群像。

从这个意义上说，《横空出世》取得的成功难能可贵，作为讲好中国故事的经典，它值得今天的创作者更地多去分析、体会、思考。

陈国星：电影高度还原了一段真实的历史

"我们想从一个大片的角度，全景式地展现这段历史，基本定位是高度地接近历史真实……"

主持人： *1964 年，我国第一颗原子弹成功爆破时，陈导还不满 10 岁呢，您对这一重大历史事件的记忆是怎样的？*

陈国星： 当时我就觉得非常震惊，然后那个蘑菇云的形状是我没见过的，我觉得它是一个大国、强国所应该有的，我被这个东西深深地打动，留下很深的记忆。

主持人： *所以当时您可能压根都没想到将来有一天您会去拍摄这样一个题材的电影。*

陈国星： 1998 年的时候，我已经是北京电影制片厂的导演，北影厂想做一个大的电影来给国家献礼，然后就选中了彭继超他们写的《马兰草》，并把这样一个电影剧本拿给我看。我当时一看，就勾起了小时候看这个纪录片所留下的回忆，后来我跟着他们到罗布泊走了一圈，去实地看了一下。

主持人： *第一次到达爆心是不是有特殊的感受？*

陈国星： 给我最深的印象就是整个被雾化了的那个铁塔，102 米高的托举原子弹的那个塔被核爆以后，被拧成了麻花，全部散落在荒原上，我当时非常震撼。

主持人： *但是它就一直以这样的一种姿态存在着。*

陈国星： 对，是的。

主持人： 就是每当看到它，我们就会想到那段辉煌的过往。在那儿拍摄有遇到什么一些意想不到的事情吗？

陈国星： 影片是1999年初开拍的，我们是在基地附近的一条公路边上选景拍的，这样好操作一些。我们在那儿搭了一座铁塔，用了60吨钢材，原计划一比一复制，盖到60多米时，我们没钱了，当时经费有限，只好不再往上搭了。塔的周围也是按一比一的比例，仿建了战壕、工事等，就像真实的核试验一样。

我们想从一个大片的角度，全景式地展现这段历史，基本定位是高度地接近历史真实，所以不仅在布景上模仿当年，在服装上，也尽可能还原历史。比如扮演战士的演员，穿的都是当年的旧军装，特意洗旧到发白的那种，脚上穿的是传统的军胶鞋，此外还有老式的防化服、防化车等。拍摄时，每天有飞机起起落落，还有坦克部队，拍摄场中每天有300多个群众演员。

我们正拍得热火朝天时，一位总参领导来探班，对我说："陈导演，跟你商量个事儿。我们这个位置是一个敏感地区，天空有巡航卫星监测，一般是两颗，可

最近却有七八颗。"我当时很奇怪，说："我都不知道你在说什么。"

主持人： 这是国内，还是国外的卫星监测？

陈国星： 国外的卫星。那位领导说："陈导演，就因为你们拍摄的动静太大了，外国以为中国又在搞核试验，所以外国卫星都过来了。"这下我明白了，说："我该怎么做？"那位领导说："你能不能跟广电部门汇报一下，在报纸上发一个正式的消息，证明你们是在拍电影，而不是在搞核试验。"后来，我们就按照领导们的要求，在《人民日报》上发了一个消息。据说消息发布后，外国卫星一下子就少多了。

主持人： 当年有数十万人，各行各业的相关人员离开了自己的家人，投入到这项事业当中。在基地的某单位的门柱上就有一副对联：恕儿郎无情无义无孝，为祖国尽职尽责尽忠。我想这可能就是，什么都可以牺牲但不能牺牲国家利益的"马兰精神"。

陈国星： 那个年代，这些知识分子领受这个任务以后，都是上不告父母下不告子女，跟妻子说"我要出差了"，然后就走了。妻子也领到了命令，也不能跟

家里说，也说"我出差了"，但是他们完全不知道他们是在同一个基地工作。然后在一个早晨，在那个戈壁滩的河流中，这对夫妻在各自的团队做测试时发现了彼此。

主持人：这个情节好像也是来源于真实的故事是吗？

陈国星：对，当时旁边有这么一棵树。

主持人：是一棵大榆树。

陈国星：对。

主持人：在树下这对夫妻就相遇了，后来张爱萍将军听到这个故事后很感动，他就说咱们就把这棵树叫"夫妻树"吧。

陈国星：是的，我后来就想，这些人他们其实不是没有感情，他们把对父母的感情、对孩子的感情都隐忍下来，把它转化为对国家的一种实际奉献。

外国人能搞出原子弹，中国人也能

东风起舞，
壮志千军鼓。
苦斗百年今复主，
矢志英雄伏虎。

霞光喷射云空，
晴起万丈长龙。
春雷震惊寰宇，
人间天上欢隆。

1964 年 10 月 16 日下午 3 点，作为现场总指挥，张爱萍将军亲眼见证了我国第一颗原子弹的成功试爆。当晚，他写下这首《清平乐》词。

词中表达了试验成功的四重意义：

其一，彻底结束了自 1840 年以来，西方列强对中华民族的讹诈与掠夺。正如毛泽东同志所说："在今天的世界上，我们要不受人家欺负，就不能没有这个东西。""没有那个东西，人家就说你不算数。"得知中国原子弹试验成功的消息，时任美国总统的约翰逊哀叹道："今天将会是世界上最不幸的一天。"

其二，在艰苦条件下，中国人用精神力量创造出奇迹。当时我国刚从"三年困难时期"走出来，GDP 只相当于 597.08 亿美元，不足美国的 1/10（6858 亿美元），在如此困难的条件下，一代中国人靠智慧与拼搏，完成了这一超级工程，极大地增强了民族自信心。原子弹研发中所呈现出来的自强不息、集体主义、爱国主义等精神，将持续激励后人。

其三，检验了我国大科学工程的能力。大科学工程对知识管理、技术储备、培训、创造力管理、工程技术等能力，提出了全新、全方位的挑战。事实证明，中国人完全能搞好大科学工程，正如钱学森所说："有什么不能的？外国人能造出来的，我们中

第七章 《横空出世》：
震撼世界的东方巨响

国人同样能造出来。难道中国人比外国人矮一截不成？"

其四，提高了我国的国际地位。中国从此成为维护核安全、保护世界和平的重要力量。

"两弹一星"是一个传奇，是民族精神与现代精神完美结合的典范。中国原子弹试验成功，极大地增强了中国的国防力量，有力地保障了中国人民的环境安全，同时代表了中国科学技术的新水平，有力地打破了超级大国的核垄断和核讹诈的局面，提高了中国的国际地位。

原子弹引起国人的高度关注

"据推想，一原子之爆炸，将引起临近原子之爆炸，展（辗）转传播，最后或将使全世界或太阳系皆归于毁灭。然鲁资福（今通译为卢瑟福）曾经部分击碎原子核，迄今固仍生存。密尔根教授之同事，安德森博士，曾藉太阳光线以破裂原子，亦至今无恙。"

这是 1932 年《国闻周报》上所刊《原子秘密惊人发现》一文中的内容，作者是子嘉。《原子秘密惊人发现》是中文媒体中最早的、较清晰介绍原子弹原理的科普文章。用今天的眼光看，文中部分内容荒诞不经，体现出当时大众对原子弹的认知水平十分低下。

1945 年 8 月 6 日，美军在日本广岛投下第一颗原子弹。其实，当时日本也在秘密生产重水（制造原子弹的重要原料），其生产规模已与纳粹德国在挪威建的重水工厂近似，有历史学家指出，日本原本也计划在 1945 年 8 月进行核试验。

原子弹的巨大杀伤力，引起了中国媒体的密切关注。

"广岛原爆"两天后，8月8日的《中央日报》便对该事件予以报道，并引用了美国总统杜鲁门的话："人类理想中最有威力武器之新式原子炸弹，已对日使用。此项'具有宇宙间基本力量'之革新武器，具有大于二万吨TNT之威力，较英国十一吨'地震式'炸弹之爆炸力多二千倍。"

同一天，《新华日报》也对"广岛原爆"事件进行了报道，发布了《英美对日使用新武器，原子弹首次炸广岛，杜鲁门总统发表制造经过》一文。8月9日，《解放日报》在头版以"战争技术上的革命，原子弹袭敌国广岛"为题，编发了美国新闻处、合众社等8条相关消息，称："东京承认广岛所有生物被烧死。该城烟火弥漫，高达四万英尺。敌内阁当日举行会议。"

随后的媒体报道，引起了国人对原子弹带来的巨大杀伤力的高度关注。著名物理学家曾昭抢撰文说：

> 据今所知，广岛被炸以后，若干日内，人民继续死去。到了今天，那一度闻名东亚的海军基地与工业城市，完全变成了死城。地面一切生物完全灭绝。只有天空飞来老鸦来此凭吊往日城市的古迹。……科学家对于原子弹的幻想，似乎完全证实了一颗总重不过四百磅，含铀仅只六两重的原子弹，不但其爆炸力相当于两万磅的高炸药，而且炸过以后，因有放射元素的产生，其事后影响，对于生物，亦具有毁灭性。被炸地点数十年内不能有生物存在一说，虽未免言之过甚，但是若干时间以内，没有人愿意冒险去广岛或长崎居住，却是很显然的。

在媒体的连番报道下，1945年后，图书市场上甚至出现"原子科普书热"。

据学者王洪鹏统计，1945—1949年，以"原子弹"为书名或内容与原子弹有关的科普书一共有42种。

一时间，人人谈论原子弹，似乎不谈原子弹即落伍，连武侠小说家还珠楼主（李寿民）在其代表作《蜀山剑侠传》中，也"发明"了一种和原子弹威力差不多的武功。

"决定战争胜负的是人民"

1946年8月6日，在接受美国记者安娜·路易斯·斯特朗的采访时，毛泽东主席再度提到了原子弹："原子弹是美国反动派用来吓人的一只纸老虎，看样子可怕，实际上并不可怕。当然，原子弹是一种大规模屠杀的武器，但是决定战争胜负的是人民，而不是一两件新式武器。"

虽然在战略上藐视对手，但在战术上，毛泽东主席始终高度重视对手。

1949年3月，中国人民解放军北平市军事管制委员会找到钱三强，希望他趁着去巴黎参加世界人民保卫和平大会的机会，采购一些核科学的资料和设备，因为这次大会的主席恰好是钱三强的导师伊雷娜·约里奥-居里。钱三强向中央申请5万美元的经费，周恩来总理立刻回电："你想趁开保卫世界和平大会的机会，订购一些研究原子核科学需要的器材，中央很支持。""中央对发展原子核科学很重视，希望你们好好筹划。"并及时提供了经费。钱三强在巴黎采购回旋加速器电磁铁的计划未能成功，这笔钱后来被用来购买了一批仪器和资料。

可见，此时中央已在为原子弹研发做准备。

1949年底到1950年初，毛泽东主席在莫斯科访问时，观看了苏联拍摄的原子弹试验纪录片，他对秘书叶子龙说："这次到苏联，开眼界哩！看来原子弹能吓唬不少人。美国有了，苏联也有了，我们也可以搞一点嘛。"

1950年初，中央人民政府财政紧张，却依然向中国科学院拨款287.2万元，核物理研究得到了重点扶持。1950年5月19日，中国科学院近代物理研究所（后改名物理研究所）正式成立。

钱三强于1952年、1954年先后两次向中央领导提出研发原子弹的建议，周恩来总理和彭德怀将军亲自听取了他的意见。

1955 年 1 月 15 日，应周恩来总理的提议，钱三强、李四光带着新找到的铀矿和检测设备，在中央书记处扩大会议上进行了现场演示，演示结束后，毛泽东主席作了重要指示：

> 我们要不要搞原子弹啊？我的意见是中国也要搞，但是我们不先进攻别人。别人要欺负我们，进攻我们，我们要防御，我们要反击。因为我们一向的方针是积极防御的战略方针，不是消极防御的。

> 我们国家，现在已经知道有铀矿，进一步勘探一定会找出更多的铀矿来。新中国成立以来，我们也训练了一些人，科学研究也有了一定的基础，创造了一定的条件。过去几年其他事情很多，还来不及抓该件事。该件事总是要抓的。现在到时候了，该抓了，只要排上日程，认真抓一下，一定可以搞起来。

在此批示下，我国正式开启了原子弹的研发工作。

同年 5 月，彭德怀同志访问莫斯科，希望参观海军，苏联领导人赫鲁晓夫完全同意，甚至表示可以看核潜艇。可当彭德怀同志到了海军驻地，苏军却说：“核潜艇已出海。”彭德怀同志说可以去黑海舰队看核潜艇，可到了黑海舰队驻地之后，苏军又说：“黑海舰队没有装备核潜艇。”

彭德怀同志非常生气，回国后，向毛泽东主席汇报了这段遭遇。此后，彭德怀同志多次将钱三强、钱学森等科学家请到家里讲课，并同意先建一个试验性反应堆和加速器（该反应堆于 1957 年建成）。

在毛泽东主席批示后，中央政府虽然做了一些前期工作，但未大规模启动原子弹研发计划。

第七章 《横空出世》：
震撼世界的东方巨响

不能为了一头牛，饿死一群羊

为什么中央政府未立刻全面推进原子弹研发计划？因为风险太大。

其一，技术储备不足。当时国内研究者只知原子弹的基本原理，不知如何将其转化成实际应用。美国"曼哈顿计划"集中了当时世界上100多位顶级的科学家，其中任何一人的知名度、学术地位都比当时国内最著名的科学家要高。美国曾有学者估计，中国要研发原子弹，至少需要"750名顶级科学家和2000名技术专家"，而据1950年统计，我国所有学科助理研究员以上的科技工作者总共只有174名。我国能不能自己搞原子弹研发，大家心里都没数。

其二，财力不足。美国当年搞"曼哈顿计划"，共投入18.89亿美元，可以造六七十艘航母，占美国全年GDP的0.8%。而1955年，中国GDP仅为350亿美元，如果推进原子弹研发计划，相当于占全年GDP的5.4%，则可能会引发经济危机。不少人反对推进原子弹研发计划并提出："国家整个经济形势困难重重，各方面都要钱……等国家经济好转后再上，各方面的条件和准备也可以更充分。形象的说法是，不能为了一头牛，而饿死一群羊。"

其三，军事风险大。1950年12月，美联社播出一条重要新闻："杜鲁门总统于11月30日表示，美国正积极考虑使用原子弹来对付中国共产党人。"从解密的美国历史档案看，1949年后，美国政府频繁挥舞核大棒，曾至少6次计划对中国实施核打击。对于中国的原子弹研发，美国更是高度警惕，从20世纪50年代起，美国便派出U-2飞机，对中国进行高空侦察。从1961年1月起，美国情报部门开始实施"科罗纳计划"，派卫星监视中国的核武器研发。1961年9月，美国国务院政策计划委员会主任乔治·麦吉甚至提议，为消除中国研发原子弹给美国人造成的心理影响，美国应当鼓励印度发展核武器。不少人担心，原子弹研发可能会让美国主动进行军事冒险，此外，如果原子弹研发进行到一半时，美国人突然实施核打击，我们该怎么办？

其四，缺乏管理经验。大科学工程对管理水平提出了极高要求，而国内此前没有相关的成功经验，谁来管、怎么管、如何控制进度、怎样集中资源……都是亟待解决的问题。

为最大化降低风险，我国初期的原子弹研发计划秉持"自力更生为主，争取外援为辅"的方针。

1954 年 10 月 11 日，以赫鲁晓夫为首的苏联政府代表团访华，与以周恩来同志为首的中国政府代表团签订了《中华人民共和国和苏维埃社会主义共和国联盟科学技术合作协定》。

1955 年 4 月，以钱三强、刘杰、赵忠尧为首的中国代表团赴苏联签订了《关于苏维埃社会主义共和国联盟援助中华人民共和国发展原子能核物理事业以及为国民经济需要提供原子能的协定》。

1957 年 10 月 15 日，以聂荣臻、陈赓、宋任穷为首的中国代表团在莫斯科，与苏方签订了《中华人民共和国和苏维埃社会主义共和国联盟政府关于生产新式武器和军事技术装备以及在中国建立综合性原子能工业的协定》。

以上三个协定，奠定了苏联帮助中国研发原子弹的基础，特别是最后一个协定，明确规定苏方"向中国提供能使中国自己制造核武器所需的科学情报和技术资料，包括原子弹的教学模型和技术图纸，派遣专家"。

选址罗布泊，加快研制步伐

中苏协定签订不久，苏联很快就开始履行协定对其的要求。1958 年，苏方开始向中国提供导弹设备和派遣专家。

1958 年 5 月，中央军委扩大会议在北京召开。针对加强军队建设的问题，毛泽东同志在会议上提出了研制、试验核武器的任务，"原子弹就是这么大的东西，没有那东西，人家就说你不算数，那么好吧，我们就搞一点吧，搞一点原子弹、氢弹，我看有 10 年工夫完全可能。"

1958 年 9 月，由苏联援建的 7000 千瓦实验性重水反应堆和 1.2 米直径的回旋加速器在北京建成，聂荣臻参与验收后发表了讲话。此时，第二机械工业部（简称二机部）已成立了核武器研究所，中国科学院的物理研究所已更名为原子能研究所，中国的核武器研制由此加快了步伐。

1958 年 10 月 16 日，中共中央批准中央军委的报告，把原国防部航空工业委员会的工作范围加以扩大，改为国防部国防科学技术委员会（即中国人民解放军国防科学技术委员会，简称国防科委），国防科委以聂荣臻为主任，陈赓为副主任；委员有万毅、刘亚楼、萧劲光、陈士榘、宋任穷、赵尔陆、许光达、张爱萍、张劲夫、黄克诚、钱学森等 22 人。

为了满足仿制苏联几种导弹和研制原子弹的需要，建设研制基地、导弹发射基地和核试验基地成为当务之急。由于试验这两种武器的特殊要求，试验基地必须建在没有人烟或人烟极为稀少的大漠戈壁地区。

早在 1958 年初，苏联专家参加在中国进行的导弹发射基地和核试验基地的选址考察时，陈赓第一时间就想到了他的老部下——时任志愿军三兵团参谋长的张蕴钰。

同年 8 月，张蕴钰接到工作变动的通知，从大连乘火车赶到北京。在陈赓家里，陈赓对他说："叫你去搞原子弹靶场，这是我推荐的，好好搞。靶场建设好了交给别人，可以吗？"张蕴钰果断答应："我服从命令。"

常勇（原商丘步校政委）向张蕴钰介绍了勘选试验场的情况：中央军委组织了选场委员会，陈士榘已经带领委员会成员和四位苏联专家，前往敦煌地区进行了实地勘察，并经总参谋长黄克诚批准，组建了勘察大队，张志善任大队长，常勇任政委。勘察大队负责在敦煌西北选定的地方进行地质测绘和道路、通信建设的勘察。

1958 年 11 月，经参与实地勘察后，张蕴钰从敦煌回到北京，向有关负责人汇报了情况，他认为原定的核试验场址有 4 个问题：一是距敦煌才 120 公里，不利于保护文物；二是大孔土水土渗透性强，不能搞工程建筑，更不适宜建大型发射场；三是施工及将来试验和生活的用水困难；四是高空风下方向有居民地，不安全。

陈赓听完汇报，表示赞同："那里不好，你们可向主管部门汇报另找一个嘛！"

此时，苏联专家也根据高空气象资料分析出风向因素不利，正式函告中方，建议将试验场区改为新疆罗布泊地区。从 11 月底至 12 月中旬，陈士榘、万毅多次召开会议进行研究，张蕴钰也参与其中。通过进一步查找整理已有的气象资料，他们最终一致认定敦煌西北地区不宜选作场区。在报请中央军委同意后，决定派遣张蕴钰、张志善率勘察大队到新疆罗布泊地区进行选场勘察。

1958 年 12 月 24 日，张蕴钰和张志善带勘察队出发前往罗布泊。

经过几天艰难的勘察，在几乎精疲力竭、水尽粮绝之时，张蕴钰等人才在一眼望不到头的戈壁滩上找到水源。第二天，他们又从罗布泊向西行进百余公里，才在地势开阔、平坦的戈壁滩上选了一个中心点，打下了一根木桩——这便是中国未来核武器大气层试验靶场。

1959 年 3 月 13 日，中央军委正式批准核试验场定点在罗布泊西北地区。

张蕴钰成为第一任核试验基地司令员，他带领大部队进驻罗布泊。试验基地建设过程的复杂性与艰巨性可想而知，然而，在这个被当地人称作马兰滩的贫瘠荒芜的土地上，张蕴钰参与、组织、指挥了中国首次原子弹、氢弹、核导弹等科研试验任务，并创造出了惊天动地的业绩。

第七章 《横空出世》：
震撼世界的东方巨响

"从头摸起，自己搞！"

在中国对苏联的援助抱有很高的期待时，苏方很快与中国出现了分歧。1959 年苏联首次提出撤回专家，而其中最早撤出的就是原子弹专家。

为了不让中国人掌握原子弹技术，苏联专家在撤走时，几乎带走了所有设备和数据，他们自信地说："离开外界的帮助，中国 20 年也搞不出原子弹，就守着这堆废铜烂铁吧。"

因合作时间太短，中国受益甚少。

苏联虽然给了中国一些导弹样品，但都是"二战"时淘汰的产品，协定规定的原子弹资料和样品一直没有交给中国。据苏方史料，苏联曾准备了两节火车车厢的样品，一节火车车厢装的是模拟原子弹，另一节火车车厢装的是测试仪器、设备和支撑铁架。但火车一直未开出，时任苏联重型机械工业部副部长的丘尔金曾请示："何时启程？"上级下令说："什么？原子弹运往中国？绝对不要想，立刻取消！"

苏联专家到中国后，也绝口不谈原子弹，甚至在给中国科学家讲课时，以保密为由，严禁中国科学家做笔记。保留下来的一些数据信息，是钱三强等科学家在听讲座时，先死记硬背下来，然后根据回忆整理而成的。

为支持中国建设，苏联确实派出了很多专家，给中国的工业生产提供了一定帮助，但他们也带走了中国的纺织、陶瓷、传统手工艺、中医药生产等技术。在帮助中国找铀矿的过程中，苏联更将大量中国铀矿石运回苏联。

美国历史学者布拉德利·哈恩对苏联是否真的想帮助中国进行原子弹研发，提出过质疑："中国究竟是在前苏联的影响力下寻求发展核武器，还是出于自身的国防需要而决定研制这种战略武器，还是一个争论不休的问题。"

原二机部副部长李觉曾记录了他与苏联专家打交道的经历：

1958 年 10 月、11 月，我们两次找苏联人说："按协议你们该给我们资料了。"但苏联人就是迟迟不给，还说："你们没有准备好，条件不具备。"

我说："你们要什么条件啊？无非是铁丝网、高围墙那一套啦。需要什么条件我搞嘛！"但他们还是不给。我们就有点警觉，就自己想办法干。

我们系统的那个苏联专家是"哑巴和尚"（"远来的和尚会念经"嘛，可他不念"经"），问他什么事情，他都不说。后来他反倒问起我："你调这么多人，到这儿干什么？"我说："学马列、毛泽东思想啊！"他没话可说。

他又问："你为什么盖那样一个楼啊？"我说："我是局长，我们没地方办公。"当时我觉得我们得自力更生自己动手研究。

1959 年 6 月，苏共中央致中共中央的信来了，明确说两年以后再考虑给我们提供原子弹的模型和图纸。这怎么办呢？宋任穷和刘杰就到庐山向中央汇报。当时周总理听完汇报后毅然地说："从头摸起，自己搞！"

苏联专家选址照片 ▲

集中力量办大事

中央政府很早就预判出：苏联基于自身安全的需要，根本不是真心在帮中国研发原子弹，我们只能立足于"独立自主、自力更生"。在向苏方学习时，中国更多请教的是项目管理经验，比如质量管理、阶段性管理、研发流程、过程控制等经验，这些经验在后来的研发工作中发挥了巨大的作用。

在学习苏联经验的基础上，中国的原子弹研发团队摸索出了自己的一套大科学工程管理经验——三位一体管理体制，即政治、行政、业务相结合，领导部门是中央政治局和中央军委，执行部门是国务院和国防部，理论研究中心则是中国科学院。这套体制的最大优势在于将三个系统结合在一起，统一分配资源，实现"集中力量办大事"。

从 1958 年 6 月起，我国的原子弹研发便确立了"政治挂帅"的原则，聂荣臻元帅一人身兼中央科学小组组长、国家科委主任、国防科委主任多职。事实证明，一元化领导不仅能提高效率、加强各部门协作、减少浪费，而且能坚定决心，排除一切干扰，使研发工作得以有序进行。

李觉说："我们研制原子弹花的钱是比较少的，试验次数有限，就几十次，不像有的国家搞了近千次。原来规划要花费四十几个亿，从现在来看，当时花的钱不多。所以我们的经验是'次数少、进步快、成功率高、花钱少'。"

在大科学工程中，研发团队内部意见不统一、对研发成功信心不足，是导致失败的常见原因。在原子弹研发的过程中，研发团队内部也一度出现了反对声。

李觉回忆："1962 年有人甚至提出原子弹的研制要下马，他们说：'常规武器还有很多问题没解决，怎能花那么多钱做这件事？'我们始终坚持不能下马，下马容易，再搞可不是轻而易举的事情啊。"

受"三年困难时期"影响，加上罗布泊核试验基地原本就比较荒凉，周边无农业生产，试验基地的食物供应一度陷入困境。聂荣臻只好四处"化缘"："我以革命的名义向大家募捐，请求你们立即搞一点粮食和副食支援我们的试验基地吧，我们的科研人员太辛苦了，他们能不能活下来，是关系到国家前途和命运的大事。"

李觉等通过杨成武将军将意见传达给毛泽东同志，毛泽东同志拍板说："要干！下马是不行的！"

多年之后，李觉用"制度优势，大力协同"来概括原子弹决策与研发中的宝贵经验。

经两年半实验，突破技术难关

苏联撤走了导弹专家，中国的"596工程"浮出水面。

之所以将原子弹研发工程命名为"596工程"，是因为正是在1959年6月，苏联宣布撤走全部导弹专家，这一时间节点成为激励国人自强的特殊时刻。蒋介石政府与美国合作，结果却一无所得，但到后来苏联撤走专家时，我国已基本具备了独立研发原子弹的能力：

科研专家增加：苏联专家对6000多名中国科研人员进行了培训，苏联各大学也培养了一批中国留学生，为大科学工程夯实了人才基础。1954年底，我国原子能所的科研人员还不足100人，到1960年时，已达4345人。当然，我国当时的人才政策也发挥了巨大作用，1950—1953年间，约有2000名留学生回到祖国，留学生回归热潮一直持续到1957年春，共有3000名左右留学生回国，回国留学生人数占在外留学生、学者总数的50%以上。

基础设施提升：在苏联专家帮助下，建成了包括一个实验性重水反应堆和一个加速器的基地，当时主管核工业建设及核弹研究的宋任穷回忆说："这个基地在我国原子能事业建设和发展中，特别是对于原子能科技骨干的培养，起到了'老母鸡'的作用。"不过，苏联拒绝提供能制造原子弹的反应堆，最终只给了5%的设备和40%的图纸。

铀矿开采：到1960年，我国已拥有8个铀矿开采基地，并具备了工业提取铀的能力。

核燃料棒生产：在苏联专家帮助下，我国建立了制作核燃料棒的核燃料元件厂。

铀-235生产线：到1960年8月底，我国建成了铀-235生产线。

既要积极争取合作，又要坚持以自主研发为主，是中国在原子弹研发中留下的宝贵经验。有人评估，苏联的帮助让中国在原子弹研发上节约了10年时间。但1956年8月，中国副总理李富春率贸易代表团赴苏，赫鲁晓夫不仅在原子弹研发上拒绝给中国更多帮助，还在苏联的政治局会议上嘲笑中国。

1959年，我国出现了严重的经济困难，不少人建议暂停原子弹研发，时任外交部部长的陈毅提出，我们无论如何也要搞原子弹。

在中国人自行研发的原子弹中，有不少技术领先世界。比如"简易炼铀法""受控萃取法"，这两种技术是发明者王明健在洗澡时突发灵感，经两年半实验，创造出的低成本炼铀技术。

在我国第一次原子弹试验前，美国认为2~3年内，中国不大可能完成研发工作。因为使用传统工艺，铀-235提取成本太高，需要耗费大量电力。美国在推进"曼哈顿计划"时，该阶段消耗的电力超过了1000亿度，中国就算采取较好的技术，只消耗1/3的电力，也超过了当时华北全年的电力生产能力。

美国人惊讶地发现，中国人只用了一个小水电站，便突破了这一难关。

运"邱小姐"，不那么简单

1964 年 8 月，我国基本完成了第一颗原子弹全部零部件的生产。9 月 1 日，我国已具备第一颗原子弹爆炸试验的条件。

然而，苏联知道罗布泊是中国原子弹试验基地，这给中国第一次原子弹试验蒙下阴影。为避免苏方军事干预，周恩来总理指示"596 工程"的研发人员，试验时间必须绝对保密，为此他们还编制了一套密语。

> 原子弹因形状如球，被称为**邱小姐**。
> 装原子弹的容器，因设置了很多电缆线，有如头发，所以叫**梳妆台**。
> 正式爆炸试验，称为**老邱**。
> 原子弹装配，称为**穿衣**。
> 把原子弹安置在装配间，称**住下房**。
> 将原子弹安置在塔上，称**住上房**。
> 原子弹插接雷管，称**梳辫子**。
> 气象，称**血压**。
> 起爆时间，称**零时**。

据总装备部退休干部、高级工程师宋炳寰回忆，当时许多信息表明，美国正策划对我国的核基地进行"外科手术"式打击（后来美国白宫的解密档案中也证实确有此事），此外，据当时美国《商业周刊》披露，苏联人也想破坏中国的核设施。何时进行试验，能否确保试验成功，引起了争议。一种意见认为，我们应该放弃当年 10 月进行试验，改到 1965 年初进行试验。

时任中央书记处书记的罗瑞卿说："我们的原子弹炸响了以后，在世界上一定会引起一阵骚动。美国、苏联如果来轰炸我们，那他们也得考虑要承担的后果。我们今年试验或推迟到明年、后年进行原子弹试验，所带来的后果都是一样的。"

罗瑞卿还着急地说："如果要推迟到 1970 年再爆炸原子弹，我们这些人就要退休了。"

第七章 《横空出世》：
震撼世界的东方巨响

1964 年 9 月 23 日，周恩来同志召集贺龙、陈毅、张爱萍等开会，宣布了他和毛主席、刘少奇等研究后的决定："主席有更大的战略想法：原子弹是吓人的，不一定用。既然是吓人的，就早响。"

至此，试验时间基本确定为 10 月中旬。为了保密，运输正式试验用原子弹的火车、飞机装载好之后，必须铅封，到试验场才能打开。31 岁的姜士荣成了运送我国第一颗原子弹的火车司机。

姜士荣本是铁道兵，后被部队送到铁路系统，被培养成技术出色的火车司机。为确保安全，火车头上还安排了一名军官、两名士兵，车头还配备了军用电话，以便随时通报情况，全部行程 2000 公里，要求沿途保持 50 公里 / 小时匀速行驶。

姜士荣后来说："当时使用蒸汽机车，在既无速度表又无测速仪的情况下，时刻让列车保持均衡速度谈何容易？为此，我只有凭着多年驾驶机车的经验，靠自测和目测仔细观察，每时每刻在心中算计着速度。"

火车到一个站后，停车检修，一位老军人走过来，对姜士荣说："司机同志，你辛苦了。"然后便与姜士荣握手。姜士荣说自己手上沾满了机油，不好意思伸手，老军人笑着说："有油？有油才是劳动人民的本色嘛。"

老军人和姜士荣握完手，说："此次行动千古难逢，将载入史册。咱们是幸运者，我们要坚决完成这项光荣使命。"其实，当时姜士荣不知道火车上拉的是什么，也不知道和他握手的老军人是谁。第二天，才有人告诉他，和他握手的那个老军人是聂荣臻元帅。

火车快到罗布泊试验基地时，指挥部要求：对准目标线，必须一次停好，不得第二次启动火车。

当时是深夜，即使是白天，这样的任务也很难完成。姜士荣不知道，只有对准线，才能减少卸车时的风险。姜士荣后来说："那刻我已无暇多想，只能在心中默默念叨，握闸把的手汗津津的，在微微颤抖，心里的压力实在太大了。"

好在姜士荣准确地把火车停在了标志线上。几个月后，直到原子弹试验成功，领导才告诉姜士荣，那趟车拉的是原子弹。姜士荣脊背发凉，问领导为什么不早说，领导说："我也是刚知道。"

核武器是人制造的，人一定能消灭核武器

主席、刘、林、邓、彭、贺、聂、罗各同志：

送上张爱萍、刘西尧两同志从现场经飞机送来的十月十日三时报告，请予审阅。现一切已准备好了，拟经保密有线电话以暗语告他们，同意来信所说的一切布置，从十月十五日到二十日之间，由他们根据现场气象情况决定起爆日期、时间，并告我们。

另外，送上刘杰同日报告请阅。防空方面请罗总告总参负责检查、联系和指挥，转移资料、设备、仪器和保密工作，由刘杰负责督促进行。关于起爆有效后的宣传和政治斗争，正在进行准备，当另告。

周恩来
十月十一日一时半

从这封电报看，直到 10 月 11 日凌晨，引爆的具体时间仍未确定，但划出了大概范围，即 10 月 15—20 日之间。10 月 14 日下午 6 点，张爱萍主持了核试验党委常委会议，研究了核试验基地的天气情况，决定将 10 月 16 日设为"零日"，即试爆日。

14 日下午 6 点半，我国第一颗原子弹被吊装到高塔上。

原子弹试爆有两种，一种是空中爆炸，另一种是地下核试验，前者以实战测试为主，后者以采集数据和研究为主。世界各国试验的第一颗原子弹都采用空爆，便

于了解其实际威力。空爆一般采取飞机投掷，或导弹发射，风险较大。为减少风险，中国采用了塔爆，把原子弹安置到 102 米高的金属塔上。

这座试验用塔曾是当时全国最高的金属塔，仅存在了 110 天。试验前，张爱萍将军说："到今天傍晚，它就不存在了，但它是值得亿万中国人千秋万代铭记在心的中华第一塔。"

在吊装原子弹上塔时，遇到了一点麻烦——吊篮刚升上十几米高，罗布泊突然刮起了六七级的大风，铁塔左右摇摆，钢丝绳从滑轮的凹槽里跳了出来，装着原子弹的吊篮就被卡在了塔上。千钧一发之时，负责吊装任务的王焕荣徒手攀上铁塔，对着吊装钢丝猛踢一脚，没想到，钢丝竟被踢回凹槽中，吊装作业可以继续进行了。

多少年后，现场总指挥张蕴钰依然记得 15 日晚——"零日"前夕的月相：上弦月，月亮呈半圆形，从顺时针方向看为右边发亮。

10 月 16 日中午 12 点，张爱萍接到周恩来同志的指示："如无特殊变化，不必再来回请示了。零时后，无论情况如何，立即跟我直通一次电话。"

3 个小时后，中国第一颗原子弹正式起爆。强光闪耀 3 秒钟后，蘑菇云腾起，两声巨响之后，一个巨大火球形成了，7 分钟后便上升到七八千米，进而上升到 1 万多米。

当天下午，新华社正式对外发布了中国原子弹试验成功的消息。深夜 11 点，原中央人民广播电台播报了《中华人民共和国政府声明》，这份声明中写道："中国发展核武器不是由于中国相信核武器的万能，要使用核武器，恰恰相反，中国发展核武器，正是为了打破核大国的核垄断，要消灭核武器。""我们深信，核武器是人制造的，人一定能消灭核武器。"

据蒋介石身边的秘书周宏涛回忆："蒋介石得知大陆原子弹爆炸成功后，惊得目瞪口呆。"蒋介石长叹一声，只说了五个字："世事难料啊。"

中国人可以坐前排

为原子弹研发，我国一共投入 28 亿元人民币，正如毛泽东同志对来访的英国陆军元帅蒙哥马利所说："我们用很少的一点钱搞试验。我们没有雄厚的经济基础。"

正是这"一点钱"，换来了中国的大国地位和长期的和平局面。

钱学森的长子钱永刚曾对媒体讲过这样一件事：当时在西德，一位华人每天早上打开家门，门口都会堆满垃圾，他只好自己默默收拾干净。突然有一天，他发现门口的垃圾没有了，一名社区警察走过来说，以后你的门前不会再有垃圾了。这位华人感到很奇怪，警察这么多年都不管，为何突然变得这么热情？几天后，他才知道，中国的原子弹试验成功了，德国邻居再也不敢欺负他了。知道这个消息后，他放声大哭，终于明白了什么是国家强大。

邓小平同志曾说："如果六十年代以来中国没有原子弹、氢弹，没有发射卫星，中国就不能叫有重要影响的大国，就没有现在这样的国际地位。这些东西反映了一个民族的能力，也是一个民族、一个国家兴旺发达的标志。"

中国没有原子弹之父，只有"两弹元勋"

天荒地老，绝炊烟，风狂又给颜色。
四海茫茫篷帐落，序幕初掀一页。
劲旅丹心，雄狮铁臂，欲掘长河澈。
到楼兰，几多残燕纷说。

只今千里连营，披荆斩棘，身缓寒无雪。
纸虎唬人真虎恶，拥有途通空阔。
铁塔高悬，观台望眼，多少风流客。
横空出世，一声雷破沉寂。

　　这是诗人方国礼看了电影《横空出世》后，写下的《念奴娇》词。《横空出世》赢得了第20届中国电影金鸡奖最佳故事片、最佳导演、最佳女配角、最佳摄影、最佳录音、最佳美术6项大奖，演员陈瑾还赢得了华表奖。在第五届中国长春电影节上，该片也获得了4项大奖。

　　《横空出世》的题材好，但为了保密，很多内容不能拍，创作空间受限，为何还能取得巨大成功呢？

　　一方面，它呈现出理想主义光芒，不论哪个时代，它都是精神的营养品。

　　另一方面，它呈现出集体主义的光辉，虽聚焦在一两个典型人物上，却礼赞了一个群体的奉献。

　　正如网友评论的那样："在这样浮躁的社会里，我依旧坚信，有那么一群人，或许他们没有那些明星一样光鲜亮丽的外表，没有那么多人去关注他们，而他们也不需要。偏居一隅，静心研究，终其一生，只为心中的那份单纯的求真信仰。或许我们需要的，就是这样一份信仰！"

好剧本源自马兰生活的真情实感

剧本《横空出世》（原名《马兰草》）最早的创作者是彭继超。

1969 年 3 月，彭继超来到新疆马兰，在中国的核试验基地工作。没想到，他一待就是 30 年。

时隔多年，彭继超偶尔还会在半睡半醒之间产生一种幻觉，觉得自己又回到了当新兵时，行进在戈壁滩上，眼前是一望无际的地平线，他总觉得地平线后面可能有什么，可永远也走不到边。当年的核试验场就是在这一望无际的大戈壁滩上建设的。

1970 年的 10 月 14 日下午 3 点 30 分，彭继超亲眼看到氢弹试爆。

彭继超当时是司令部的机要员，要去给负责测试的技术人员送电报，告诉他氢弹爆炸的时间。在塔里木河边的一片胡杨林里，他和测试人员一起坐在那儿，他戴着一副高倍数的墨镜，静静地等待这个时刻的到来。突然一道强光在眼前一闪，紧接着出现了一个火球。摘掉墨镜之后，他看见一个无比巨大的火球在天空中不停地翻腾、变换颜色，最后形成一朵巨大的蘑菇云。随之而来的是一声巨大的响声，在戈壁滩上回荡，一瞬间，似乎四面八方都爆炸开来。

当时他离爆心 137 公里，却仍然被火球上升、巨大响声回荡所震撼。

在这种震撼里，彭继超心中升起一种神圣感、崇高感。他后来看到了很多核爆留下的弹坑，一个弹坑就有几百米的半径，"就像咱们祖国母亲身上留下的一颗颗牛痘。所以后来我就一直想，我们肩负那么神圣的使命，我们到戈壁滩干什么来了？我们是种牛痘来了，我们给我们的祖国母亲种下了一颗颗牛痘，使我们有了强大的免疫力，才避免了像天花一样这么巨大的瘟疫在我们中国大地上的流行。"

1983 年，在罗布泊的一次地下核试验前夕，彭继超在胡若嘏（时任核试验基地政委）的介绍下，认识了著名的核物理学家邓稼先。由于见面时间匆忙，彭继超同邓稼先没有作更多的交谈。彭继超还期待下次相约详聊，没料到当时的邓稼先已经身患绝症，这是他最后一次到罗布泊试验场工作。

邓稼先过世后，在他家的客厅里，有一束马兰花一直摆放在那里，那是与他一同参加过核试验任务的同志特意从罗布泊带回给他的，具有特殊的意义。邓稼先的夫人许鹿希教授用塑料线将这束马兰花缠绕起来，摆放在了邓稼先的遗像前。1993年，彭继超看到这束已经摆放了好几年的干枯马兰花，见到邓稼先遗像旁的玻璃板下，那张国家科技进步特等奖的领奖通知单，突然百感交集，向邓稼先的遗像深深鞠躬……

之后，彭继超也曾多次拜访许鹿希教授。每次拜访，许教授都会给他讲一些有关邓稼先，有关中国原子弹、氢弹的故事。这些故事，也为他日后的文学创作提供了丰富的素材。

彭继超青年时的当兵照 ▲

《马兰草》手稿 ▲

马兰的孩子 ▲

◀ 恶劣的环境

第七章 《横空出世》：
震撼世界的东方巨响

是生活积累，也是珍贵素材

在核试验场上，付出最多的、最辛苦、最艰苦的是工程兵。从早期的修路、盖房、架桥、各种特种工程的建设，到后来的地下核试验工程建设，这支工程兵部队一直战斗在戈壁滩上。一代又一代的工程兵，在荒无人烟连一棵草都看不到的戈壁滩上战斗了几十年。

核试验场的面积号称有 10 万平方公里，相当于浙江省那么大。在 10 万平方公里的茫茫戈壁滩上，特别是核爆心周围，走上几公里都看不到一棵草，但站在地下核试验的洞口极目望去，这个视野可达到几十公里，在这几十公里的范围内，彭继超只看到了两棵树。

很多战士从入伍到复员，在戈壁滩上生活了几年，也没见过一棵树。他们复员之前有什么愿望呢？他们的愿望是"拉我们去马兰吧，那样就能看到树了"。在戈壁滩上，他们把戈壁滩上的一些蚂蟥草，拿木棍绑成树的模样，然后喷上绿漆，搭在帐篷的周围，表达他们对绿色、对春天、对生命的向往。

在马兰，一个老工程兵的话感动了彭继超——他每天要走的那条路，当年修路时，因石头太硬，一根钢钎才用了一个星期，就变得那么短。有一次，部队快断粮了，基地司令、政委都肩扛背抬，把粮食一袋一袋扛回基地来。

说起工程兵的艰苦生活，彭继超印象最深的是，有次去拍宣传片，他见到战士们光着膀子、穿着裤头运石子。彭继超说："将来编成电视片，到电视台去放。"没想到，战士们说："千万别，让我们的母亲看到，她们会心疼的。"

这些战士们就像马兰草一样扎根荒漠，带给了彭继超很多的感动。作为一个马兰的老兵，彭继超对当时马兰基地的建设故事有着充分的了解，他认为自己能做的，就是用手中的笔，用自己写的一篇一篇的作品，把这些马兰的故事讲出来，让大家知道、理解。

也正是这些来自真实生活的积累，使他不仅创作了《马兰草》这个剧本，还写下了一系列核工业题材的作品。

核试验爆心 ▲

把对故土的深情融入电影里

在彭继超的记忆中，最难忘的是参加一个小孩的葬礼。

这个小孩是彭继超同事的孩子，彭继超亲眼看他从 1 岁、2 岁、3 岁……一直长到 12 岁。这时已经是 20 世纪 80 年代了，马兰人的生活依然艰苦。他们干的事业是国家最先进的事业，研发的科技是国家最尖端的科技，生活环境却是最荒凉的，生活水平是最落后的。马兰的小孩从生下来就是玩石子，所谓的幼儿园，就是老师把孩子带往戈壁滩，在戈壁滩上玩石子。每天回到家，小孩的口袋一掏，就能抓出来一把石子，他们从来没见过游泳池，也不知道什么是游泳。

1984 年，马兰开始试播电视，那个 12 岁的小孩看了电视，也想去游泳，结果淹死了。

下葬时，彭继超他们拿起大石头，往那个小棺材上扔，发出轰隆隆的声音。当时来了成百上千的人，这个小孩的葬礼是彭继超在马兰参加的最隆重的一次葬礼。

提起在马兰生活的这些孩子，彭继超也有很多感触："这些孩子从小跟着父母在戈壁滩上长大，他们缺失的都是生活中最普通、最平常的东西，比如说到动物园去看看狮子、看看老虎……马兰什么都没有，只有几棵树，一片马兰花，他们就觉得这是最漂亮的地方。他们的父母在核试验场参加任务的时候，这些孩子在马兰按部就班地上小学、读中学，栽树就是他们平常参加得最多的活动。我就说这些孩子是马兰、是咱们共和国历史上年龄最小的创业者。看上去他们什么都没牺牲，实际上他们什么都牺牲了，他们付出的是生活中点点滴滴的东西。这是让我永远难忘的。"

现在这些马兰的孩子都长大了，马兰成了他们的故乡。每到夏天的时候，他们都争先恐后地回到马兰，去寻根，寻找他们小时候生活的地窖，他们觉得那是最美丽的地方。这也是所有马兰人对故土的深厚感情。

马兰有一个烈士陵园，彭继超每次回到马兰，第一件事就是要到烈士陵园去看一看。带上一瓶酒，带上两包烟，在烈士陵园，在每一个他熟悉的老首长的墓碑前敬上一杯酒，给他们点上一支烟。

现在，马兰烈士陵园已经扩建了。这个 99000 平方米的陵园，安葬了 400 多人，这些人里，有中国最早参加核爆试验的科学家，比如朱光亚、程开甲、林俊德，像乔登江、陈达这样的院士，以及像第一任司令张蕴钰、第一任参谋长张英这样的基地首长，还有最早领导工程兵建设马兰基地的特种工程兵司令陈士榘上将、国防科委的老主任陈彬将军，以及曾经为核爆事业付出过努力和牺牲的普通官兵，他们都长眠在这里。

他们去世之后，戈壁滩上的这一个角落成了他们永久的宿营地。

提及此，彭继超感慨道："正是因为长眠在这里的这些烈士们，还有一代一代在这个地方几年、几十年不停地奋斗，像马兰草一样顽强、坚韧，为中国核事业不懈奋斗、共同努力的人，才有了正如我们这个电影所说的，中国核动横空出世，才有了震撼世界的那一声东方巨响。"

张将军特别说："演员演得不错。"

有了好剧本，还要有好的再现。

在《横空出世》中，主角之一冯石的原型是张蕴钰将军，扮演者李雪健曾表示，这个人物特别难演，既是身经百战的将军，曾指挥过著名的上甘岭战斗，生活中又是一位充满浪漫激情的诗人，"我尽心尽力地演了，但不敢说一定能让大家满意，让张蕴钰将军满意"。

张蕴钰将军是核试验基地首任司令员，据他的儿子张旅天说："父亲是一个话不多的人，他的言传身教对我们的影响很大，一方面是兢兢业业、勤勤恳恳、无私奉献，另一方面就是干干净净、两袖清风。"

张旅天入伍时，在基层连队干了 7 年，父亲张蕴钰从没跟部队打过招呼。张旅天说："一次连队在施工中遇塌方，我被活埋了，幸亏战友抢救得快把我挖出来。我们基本上没有那种干部子弟的优越感，一直都是靠自己干。"

张蕴钰指挥了我国第一颗原子弹、第一次"两弹结合"、第一颗氢弹空爆、地下平洞核试验等试验任务。

2008 年，张蕴钰因病去世，终年 91 岁。弥留之际，将军嘴里仍在念叨："300万吨、300 万吨……"还在惦记着核武器的爆炸当量。

为了演好这么一位"干惊天动地事，做隐姓埋名人"的传奇将军，李雪健先后采访了多位将军。在火焰山拍摄时，剧组工作人员每人都带着一个水壶，只有李雪健不带。拍摄间隙，他一个人坐在太阳下，一口水都不喝。同事给他递水，也被他拒绝。原来，他是为了真实再现沙漠生活中的干渴感。

为了把皮肤晒黑，李雪健乘车时专找阳光强的座位。《横空出世》公演时，83岁的张蕴钰亲自到场，看过影片后，他说："影片很好，很动人。自从有了原子弹，中国才确立了大国地位，《横空出世》鼓励人民，尤其是今天的年轻人，证明中国人民是能自力更生办大事的。"

张将军特别说："演员演得不错。"

缺一个场面，成了遗憾

为了拍好《横空出世》，导演陈国星带着主创人员多次来到罗布泊核试验场，采访了一个个历史见证者。

第一次到马兰基地时，陈国星参观了革命历史展览，在留言簿上写下了两个字："感动"。几个月后，陈国星再次带队到马兰选景，又一次写下"感动"二字。

正是这份感动支撑着陈国星。录音师郑春雨以严格著称，稍有不满意，便要求重来。在拍"冯石重选核试验场"一场戏时，因为时不时传来的咳嗽声，郑春雨连喊了三个"停"，并厉声责问："谁在咳嗽？这是同期知道不知道？讨厌！真是讨厌！"

演员们面面相觑，不知是谁的责任。恰在此时，又传来咳嗽声，原来因连日工作劳累，加上气候不佳，陈国星的过敏性哮喘发作了，只能靠止咳药和屏住呼吸硬撑着，可一下子没控制住。为拍好《横空出世》，陈国星从此落下了病根。

在拍摄《横空出世》的过程中，摄影组也是冒着生命危险去完成拍摄任务，比如拍"路光达到北京"这场戏时，摄影师张黎为了追求镜头效果，要求扛着摄像机在直升机的肚子下拍，直击直升机一点点升起来的过程。陈国星认为风太大，不安全，和飞行员商量后，飞行员也坚决不同意。最后，碍于摄影师的要求，陈国星说就拍一次。飞行员拗不过他，只好答应了。那个镜头果然非常出彩。

对于《横空出世》，陈国星最大的遗憾是："遗憾就一条，我要是能在核爆试验成功之后，加一组人民大会堂正在演出《东方红》舞蹈史诗时，周总理上台向全场宣布中国第一颗原子弹试验成功的场面，就好了。这是影片中唯一不合历史的地方。再现那么大的场面，需要多少人，多少钱呐……"

《横空出世》呈现的是群像

与国外同类型影片相比，《横空出世》呈现的是群像，而非一个人。

对此，陈国星有清晰的认识，他说："中国的原子弹绝不是哪一个人能造出来的，它是一个集体精神的产物。西方文化讲个人精神、个人奋斗，而中国传统则讲集体精神和集体力量的成功。所以，我想写的是一个与众不同的群体。写一批饿不死、打不垮、压不倒、忠心耿耿、不怕冤屈、一息尚存努力不懈的群体。他们当中有第一代领导人、有军官、有归国科学家，也有普通战士，共同来把一件事做成功。他们在茫茫戈壁滩上，在寸草不见的沙漠里，真是'献了青春献终身，献了终身献子孙'。他们视祖国的利益高于一切，视民族的需要为第一需要，为民族振兴做出了真正巨大的、历史性的贡献。他们那种无私奉献、忘我牺牲的精神绝对是中华民族乃至全人类优秀精神的体现。"

从 20 世纪 60 年代起，国外开始出现"谁是中国原子弹之父"的争论。

1965 年，法国《科学与生活》杂志正式提出："北京原子能研究所的领导人是曾在巴黎大学 Sorbonne 部学习过的物理学家钱三强博士。他才是真正的中国原子弹之父。"

对此，钱三强明确提出反对，他说："中国原子弹研制成功绝不是哪几个人的功劳，更不是我钱三强一个人的功劳，而是集体智慧的结晶。""外国人往往看重个人的价值，喜欢用'之父'、'之冠'这类称谓，中国人还是多讲点集体主义好，多讲点默默无闻好。"

此后，又有媒体先后称聂荣臻、邓稼先为中国原子弹之父。

其实，称与不称"之父"，是中西文化不同之处的体现，我国政府早有确定说法，即"两弹元勋"，共 23 人，分别是钱三强、钱骥、姚桐斌、赵九章、邓稼先、王淦昌、彭桓武、程开甲、黄纬禄、屠守锷、钱学森、周光召、杨嘉墀、陈能宽、陈芳允、吴自良、任新民、孙家栋、朱光亚、王希季、王大珩、于敏、郭永怀。他们都是我们的民族英雄。

除了这些科学家们之外，我们也不应忘记无数普通人的奉献。"两弹元勋"彭桓武在一次庆功会上，曾朗诵了一首诗：

> 亭亭铁塔竖秋空，八亿人民愿望同。
> 不是工农兵协力，焉能数理化成功。

《横空出世》之所以取得成功，恰恰因为它抓住了"两弹精神"的实质，那就是集体的力量。有了这种力量，我们就能创造出人间奇迹。

胡仁宇：怀念革命激情燃烧的时代

胡仁宇，1931年7月20日生于上海，籍贯浙江江山，物理学家，中国科学院学部委员（院士），中国工程物理研究院研究员、原院长。

1950年时，我从南方转到清华大学来念物理系；1956年，我被近代物理科学所派到苏联科学院的列别捷夫物理研究所，学实验核物理。按规定学四年，但我没学完。我的导师后来得了诺贝尔物理学奖。

1958年暑假，因为我女朋友动了一次大手术，我便趁暑假回国看她。我于6月中旬回国，准备8月初回苏联，近代物理科学所所长钱三强对我说："你走之前，一定来看我一次。"

出发前，我去钱三强家辞行，他说："你就不要回去了，留在国内，去一家研究快中子物理的单位。"我猜到了他想让我干什么，毕竟我是搞这个专业的嘛。我说："我回苏联一趟，把放在那里的东西拿回来。"钱三强说："你不要走了，东西让别人给你带回来，明后天，你就到二机部九局报到。"

去报到后，领导也没说搞核武器，说近代物理所在坨里有一家原子能研究所，你去那儿报到。

坨里，在北京房山。

第七章 《横空出世》：
震撼世界的东方巨响

过了几天，我就去了，当时心里很忐忑，这么重要的工作，国家信任我，我非常高兴，但我一篇论文都没完成，如何做科学研究，我一点把握都没有。

刚开始，九局就给我两条任务：

一是到 401（就是原子能研究所）搞中子物理实验。

二是接收各所大学分来的大学生，把他们一个个从汽车站接过来，送到 401 去，安排好吃、穿、住，以及培训等。

当时我们单位都没有住的地方，只能住原子能研究所，新来的大学生 8 个人一间，我们都住在一起。当时他们也不知道来干什么，但安排学习什么就学习什么。

人类军事有三个时代：一是冷兵器时代；二是热兵器时代，有枪有炮了，用的是化学能量；三是原子能时代，原子弹的能量大概是化学能量的 100 万倍。从热兵器时代发展到原子能时代，困难非常大，它不是一个新发明，而是一个很复杂的、庞大的、多领域的系统工程。

很多设计原子弹用的参数，是在高温高压下状态的方程等推算出来的，过去根本没有，也没条件做。因为地球上没这个条件，全靠理论计算。然后通过原子弹爆炸，来验证正确度。

当时中国刚解放，受帝国主义压迫了一百多年，基本没有现代工业，科学技术薄弱，学原子核物理的专家屈指可数，也许一个巴掌、两个巴掌就能数过来。所以外国人说中国暂时研发不出来原子弹，不是瞎说的，是在对我们的基础能力、对我们的人才储备、对我们的状态等分析后得出来的。但外国人不知道社会主义的优越性，我们可以集全国之力、万众一心。

我在九院干了 60 年，至今仍怀念两弹研究刚开始的时候。为什么？我觉得那是一个激情燃烧的时代，所有参加者，没有一个人为名为利，为自己的将来打算，只想搞出原子弹。

1960 年 2 月，宋任穷率代表团访苏，我作为随员之一也参加了。在那里待了一个多月，快把我闷死了，他们连旅馆的门都不让我们出去，搞了几个外围厂看了一下。这已是 1959 年 6 月（苏联撤走核武器专家）后了。那时我们的口号叫"自力更生为主，力争外围为辅"。

1960 年 6 月初，我们党委开了科技干部骨干会，我觉得，如同吹响了向"两弹"进军的号角。我们的研究场地在青海，所有的准备工作，包括一系列调试都在青海，调试完了，试验也在青海做。因为试验有危险性，别的地方做不了。

在第一次原子弹试验成功的纪录片中，原子弹爆炸前几分钟，有我的一个特写镜头。

在原子弹试作业的时候，九院负责核装置。核装置是我们研究、制造的，也是我们装配的，成不成都是我们负责任。所以我们成立了一个第九作业队，分了六个小组，各负责一部分。我被任命为"内球"组组长，负责两件事：一是管理 5 号材料，就是核放射性物质材料的装箱、运输、装配；二是运送点火中子源，鉴定合格了，把它放到中间一个小洞里去。这件事科技含量不是很高，没多大难度，但政治责任很重，且有风险。

10 月 16 日清晨，我们开始撤退，撤退到 100 多公里外的一个山坡上，那是一个观察地。那个时候没帐篷，我们就在平地山坡上待命，不能面向爆心方向，要背对爆心方向。

开始倒计时，我们必须趴倒在地，脸朝地面，戴着墨镜，不许看爆心方向，爆了以后，别人叫我们起来才能起来。

听到爆响后，等我抬头看时，爆炸后的原子弹已是红的火球了，不是闪光了，那闪光也不让人看，怕伤伤眼睛。当看到蘑菇云升起时，我非常高兴，非常雀跃。

第七章 《横空出世》：
震撼世界的东方巨响

第一颗原子弹爆炸时，我们的综合国力还不太强，又遇上"三年困难时期"，在如此巨大的困境下，我们的原子弹研制居然没走太多弯路，这是很了不起的事。

我个人理解，这就是社会主义的优越性，可以动员全国力量，当时这么多单位都按照中央的步调，要人给人，要设备给设备，再加上万众一心，不为名不为利，只为把"争气弹"搞出来。

当年王淦昌从苏联回国，二机部部长刘杰找他参与原子弹研究时，他说："我愿以身许国。"这句话是名言。还有彭桓武写的一句话："集体集体集集体，日新日新日日新。"这是改革开放后，他在全国科学大会得了科学技术一等奖，人家把奖章和奖状送给他，他不肯收，在日历上面写下了这句名言。他说："前面这条的意思是，工作是集体干的，后面这条，是激励自己，来日方长，还有时间去干。"后来，他把奖章送给了军事博物馆，当时我也参加了那次大会，对这位老科学家十分敬佩。这两句名言，激励九院一代代人努力奋斗。

彭桓武当年回国时，有记者问他："你为什么要回国？"他说："回祖国不需要理由，不回来才要问理由。"

我出身剥削阶级，中华人民共和国成立以后，在党的教育下，我一步步走过来。我在清华时就申请过入党，没被批准，说还要考核，我是在到近代物理研究所工作，去苏联学习以前被批准入党的，到现在也60多年了。自从宣誓入党以后，我按照党的教导，一直是组织叫干什么，我就干什么，套用今天的一句话，就是不忘使命。

为保证我国最低核威慑能力，保卫和平建设，我尽力而为。不敢说做到最好，但我尽力了，所以我的心态比较平衡，没有虚度此生。（根据胡仁宇口述整理）

张旅天：大漠深处盛开着马兰花

张蕴钰（1917—2008 年），河北省赞皇县人，于 1937 年参加八路军，同年加入中国共产党。中华人民共和国成立后，他历任军参谋长、兵团副参谋长、兵团参谋长等职，参加了淮海战役、渡江战役、西南剿匪、抗美援朝，参与指挥了上甘岭战役。1958 年，他被任命为核武器试验靶场主任，1961 年改称基地司令员，为"两弹一星"事业做出了贡献。

张旅天，张蕴钰将军之子。

我父亲是在 1937 年"七七事变"时参加的八路军，此后一直从事与作战有关的工作，"上甘岭战役"是他的最后一次作战。从朝鲜回来，他回大连组织了辽东抗登陆的陆海空大演习。正干得风生水起，突然被分到一个偏远的地方，带领不熟悉的部队，在一个陌生的领域，干一件这么大的事业，他想，这是不是有点冒失？

但是他又想到，抗美援朝时，当美国人要对朝鲜使用原子弹，志愿军只能把掘开式的工事改成背负式的坑道；辽东演习时，防原子弹也是解放军必备的训练和考核内容，但这些都是防御。1946 年，国共和谈期间，他是北平军调部中共 25 小组的代表，参与了"安平事件"的调查，并去南京向周恩来副主席汇报。在那里，他看了一部美国电影，其中有美国用原子弹轰炸广岛、长崎的真实镜头，给了他巨大的震撼——竟然有这么大规模杀伤力的武器。

1958 年，我父亲走进中国核武器创业者的行列。面对艰巨考验，他当时想，能为祖国的现代化建设效力，是多么幸福。所以他没犹豫，毅然从渤海之滨走向西北大漠。

1958 年 8 月，陈赓大将找我父亲谈话，让他领导核试验基地的建设工作。10 月 29 日，他赶到敦煌，与先期到达的、商丘步校组成的勘察大队汇合，然后连续几天奔波、考察、思考。勘察大队的同志说，敦煌是苏联专家定的地方，能进行两万吨 TNT 当量的试验，他越看越觉得那地方不行，还冒了一句粗口："真是麻子不叫麻子，叫坑人。"

为什么这么讲？

当时美苏核试验都已到千万吨级别了，我们为什么只搞两万吨的？那附近有莫高窟、鸣沙山、汉长城、古烽火台等，大当量的核爆炸造成的地震会损毁文物，如果损毁了这些文物，我们就是历史的罪人。况且那里水源缺乏、土质疏松，大工程难施工，不利于部队长期工作生活。此外，高空风的风向都对着敦煌，放射性尘降会对人民生命健康造成威胁。所以他与大家开会，统一思想，把苏联专家的意见否决了。

当他把意见向总参办公会汇报后，陈赓大将说："这不行，你们再找一个吧。"

于是，他带着勘察大队的部分人员，在 12 月 24 日，西出玉门关，向罗布泊方向出发，挺进"死亡之海"。

罗布泊被近代西方探险家称为"死亡之海"，天上无飞鸟，地上不长草，热风寒流，飞沙走石，经常能看到人类的枯骨埋在沙里。大家都知道，1980 年，科学家彭加木在罗布泊失踪，其实 1949 年后，最早进入"死亡之海"的是我父亲他们这支勘察队。

在勘察中，我父亲他们经历了寒冷、风暴、干旱、缺水、迷路等。晚上睡觉时，他们必须把所有被子、棉袄、皮大衣、皮帽子全盖上，但早晨起来，他们依然会被冻得一脸冰霜，甚至上边的被子都被冻住了，掀不开。他们只能从脚下掀起一角，他们爬出来，再把被子揭开。风沙刮起来时，他们只能在车里躲避，不过两天，汽车的漆皮就被风沙磨光了。

他们对当地的地贡水源不了解，所以带的水必须节约着用，每人每天两茶缸水，吃喝洗漱都是它。他们只能一三五刷牙、二四六洗脸、星期日干擦。沙尘也是考验，混在米里，很难淘干净，很多人囫囵吞咽下去，后来许多人都得了胃病。我父亲原来就有胃病，胃疼时很痛苦，炊事员每天给他烤馒头干，放在饭盒里，说："首长，这个养胃，好消化。"

他们有时候迷了路，很着急，情绪低落。这时候我父亲就与大伙儿席地而坐，给大伙儿讲诗词、《西游记》、上甘岭的故事，调节大家的精神状态。

经过多日考察，他们最终在罗布泊西北地区找到了理想的场地，周围几百公里没有人烟，没有耕地，没有牧场，他们在这片大漠上打下第一根桩，这就是我们国家未来的核武器试验场。

多日辛劳没有白费，大家都很高兴，面对这面积达 10 万平方公里，与浙江省面积相当的场地，我父亲兴奋地赋诗：

玉关西数日，广洋戈壁滩。
求地此处好，天授新桃源。

那种广阔与荒凉之地，在他们的眼中就是桃源。

找到了试验场，还要找生活区。1959 年春天，他们来到一个地方——北靠天山，南临博斯腾湖，一条河顺山流下，河边长着许多马兰草。因为正值春天，一些马兰花盛开了。这个地方地下水很丰富，是比较理想的生活场所。同志们都很兴奋，有些同志起名说叫科学城、原子城，后来我父亲指着这些马兰说："这些马兰花在这么严酷的条件下，还开得还这么好，我看就叫马兰村吧。"从此，西北戈壁大漠上诞生了一个叫马兰的地方。

我们家是 1965 年 8 月搬去的，从我父亲 1958 年去新疆，我家两地分居了 7 年，搬去时，我们很高兴。我那时候小，不像现在，还想着将来在哪上学、在哪就业、在哪生活，就觉得能全家团圆，多好啊。

到了新疆，没想到我父亲的生活节奏跟我们不一致。那时我上小学二年级，9岁。我们起床上学时，父亲已经上班去了；当我们晚上睡觉时，他还没下班。加上场区、生活区隔着那么远，他一旦进场区，几个月不回来，和他一起吃顿饭，有时都挺难的。

有一次，那是个星期天，我父亲高兴地过来跟我们说："中午想吃什么？说吧。"我想可能是他工作顺利，或者又解决了什么难题，我们都很兴奋，就报自己中意的菜。我那时挺傻的，说我吃鸡蛋炒饭，结果刚说完，我父亲接电话，不久来了十几位叔叔在家里开会，开完会，说吃饭了，我们过去一看，点的菜一个都没有。我哥哥姐姐倒没什么，坐那儿吃，我不高兴，不吃了。后来我父亲过来了，说："开会给忘了，这样，我给你们每人煎个鸡蛋，过去吃饭。"我说："那你得背我过去。"我父亲一转身就把我背起来了，那时感觉父亲的脊背那么宽厚有力，我还很高兴地在他背上晃悠双腿。

后来父亲进场区，又几个月不见。有一天放学回来，妈妈说跟我去医院，我才知道我父亲腰椎病犯了，住院了。一进病房门，父亲就让我把手放在他的腰下，用他腰的体温和下面的烤电的棉垫给我焐手。我小时候比较淘气，上树掏鸟，下水摸鱼，撒尿和泥……什么都玩，一双小手练得皮糙肉厚，一到冬天全是口子，一裂了以后，疼得龇牙咧嘴的，那时都用蛤蜊油抹，也不管用。父亲很忙，但这些事他都记得。我怕他难受，想把手抽出来，他不让。

我父亲不但对事业执着，而且既热情又理性，乐观向上，还有深厚的爱心。

1959年6月13日，总参通知，将原子靶场改名为核试验基地。这天在马兰的一个地窖召开了基地第一次党委扩大会，正值地窖里有一窝小燕子破壳出世，一大早，我父亲就站在地窖门口，嘱咐每一个来开会的同志脚步轻一点、声音小一点，别惊扰了燕子。

几十年后，有人提到这窝燕子时，他的眼眶瞬间充满了泪水，声音还有些颤抖。说："哦，那窝小燕子，大漠上有这小生命不易啊。"

我生长在军营，从小听着军号、口号声，看着军人操练，对军队有天然的亲近感。1972年冬，我如愿入伍，被分配到坦克部队，在基层连队干了7年。那时部队设施比较差，生活也艰苦，但我觉得如鱼得水。因为在连队期间工作出色，后来我参加了寒冷试验、炎热试验，1978年又参加了核试验。我们是装甲兵六大队，去了核实验基地以后，我们的任务就是把上次爆炸后还能用的坦克加以维修，然后在爆点附近重新布置好。试验后，再去观察损毁状况，然后把能拖回来的，再给拖回来。

有一次试验，正好我父亲是总指挥，他到各大队检查工作时，腰椎病又犯了，腰弓成45度，但还是弯着腰检查，一个大队一个大队检查，一个工号一个工号看。晚上我请假去看他，他趴在桌子上，我一边给他按摩一边想，当年父亲背我去吃饭时，脊背那么有力，现在我长大了，他挺拔的脊梁却变得佝偻了，可他对事业的执着，依然没变。父亲对我没有太多言传，主要是身教。

作为在马兰基地长大的孩子，我目睹了父辈们为了中国的核试验付出了一切，我理解的马兰精神，现在凝聚成一句话："艰苦奋斗，干惊天动地事；无私奉献，做隐姓埋名人。"

2008年是核试验基地成立的50周年，当时我父亲的身体已经不太好了，他在住院的时候跟我说："今年是基地成立50周年，真想回去看看。"我说："等出院了我陪你去。"没想到过了几天他的病情加重了，被转到重症监护病房，他觉得自己有生之年回不去了，就给基地党委写了封贺信，并附了一首诗：

马踏西陲，兰花问早，精心梳妆五十载，神韵世人晓。基业再兴，地阔天高，喜看马兰新一代，盛世创业豪！

我父亲爱写诗，每次重大活动或试验成功，都会即兴写上一两首。他自己说："我一高兴、一兴奋就想作诗。"首次原子弹试验成功，他写了一首诗，很短，但意境深远。

这首诗叫《首次核试验当日夜》。

光巨明，声巨隆，无垠戈壁腾巨龙，飞笑融山崩，呼成功，欢成功，一剂量知数年功，敲响五更钟！

短短几句，有光，有声，有形，有情，有意。他一生作了好几百首诗，说他是儒将，非常准确。

我父亲除了对事业执着之外，还特别理性。1961 年 2 月，他就提出要编写《核试验法》。为什么？核试验谁也没搞过，将来试验时，全国几十家单位，上万人到这个场地，组织工作非常庞大烦琐，怎么才能组织好？他就想到了在辽东抗登陆演习时的组织程序。于是他让张英副司令组织机关和很多参事单位编写《核试验法》，把核试验的目标、领导职责、工作内容、工作标准、检查指导全部制度化，这样将来搞核试验的时候，各个分队、各个要素都知道自己该干什么，干到什么标准。

第一次核试验，这么庞大的核试验规模，整个组织工作井井有条。这个《核试验法》在 1988 年获得国家科技进步一等奖。后来，他把奖金全捐给了家乡。（根据张旅天口述整理）

张旅天幼年在马兰 ▲

张旅天在马兰基地执行任务 ▲

马踏西陲
兰花问早
精心梳妆五十载
神韵世人晓
基业再兴
地阔天高
喜看马兰新一代
盛世创业豪

张蕴钰写的诗词 ▲

马兰花照片 ▲

游泽华：我和邓稼先有一个约定

游泽华，1982—1986 年，在原中国工程物理研究院院长邓稼先身边当警卫员。

1984 年，那是邓稼先院长的最后一次核试验。

他当时回到北京很高兴，他夫人问他："今天有什么好事儿？"他说："二代轻舟已过桥。"他夫人问他："什么是二代轻舟？"

"二代轻舟"就是中子弹，虽然试验时被有些国家监测到，但还是被我国保密了十几年。直到邓稼先逝世多年后的 1999 年，我国才第一次对外公布：中国早已掌握了中子弹。

邓稼先院长那年（1984 年）已经生病了，但他平时没时间看病，我说："你要去看。"他说："没时间。"

邓老基本上不分生活和工作，他把生活当工作，把工作当生活。

邓老这一生，经历了 53 次核试验，亲身经历 32 次，亲自当总指挥 15 次，这是他最大的功劳。生病后，他很不甘心，觉得还能为国家做很多事。再后来，他想方设法给中央写建议书，其实他那时连坐在病床上也很艰难，在纸篓中，不知道有多少扔了的草稿。我说："邓老您休息会儿。"他说："我今天要把它完成。"

回北京后，邓老在北京 301 医院住院，他不甘心，第二次手术后，非要去天安门。他一早上便喊我，说："我们出去转转。"邓老有个习惯，身体再不好，也想去书店，想学知识。每次去，他会带支笔和本子，简单的话，他就记下来，复杂的话，他就把书买回去。

他那天说："小游，今天还早，我们先去到新华书店嘛。"

在王府井新华书店待了一会儿，他一看时间，说："小游，时间还早，我们走。"

我们就在外面小馆吃了饭，然后就去挤公交车。我说："我叫司机来接。"他说："不需要，这是我们私人的事，叫人家司机来干什么。"

我说："您身体不好。"他依然说："不需要。"我们坐了两站公交车，从王府井到天安门，下车后，那天天气比较好，邓老东看看、西看看。走到人民英雄纪念碑下面，他到处看那些浮雕，心情很沉重，说："小游，今后我还有没有机会再来？50年后，国家肯定发展得很强大了，你不要忘了经常来看我。"

我说："邓老，您身体会好的，好了之后，我经常陪您来。"

这是我和邓老的一个约定。

邓老过世前的一个月，他的老伴许阿姨坐在病床边，握着他的手。他说："如果有来生，我还选择核事业，还会选择你。"

当时我在阳台上，听得很难受。

邓老对我的影响非常大。第二次手术后期，他身体很难受，我给他按摩时，他问我："小游啊，你今后想干什么啊？"

我说："我还是想当一名医生，还是想帮助别人，为别人做点贡献，为别人做点事。"

中华人民共和国成立 70 周年纪念日，我去了邓老的旧居，我想跟邓老说："咱们国家已经有了日新月异的变化，翻天覆地的变化。"（根据游泽华口述整理）

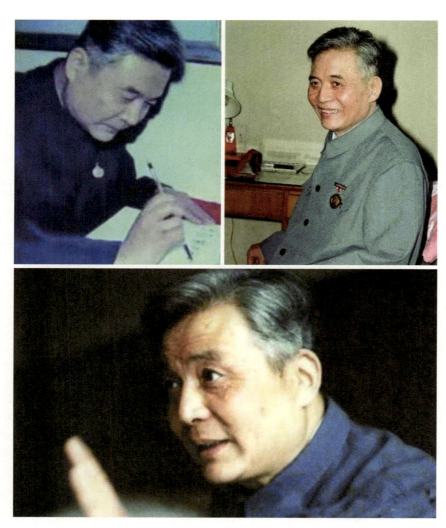

"两弹元勋"邓稼先 ▲

在人类文明的发展史上，中国曾走在世界的前列。直到 15 世纪以前，中国的科学技术在世界上保持了千年的领先地位。

然而，在中华人民共和国成立前一百多年的漫漫长夜中，由于旧中国社会制度腐败和经济技术落后，全世界几乎一切大中小帝国主义都侵略过我们。落后就要挨打，这就是我们不会忘记更不能忘记的历史教训。

[毛主席在开国大典上的同期声]：中华人民共和国中央人民政府今天成立了！

1949 年 10 月 1 日，毛泽东主席在天安门城楼上望着徐徐升起的五星红旗，情不自禁地大声说："升得好！"他向全世界庄严宣告："我们的民族将再也不是一个被人欺侮的民族了，我们已经站立起来了。"

西方列强不愿承认新中国，更不想看到一个强大的中国在东方崛起，他们操纵联合国剥夺了我国的合法席位。中国人民时刻受到战争甚至核战争的威胁。

当我们的人民还在用小米加步枪为自由解放而浴血奋战的时候，西方大国已经造出了原子弹。

第二次世界大战结束后，世界形成了以美国和苏联为首的两大阵营。核军备竞赛愈演愈烈，轮番升级，核大国以核爆炸的音响效果作为他们的外交语言。整个世界处于核恐怖之中。

1950 年，美国将侵略的战火烧到了鸭绿江边，美军第七舰队开进台湾海峡；美军上将麦克阿瑟扬言，要在中朝边境建立"核辐射带"；美国总统杜鲁门宣称，一直在积极地考虑使用原子弹……

第七章 《横空出世》：
震撼世界的东方巨响

面对美帝国主义的核讹诈，毛泽东主席以他特有的胆略和气魄回答："美国的原子弹，吓不倒中国人民。"早在1946年，他就在延安的窑洞前讲过原子弹是纸老虎，后来他又把这句历史性的名言讲到了北京，讲到了莫斯科。

中国不怕原子弹，中国反对原子弹，可是，严峻的现实却迫使中国的领袖们不得不考虑研制自己的原子弹。

毛主席说，原子弹就是那么大一个东西，没有那个东西人家就说你不算数；在今天的世界上，我们要不受人家欺负，就不能没有这个东西。

铀是实现核裂变反应的基本物质，一个国家要制造原子弹、建造核电站，首先就必须有铀矿资源。

1954年秋，广西发现了铀矿。这些风餐露宿的地质队员们没有想到，他们采集的铀矿石竟会那么快地飞到中南海毛主席的办公桌上。

毛主席将这块铀矿石标本拿在手上，掂了又掂。他握着地质部副部长刘杰的手，意味深长地说："这是决定命运的哟，好好干呀！"

从"原子弹是纸老虎"到"这是决定命运的"，毛泽东主席整整思考了八年。他以伟大战略家和哲学家的目光关注着五洲四海的政治风云，也关注着微小原子核裂变反应释放的巨大能量对人类前途和命运带来的影响。他常常同专家和教授们一起兴致勃勃地探讨微观世界的奥秘，后来西方科学家把一种新发现的基本粒子称作"毛粒子"。

1955年1月15日，毛主席主持召开中共中央书记处扩大会议，作出了中国要发展原子能事业的战略决策。地质学家李四光和物理学家钱三强带着铀矿石和测试仪器在会上作了汇报和演示。

毛主席说："我们只要有人，又有资源，什么奇迹都可以创造出来！"他强调，

"现在到时候了，该抓了！"

这次会议极为保密，现在能够查到的仅有的文献，就是周恩来总理工作台历上的这几行字和他写给毛主席的一封信。

1956 年，在周恩来、陈毅、李富春、聂荣臻主持下，制定了《1956 至 1967 年科学技术发展远景规划纲要》，把发展以原子弹、导弹为代表的尖端技术放在突出位置。

1958 年 5 月，毛主席在中共八大二次会议上说："我们也要搞人造卫星！"一个月后他又强调："搞一点原子弹、氢弹、洲际导弹，我看有十年工夫是完全可能的。"

中华人民共和国一穷二白，百废待兴。20 世纪 50 年代中期，中国的铀矿才刚刚勘探，世界上还没有洲际导弹，以毛泽东同志为核心的中共第一代领导集体高瞻远瞩，审时度势，不等条件完全具备就果断提出发展"两弹一星"的战略决策，为实现中华民族的强国梦想描绘了一张宏伟壮丽的蓝图。

当现代科学在西方蓬勃发展的时候，一批又一批聪明智慧的中华学子，怀着科学救国的强烈愿望留学海外，不少人成为著名的专家、学者，取得了举世公认的成就。

中华人民共和国成立后，党和政府很快把已经归国的、为数不多的专家组织起来，组建了专门的科研机构；同时，千方百计，精心安排，帮助在海外渴望回国的专家、学者尽快地回到祖国的怀抱。其中许多专家成为中国"两弹一星"事业的奠基者和带头人。

1949 年 11 月 15 日，周总理亲自起草电文，嘱咐有关人员保护著名科学家李四光顺利回国。

著名物理学家赵忠尧在归国途中被驻日本的美军关进监狱，在祖国人民和世界科学界的声援下，才恢复自由。他用在国外省吃俭用省下的钱购买了一批科研器材，为原子能研究所组装了第一台质子静电加速器。

第七章 《横空出世》：
震撼世界的东方巨响

著名核科学家彭桓武在英国留学十年，获得两个博士学位，是第一个在英国取得教授职称的中国人。有人问他为什么回国，他说："回国不需要理由，不回国才要理由。"

从英国爱丁堡大学归来的程开甲教授，在天山深处核试验基地的"干打垒"平房中，默默无闻地生活了近二十年。他说："如果我不回来，绝不可能像现在这么幸福，因为我现在所做的一切都和祖国紧紧联系着。"

1950年，钱学森决定以探亲名义回国，却被美军当局无理拘禁，在联邦调查局特务的监视下被滞留长达五年之久。

直到1955年10月，在周恩来总理的亲自安排下，中国代表在中美大使级会谈中多次严正交涉，钱学森一家才得以安全回到祖国。江泽民总书记1989年在中南海对钱学森说："从当年冲破重重困难毅然回国的老一辈科学家身上，我们看到的是中华民族的气节和自尊心。"

中华人民共和国成立初始，中国政府就在重点高等院校设立与国防尖端技术相关的专业；随后又相继创办了解放军军事工程学院等一批高等军事工程技术学院和国防工业高等院校；并派出了大批学者和青年学生到苏联等国家留学进修，为"两弹一星"事业培养了雄厚的专业技术队伍。

1956年10月，党中央征询聂荣臻对工作安排的意见，聂荣臻毫不犹豫地表示希望抓科学技术工作。不久，这位曾怀着科学救国志向留学法国的元帅，出任国务院副总理兼国家科委主任和国防科委主任。陈赓大将、刘亚楼上将、张爱萍上将兼任国防科委副主任。赵尔陆、宋任穷等许多高级将领先后担任国防科研和工业部门的重要职务。

一批批从炮火硝烟中冲杀过来的中国军人，带着战争年代的革命精神和优良传统，走向工厂、矿山，走进科研院、所，踏上向国防现代化进军的新的征途。

数以十万计的工程兵部队、铁道兵部队和建筑工人队伍从四面八方秘密开进，形成继解放大西北以来最大规模的军事集结，开始了导弹、原子弹研制试验基地和工业企业建设的巨大工程。1958 年，中央军委决定在甘肃酒泉设立特种工程指挥部，由工程兵司令员陈士榘上将兼任司令。

导弹试验靶场坐落在巴丹吉林沙漠腹地，刚刚从朝鲜撤离归国的志愿军第二十兵团的将士们由孙继先中将率领，在浩瀚的沙海中开辟了新的战场。

核武器研制基地建设在青海省的金银滩，西藏军区副司令员兼参谋长李觉将军被任命为核武器研究院第一任院长，至今许多人仍然记得他在这里下达的那道命令："把新建的楼房给科技人员，干部一律住帐篷。"

核试验基地以商丘步校一部为主体组建，第一任司令员是张蕴钰将军，这位上甘岭战役中的军参谋长，在罗布泊荒原上展开了又一次艰苦卓绝的战役。

导弹的巨大推力、原子弹上万吨 TNT 当量的破坏力，决定了只能到远离人烟的地方去进行这种试验。创业者一开始就肩负着这似乎是矛盾的双重使命：为了武器试验，他们要寻找广阔与荒凉；为了自身生存，他们又渴望发现绿色和生命。

面对沉寂的千古荒原，激荡在风尘仆仆的开拓者心中的是历史的责任和创业的豪情。他们在无人的戈壁和大漠中踏出了生命之路，他们为没有名字的地方取了一个个充满诗情画意的地名：沙滩上长着几棵胡杨树，这地方就是"大树里"；荒漠中偶然发现一眼泉水、几簇甘草，这泉就被命名为"甘草泉"；流往罗布泊的小河边几株芦苇摇曳，便联想起孔雀开屏，新建的营地就叫"开屏村"。博斯腾湖岸边有一片盛开的马兰花，于是，核试验基地便有了一个美丽的名字——马兰。

东风、马兰，这一代又一代建设者用心血和汗水在荒漠中浇灌的绿洲，这些地图上找不到的小小城镇，如今已成为世人瞩目的航天城、原子城，成为几代创业者共同的故乡，成为他们的精神家园。

1957 年 11 月，毛泽东同志率领中国代表团访问苏联。

到处是欢呼和笑容，到处是鲜花和掌声。这时，中苏刚刚签定了《国防新技术协定》。苏共领导人还特意请毛泽东同志观看了苏联进行原子弹和氢弹试验的绝密影片。

不久，在中国原子能研究所由苏联援建的重水反应堆和回旋加速器正式移交使用。

可是，当这种友谊和援助要以损害中国的主权、尊严为条件的时候，破裂就不可避免地发生了。

1958 年 7 月 31 日赫鲁晓夫来华，再次提出建立长波电台和联合舰队的建议，显示出要在军事上控制中国的企图，遭到毛泽东同志的严辞拒绝。毛泽东同志说："我们再也不想让任何人利用我们的国土来达到他们自己的目的。"

随之而来的是，苏联政府以种种借口拖延中苏《国防新技术协定》的执行。

1959 年 6 月 20 日，苏共中央突然致信中共中央，通知暂缓向中国提供原子弹的样品和设计的技术资料。后来这个日子成为我国第一颗原子弹的代号——"596"。

1960 年 7 月 16 日，苏联政府照会中国政府，要撤回在华工作的全部专家。

面对赫鲁晓夫的背信弃义，毛泽东同志在北戴河气愤地说："要下决心搞尖端技术。赫鲁晓夫不给我们尖端技术，极好！如果给了，这个账是很难还的。"

苏联专家同热情的中国朋友依依惜别，也许他们当时并不清楚两国上层发生了什么，但谁都明白，这突如其来的撤离会给中国带来多么严重的后果。

短短一个多月时间，1390 名专家撤走了，数十个协定和数百份合同撕毁了，一些重大科研项目半途停顿了，一些厂矿停工停产了，一些正在建设的工程被迫下马……

中国共产党人没有动摇奋发图强的壮志和雄心，站立起来的中华民族依然直挺着不屈的脊梁，艰难而又坚定地走着自己的路。

1960 年初，我国准备用国产燃料发射苏制导弹，苏方却说中国燃料不合格，国产燃料被迫倒在戈壁滩上。苏联专家撤走后，发射基地特燃处年轻的科技人员反复检验，梁守槃等火箭专家立下军令状，保证国产燃料完全合格。

就在苏联专家撤走后的第 17 天，我国用国产液体燃料成功地发射了一枚苏制导弹。

[1960 年 11 月 5 日]

第 83 天，我国自己制造的这枚被称作"争气弹"的导弹"东风一号"腾空而起，准确命中目标。

聂荣臻元帅激动地说："在祖国的地平线上，飞起了我国自己制造的第一枚导弹。这是我国军事装备史上一个重要的转折点。"

1960 年，我国登山健儿将五星红旗插上珠穆朗玛峰，给在困难中苦斗的中国人民带来了极大的振奋。

周恩来总理说："我们在尖端技术上，要像攀登珠穆朗玛峰那样前进。"

[原子能研究所]

1961 年 7 月，中共中央决定：缩短战线，集中力量，自力更生突破原子能技术。大批专家和科技骨干，怀着强烈的爱国热情，从全国各地迅速奔向核武器研制和试验的第一线。仅中国科学院原子能研究所就输送技术人才九百多人，有人赞叹他们是"满门忠孝"。

二机部副部长钱三强说："中国已经改朝换代了，尊严和骨气再也不是埋在地层深处的矿物。"他组织安排重大科技攻关，并亲自物色和推荐了一批学科带头人。

当组织上决定让王淦昌参加原子弹研制工作，他斩钉截铁地说："愿以身许国。"从此，这位发现反西格玛负超子的著名科学家化名王京，成为攻关队伍中的一名领导者和技术带头人。

钱三强同参加研究用气体扩散法分离铀同位素的王承书谈话时问："你愿意隐姓埋名一辈子吗？"这位从海外归来的女科学家坚定地回答："我愿意！"

著名科学家郭永怀，在美国留学时始终拒绝参加机密工作，而在祖国需要的时候，他却义无反顾地投身到原子弹研制的秘密工程。

正在莫斯科杜布纳联合核子研究所工作的周光召、吕敏、何祚麻等二十几名中国专家，得知苏联撤走专家的消息，立即奋笔请缨，他们表示："作为新中国培养的一代科学家，我们随时听从祖国的召唤！"

[核武器研究所]

位于北京城北的这座灰楼，是中国核武器研制最早的阵地。王淦昌、彭桓武、郭永怀、朱光亚、程开甲、陈能宽、邓稼先、龙文光、疏松桂等专家先后集结在这里，秘密地进行着原子弹技术的艰难攻关。

[工程兵试验靶场]

王淦昌、陈能宽率领科技人员在老式的木桶和廉价的硬纸模里铸成了用于试验的炸药元件，1960 年春天在长城脚下，打响了爆轰物理试验的第一炮。

封存在仓库中的这几十麻袋计算草稿，是邓稼先率领的理论设计队伍艰苦攻关的记录。当年他们最先进的运算工具，就是两架每秒 300 次的"乌拉尔"计算机，许多数据还要靠手摇计算机、计算尺甚至是古老的算盘来计算。就是靠这些近乎原始的工具，他们夜以继日，加班加点，完成了第一颗原子弹的理论设计方案。

在原子能研究所这个简陋的工棚实验室里，物理学家何泽慧指导王方定小组的青年科技人员，经过几百次试验，研制了引爆原子弹的点火中子源。

这时，正值我国"三年困难时期"，再加上苏联索债，帝国主义封锁，国民经济出现了空前的困难。

导弹、原子弹研制和试验基地经受着饥饿的威胁，许多工人和科技人员身体浮肿了，不少战士因营养不良得了夜盲症……

戈壁滩稀有的榆树叶子，成了他们补充维生素的宝贵营养品；弱水河畔的沙枣叶、骆驼草籽成了他们充饥的食物。

从北京的实验室到西北大漠中的建设工地，科技人员、工人和解放军官兵丝毫没有停止攀登的脚步，他们咬紧牙关，用心血、用汗水、用双手、用肩膀、用血肉之躯推动着共和国前进的车轮。

在青海高原，在大漠深处，科技人员、战士和职工一起开荒种地，打骆驼草籽，在十分艰苦的条件下坚持基地建设。

历史，注定了我们的事业只能走独立自主、自力更生的路。一个贫穷落后的国家要实现现代化，除了艰苦奋斗，我们别无选择。

党中央时刻牵挂着国防科技队伍的温饱和冷暖。周恩来总理亲自打电话给有关省市负责同志，从各地调拨粮食和生活用品。

毛主席不吃肉了周总理不吃肉了。然而，1962年春节，国务院在人民大会堂宴请了一千多名科学家，请他们吃顿肉，补充点营养。

在苦战攻关的关键时刻，党和国家领导人多次到工厂和研制试验基地视察。

邓小平总书记说："你们要大胆去干，干好了是你们的，干错了是我们书记处的。"

陈毅元帅表示："就是当了裤子，也要把原子弹搞出来。早一点把原子弹搞出来，我这个外交部长说话腰杆就硬了。"

张爱萍将军为大家鼓劲说："再穷也要有一根打狗棍。"

中华民族的凝聚力和创造力，又一次在最危难的关头闪耀出最灿烂的光彩。最困难的年代，却是实验室灯光最明亮的年代；最饥饿的年代，却是创业者歌声最嘹亮的年代。人们称誉这是"两弹一星"创业史上的黄金时代。

20世纪60年代初期，美国在对中国实行严密封锁的同时，还不断派遣飞机侵入中国腹地，刺探导弹、原子弹基地的情报。这是被我防空部队击落的美国飞机的残骸。当时外国记者问是用什么武器把它们打下来的，陈毅外长幽默地说："我们是用木棍捅下来的。"

这时，台湾海峡的局势日趋紧张，蒋介石不断叫嚷着要"反攻大陆"；美国以几十个军事基地对我国形成新月形的包围圈，并多次举行针对中国的军事演习，不断对中国进行核威胁。

严峻的形势迫使我们加快原子弹研制的步伐。

1961年10月，受中央委派，张爱萍和刘西尧到核工业第一线调查研究20多天后，提出1964年制成核武器和进行核试验是可能实现的。

1962 年 11 月 3 日，毛主席在罗瑞卿《关于加强原子能工业领导的报告》上批示："很好，照办。要大力协同做好这件工作。"

中共中央决定成立以周恩来总理为主任的 15 人专门委员会，成员包括七名副总理、七名部长级领导干部。

中央专委是在党中央直接领导下，具有高度权威的行政权力机构。从成立到第一颗原子弹爆炸前，中央专委共召开了九次会议，研究解决了一百多个重大问题。

集中统一领导，集中力量办大事，全国一盘棋，这是我们社会主义制度优越性的具体体现，这就是我们的秘密所在，这就是我们的真正优势。工业落后的中国要在较短的时间内制造出原子弹，靠的就是全民族团结一致和全国的大力协同。

围绕第一颗原子弹的攻关项目，中国科学院、冶金、机械、化工、电子、石油、建工、轻工、纺织、公安、交通等 26 个部委和 20 个省、市、自治区的 900 多家工厂、院校、科研单位，展开了一场规模空前的大会战，为原子弹的制造和试验研制出十万多种专用仪器、设备和原材料。

[1962 年 12 月，包头核燃料元件厂投产；1963 年 8 月，衡阳铀水冶厂投产；1964 年 1 月，兰州浓缩铀厂生产出合格产品]

1964 年春节期间，在姜圣阶和张沛霖等专家的指导下，酒泉原子能联合企业张同星等人解决了核部件铸造中消除气孔的问题。5 月 1 日，青年车工原公浦加工出第一枚原子弹的高浓铀核心部件；为了熟练掌握操作技术，他在半年的苦练中体重减轻了15 公斤。

核测试队伍在程开甲、董寿莘、王茹芝、陆祖荫、忻贤杰、孙瑞蕃、吕敏等专家的率领下，同军内外有关单位密切协作，在短短两年内研制出了一千多台套核试验控制、测试、取样的仪器和设备。

正当中国一步步迈进核门槛的时候，1963 年 7 月，美、英、苏三国在莫斯科签定了部分禁止核试验条约，企图绑住中国人民的手脚。赫鲁晓夫断言中国 20 年也搞不出原子弹。

对此，中国政府严正声明："即使一百年也造不出什么原子弹，中国人民不会向苏联领导人的指挥棒低头，也不会在美帝国主义的核讹诈面前下跪。"

1964 年春，托举原子弹的百米铁塔在罗布泊拔地而起，中国第一次核试验的准备工作全面展开。一时间，大西北这片神秘的荒原似乎成了整个国家整个民族精神的缩影。

辽阔广大的戈壁滩一望无际，弯弯曲曲的孔雀河流贯其中，这个过去人烟绝迹的地方，现在已成为我国进行原子弹试验的天然场地。

[字幕：张爱萍任首次核试验总指挥 刘西尧任副总指挥]

5058 名参试人员来自解放军各总部、各军兵种、新疆、兰州军区、二机部、公安部、国防部十院、军事工程学院、中国科学院等 26 个单位，他们怀着为祖国争光、为中华民族争气的豪情壮志，撑起帐篷，连营千里，誓夺原子弹爆炸的成功。

33000 多吨器材、物资从祖国四面八方运往场区，共动用火车皮 1116 节，汽车1270 台，行驶了 1851 万公里，相当于绕地球 462 圈。

为了核试验，5000 名工程兵日夜拼搏。盛夏，地表温度达 50 多摄氏度，他们坚持作业；严冬，气温在零下二三十摄氏度，他们照常施工。经过两年多的艰苦努力，他们按时保质保量地完成了全部 154 项特种工程。

执行安全防护保障任务的防化学兵，头戴防毒面具，身穿胶质防护衣，全副武装在戈壁滩上坚持天天训练，防护衣内温度高达 40 摄氏度以上，他们以超人的毅力顽强跋涉，谁也说不清他们流了多少汗水。

为严防无关人员误入试验禁区，保证群众的绝对安全，基地的七名警卫战士沿着罗布泊最荒凉的地带徒步巡逻了 8300 里，在半年中每人磨烂了 12 双鞋。

"我们战斗在戈壁滩上，不怕困难不畏强梁，任凭天公多变幻，哪怕风暴沙石扬，头顶烈日明月作营帐，饥餐沙砾饭，笑谈渴饮苦水浆……"核试验总指挥张爱萍将军亲自创作的这首歌词是当时艰苦生活的真实记录，也是参试部队精神风貌的生动写照。

在中国原子弹即将问世的时候，美国有人鼓吹要摧毁中国的核设施。

面对这种尖锐复杂的形势，9 月 22 日，周恩来总理向毛主席汇报了关于原子弹爆炸早响和晚响的两个方案。毛主席果断指出："原子弹是吓人的，不一定用。既然是吓人的，就早响。"

在举国欢庆中华人民共和国成立 15 周年的节日气氛中，中央专委召开会议，对首次核试验作出了周密的部署。

罗布泊悄然进入倒计时。

[1964 年 10 月 4 日，原子弹运到试验场区；14 日 19 时 20 分，原子弹在密闭工作间就位]

周恩来总理批准 16 日 15 时为爆炸零时。

16 日凌晨 4 时，张爱萍、刘西尧在铁塔下检查了原子弹爆炸前最后的准备工作，决定 6 时 30 分开始插接雷管。

核试验基地司令员张蕴钰和九院院长李觉分别带着主控站和变电房的钥匙，同技术人员一起在各项工作完成后，走下铁塔，最后撤离爆区。

14 时 30 分，张爱萍、刘西尧进入距爆心 60 公里的白五岗观察所。

在北京的周总理和核试验场的张爱萍总指挥同时守在电话机旁，等待着这个伟大的瞬间。

14 时 40 分，张震寰将军在主控站下达操作口令。

公元 1964 年 10 月 16 日 15 时，中国第一颗原子弹爆发出惊天动地的巨响。

中国，这个世界上最先发明火药的国家，这个在共产党领导下站立起来的国家，终于用现代科学的雷霆证明了自己强大的生命力和创造力。

可以说，没有谁比毛泽东同志更希望这颗原子弹早响，没有谁比毛泽东同志更清楚这一成功对中国意味着什么。

在这成功的时刻，毛泽东同志却是那么冷静。

张爱萍向周总理报告："原子弹已按时爆炸，试验成功了！"

毛主席指示："是不是真的核爆炸，要查清楚。"

张爱萍再次报告："火球已变成蘑菇云，根据景象判断是核爆炸。"

毛主席说："还要继续观察，要让外国人相信。"

随后，一份证明确实是原子弹爆炸的详细文字报告传到北京。

当晚，在接见音乐舞蹈史诗《东方红》的演职人员时，毛主席终于抑制不住内心的激动，让周总理提前宣布了这一特大喜讯。顿时，全场欢声雷动。

周总理风趣地说："大家可以欢呼，可以鼓掌，可不要把地板跳塌了哟。"

第二天，周总理在向二届人大常委会作报告时特别指出："随着我国第一颗原子弹的爆炸，现在是扫除一切自卑感的时候了。"

的确，罗布泊一声巨响，是让世界重新认识中国的时候了，是所有的炎黄子孙扬眉吐气的时候了！

亲手托举起蘑菇云的核弹元勋们此刻心情格外激动，他们清楚，我国爆炸的这颗原子弹，是按内爆原理设计的浓缩铀弹。后来，西方专家称这是一项惊人的成就。

美籍华人记者赵浩生写道："在海外中国人的眼中，那蘑菇状烟云是怒放的中华民族的精神花朵；那以报纸、广播传出的新闻，是用彩笔写在万里云天上的万金家书。"

法国著名科学家约里奥·居里 1950 年就曾捎口信给毛泽东主席："你们要反对原子弹，你们就必须有自己的原子弹。原子弹的原理也不是美国人发明的。"中国第一颗原子弹爆炸成功的消息，给全世界爱好和平的人民带来了巨大的鼓舞，祝贺的电文像雪片似的飞向北京。

美国总统约翰逊表现出罕见的慌乱，他先是发表声明说中国的原子弹意思不大，"不应过高估计这次爆炸的军事意义"。可是，在两天后他却又惊呼："不应该把这件事等闲视之。"

更具讽刺意味的是，赫鲁晓夫曾嘲笑中国"不参加核保护伞，到头来连裤子都没有得穿"，然而，就在中国原子弹爆炸前夕，他自己却灰溜溜地下台了。

威力巨大的原子弹、氢弹，只有和射程较远的投射工具结合起来，才能组成为战略核武器。

美国和苏联分别在 1958 年和 1964 年部署了洲际弹道核导弹。

中国有了原子弹之后，美国国防部长麦克纳马拉预言："中国五年内不会有运载工具。"有的西方记者说中国是"有弹没枪"。美国人又一次低估了中华民族的能力，他们绝没想到，中国在第一颗原子弹爆炸之前的三个月，就已经有了自己的中近程弹道导弹。

以钱学森为院长的导弹研究院成立后，任新民、屠守锷、梁守磐、庄逢甘、蔡金涛、黄纬禄、吴朔平、姚桐斌、梁思礼等专家先后从全国各地调来，形成了中国发展导弹技术的第一批骨干力量。

仿制苏式的近程导弹"东风一号"刚刚研制成功，我国导弹技术队伍马上开始自行设计中近程地对地导弹"东风二号"。参加设计的科技人员，大部分是刚出校门的大学毕业生和中专毕业生。他们如饥似渴地学习钱学森亲自讲授的《导弹概论》，以及任新民、庄逢甘、梁守磐、朱正等专家讲解的火箭技术的基础知识，能者为师、互教互学的风气盛行。

任新民是在美国取得博士学位的教授，一回国就开始小型固体火箭的研制，作为火箭专家，他在给科技人员讲课的同时，还认真听别人讲课。至今人们仍然记得任教授的听课笔记记得最全面、最仔细、最整洁，是大家的范本。

就是靠着这样一股刻苦学习和钻研的精神，在缺乏实践经验，没有技术资料，缺少地面实验设备的情况下，年轻的导弹研制队伍知难而上，用一年多的时间就设计制造了第一枚"东风二号"导弹。

可是，1962年3月21日，这枚导弹起飞后仅飞行了69秒就坠毁在发射场附近的沙滩上。

聂荣臻鼓励大家："既然是试验，就有失败的可能；要总结经验教训，以利再战。"钱学森还专程到基地指导参试人员分析失败的原因。屠守锷受命主持总体设计部的工作，梁思礼、谢光选参加论证改进总体设计方案；任新民主持制定提高发动机结构性能的技术措施；有关部委和北京市大力协作，抢建了全弹试车台、振动试验塔等大型地面试验设备……

修改设计后的导弹"东风二号"经过 17 项大型地面研制试验，105 次发动机试车，终于在 1964 年 6 月 29 日发射成功。

将军和科学家们激动地紧紧拥抱在一起。

钱学森高兴地说："如果说两年前我们还是小学生的话，现在至少是中学生了。"

1966 年 3 月，中央专委批准进行原子弹、导弹"两弹"结合飞行试验。

把核弹头装在导弹上，在自己的国土上进行飞行试验，要冒很大的风险。人们知道，美国和苏联是在公海进行这种试验的。

我国这次试验，发射区设在巴丹吉林沙漠，弹着区设在罗布泊，万一原子弹在飞行过程中掉下来，或偏离弹着区，都将造成不堪设想的后果。因此，确保试验安全就成为周总理和中央专委特别关注的重大问题。

在原子弹和导弹试验中，周总理多次指示要"严肃认真，周到细致，稳妥可靠，万无一失"。对这次"两弹"结合飞行试验，周总理反复强调，一切工作都要百分之百地保证没有问题才行。

为了确保安全，专门进行了验证导弹的安全自毁装置在飞行中可靠性的试验。试验结果证明，导弹的安全自毁系统非常可靠。

1966 年 6 月 30 日，周总理在出国访问回京途中特意来到导弹发射场，亲自检查"两弹"结合飞行试验的准备情况。日理万机的周总理不顾长途飞行的疲劳，一到基地立即听取汇报，视察导弹发射基地，大大增强了参试人员圆满完成任务的决心和信心。

毛主席在听取关于试验准备工作的汇报时，高兴地说："谁说我们中国搞不成导弹核武器呢？现在不是搞出来了吗！"

毛主席、周总理委派聂荣臻同志前往现场主持这次试验。

导弹发射前，一万多名居民临时疏散到安全地区，以防万一。

1966年10月27日9时，"东风二号"核导弹点火升空。

9分14秒后，核弹头在距发射场894公里之外的罗布泊弹着区靶心上空569米的高度爆炸。

试验获得圆满成功。罗布泊的巨响又一次震动了世界，外电纷纷评论说："这好像是亚洲上空的一声春雷，震撼了全世界；中国闪电般的进步，像神话一样不可思议。"

聂荣臻与钱学森、李觉、张震寰等人握手庆贺。三天后，他来到核试验场，67岁的老帅冒着五级大风站在卡车上，向参加这次试验的将士们祝贺这来之不易的胜利。

法国《世界报》评论说："中国刚刚给世界带来了双倍的震惊，而在今天以前，西方对业已进行试验的中国火箭还一无所知。"

"两弹"结合飞行试验成功，中国有了可用于实战的核导弹。这一年，我国组建了战略导弹部队——第二炮兵。

1980年，我国向南太平洋发射射程为9000多公里的洲际导弹试验成功；1988年，导弹核潜艇潜地导弹发射试验成功；1999年，新型远程地地导弹发射试验成功。我国的战略核导弹，从中近程发展到远程，从液体燃料发展到固体燃料，从陆上发展到水下，从固定阵地发射发展到隐蔽机动发射，相继研制成功多种型号、不同射程的战略导弹武器系统，并陆续装备部队。

中国原子弹爆炸成功后，毛主席说："原子弹要有，氢弹也要快。"

氢弹，是利用原子弹爆炸的能量点燃氘氚等轻核的自持聚变反应，瞬间释放巨大能量的核武器。氢弹的威力比原子弹的威力大得多，20世纪60年代初期，美国和苏联就进行过威力达几千万吨TNT当量的氢弹爆炸试验。

超级大国一直把氢弹技术作为核威胁的主要手段严加保密，我国的氢弹技术完全是靠自己的科学家在一片空白中艰苦探索，攻克难关才研发出来的。

在1960年底，核武器研究所在全力研制原子弹时，钱三强就在原子能研究所组织黄祖洽、于敏等30多名年轻的科技人员开始氢弹的理论研究；1963年，在第一颗原子弹理论设计完成后，两支理论设计队伍在核武器研究所会合，迅速投入氢弹研制。他们充分发扬技术民主，群策群力，集体攻关；1965年2月，在朱光亚、彭桓武主持下，邓稼先、周光召等人制定了突破氢弹原理的工作大纲。

1965年9月，从未出国留学、被人称誉为"国产专家一号"的于敏率领一批科研人员在上海华东计算所连续奋战了三个多月，他们终于发现了氢弹实现自持聚变反应的关键物理因素和方法。

制定出氢弹原理试验的理论设计方案已是1966年10月中旬，12月试验装置就安放在罗布泊的铁塔上。短短两个月的时间就完成如此复杂的设计加工任务，在当时"文化大革命"动乱的情况下，这不能不说是一个奇迹。

1966年12月28日，氢弹原理试验成功，这表明我国氢弹研制中的关键科学技术问题已获得解决，实现了氢弹原理的突破。这是继突破原子弹技术后，我国核武器技术发展的又一个里程碑。

1967 年 2 月，一些科技人员听说法国将要进行氢弹试验的消息，建议将我国的氢弹全当量试验进行在法国前面。

经周恩来总理批准，氢弹试验准备工作从 1967 年 3 月全面展开。广大科技人员和部队官兵以只争朝夕的革命速度从各个方面开始了最后的冲刺。

氢弹试验当量大，试验日期又临近雨季，必须保证下风方向地区的安全。因此，气象部门要掌握从地面到 30000 米高空，从场区到东部海岸线 3000 公里以及北半球广大地区的气象情况。

用"轰六"飞机空投试验几百万吨当量的氢弹，这是我国的第一次，为了投弹飞机的安全，氢弹上加装了降落伞，以延缓氢弹的降落速度，保证飞机在预定时间离开危险区。

[氢弹运到"轰六"飞机下面进行吊挂]

6 月 17 日上午 7 时，担任空投任务的徐克江机组按时起飞。

"726，起色。"

投弹，氢弹按预定弹道缓慢下降，它将在距地面 2900 米的高空爆炸。

1967 年 6 月 17 日上午 8 时 20 分，我国第一颗氢弹爆炸成功了。火球的左侧亮点是太阳……

从第一颗原子弹爆炸到第一颗氢弹爆炸，美国用了 7 年零 3 个月，英国用了 4 年零 7 个月，苏联用了 4 年；我国只用了两年多时间、以最快的速度完成了从原子弹到氢弹这两个发展阶段的跨越。

现在人们已经知道，美国 1952 年爆炸的是一个 65 吨重、3 层楼房高的氢弹装置；苏联 1953 年爆炸的第一颗氢弹能用飞机空投，但爆炸威力只有 40 万吨。而我国这次试验，成功地实现了体积较小、重量较轻、聚变比较高的百万吨级氢弹的预期目标。这再一次证明，外国人能办到的事，中国人也一定能够办到，而且能够办得更好。

望着天空那朵巨大的蘑菇云，聂荣臻元帅欣慰地自言自语地说："三百万吨，够了，够了。"

我国第一颗氢弹空爆试验成功，进一步打破了超级大国的核垄断，在世界上引起了极大的震惊。英国《星期日泰晤士报》评论说："这次爆炸肯定地使毛主席走在法国前面了。"

从 1964 年到 1980 年，我国进行塔爆、地面爆炸、空中爆炸等方式的大气层核试验共 23 次。同美国 215 次、苏联 219 次、法国 50 次相比，我国大气层核试验次数是最少的。

每当蘑菇云从罗布泊升起，我国政府都郑重宣布："中国进行必要而有限制的核试验，发展核武器，完全是为了防御，为了自卫，为了保卫世界和平，为了打破核讹诈和核威胁，防止核战争，最终消灭核武器。中国在任何时候、任何情况下都不会首先使用核武器。"直到今天，在有核国家中，只有中国作出了这庄严的承诺。

周恩来总理强调，中国不主张搞几百次核试验。"因此我们的核试验都要从军事、科学、技术的需要出发，做到一次试验全面收效。"

在做好安全防护的前提下，蘑菇云下作业的勇士们首先进入爆心地区，进行剂量侦察测量和放射性样品取样。

美国和苏联都曾在核试验中举行大规模军事演习。我国为锻炼部队的指挥和作战能力，也多次组织战术分队来核试验场进行训练。

为了观察和研究核武器杀伤破坏因素的作用特点、毁伤效果及其变化规律，先后有各军兵种和有关部委共 10 万多人次到核试验场进行效应试验研究，积累了大量数据和经验。

从飞机、军舰、坦克、大炮到地铁、楼房、种子、药品，各种各样的军用装备和生活用品都曾被放在这广阔的荒原上，接受光辐射、冲击波、早期核辐射等杀伤作用的严酷检验。

在核爆炸瞬间，布放在核爆心周围地面上的效应物被严重毁伤，坦克被肢解，几十吨重的火车头被掀翻……

而在采取了相应防护措施的地下工事中，动植物却安然无恙，母鸡下了蛋又孵出了小鸡，种子也照样发芽生长……

从第一次核试验起，我们党和政府就十分重视安全问题，坚持不懈地认真组织每次试验的安全防护工作，制订了周密的安全防护制度，严格控制进入沾染区的人数并进行剂量监督，确保了场区作业人员的安全。对核试验场外的放射性烟云尘降，也进行了地面监测、空中取样和烟云走向的预测预报，做到了万无一失。卫生科研部门 20 多年的调查、比较，证明我国核试验从未对场外居民造成放射性危害。

20 世纪 80 年代，中国停止大气层核试验，转为只进行地下核试验，并先后掌握了中子弹设计技术和核武器小型化技术；1996 年 7 月 29 日，在成功地进行了又一次地下核试验之后，中国宣布从 1996 年 7 月 30 日起暂停核试验。中国先后共进行地下核试验 23 次，与美、苏相比，也是次数最少的。

[1996 年 9 月，中国政府代表在联合国签署《全面禁止核试验条约》]

正当我国突破导弹、原子弹技术的时候，世界大国的激烈较量和竞争已经由陆地扩大到了太空。

苏联在 1957 年 10 月 4 日发射了第一颗人造地球卫星，1961 年 4 月用宇宙飞船把宇航员加加林送上太空。

美国在 1958 年 1 月 30 日发射了第一颗卫星，从 1961 年 5 月开始实施"阿波罗"登月计划，于 1969 年 7 月 20 日用宇宙飞船把两名宇航员送上了月球。

中国是古代火箭的故乡，自古以来不仅有"飞车""飞船"的传说和"嫦娥奔月"的美丽神话，而且有明代万户那样"火箭载人"飞行的先驱者。

毛主席 1958 年发出"我们也要搞人造卫星"的号召后，中国科学院在张劲夫、裴丽生的组织下，把研制人造卫星列为第一项重点任务，成立了以钱学森为组长、赵九章、卫一清为副组长的"581"任务领导小组。抽调杨嘉墀、杨南生、王希季、陆元九、屠善澄、钱骥等专家主持开展有关空间技术的研究设计工作。

1960 年 2 月，我国成功地发射了自行设计、制造的试验型液体探空火箭，5 月 28 日，毛主席在上海观看这种探空火箭时关切地问："火箭可飞多高？"讲解员答："能飞 8 公里。"毛主席说："8 公里也了不起，应该 8 公里、20 公里、200 公里地搞上去。"

我国科技工作者始终关注着世界空间技术的新发展。从 1961 年 6 月开始，中国科学院在 3 年中召开了 12 次学术会议，著名科学家纷纷发表意见，为我们自己的人造地球卫星早日上天献计献策，并在空间科学技术单项课题研究和试验设备研制方面取得了一批成果，为我国人造卫星的研制打下了良好的基础。

1965 年，中国人造地球卫星从学术和技术准备转入工程研制。而正当我国航天工程进入研制攻关阶段时，"文化大革命"开始了。

毛主席批准对国防工业部门的科研院、所实行军管，中国科学院的有关国防科研机构列入军队编制，使"两弹一星"事业得以在动乱中继续进行下去。

1968年，钱学森推荐37岁的孙家栋负责卫星总体设计工作，随后又调来戚发轫等18名技术骨干。广大科技人员忍辱负重，殚精竭虑，在极其艰难的处境中坚持科研攻关。

1970年1月，中远程导弹发射试验成功，证明我国已经具备了发射卫星的运载能力。

为确保"东方红一号"卫星按计划上天，空间技术研究院的科技人员在没有良好空调和防尘的总装车间，装配调试出一颗颗正样卫星；利用容积较小、缺乏太阳模拟器的热真空室，完成了空间模拟试验；利用楼顶及自制简易微波暗室，完成了卫星天线性能试验。

在陈芳允、王大珩等著名专家的指导下，从1967年开始，我国建设了渭南卫星测控中心和酒泉、湘西、南宁、昆明、海南、胶东、喀什等七个卫星测量站。

在我国计算机、无线电技术还比较落后的条件下，我们的卫星测控队伍以非凡的努力，不仅圆满完成了卫星和远程火箭发射的测控任务，后来还准确地计算出美国、苏联的失控卫星坠落的轨道和地点。

1970年4月1日，"东方红一号"卫星和"长征一号"运载火箭运达酒泉卫星发射基地。

4月2日，周恩来总理在人民大会堂福建厅又一次听取卫星发射准备情况的汇报。他特意嘱咐将非洲一些国家的首都写在卫星轨道预报方案中，让这些国家的人民也能看到中国的卫星。

16日深夜，周总理对国防科委副主任罗舜初叮嘱说："在发射现场要一丝不苟地检查，一颗螺丝钉也不能放过。"

"两弹一星"事业是全民族的事业，大漠深处的每一次腾飞，都凝聚着千百万人的奋斗和创造，都离不开全国各族人民的支援和协同。第一颗卫星发射的时刻，动用了全国百分之六十的通信线路，仅守卫通信线路的群众就达 60 万人。在以酒泉卫星发射基地为中心，遍及全国的卫星测控网上，每一根电线杆下都站着一个值勤的民兵。

1970 年 4 月 24 日凌晨，毛主席批准卫星发射。

[发射现场同期声]

[字幕：1970 年 4 月 25 日 "三国四方" 会议]

[周恩来同期声]

"为了庆祝这次会议的成功，我给你们带来了中国人民的礼物，这就是昨天中国成功地发射了第一颗人造地球卫星。"

卫星上天的喜讯传遍了全国，城乡一片欢腾。

在欢庆 "五一" 国际劳动节的天安门城楼上，毛主席、周总理接见了研制和发射卫星的代表。

中国成为世界上第五个能发射卫星的国家，中华民族千百年来的飞天梦想终于变成了现实。

中国从 1970 年发射第一颗人造卫星以来，截止 1999 年 6 月，已有 8 种长征系列火箭进行了 57 次卫星发射，在激烈竞争中，中国航天走向世界，成功地发射了亚星、澳星、铱星，在国际航天领域占有了一席之地。

"两弹一星"的成功，培养和造就了一支具有较高水平和优良作风的科技队伍，促进了国家科技的进步和现代工业的发展。

"两弹一星"的成功，使我国建立起一支精干有效的核自卫力量，增强了国防实力，提高了国际地位，为我国经济建设和人民的和平生活提供了可靠的安全保障。

"两弹一星"的成功，书写了中华民族振兴史上最辉煌的篇章，对中华民族在当代世界的前途和命运产生了决定性的深远影响。

1971年，联合国恢复了中国被剥夺长达22年之久的合法席位；1972年，美国总统终于从大洋彼岸来和中国领导人握手了。

1974年，邓小平出席第六届联大特别会议，中华人民共和国的领导人第一次名正言顺地站在联合国的讲台上。后来这位我国改革开放的总设计师语重心长地说："如果六十年代以来中国没有原子弹、氢弹，没有发射卫星，中国就不能叫有影响的大国，就没有现在这样的国际地位，这些方面反映一个民族的能力，也是一个民族一个国家兴旺发达的标志。"

1992年春，邓小平又一次动情地说起"两弹一星"："大家要记住那个年代，钱学森、李四光、钱三强那一批老科学家，在那么困难的条件下，把'两弹一星'和好多高科技搞起来……"

的确，我们应该记住那个年代，记住那些为中国"两弹一星"事业建立不朽功勋的英雄们。

在呕心沥血的奋斗中，一批老一辈科学家和将帅献出了毕生的精力，无悔的人生凝固成一尊尊永恒的雕像。

在舍生忘我的拼搏中，许多科技人员、工人和士兵牺牲了年轻的生命，美好的青春铸成了大漠丰碑。

成千上万的奉献者几十年如一日兢兢业业，默默无闻地奋战在自己的岗位上。

正是这些普普通通的创业者一代又一代的艰苦奋斗，托举着祖国的和平盾牌，使中国的声音在世界上更有份量。

"这是决定命运的！"抚今追昔，中国人再一次怀念毛泽东主席当年的教诲，更觉振聋发聩、寓义深远。正如江泽民同志所说："当年毛主席、党中央对搞'两弹一星'是下了决心的，战略决策是正确的。"

世纪之末，在世界向多极化方向的发展中，霸权主义和强权政治依然存在，并有新的发展。

一个突出的表现就是实行军事干涉主义和新的"炮舰政策"，动辄使用武力，侵犯别国主权，严重威胁着世界的和平与安全。

中国正面临着激烈的竞争和严峻的挑战。

如果不抓住机遇，发愤图强，如果不像当年搞"两弹一星"那样加速发展我国的国防和科学技术事业，我们同其他国家仍然存在的差距就会越来越大，我们依然会面临被动挨打的危险。

我们国家实施"科教兴国"战略，军队贯彻"科技强军"思想，这正是以江泽民同志为核心的中共第三代领导集体适应新的时代要求作出的正确抉择。江总书记号召全党全军全国各族人民同心同德，艰苦奋斗，不断增强我国的经济实力、国防实力和民族凝聚力。他多次强调要学习和发扬"两弹一星"精神，要以当年搞"两弹一星"的那么一股劲头，把国防和军队现代化建设搞上去。

第七章 《横空出世》：
震撼世界的东方巨响

跨入 21 世纪，历史将再一次证明，伟大的中国人民是永远不可战胜的，一个更加强大的中国必将不可阻挡地崛起在世界的东方。

参考文献

[1] 刘昱东."两弹一星"工程管理创新研究 [D].长沙:国防科学技术大学,2013.

[2] 王洪鹏.20世纪40年代原子弹爆炸在中国产生的震荡 [D].北京:首都师范大学,2007.

[3] 贞虎.民国核武器计划始末 [J].湖北档案,2008(7):44-46.

[4] 舒云.东方蘑菇云腾空之谜(上)[J].时代文学,2001(5):4-26.

[5] 舒云.东方蘑菇云腾空之谜(下)[J].时代文学,2002(1):112-127.

[6] 王甘棠.新中国核计划始末 [J].百年潮,2014(12):27-34.

[7] 宋炳寰.我国第一颗原子弹爆炸试验决策的经过 [J].百年潮,2014(7):4-18.

[8] 唐黎标,姜士荣.我参与秘密运送第一颗原子弹的日子 [J].文史月刊,2010(5):27-29.

[9] 阿元.影片《横空出世》拍摄散记 [J].电影创作,1999(6):72-73.

[10] 黄庆桥."中国原子弹之父"说考论 [J].自然辩证法研究,2013(11):97-102.

致敬每一份无私
而伟大的坚守

情花花，泪花花，
满腔热血育新芽。
待到桃李满天下，
人梯、渡船白了发。
玫瑰花，茉莉花
怎比你眼泪水花？

当年青春献教育，
爱岗敬业抗犁耙。
红心一颗装祖国，
两袖清风撇小家，
厮守贫穷爱中华。

这是作家仁增彭措所写的《中国原民办教师之歌》中的几句，以此献给我国基层教育战线上一批特殊的老师。在 1986 年 12 月前，这批特殊的老师被称为民办教师，此后参加工作者，根据国家教委相关规定，被改称为代课教师。

称民办教师也好，叫代课教师也罢，这些教学人员虽未列入国家教员编制，但他们都是我国农村普及九年制义务教育的一支重要力量。

在这些特殊教师中，除极少数在农村初中任教外，绝大部分集中在小学任教。他们一般由学校或当地基层组织提名，行政主管部门选择推荐，县级教育行政部门审查任用。

他们没有正式编制，收入主要来自责任田和国家按月发放的现金补贴，待遇相对较低。除了完成日常繁重的教学工作之外，他们业余还要务农。他们是我国基层教育的重要补充力量，特别是在老少边穷地区，基础教育力量薄弱，这些特殊教师们发挥了巨大作用。正是他们的辛勤付出，我国基础教育的普及才得到了一定的保证。

但因为他们长年工作在偏僻地区，他们的贡献常被人们忽略。

1993 年教师节前，一部名为《凤凰琴》的电影牵动无数国人的心，这部电影先后赢得了金鸡奖、百花奖和广播电影电视部优秀影片奖等奖项。影片讲述了刚刚高考落榜的女青年张英子来到乡村小学任教，与当地几位民办教师从互不理解，到互相支持的感人故事，把乡村教育的真实情况生动地展现在了全国观众的面前。

正是通过电影《凤凰琴》，更多人了解了这批默默的"民间英雄"。不论时代如何发展，不论生活怎样改变，后人应牢记他们曾经的奉献，因为这奉献中有永恒的精神力量。

刘醒龙：民办教师将我引上文学路

刘醒龙，1956年1月10日出生，湖北省黄冈市黄州区人，作家。现任湖北省文学艺术界联合会主席，《芳草》文学杂志主编，中国作家协会第九届全委会委员，中国作家协会小说委员会副主任。代表作品有《凤凰琴》《分享艰难》《爱到永远》《天行者》等。

> "人这一辈子有些事情不需要经历得很多，
> 一两样就足以享受，足以被引领。"

主持人：我们今天很高兴把《凤凰琴》这部小说的作者，鲁迅文学奖、茅盾文学奖的获得者，著名作家刘醒龙先生请到了现场，刘老师，您好。我手上现在拿着的就是当年第一版的《凤凰琴》，是吗？

刘醒龙：对，这是《凤凰琴》第一次收到小说集中正式出版，但真正最早发表，是在1992年第5期的《青年文学》里。正式出版比发表晚了两年，1994年书才出版。

主持人：1992年，您写《凤凰琴》这篇小说时，您在哪儿？在做什么？

刘醒龙：写这篇小说时，我在老家黄州。我一岁多从我的老家，随着父亲搬到大别山的主峰——天堂寨下面的一个小镇上。那个时候，那里不通公路，搬家时，全靠两名挑夫。一个挑夫挑着我们家的全部家当，另外一个挑夫就挑着我和我的姐姐，一路走进山里。

主持人：那可是你们家最值钱的家当了。

刘醒龙： 是的。我们一家从古镇黄州搬到了英山县石头咀镇，在那个小镇上，我一待就是30多年。1992年，也就是写《凤凰琴》时，因为一系列的工作调动，我又回到了老家黄州。从我工作的新单位的窗口，可以看到对面的东坡赤壁，就是苏轼写《念奴娇·赤壁怀古》，吟咏"大江东去，浪淘尽，千古风流人物"的那个地方。

主持人： 所以那个时候应该说对您还是挺特殊的一个阶段，因为您是刚刚回到了老家。

刘醒龙： 也许生命就是这样，经过一个来回之后，从异乡又回到故乡。在这种反复的过程中，有些特别的经历就会突然跳出来，会显得特别的重要。作为一个写作者，会很自然地把这些经历融入自己的作品中。

主持人： 当时是什么触动了您开始去写乡村教师这样一个群体？

刘醒龙： 说实在话，在我的写作生涯中，我极少流泪。写《凤凰琴》这个作品时，我记得很清楚，我流过三次眼泪。第一次是因为明爱芬老师的死；第二次，明爱芬老师死了之后，一群民办教师商议，把转正指标给了最不该得到这个机会的、刚到学校的代课教师；第三次，年轻教师转正后，他要到师范学校去接受培训，写到他舅舅陪他下山时，我的眼泪哗地就流了下来。

主持人： 为什么？

刘醒龙： 因为我太熟悉他们了。《凤凰琴》这个小说不复杂，写的是民办教师，民办教师是我少年时最最熟悉的一群人。在中国20世纪70年代、80年代，甚至是90年代早期，在中国乡村长大的孩子，没有哪一个没有接受过民办教师的指导、教导，在那个时候，乡村的教育就靠民办教师在支撑着。

我高中时的班长、副班长，后来都成了民办教师。班长毕业之后当上了民办教师，不久后又当了校长，一生就想转正，但一直没有机会，后来患癌症去世了。我们的副班长上学时，就坐在我的后排，我是倒数第二排，他是倒数第一排，后背就顶着教室的墙。他非常普通，是一个很容易被人忘记的青年。上学时，我记得他的语文成绩很好，其他略差。我们那个时候，学校是春季招生，后来才改为秋季招生。高一升到高二，春季时学生干部换届，但班长依然是班长，副班长也依然是副班长，我依然是班上的文体委员。我们一起在老师的办公室里，开一个新当选的班级干部会议。

这个故事我从来没跟人讲过，包括我写的回忆录，还有后来写的《关注凤凰琴》，都没讲过这个故事。我想这一次我一定要把它说出来，说了我可能会轻松一些，因为我有一种愧疚感，特别愧疚。

就是那次新当选的班级干部开会，在老师的办公室兼宿舍中，只有一间屋子，过去可能是生产队放什么东西的屋子，墙上写了很多乱七八糟的东西，比如记谁拿了多少工分，谁领了多少口粮，都写在墙上。开会时，我坐在后面，真是手痒，我就拿着毛笔顺手把我们副班长的名字写在墙上。副班长姓陈，名字是长寿的寿、恩情的恩，叫陈寿恩。我就把他的名字写在墙上，然后那副班长就问我："你干吗写我的名字？"我说："你也许明天、后天就会死去，把你名字写在这儿，算是一个纪念。"

一个星期后，过完星期天，周一再上学时，老师突然宣布说，副班长陈寿恩现在要退学了，回去当民办教师。因为他们村里小学也开学了，没老师，村里让他回去当民办教师。没过多久，陈寿恩就死了，真的死了。那时民办教师一边上课，

一边还要在课余时间参加生产队劳动，要挣工分。陈寿恩上完课去插秧，插秧累了之后，还要回到教室去上课。回教室前，他要去水塘里洗一洗，把手上、脚上、脸上的泥巴洗干净，不小心就滑到水塘里，淹死了。

主持人：当您知道这个消息时，您的感受是什么？

刘醒龙：我那时还小，我们老师姓张，叫张卓振，他是最难受的。张老师拿着粉笔，在那个屋子的墙上，把陈寿恩的名字慢慢覆盖、慢慢覆盖，直到完全被白色掩盖，看不见了。然后就把我叫了过去。

主持人：他是自己不想看到那个名字，还是不想让你再看到那个名字？

刘醒龙：都有。他把我叫过去，然后告诉我，陈寿恩死了，我当然明白这个意思。所以我这辈子后来任何时候，都不敢再拿这种事儿跟人家开玩笑了。

有些人说我迷信，我高中毕业后，在工厂当了 10 年工人，后来因为写作调到县文化馆。在县文化馆工作时，文化馆门口有一个捡破烂的，他和别的捡破烂的不一样，穿得很整洁，白衬衣，领口扣子总扣得严严实实，袖口也扣得紧紧的，

总戴着一个大草帽，遮得严严实实，看不清他的脸。熟悉他的人告诉我，他曾是民办教师，在县城旁边一个村小学中教了 20 多年书，后来被清退了。教了这么多年书，他已没法干体力活，可家里上有老、下有小，需要他养活，他只有上街来捡破烂，可捡破烂又怕被学生看见，所以他无论什么时候，都戴个大草帽，把脸遮着。

主持人： **这些形象在您的心里积累下来，可能某一时间就会爆发了，就成为您写作的灵感源泉。就像您刚才说的，在 20 世纪六七十年代，在农村成长起来的孩子大多都遇到过乡村教师、民办教师，在您的记忆里，有没有印象特别深刻的老师？**

刘醒龙： 实际上，领我走上文学道路的一位兄长，他就是民办教师。在《凤凰琴》这部小说里，我写了一段，那是真事。小说中张英才高中毕业回家后，一天到晚没事干，就捧着一本小说看，等着舅舅来给他安排工作，这本小说叫《小城里的年轻人》。

这个《小城里的年轻人》的作者叫姜天民，他是湖北英山人，但他从小在江苏的一个地方长大，因为历史原因，他母亲成分不好，在当地受尽了委屈。他很

有才华，琴棋书画，样样精通。后来他实在没办法了，就只身回到老家，他后来跟我讲，如果老家再不接受他，他就跳长江。他回来后，村里对他很好，让他当民办教师。在当民办教师过程中，他的才华显现出来了，后来他就写作，因为写作，被借调到县文化馆。

他到县文化馆大约两个月时，机缘巧合，我们认识了，一见如故。我当时就觉得，姜天明能成为作家，那我可能也能成为作家吧，这样我就真的走上了文学道路。他的民办教师的经历，对我也有影响。

主持人： **他是您的同事？**

刘醒龙： 他算同事，他在文化馆时，我正在厂里当工人。他更像是兄长，或者是师长，亦师亦友，他只比我大两三岁。人这一辈子，有些事情不需要经历得很多，一两样就足以享受，足以被引领。

主持人： **您自己在小学时，遇到过给您印象特别深刻的民办老师吗？**

刘醒龙： 这个问题特别好。我问过许多朋友，也问过自己的孩子，我发现，大家往往能记住大学时的导师，而能记住自己小学老师的人特别少。我能成为作家，也许就是因为我能记住我的小学老师。

我的这位小学老师是从武汉支教到我们那里的，在 20 世纪 60 年代初，国家就有支教政策，一些老师会下去教两三年。这位老师对我帮助很大。大概是 1964 年吧，电影《地道战》在我们那个小镇上首映时，这位老师提前教我们全班同学唱电影《地道战》的主题歌《太阳出来照四方》。放电影前，全班同学在镇上的礼堂中合唱《太阳出来照四方》，小镇一下子就轰动了，大家都说：这些孩子竟然会唱电影里的歌。

当时在小学，体育中的跳高都是简单的跨越式，这位小学老师是女老师，她会跳背越式。我们哪儿见过这个啊，每到上体育课时，甚至是课外活动时，沙坑简直就成了一个明星的舞台，我们都等着刘老师来跳背越式。她划出一道漂亮的弧线，像一片云一样，飘过去，落在跳坑里。

主持人：为什么说您能成为作家，和这位老师有关呢？

刘醒龙：因为她在我少年时，给了我对外部世界的美妙想象。你想，一个武汉的老师，她会这么多东西。

主持人：而且是年轻的女老师。

刘醒龙：对，非常年轻，非常年轻。

主持人：她会让孩子的心里产生一种亲近感。

刘醒龙：我觉得，无论是在城里，还是在乡下，在人的一生当中，小学老师是最最重要的。因为孩子就像一张白纸，启蒙教育者在上面画什么，是最重要的。遗憾的是，我们现在许多人恰恰是对小学老师的记忆、对启蒙老师的记忆，淡漠了。

主持人：那位老师现在还在吗？

刘醒龙：还在。多少年后，我找到她了。在我记忆中，她是那么美。我见到她时，哇，她已成了一位慈祥的街坊邻居的老太太，但我依然非常感动。

主持人：她如果知道您的脑海里还深深地烙印着她背越式跳高的矫健身影，她也一定会觉得很满足。

刘醒龙：我没告诉她，我真没告诉她。

主持人：为什么不告诉她？

刘醒龙：这可能是男孩子心里的一点秘密吧，即使是老男人心里，也还是有秘密的。

主持人：这可能是做老师特别满足的一个地方，就是他也不知道，何时在学生心里播下了种子，未来可能真的会开花结果，等他白发苍苍时，看到曾经教过的孩子成长、成才，实在是一生中重要的财富。因为您有这些积累，所以电影《凤凰琴》公映后，引起了巨大轰动，在老师这个群体中的反响，您知道吗？

刘醒龙：其实小说出来后，反响就很强烈。我零几年在贵州一次活动上，碰到来自甘肃天水地区的一位老师，他听说是我，就跑上来，很激动，拉着我的手，半小时没松。然后告诉我，他们那地方的老师人手一册《凤凰琴》。这几年走南闯北，特别是到相对偏远的地方去，人家都不知道刘醒龙是谁，但一说是《凤凰琴》的作者，他们就都知道了。

"在乡村玩凤凰琴的都是当地的所谓的文化人，说到底也就是民办教师。"

主持人：他们为什么这么喜欢《凤凰琴》？

刘醒龙：因为他们是在读自己。他们会问，你怎么知道我的生活？我的事儿，你怎么全知道？他们会说，你这篇小说写的就是我。

我记得1994年的9月10日教师节那一天，《凤凰琴》的电影在北京京西宾馆礼堂首映时，正好赶上全国首届"园丁奖"颁奖典礼，电影放完后，获"园丁奖"的十几位老师在会议室里相拥而泣，说他们的生活就是这样。

其实，我不太满意那次首映式。

我坐在14排2号，电影放映时，我后排一些北京当地的小学生开始议论、喧哗，看到电影中的一些镜头，他们说得最多的话是"不可能，不可能这样""怎么可能这样呢？"当时我的心里特别难受。城里的孩子怎么也不相信，中国还有这样的乡村学校，还有这样的一群本来可以成为他们的校友，和他们一起享受城市优越教育条件的小学生。

主持人：所以我才更加理解，为什么那些老师会人手一本《凤凰琴》，就像您说的，他们是在读自己，而且他们也知道，自己不那么孤单。在这个世界上，还有很多同道中人和他们一样在承受着、

在经历着这样艰苦的生活，但是同时又在孕育着希望。

刘醒龙：1996年，我写长篇小说《一棵树的爱情史》时，因为是写三峡，我就在三峡周边一个个镇子中游走，用脚走，那时三峡大坝还没修。在非常有名的清潭镇，那里曾发生过三峡大滑坡，整个镇子都被推到江里去了。清潭镇对面有一所小学校，天黑时，我信步走进去，发现是一座庙，这才知道，小学就设在庙里。小学里有一位18岁的小镇老师。他听说是我，非常激动，他告诉我，他进师范学校时，看了小说《凤凰琴》。毕业那一天，也就是离开学校那一天，学校又给他们放映了电影《凤凰琴》。正是受《凤凰琴》的感召，他才来到现在这所小学的。

那一次，我内心愧疚得不得了。那位老师是特别帅的一个小伙子，如果留在城里，哪怕是留在县城里，他的生活一定不是这样。

我去那所小学时，还不到下午4点，庙里已暗无天日，因为没窗户，什么也看不见。由于将来会修三峡水库，不久会被淹掉，所以当地也没建小学校舍。

我感到愧疚，因为我能理解，当初《凤凰琴》首映时，那群孩子们的议论。真希望城里教师们有权享受到的幸福生活，乡里的民办教师们也能享受到。

主持人：一直在说《凤凰琴》，当年看这篇小说时，我就在想，凤凰琴是什么样的琴？凤凰琴有什么寓意？

刘醒龙：我今天带来了一把凤凰琴。百度上说这个乐器来自日本，其实是不准确的。这种乐器是20世纪50年代末，为了推进文化普及而设计的一款普及型的乐器。这把是上海生产的，是一个读者寄给我的。这位读者的母亲是民办教师，她一辈子盼着转正，但始终未能如愿，后来在家里相夫教子。这位读者考上了大学，读了小说《凤凰琴》，很感动。零几年时，博客很流行，她看到了我的博客，就向我要了地址，然后把这把凤凰琴寄赠给我。

主持人：您当时为什么把这部小说起名叫《凤凰琴》呢？

刘醒龙：凤凰琴在乡村有特别的寓意，它看起来很普通，但在乡村，它是相对特别的一个器物、一种乐器。比如我们都认为乡村最常见的乐器是二胡、笛子，但多是盲人拉二胡给人算命，至于吹笛子，有的文盲也会，吹得还很好。而凤凰琴，它是20世纪50年代末才出现的，到20世纪70年代末就基本消失了。在乡村玩凤凰琴的，都是当地所谓的文化人，主要是民办教师。

主持人：为什么民办教师喜欢弹凤凰琴？

刘醒龙：因为他们内心有一种身份认同，觉得拉二胡、吹笛子不能体现自己是民办教师，只有弹凤凰琴才行，因为别人都不会弹。

主持人：因为弹凤凰琴需要识谱是吗？

刘醒龙：也有这个原因，弹凤凰琴要识简谱，而拉二胡不需要会简谱，吹笛子也不需要会简谱。凤凰琴的声音跟别的乐器的声音都不太一样，在乡村，只要听到凤凰琴的声音，就说明屋子里大概有一位乡村民办教师。

主持人：是自我的一种身份的认同。

刘醒龙：对。它基本上就是民办教师家里必备的。

主持人：您写完小说《凤凰琴》后，很多读者都说，您一定会马上写续篇，因为小说中的人物故事还没结束。可直到17年后，您才提笔写下《天行者》。为什么会隔了这么长的时间？

刘醒龙：小说《凤凰琴》发表后，不要说编辑部，光我自己，就收到了少说几千封的读者来信，其中有一部分读者希望我能写《凤凰琴》的续集，在那个年代，确实也有写续集的风气。那个时候我没写，因为不想受那个风气的影响，同时还有点担心，怕狗尾续貂，怕写不好。但是我内心一直还是有一个结没解开，写还是不写？写肯定占上风，不写大概是不可能的事。但什么时候写？始终没确定。所以一直在拖。

一直到2008年，大家都知道，那一年5月12日汶川发生了大地震，地震后没多久，我就读到一个同行写的一篇文章，写到映秀小学。在汶川映秀小学，有一位叫樊晓霞的老师，她的丈夫也是老师，当初夫妻俩分守在两个高山教学点上教书，按他们的说法就是，夫妻彼此都能在山上看到对方的星火，但是走过去，要从这座山下到沟里，再去另一座山上，一两天都爬不过去，他们平常只能打打电话，或者写信。他们一讲，就讲到《凤凰琴》，他们用《凤凰琴》来安慰彼此。她说："其实我们的生活比《凤凰琴》里写的还要艰苦。"好不容易熬到这位

第八章 《凤凰琴》：
致敬每一份无私而伟大的坚守

樊老师从高山教学点调回到县城的映秀小学了，才过了一个星期，汶川地震发生，她被压在了废墟中。

我当时读了这篇文章，特别感动，真的没有多想，哗哗地就开始写了起来，很快，也就两个月吧，我写出了《凤凰琴》的续篇《天行者》。一般来说，长篇小说写作速度比较慢，没想到这么快就写成了。

生活当中，有些人、有些事是你永远绕不过去的，是你必须认识、必须记住、必须去做的。所以我想，《天行者》对我来说，就是必须做的一件事情。

主持人：在《天行者》的扉页上，您是这么写的："献给 20 世纪后半叶中国大地上默默苦行的民间英雄。"这个"民间英雄"，您指的就是乡村教师，您认为他们的英雄气概体现在什么地方？

刘醒龙：这句话刚开始不是这样写的，刚开始，我写的是"献给 20 世纪后半叶

在中国大地上默默苦行的民族英雄"。我认为，这些民办教师就是我们这个年代的民族英雄，但民族英雄这个词太大，可能在情感接受上，民间英雄更合适一些，之后我就选择了用民间英雄来替代民族英雄。但在我心里，民办教师就是民族英雄。

在整个 20 世纪后半叶，中国的乡村教育就是他们撑起来的，没有他们，中国乡村那么多的孩子谁来启蒙？如果没有民办教师的启蒙，我们的改革事业，包括我们今天的民族伟大复兴的大业，要付出的代价会大很多。

你想想，要去改变一个受过教育的阶层和一个文盲阶层，哪一个更容易？或者说，要做一番事业的话，哪个层面的人去做更容易些？那当然是受过教育，受过启蒙的人们。所以民办教师们确实太了不起了。

主持人：对，即便他们是弱小的，但他们依然称得上是英雄。

《凤凰琴》：现实主义创作的力量

2020 年 4 月，前副总理李岚清同志在观看中央广播电视总台重播的《故事里的中国》第八辑"奏响凤凰琴"后，特意给小说《凤凰琴》的作者刘醒龙写了一封信。在信中，李岚清提到了小说及其改编的文艺作品的内在精神力量：

> 前些日子在电视中看到您创作《凤凰琴》小说背景的采访，引起了我的共鸣。您的小说和由天津电影制片厂改编的电影我都看过，非常感人。当年我还用这一作品推动解决拖延了多年的民办教师转公和待遇问题。这一段故事在我的《教育访谈录》中有较详细的记录，随信送您一本，请一阅，在此也向您表达迟到的谢意。当时我的感受是，有的事单靠晓之以理还解决不了，还要动之以情才能解决。优秀文艺作品的感染力是巨大的。

对于《凤凰琴》的时代意义，李岚清特别写道：

> 1994 年，我们曾去江西吉安农村调查研究。记得有一次去一所农村小学，当走过一间昏暗、破旧的小屋时，看到一位 50 岁左右的老师正在那里批改学生作业。我走进去问他，在这里工作几年了？他回答 17 年了。我又问他每月的工资有多少？他回答 56 元。当时我吃惊地问他为什么这么少呢？他说因为是民办教师。我顿时感到一阵心酸，强忍住盈眶泪水离开了那间小屋。一路上我不断地思考：这个问题已经到了非解决不可的时候了。正好那时拍了一部描写山村民办教师爱岗敬业、鞠躬尽瘁的感人故事的《凤凰琴》，故事情节扣人心弦，艺术感染力很强，催人泪下。我要来这部电影的录像带并推荐给李鹏总理及国务院其他领导同志观看。李鹏总理及国务院其他领导同志看后都深受感动，一致同意下决心解决民办教师的问题。为了做好各地领导同志的工作，借中央召开会议之机，我也请与会代表们看了这部影片，达

到了同样的效果。为了进一步统一思想，我又建议中央广播电视总台向全国播放这部影片，收到了很好的效果。这的确是一部优秀的文艺作品，起到了预想不到的作用，为合格的民办教师转正，为他们能享受与公办教师同等的待遇助了一臂之力。

在今天，小说《凤凰琴》与电影《凤凰琴》已成经典之作。罕为人知的是，作家刘醒龙在私下场合，曾对电影《凤凰琴》提出过尖锐的批评。而《凤凰琴》的故事原型地——界岭究竟在哪儿，仍然是个谜。

《天行者》的英译者艾米莉·琼斯曾问刘醒龙："界岭是虚构的地方吗？"

刘醒龙的回答是："界岭是中国乡村中极为常见的地点，村与村的交界处、镇与镇的交界处、县与县的交界处地名，经常就直接叫界岭。有些地方，因为叫界岭的地方太多了，就分成东界岭、西界岭、南界岭、北界岭和中界岭等，还有叫大界岭和小界岭的。你可以在互联网上的百度地图上搜索一下，仅我的老家黄冈市就有四十四处界岭，这还是比较有名的，像《天行者》中写的这种没名气的太小的界岭，还有更多。"

在参加《故事里的中国》节目时，主持人曾问刘醒龙："界岭小学有没有原型地？"刘醒龙明确回答："肯定有，但现在还不是吐露的时候。"

刘醒龙曾多次对媒体表示，他写人物从来没有原型，都是从生活积累中来的。可小说的原型地尤其引起人们的好奇，为什么刘醒龙对此要三缄其口呢？学者刘早在论文《乡土文学的精神力量》中，经过一番细致钩沉，表达了自己的看法，下文有表。我们先带着这个悬念，来循序渐进地了解《凤凰琴》背后的故事。

《凤凰琴》封面 ▲

"艺术的最高境界是无技巧"

小说《凤凰琴》聚焦乡村民办教师的生活。

民办教师是我国在特定历史条件下形成的基础教育队伍，1977 年时，我国民办教师总数多达 491 万人，占全体教师人数的 1/3。

民办教师出现于 1951 年 5 月 18 日，时任教育部部长的马叙伦在《中央人民政府教育部关于一九五〇年全国教育工作总结和一九五一年全国教育工作的方针和任务的报告》中提出："实行在城市奖励私人兴学、在农村鼓励群众办学的政策。"

1949 年前，我国学龄儿童入学率最高才达 20%，而 1952—1957 年，教育部的任务是争取全国 80% 的学龄儿童入学，这就需要大量的民办教师。故从 1952 年起，民办教师数量迅速增长到教师总数的 30% 左右。

1958 年，我国学龄儿童入学率已达 93.9%。1960 年，全国已有 1.5 亿人脱盲。

20 世纪 60 年代中期起，因人口增长过快，教育压力剧增，民办教师一度成为乡村基层教育的重要力量，在一些老少边穷地区，只能靠民办教师来撑起局面。当时中国能以占世界 2% 的教育经费，支撑起世界 20% 的人口受教育的"奇迹"，令全世界刮目相看，民办教师们居功至伟。

高中毕业后，刘醒龙开始在水库当临时工、在水利局做施工员，后被招入阀门厂当车工，进而担任车间主任、厂办主任。当时中国经济还比较艰难，刘醒龙所在的大别山区更是困窘。刘醒龙曾被一首叫《一碗油盐饭》的小诗所震撼：

前天
我放学回家
锅里有一碗油盐饭
昨天

第八章 《凤凰琴》：
致敬每一份无私而伟大的坚守

095

我放学回家

锅里没有一碗油盐饭

今天

我放学回家

炒了一碗油盐饭

放在妈妈的坟前

刘醒龙 ▲

刘醒龙在家写作 ▲

那个时代的人都知道，诗中内容是当时许多贫困地区普通人生活的真实写照。这是一种独特的文学教育，它告诉写作者，只有爱和感情是不够的，还要有真实的痛感，能真正明白灵魂与血肉被撕裂的滋味，这样的文学，才能催人泪下。刘醒龙说："年轻时蔑视权威，甚至嘲笑巴金先生'艺术的最高境界是无技巧'的箴言，是这首诗让我恍然大悟，并且理解了巴金先生之太深奥和太深刻。"

回顾《凤凰琴》的创作，刘醒龙的印象是："那时的自己真的是好年华。想写一篇东西，趴在桌子上，就没日没夜地写，想几时写完，几时就一定能写完。那时候的写作与其说是在赶时度，不如说是在体会生命的恩赐。也可能是因为年轻吧，做事儿说话，像风雨雷霆，说来就来，说去就去，就像武汉的初夏，既温暖又火热，令人怀念和向往，同时也让人捉摸不透。"

在写《凤凰琴》时，刘醒龙本没想去挖掘民办教师的问题，"我只想到那些在特定环境中，人生价值的尴尬状态，并无处心积虑为这类人呐喊叫屈的意思"。然而，他扎实的现实主义功底，对生活的深入了解，赋予了《凤凰琴》震撼人心的力量。

胡清汝，在困境中坚持

在当时，民办教师面临着几方面的困难。

其一，工作条件差。

《故事里的中国》采访了河北省邢台市的乡村教师胡清汝一家，他们一家四代、20多人在乡村当教师。胡清汝说：

> 我们学校当时那个条件，也非常差。我们村在平乡县是最南部的一个村，在我们邢台市和邯郸市的交界处，交通比较闭塞。特别是道路，原来道路没有修的时候，下雨下雪非常泥泞，可以说，下了雨以后，几天那个路都走不了。再一个，我们那儿生活条件也比较差，主要靠农耕为生。学校条件也非常差，比电影里面描述的那种环境还要差，我开始上班的时候，学校是我们村的一个仓库改造的房屋，窗户非常小，冬天的时候，就弄了一个比较白的复连纸贴上，屋里光线非常暗。

看了电影《凤凰琴》后，胡清汝说，为方便学生上学，"就让学生住在了我们村，住在我们学校的一间办公室里面，我给搭上一块木板，相当于一张床，真是像电影里边的那种场景。开始孩子们都是从家里带干粮，当时都是吃窝窝头，带玉米面和小米。带了以后，他们在学校做饭。开始他们不会生火，老灭火，我就教他们怎么生火，他们煮面，一开始把干面粉都倒到锅里，非常疙瘩，都不能吃。我还要教他们怎么做饭，每天中午他们要回家去带干粮，晚上住在学校，早上起来上课，都是这样生活的"。

其二，收入偏低。

胡清汝说："1989年，我也是两三个孩子的父亲了，一开始上班的时候，就我自己无所谓，挣的钱养也能养活自己了。可是到了这个时候，孩子、老婆都要生活，当时我们工资是八十多块钱，不到九十块钱。一家人的生活全靠我爱人种十一亩多的田，养家糊口。想起来有点心酸，到过年过节的时候，孩子穿的还是破破烂烂的衣服，那样的衣服也是亲戚给的，穿的那个鞋都透着洞。"

据1995年的一项调查，民办教师月工资在70元以下的约占8%，70~100元的约占22%，100~150元的约占30%，虽然与一般村民相比还有优越性，但整体状况大不如20世纪80年代以前。

其三，教学资源缺乏。

胡清汝的父亲在村里当了20年乡村教师，刚开始，都是一个人在五个年级教全科。胡清汝说："还记得我上小学的时候，像电影里面演的那个升国旗，当时我们学校就几间民房，就那个小院子，我父亲用了一根高高的木杆子，上面绑了一面红旗，绑上去的，不能升降。父亲让孩子唱国歌。当时我们都是少先队员，也戴着红领巾，在那儿唱国歌。"

1986年后，胡清汝当了乡村教师，刚开始，学校不过是村里的一个旧仓库，休假时，因为下雨，房子塌了。好不容易建了一个新学校，才在旗杆上装了一个定滑轮，国旗可以自由升降了。

其四，教师发展空间有限。

1979 年起，国家开始有计划地把民办教师转为公办教师，对许多民办乡村教师来说，他们最大的梦想是成为国家正式教师，但正式教师名额有限，许多民办教师努力一生，也没能实现梦想。

1986 年后，国家在解决民办教师与公办教师之间待遇差距大的问题上，做出了巨大努力，逐渐实现同工同酬，但在资源有限的前提下，呈现出一个渐进的过程。

其五，人员流动快。

20 世纪 80 年代，很多民办老师、代课老师都下海经商了，也挣了钱，成了"万元户"。在爱人弟弟的劝说下，胡清汝也动心了，写了辞职报告。

胡清汝向村支书提交辞职申请时，村支书的眼圈当时就红了。他说："清汝，你就继续干下去吧，你要走了以后，我们村真的就没有老师了，咱们学校都要散了，你再一走谁来啊？我们村这么穷，这么偏僻，谁愿意来啊？"

胡清汝跟学生们说："同学们，今天我给你们上的是最后一节课，以后不再教你们了。"不知道是哪一个学生说："胡老师，你还是继续教我们吧，你别走。"他这一声不要紧，全班的学生都喊："胡老师，你别走，你教我们吧，继续教我们吧。"那种场景里，孩子们哇哇地哭，当时胡清汝就哭了。

胡清汝一天没吃饭，傍晚时，父亲突然说："清汝，起来吃饭。你还是教书吧。"胡清汝从没有看到过那样的父亲，父亲一直很严厉，可当时父亲眼神中，包含着期望和请求。

胡清汝最终留了下来，但还是有许多民办教师流失了。

胡清汝 ▲

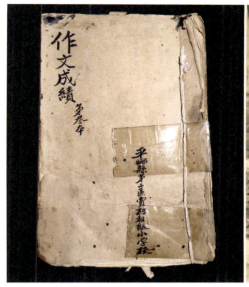

胡清汝爷爷批改过的学生作文本 ▲　　　　　胡清汝与家人合影 ▲

胡清汝母亲的毕业照 ▲

第八章 《凤凰琴》：
致敬每一份无私而伟大的坚守

再贫穷再落后，也要看到希望

1992 年，刘醒龙创作的小说《凤凰琴》，被媒体称为"关注现实的主旋律小说代表作之一"，引起了著名导演何群的关注。

此前，何群以拍商业片著称，《凤凰琴》摄制组由全国 8 家电影厂的人员组成，初期投资仅 80 万元，要求 45 天内完成拍摄。

何群后来在接受媒体采访时说："摄制经费只有 80 来万（元），我们躲在京郊的山沟里拍摄，样样从俭，吃、住、行都苦着来，也不敢拖周期，前期不到两个月就抢拍完了。一门子心思想着要抢进度，活儿难免就糙，这也是无可奈何的。"

《凤凰琴》只拍了 80 多天，但摄制组付出了最大的努力，以期提高其观赏性。何群说："观赏性不强也一直是国产电影的弱项。文以载道搞了这么些年，要变过来也不是易事。现在片子拍得不好看，观众不买票不去看，你的主题再深刻、思想内容再好，也是白搭。现在还有人一讲拍'主旋律'就只想占题材的便宜，不花工夫也没本事拍得好看些，弄得人们一听是'主旋律'电影就不想掏钱进影院。《凤凰琴》刚出来时，听了不少好话，可一听到人们说它是'主旋律'，我就肝儿颤，怕观众不看。"

在内部评审时，《凤凰琴》受到了一片赞誉。

著名电影评论家于敏说："看到学生们上课的环境和状况，辛酸；看到教师们在那么艰苦的条件下教学，辛酸；看到为了一个转正的名额，大家那么殷切地盼望，一个好老师好不容易转正了，但死了，辛酸。这部影片的价值，就在于艺术家全心全意地投入，非常真实地反映生活。可贵之处在于刻画了几个非常可信的人物……影片好，好在真实，好在没有涂脂抹粉，也好在没有抹黑。影片就是写了在那样的环境中具体生活的人。"

北京师范大学教授尹鸿也表示："《凤凰琴》以非常平实的风格与观众靠得很近，

何群过去拍的片子都是以节奏快、剪辑流畅见长。这部片子相对平缓，和影片风格比较统一。电影采用了一些纪实性的手段，把中国农村教育的现状暴露出来了。"

《凤凰琴》公映后，一名观众泪流满面，说道："今年年初，我去看了两所山区学校，从县城里出发，30里的路程，却走了小半天。因为没有公路，我只能在山间顽石中穿行。当我进村见到一位民办教师时，我看他衣衫不洁、满脸污秽，心中不免愤然，马上就批评他'不够为人师表的模样'。然而，当我了解到这里常年缺水，学校和周围的老乡因干旱要花几元钱买一担水时，才知道自己错怪了这位教师。其后我看到他在的学校十分破旧，设备也很简陋，心便往下沉……在另外一所条件极差的学校，我询问了住校生的伙食状况，当言及学生每周能否吃上一次肉时，在座的教师都笑了，他们说连这里的教师也很少能吃到荤腥呢！"

20世纪八九十年代，中国乡村仍有成千上万个像影片中孙四海等人一样的乡村教师，他们待遇低，工作条件差，却以奉献精神，在广袤的金色田野上撑起了灿烂的"中国梦"。

影片中，那位因父亲突然去世而不得不辍学回家的孩子临走时说道："站在家门口就能看见这面国旗，就像看到学校一样，什么都不怕了。"

在影片中，升国旗是一个重要的象征性细节，多次出现，却很少有人注意到，而这一细节和原著不同。导演何群说："关于'升国旗'，剧本写的是降旗，我全部改成了升旗。一个国家，一个民族，再贫穷再落后，只要是在发展，就是好的。如果我们自己都看不到希望，这个民族就太可悲了。"

东山坡，西山沟，
两边都能见日头；
坡上种的山里红，
沟里长的大石榴。

山里红，大石榴，
连着山坡和山沟；
牵着你和我的手，
迎着天上的红日头。

看过电影《凤凰琴》的观众，都会对片中的主题曲留下很深的印象，其实，这首主题曲的歌词出自导演何群的父亲何燕明之手。何燕明曾在一个叫野井的地方插过队，与当地民办小学仅一墙之隔。歌词是通过电话"念一句，记一句"的方式，传给音乐家章绍同的，他负责给电影《凤凰琴》作曲。章绍同听完，立刻说："歌词很好啊，就这么定了。"

凤凰琴电影海报　▲

"这种笛声一直在心灵里响着"

刘醒龙希望打造出一部真正的艺术精品,他曾经对小说《凤凰琴》提出过自我批评:"《凤凰琴》的确有它动人的一面,在当时也产生了较好的反响,但作为一部小说,它又似乎写得较为简单,那时年轻,写作功力有限,有很多想说的话,想表达的情感都没能够说清楚。"

事实上,以当时的拍摄条件,电影《凤凰琴》很难实现刘醒龙的理想。

导演何群承认:"这个剧本里有一个完整的故事,我把影片拍得很朴实,电影语言上没有什么创新,这不是导演能玩什么小聪明的作品。这部影片投资很低,时间很短,按精品要求是不可能的。当时拍摄的时候,我对后来的结果也始料未及。到如今,我在导演上也没有什么太大的想法。主要是我拍的心态比较平和,观众看懂了而已。"

为了让导演何群理解什么是乡村感,刘醒龙曾讲了自己亲身经历的一件事:"那时我只有18岁,在一个水库工地当施工员。有天晚上我从一所学校旁路过,听见在学校教书的一个下乡知青在吹笛子,他那水平在县里是最高的,那首《扬鞭催马送粮忙》吹得同广播里播的一模一样,让人听了极为舒畅。拐过一个山嘴,又有一种笛声扑面而来,那是修水库的民工用一支几毛钱便可买到的笛子吹出来的。节奏、音符都不准,可就在那一刻我被这种笛声震动了,心里感到发抖。在我写《凤凰琴》时,这种笛声一直在心里回响着。"

这种相遇的感觉,对于从小在城市中长大的创作者们来说,很难理解。所以刘醒龙说:"也许真如他们自己所说,是一边流泪一边拍戏,那么恰恰是这一点妨碍了他们对小说的深入解读。因为这无疑只能说明他们还没有达到那种生活的参与者的境界,他们还是在把自己当作一个明星、一个演员。"

演绎生活和呈现生活,注定不一样。刘醒龙的批评充满真知灼见,对今后现实主义题材的创作,颇有指导意义。

"有人曾对我说，真正的小说是不能改成电影的，《凤凰琴》就属于这一类。"刘醒龙最终表示："现在许多不知情的人都在羡慕《凤凰琴》的成功，而知情者则在为《凤凰琴》惋惜。不管怎样，这事总算过去了，它的成败得失总有它的合理性，这是一种无奈，对于这种无奈，我们依然只有无奈。自己唯一能把握的是，别让这种事再发生。"

这可能是《天行者》一直未能影视化的一个原因。

主旋律真正的含义

电影《凤凰琴》是我国第一部反映贫困山区民办教师生活、工作的影片，它与当时占据银幕大半江山的、以娱乐为目的的大制作"爆米花"电影，迥然有别。

北京语言学院教授周思源看了电影《凤凰琴》后，称赞说："看了这部片子，我觉得它在小说的基础上有发展，这是一部使人灵魂升华的好作品，写了女主人公张英子灵魂净化的过程，观众在看电影时灵魂也得到了净化。感受最深的是导演何群在电影美学上力图在对立之中求和谐，突出对立的一方，取得另一方的更好效果，最成功的就是'弄虚作假'。导演有意识地挖掘这个技艺因素，本来'弄虚作假'是很丑恶的东西，可充分写出'弄虚作假'正是为了更好地表现这些人灵魂的崇高。"

著名电影评论家邵牧君也认为："影片非常好，很真实，很感人，好到我不想说它有什么缺点。一部影片总体很感人的话，缺点也是次要的。原来听说它是主旋律，又是人民教师题材的，我不想看……如果像这部影片这样理解主旋律还是不错的。接触的是生活中极为重要的问题，但又很真实地去表现，这才是主旋律真正的含义。"

导演何群原以为靠一部电影"救不了民办教师"，结果却出乎他的意料。

李岚清同志看了电影《凤凰琴》后，特意做了批示。在《音乐·艺术·人生》中，他回忆说："我首先建议中央广播电视总台在电视上播放这部影片，但电视台的负责同志告诉我，一部新电影在公开放映两年后，才能在电视台播放。于是，我就和天津市的领导联系，因为我曾在天津工作过，他们都是我的老同事，我希望他们帮我做工作，请电影制片厂能够破例允许电视台播放。在他们的帮助下，电影制片厂同意了并予以支持，影片由中央广播电视总台向全国播放后，收到了很好的效果。"

借助电影《凤凰琴》热播的东风，在1994年全国教育工作会议上，党中央、国务院明确提出："争取到本世纪末，基本解决民办教师问题。"

1999—2000年，我国有25万名民办教师转为公办教师，"民办教师"这一称谓逐步退出历史舞台。到2005年，我国义务教育覆盖率已达95%，此后又长期保持100%。从2012年起，中国教育支出已占GDP的4%。原本不得不依靠民办教师的粗放型基础教育，已实现了质的飞跃。

电影《凤凰琴》不仅真实地反映了现实，还为改变现实做出了贡献，体现出现实主义创作的力量，是当之无愧的经典。

界岭小学在哪儿

随着基础教育环境的改善，小说《凤凰琴》中的界岭小学，后来又有什么改变呢？

对于小说中界岭的原型地，众说纷纭。有人认为在四川汶川一带，有人认为在鄂豫皖三省交界的大别山区，那里是刘醒龙成长、生活和工作过的地方，可仅在湖北英山县，便有三个地方名为界岭。

刘醒龙对界岭小学有一份特别的情愫，他曾说："支撑这群民间英雄的力量源泉其实就是'界岭小学的毒'，这是一种卑微深处的伟大，平凡之中的崇高，是一种潜隐的良知和责任，是启迪幼小灵魂的一种内驱力，一种使命感。"

显然，在灵魂深处，刘醒龙已将界岭小学视为崇高的基点。

那么，神秘的界岭小学究竟在哪儿？学者刘早给出了答案：

2020年8月，在抗疫阻击战、歼灭战已取得全面胜利的情况下，刘醒龙与一众知名文学评论家，以及故友的女儿姜若知于英山县参加纪念作家姜天民逝世30周年文学座谈会。谈话间，刘醒龙触景生情，披露了不少往事。席间有人再次问及《凤凰琴》《天行者》中的界岭小学有没有原型地，若有，原型地又在哪里？当地一位作家抢先坦承了一件事，并有请谅解，说他的母校写过一份先进事迹材料，自称该校为《凤凰琴》小说中界岭小学的原型。众人都说，这事可不能乱讲。当地作家回应说，又不止他们一家，县里好多学校都说自己是《凤凰琴》中界岭小学的原型。直到听那位作家说，他的母校是父子岭小学时，刘醒龙长吁一声，情不自禁地透露出埋藏心中近四十载的秘密——界岭小学的原型正是英山县孔家坊乡的父子岭小学。

刘醒龙之所以将《凤凰琴》的故事设在这里，与他当时刚从英山县阀门厂借调到县文化馆，陪一位副馆长下乡搞文化站建设的经历有关。

刘醒龙曾回忆过这段经历："我创下中国人事制度的罕有范例，我从所谓'小集体'的所有制工厂，调到县文化馆任创作员时，请调申请上没有分管县长签字，而是盖着刻着老大国徽的'英山县人民政府'的大印，这让经办的人事局官员愣了好久。一个普通的底层写作者，要从最底层冒出来，是极为困难的，但我相信只要努力，总是会有机会的。"

据刘早描述："有天傍晚，他（刘醒龙）爬上乡政府左侧的山岗，忽然发现半山腰的几间土坯房前，竖着一面国旗。旗杆是用两根松树杆捆扎而成的，旗帜经过风吹日晒，已经见不到鲜红的颜色。那面国旗下面，有一所小学，就是当年的父子岭小学。此后，一连数日，刘醒龙每天傍晚都要爬到那道山岗上，望着那面在晚风中飘荡的国旗，心中也禁不住漾起阵阵情感的波澜。"

如今，父子岭小学校舍已焕然一新。

第八章 《凤凰琴》：
致敬每一份无私而伟大的坚守

杨海波、何群：讲好故事，才能收获感动

"影片质朴、平实，但给了我们很强的冲击，刺痛了有良知的中国人的良知……导演明确说，拍这部影片绝不粉饰生活。我喜欢这个原则，看到了艺术家力求走现实主义的道路。我们老讲现实主义深化，深化之前，我首先要补上新现实主义的课……影片好在使我们这些没有那种生活经历的城里人，相信生活一定会是那个样子的，相信是真的。"这是翻译家、评论家童道明先生当年给电影《凤凰琴》的评价。

把好小说改编成好电影是一次再创作，它是如何实现的呢？

最早意识到小说《凤凰琴》价值的电影人是编剧桔生，他的真名是杨海波。读完原著后，他找到第五代导演何群，表示如果把小说《凤凰琴》拍成电影，肯定能打动观众。

杨海波之所以找何群，是因为何群"比较懂观众，拍过的几部片子不赔钱"。

据杨海波回忆："当时产生拍这部影片的想法既简单，也复杂，那就是试验一条拍现实题材影片的新路。从当时的情况看，大家拍这类影片，或是为了完成任务，或是只看重题材和主题，基本上排除了靠这种影片盈利的可能，不管谁投拍这类影片，都抱着赔本赚名的念头。"

何群本是北京电影学院 1982 年美术系的毕业生，是张艺谋的同学，毕业后被分配到广西电影制片厂，在《一个和八个》《黄土地》《大阅兵》这几部影片中担任美工师。1988 年后，他开始担任导演。

从美工转向导演，何群曾颇感犹豫，他说："我对自己的能力不能把握，不十分自信。"

1989 年，何群独立导演的《西行囚车》卖了 309 个拷贝，让厂里赚了钱，他得到了认可。1991 年，他导演的《烈火金刚》卖了 400 多个拷贝，投资才 230 万，几乎赚了一倍，还得了奖，"这一下我顺理成章地坐在了导演的位置上"。

在电影《凤凰琴》之前，何群基本被定位为商业片导演，因为他接连导演的几部作品都赚钱了。二人之所以转向主旋律片，因杨海波想"通过自己的亲身实践去证明下面这个问题：'主旋律'不是非赔钱不可"，谁也没想过它能获奖。

此外，当时不少电影人不屑与主旋律影片为伍，"在他们眼里，只有在国际影展上获了奖才算是好样的"，杨海波、何群也想挑战一下这些偏见。

把小说改编成剧本后，杨海波先把剧本拿到了天津电影厂，该厂刚和长春电影制片厂联合完成了谢飞导演的《香魂女》，该片后来赢得了第 43 届柏林国际电影节金熊奖。原本天津电影制片厂准备先歇口气，可拿到本子第二天，便电话通知杨海波、何群，决定投拍这部电影。

当时任厂长的韩振铎说："《凤凰琴》的切入点好，描写农村教育、基础教育、'希望工程'这一社会性的大问题，具有浓厚的时代气息。写的是实实在在的老百姓，我自信老百姓会爱看的。"让杨海波、何群欣喜不已的是，李保田得知这一题材后，表示愿意出演，并推掉了其他片约。

然而，《凤凰琴》得到的经费却少得可怜，不足当时一部合拍片的十分之一，且导演与演员们一致同意，从片酬中拿出 1 万元捐给"希望工程"。所以，拍摄的外景地只好选在条件比较艰苦的延庆县大庄科乡龙泉峪村，那里有一所破旧的山村小学。因为租不起低噪音的发电车和照明灯，拍摄时甚至无法同期录音。

剧组入驻现场时已是 5 月中旬，距教师节送审只剩下 3 个多月。只用了 7 天，布景师们便搭出了"昇岭小学"。在短暂的拍摄时间中，剧组还赶上了 7 个下雨天。

为了演好于校长，李保田每天坐在太阳下把自己晒黑，几天不换衬衣。片中扮演张英子舅舅这一角色的是北京人民艺术剧院的老演员修宗迪，他说："看当今中国演员，不应光看演得好坏，还要看谁最有良心。拍《凤凰琴》这样的影片，能为这些每月工资还不够一次打的钱的小人物说上几句话，良心才过得去。"

刘醒龙对电影《凤凰琴》中学生们的衣服太过整洁感到不满，而何群的想法是："我不想自然主义地去表现贫困，把环境和形象搞得太脏太破，学校毕竟是传授文化的地方，无论在怎样艰苦的条件下，老师对学生也是有爱心的，所以说，孩子们的衣服比较干净，即使打补丁也要规整些。"

对于片中一位民办教师吹口琴的细节，刘醒龙曾批评说："想当然地将时刻揣在口袋里的口琴掏出来，硬塞给民办教师，换下他们手中的竹笛，让他们不伦不类地用口琴来演奏国歌。而忘了口琴对于乡村知识分子来说也是一件奢侈品。"

何群的理解是，邓副校长向往城市生活，想尽快"民转公"离开农村，口琴洋气一些，更适合他。

资金少、时间紧，何群选择了务实的路线——平实自然地讲好一个故事。他写道："我做的只不过是实实在在地拍戏，实实在在地让观众看了一个真实的故事。"

讲好故事，才能收获感动。出乎杨海波、何群的预料，《凤凰琴》取得了巨大成功。

按照杨海波原来的预想："只要何群把片子拍得能使观众在电影院里坐住，而且看完出来以后不大骂，再能说句'这片子还行'之类的话，何群就算完成任务了。至于怎样把观众吸引到电影院里面，那不是导演应该完成的任务。"

电影《凤凰琴》的市场效果，与杨海波、何群预想的差不多，不仅回本，还略有盈余。二人此前为《凤凰琴》制定的创作重点是一个"真"字，用何群的话说即："讲点老百姓的事，说点老百姓的话，靠这个东西去打动人。"

事实证明，"真"才是最有感染力的。

王定华：中国现有 300 多万乡村教师

王定华，男，1963 年 4 月生，祖籍河南省内乡县，1988 年 5 月入党，1986 年 7 月参加工作，河北大学外国教育史专业博士研究生毕业。他先后在河南大学、河北大学和美国波特兰州立大学学习，现任北京外国语大学党委书记。

我的家乡是河南省上蔡县东岸乡王庄村，从小学到高中，我都是在农村度过的，我的父亲在河南省内乡县的山里边做过民办老师，和《凤凰琴》中的背景很相似。我后来在上蔡县上学，当时条件也很差，可民办老师对我们的指导，一点也不比城里老师的差。

上小学一年级时，我们都是搬着板凳在老师家上课，老师给了我们无微不至的关怀。后来一段时间，我们在村后街的土地庙上课，老师的反应很敏锐，突然有一天，墙垛子咔滋咔滋响，老师说："同学们，往外跑！"我们刚跑到院子里，墙垛就倒了，那些砖块就砸在我们刚坐的那个地方。可见，当时农村的教育状况比较差。

后来，我上了小学高年级，在大队办的学校学习，那个学校就比较成规模了。当然，也只有一些土桌子、土台子，里面坐着土孩子，没有什么真正的桌、椅、板凳。

上初中时，学校又稍微远了一点，我要到乡办的中学去上学，那时初中是公办老师、民办老师并存，小学以民办老师为主。

第八章 《凤凰琴》：
致敬每一份无私而伟大的坚守

初中时经济条件也比较差，下雪天，我记得同学们都是光着脚、卷起裤腿、手里拿着棉鞋来上学的，当时没钱买胶鞋。到了教室，把脚擦一擦，再穿棉鞋。老师问我们冷不冷，我们说不冷，那时也确实不觉得苦。

上高中时，学校可以住宿了，但没有床，都是土坯垒的大通铺。冬天大家挤在一起，中间都不敢起来上厕所，因为上完厕所，回来就找不着地儿了，空隙全被挤满了。

虽然条件差，但老师们的精神状态很好，他们很负责，备课非常认真，上课也一丝不苟。那时学习负担也不太重，课本都是薄薄的，功课开的门数也不太多。空余时间，老师会带我们参加社会实践，比如秋收，或者干一些农活，所以我们动手能力还是很强的。我后来参加工作，也提倡减轻课业负担，让学生走出教室，走到阳光下。

那时一看到国旗，大家都肃穆起立，向国旗敬队礼，从小就埋下了爱国主义的种子。即使生活在贫困的农村，大家仍觉得，我是个中国人，我为此感到自豪。

民办教师们支撑起了乡村教育这片蓝天。村民对民办教师们很尊重，常把最好吃的东西拿给他们，有时老师中午来不及做饭，村民会把最好的饭拿给老师吃。

1986年，我国颁布了《中华人民共和国义务教育法》，接受义务教育是公民的权利和义务，从那以后，教育普及推广得非常快。1992年，国家教委等部门印发了一份《关于民办教师关转招辞退"五字方针"》的文件，起到了好的作用，加强了教师队伍的建设。

关，就是不再招新的民办教师了；转，就是将符合条件的民办教师转为公办教师；招，就是师范院校划出名额招民办教师，让他们去学习；辞，就是对不合格的民办教师予以辞退；退，就是到年龄的民办教师可以退休。

1994年，中央召开改革开放以来第二次全国教育工作会议，提出到20世纪末，基本普及九年义务教育，扫除青少年文盲，建设质量较高、数量足够的教师队伍。从中央到地方，从政府到民间，都加大了基础教育工作的力度，效果非常好。

我也到过大别山区，去过《凤凰琴》中描述的罗田县、英山县等，我当时感觉到，条件虽然落后，但是师生们的精神面貌很好，大家对知识的渴求非常强烈。

广大乡村教师默默无闻，扎根讲台，为国家、为社会做出了很大的贡献。但是，乡村教师的素质也良莠不齐，在一次调研中，我们遇到一名乡村老师，问他 1/2 加 1/3 等于多少，他不加思索地说，等于 2/5。我后来问他这对吗？他可能意识到有问题，就回答说，"反正我是教语文的"。

在各级政府和社会各界的共同努力下，乡村学校发生了翻天覆地的变化。2008 年，汶川地震之后，国家启动了校安工程，现在各地最坚固的建筑就是学校。

当然，我国现在仍有 300 多万名乡村教师，他们的工作环境还有很大的改进空间，待遇、职称、编制等，都存在一些瓶颈，需要方方面面共同努力，给乡村教师更多的关怀，解决他们的问题，回应他们的诉求，让他们在立德树人的岗位上真正能够舒心地、静心地、安心地、热心地工作，发挥更大的作用。

我在看《凤凰琴》的时候，感触最深的是，我们中华民族有崇文重教的传统，大家还是希望孩子能接受教育。我们的老百姓对老师是尊敬的，老师们之间总的来讲也是团结互助的。老师们既是乡村的英雄，因为他们扎根基层，阳光美丽，无私奉献，爱岗敬业，成绩凸显；他们也是平凡的人，因为他们也有七情六欲，也要工作，也要生活，也要养家糊口。但在各种权衡中，他们还是选择了大爱，把这种无私的爱给了一代又一代的孩子们，我向他们表示深深的敬意。（根据王定华口述整理）

徐永光：守望教育，播种希望 30 年

徐永光，1949 年 3 月生，浙江温州人。南都公益基金会秘书长、理事长，中国慈善联合会副会长。曾任中国青少年发展基金会秘书长并创建"希望工程"，在公益慈善界有较大影响。2015 年 5 月被聘任为国务院参事室特约研究员。

一次我们在广西做调查，我们到了广西金秀瑶族自治县，这个地方很偏，在大山里，非常美。我们进到大山里面，来到一个村子，这个村子的名字叫共和村。

这个村子穷到什么程度呢？当时村主任接待我们，就在地上支了一口锅，然后烧上水，放上面条，薅一点韭菜，我们就围着这个锅，蹲在那里捞面条。我们去看学校，教室完全没有墙，四面透风，有 71 个孩子在里面读书。从一年级到三年级，只有三个老师。

我想了解这些孩子的读书情况，老师说："现在他们在读三年级，如果上四年级，就必须离开这个村子，90% 的孩子会失学。"我问三个老师："你们都读了几年书？"有一个老师告诉我，他说他教三年级，可他自己只读过两年书。所以，他怎么能教好孩子啊？

这 71 个孩子的全科及格率是 0，没有一个全及格的，单科及格率是百分之十几。这个村 2000 多人，自 1949 年以后，没出过一个初中生。

这样的教育水准，这个村子怎么可能摆脱贫困呢？要摆脱贫困，一定要先要搞好教育。可能是在这样的刺激下吧，后来我组织部长也不当了，1989 年，我成立了中国青少年发展基金会（简称青基会），"希望工程"就是从这来的。

当年国家电影局找到我们，说有个《凤凰琴》的电影剧本，非常好，希望青基会支持。1993 年，我们资助了 10 万元钱，电影拍成了，首映式正赶上教师节，我们也推出了"希望工程园丁奖"，当时表彰了 1000 名乡村教师。我们觉得，借这部电影，我们应该提升对乡村教师的支持力度，并将它作为"希望工程"的一个重要的议题。所以，我们接着又办了希望工程教师培训中心。为什么把教师培训中心设在上海？因为我想让乡村老师们到上海来，开阔他们的视野。

这个念头怎么来的呢？

有一次，我到了一个学校，给学校送了一架望远镜，老师带着孩子们拿望远镜看远景，孩子们一个个抢着看，看到了很远的地方。突然有一个小孩说："老师，你就是我的望远镜。"

这句话真是把老师和孩子的关系表达出来了。只有老师视野开阔、看得远，孩子们才能看得更远。所以我当时讲，孩子们是希望，老师是希望的希望。所以我们希望工程教师培训中心在上海培训了 6 万多名乡村教师。

1990 年，我写过一篇关于"希望工程"的文章，当时我提到了罗田县落梅河小学的朱东明老师，朱老师把自己几年的工资，总共 8000 多元，从中拿出 5000 多元，来帮助孩子读书，给他们买书，结果他连女朋友都找不到。我们了解到这位老师的事迹，就动员社会捐助这所学校。后来朱东明成了罗田县希望小学的第一任校长，现在该校的校长是他当年的一名学生，是非常年轻的一位"90 后"。

"希望工程"发展到今年，已经 30 多年，接受捐款的数额已超过 150 亿元，救助失学儿童和帮助一些中学生、大学生上学，总数达 590 多万人。这是什么概念呢？每 1000 个中国人中，就有 7 个人受到过"希望工程"的帮助。我们建了两万多所希望小学，中国每 100 所乡村小学中，就有 7 所是希望小学。

我做梦都想不到，11 年后，我又回到了共和村，共和村也建了一所希望小学，我去参加了落成典礼。我这一次去，就觉得变化太大了，孩子们都穿上了新衣服。这个地方的景色又非常美，有一座山叫圣堂山，上面有万亩杜鹃花林。落成典礼时，正好杜鹃花盛开，我激动得赋诗一首：

梦吟林山十一载，魂牵凤愿回瑶寨。

希望之树结硕果，盛唐杜鹃似朝来。

（根据徐永光口述整理）

希望小学落成典礼 ▲

　　《凤凰琴》问世后，引起了巨大轰动，随之而来的是"如何理解《凤凰琴》"的争论。

　　作为现实主义小说，《凤凰琴》似乎不难懂，它的每个细节都呈现得很清晰，但仔细推敲，却又有一种独特、瘦硬、隽永的意味，这是传统现实主义小说很少有的东西。不少评论家称《凤凰琴》是"新写实主义"，但"新"的定义模糊，似乎无所不包，引起读者、评论者乃至作者本人的不满。

　　刘醒龙是怎么解读《凤凰琴》的？它与刘醒龙此前、此后创作的落差真有那么大吗？

　　在《刘醒龙文学回忆录》中，刘醒龙侧面回应了这些问题，虽然不是正式的回应，但有助于读者深入理解《凤凰琴》，理解刘醒龙的创作，乃至理解现实主义写作，深化对《凤凰琴》小说与电影之间区别的认识。

　　特从《刘醒龙文学回忆录》中摘出相关段落，并拟了一个小标题，希望能对读者们有所帮助。

这才是小说中真正的"我"

　　1992 年 6 月我还在黄冈地区群艺馆工作时，因为《小说月报》要转载《凤凰琴》，我第一次写自己作品的创作谈，其中说到——

　　　　父亲六月九日来信说，他从报上看到我的《村支书》反响很大，就到县城里我的几个朋友那儿去找。父亲在信中历数了几位的姓名，才用一种很累的口吻说:"直到昨晚小刘才将《小说月报》三期送来。晚上光线不好看不清,今天早五点半就看起,刚看完。我是你爸爸,又是老干部、老党员。《村支书》是写得好,好在真实,好在好读。我代表我们家族向你祝贺,并希望你今后写出更多、更好的作品。永远不要忘记,你是老农民的后代……"

父亲曾是我的小说最激烈的批评者。他曾在我的短篇小说《我的雪婆婆的黑森林》上做了七十二个疑问记号,这些疑问是包罗万象的,以至让我很难相信,父亲只读过一年私塾,四十多年来一直在区乡任职,他怎么获得这些文学知识的。当然,父亲无疑是属于"革命现实主义"的读者。尽管《村支书》不是属于"革命现实主义"范畴,但父亲一定从中看到了自己的影子,所以,这一次他无法去否定了。用弗洛伊德的观点,儿子征服了父亲,儿子当然会高兴的。我又想,过不久父亲读到《凤凰琴》以后,他又会喜欢的。

我的童年、少年和青年时期的大部分,都是跟着父亲辗转在大别山腹地的乡村,常常是到一个地方就租几间农舍,将全家安顿下来。在当地人看来我们几乎无异于是农家子弟。每逢农忙假、寒暑假,生产队长就堂堂正正地安排我们出工割谷插秧。不出工时,就和当地人家的孩子一道上山砍柴。后来,我们进城了。但我在城里几乎找不到一个真正朋友,与多数人总是话不投机。

几年前,某次去武汉,听到文学界的几位熟人在一起议论一位在新闻界做事的人,说他案发被抓,末了大家忽然来了一句:一个乡巴佬也想来闯武汉?我听后心里难受极了,假如将来自己也来武汉,他们也会如此说我吗?

1990年秋天,省内召开我的作品研讨会,王先霈先生发言,说我的小说是"乡下孩子写的乡下事"。我听后大受震动,由此开始苦苦想着一个问题,可一直没有说出口。我想说:其实,所谓"落后的农民意识"在每一个中国人身上都存在,只是表现形式不一样。那种居高临下,对农民品头论足、说三道四的人,其行动契机本身就是"农民意识"在起作用。我现在才明白,父亲过去的激烈批评是有道理的。那时,我把自己的位置摆得高了,总以为自己能为我的穷苦的乡村指点迷津。现在，我终于懂得，天南地北的乡亲的出路，唯有靠他们自己去创建，而我唯一能做的一件事，就是献上自己的真情。

《凤凰琴》的构思，是从山里几位当民办教师的朋友身上得到的，好多年了，我一直想写它，却总感觉火候未到。事实上，这感觉是对的，如果早几年用父亲激烈批评过的那方式来叙述，很可能会将那几个朋友糟蹋了。应当感谢《青年文学》编辑部，他们决定一年内连续发表我的三个中篇，实际上只用了十个月。他们接二连三地催稿，使我无暇按部就班地去虚构思考，只好匆匆忙忙地将那种生活，从记忆里挤出来，于是就写得与以前不一样了。不一样得让自己吃惊，甚至不敢相信冯牧先生对自己作品的评价，不敢和别人讨论《村支书》。然而，在写《凤凰琴》时，我被自己的文字感动了，尚未成篇，就迫不及待地对朋友说，这一篇肯定比以前的好。往日，我从不敢说过头话，但这一次，我实在不能自己了。我还可以说，我总算做了一件对得起乡村、对得起乡下朋友的事。

引起父亲对我的小说由批评到表扬的变化之缘故，除上述之外，还有一个，但它是需要一篇长文才说得清的。

1839年秋，乔治·桑离开法国诺昂回到巴黎，她想起诺昂那些犁过的田地，想起休耕地周围的胡桃树，就叹息说："没什么好说的，生为乡巴佬，根本适应不了城市的喧哗，我认为还是家乡的泥土美，而这里的泥土，使我恶心。"时至今日，大概少有人对城市感到恶心了。但是，乔治·桑在她的人生的最后时刻说的话，值得包括她的同行在内的所有城里人谨记。

她说："留下青翠的草木。"

我是打定主意这样做的。我再也不会去玩泥塑和根雕了。

这里面有一句"大受震动"的话，后来被不少人误用，或者是有意为之，而忽略了或者根本就是视而不见，我"苦苦想着一个问题，可一直没有说出口"的隐喻。虽然在这里，父亲亲口说出我是"老农民的后代"，但这话只能从他的朴素感情去理解。从爷爷到父亲，从来就算不上是纯粹的农民。在"红卫兵运动"背景下，人人都想方设法让自己的出身红之又红时，父亲也不曾在自己的履历表上，以及被"红卫兵"禁闭在斗室里所写的交代材料里，写上"贫农"二字，而是白纸黑字地写着"雇工"。爷爷居住在乡村，一辈子以"织布师"为生。子承父业的父亲，也是凭着一身织布手艺，进到汉口城内做了一名织布工人。

於可训先生有句话十分契合我的写作态度，可惜这句颇为深刻的话，反而没有引起其他人的重视。他认为，我的每一部表现乡村生活的小说背后，都有一个强大的城市背景在起着推波助澜作用。很多人为我后来写《蟠虺》这样的长篇小说而吃惊。我自己却一点也不意外，或许这才是小说中真正的"我"。

《青年文学》杂志内页 ▲

参考文献

[1] 李遇春，邱婕. 从《凤凰琴》到《天行者》[M]. 武汉：华中师范大学出版社，2016.

[2] 何群. 平实自然地讲故事——导演《凤凰琴》的体会 [M]//《中国电影年鉴》编辑委员会. 中国电影年鉴1994. 北京：中国电影出版社，1995：82-83

[3] 单莹. 编外教师的历史考察与现实反思 [J]. 湖南科技大学学报（社会科学版），2017（4）：172-178.

[4] 刘早. 乡土文学的精神力量——《凤凰琴》原型地考 [J]. 小说评论，2021（2）：153-160.

[5] 黄晓环. 将灵魂和血肉融入大别山——记著名作家刘醒龙 [J]. 武汉文史资料，2003（8）：41-43，28.

[6] 车丽娜，徐继存. 民办教师及其对乡村社会的影响 [J]. 教育研究与实验，2014（5）：45-51.

[7] 向兵. 何群吐"苦水"——和《凤凰琴》导演谈国产片质量 [J]. 中国质量万里行，1994（9）：46-47.

[8] 刘醒龙. 说点心里话——致友人 [J]. 文艺理论与批评，1994（3）：35-36.

[9] 梁振华. 光影中国梦·纯真岁月卷 [M]. 合肥：安徽大学出版社，2014.

[10] 刘醒龙，高方方. 有一种力量叫沉潜——对话刘醒龙 [J]. 百家评论，2012（1）：68-74.

[11] 何燕玥. 平生写下的第一首歌词——为电影《凤凰琴》配歌词的故事 [J]. 装饰，2009（3）：124.

[12]《昨天的新闻》编委会. 昨天的新闻：新华社天津分社记者作品展读（上）[M]. 北京：新华出版社，2002.

[13] 刘醒龙. 刘醒龙文学回忆录 [M]. 广州：广东人民出版社，2019.

第九章 《渴望》：悲欢离合，平常如歌

对外来的东西，
……排斥，应当分析借鉴，为
正如中菜讲究色、香、味，
……重营养热量一样，为什么不可
……保持中菜特色的同时，也注意营
……热量呢？当然如果丢掉了中菜的持
……色，一味西化，我们的餐馆、食堂都

《渴望》

……元明
……办成"牛排"、"热狗"、"三明
……台"，恐怕至少一半以上的人不会光
……饮食也是一种文化，道理相通，
……望》的成功之处正在于形式是外
……内瓤还是四合院、小胡同，地
……味菜"，如果内里黑也是老
……"透明度"的路子，那渴
……就绝望了。……"京腔"，

人物个性，
也使外地观众产……
集一集地要评书一样
留悬念，吊着观众的胃。
中国文化中许多精华，理……
大。

毕竟是第一炮，《渴望》
众口一辞、无可挑剔的。演到三
几集。已听到这样的议论："月
越来越没劲儿"……如何全面公正
地评价这出戏，那是戏演完了以后
的事。

不过，我现在就有些耽心，《渴
望》的成功会不会刺激一些人的细
胞，致使你室内，我也室内，你来
50集，我来100集，直弄到大家倒
口时为止？当初《少林寺》一炮
后，随之就是你也打我也打，差了
无打不成戏，连公安人员追上楼
有枪也不用，非要陪歹徒练两
脚踢"才过瘾。与《渴望》同
的，还有中央电视台的《围
室内，也没几十集，相
镜，凡事应当从实际
一窝风、赶时髦

悠悠岁月，欲说当年好困惑，
亦真亦幻难取舍。
悲欢离合都曾经有过
这样执着究竟为什么？
漫漫人生路，上下求索
心中渴望真诚的生活。
谁能告诉我，是对还是错？
问询南来北往的客。
恩怨忘却，留下真情重头说。
相伴人间万家灯火，
故事不多，
宛如平常一段歌。
过去未来共斟酌
⋯⋯⋯⋯⋯

1990 年底，随着这首悠扬的音乐响起，电视剧《渴望》正式
播出。

《渴望》的故事并不复杂：它讲述了年轻漂亮的女工刘慧芳面
对两个追求者迟疑不决，一个是车间副主任宋大成，一个是来
厂劳动的大学毕业生王沪生。刘慧芳不顾母亲反对，与身处困
境的王沪生结为夫妻。因为善良，他们还收养了一名弃婴，婚
后的生活磕磕绊绊⋯⋯平凡人物的一生虽然充满磨难与考验，
但是刘慧芳的经历让我们相信好人一生平安。

《渴望》诞生于社会转型的关键时期，即随着消费主义兴起，
人们逐渐从熟人社会走入陌生人社会，正如《渴望》的策划人

之一王朔所说："到了 90 年代，仿佛一夜之间中国就进入了消费时代，大众文化已不是天外隐雷，而是化作无数颗豆大的雨点儿结结实实地落到了我们头上。今天，无论'80 后'也好，'90 后''00 后'也好，消费主义已经完完全全地烙在我们的基因里。"

时代风云激荡，个体何去何从。《渴望》带领观众们重新抚摸了灵魂——它会疼痛，会失落。在我们内心深处，我们都渴望成为好人。每次妥协都有漫长的失落，每次退让都有难以抚平的伤痕。当无法融入消费时代，每个人的心中生出焦虑时，我们该何去何从？如果生活的代价就是失去灵性，这生活还有价值吗？

《渴望》塑造出一位传统东方女性的形象——刘慧芳，她以自己生命的韧性，捍卫着不可让渡的那些记忆、直觉和良知。她唤醒了亿万人沉睡的泪腺，这泪水穿越了数十年，至今仍刺痛着我们的心。

为什么《渴望》能创造收视奇迹？曾经"渴望"的人生，会有怎样的不同？《渴望》与我们这个民族的根脉之间，有怎样的联系……凡此种种，构成了精彩的中国故事。

鲁晓威：拍《渴望》的那段悠悠岁月

鲁晓威，生于1952年4月，河北定州人，现任中国电影家协会会员。1978年参与创建北京电视台，成为首任开播导演。1979年开始职业影视导演生涯，导演作品《钟鼓楼》《幻影》《小李飞刀》等。1989年导演中国第一部大型长篇电视连续剧《渴望》，该剧获得了第十一届飞天奖长篇电视剧一等奖、第九届金鹰奖优秀连续剧。

"那会儿大家没有什么功利心，就是想拍一个大家喜欢的作品，又是第一次尝试用室内剧这个形式来作业。"

主持人：《渴望》播出时，我还在上中学，断断续续看的，因为高中的功课也比较紧。可是，对这个电视剧的记忆竟如此深地刻在我的生命当中，我觉得这可能也是做导演感到很满足的地方，是吗？

鲁晓威：你讲对了，非常感谢观众时过30年还能记住这部作品，谢谢观众。

主持人：能先跟我们大家伙说说，那时候是怎么想起来要创作这样一部作品呢？

鲁晓威：当时的那个年代，中国内地的电视剧还不像现在这么丰富。大量播出的是国外的长连续剧，巴西的、日本的，上一点岁数的人都还能记得日本的电视连续剧《阿信》。此外，中国港台的电视剧也占了一定比例。

主持人：是的，还有《血疑》。

鲁晓威：对，还有香港拍的电视连续剧《霍元甲》。当时，我作为一名电视工作者，也很想拍出自己的长剧，就是这么一个特别简单的想法，就是觉得，要拍一部给自己爸妈看的电视剧。

我的父亲也是做影视这行的，拍过很多好的话剧，但话剧的舞台很窄，不管是《万水千山》，还是《霓虹下的哨兵》，它的影响面都不像电视连续剧的影响这么大。当时我就想拍一部讲伦理的电视连续剧，一个能让爷爷、奶奶、爸爸、妈妈、儿子、孙子……坐在同一台电视机前看的节目。

后来，慢慢慢慢地，经过努力，就把它拍成了。

主持人：当时是不是也有一个背景？就是北京电视艺术中心也想少花钱、多办事，相对来讲，室内剧可能是一种比较好的方式。

鲁晓威：对。室内剧也不是我们北京电视艺术中心的独创，此前中央人民广播电视总台也拍过一些室内剧，但都没有《渴望》这么长。拍《渴望》时，经费非常紧张，不像现在，上一部大戏就能投入几亿元，当时只给了我们很少很少的经费，预算好像才 110 万元吧。

主持人：110 万，当时就想要拍 50 集吗？

鲁晓威：对。经过大家艰苦奋斗，这110 万元还没花完，我们仅花了 97 万元，节约下来的 13 万元钱又交回去了。

主持人：那个年代拍一集电视剧差不多也得十来万呢，《渴望》只有别人 1/5 的成本，这是怎么做到的呢？

鲁晓威：那会儿大家都没有什么功利心，就是想拍一个大众喜欢的作品，又是第一次尝试用室内剧这种形式来作业，所以处处节省。

比如我们用的摄像机，是电视台综艺节目用旧了，给我们的，所以三台机器三个颜色——一个偏蓝，一个偏绿，一个偏黄。每次拍摄前，需要先把它们调整成一样的颜色才行。

演员的酬金也非常低，我记得男主角 100 元钱一集吧。像蓝天野老师这样的老艺术家，因为他演的是配角，只有 75 元钱一集。这个经费就节约了很多。

此外，我们又租了一个部队不用的篮球馆，将这个篮球馆改造成了一个摄影棚，这又节约了很多钱。

主持人： 因为专业的摄影棚的租金太贵了。

鲁晓威： 是啊，租不起，真租不起。我们改造的那个摄影棚，租了一年，才花了两万八千元钱。放到现在，还不够一天的拍摄费用呢。

我们当时是处处省，每天从北京的二环路发一辆班车，三环路发一辆班车，把所有演职人员拉到西山，在那个篮球馆改的摄影棚里，早晨8点上班，下午5点下班。然后大家要一起动手，把第一天的景拆了，布置好第二天的景，才能发车回城。

就这样，不分演员还是职员，大家艰苦奋斗，拍完了这部戏。

主持人： 演员也得去拆景吗？

鲁晓威： 对，我记得有一次，演员很累了，但制片主任说，"第二天的景你们得准备好，不准备好，第二天来了没法拍"。

我记得，当时是凯丽还是谁，就在那儿喊："快点儿来搬景片啊，快拿灯啊，我们要回家了。"此外，还有杨青等演员也都在那儿喊，大家齐心协力来搬景，直到把第二天的景搭好，然后等场务工、灯光师布好第二天用的光，这样才发车。

主持人： 在这样一个篮球馆里搭建起来的场景，毕竟不是专业的摄影棚，所以也会遇到很多问题，比如说声音的问题、光的问题。

鲁晓威： 确实，你说的这些问题特别突出。那个摄影棚原本是篮球馆，铺着菲律宾木的地板，不能给人家弄坏了，毕竟将来要还给人家。所以，我们只好在上面铺上铁板，铁板上再铺上土，土上面再铺上水泥，这样来保护地板。

最让人烦恼的是，这个篮球馆不隔音，外面过个汽车，里面也能听得清清楚楚。要拍的时候，还得派人到外面看着。见有车路过，得马上拦住，跟人家说："同志您等一会儿，我们里头要拍戏了，您待会儿再过。"

最要命的一点就是，因为在香山，经常有小动物，比如鸟，会飞到棚里来，我们还得先把鸟轰走，才能拍。在这个棚里工作，那真是很艰苦的。

主持人： 您刚才说为保护地板，先铺上钢板，钢板上面铺土，土上面再铺水泥。那么人走在上面的话，声音是怎样的呢？

鲁晓威： 为了避免脚步声异常，我们确实想了很多办法。比如在屋顶上吊块大海绵，此外，在每个演员的鞋底贴上海绵，这样就不会发出"咚咚咚"的声音了。在录音过程中，录音师是趴着录的，不像现在，可以吊着话筒去录，录音师就趴在演员的脚底下。

主持人：现在很难想象那样的场景了，但当时干得热火朝天是吗？

鲁晓威：不是热火朝天，而是累得半死。但是大家还是很愉快的，从筹备到播出，我们仅仅用了10个月。

主持人：10个月也算经历了春夏秋冬了吧？

鲁晓威：是的，但我们早晨天不亮就已经进棚了，冬天到天黑了才出棚。因为长期不见阳光，为防止得病，我们还组织大家利用中午时间进行体育运动，打打羽毛球，还发双袜子作为奖励，这让我们的摄制组成了一个团结的摄制组。实际拍摄用了6个半月，前期准备了两个多月，后期又剪辑了两个多月。

主持人：大夏天时，你们在棚里怎么办？

鲁晓威：夏天的时间不算长，我们是8月开拍的，寒冬杀青的。总之，拍这个戏时非常艰苦。

主持人：棚里没有空调吧？

鲁晓威：没有。最要命的一点就是，当时灯光师没有现在的电子控制灯，全是用最原始的大灯，5000千瓦的，拍完一组镜头，就要调整一下。师傅们就站在灯板上，夏天时，上面是50多摄氏度，冬天照样是50多摄氏度，他们只能光着脊梁搬这个灯，才能保证拍摄的质量和速度。

主持人：现在别说拍电视剧了，你看我们做一个综艺节目，这个现场就架了多少机位？十几路讯道，当时你们就三个机位？

鲁晓威：我们就三个机位。我们那个转换台还是一个被淘汰的，我们自己焊了300多个点，勉强拿来用。这个转换台经常不听使唤，靠用手天天使劲拍，它才能颜色一致。我们的一号机经常是拍着拍着，颜色就变成偏绿了。二号机倒是一般女演员都喜欢，因为焦点软，不实，拍出来显得年轻，所以大家都喜欢，女演员都喜欢用二号机。

主持人：这个室内剧都是一锤定音的，后期没有再剪接了是吗？

鲁晓威：没有。包括声音、歌曲，所有人拍一场戏，演员不能错一个字儿，录音不能出一个杂音，摄像不能错一个景别，切换不能切错一个点……切错了，就得重来，所以绝对不能错。

主持人：当时演员错得最多的是谁啊？

鲁晓威：错得最多的？应该是孙松吧，因为孙松非常敬业，他经常把对方的台词也背下来了。

主持人：背下别人的词，却把自个儿的说错了？

鲁晓威：如果对方没按照台词说，孙松就不会往下说了，他会说"你说错了"。这个就比较难，不像现在我们一个个镜头拍，这样比较容易。但是一个个镜头拍，情绪又不太容易接上。所以室内剧这种形式又快又好，但对演员的要求也高。

"凯丽具备了我们想象的戏里这个人物特点，第一，大高个儿；第二，她有负重感。"

主持人：选演员也需要独具慧眼。虽然有些可能在当时并不是什么大腕儿、明星，可是您看，通过这部戏，他们就被大家认识了。说说吧，当年他们是怎么被选上来的？

鲁晓威：《渴望》当时选演员，是红花当成绿叶使，绿叶当成红花用。

主持人：怎么讲？

鲁晓威：像蓝天野老师、李雪健老师，当时都已经很成熟了，是获奖演员，此外还有吴玉华老师。最年轻的两个主角是孙松和凯丽，到最后，他们是影响最大的，获得了金鹰奖。当时选他们时，我们就考虑到了这两个演员的潜力。

主持人：您怎么看出来他们有潜力？

鲁晓威：当时非常巧，是副导演在选演员，我们的副导演功不可没，就是陈励老师，他每天要找无数个演员。我记得，我当时并没有选中孙松，但孙松打动我了。

主持人：他怎么打动你了？

鲁晓威：那天正好下大雨，我住的那个地方不太好，是一个十几平方米的小房子，孙松要过来面试，我说，"你今天不要来了，今天可能要下雨"。但孙松说，"我一定要来见你"。

孙松真的来了，我一看他被淋成那个样子，而且，他刚参加完央视的一个关于家教的室内剧拍摄，有一定经验。此外，我还有一点私心，就是我当时看中了他的母亲，就是演刘大妈的韩影老师。我就说，"干脆一块儿用吧"。

在整个戏里头，孙松是最刻苦的。杨青老师就不用讲了，她是被我诓来的，我去了她家九次，都没有碰到她，我每天写完剧本，都要到他们那个青艺院子去找她，但是她演出很忙，老没碰见她，我就每次给她留个纸条。

主持人：你每次去都留个条。你写什么呢？

鲁晓威：我说"有机会请跟我联络"，那会儿也没有电话，我就写了一个地址。她第一次见我时，戏已经是马上要开拍了，她来试妆。她是来了，因为她以为我是让她演女主角，没想到她试完以后我告诉她，"你演女配角"。当时她还有些不高兴。

因为配角的戏比主角的台词都多，杨青也是个好演员，所以我当时费了好大的劲儿，把她留下了。

主持人：还有这么一段往事呢。找杨青找了九回，找凯丽呢？

鲁晓威：凯丽是我们偶遇的，是他们文工团里的瞿弦和团长介绍的。瞿团长非常热情，但是始终没找到合适的，那个团当时管理得比较松散。后来，副导演陈励就说，"我看中了他们团的一个演员，你留意一下"。

我就去那儿等着，张凯丽出来了，很热情地说："哎呀，都两点了。"那会儿你知道，过了两点钟街上是没饭馆的，也没地方吃饭了。凯丽说："你要不嫌弃的话，去我家，我给你下个挂面吃吧。"

就在她下挂面的过程中，我发现她还是很贤惠的。而且，凯丽具备了我们想象的戏里这个人物的特点，第一，大高个儿；第二，她有负重感。

当时我还不太了解她，因为已经必须开拍了，所以最后一下子就定她了，往后也让她受了不少的罪。

我当时对凯丽唯一不满意的地方，就是她是东北人，因为北京的很多方言，外地人不会说。为什么我对杨青非常满意呢？因为她能把儿化音说出来。但我发现，可能凯丽做过解说员，她的语言能力很强，还是很成功地完成了任务。

第九章 《渴望》：
悲欢离合，平常如歌

"创作有一个规律，当你进入到这个角色中，它就不受你控制了。"

主持人： 有一种说法，说当时这个剧的剧本是几个圈子里的朋友在北京一个饭桌上侃出来的，这种说法属实吗？

鲁晓威： 属实。我们当时的编辑部为了积累一些素材，不是为这一部戏，而是为整个电视剧创作基地组织一些素材，就动员了北京的很多文学界的朋友，像《十月》杂志的郑万隆等，让他们一块儿来出主意，最后由李晓明老师组成了一个7万字的故事。

这个故事就是讲一个大姑子的孩子丢了，让弟媳妇儿捡着了，就是这么一个故事。

主持人： 戏就围绕着一个丢了的孩子、一个弃婴开始展开。当时好像还给各种人物大概定了个位，比如说恶大姑子，是吗？

鲁晓威： 当时定位了一个东方女性的形象，就是刘慧芳，还有一个恶大姑子，就是王亚茹，还有一个比较讲理儿的刘大妈，然后还有一个默默奉献的宋大成。当然，这些只是故事的骨架，要把它变成一个剧本，符合拍摄，这就非常难了。所以我们是根据搭好的景，一边写剧本，一边拍摄的。

主持人： 一边写剧本一边拍？

鲁晓威： 对，晚上编剧写完，由场记和助理刻成蜡版，印成剧本，发给演员，演员开始背台词，然后导播去做调度。赵宝刚当时就是那个导播，他负责调度。对我来讲，这场戏要一场一场地接着来，很考验演员。

主持人： 也很考验导演，您就像那个总指挥一样，脑子里得有一个总谱。

鲁晓威： 对。

主持人： 您后来一定收到了很多观众的意见反馈，他们认为《渴望》的结尾很遗憾。

鲁晓威： 不只是观众感到遗憾，我们也感到有点遗憾，但创作有一个规律，当你进入到这个角色中，它就不受你控制了。我也觉得，应该给慧芳一个好结果，是吧？但是情节走到最后，我们突然发现，这个戏的主题卡定了就是这个结果，必须是《渴望》现在这样的结果。《渴望》不是仅仅存在于这50集剧目之中，而是要留在观众心里。所以，结局就设计成一个开放式的结局，没有封闭起来。

主持人： 就是当一个人物的性格被树立起来之后，他已经有了自己的命运的走向了，对吗？

鲁晓威： 对。

主持人： 可很多观众觉得，慧芳这么好的人怎么就没有一个好的结果呢？您是不是收到了很多类似的来信？

鲁晓威： 哎哟，收到的观众来信实在太多了，我不太清楚具体数字，也不敢乱讲，反正我觉得当时《渴望》可能有二三十万封来信，光写给我的就有七八万封，这里头要求给慧芳一个好结果的观众有很多。

《渴望》一出，万人空巷

1989 年 1 月初，郑晓龙（时任北京电视艺术中心副主任，著名导演）、李晓明（时任北京电视艺术中心编辑室主任）、刘万隆、王朔等聚在蓟门饭店，开始"攒故事"。

当时的北京电视艺术中心（原北京电视制片厂，始建于 1982 年）远没后来那么"风光"，1990 年前，除了《四世同堂》《凯旋在子夜》《便衣警察》等三四部剧外，北京电视艺术中心的其他作品在国内名气不大，且北京电视艺术中心工作环境比较简陋。据原北京市广播电视局局长张永经回忆："到现在为止（指 1991 年，《渴望》已成功播出），北京电视艺术中心一直租用一个公社招待所，人称'骡马大院'，房不过数十间，地不过数百平方米，至今还没有一间正规的会议室和审看室。"

虽然郑晓龙等人在蓟门饭店里聊出了故事的雏形，但大家也没有正式的方案，只有一个大概的想法：

其一，主人公是个女人。

其二，要让老百姓爱看。

其三，人物命运要大起大落，故事情节要起伏一些。

于是，大家聚焦在《读者文摘》杂志中一篇不足 300 字的文章——《母亲的情怀》，这篇文章讲的是一个母亲在艰苦的环境中，将耳聋的儿子培养成人的故事。

这时，刘万隆讲了一个故事：一对青年男女已经准备结婚了，偶然在公园里发现了一个弃婴，女青年将孩子抱回家，准备收养，这件事在她与男友及家庭之间引起了一场轩然大波。

王朔突然建议把两个故事融合到一起，让女主角先捡一个孩子，后来又残疾了。他说："让好人好到家，又倒霉到家，就容易让观众同情，就有戏。"

于是，他们讨论出了一个能驱动起来的故事"核"。刚开始，剧中人物没有名字，只有代号：

刘慧芳叫"东方女性"。
王亚茹叫"恶大姑子"。
王沪生叫"酸酸的知识分子"。
宋大成叫"默默的追求者。"

郑万隆给这个故事起名为《渴望》。

《渴望》的创作背景

要理解《渴望》的成功，必须结合 20 世纪 80 年代末至 90 年代初中国社会的具体环境。

与此前 10 年不同，20 世纪八九十年代之交，消费主义和重商主义开始在中国内地崛起。如果说，10 年前的人们更关注形而上的议题，当时人们开始关注收入、个人成功等议题。

美国学者何士卓发现：20 世纪 80 年代后期，名演员一场演出能赚到 2000 元，到 1992 年时，演出费已提高到 5000~7000 元，到 20 世纪 90 年代中期，领衔的演员仅一场演出就可以挣到数万元。

贫富差距突然增大，带来了两方面后果：

其一，损害了"作家是敬爱的、必要的人民代言人和社会良知"的观念。

其二，人与人的关系开始走向冷漠。

从传统发展到现代，本身就是一个从熟人社会转向陌生人社会的过程。

所谓熟人社会，是指人与人之间通过私人关系联系起来的社会，基础是亲情、伦理、背景等。陌生人社会，则是随着经济高速发展，人们的工作与生活变得日益紧张，导致较近生活圈中的人们之间互不关心，法律成为彼此联系的基础。正如费孝通先生提出的那样："只有在现代社会中，由于社会变迁，在越来越大的社会空间里，人们成为陌生人，由此法律才有产生的必要。"

然而，任何社会转型都难免要支付转型成本。新规范未建立，旧规范在崩解，导致人们一边对陌生人处处提防，一边又抱怨"人性冷漠"。

20 世纪 90 年代，越来越多的人开始发出"道德崩溃""世风日下"的感叹。在市场经济大潮中，人们的经济理性被唤醒，人们开始质疑并嘲讽理想、精神、崇高、神圣等，使严肃创作进退两难——只要写理想，就会被观众视为"虚假""不接地气""不好看"，可怎样才能接上这个"地气"呢？

正如《渴望》的编剧之一李晓明所说："如果你是一个电视剧作家，并知道你的大多数中国观众积攒多年才买来一部电视机，那么你最好与他们达成协议。"

换言之，创作者放弃"文化英雄"的幻觉，转为文化产业的生产者，已成当务之急。

难以突破的制作困境

20 世纪 80 年代末，国内影视创作尚未真正市场化，大多数影视制作单位依然按传统"国有企业"的方式运作，陷入了速度慢、周期长、经费少的怪圈中。

原北京市广播电视局局长张永经说：

> 早在三四年前，北京电视艺术中心的领导人就深切地感到，只用一条腿走路，只用过去单机拍摄、后期制作的方式来拍电视剧是不行了，国家经济条件不允许这样做。拿他们来说，当时每年的国家经费是 190 万元，这在当时省级电视台中算是很高的了。但是除了人头费、房租费和杂项开支，剩下来的只有 60 万元左右，只能拍一部十多集的连续剧，而他们的生产能力却几倍于此数字。我想一字不易地引用 1988 年底原北京电视艺术中心主任李牧的一篇文章《打出两只手，站住两只脚》中的话："电视剧发展至今，各地电视台竞争日益激烈，观众欣赏水准不断提高，电视台播出节目量急剧增大，而靠国家拨款和赞助来拍摄电视剧已越来越困难了。为了解决这些矛盾，1989 年中心将逐步改变用生产电影方式来生产电视剧的做法，开始走'工厂化'生产道路，发展室内剧，制作两栖产品，即不只供电视台播出，而且供录像带闭路电视播出。我们这样做的目的是站住两只脚，打出两只手，继续保持和发扬中心的优势，制作出更多更好的电视剧。"
>
> …………
>
> 他形象地比喻说："过去我们是四肢着地，手脚不分，行进艰难，周而复始地循环生产，使得我们中心陷入困境，耗资逐年升级，压得我们实在喘不过气来。而发展室内剧恰恰是改变目前这一现状的可行方法。"

一边是当时中国内地影视制作者"四肢着地，手脚不分，行进艰难"，另一边是外国电视剧、中国港台电视剧的强力冲击。《姿三四郎》《黑名单上的人》《加里森敢死队》《血疑》《女奴》《神探亨特》《阿信》《霍元甲》《陈真》《成长的烦恼》……

压得内地电视剧难以翻身。当时，中国女排在国际上屡屡取胜，国内推出了电视连续剧《中国姑娘》，后来成为著名主持人的倪萍还在里面扮演了一个角色，这部电视剧却无法与日本拍的电视连续剧《排球女将》相提并论，观众们嘲讽道："中国女排打了日本女排一个 3∶0，日本电视剧也打了中国电视剧一个 3∶0。"

对此，鲁晓威曾写道："我不明白，我们民族有五千年文化的沃土，我们的科技设备，虽不能与一流相比，但也算数得上了，国家的事业经费虽不能全然满足需要，但较之电视艺术创始之初还是强多了。可不知为什么大陆的导演们总要端着'金饭碗'四处化缘，跑赞助……"

尝试新的创作思路

当时，中国电视剧创作者对通俗影视作品的制作规律，了解还不够深入。在传统院校体系中，影视创作被视为"艺术"，专注于小众趣味，以打造不朽的经典为荣，很少考虑市场、受众的需要。

经典创作与通俗创作的区别在于：

前者主题优先，后者故事优先。
前者塑造典型人物，后者塑造类型人物。
前者情节为人物服务，后者必须是故事推着人走。
前者重视时间，后者强调节奏。
前者的核心驱动源于人性，后者的核心驱动来自故事。

在通俗影视作品中，人物必须"带着戏出场"，即以一个出乎意料的场景，将人物"推"到观众面前，大大减少了铺垫、侧写、交代等环节。在经典创作中，所有细节都是为典型人物服务的，而通俗影视则随着故事点的不断爆破，将人的侧面逐步呈现出来。

经典创作与通俗创作是两种不同的创作思路，并无高下之分。现代社会，观众面临的各种压力陡增，他们眼中的真实已与传统观众眼中的真实不同——传统观众更能接受景物描写、心理描写、氛围描写等，而大部分现代观众从小生活在人工改造的环境中，与自然暌隔，不再具备深入解读景物、环境等的能力。因此，现代观众更希望删掉这些"没用的细节"，加快叙事节奏，以满足他们眼中的"真实感"。

可问题是：以故事为中心，加快叙事节奏，增加悬疑等因素，是20世纪90年代的电视剧中所没有的，贸然尝试，会不会被视为离经叛道，从而引起麻烦呢？

《渴望》的策划者之一、时任文化部副部长的陈昌本在接受媒体采访时承认："如果头一炮打响了，就可以很快收到经济效益；如果打不响，那就砸了。上《渴望》，开始是提心吊胆的。还好，拍到一半时，就被各地认购了100多部。过去搞交换，片子卖不出去，现在每部收2万元成本费，经济上，双方都合算。"

陈昌本在"攒本子"阶段就加入了，他说："当时心里直打小鼓，攒本子的时候不敢不参加，怕砸了，一开始就从捡孩子开始编，编故事、设计人物和基本情节。"

李晓明接手编剧《渴望》

接手《渴望》编剧时，李晓明已33岁了。他插过队，之后考上了北京师范大学中文系，毕业后被分配到北京市广播电视剧办公室，"干过听差、跑腿儿的"。后来，他在北京电视艺术中心当责任编辑，写出了《孔雀胆》《麦客父子》等几部电视剧，但写《渴望》这么大的剧，他还是第一次。

导演郑晓龙说："故事拉出来之后，决定由晓明完成，他花了3个月时间（实为5个月），拉出了130万字的本子。他写完20集后，这边拍摄就已经开始了。"

130万字，比《红楼梦》还长，李晓明要求自己每天写1万字，整整坚持了100多天，否则剧组就要停拍。

据李晓明回忆："当我进入编剧的具体构思阶段时，一个意外插曲打断了我充满自信与自得的构思进程。一个朋友得知我正在写一个戏，特地跑来听听故事，我满腔热情地讲完之后，他却迎头泼了一盆冷水——意思不大，里面有不少落套的地方，我当然不服气，当他一番争论，结果不欢而散。当我独自一人重新审视这个故事的时候，我不得不承认，尽管很不情愿，朋友的相当一部分观点是对的。而我到底错在哪呢？从一开始我就把可视性放在第一位，为什么没有达到预期的效果？"

于是，李晓明决定从观众的视角去审视自己的创作：

"你想编个我从没听说过的故事吗？——没门！你能比我聪明到哪儿去。古今中外的好故事我听得多了，要认这个死理，干脆别吃这碗饭！放心编吧！局部落套谁能免得了，只要别跟那些太有名的作品一模一样就行了！"

"也是。不管什么样的故事，只要你能编圆了，编得跟真事似的，就有人认！"

"慢着，可别跟我动心眼，也别拿我当傻瓜！该说的说，不该说的别说！就跟你平常为人处事一样！别以为一拿笔就成了圣人！"

"没错！坏事就坏在把'艺术'二字看得太神秘，似乎跟艺术一沾边，头上就生出五彩光环。什么历史感，使命感，人生的意义和价值，社会学、哲学、宗教一股脑全来了，仔细想想，是因为这些你全懂才搞艺术呢，还是因为搞了艺术，这些你也就自然全懂了？"

"别总想着往作品里搂进些什么内涵、意义一类的东西。该有的，想遮也遮不住。本来没有，愣往里加，那叫拔苗助长！你说《昨夜星辰》《流氓大亨》《鹰冠庄园》拍得好不好？"

"好！"

"怎么个好法？"

"好看呗！"

"什么叫好看？"

"就是有意思！"

"看这些片子，想过它们内含的意义吗？"

"没想过，至少看的时候没想……"

"这就说到点子上啦！"

…………

经过这么一番"头脑风暴"，李晓明逐渐理顺了思路。他因此提出："文艺作品的审美功能从根本上说，是由观赏者而不是创作者决定的。对后者来说，承认这一点是不情愿甚至是痛苦的，但我们不得不承认这样一个事实，古往今来一切文艺作品都是由观赏者认可并使之流传的，正如众所周知的光学原理：没有反射物，光本身是不存在的。"

《渴望》从一于始，就主动规避了模式化、套路化的创作思路。

"讲故事我很会卖关子"

《渴望》的剧本刚写了20集，电视剧便已开始拍摄了。导演鲁晓威的父亲是一位著名的话剧导演，有些人认为鲁晓威在艺术的成就得益于他的父亲，得益于他的幸运，但鲁晓威却认为："我不是幸运者。如果有些艺术家说他是为艺术而活着的话，我是为生存而活着。机会并没有特别地照顾过我。我更多的是凭个人的努力。我和很多人所走的道路不同，我当过兵，插过队，做过工人。我的文化基础比较差，是老初一①。我后来有所收获，完全凭的是后天的努力。最为庆幸的是，我回到北京后，找到的第一个工作是在广播电台，干的是一板一眼的放录音带的操作工作。我不是干这行的材料，老出事故，常挨批评。后来改了行。"

----

① 是指1952年前后出生，1965年进初中，1968年应届初中毕业生，他们实际读了一年初中，加停课，初中阶段共在校三年多。恢复高考后，成了在高考门外望洋兴叹的一届。

鲁晓威上过两次大学，一次是在河北大学中文系，肄业；一次是在北京电影学院82届导演进修班。他的父母反对子女从事文艺工作，鲁晓威的姐姐曾报考电影学院，父母硬让她撤下来，上了医学院。

不过，在执导《渴望》时，鲁晓威还是利用了一点父亲的关系，请来当时已成名的演员李雪健演宋大成。李雪健本不想接，当年他才30多岁，年轻气盛，又是话剧团的台柱子，演过不少英雄人物，他觉得宋大成不过是一个老实木讷的普通男人，不符合自己的兴趣。

然而，李雪健欠鲁晓威父亲一个人情：1977年，本属云南业余宣传队的李雪健被借调到北京的二炮文工团，给话剧《千秋大业》跑龙套，没想到话剧突然下马了。该剧导演正是鲁晓威的父亲，他写了一封推荐信，让李雪健进了空政话剧团。

李雪健的出色表演，给《渴望》加分不少，观众们都说，配角被他演成了主角。

鲁晓威为什么要拍《渴望》？因为当时海外类似的伦理剧有很多，中国大陆当时还没有，鲁晓威感到不服气。有一次，中国台湾电视连续剧《星星知我心》的导演林福地到摄影棚问："你们为什么拍这个戏？"

鲁晓威反问："你为什么要拍《星星知我心》呢？"

林福地这样回答：台湾经济高度发达，儒家文化与人的关系变得十分紧张，人们缺少孝道。所以，刚开始电视剧被起名为"孝"，但制片商认为，"孝"这个名字没法卖钱，追到摄影棚要改，他只好仰天长叹："唉！星星知我心哪！"所以这部剧更名为"星星知我心"。

可见，中华传统文化如何应对现代化的侵蚀，保持住我们的根，是所有中国人都关注的话题。

在片场，鲁晓威的外号是"死认真"。鲁晓威是山东快书大师高元钧的徒弟，所以鲁晓威说"讲故事我很会卖关子，这些都是我做导演的优势"。

《渴望》中的许多故事，是鲁晓威曾接触过的。别人不易理解宋大成、王沪生，鲁晓威却是在与他们生活的同样的环境中长大的，"你可以说我是王沪生，也可以说我是宋大成"。

对于《渴望》，鲁晓威的定位是："我只想让观众知道，世界上有许多这样的人和事，你要睁开眼去看看，去认识。《渴望》没有大哭大痛，只有离情别绪、凡人小事、家长里短。但它能够触动很多人。"

鲁晓威有自己的创作主导思想，但在他看来，创作主导思想需要观众品味，不能矫揉造作。他说："人家问你创作《渴望》时在想什么？我说当时只想到挣口饭吃，要点观众的眼泪。"

剧情设计并不完美

在李晓明看来，他没想把《渴望》中的女主角刘慧芳写成完美人物。在接受媒体采访时，他表示："我并没准备把慧芳写得完美无缺。事实上，慧芳还缺少一些生活情趣和艺术造诣，够不上一位理想的妻子，更谈不上理想的女性。"

李晓明认为，他之所设计出刘燕子这个角色，就是为了补足慧芳的缺点，"刘家的两个女儿加起来才是最完美的女性"。

至于王亚茹，李晓明原本设计得更坏，"后来大伙觉得这样对她太残忍了，所以在改写时把她往好的方面拉了。于是就让沪生来替她干坏事背黑锅，否则矛盾冲突就没法编下去。反正他们是姐弟，好在不是外人。"

在《渴望》中，有两处设计引起人们强烈批评：

首先，三角、四角恋爱太多。尽管多角恋爱是伦理剧常用的手段，但在《渴望》

中，所有发育成熟的人物，除了两个老人和一个田莉外，都卷进这种生活中并不多见的婚恋的漩涡中的做法是不可取的。不仅如此，编导对女性摔跌致残的酷爱，显露出对偶然性的依赖。

其次，片中知识分子形象糟糕。对此，李晓明的回应是："面对这种意见，我不感到意外，构思初始我也有这种担心。这些年，人们对其他类似作品的指责实在是太多了。你写十个模范教师，但只要敢写一个坏的，教育部门也不会答应。不知从何年何月起，人们习惯于把文艺作品中的某一个人与他所从属的阶层，甚至职业等同起来。"

不过，20 世纪 90 年代，许多作家确实对知识分子的操守存有失望的心理。王朔曾说："我曾经立誓不做那个所谓的知识分子。这原因大概首先出于念中学时我的老师们给我留下的恶劣印象。他们那么不通人情、妄自尊大，全在于他们自以为知识在手，在他们那儿知识变成了恃强凌弱的资本。我成长过程中看到太多知识被滥用、被迷信、被用来歪曲人性，导致我对任何一个自称知识分子的人都不信任、反感乃至仇视。"

评论家吴迪则认为，问题的关键在于《渴望》中刘慧芳的性格逻辑不成立，让人难以信服，为映衬她形象的高大，只好把王沪生处理得极为猥琐，人物性格刻画失败，难免给观众留下"丑化知识分子"的印象。

吴迪进一步指出，《渴望》还有几处存在问题：

首先，拖拉。后十集完全是"抻"出来的，导致故事逻辑混乱。

其次，沉迷于调侃。导演鲁晓威认为："一件事反复说，不要怕，观众不会烦。""有些话和事儿看起来多余，与剧情无关，其实不然。观众不能一直集中精力，有时必须松一松。这时说点有知识性、趣味性的生活话儿。也能调节一下神经。"这种无节制的"侃大山"，让后来一些电视剧钻进了创作的死胡同。

艰苦的拍摄条件

众所周知，《渴望》的拍摄条件极为艰苦。

当时《天津日报》的记者阿明到现场，他记录道：

> 北京郊外，香山脚下，原某工程兵体育训练基地两个篮球馆改建成两个摄影棚。50集的《渴望》就在这里拍摄。
>
> ············
>
> 剧中故事发生在京、沪两地，东棚内拍北京的戏，西棚里拍上海的戏……
>
> 所有"房间"几乎都没有屋顶，但四壁靠近"屋顶"处挂一圈白"枕头"，用手摸，里面是泡沫海绵。这是为吸音用的。原来，室内剧拍摄必须做同期录音，录音时由于棚内空旷，演员说话回声较大，会影响艺术效果，所以挂上了这些吸音"枕头"。

因为摄影棚没顶，经常有鸟飞进来，每天早晨，制片主任带领所有人员"手执扫帚、墩布轰鸟"。到后来，他们都成了轰鸟专家，"一般轰8~10分钟，鸟就累得掉在地上"。

据原北京市广播电视局局长张永经回忆：

> 拍这个戏，经历了四个季节。夏天棚内温度高达40多摄氏度，演职员们汗流浃背。冬天棚内透着冰凉，演员们却要穿上单衣，只好发个热水袋贴身御寒。扮演慧芳的凯丽拍完20集后，出现了心脏"早搏"，医生说非住院不可。但是考虑到后期换演员，即使演得比凯丽更出色，观众先入为主，也未必会认可，凯丽也就边吃药边又上战场。
>
> 扮演（宋）大成的李雪健因热水袋贴身而烫起一片红泡；扮演罗冈的郑乾龙因戴上15公斤重的铁镣而脚腕出血，拍戏时，只好拍他的上半身，而画面外戴铁镣走路的是录音助理；扮演亚茹的黄梅莹因怀疑得了癌症而虚惊一场；扮演竹心的吴玉华因拍戏而做了人工流产；连那个最小的小芳，还不

满月就进了棚，棚内哪里灯光最强，她就往哪里看，以致眼睛红肿流泪不止。尤其是这个戏有大量台词，不少时间又是早上发剧本，下午拍摄，或是头天晚上发剧本，次日早晨拍摄，演员们必须很快把台词背下来。……总之，拍这个戏，演职员们真是出了大力，吃了大苦，流了大汗，而他们的报酬只按国家规定付给，却没有一个人闹待遇。

主角孙松平时滴酒不沾，为拍和宋大成喝酒那场戏，只好早晨先偷偷喝了四两，上戏时又喝了七两，结果刚把台词说完，他就一头栽到摊鸡蛋的盘子上。

鲁晓威曾说，在拍《渴望》时，他有两怕：一是怕下雨，二是怕下雪。因为这两个场景在摄影棚里表现。可第32集时，东东挨了爸爸的打后，离家出走，竹心冒雨到慧芳家打探消息。为了表现"下雨"，大家只好用6个喷壶替代。喷壶还不能乱喷，"雨"太大了，又怕毁了地板。至于片中下雪的镜头，则用了2吨食盐代替雪。

对于《渴望》，多年后导演鲁晓威用一句话概括："一集的费用也就2万上下，编剧贡献了8万字的故事大纲，不计名利的演员一共拍了1500多场戏，总集数50集，从写作到拍摄用了410天，一共有21个有名有姓的角色，还有180个没名字的角色。"

《渴望》出台后，北京市几个作家看了，说道："没想到咱们都让李晓明这个傻小子骗出了眼泪。"

多方认可，引起巨大轰动

《渴望》播出后，立刻引起巨大轰动，当时有一句流行语，叫："举国皆哀刘慧芳，人人皆骂王沪生，万众皆叹宋大成。"据报道："许多城市在该剧播出时间内，街上行人稀少，影院门可罗雀；有的工厂因为职工要回家看《渴望》，厂方竟改变了作息时间。"

《渴望》热播期间，武汉中南商场的彩电销量竟达 1500 台（当时彩电还属于奢侈品）。一次，因临时停电，观众看不了《渴望》，武汉电厂竟一度被围，市长得知后，要求立即给电。一位 70 多岁的盲人，竟听完了《渴望》全剧。

1991 年初，北京社会心理研究所进行了一项关于北京市民对《渴望》的态度调查，96.1% 的受访市民观看了这部电视剧，其中 86.7% 的人对它给予了肯定评价。

鲁晓威说："《渴望》创造了很多纪录，它开创了大型室内剧的形式；它将贴近生活、贴近老百姓的原则融入现实主义创作中去；它缔造了一个奇迹般的收视数据，再不会有收视率 96.4% 的国产电视剧；它把电视剧这种通俗艺术提升为主流艺术，电视剧第一次作为国礼被赠送给邻国朝鲜、越南，也在深刻影响着他们的欣赏旨趣。"

《渴望》获得空前成功的原因非常多，但主要有四点：

其一，在商品大潮的冲击下，人们需要一个道德偶像，以保留心中最后的温良。虽然鲁晓威、李晓明等不认为刘慧芳是人格典范，但刘慧芳身上表现出来的传统东方女性的隐忍、温柔、勤俭、真诚、贤惠等特质，已与现实生活相隔太远，已逐渐变成模糊的记忆。《渴望》让人们相信，传统是存在的，刘慧芳式的人物依然会有。

其二，写出了真实的人与真实的生活，能与具体生活中的柴米油盐、鸡毛蒜皮对接上。正如时任文化部副部长的陈昌本所说："通过拍摄《渴望》，我们认识到一个创作原则：按生活本来的样子去写，不人为拔高、美化，也不贬低、丑化。生活中的人是丰富、全面的。比如剧中的王亚茹，前面很使人反感，但在治病过程中，她履行了一个医生的职责，勇于修正错误，和困难做斗争。她孤僻、有偏见，但她也在克服孤僻、偏见，何况她也有自己的不幸。她的转变过程也就是她这个人全面展示的过程。"

其三，尊重观众，服务观众。与以往影视作品高高在上、喜欢居高临下地说教不同，《渴望》平易近人，正如编剧李晓明所说："我这部戏是写给谁看的？是给每天晚上靠着电视过夜生活的老百姓看的。首先要争取老年观众，那些老头儿、老太太是一家之主，一看就烦，换频道，不就砸了吗？"

其四，真正以故事为核心，在严肃与通俗之间找到了平衡点。就像郑万隆所说："我们无非就是把一段生活搬出来，让观众去分析、品评、参与，我们无非就是把人物都推到困境中去，用王朔的话说，就是都折磨他们。我们在这个戏中排除了主题对戏的干涉，不把概念强加于观众，就是要搞一个通俗的故事，不搞高雅、带哲理性的东西。"

事实证明，越能脚踏实地，反而越有利于精神建设。

《渴望》播出后，不仅得到了观众们的认可，也得到了政府的肯定。该剧作为北京市 1990 年四大建设成就之一被上报国务院，《人民日报》称赞它是"中国当代艺术的里程碑"。

报纸半路说《渴望》 ▲

《渴望》有"三好"

值得一提的是，《渴望》播出后，《中国青年报》很快就刊发了评论家蒋元明写的《半路说〈渴望〉》一文，对《渴望》给予了肯定。

蒋元明说："我刚开始没有想写。《渴望》播出后，我听说有这么个电视剧，但我当时对国产电视剧不是太有信心，不太提劲的电视剧，一般我都不太看。播出好几集了，周围的人说这个《渴望》怎么好，如何如何。我想，是不是咱也得看看，我才开始去看。这一看就看进去了——确实有故事，人物也演得好，而且它抓人，还有悬念。看一集、看两集好像还不过瘾，所以就一直看下来了，看了大概差不多40集吧，就有想写点东西的冲动了。"

蒋元明认为，《渴望》有"三好"：

一是故事编得好。片中女主角捡了一个小孩，然后故事围绕着孩子展开，一个孩子进入一个家庭中，带来一系列问题、一系列故事、一系列冲突……爱情、亲情，什么情都在旦头，所以戏的矛盾都出来了，这个确实是编得很好。

二是演员选得好。片中许多演员都不太有名，演慧芳的凯丽似乎是新手，演宋大成的李雪健也没有今天这么有名。至于孙松，此前好像也没看过他演过什么，可他演了那个倒霉角色，看了《渴望》，人人都恨他，确实演得好。

三是主题歌、插曲好。这些歌曲一直流传到今天，恐怕全国到处都有人会唱。

有这"三好"，这个戏就成功了。

蒋元明表示："当然，我要写这篇文章，因为还有两点，即《渴望》这个戏有两个效应：一个是轰动效应，还有一个是创新效应。

"当时中国大陆产电视剧确实差点儿，毕竟改革开放刚十来年，外面的东西进来了，一下占领了中国大陆的市场。比如日本的电视连续剧，像《姿三四郎》，让人看起来如痴如醉，还有《阿信》《幸子》，日本影视明星山口百惠在中国，起码有 1 亿粉丝，为什么？

"此外还有中国台湾产电视剧《昨夜星辰》《一剪梅》。当时每一部外来连续剧的播出，都会掀起一股热潮。我觉得，因为那时候中国大陆的电视剧不行。但《渴望》一出来，万人空巷，人人都说《渴望》。还有人比喻，《渴望》是横空出世，一扫咱们影视的颓势。可以说，《渴望》成了一个转折点。

"从那时候开始，好的电视剧就都出来了。《渴望》这个轰动效应，我估计没人可以超越。至于创新效应，刚才说的室内电视剧，我们过去不懂。一间房子，进进出出就这么大的地方，竟然演了 50 集，这个真是没有想到。从那时候开始，我们的好电影、好电视出了几十部、上百部，我估计是《渴望》提振了士气。你能拍出《渴望》，我干吗不能拍出别的？而且我们单就说那个室内电视剧，他们是 1990 年的，1991 年就有了《编辑部的故事》，然后就是 1992 年的《皇城根儿》。后来接着你看，1993 年、1994 年的《我爱我家》也很有影响力。"

当时跟《渴望》一同播出的，还有一部电视剧《围城》，它们俩有不太一样的风格，但是《围城》的作者钱锺书先生说过一句话，他说："红楼有荣宁二府，《渴望》有王刘两家。"这是钱先生的高度评价，可见王刘两家十几年的情感纠葛，牵动了无数人的心。

蒋元明对《渴望》的主题曲评价甚高，该曲出自雷蕾、易茗夫妻之手。

据易茗回忆，刚开始写的是《好人一生平安》，寄给剧组后，鲁晓威认为，《渴望》是一部 50 集的长篇室内剧，时间跨度大，应该有一个长一点的、人生感慨更充分的歌曲。

于是，雷蕾、易茗又创作了《渴望》，原稿是：

细雨茫茫，空巷寂寞，
吹来风儿不冷也不热。

雁阵惊寒，声声显赫，
牵动南来北往的客。

易茗自以为比较有文学性，符合老北京那种安详的古都氛围，也有胡同文化的趣味，但与激昂的音乐旋律实在不搭，于是改成"漫漫人生路，上下求索，心中渴望真诚的生活……"

对于这一改动，易茗曾自我检讨："虽然直白了许多，但也隐约含有我们填词时并不太喜欢的说教口吻。"

女主角引起激烈争议

《渴望》取得巨大成功后，片中主角刘慧芳意外地引起了激烈的争论。

赞同者认为刘慧芳身上凝聚着中国古典文化之美，在新时代依然具有价值；反对者认为刘慧芳的逆来顺受、隐忍自抑不符合现代社会的主流价值观，带有封建、落后和虚伪的色彩。

比如评论家白山在《一个不可取的人物——刘慧芳》中说："文艺作品的生命是真实，当然，这种真实是艺术的真实，它指的是生活中不一定真有，但必须是生活中完全可能有的，而像刘慧芳这样的人，生活中有吗？生活中可能有吗？没有。也不可能有。"

评论家戴言也在《〈渴望〉人物质疑》中提出了质疑："第一，刘慧芳是个完美的、充满'奉献精神'的女性，怎么能让她仅仅为了个人感情而抛弃了从小一起长大并对自己家庭有恩的相好宋大成？第二，这么一颗善良的心，这心怎么能献给那样一位'无情郎'？"

将这些意见集中起来，不难看出观众对"白莲花"式人物的审美疲劳。

"白莲花"是现在的网络用语，又称"圣母白莲花"，原本是对集真善美于一身的完美女性的称呼，在网络文学中，"大女主"一度崛起，"白莲花"的形象泛滥。但到《甄嬛传》中，甄嬛虽是"大女主"，但她已不再是道德理想式人物，而是一个"靠苦难成就性格，靠坚韧取得成功"的人，在屡遭算计几番忍耐后，她决定主动出击，步步为营，到后来甚至无所不用其极，更多的靠手段而非靠道德感召取胜。

"甄嬛们"的崛起，标志着网络时代读者因缺少道德体验，而对道德产生了怀疑。他们更相信逻辑、智慧、谋略等，更依赖专业知识，更强调工具性，认为只有掌控前者，才能让道德落地。这恰好说明，今天的年轻人依然关注道德，如果能有一个好的作品，能像《渴望》一样，找到他们的话语方式，满足他们的情感体验，唤醒他们共同的道德激情，就有可能复制《渴望》的收视奇迹。

生而为人，我们永远需要一个道德高度来悬挂生命，换言之，我们永远需要"白莲花"，关键要看这个"白莲花"是自生的，还是抄袭的；是鲜活的，还是僵死的。

值得反省的是，《渴望》过于依赖北京话的缺点在后来的电视连续剧制作中被放大，后来多部电视剧都出现了拖沓、自恋、离谱等问题。艺术创作需要不断推陈出新，《渴望》固然是成功的，但简单复制《渴望》，很难再热。

也许，今天的创作者应更多的去思考《渴望》成功的深层因素，如对传统的坚守、奉献精神、团队精神、平民意识等。正如鲁晓威所说："中国文化太丰厚了，唾手可得，所以随处可以找到赚钱的东西，只不过我们现在视而不见罢了。"

张凯丽：姥姥是我心中慧芳的原型

出演《渴望》时，张凯丽仅 28 岁。她出生于吉林长春的一个知识分子家庭，从小喜欢唱歌，上小学时，曾进入省业余体校，主攻速度滑冰。高中毕业后，她考入中国军事博物馆，当了 3 年解说员。

张凯丽说："解说员的工作太枯燥无味了，我就利用探亲假的时间，报考了吉林艺术学院，本想考声乐，可那年声乐系不招生。我想既然来了，总得考个什么吧？就这么去考了话剧。主考让我演小品，我却问人家：'什么叫小品呀？我不会。'主考又好气又好笑：'那你会什么？来这里干吗？'我说：'我就会唱歌。'"

最后，主考只好让张凯丽唱歌。先唱了一首怀念周总理的歌，又唱了一首欢快的歌。

主考问张凯丽还会干什么，张凯丽说："我会作诗。"

那时张凯丽才 18 岁，什么都不怕。

主考让张凯丽在 5 分钟之内，作一首与考试相关的诗，张凯丽脱口而出：

我，你，他	一个共同理想
来自异方	愿由于我的祈祷上苍
为什么走到一起	给大家带来吉祥

就这样，张凯丽考上了吉林艺术学院。因成绩优异，她几次被借调到北京演出，此外她还参演了《八女投江》《某男某女》两部电影，并在几部电视剧中担任角色。

一碗烂面条"糊弄"了团长

毕业后，张凯丽进了北京某文工团。《渴望》副导演陈励听说她戏不错，便登门拜访。张凯丽初期对演电视剧兴趣不大，听说要拍 50 集，便"根本没上心，后来陈励又来找过我两回，我想，去就去呗，别让人以为我好像是在拿搪"。

鲁晓威曾去广州、上海找过适合演刘慧芳的演员，最后说："张凯丽跟'刘慧芳'有那么一点像，眼神挺忧郁的。"

至于鲁晓威为什么选上张凯丽，张凯丽的看法是："他就觉得我合适，就是他心中慧芳的样，没别的。后来他们说成了一百个版本，其实什么都没有，他就说看着你长得特别祥和，就这两个字，他说很少看到一个女孩子身上有这两个字的感觉。"

据张维国、张淑影的《苦乐人生——凯丽素描》披露，同意张凯丽担纲女主角后，鲁晓威、陈励去文工团办借调手续，却被团长当场拒绝。后来接受媒体采访时，张凯丽承认："本来我就犹豫，还是出国对我有诱惑力。"

陈励看借调无望，就给张凯丽打电话说："我要是你，我绝对有这个魄力，不就是个出国吗？为这 50 集，辞了工作也值得。"

张凯丽果然动心了，把团长瞿弦和请到家中，软磨硬泡。中午时，张凯丽还留团长吃饭，结果她把挂面煮成了一团烂面。张凯丽问："吃人家嘴短，你同意了吧？"

瞿弦和直说："上当了！上当了！"

事后，瞿弦和每次见着张凯丽，就说："都是你那一碗糟面条，两滴鳄鱼泪，把我给涮了。"

就这样，张凯丽进入了《渴望》剧组。

外号叫"大侠"

在《渴望》剧组，张凯丽经历了一次生死挑战：拍到第20集时，她的心脏病犯了，医生建议她立即全休一个月。

张凯丽说："小时候我就得了频发室性早搏，一分钟十几次，医生说，如果发展下去将会导致室颤，造成心脏猝死。人命关天，我必须卧床休息，剧组一下子陷入沉闷之中。听说拍《苍生》时曾经死过一位演员，所以，没有人来劝我继续演下去，只有我自己能够决定是演还是不演。当时我想，导演把这么重的一个角色给了我，是对我的信任，要是我半截儿放弃，那就太不够哥们儿了。再说，也不能对不起观众呀。"

在剧组，人们都称张凯丽为"大侠"，因为好打抱不平，可她塑造的刘慧芳，却是一个特别压抑的角色。凯丽说："我的性格挺开朗的，东北人嘛，豪爽。所以，我在拍戏时老是上厕所，其实，我是到那儿去喊一喊，放松一下压抑的心情。"

张凯丽初期不太认同刘慧芳，为此经常和导演"干仗"，认为生活中不可能存在这样的人。张凯丽说："她缺少个性，逆来顺受，对命运不抗争，要我，可不能像她一样，活得那么窝囊。作为一个现代女性，我看她缺乏大理想和高眼光。"有时，张凯丽会和导演说："该让刘慧芳冒点火花了。"导演却说："别人行，你不行。"

在鲁晓威看来，刘慧芳不是一个做人的楷模，也许有人会说："我就不信现实生活中有刘慧芳这种人。"是的，如果把她作为一个做人的标杆就错了，《渴望》想歌颂的是一种道德规范——追求生活中的真、善、美。

姥姥给了我一个刘慧芳

张凯丽之所以能演好刘慧芳，因为她是参照自己的姥姥演的。后来在接受媒体采访时，她承认："曾有一个节目让我说中国最伟大的女人，我就写了姥姥的名字，我说她最普通、最善良、最好。"

在最贫困时，张凯丽的姥姥有一口吃的，都会给门口乞讨的人。

在张凯丽的记忆中，姥姥经常拉着她的小手，把最后那口饭，拿给那些在门口乞讨的人，然后看着他们吃。张凯丽当时就总想："姥姥，你能不能多给他们点？"其实家里也没有了，姥姥回来就吃咸菜喝水。姥姥去世时，腰已经弓成了70度，但是她就是把一点点的温暖都给别人。

"从艺这几十年，我回忆一下，好像在《渴望》的慧芳这个角色上，我没有演戏。好像用不到演技之类的，因为《渴望》就是讲述老百姓自己的事儿，而且在我心里，慧芳是有原型的，就是我的姥姥，在我看来她就是和慧芳一样善良的人。在剧组中，大家说你也没有孩子，也没有过这样的经历，为什么就有那样的眼神？其实一切都是姥姥给我的，我姥姥的生活中也有过这样的一个经历。我姥爷弟弟的孩子在8个月时，他妈妈就去世了。我姥姥当时有6个孩子，但她觉得，这个孩子不能送人，那会儿那么困难，她还是把这个孩子接了过来。这些都是在我生活中看得见的，我在姥姥身边长大，我一直觉得是姥姥成就了我，姥姥给了我一个慧芳。"张凯丽说。

最终，张凯丽参透了，慧芳最打动人的一点是她是一个好人，她就是觉得，你有难的时候我就必须这样做，不然的话，我心里过不去。为别人着想就是一种最大的善良。人们对美好、善良的东西的一种渴望，一定是永远存在的。这是一个人最重厚的一个底色，如果一个人没有善良、没有责任、没有担当，你可以不称其为人。

按原编导设计，《渴望》的结尾是：刘慧芳被汽车撞伤后，成了"植物人"。但剧组全体成员都接受不了这个结局，甚至全体"罢工"不干了，所以导演、编剧只好改写了原剧本，即使如此，也因"好人没好报"，引起了许多观众的不满。有的观众甚至来信说："如果不让刘慧芳站起来，我们就让导演趴下。"

演刘慧芳，也净化了我的心灵

《渴望》热播后，张凯丽一下成了名人。

在《渴望》中扮演王沪生的演员孙松给张凯丽打电话说："你可把我给坑惨了。你当好人，我挨骂，害得我现在上街都得戴口罩。"有些30多岁的女同志还说要拿刀砍孙松。《渴望》中负心汉名为"王沪生"，让许多上海观众不满，他们要求再拍个类似的剧，负面角色叫"王京生"。

张凯丽参加南京电视台举办的座谈会时，观众纷纷递上纸条："听说你身体不好，希望你到南京鼓楼医院看一看病，那里有著名的专家，我们希望你早日恢复健康！""刘慧芳，你不能倒！"张凯丽热泪盈眶："我知道观众喜欢我，是因为他们喜欢刘慧芳，他们把对慧芳的感情给了我。"

一次在外工作，一位影迷小声央求张凯丽："您能再抱我一下吗？我在外打工，很久没有见过我的妈妈，我想妈妈，您像妈妈……"张凯丽紧紧抱着她，"这不仅仅是因为她说我像她的妈妈，而是我觉得，如果我能够让一个漂泊在外的年轻人得到片刻的温暖，是非常幸福的一件事"。

还有一次，在出租车上，司机一眼就认出了张凯丽，说他的奶奶80多岁了，常年卧病在床，什么都记不住了，但就是记得慧芳，一说慧芳，她的眼睛就发亮，说道："那可是一个好人。"

张凯丽特别感动，便和老人通了电话，老奶奶听说真的是张凯丽，竟然在电话那边哭出了声，说道："我太幸福了，我没想到这辈子还能跟慧芳说话，我就是闭上眼睛也值了。"

直到今天，张凯丽走在街上，仍有很多的观众对她说："从你的《渴望》开始，你的每一部戏我们都在看，你从姑娘演到媳妇儿，从媳妇儿演到妈，从妈演到奶奶，现在开始演老奶奶了。"

第九章 《渴望》：
悲欢离合，平常如歌

《渴望》改变了张凯丽，正如她所说："我本来就是一个很感性的人，《渴望》让我更加的感性。就是特别容易落泪，容易激动。因为，我身上好像有了一个标签，就是好人。我可以大大方方说，我本身就是这样一个人。但是慧芳呢，她就是放大了我的好。因为全国人民都对我那么好，我可知道好人在老百姓心中的那个地位。因为他们总是想以各种方式表达对我的爱，所以我总在想，我怎么才能够报答他们？但我回报不了，因为有太多的人。"

　　对于《渴望》的成功，张凯丽曾说："我演刘慧芳，也净化了我自己的心灵。"

孙玉晴：心怀渴望，带养母去上学

孙玉晴，北京航空航天大学英语专业博士在读。

我叫孙玉晴，现在正在北京航空航天大学读英语专业的博士学位。我的老家在湖北省随州市，我的故事跟《渴望》有一部分关联。《渴望》热播时，是1991年，当时我刚出生几个月，被我的养父母抱养。那年，我的养父65岁，我的养母也已51岁。

当时我的养父母有事外出，在随州市火车站，看到我在一个行李袋里面。他们见很长时间都没人拿走这个行李袋，我养母就去看了一下，然后我们就成了一家人——他们把我抱回了家。

我养父当时是小学老师，养母无业。他们抚养我特别艰辛。自从我的养父母把我抱养回去后、他们就一心想让我将来可以有机会上大学。我养父当时已经退休了，身体不太好，可他们始终没有放弃。最让我感动的是，我养父直到快80岁时，才从小学退休，那时他已实在不能动了，为了我，他坚持了十多年。

我们当时在学校里住，母亲每天到学校各垃圾桶去捡饮料瓶、废纸，一天不知道要来回跑多少趟，不知道要去垃圾池翻多少遍。我父亲把我母亲捡来的东西分类，每天背到20多公里外的地方去卖。其实也就只能卖几元钱。

我被抱到这个家后，刚开始身体还行，不到一岁时，突然生病，要住院。那时家里那么穷，养父母也没有放弃。他们连夜送我到医院，没有钱付治疗费，两位老人急得要跪在医生面前，求他们救活我。我养母跟医生说，她可以打借条，可以免费给医院做卫生，她不要工资。就这样，他们省吃俭用，不舍得吃饭，把钱省下来，给了我第二次生命——第一次是把我抱回去，第二次是尽全力挽救我的生命。

从小我身边的同学都说，怎么我父母看上去像我爷爷奶奶一样，年龄那么大。后来我自己慢慢也知道了，我不是他们亲生的孩子。刚开始，我心里会有一点小小的想法，觉得自己怎么跟别人不一样，别人怎么一直都议论我？但是，当我慢慢地长大，看到他们为我付出的点点滴滴，我特别庆幸，庆幸自己有如此不一样的父母。我真的特别地感谢他们。

他们一直以来的愿望，是想让我去上大学，让我用知识来改变自己的命运。他们一直把这当成是一种责任。我养父日复一日几元钱、几元钱攒下来，我养母也一样，她喂猪、卖冰棒、卖各种零食，什么事他们都愿意去做，为了让我有机会去上学。

我记忆最深的是高三那年，就是 2010 年，我养父 84 岁，身体状况已不是很好，我跟养母说，我要留在家里照顾他。我养母说，"你不要留在家里，你去学校，你要考大学"。当时，养父基本上没办法说话了，已经动不了了。我说："爸，你放心，我一定能考上大学。"

养父半天才说出话："你要好好学习，要有出息。"就这样，我当天去上学了，其实我非常不愿意走。第二天，养父就不在了。我觉得，他们自始至终就特别希望我可以有知识，可以接受好的教育，希望我能成才。

养父的离开对我的高考确实有一些影响。因为我在很长一段时间，特别自责。我觉得我没有尽到做女儿的责任。我当时想，为什么我没有工作，为什么我不能让养父得到更好的医疗，如果我有这样的能力，养父是不是可以多陪我们几年？

2010 年，养父 5 月份去世，我 6 月份参加高考，确实考得不好。我报的是高职高专，虽然够了"三本"院校的分数，但"三本"比较贵，高职高专一年的学费才四五千元，考虑到家里的情况，我当时就毫不犹豫地就选择了高职高专。

我觉得养父母一直以来给了我一种力量。我一直都比较努力，我想让他们为有这样一个女儿而感到自豪。所以刚进大学，我就给自己定了两个目标：首先要考取全日制本科，然后还要读研究生。在这个过程中，养母的阿尔茨海默症越来越严重，但我想，我反正也长大了，应该可以照顾好我的母亲，也可以兼顾学习。

当然这个过程不是很轻松。我在学校做兼职，一天大概三个家教，周末上午、下午和晚上都有课。除此之外，我的周一到周五，从大一开始就在食堂打工，对于现在来说工资有点低，当时是一个月 80 块钱，但是它确实解决了我的吃饭问题。因为我不用出生活费。

由于打工占用学习的时间比较多。我基本是早晨室友还没起床，我就已经不在宿舍了，她们晚上睡下了，我还没有回去，很长一段时间都没法跟她们说上话。食堂的工作也特别忙碌，像我们大食堂，一到下课时间，很多同学一拥而至来打饭，吃完饭，餐盘垒起来很高，我负责把那些餐盘里的东西倒进桶里。由于过来很多人，盘子有时垒得比我还高。认识我的同学会把筷子什么的分类放好，不认识我的，可能会随便一放，但我从来没觉得累。我从心里感觉到，我现在可以凭借着自己的能力去解决生活问题了。

在学习上，我丝毫不敢浪费一丁点时间。我从来不午休，一有时间，就去自习室看书，晚上等到整栋楼的阿姨清理完教室，我才会走。

湖北的冬天是没有暖气的，11 月份时特别冷，每天基本上就只剩下我一个人在教学楼，实在没办法，我就围着教学楼跑圈取暖，等手和脚不那么冷，再坐下来读书。我从来没觉得自己累，而是觉得，我还可以尽力回报我的养母。

第九章 《渴望》：
悲欢离合，平常如歌

163

上了两年大专后，我如愿考上了湖北文理学院的本科，后来又去了另外一个城市西安读硕士，上西北工业大学。再后来，我来了北京读博士。

2015年，我本科毕业那年，在母亲节前后，我带着我养母来了一次北京。那是我们第一次坐飞机、第一次来北京、第一次去长城，有很多很多的第一次。

我养母现在身体不是很好，她患有阿尔茨海默症，很多事已不记得了，但她会记得每次出去时捡废品，她有时说："我要是不捡废品，你吃什么？你不用钱吗？"这样简单的话语让我知道，在她心里，总是想为我做点事。

阿尔茨海默症不仅会让她忘掉一些事，有时我还担心她会走丢，我刚来北京时，暂时把她安排在老家养老院。她现在状况特别好。

2016年，我考上硕士。我读研究生时，她跟我在一起生活了大概三年时间。养母的身体从2013年就出现状况了，可能在一个正常人看来，她特别不懂道理，有时甚至会骂人、打人。那时我肯定不能让我养母一个人在家里，所以我把我养母带到了西安，跟我一起上学。我平时课程多，只能边上课边照顾养母。通常我前脚去上课，后脚我养母就走了。我坐在教室里上课，心里却有很多的事情，我会想养母有没有摔倒，有没有带手机、有没有关好门、知不知道回来、是不是又走丢了……她一个人会走十几里路，她不知道回头，直到别人给我打电话，说你养母是不是叫什么名字。因为当时她反复走丢，我就给她做了一个小牌子，像工作牌一样，上面写了我们的名字、住在哪里、我的电话是多少。多亏有这个牌子。

其实那几年也有很快乐的经历。因为在学校有很多资源，比如有一些戏剧，有一些元旦晚会，还有其他晚会……我每一次牵着养母，慢慢地从家里把她牵到学校，然后走到舞台最前面，跟她一起看一场戏。她真的特别开心，因为在她这个年龄，很喜欢看戏剧。那时我就真的感觉特别欣慰，我终于可以让我妈开心了。

我养母现在的病情算中度，跟我在一起生活时，她的状况特别多。有时真的会打我，会咬我，还会口无遮拦地骂我……比如她半夜时，会吵着要回家，会把被子都

卷起来，把所有的衣服都装起来，大包
小包地背在身上，闹着要出门。每次她
这么做时，我都会慢慢哄她。当时外面
特别冷，她这种状况只能哄，但她特别
狂躁，真的会下口咬我，因为她已不知
道我是谁。

我有时会在一瞬间感到委屈。但回
过来一想，正因如此，她才需要我。在
我最需要她时，她付出了那么多。我想
陪伴她，我也要体谅她。

说到《渴望》，我也有自己的渴望。
我真的很渴望养母可以多留给我一点时
间，我现在还在上学，能力有限。然后，
我也渴望自己能够延续我养父母的这份
善良，有能力之后，去为别人做一些事，
脚踏实地走好自己以后的人生。（根据
孙玉晴口述整理）

孙玉晴的父亲母亲 ▲

孙玉晴与母亲合影 ▲

第九章 《渴望》：
悲欢离合，平常如歌

参考文献

[1] 汤恒.《渴望》的世界 [M]. 北京：文化艺术出版社, 1991.

[2] 吴迪. 北京通俗连续剧创作简析——在《渴望》到《北京人在纽约》 [J]. 北京电影学院学报, 1994（1）: 146 - 163, 233-234.

[3] 张永经.《渴望》播出的前前后后——在大型室内剧《渴望》经验交流会上的发言 [J]. 中国电视, 1991（3）: 38 - 41.

[4] 何天平. 藏在中国电视剧里的40年 [M]. 杭州：浙江工商大学出版社, 2018.

[5] 朱琛琛. 1990—2010 大陆现实题材电视剧对女性的想象 [D], 合肥：安徽大学, 2012.

[6] 傅士卓. 20世纪90年代中国知识界的几股思潮 [M]// 朱佳木. 当代中国与它的外部世界——第一届当代中国史国际高级论坛论文集. 北京：当代中国出版社, 2006.

[7] 孙锡荣. "没有观众，就没有我的饭碗"——访谈导演鲁晓威 [J]. 北京电影学院学报, 1993（2）: 209 - 214.

[8] 杜丽英，胡必利. 乐为人间写真情——访《渴望》编剧李晓明 [J]. 电影评介, 1991（4）: 12 - 13.

[9] 李晓明.《渴望》和可视性——一个编剧的一堆随想 [J]. 中国电视, 1991（3）: 42 - 44.

[10] 张维国. 宛如平常一段歌（报告文学）——凯丽的人生片断 [J]. 中国民族, 1991（2）:26 - 28.

[11] 杨文勇，解玺璋.《渴望》冲击波 [M] . 北京；光明日报出版社, 1991.

知识分子的诗与远方

1978 年 3 月，全国科学大会顺利召开，大会指出："四个现代化"的关键是科学技术现代化，广大知识分子迎来了科学的春天。

两年之后，一部以中年知识分子为主角的小说《人到中年》在《收获》杂志上发表，该小说一经发表，立刻引起了强烈的反响。巴金先生感慨："我多么希望能写一本《人到中年》这样的小说。"

中篇小说《人到中年》讲述了中年眼科大夫陆文婷因工作、家庭负担过重，病累交加最终倒下的故事，真实地展现了一代知识分子为职业坚守奉献的精神和为生活挣扎的困境。

1982 年，长春电影制片厂根据谌容的小说《人到中年》拍摄了同名电影。电影上映后，不仅吸引了约 1.5 亿人观看，该影片还获得了第三届金鸡奖最佳故事片奖、第六届百花奖最佳故事片奖等多项荣誉，可谓轰动一时。

从小说到电影，《人到中年》在读者和观众的心中不断激起回响，这不仅仅是因为它准确地捕捉到了社会变迁的大背景下一代中年人矛盾、尴尬的生活处境，更为重要的是，它叩问了深埋在每一个人内心深处的精神困境。人到中年，就意味着得承担生活的重任，职场与家庭、时代与个人，这些必须面对的主题在生活的波涛中激荡，而精神的自由却不知道该安放在何处。面对这些问题，不论是小说还是电影，都给予了人们一个答案或者说是一个方向——不论外在世界如何变化，弥合现实和理想的错位，成就个体生命的尊严，在纷繁复杂的生活琐屑中寻求生命永恒的价值，都应该成为不同时代的共同主题。

杨幸媛：电影里有我和孙羽的真实生活

杨幸媛，1941 年出生于日本东京，国家一级剪辑师，原中国电影剪辑学会会长，现任中国电影剪辑学会名誉会长。她是《电影艺术词典》编委、中国电影家协会电影高新科技委员会副主任、第六届电影家协会理事、中国传媒大学电影学研究生导师、兼职教授、第 30 届金鸡奖评委，并享受国务院特殊津贴。代表作有：《人到中年》《周恩来》《今夜有暴风雪》《公关小姐》《英雄无悔》等。

> "咱们电影里表现了那么多战斗英雄，
> 荧幕上还没有出现过以中年知识分子为代表的这样一个英雄人物。"

主持人：我们非常有幸地邀请到了《人到中年》这部影片的导演孙羽先生的夫人，也是这部影片的剪辑师杨幸媛老师，她也是国家一级剪辑师、中国电影剪辑学会的名誉会长。

杨老师，我知道这个片子当时获得了很高的荣誉，第三届金鸡奖最佳故事片奖、第六届百花奖最佳故事片奖，还获得了

当时的政府奖优秀影片奖，也就是后来的华表奖。当时大概有 1.5 亿人看了这部影片，放到现在一算，如果一张电影票算 40 块钱，那乘下来就是 60 个亿。这样一部大片引起这么大的轰动，你们当时是怎么想到要去拍《人到中年》的？

杨幸媛：当时《人到中年》这个小说在全国风靡，大家都抢着看。陆文婷生活

的这种条件就跟我们当时是一模一样的，我们特别感动。孙羽后来跟我说，他连夜看了这部小说，枕巾全哭湿了。他说咱们电影里表现了那么多战斗英雄，荧幕上还没有出现过以中年知识分子为代表的这样一个英雄人物。

主持人： **我们收集到了孙导的一张照片，这个照片里边是他的一个脚本，上面有他密密麻麻的勾画，各种各样的笔记。**

杨幸媛： 孙羽当时分完镜头以后，还把这个剧本给谢晋老师寄去了，让他提意见。谢晋老师提了一个特别中肯的意见，他说这个戏不能"演"，就是要表现生活。在我们那个年代，胶片很贵重，都是分好镜头再拍，孙羽就是先按照他的剧本的要求，先在脑海中构思好了，再将镜头分出来。

分出来以后，因为他是演员出身，他用秒表计时，把所有的片子一个镜头一个镜头地演一遍，把自己当成演员这样演一遍，然后卡出尺数写到分镜头本上。定好准备开拍，景也搭了的时候，孙羽就请潘虹老师到现场。潘虹老师来了，看完了以后，她就说，"（景）不像"。孙羽说："那你什么想法？"她说："我觉得导演家像。"

孙羽与杨幸媛合影 ▲

孙羽、杨幸媛的孩子 ▲

"一切都是在我们生活当中出现的。"

主持人：我们现在在《人到中年》这个片子里头看到那个两口子的家里的场景，基本上就是你们家的一个原景。

杨幸媛：就是我们家。原来我们那个房子就是一个十几平方米的房子，一张床，一个书桌挨着这张床。这个怎么办呢？我们五口人，我的小女儿只能跟我的大女儿睡，我的儿子睡得是用两个胶片箱子搭的一张床，就是这样的一个房间。可是晚上睡觉时孙羽还要上夜班，我们在床与桌之间拉了一个帘，他晚上写东西，搞分镜头剧本，而我就假装睡着了。

主持人：您假装睡着？

杨幸媛：假装睡着了，我不睡着他就心不安。

主持人：实际上是《人到中年》的导演，把自己的生活搬上了荧幕。

杨幸媛：这就是所谓的感同身受，就是一切都是在我们生活当中出现的。比如说像孩子发烧了，送到陈奶奶家让陈奶奶来帮着照看孩子的这些情节，都是我们生活当中实实在在的事情。当时孙羽在西藏拍戏，我在大庆拍戏，我们俩都不在家，孩子住在保育院，孩子生病了没办法，厂里把我叫来，一看那孩子整个发烧了，连嘴带鼻子都肿了，全都糊上了黄水疮。一看见孩子那样，我就哭了。然后等我领着小孩回我们的房子，上楼的时候，孩子说："妈妈你走以后，我还没回过家呢。"就是这样，我这孩子，在长影厂很多人家里住过，在家家吃过饭。这一代人就是这样。

主持人：您二位当时其实就是陆文婷和傅家杰。现在这么多年过去了，您现在回顾起来，有什么感想？

杨幸媛：我觉得这个小说激励了我们，陆文婷激励了我们，我心里头说不出来的感慨。可惜我的先生，也是这部戏的导演孙羽，他已经离开我们五年的时间了，我非常怀念他。他是我的丈夫，也是我的良师益友，我非常非常怀念他。

主持人：谢谢杨老师给我们分享了这么多背后的故事，让我们也看到了那一代中年人的奉献与坚守。作为承上启下的一代，如今的中年人也依然需要这种负重前行的精神。

潘虹、达式常：
我们演的不是悲喜剧，是生活剧

潘虹，1954年11月4日出生于上海市，演员，表演艺术家。她是首位登上《时代周刊》的华人艺人。代表作品《苦恼人的笑》《杜十娘》《人到中年》《末代皇后》《梧桐雨》等。

达式常，1940年9月26日出生于上海市，原籍江苏省南京市，演员，毕业于上海电影专科学校表演系。代表作品《年青的一代》《燕归来》《人到中年》《他们在相爱》《书剑恩仇录》等。

> **"我们要给观众一个交代，**
> **因为这个角色她承载着的是所有人的故事。"**

主持人：一个影片要有一个灵魂人物，那么在《人到中年》里边灵魂人物无疑就是陆文婷，还有她的丈夫傅家杰。在电影中，出演这两位主角的就是优秀演员潘虹老师和达式常老师。潘老师、达老师，您二位当初怎么跟这个电影结缘的？

达式常：我是先看过这本小说，三毛三分钱一本，那是1980年，第一版，百花文艺出版社出版的。这本书你看着它很小、很平凡，但是当你拿上手去看了以后就放不下来了，越看你的心就越随着这个小说人物的命运起伏，跟随他俩一块儿走，看到最后你就激动不已。

首先我非常佩服作家谌容，她有胆量能写出这样一部作品，有这样的眼光能把问题看得那么透彻、那么深刻，我还真是没想到。同时我又觉得非常的亲切，因为她写的主人公跟我几乎是同一个年龄。主人公的家庭也好，遭遇也好，他们夫妻之间的感情也好，都跟我自己的生活是非常相似的。

主持人： 您看完这个小说以后，有没有想演这个角色的冲动呢？

达式常： 确实想演。几乎可以说，我不用去体验什么生活了，几十年我就是这么体验过来的。所以后来，长影厂一来电话，说要请我去演傅家杰，我真是非常高兴。

主持人： 潘虹老师，我记得您当时年龄应该是二十多岁。

潘虹： 我从来没想过我会演陆文婷。我接到了电话，说让我来演陆文婷，孙羽导演打来的。我当时觉得很惊喜、很诧异，然后就感到一片空白和恐慌。我何德何能来演陆文婷，我觉得不是我吧。你喜欢和你能做，是两回事。我们要给观众一个交代，因为这个角色她承载着的是所有人的故事。

主持人： 说得太好了。达式常老师，您在演这个片子之前，塑造了很多非常帅气、非常潇洒的形象。您的本色形象和给观众的印象与谌容老师笔下的这个傅家杰的形象，其实还是有很大的差距。

达式常： 我前面已经演了好几个知识分子，好像已经被定型了。演员最怕被人定型，好像只能演这一路的戏，当时就觉得不太甘心吧。尽管都是知识分子，也是人各有貌，我给自己的目标就是必须要突破这一关。首先应该在外形上要有突破，就不能整天很潇洒、长发飘飘那样。傅家杰有两个孩子，生活这么窘迫，工作那么忙，谁有心思顾这个？剪个短头发最合适。

主持人： 板寸也是您设计的？

达式常： 对。再说穿什么衣服也很重要，衣服、衣着一看就可以判断他处在什么情况。刚才我说需要体验，因为主人公是科技领域的技术人员，他会去到汽车研究所，当年的技术人员要不断下工厂，到车间里去跟工人师傅一块儿研究工作方案。于是我就跟导演建议，我要穿工作服。

主持人： 还有您那汗衫，那么大个洞。

达式常： 这汗衫是我在自己的生活里穿的。你不能有一点这种戏剧的痕迹，所以我会大胆地穿我自己的这个汗衫。再留点胡茬，基本上这个人物的形象就立起来了。

"不是喜剧，不是悲剧，是生活剧。"

主持人： 潘虹老师，您给我留下印象最深的就是眼睛。您的眼睛带动了整个电影的情节和人物身上的气质，比如您在面对领导的时候，眼神是不卑不亢的，一看就是一个专业的技术人员，不会笼络人际关系。但是您在面对傅家杰的时候，谈恋爱的时候眼神充满了热恋的情绪，但是又很内敛的。当丈夫很疲惫的时候，您的眼神是特别急切的关心，但是又很自责。面对孩子的时候又呈现出母亲的眼神。您当时是怎么贴近这个角色的？

潘虹：孙羽导演给了我一个很好的启示：不是喜剧，不是悲剧，是生活剧。所以我当时就回到了四川医学院，在华西医科大学找到了宋广瑶老师，我觉得去体验生活、去深入生活、去再现生活，这三步是我必须要走的。你想一个演员演医生连手术都不会做，你谈什么《人到中年》，又怎么体会（角色）内心的那种疾苦和失落呢？我们经历了手术，经历了问诊，宋广瑶老师又把我塞到急诊室，去看濒临死亡的奄奄一息的病人，让我去感受。那一刻我感受到就像小说写的那样，生命像丝一样慢慢地从我们的人体中抽离。

主持人： 我看到您有一个标准动作，很多患者围在您身边，您一一地去看他们的眼神，那个动作的娴熟，一看就是一瞬间从一个母亲和一个妻子变成了一个职业的眼科大夫。

潘虹：我是一个性格不是很外放的演员，导演永远用我最能听得懂的话跟我交流，他说你不要着急，高兴的时候不要嘚瑟，痛苦的时候不要悲悲切切，陆文婷她只哭一次。当导演说，"好的，稳住"，我就知道导演对这场戏是满意的。

主持人：只哭一次，我觉得这就是这个人物的核心。

潘虹：只哭了一次。那天我们拍那场戏的时候，孩子在发烧，他又催"妈，你快做饭吧"，我给了他两毛钱叫他把自己搞定，没想到孩子拿这两毛钱给妈妈买了一块烧饼，端了一杯水，看妈妈在那里以为她睡着了，像风一样遛着小步就过来了。孩子轻手轻脚的，因为他希望他妈妈哪怕能够多睡一秒钟。任何一个女人到这种时刻都会崩溃的。我记得我在我的笔记上没有多写什么，反倒写了一句很狠的话："从今往后，我（陆文婷）不欠任何人了，我只欠我儿子的，欠我丈夫的，欠我家庭的。"

达式常： 当时我记得拍完这个镜头以后，整个摄影棚一点声音都没有，要把自己的感情能够融入进去，很累心的。

宋广瑶工作时 ▲

"当我真正走过中年的时候，我才深切地体会到中年人的责任和意义，那就是在看到生活的不易之后，依然昂首向前。"

主持人： 一个母亲、一个妻子、一个医生，这个泪水里边的内涵非常丰富，包括在这个戏里边所出现的裴多菲的诗《我愿意是急流》。

潘虹： 谌容老师真的超级棒。她始终告诉观众，不管什么条件，不管物资生活匮乏到什么程度，你的灵魂应该是升华的。

主持人： 当傅家杰在窗前给陆文婷再次读这首诗的时候，作为陆文婷的您，是什么感受？

潘虹： 我们俩很早拍的就是这场戏，到今天为止，达式常老师，我一直仰视着他。我需要对手的眼睛告诉我，生命即将离你远去，你和世界要做最后的告别，

第十章 《人到中年》：
知识分子的诗与远方

达老师是用他的经历在启蒙着我，他就一直跪在我面前。我们拍了一天半，他就一直扶着我的手，轻轻地，他说的话只有我能听到一点点，那首诗他不是念出来的，他是用气息带出来的，他不想惊扰我，他希望我能唤醒对生命的再次认识和重拾那份坚强。

达式常：因为他毕竟不仅仅是在念诗，而是已经变成跟他心爱的妻子在对话了，当时的陆文婷就像一个灵魂在飘忽，她一会儿好像飘远去了，什么感觉都没有了，一会儿好像飘近了，似乎又有点感觉，只用眼睛看着你。（看到这种情况）傅家杰的心真是痛得不得了。他当时不知道自己的妻子能不能从死亡的关头上回来，但是他必须尽自己最大的力量，去呼唤她："你不能就这么撒手走了，你还得留下来啊，你有丈夫、有孩子，还有那么多的病人。"

潘虹：我到现在为止都是这样觉得的，我觉得上天给了我最好的安排。我在青年的时候演了一个中年人，尽管那时候不是中年人，但是在这个社会当中生存，因为有了这样的经历，你会懂得什么叫苦难，什么叫物资的匮乏，什么叫我们的理想、我们的抱负。当我真正走过中年的时候，我才深切地体会到中年人的责任和意义，那就是在看到生活的不易之后，依然昂首向前。

忠于原著，忠于生活

"落实知识分子政策，包括改善他们的生活待遇问题，要下决心解决。这部影片主要是为了教育我们这些老同志的。看看，对我们有好处。"这是 1983 年 3 月 2 日邓小平对《人到中年》的评价。在那个社会急速发展变化的时代，知识分子刚刚摆脱"臭老九"的帽子，知识分子群体何去何从，正是整个社会都在关注的热点问题。对此，社会各界有着不一样的看法。如果说种种舆论如同春雷，那么《人到中年》小说的发表和电影的拍摄就起到了呼唤春雨的作用。

《人到中年》电影的改编一波三折，从电影拍摄权的争夺，到电影的一再缓拍、主要演员的变化，再到最后电影送审评奖时的多次剪辑，整个过程生出了很多波折，这恰是说明了当时人们对这样一个题材的审慎和犹豫。幸好还有一群忠于理想、忠于生活的创作者们，尽管拍摄前和拍摄中多有坎坷和波折，但他们为了呈现最好的艺术效果尽心竭力，终于创造出一部发人深省、掷地有声的作品，塑造了一个具有社会意义和时代意义的艺术典型。

拍摄权，几经轮转

1980 年的一个仲夏之夜，导演孙羽第一次读到中篇小说《人到中年》。小说读完，主人公陆文婷的形象在他心中越发清晰，作为儿女的母亲、丈夫的妻子、患者的医生，陆文婷肩负着生活和工作的双重重担，艰难行走在人生的道路上。知识分子这样的生存状态就出现在孙羽的身边，他的妻子杨幸媛也对陆文婷的生活产生了强烈的共鸣。

第十章 《人到中年》：
知识分子的诗与远方

177

孙羽觉得《人到中年》正是他所处时代的"写真"，这使他产生了强烈的创作冲动。想到这里，他立即跟长春电影制片厂（简称长影厂）的编辑、编剧肖尹宪通话，希望他能够为自己组稿，获取《人到中年》的拍摄权。

此时，肖尹宪正在北京为孙羽的电影《绿色钱包》进行剧本创作的前期工作，当时恰逢北京市作家协会召开第四次代表大会，肖尹宪在向浩然和刘厚明约稿后偶遇了谌容。肖尹宪询问谌容："听说《人到中年》北影厂要搬上银幕？"谌容说："北影厂不要了，我给了上影厂。"肖尹宪又问："那上影厂何时开拍？"谌容无奈地说："别提了，上影厂认为小说调子太低，主题消极，不要了。"肖尹宪抓住机会，争取将电影放到长影厂投拍，可是谌容却表示十分欣赏滕文骥，希望由西影厂来拍。虽然滕文骥很喜欢这个小说，但是西影厂领导却还没有表态。肖尹宪追问："如果长影厂领导表态了要拍，能不能给长影厂？"谌容迟疑了一下说："我还是喜欢滕文骥。"这时，肖尹宪灵机一动，大胆地说："如果你答应把拍摄权给长影厂，我们可以请滕文骥到长影厂去拍这部影片。其实，不管哪个厂把它搬上银幕，我都很高兴。因为我认为这部小说很好，谁搬上银幕都是对中国电影的贡献。"

回到住处，肖尹宪立即向长影厂总编室主任韦连城请示可否向谌容组《人到中年》的稿件，韦连城很坚决地说："不行。这个小说调子那么灰，有人发表文章说它是反党反社会主义的大毒草，你组它不是往枪口上撞吗？"对他这个定论，肖伊宪很不服气，他不认为这部小说是反党作品，正相反，这部小说提出了党的知识分子政策问题，他认为小说反映的主题和塑造的人物形象具有鲜明的时代特征和典型意义。肖尹宪随即联系了孙羽，希望孙羽可以争取电影厂领导的支持。

收到消息，孙羽立即找到厂长苏云，说明了作家希望拍摄电影时不改变小说的主题，否则就不愿意改编的情况。没想到苏云对投拍《人到中年》的电影毫不犹豫，十分支持，他说："改变主题，我们还不要呐。"苏云希望孙羽以他的名义立即给肖尹宪回电，电文中孙羽用了苏云的那句原话，以示厂领导的坚决态度。收到电报，肖伊宪兴奋极了，他立即拨通了谌容的电话，将电报的内容一字一句念给她听，谌容吃了一惊，说道："你们厂反应也太快了。"即便如此，谌容依旧有些犹豫。

回到长春，苏云看到《人到中年》剧本仍未成功拿到，十分着急，要求肖尹宪再去向谌容约稿。肖尹宪当即就在苏云的办公室起草了一个电报稿：

> 我厂决定将《人到中年》搬上银幕，并将用最强的创作力量精心摄制，望将小说交长影拍摄。

一周后，肖尹宪和孙羽收到了谌容的来信：

> 长影的热情与作风使我深受感动，拙作《人到中年》蒙贵厂厚爱，我不给贵厂又能给谁呢？

谌容表示不希望别人插手剧本，并且她只写一稿绝不修改。可当她将修改后的剧本寄过来时，孙羽和肖尹宪全都傻了眼，剧本基本上是小说的缩写，而非电影剧本。长影厂的领导们经过研究都否决了这个剧本。可作者有言在先，只愿提供这一稿，孙羽和肖尹宪没办法，只好一起对剧本进行梳理。肖尹宪对其按场切分段落，再由孙羽在现场直接以小说为底本进行拍摄。这种拍摄方式，还是长影厂历史上的第一次。

为了加强创作力量，摄影大师王启明也加入到《人到中年》电影的创作中来，到1981年4月，电影剧本基本修改完成。可就在这时，相关部门和领导不知道从何处听说了电影的筹备，下达了几条修改意见：一、未来的影片里不要提房子问题；二、不要表现某某人出国的问题；三、不要里边的马列主义老太太。若是根据这些意见修改，电影就会变了味道，孙羽和肖尹宪都不愿意这样去修改。后来又面临其他方面的压力，事情急转直下，电影暂时"缓拍"，谌容也将剧本稿费退了回来。

虽然电影缓拍，但孙羽和肖尹宪仍然对剧本怀有希望，时不时地探听消息，几个月后果然开禁。可此时，谌容已经将电影的拍摄权转给了电影学院的青年厂。肖尹宪得知这件事后，使出浑身解数，誓要解决问题。他先找到谌容，通过电话解释。不料谌容很坚决，说"这个戏已经跟你们厂没关系了"，还说"你们已经不拍了呀"。肖尹宪说："我们没有停拍，而是缓拍。"谌容这时却不想再听他解释了。打完电话，肖尹宪仍不死心，立马写了整整三页纸的解释材料，当晚就向谌容发了亲笔传真。

发完传真，肖尹宪想到光有作者的许可还不够，必须要青年厂那边松口才行。他急忙通过老友找到了电影学院青年厂的党委书记陈情。随后，在征得苏云的同意后，肖尹宪又找到了时任电影局局长的丁峤说明情况，争取帮助。面对丁峤，肖尹宪灵机一动，说："长影厂党委为了《人到中年》的事做了三个决定：第一，电影局没有下文让长影停拍《人到中年》，那厂里就照拍不误；第二，长影为筹备《人到中年》已经花了13万，如果电影局不让长影厂拍，那么电影局赔偿长影厂13万，电影局如果不管而青年厂拍了，让青年厂赔。"丁峤说："哎呀，电影局是个穷局，哪有钱赔你们呐？电影学院教学经费也很紧张，也不能拿出钱来赔呀。"肖尹宪又道："第三，希望电影局出面协调长影厂与作者谌容的关系。"丁峤说："哎呀，这个不好办。作者不给你们本子，这我们可管不着。"那么谁能负责呢？丁峤给了一个答案，他说："这个你们问荒煤同志吧。"丁峤没能答应肖尹宪的请求，但是也为他提供了一个解决问题的方向。

当天晚上，肖尹宪拨通了陈荒煤家的电话。在充分的沟通之后，陈荒煤终于决定帮助长影厂协调拍摄权的问题。三天后，苏云到北京面见陈荒煤。五天后，《人到中年》的拍摄权重归长影厂，电影正式开拍。

孙羽 ▲

选演员，好事多磨

演员是一部电影作品中离观众最近的一环，演员的选择尤为重要。选定的饰演傅家杰的演员并没有什么争议，剧组早早就定下了达式常。达式常也为演这个角色推掉了其他剧组的邀约。选择饰演陆文婷的演员时，却一波三折，前后有多名演员前来试镜，她们抱着希望而来，却带着遗憾而去。

那时，周予导演的《杜十娘》刚刚拍完，潘虹饰演的杜十娘形象清丽，吸引了孙羽的注意。他邀请潘虹来试陆文婷的戏，一看果然合适。潘虹和达式常迅速地开始深入医院工作，体验生活。潘虹为了更好地贴近陆文婷的生活，花费了很大的力气。在医院近一个月的"下生活"中，她接触到了很多眼科大夫，她与他们一起上班、查房、看门诊、进手术室……她还和他们一起去食堂吃饭，去他们的家里做客。潘虹四处寻觅，试图在医院里追寻陆文婷的足迹、捕捉她的影子、证实她的存在、感受她的心灵。

潘虹相信要用自己独特的艺术感受去创作角色，而不能光依靠烦琐的理性分析：

> 有个阶段，我陷入角色的情绪太深了，墙上贴了个"忍"字，精神上也变得忧郁、压抑、深沉起来。我哪儿也不想去，只想一个人静静地思索。连着几天，我在反复想，自己所找的"忍"字是不是太消极了些，陆文婷是个有力量的形象，是根含蓄的硬线条，我既把"忍"作为陆文婷长期处于逆境饱经忧患的必然结果，又把它作为她坚韧不拔、任劳任怨的精神境界的体现。这样从"忍"到"韧"，人物的精神内涵也比较准确了，不过，我怎么也不同意把陆文婷的精神境界拔得太高。陆文婷并没有那么多的理想、追求、抱负（在年轻时，像大部分刚踏上生活道路的青年一样，也许有过，但并不那么好高骛远，那么浪漫。她本来就是一个很现实的女孩子），我觉得，我应该尽力去寻找那种平凡人中的平凡的内心世界。

> 正如许多人所担心和疑虑的一样，陆文婷和我有着很大的差距，年龄、经历和现实生活中的许多方面，但我找到了"忍—韧"，就好像是捕捉到了角色和我之间的内在精神联系，使我具有了去缩小这个差距的可能。

电影正式开拍，不料谌容却对潘虹出演陆文婷一角表示怀疑，她认为潘虹的眼睛太大，不像她精心刻画的文学形象陆文婷，还把这一点直截了当地当着潘虹的面说了出来。潘虹觉得非常有压力，但同时也坚定了要演好这个角色的决心。她对自己的眼神作了种种设想：

1．在工作时的眼神，要冷漠、严肃和认真，背后应该蕴藏着对病人的极大同情。

2．回到家里时，在丈夫和孩子们面前的眼神，要疲乏、无力，表现出挣扎的精神状态。

3．在垂危中的眼神，要表现出一些特别细微的差别和不同的心理节奏。垂危中的眼神一定要统一在一个总的基调中，这就是"空"，是人的大脑正脱离它所依附的肉体的"空"，是无痛苦、无牵挂、平静而恍惚的"空"。但是这个基调一定是发展的，从垂死的边缘渐渐找回自己的依附，又对周围的人、事产生微弱的反应。

4．学生时代的眼神，既要有陆文婷青年时代的朴实、单纯，又要让观众看到她中年时代的影子，那种认真和热情劲。

5．爱情中的眼神，要打破一般常见的娇媚、羞怯，表现陆文婷独特的严肃性格。生活本身是丰富多彩的，观众不会喜欢千篇一律的爱情反映……

潘虹把对人物的种种观察和认识都融入到眼神的表达之中。在拍摄"陆文婷吃烧饼"这场戏时，她的表演含而不露，恰到火候，眼泪挂在眼眶里就是没有落下来。当导演喊"停"之后，她伏在桌子上号啕大哭，一直哭了半个小时才稳定下来。

潘虹完成了一次精彩的人物创作和表演，并凭借陆文婷这一角色，获得第三届中国电影金鸡奖最佳女主角和第六届大众电影百花奖最佳女主角的提名。陆文婷的形象在随后的几十年里持续不断地给观众以感动，被评为中国电影100年100位经典银幕形象之一。

拍摄时，忠于生活

电影短暂的"缓拍"，在导演孙羽看来，并非全是坏事。争夺拍摄权所经历的种种波折，正有助于加深他们对《人到中年》作品的理解。在影片构思过程中，孙羽怀着对作家尊敬的情感，以及对作品负责的态度，给自己确定了一条原则：忠于原著、忠于生活。尤其是在表现作品的主题思想时，一定要恪守初衷，那些曾经激励孙羽也激励所有读者的体验和内涵，在创作中绝不能被削弱，更不能被磨平。

"家宴"和"手术"两场重场戏尤其耗费孙羽的精神。

电影剧本中几乎把原小说中一章的全部内容纳入了"家宴"这场戏中。在1981年初的电影筹拍阶段，陈荒煤曾就这一场戏和孙羽有过专门的讨论，陈荒煤认为这场戏太像话剧，要求孙羽在分镜头时加以解决。孙羽仔细衡量，若是在场的四个人物一句句把话说完，约需十三分钟半。如果再加上人物的内心过程和必要的戏剧顿歇，没有20分钟这场戏拍不下来。即"家宴"一场戏将要占去全片五分之一的时长。那么观众是否有这个耐心看完呢？

在重新分镜头时，孙羽决心要大删一番，可当他面对小说精彩的语言时，又觉得束手无策，他感到每一句词都难以割舍。孙羽和拍这场戏的演员一起"静排"时，对人物的对话进行抽丝剥茧的分析，经过大家共同的努力，才终于把这场戏压缩到十分钟之内。他们从三个方面去考虑删改的原则：

第一，若是称颂、介绍人物的语言与形象重复，就坚决删去。如姜亚芬、刘学尧一字一句地称赞陆文婷"……宁肯耽误自己孩子的病，也不肯误了给别人治病"，"这就是宁肯牺牲自己、也要普救天下"，以及傅家杰说"大夫也有家，也有孩子，大夫的孩子也会生病……"等等议论，观众均可形象地看到，就一概删去。

第二，对一些已经转化为视觉形象的细节描写，也不再用语言重复。如陆文婷说自己："什么都会，就是不会纳鞋底，不然园园就不会老嚷着买白球鞋了……"以及围绕这句话的关于"臭老九"变成"穷老三"的大段议论统统删去。

第三，对决定留下的语言也要字斟句酌，认真修改。如刘学尧对陆文婷说"……像你这样身居陋室，任劳任怨，真可以说是孺子牛，吃的是草，挤的是奶呀……"又转向傅家杰："这是鲁迅先生的话，对不对，家杰？"剧本中接下去是陆文婷说："这样的人太多了，又不是我一个。"通过反复对词，我们感觉陆文婷接这句话不妥，颇有默认自己就是"孺子牛"之嫌。决定改由傅家杰说："这样的人太多了。"删去了后边六个字。这样改动虽小，但很重要，直接涉及刻画人物的问题。

"手术"是影片中的另一重场戏，也是塑造陆文婷银幕形象的至关重要的一环。在小说中，作家一连用了三章的篇幅，集中地通过三个手术，在动作中具体而细腻地表现出陆文婷"燃烧自己、照亮他人"的牺牲精神。孙羽希望演员能够在特别的动作（姿态、手势、眼神……）中融入比较丰富的内容，让观众可以从陆文婷既可感知又不露痕迹的眼神中感受到她作为一个医生的高尚节操。

当焦副部长突然认出陆文婷就是在十年"文革"中他被打成"叛徒"时给他做手术的大夫时，孙羽和潘虹有意识地在这场戏中用人物抬起双手的重复动作（怕已经消毒的双手误触别的东西），促发观众的联想。在动乱中，"造反派"冲进手术室，中断了陆文婷的手术，她抬起双手。面对蛮不讲理的"造反派"和作为她的患者的"叛徒"，她不被愚妄的偏见所左右，勇敢地把"造反派"轰走；面对眼前对她抱有感激之情的副部长，她依然抬起双手，心平如镜，一如往常。

在这抬起双手的动作重复出现的同时，孙羽重复运用了三个小有变化的渐次逼近人物的镜头，以加深观众的感觉，让观众得到更多的艺术感受，而不仅仅看到一个重复的动作。

潘虹深知技术性的动作十分重要，它应成为塑造人物性格、表达人物思想感情、使人物"见诸现实"的手段。因此，她苦练操刀、持针、打结等技术性动作，最终达到较为娴熟的程度，从而增强了形象的真实性。

演员达式常在塑造傅家杰这一人物形象时也为自己确定了原则——一切从生活中来，在真实上下功夫。他希望能够抓住人物的"核"，从平凡的生活中体现人物的崇高特质，从含蓄中抓住人物的热情，用憔悴苍老的外表衬托出人物心灵的内在美。《人到中年》是通过对一对夫妇生活的描写来揭示主题的，生活中的细节对刻画人物形象尤为重要。因此，达式常非常注意在导演所给予他的镜头里做出一些符合生活常理的"小动作"。

比如在"家宴"一场中，里里外外忙碌中的家杰，并没有忘记随手给妻子一床棉被垫腰。这一个似乎是"习惯动作"的安排，既能看出丈夫的体贴，又能反映出文婷工作的劳累，为后来她的"断裂"埋下伏笔。又如"夜谈"一场，夜已深，第二天文婷还面临着三个手术。家杰为了让她休息好，停下了笔，剧本上提供的是："家杰边洗手洗脸边谈着，准备上床睡觉。"洗手洗脸，在影片中见得太多了，且因为怕破坏脸上的妆，动作总流于虚假，总让观众出戏。最后，达式常选择了洗脚代替洗脸。夫妻之间无所顾忌，边洗脚边聊天，在每个家庭中都司空见惯，既可信，又增加了家庭气氛，同时，还增强了这个吃喝拉撒都在一处的弹丸之地的拥挤感，对刻画典型环境也有好处。

如果孤立起来看，这些动作也许不能引起注意，但如把它们融合在人物的总体中，既有利于深化人物，也增强了观众的真实感和亲切感。

第十章 《人到中年》：
知识分子的诗与远方

185

谌容：人生如逆旅，我亦是行人

谌容，原名谌德容，1936年10月3日出生于湖北省武汉市汉口镇，祖籍重庆市巫山县，作家，编剧。

1975年第一部长篇小说《万年青》由人民文学出版社出版。1979年在《收获》发表第一部中篇小说《永远是春天》。1980年调入北京市作家协会为专业作家。改革开放四十年间，谌容在全国各地期刊发表多部中、短篇小说，作品深受广大读者喜爱，多次获得各种奖项。由作者改编的电影《人到中年》，获得当年"百花奖""金鸡奖""华表奖"三大奖，得到广泛赞誉。1983年，其创作的中短篇小说集《太子村的秘密》出版，该小说获得中国作家协会第二届全国优秀中篇小说奖。1986年，其创作的中短篇小说集《错、错、错！》出版。1990年，担任剧情电影《喜剧明星》的编剧。1994年，出版散文随笔《中年苦短——谌容随笔》。2019年，出版《谌容文集》。

作家谌容并不是一个热爱"镜头"的人，甚至可以说，她总是有意识地回避来自社会各界的目光，她希望自己能够退居作品之后，让作品替自己发言。从她初入文坛，到通过中篇小说《人到中年》家喻户晓，再到步入老年、回归家庭，对于自己个人生活的书写，她总是能省则省。在1989年出版的《当代中国作家百人传》中，相较其他作家动辄上千字无比详尽的个人小传，谌容的小传仅有短短百字，简略到甚至有些单薄。她似乎不愿意把自己放在人前，在唯一能称得上自传的文章《并非有趣的自述》中，她也一再地强调"关于我自己，什么也不想说，什么也不愿写"。对于自己的人生，她只愿意给出这样短短的一段话：

祖籍四川巫山，生在湖北汉口，长在嘉陵江畔和长城脚下，浪迹天涯海角，当过工人，上过大学，搞过翻译，任过教师，被人改造过，也"改造"过别人，现在是个专业作者，或曰作家。

谨容的人生并非乏善可陈，正相反，在人生的路上，她吃过很多苦，也受过很多累。在《当代中国作家百人传》中，她曾这样形容自己的写作——"坎坷难行终不悔"，这确实是对她创作人生恰如其分的注解。"我视文学为生命。如果把文学比作一座地狱，我也愿在这地狱里受熬煎。"对于谨容来说，写作就像是她生活的出口，在人生的旅途中，她从容漫步，且歌且行。

"我没有牧歌式的童年"

1936 年 10 月 3 日，谨容在湖北汉口出生，"七·七事变"之后，不满 1 岁的谨容随全家从武汉逃难至四川。谨容的父亲毕业于中国大学，中华人民共和国成立前在北平（今北京）、重庆、内江等地的国民政府高等法院和最高法院任过庭长、院长等职务。谨容的母亲毕业于河北女子师范高中，曾任教师。

谨容的童年，是在抗日战争的烽火中，在连绵不断的逃难中，在光怪陆离的"大后方"度过的。她 6 岁同母亲到重庆巴县的乡下生活，抗战胜利后，随父母移居到北平。1947 年，父亲带全家返回重庆。在川东乡间时，谨容寄居在层层梯田环抱着的一个寂寞的坝子上，生活就像水田一般平静而不起波澜。她逐渐变得早熟、孤僻，没有亲密的小伙伴。在巴山楚水的浸润下，谨容在辗转颠簸的生活中一点点成长起来。

1949 年底重庆解放，那时，谨容是重庆南岸的女二中初中二年级的学生，被父亲寄送在成都一位亲戚家里，学习用机器织袜子，过着索然无味的生活。

谨容无比渴望脱离自己的家庭，渴望一种全新的人生。在那个时代，到处都要人，到处也都有工作，"参加工作"就是"参加革命"，而"革命"对于年轻的谌容来说，是那么富有吸引力。她先后考取了部队文工团和西南工人出版社，家庭的熏陶让她选择了后者，能够有机会生活在书的海洋里，她"得其所哉"，"不亦乐乎"。

在西南工人出版社，她的工作就是卖书。她每日背着书，沿着嘉陵江行走，走到工厂矿山去卖书。嘉陵江上总是烟雾朦胧，撩拨着谌容的心绪，让她不得安宁。在矿山里，她看到衣不蔽体的煤矿工人对于书籍的渴望，也看到了许许多多残破的人生。

1952年，谌容被调到西南工人日报编辑部工作。白天她分发来稿来信、收抄记录新闻，夜里她自修俄语、画画和高中课程，广泛涉猎了解放区文学和苏联文学。1954年，她考上了当时的北京俄文专修学校（即后来的北京俄语学院、北京外国语学院，今日的北京外国语大学），成为中华人民共和国第一批调干大学生。1957年，从北京俄语学院毕业后，她被分配到中央广播事业局当俄语翻译和音乐编辑，先后在伊朗语组和对苏广播组工作。这些工作的经历为她的创作积蓄了力量。

年轻的谌容不知道，她马上就要面临人生中最大的挑战。

痛苦的抉择

由于患上了神经官能症等多种疾病，谌容在工作中经常晕倒。1962年，她被机关精简下放到北京市教育局担任俄语教师。但是，她又一次次地晕倒在讲台上。囿于身体条件，她只能成为一个等待分配的人。这是谌容一生中极为痛苦的一页。疾病是伴随谌容一生的主题，漫长的病榻生涯逐渐让谌容变得非常迷茫，她不知如何是好：

> 病，不只能残害一个人的身体，更能摧毁一个人的意志。不能工作了，对社会不能出力了，这是多么痛苦！对于一个病人，没有幸福可言。而在这时，来自外界的不是温暖，而是冷淡；不是安慰，而是非议，那又是多么可怕！

在我还年轻的时候，就处在这样一种可怕的境况中。我经验过人世的冷漠，我体会过人生的孤独。那有形无影的冷酷曾把我压倒！

我挣扎着告诫自己：决不能沉沦！决不准颓废！想一点高兴的事吧，干一点高兴的事吧，去找寻一丝快乐，去求得一缕慰藉！然而，茫茫苍宇，浮浮尘世，到哪里云找那欢快的乐章？生活，有时是这般的无情！

遗弃自己吗？不愿意。消沉下去吗？不甘心。奋争吗？以我病弱的躯体，以我浅薄的学识，以我对世事的无知，要奋争，也很难。我啊，我，我该怎么办？

漫长的养病期，她用集邮、习画、看戏、跳舞、操持家务来排遣寂寞，谌容迫切地寻觅着生活的出口。细腻的情致、好胜的性格、对文学的喜爱和因病而来的宽裕时间，很快就将她推到了写作的道路上。尽管，她一再通过小说中的人物抒发对丈夫、儿女和家庭的愧疚，但站在现实的立场，她仍然觉得"烹调蒸煮、缝纫洗涤"只能满足个人和家庭的需要，这样的她无法为社会贡献一点力量。病中有时一无所知，有时却异常清醒，这种矛盾的感受纠缠在谌容心里。精神需要寄托，心灵渴望工作，她实在无法忍受"闲"的惨痛，她把这形容为"一个人在人生舞台上最不堪的一幕"。

谌容贪婪地读书，细细咀嚼和品味古今中外大量文学名著，同时写日记，搞翻译，也练习写小说。但是她总觉得还缺点什么，因此写作有时也难以为继。慢慢地，她感到对社会、人生都缺乏足够的了解。在那个时代，搞文学创作的目的是为工农兵服务，对于一个知识分子来说，只有深入工农兵，才能有出路。于是，她在痛苦中做出抉择，决心到社会生活中去寻找文学创作的源泉。

童年记忆中的广阔的农村、淳朴的农民吸引着她。1963 年秋，谌容把两个孩子送到了上海的亲戚家里，告别了丈夫，只身来到山西汾阳县万年青公社贾家庄大队。在农村，简单朴素的生活让谌容的内心渐渐得到抚慰：

60 年代中期，贯彻调整方针，农村在复苏。农家的小院里又有了猪，有了羊，有了鸡，农民的脸又有了笑容。我生活在善良的农民中间，每天扛起锄头，同我的房东一起，日出而作，日落而息。工余之暇，我给农民画画，也给农民当教员，教他们学文化，我成了他们中的一员，这使我精神非常愉快，得到极大的宽慰。我在城里几乎被人遗弃，在农村却结识了很多朋友。我几乎忘记了自己是来"深入生活"为了写小说什么的。我一个字也没写。但是，我的这些农民朋友，他们的喜怒哀乐，他们的声音和容貌，却铭刻在我心里，后来又一一再现在我的小说里。

多次碰壁，痴心不改

在山西农村的经历，让谌容的精神世界渐渐充实起来。回到北京，她写了两个农村题材的多幕话剧，一个是《万年青》，一个是《今儿选队长》。她给剧院送去过，也给《剧本》月刊投递过，得到了鼓励，"有生活气息""语言很好""有的人物很鲜明""有的戏很精彩"；也收获了批评，"整个剧本还不够成熟"。作为初学者的谌容，收到那些鼓励的评价，很难不欢欣鼓舞，这更坚定了她走创作之路的决心。她开始去中央戏剧学院旁听课程，更深地去了解戏剧的规律。

谌容的第三个剧本是《焦裕禄在兰考》。北京人民艺术剧院选中了这个剧本，谌容甚至已经和导演、演员去河南兰考体验生活。但是，不久之后，"文化大革命"开始了，这部话剧的排演也随即被搁置。

接连三次的失败，让谌容对剧本创作失去了信心。但是她并没有对文学创作灰心，她想既然她的语言还有某些可取之处，笔下的人物还有某些可信之处，并且还能传递出某些生活气息，她就应该牢牢把握住创作的机会，虽然剧本不成功，但她还可以写小说。

1969年，谌容与北京市直机关干部一起下放，她来到通县马驹桥公社插队。这一段看似被"放逐"的生活，在谌容的眼里却是无比惬意：

我还算安心，因为它毕竟使我又有机会来到农民身边。我同他们一起插秧、割麦、喂猪，寒冬腊月去挖河；也同他们一起偷懒……再就是同老大妈、二婶子、姑娘们一起盘腿坐炕上纳鞋底，说家常，听他们说东道西，讲古往今来的各种故事。

　　后来，不知怎么又时来运转，我们这些"接受再教育"的"臭老九"，一夜之间变成了"毛泽东思想宣传队"的成员，被委以宣传和贯彻毛泽东思想的重任，进驻到各个村去，搞"党的基本路线教育"。当然，这也含有"在阶级斗争的第一线经受锻炼、接受考验"的成分。这场考验的结果是，开拓了我农村生活的视野，给了我极大的活动空间，使我有机会结识了从县、社到左邻右舍各个大队的干部，结识了过去由于避嫌而不敢接触的地、富、反、坏各式人士。

　　就在"宣传毛泽东思想"之余，谌容趴在农家小院的炕头上，开始创作她的第一部长篇小说《万年青》。小说描写了1962年万年青大队的干部、社员在支部书记江春旺的带领下同县委副书记黄光搞"包产到户"试点工作所进行的斗争。小说中浓郁的生活气息，农村各色人物鲜活的生命力，生动而又朴实的文学语言，初步显示出谌容的创作功力。

　　1973年春，谌容调回北京，被分配到北京市第五中学任俄语教员。怀揣着对文学的希望，她先后将《万年青》小说发给李希凡、人民文学出版社的严文井、许显卿等人看，他们对《万年青》都持肯定态度。人民文学出版社的各级领导，包括王致远、韦君宜、屠岸都相继看过《万年青》，一致同意把这部小说列入他们的出版计划，并为谌容请了创作假，帮助她修改小说。

　　之后的日子里，谌容等待着发排、校样，眼看着十年心血终于要出成果，谌容激动的心情溢于言表。让她没有想到的是，出版社告知她小说不能出版。

　　眼看着《万年青》就要被扼杀在摇篮中，谌容受到了致命的打击。对她来说，这不仅仅是她十年的心血付诸东流，而且意味着她永远地被取消了出书的资格。写作就

第十章　《人到中年》：
　　知识分子的诗与远方

191

是她的生命，而这条生路好像也被堵住了。

走投无路中，谌容选择的是愤而为自己争取权利。谌容多方奔走，尽她最大的能力去申诉她的不平。人民文学出版社的编辑们也为她奔走呼号。终于，在 1975 年 9 月，《万年青》又被重新列入人民文学出版社的出版计划，由于类似原因从出版计划中被除名的一批小说，也得以出版。这次短暂的胜利却给谌容带来了长久的不幸，不过，这都已经是后话了。

1976 年 2 月，谌容再次前往山西省临汾地区乡宁县体验生活。比起城市，她更愿意回到安谧的农村去，回到给予她生活"乳汁"的农民中去。在农村，她见到了很多老朋友，他们已经从基层干部成长为县委的领导干部。谌容同他们一起开会、一起下乡、一起去大寨参观，深知他们的苦衷和在夹缝中为民谋利的种种斗争。她的第二部长篇小说《光明与黑暗》和中篇小说《赞歌》，就是在那一段生活的基础上写成的。在吕梁山的生活让她忘却了很多尘世的烦恼。

书里书外，皆到中年

因为《万年青》小说的争议，谌容的生活陷入了窘境。她被取消创作假，限期上班，并最终在 1977 年 4 月被停发工资。《人到中年》里陆文婷啃两个冷烧饼，喝一杯白开水伏在三屉桌上写东西的情形就是那段时间谌容生活的真实写照。

1979 年 5 月，谌容的中篇小说《永远是春天》在《收获》上发表。茅盾在中国文学艺术工作者第四次代表大会上对《永远是春天》表示赞扬，但这也未能帮谌容脱离困境。

1980 年春，谌容的中篇小说《人到中年》发表，这部小说让她蜚声文坛，也为她收获了一大批读者。正是《人到中年》的一举成名，谌容终于得到了补发的工资，也被调到北京市作协成为一名驻会作家。

《人到中年》的构思，开始于 1979 年的夏天。社会思潮尚在摇摆，如何给知识分子定位仍然不是那样的明晰。有感于身边同仁们的生活和处境，谌容以知识分子的担当触及了当时十分敏感的知识分子政策问题。她希望可以描摹医生的生活，就来到同仁医院，近距离地深入观察，甚至进入手术室实地观摩。她结识了许许多多的医生，并逐渐感知他们生活的酸甜苦辣，陆文婷的形象在谌容的脑海中渐渐清晰起来。

这一年，谌容 43 岁。她和陆文婷一样，都是中华人民共和国培养的第一代知识分子，正因如此，她对这一代中年人的艰难生活感同身受。在《写给〈人到中年〉的读者》一文中，她说：

> 我不是医生，不是陆文婷。恰如有的读者在信中所说，我只是"这默默无闻的众多中年人中的一个"。我熟悉陆文婷们的经历和处境，了解他们肩负的重担，知道他们生活的艰辛。他们是解放后培养起来的新人，他们应是大有作为的一代。各条战线都有陆文婷。有的同志把陆文婷比作天上的一颗星星，说她在我们的生活中静悄悄地放着光芒。我同意这个比喻。我认为，正是千千万万这样的星星，组成了我们社会主义祖国灿烂的夜空。他们不求闻达，只把自己的血与力献出来，为了下一代，为了我们多难的祖国。他们是伟大的一代人，正如他们的前辈一样。但是，由于种种原因，他们的生活清贫，有着很多难言的困苦。我认为，他们是在作出牺牲，包括他们的丈夫或妻子，也包括他们的孩子，而这种牺牲又往往不被人重视和承认。于是，我写了陆文婷。我想，陆文婷这个艺术形象在读者中引起了共鸣，成了他们的朋友，就在于她大概是代表了他们。

《人到中年》引起了全社会广泛的讨论，不论是赞誉还是批评，谌容都照单全收。曾有报纸就《人到中年》展开讨论，但谌容认为该讨论浮于表面，争鸣的气氛也远远不够。她说她愿意成为箭靶子，只要问题能够得到重视，牺牲她又何妨呢？

《人到中年》之后，谌容的小说创作呈现出题材多种多样、技法不断创新的样貌。

她坚持"不雷同自己"和"不雷同别人"的创作原则。农村和城市迥然不同的生活环境给予了谌容丰富的艺术题材，一方面，她重视对农村题材的处理，创作了关怀农村生产现状的小说《太子村的秘密》，也创作了讽刺农村基层干部"糊弄"工作的小说《关于仔猪过冬问题》。另一方面，她对知识分子的命运也非常关切。一部中篇小说《真真假假》，道尽了学术界应对"双百方针"而产生的人间百态。作为女性作家，她尤其关注小说的婚姻、爱情题材。在《懒得离婚》中，她对当下人们的婚姻现状进行了冷静的审视，引导人们在新的时代背景下重新思考婚姻的意义。

《人到中年》通过回忆串联起故事的脉络，是谌容创新写作方式的初步尝试。《太子村的秘密》以座谈会记录、调查报告、日记等多种文体为支撑，引出太子村的"三不糊弄"真经。在《杨月月与萨特之研究》中，杨月月的命运及对存在主义哲学的解释是通过主人公夫妻二人的书信往来展现出来的。《减去十岁》则描绘了一个特殊时代背景下所有人的"白日梦"，谌容用荒诞的手法、反讽的立场讲述了人们思想狂欢背后的隐痛。

视文学为生命

谈起家庭，谌容总是有太多愧疚：

　　说实在的，对丈夫和孩子来说，我不是一个好的妻子和母亲，我对他们照料得太少了。有时写起东西来，半个月不扫地的时候都有。女儿看到邻居家的妈妈，每天细心地给自己的女儿梳小辫，回来就对我噘着嘴生气。是的，我这个妈妈从来没有给女儿梳过辫子。我也没时间给他们做饭，常常是早晨把一天要吃的东西放在炉子上，他们回来自己热热吃……

实际上谌容的家庭成员都十分支持她进行创作。她的丈夫范荣康曾经是《人民日报》的副总编辑，中国社会科学院研究生院兼职教授。在被迫停薪的三年时光里，她对丈夫说："你就把我当作一个不拿工资的家庭妇女养着吧。"她的丈夫也毫无怨言。如果说谌容是为了工作舍生忘我的陆文婷，那么她丈夫又何尝不是支持陆文婷追求事业的傅家杰呢？

欢乐和自由一直是谌容家庭的主题，她和丈夫尽可能地为孩子们的成长营造良好的环境。也许是因为家学渊源，不仅谌容和丈夫热爱文学，他们的子女长大后也纷纷从事着文艺工作。

大儿子梁左是中国喜剧届的大师，曾经创作了《虎口遐想》《电梯奇遇》《捕风捉影》《小偷公司》等脍炙人口的相声作品。后来他又涉猎影视行业，作为总编剧创作了情景喜剧《我爱我家》，开创了中国情景喜剧的新模式，构建了一代人心目中的经典。《闲人马大姐》《美好生活》等剧更奠定了梁左在喜剧界的地位。

二儿子梁天从小就喜欢文艺，谌容对此也十分鼓励。了解到儿子和他的朋友们对表演艺术的热爱和追求，谌容深受感动，决定亲自为他们写一出戏。1990 年，谌容创作了电影剧本《喜剧明星》，梁天在其中担任主角。梁天的表演天赋一点点被挖掘出来，在《顽主》《海马歌舞厅》《我爱我家》《天生胆小》等作品中逐渐崭露头角，被观众所熟识。

小女儿梁欢也热爱文学，曾经承担《我爱我家》的编剧工作。

2001 年，谌容的丈夫范荣康病逝，谌容强忍内心的悲痛，安排好丈夫的后事。未想到天妒英才，同年 5 月 19 日，年仅 44 岁的大儿子梁左因突发心脏病也离开了人世。在不到一个月的时间内，谌容接连失去了两位亲人，其中苦痛可想而知。

当时谌容正在大连旅居，经过家庭会议的商讨，决定由梁欢陪伴她暂时留在大连，梁天回家料理梁左的后事。梁左火化的那天，谌容从大连给家里发来了悼词，谌容写道：

你是一个孝顺的孩子，我相信，你的离去一定是为陪伴在你爸爸身旁。

第十章 《人到中年》：
知识分子的诗与远方

遥祝你和爸爸在天堂幸福安详！

爱你的理解你的妈妈。

如今，步入老年的谌容有了更加"随心所欲"的日常。她有时凌晨 2 点入睡，中午 12 点起床。起床后，她常常是一边坐在沙发上听古筝曲，一边摆弄着手提电脑看看股市行情，作息和当下的年轻人没有什么区别。

岁月似乎对谌容格外宽容，尽管她已经做过 3 次大手术，心脏也装了两个支架，但是她对生活依旧抱有极大的热情。她仍然热爱写作，只是写作的工具早就换成了电脑，她还是喜欢画画，但闲暇之余也会学着玩微信、刷朋友圈。

她变得越来越淡然。作为写社会问题小说的作者，曾经的她享受读者的关注，如今的她也不畏惧大众的遗忘。她说：

忘了我就忘了吧。社会的问题已经变了，下一代人永远在叛逆上一代人，因为时代在发展，要承认这一点。一代人有一代人的际遇，一代人有一代人的悲欢。我作为一个作者，尽到了自己的责任，非让人家看我的小说，没道理。

花发多风雨，人生足别离。少年时颠沛流离，创作路坎坷崎岖，晚年又在一个月内失去了两位至亲，人世间的悲苦被谌容一口咽下。抬起头，谌容依然是当年喊出"视文学为生命"的那个她。谌容目光炯炯，心态依然年轻。

《人到中年》触动知识分子心弦

　　《人到中年》小说发表后，在读者中引起了强烈的反响，在文坛也引起了轰动，巴金说："我多么希望我能写一部像《人到中年》那样的小说。"在小说发表不到一年的时间里，就产生了二三十篇相关的评论文章。电影《人到中年》的上映，更是助推了新的浪潮，知识分子问题随之成为当时舆论关注的焦点。美院学生尤劲东有感于《人到中年》的故事，也创作了同名连环画，成为中国当代连环画的经典。

　　谁也没能想到，一篇描述知识分子生活的中篇小说能引起这么大的震动。也许是因为，在中国社会艰难转型的时刻，《人到中年》触动了每一个身处时代洪流里的知识分子的心弦。小说和电影把中年人的苦痛、中年人的责任、中年人的欲说还休描述得淋漓尽致，这其中虽有感伤情绪，但并非是诉苦。前路虽邈远，仍不失希望。陆文婷的生活遭遇让很多读者都产生了共鸣，谌容因此收到了很多读者的来信，其中一封最为动人：

敬爱的作家谌容同志：

　　我告诉您，我是怎样读您的中篇小说《人到中年》的。我右手按着书，身子俯在办公桌上（因为书是借来的，怕别人拿走），左手时而擦去涌上眼眶的泪水，时而按住隐隐作痛的前胸。……亲爱的陆大夫，她在哪里？我恨不能立刻奔到她的床边，拥抱那垂危的身躯，搀扶她那初愈后难以支撑的病体。陆文婷，任劳任怨，不计名利，以精湛的医术使多少病人重见光明，她有纯洁高尚的灵魂。她是真正的人，我好像看到她在捅炉子做饭，给孩子絮棉衣，她是可亲可敬的光彩照人的艺术形象。……

陆文婷的形象已在我心里深深地扎了根，她将与我相伴一生，她使我双眸更加明亮；对生活、理想、事业的追求更加执着，使我在生活道路上的步子更加坚定。我万分感激您，望您保重身体，写出更多好的作品。……

　　电影《人到中年》送审后，中国电影家协会组织了一次在北京的中青年知识分子观看《人到中年》的座谈会，观众观影时激动不已，看完已是一片唏嘘。电影后来又到医学院放专场，医学生们观看时也忍不住动容，激动地喊着："我们就是这样的啊！"

参考文献

[1] 何火任. 中国当代文学研究资料丛书——谌容研究专集 [M]. 贵阳：贵州人民出版社，1984.

[2] 中国电影出版社. 人到中年——从小说到电影 [M]. 北京：中国电影出版社，1986.

[3] 洁泯. 当代中国作家百人传 [M]. 北京：求实出版社，1989.

[4] 尤劲东. 发掘·思索·分析·实践——连环画《人到中年》创作札记 [J]. 美苑，1982（4）：42 - 44.

[5] 孙羽. 文章千秋事 得失寸心知——《人到中年》导演札记 [J]. 电影通讯，1983（6）：23 - 28.

[6] 肖尹宪.《人到中年》的前前后后 [J]. 电影艺术，2005（1）：66 - 70.

[7] 孙羽，沙丹.《人到中年》的点滴记忆 [J]. 大众电影，2006（15）：44 - 45.

[8] 肖尹宪. 电影《人到中年》创作拾零 [J]. 现代交际，2007（3）：18 - 20.

[9] 阴秀文.《人到中年》的记忆 [J]. 走向世界，2013（8）：102 - 105.

[10] 饶翔.《人到中年》与人到中年 [J]. 文史精华，2019（24）：16 - 22.

[11] 陈慧娟. 谌容：以我笔写我心 [J]. 青年文学家，2019（28）：19 - 20.

[12] 谌容. 关于《人到中年》的记忆 [J]. 上海采风，2020（1）：78 - 79.

第十章 《人到中年》：
知识分子的诗与远方

第十一章 《青春万岁》：

永不褪色的
芳华记忆

什么是青春，不同的时代，不同的人，会给出不同的答案，但古往今来，无人不礼赞青春，无人不向往青春。

事实是，青春从来不完美。虽然青春充满幼稚、挫折、误会、迷茫，但正如一位作家说的那样："甚至连青春的错误，都那么美好。"因为拥有青春的人，最终会从错误中找到自我，找到生命的意义与目的。虽然这个过程是一场艰难的精神跋涉，但它带来的成长，决定着一个人的分量。

《青春万岁》便是这样一部歌颂青春的经典作品，它以高昂的革命乐观主义精神展示了 20 世纪 50 年代初期北京某女中高三女生热情洋溢的青春生活，刻画了一批成长于新旧交替时代的青年人特有的精神风貌。这部作品虽然年代已经久远，但历久弥新：原来，我们的父辈们曾过着那样的生活，他们有理想，有热情，对生活积极乐观，他们如此单纯，如此理想主义，却又活得如此丰富——是的，那样的人生其实很有趣。

孔子曾说："三军可夺帅也，匹夫不可夺志也。"仰望精神之贵，坚持人文理想，是我们这个古老民族千载传承的道统。正是不断刷新、不断升级的理想，让我们将文化传承至今，让我们度过了一次次至暗时刻。

对于作家王蒙那一代人来说，他们曾经看不到希望，终日为温饱挣扎而不可得，当共和国呱呱坠地，当共产主义理想给了他们的精神以新的高度时，他们当然会为之激动、为之沉醉，即使这些理想曾遭遇挫折，他们也依然坚信：理想是可贵的，理想的力量可以鼓舞人们朝着心中的目标奋勇前进。

没有经过理想主义耕耘的人，永远体会不到它给个体带来的上升感、骄傲感和尊严感，永远体会不到它的温暖，永远无法真正地与历史、与人类整个文明联系起来。《青春万岁》的魅力就在于，它指出了生命的另一种可能：人应该把握自己的命运，并且可以高尚地活着。

美酒饮过便失滋味，好书、好影片却能长久徘徊于心间。

《青春万岁》曾经带来的震撼，注定是生命的一笔重要财富，它会一直提醒你，去做一个永葆青春的人。

王蒙：书写 50 年代的诗意青春

　　王蒙，中国当代作家、学者，文化部原部长，中国作家协会名誉主席，任解放军艺术学院、南京大学、浙江大学等多所高校教授、名誉教授、顾问，曾任中国海洋大学文新学院院长。现居北京，著有长篇小说《青春万岁》《活动变人形》等近百部小说，曾获意大利蒙德罗文学奖、日本创价学会和平与文化奖、俄罗斯科学院远东研究所与澳门大学荣誉博士学位、约旦作家协会名誉会员等荣衔。他的作品被翻译为二十多种语言在各国发行，2017 年 12 月，王蒙的《奇葆奇葆处处衰》获得第十七届百花文学奖中篇小说奖。2019 年 9 月 23 日，王蒙长篇小说《青春万岁》入选"新中国 70 年 70 部长篇小说典藏"。2019 年 9 月 17 日，国家主席习近平签署主席令，授予王蒙"人民艺术家"国家荣誉称号。

> "一般的少年人不可拥有的这种激情、这种浪漫、这种欢乐，这种从少年到青年、从旧社会到新社会的这样一个大的转变，我想把它写出来。"

主持人： 您喜欢秋天吗?

王蒙： 当然。我写作、看书，都是在秋天效果最好。

主持人： 但是《青春万岁》里写的，是火热的夏天。

王蒙： 但我开始写这本小说时，是 1953 年 11 月初。

主持人： 那时您才 19 岁，已经是区团委副书记了。怎么会在这么年轻时，就成为一名专职干部？

王蒙： 是这样，我们这一代人的一大特点，就是在少年时代、青年时代经历了太多大事，很早就参加了革命工作。我出生刚三年，日本军队占领了北京；到 1945 年，日本投降，当时社会上掀起了爱国主义的高潮；然后，人们很快就又投入到反对国民党的斗争中。当时几乎所有青年，不论是大学生，还是中学生，都参与进来。

我上的高中就是今天的地安门中学，当时叫河北高中。河北高中在 1949 年的时候，有两个平行的党支部（此前怕被国民党特务发现，所以一直是平行的，互相没有往来），有十七八名党员，此外还有外围组织，柜当于今天的团员，大概有三十多个人。这不得了啊，你想想，都是些十六七岁的、最多二十岁的年轻的孩子。可他们经历过这么多大事，这让他们集中起来了。

我小学只上了五年，便考入当时的一所教会学校，就是北京平民中学。考进去后，因为参加演讲比赛，我在学校里有点儿名声。有一次，学校里的一个垒球明星，他叫何平，在操场上碰到我，他说：

"小王，你现在看什么书呢？"我当时也不知道为什么会冒出一个高级的词儿，我说："我现在看的都是批判社会的书，我现在的思想有点'左倾'。"我用了这么一个词。

主持人： 您那时十几岁啊？

王蒙： 11 岁。"左倾"，当时中学里有地下党，也有国民党特务。我这个话要是被国民党特务听到了，等于是自首。

主持人： 您还不知道自己有多危险？

王蒙： 是啊，很危险。可这位棒球明星——当时叫垒球明星——何平，他是地下党员。听我这么说，他的两眼立刻都放出光来了，然后马上把我带到了他家里。他家里有什么呢？我认为他家是党校的初级班，摆的书有《钢铁是怎样炼成的》等。我看的第一本书，还不是《钢铁是怎样炼成的》，而是一位波兰裔的苏联女作家，叫瓦西列夫斯卡娅，她写的《虹》，关于卫国战争的。何平的家里还有什么呢？比如有本书，封面上写着《冀东行》，一打开是讲解放区的。还有的封面上是《老残游记》，打开后翻几页，是《中国土地法大纲》。所以我说，他家等于党校的初级班。

第十一章 《青春万岁》：
永不褪色的芳华记忆

你想想，当时发生了这么多大事，把孩子也给锻炼了，都对政治挺关心的。后来我到别的国家去看，包括苏联，人家写给中学生的书，基本上都属于儿童文学。

主持人： 对。

王蒙： 可我们当时看的都不是儿童文学，因为社会变化太大，我们早早就参与了革命。我是在 1948 年 10 月 10 日，离我满 14 岁还差 5 天，被正式批准入党。我隶属于中共中央华北局城市工作部（简称华北局城工部），这个部的旧址现在还在，如果您有兴趣，可以去看看，特好看，在河北省沧州市泊头市，是个县级市。旧址的房子特别高，跟城墙似的。在电影《三大战役》中，有佘涤清和傅作义的女儿傅冬菊俩人谈话研究怎么做傅作义的工作的画面，佘涤清就是华北局城工部北平市地下学生工作委员会的书记。你想想，那时中学生的本事有多大，活动能力有多大。1949 年 3 月，领导就对我说："你别上学了，来区里做团的工作吧。"那时候团还叫新民主主义青年团。

主持人：您那时也就 15 岁。

王蒙： 对，实际还不满 15 岁，要按月份算，还不够。我一上来就做学校里的工作，对中学生怎样迎接解放、怎样迎接新中国建立，比较熟悉。我喜欢用的一个表述，就是"革命的凯歌行进"，当时到处都是凯歌，从早晨唱到晚上。

主持人：您何时有了创作这样一部小说的冲动呢？

王蒙： 那是 1952 年、1953 年后。当时有个说法，就是中国将进入大规模、有计划的建设时期。我很激动，因为我在 1949 年后，曾有过各种奇怪的想法，其中一个想法是，我觉得我是个小孩，已经看过很多书了，《党史简明教程》看过好几章，《论新民主主义》也看了，还有很多左翼的小说，更甭说了。我想，何不把我派到敌占区去，可以潜伏，为革命做点实际工作。后来号召大规模建设，我找到了新的方向，想为这建设投入。我当时才十五六岁，连青年还不够呢，能在青少年时期赶上这么多风云大事、大变化，真是幸运。

主持人：那时您那么年轻，没创作基础，为何想起写长篇小说呢？

王蒙： 那是 1952 年夏天，当时我们这个新民主主义青年团组织本区中学生、团员，还包括一些团干部，在西苑那边的草地上进行了三天露营，叫马特洛索夫夏令营，我担任营长。

主持人： 难怪您这小说的开篇就是一次露营。

王蒙： 对，就是这次露营，所以我在小说一开篇，写的就是"谨将此书献给马特洛索夫夏令营的朋友"。有一首营歌，是这些孩子们自个儿找人创作的，他们怎么找的我也不知道，他们找到了郑律成，就是《中国人民解放军军歌》的作者，他作的营歌。后来这本书搁浅了25年，1979年出版时，当年马特洛索夫夏令营的副营长来信，说在《光明日报》上看到了我写的小说后记，特来报到。

主持人： 那个露营是《青春万岁》的一个导火索？

王蒙： 是的。我觉得，一般的少年不会拥有这种激情、这种浪漫、这种欢乐，这种从少年到青年，从旧社会到新社会的大转变，我想把它写出来。后来的青少年没有这么多经历，我那本小说就了不得，里面有社会的大变化，有地下党员，有国民党特务。

主持人： 是，很少有青年能像小说中那样，把自己的命运和国家的命运联系在一起。

王蒙： 对的，我们那一代和革命、和历史联系在一块儿。

主持人： 在写这本小说前，您写过的最长文章，似乎也就千把字？

王蒙： 是的。夏令营结束后，我很激动，就写了一篇报道，寄给《北京日报》，大概有千把字，也许两千字，反正当时写得挺激动的。后来《北京日报》登出来，只有两句话，加在一块儿，只有100个字，可能还不到100个字，我好像还因此得到了七毛五分钱的稿费。

王蒙老照片 ▲

第十一章 《青春万岁》：
永不褪色的芳华记忆

207

"王蒙首先是诗人，其次才是小说家。《青春万岁》他是把它当诗来写的。"

主持人： 有了这段经历，您又是怎么开始进行小说创作的？

王蒙： 我从小喜欢文学，尤其是受苏联那些写青年人的作品影响，我指的是法捷耶夫的《青年近卫军》。可我真的写起来后，感觉是什么？写长篇小说真是快把我给整死了，实在太难了。写长篇小说，你不仅要想到这儿，还要想到那儿，如何把这么多材料整合成一个长篇小说呢？真是活活地要我的命呢。我当时就是这个感觉。

不过，我当时很有信心，因为我亲身体验了，亲自经历了。

这种记忆、这种激情、这种浪漫、这种信心、这种梦想……我觉得别人做梦都梦不到。

主持人： 您在写小说时，有没有专程去体验生活，或者专程去寻找当时的故事？

王蒙： 没有。因为我接触到的人太多了，我当时在一个区里做团的工作，经常联系的中学团组织，就有十几二十个。其中，有的（学校）原来是教会学校，解放初期，这些学校闹的各种矛盾实在太多了，好玩着呢；此外，也有老区的学校，比如师大附中二部，就是 101 中学，在颐和园那边；还有各种私立学校，以及一些国民政府时期办的公立学校。

主持人： 您的小说（对象）最后为什么锁定在一所女子中学呢？

王蒙： 跟我当时的年龄有关。那时小学一年级到四年级，男女同班；五年级到六年级，男女分班，但同校；上中学以后，男生上男生学校，女生上女生学校。一中、二中、三中、四中、五中、六中都是男生学校；女一中、女二中、女三中、女四中，这是女生学校。女生们表现出来的革命热情，以及她们组织的各种活动，包括唱歌、跳舞，对一个男孩儿来说，可能印象更深刻。

主持人： 您当时去女二中多一点，是吗？

王蒙： 去女二中多一点，我最熟悉女二中，此外是女十一中，就是原来的崇慈女中。女二中是当时北京的党分区，我们是第三区，更早叫东北区，就是城区的东北角落。以北新桥东四为中心，女二中当年地下党势力比较强。

主持人： 小说中的"保尔班"来自女二中？

王蒙： 对，就是女二中的一个班。当时班主任叫高贤明老师，我到现在还记得。在"保尔班"，她们有班集体的日记，你看了以后，会非常感动。每个人都以保尔·柯察金为榜样，以卓娅为榜样，以刘胡兰为榜样，以吴运铎为榜样。她们的脑子里全是这些，老觉得自己做得不够，所以好多人写集体日记时，都在检讨自己的缺点、不足，真是流着泪在那儿写。

主持人： 小说中的郑波、杨蔷云，在生活中都有原型吗？

王蒙： 不是绝对有的。但我始终觉得，在人的中间，总会有更有性情、更沉稳、更内敛、更含蓄的人，这些人世世代代都会有。所以写郑波，他是党员，他更内敛一点。杨蔷云就更活泼、更张扬一点。但说他们具体是哪个人，那绝对不准确，也不是真事。

主持人： 您自己的初恋也来自女二中吧？

王蒙： 是的。

主持人： 崔瑞芳老师（王蒙的夫人，2012 年因病去世）当年也是女二中的学生？

王蒙： 是的，她担任过女二中第一任少先队大队长，又是学生会主席、团组织书记。

主持人： 那种最初的爱情，也是青春里特别深刻的一部分记忆。

王蒙： 后来我写过一首诗，就是写非常年轻的中学生党员，比如一个男生、一个女生相爱，最常用的表达爱情的方式是什么呢？就是说："请你给我提点意见。"然后这个提意见，就提得既有感情又有见解。

主持人： 这些意见是什么？

王蒙： 比如说哪次会议发言不妥当；哪次对待谁的态度不好；哪次该帮助一个人，你没有及时的帮助……你想，如果相互间的意见都能提到这个份儿上，感情就很深厚了，您说呢？

主持人： 这可能是现在的年轻人无法想象的。

王蒙： 无法想象，用互相提意见来表达感情。

主持人： 您刚才说，创作这个长篇小说，一度让您觉得都快要"死"了。

第十一章 《青春万岁》：
永不褪色的芳华记忆

王蒙：是的，因为顾此失彼。写到这儿吧，又觉得这边话说得太多了，没有必要，还得照顾那边。可照顾那边吧，又觉得，这个岔出去太多了。所以非常困难。

主持人：您当时在什么地方写作？

王蒙：我就在区的区团委，我自己有间办公室，我们那时团干部都没结婚，就在办公室里支一张床，所以我比较容易张罗。但我一开始不敢跟人家说我在写小说，担心人家会觉得太可笑了，觉得我吃饱了撑的，怎么写起小说了？我买那种 16 开的大笔记本，有现在杂志那么大，买了五本，现在可能还有一两本在家里。我用蘸水笔写，那时圆珠笔没现在这么普遍，自来水笔又很昂贵。就这样，我写了一年。

主持人：初稿完成后，请专业作家指导过吗？

王蒙：找过。初稿写成以后，我忽然想起，我的家乡——河北省沧州市，有一位专业作家，叫潘之汀，我们都管他叫叔叔。他是老区的，后来是北京电影制片厂的职业编剧，我去找了他，说："写了这么一个东西，请您看看。"

一个月后，他给我回了一封信，说看了稿子，他看到了了不起的才华。

我都要"晕"在那儿了，当时简直比喝了二斤白酒都晕。然后他说，他对小说不熟悉，已经把书稿转给中国青年出版社让他们帮着看看。中国青年出版社又看了一年，你想想，那时一个小孩儿写那么厚的一摞稿纸，谁给你认真看？而且我的字儿又乱七八糟的，所以人家费了一年的时间，能看下来，真是不容易。他们拿不定主意，就把这一堆稿子又给了中国作家协会青年工作委员会副主任肖殷，他是广东人。

肖殷看了以后，就找我，说艺术感觉很好，但是作为长篇小说，没有一条主线，这是第一。第二，他准备以中国作协的名义，给我所在的单位写封公函，希望他们给我批半年假期，修改这个稿子。

这两件大事都是不得了的。他说完后，我就想主线，可我不明白主线这个词的意思，心里想：这主线您在哪儿呢？我真是呼天叫地——主线、主线，您在哪儿？

就在这时，中苏友好协会（在南池子，就是现在外交学会所在地）在播苏联著名的作曲家肖斯塔科维奇的作品，我想这应该是他的《第九交响曲》。我早晨没事就到那儿听这首交响乐，其实是唱片音乐。我忽然明白了，这首《第九交响曲》有主线，虽然它是左一声、右一声，前一声、后一声，一会儿声大、一会儿声小，但是它好像有一条线。

主持人：它有一个主题。

王蒙：对的，它有一个主题，我一下子就明白了，我就跟肖斯塔科维奇一样去解决了我小说中的主线问题。

主持人：所以您在 1956 年上半年，完成了定稿？

王蒙：对的，就把它完成了。完成后，1956 年年底时，在《北京日报》上刊登出来。当时作协领导刘白羽同志在他发表在《人民日报》上的一个文章里，预告了两个年轻人的作品：一个是我，另一个是张晓。后来这个人哪儿去了，我就不知道了。他说张晓的《工地上的星光》和王蒙的《青春万岁》展示了青年作家的新成果。

主持人：可这部书一直到 1979 年才正式出版。

王蒙：1957 年上半年，《文汇报》刊登了《青春万岁》的 1/4 到 1/3，大概有 6 万字，全书一共是 22 万字，占的量也不少了，所以很多人已经知道了这本书。1979 年，距离我开始写它，正好是 1/4 个世纪。1979 年新年前后，我还在新疆，当时在文化局的创作研究室，我收到了一份《光明日报》，上边刊载了《〈青春万岁〉后记》。然后，我收到了一封信，就是我刚才说的，马特洛索夫夏令营副营长说他受到了召唤。

主持人：您当时是什么感受？

王蒙：当然非常激动，你想想，这个作品写完时，还是 1956 年，我才 22 岁。可发表时，我已经 45 岁了。从后记中，也可以看得出我的一些情感，一种对过去的回忆，当然也有一种欣慰。

主持人：重读 20 多年前自己写的这本小说，您是什么感受？

王蒙：它是一个小说，但当时诗性非常大。已故的江苏著名作家陆文夫总说："王蒙首先是诗人，其次才是小说家，他是把《青春万岁》当成诗来写的。"

"青春是一种心理的成长，是一种快乐，是一种希望，是一种志愿，是一种信任、相信。"

主持人：这部小说在 20 多年后出版，没多久，就获得中学生投票选出的"我最喜爱的十大图书"的第二名，引起了强烈的社会反响。您当时预料到了吗？

王蒙：当时是山西师范大学办了一份报纸，叫《语文报》，是这个报纸组织大家投票选"中学生最喜爱的十本书"，结果选中了我这本书。对我来说，我当然非常高兴，但我也不完全意外，我也觉得我有条件把中学生写好。

第一，我写这个时，年龄非常小，保留着少年意气、少年心情。

第二，我当时虽然年龄小，但经历过很多事儿，经历了敌伪时期、日占时期，经历了"二战"的结束，经历了抗日战争的胜利，经历了共产党领导的人民革命运动，经历了与国民党政权的殊死斗争，解放后又干了那么多事……所以我觉得，一般小孩儿没这么多经历，有这么多经历的，又没有少年心境。

所以我觉得，我应该写好，这是我对历史的一个责任，是对我们那一代人的一个责任。

主持人：在这部小说中，有没有您自己特别喜欢的人物？

王蒙：说实在的，对小说中的所有人物，我都挺有感情的。当然这里有比较中心的人物，一个是郑波，一个是杨蔷云，还有那个天主教徒——呼玛丽。

我在区里工作，做过一些和天主教有关的工作，当时叫自立革新，一开头叫"三自"革新，就是自传、自立（自治）、自养，所以对天主教徒比较熟悉。

包括我书中写到的苏宁，当时认为她是所谓的资产阶级苏家小姐。我对她们都是有感情的。后来我写文章说过，任何一个青年都不是吃素的。

主持人：为什么这么说？

王蒙：每个青年都有自己的志愿，有的想打球，有的想写作，有的想参赛……都想自个儿有所表现。

主持人：充满了无限的可能。

王蒙：对，有无限的可能，而且觉得自己很多事儿是可能做到的。

主持人：后来电影《青春万岁》的创作，您参与了吗？

王蒙：我参与得很少。这个事很有意思，早在《文汇报》连载《青春万岁》时，就是在1957年上半年，书还没有出版时，上海电影制片厂就有一位编辑刘先生和我联系，非常抱歉，他的名字我已经忘记了。这位刘先生说他希望把这部小说拍成电影。此后经过了比较曲折的20多年，又是他，从上海电影制片厂跑到北京来找我。将《青春万岁》改编成电影有一定的困难，因为它不以情节取胜，书中抒情的东西比较多，诗性的东西比较多。

将小说《青春万岁》改编成电影的关键人物是黄蜀芹导演，就是大戏剧评论家黄佐临先生的女儿，她后来也导演过好多作品。黄蜀芹女士说："我要拍这个片子。"所以，我就给他们推荐了张弦编剧。张弦写过很多电影剧本，很有名气，我看过好几个。

主持人：后来电影您看了吧，什么感受？

王蒙：我看了，应该说还是很不错的。

比如最后有一个场面，就是一大堆学生骑着自行车，一边骑车一边聊，特别符合那个时代的特色。

主持人：影片中说，我们什么时候再见。

王蒙：是的，说的是再过三十年再见。

主持人：为什么是再过三十年？

王蒙：三十年就到头了，不能往下再说了，当时认为三十年已经非常遥远了，结果现在已经过了六十多年——六十七年了。张弦已经去世了，黄导演现在人还在，但是也告老了。

主持人：六十多年过去了，《青春万岁》依然历久弥新，最主要的原因是什么呢？

王蒙：当然，我想每个青年人都欣赏自己的青年时代。有的是因为爱情萌动，有的是因为立下大志，有的是因为学习赶超……中学生暗中较起劲来，也来劲着呢，是吧？我恰好处在人民共和国成立和革命胜利的时期，想到未来，简直不知道会美好到什么程度，怎么想都不过分。

主持人：其实您的心里第一次出现"青春万岁"这个呐喊要早于这部小说，对吗？

第十一章 《青春万岁》：
永不褪色的芳华记忆

王蒙：对的，因为那时候我做团的工作。

我当时参加了很多学校的团的活动，有一次，几个学校——我现在能肯定的——有女二中，有女十一中，有河北高中，可能还有男一中……都是东北城区比较好的学校。这些学校联合过团日，在北海公园后门那边，那时北海公园的游客也不多，搁现在不太可能。大家在那儿又讲话又朗诵又干什么时，我忽然说："现在咱们停一下，欣赏一下晚霞。"

那边霞光万丈，大概是六月份，初夏，霞光万丈，我高兴极了，我喊了句什么口号呢？生活万岁，青春万岁。

这是苏式的口号，我在敌伪统治下的日据时期生活过，在国民党统治下生活过，那时从没有过这种对青春的赞美，这种对人生、对生活的赞美。国民党时期，您看报纸上全是对生活的嘲笑、对生活的失望、对生活的牢骚。所以，"青春万岁"在小说写作的前一年我就已经公开地喊出来了。

主持人：现在您的心里还会有这样的呐喊吗？

王蒙：当然有。我想这是一个过程，现在你不可能保持1949年、1950年、1951年、1952年的那种心情，但用现在的话来说，初心还是有的。我们走了这么多的路，目的是为了更美好。

主持人：我记得上一次我采访您的时候，您说，明年我将衰老。

王蒙：是的。那是因为，有一次，一个省电视台想搞点噱头，找了一个"80后"的小朋友，是一个女作家，她问我："您现在有没有提笔忘字、脑筋短路的情况？"我觉得不太好回答，所以我就说："明年吧，明年可能就有这种现象了。"意思就是，今年还没有。

主持人：所以提到青春，我们关注的是心灵的成长。

王蒙：青春是一种心理的成长，是一种快乐，是一种希望，是一种志愿，是一种信任、相信。曾经有一个说法，有个诗人，他有一句名句，就是"我们不相信"。我就说，我们那一代人的特点是"我们相信"。我们相信未来会更美好，我们相信我们走的每一步路都是有价值的，我们相信人是可以变得好一些的，我们相信社会会变得越来越光明。

主持人: 书中提到的"保尔班",后来好像延续了很长时间,一直到 20 世纪 90 年代才被取消。

王蒙: 当时北京有几所特别好的学校,有些学校的名字我记不清了。那时有一个观念,叫班集体,就是班上同学共同努力,形成一种好风气。20 世纪 50 年代时,生活有时很困难,有谁家里父母生重病了,有谁家里遇到什么不幸了,同学们就互相帮助。此外,也有思想上的互相帮助。

在女二中,有一个班积极分子特多,他们说要设立"保尔班",这与班主任也有关系。女二中还有一个特点,就是教师里党员非常多,后来派来的校长也是一位老革命。

在教师中,有一位梅老师,他家里出了很多很有名的爱国人士,曾参加过"反美反蒋"的斗争。还有一位高老师,是后来"保尔班"的班主任。

他们最感动人的就是班的集体日记,全班同学轮流写。有这么一些青年,把自己心目中最理想的英雄人物列为目标,

然后用班集体的力量,互学互助、互相关爱、互相提携,现在想起来,真是非常可贵。

至于你说取消"保尔班",那是后来的事,我就不知道了。

主持人: 这个传统一直会传承下去。

王蒙: 是的,就像我在《青春万岁》的序诗中写到的那样:

> 所有的日子,所有的日子
> 都来吧,让我编织你们,用青
> 春的金线,和幸福的缨络,编
> 织你们。有那小船上的歌笑,
> 月下校园的欢舞,细雨濛濛里
> 踏青,初雪的早晨行军,还有
> 热烈的争论,跃动的、温暖的
> 心……是转眼过去了的日子,
> 也是充满遐想的日子,纷纷的
> 心愿迷离,像春天的雨,我们
> 有时间,有力量,有燃烧的信念,
> 我们渴望生活,渴望在天上飞。
> 是单纯的日子,也是多变的日
> 子,浩大的世界,样样叫我们
> 好惊奇,从来都兴高采烈,从
> 来不淡漠,眼泪,欢笑,深思,
> 全是第一次。

所有的日子都去吧，都去吧，在生活中我快乐地向前，多沉重的担子，我不会发软，多严峻的战斗，我不会丢脸；

　　有一天，擦完了枪，擦完了机器，擦完了汗，我想念你们，招呼你们，并且怀着骄傲，注视你们。

"保尔班"照片 ▲

"保尔班"合影 ▲

一段历史，一代人的火红青春

"我真是为你感到惋惜。"一位北京电影学院教授这样对导演黄蜀芹说。

这一幕发生在 1983 年的北京，电影《青春万岁》内部审片会上，圈内人士纷纷对这部影片提出质疑，认为"左"了，太幼稚了。事后黄蜀芹曾说："我直接被说傻了。"

作为《青春万岁》的小说原作者，王蒙拍案而起，激烈地回应道："说'左'，无非是说 50 年代青年的那种革命理想主义、集体主义、社会主义新中国的主人翁感、自豪感与责任感，以及对于思想品质教育、对于团组织活动的重视等。但是如果连这样一些其实不应带引号的左都否定了，我们还有什么呢？我们还剩下什么呢？没有革命的热情与忠诚，难道还会有革命和革命的胜利？还会有'五四'以来的中国革命史吗？"

审片会一直到晚上八九点才休会，可见争论的激烈程度。

据黄蜀芹回忆，会议结束后，她和王蒙站在小西天街口的城墙边，聊了一个多小时。

很少有人料到，《青春万岁》公映后，竟轰动一时。一部表现 20 世纪 50 年代中学生活的影片，故事不太完整，主要人物思想有些理想化、简单化，又缺乏娱乐元素，新时代的年轻人能接受吗？他们为什么要看这部影片呢？他们真能理解影片中的内容吗？

为此，中国电影家协会上海分会专门邀请了几名中学老师和中学生，进行了研讨。结果让人惊讶——大家不仅能看懂它、接受它，而且能喜欢它。就像上海七一中

第十一章 《青春万岁》：
永不褪色的芳华记忆

学的虞炜所说："不管怎么样，我觉得现在很需要杨蔷云（《青春万岁》女主角）这样的人，我自己也希望从她身上不断汲取那种敢想敢说的精神。"

从《青春万岁》公映，到如今已过去了 38 年。一位网友写道："很老的片子，也许在很多观念、很多表现上都会让现在的我们感到老土，可是，他们的青春却是那么的火热，那么的充满激情，让我无比的羡慕：他们的生活很简单，目标很明确，他们在学习中获得乐趣，他们平时也会因为竞争而有矛盾，他们也有在那个年代每个人自己的个性，他们的青春生活是努力的，是成长的，是张扬的，也是永远的！青春的样子也许与时代有关，可青春的真谛应该都是一样的，他们的青春感染了我，也在鼓舞着我。"

事实证明，精神之贵、理想之光永存，不论时代怎样改变，生活如何沉重，总有人追求生命的意义，会自觉地背负起属于自己的责任与使命。

青春与激情不会老去，理想与坚持永远年轻。而这，正是《青春万岁》的底色。

没有童年的童年

1934 年 10 月 15 日，王蒙出生在北京的一个"平民知识分子"家庭。出生时，他的父母都在上学，他的名字是著名诗人何其芳起的，而何其芳是王蒙的父亲在北京大学哲学系读书时的室友。

之所以起了这么个名字，是因何其芳喜读的《茶花女》中，男主角的名字当时被译作阿蒙（今通译为亚芒）。王蒙的姐姐叫王洒，是作家李长之起的，李长之是王蒙父亲的另一位大学室友，因为当时达·芬奇的名画《蒙娜丽莎》被译为《蒙娜丽洒（萨）》。

虽然生在北京，但王蒙多次声明，他的祖籍在河北。

在《王蒙自传·半生多事》中，王蒙写道：

> 我很认真地每次都强调自己是河北省沧州市（原地区）南皮县潞灌乡龙堂村人，我乐于用地道的憨鲁的龙堂乡音说："俺是龙堂儿的。"我一有机会就要表明，我最爱听的戏曲品种是"大放悲声"、苍凉寂寞的河北梆子。我不想回避这个根，我必须正视和抓住这个根，它既亲切又痛苦，既沉重又庄严，它是我的出发点、我的背景、我的许多选择与衡量的依据，它，我要说，也是我的原罪，我的隐痛。我为之同情也为之扼腕：我们的家乡人，我们的先人，尤其是我的父母。

强调故乡，可能他是对父亲的逆反。

王蒙这样写到父亲："父亲大高个儿，国字脸，阔下巴，风度翩翩。说话南腔北调，可能他是想说点显阅历显学问的官话至少是不想说家乡土话，却又没有说成普通话。"

王蒙的父亲没有稳定的工作，家里常常要靠典当旧物维持生计，困窘到：

> 我的记忆里不止一次，到了晚饭的时候，母亲、姥姥、姨坐在一块发愁："面（粉）呢？没面了。米呢？没米了。钱呢？没钱了……"可以说是弹尽粮绝，只能断炊。然后挖掘潜力，巧妇专为无米之炊，找出一只手表、一件棉袄或是一顶呢帽，当掉或者卖掉，买二斤杂面（含绿豆粉的混合面粉）条，混过肚子一关。……实在拮据时，母亲就带上四个孩子到外祖母家去寄住。

王蒙的夫人崔瑞芳曾回忆说："王蒙印象最深的是，他5岁那年父母不知什么原因又闹了起来。妈妈哭着把王蒙藏起来。王蒙心里很恐慌，但他还是懂事地劝妈妈：'你不要哭，等我长大后，挣了钱给你。'"

王蒙上学后，不喜欢放学后立刻回家，宁可一个人在马路上闲逛，因为他害怕看到父母吵架。纠结的家庭生活，塑造了王蒙，所以他说过："我没有童年。我没有童年，但是我有五岁、六岁、七岁直到十几岁的经历，一年也不少，一天也不缺。回想旧事，仍然有许多快乐和依恋。"

王蒙老照片 ▲

文学的启蒙

王蒙 5 岁时，同时考上了两所学校，他最终选择了北京师范学校第一附属小学。整个小学期间，除了第一学期考了第三名，以后每个学期他都是第一。

王蒙的姨妈董芝兰（又名董效）是王蒙的文学启蒙教师。王蒙曾这样写她：

> 我的第一个文学教师是我的姨母，一九六七年她来到新疆伊犁——我当时的家，几天之后因为脑溢血发作而长眠在那里。我至今记得她如何为小学二年级的七岁的我的第一篇作文加了一个警语式的结尾。那本来好像是一篇描写春风的"文章"，姨母"代"我在结尾处写道："风啊，把这大地上的黑暗吹散吧！"老师没有怀疑这句话是否可能出自一个孩子之口，她兴奋地、密密麻麻地为之加上了红圈。

这个"文学启蒙"的结果是，王蒙一生都坚信："文学应该成为驱散黑暗的一股清风，成为催醒百花、唤来燕子和百灵鸟的一股春风。"

不过，激赏春风的同时，少年王蒙也写过许多悲伤的句子，比如：

> 常常觉得这盛开的繁花是凋零的预兆。
> 又是一个年头，甚至还有春天时燃放的鞭炮，轰轰叭叭，然后，烟消声散，遍地纸屑……
> 假使我是一只老虎，我要把富人吃掉……

小学还没毕业，上到五年级时，王蒙便跳级考入北京平民中学（今北京第四十一中学）。

在中学，王蒙的数学成绩非常好。1990 年校庆时，王蒙回到学校，遇到了王文溥老师，他问老师："您还记得我吗？"

王老师回答说："还能把你忘了？我教了几十年书，好学生多得很，但真正出类拔萃的，能给人留下深刻印象的并不多，你，我当然记得很清楚了。当初我就想，你应该学数学。如果你学了数学，估计早成大数学家了。"

上初二时，王蒙的一篇作文《春天的心》入选了学校年刊。

"青春万岁"是一种时代精神

1945年，抗日战争胜利。王蒙满怀热情地迎接"国军""美军"的到来，兴奋完了发现人们仍然是一贫如洗。他写道："食不果腹，衣不蔽体的我走在大街上看到大吃大喝完毕脑满肠肥的'狗男女'们从我从来不敢问津的餐馆里走出来，餐馆发散出来的是已故鸡鸭鱼肉油糖葱姜的气味，我确实对之切齿痛恨。"

12岁时，王蒙开始积极靠近地下党组织，14岁不到，他就成了党员。

> 中华人民共和国成立前夕，我们支部接受了任务，保卫北京，免受破坏……我们支部的任务是保卫地安门至鼓楼一带的商店铺面和人民生命财产安全，我们做好了华北学（生）联（合会）的袖标、旗帜、横幅，只等出现这种情况时拉出有组织的学生队伍护民、护城。我为此与徐家伦等实地勘察，绘图。我们是得意扬扬地迎接解放的。现在想起来，当时还是有点轻率，如果被发现，后果不堪设想。

解放军进入北京后，王蒙担任了学校的团支部书记，后到中央团校学习，期满后被分配到北京市第三区团委当干事，后任副书记。

从厌恶旧社会的腐朽不公，到向往革命，到加入革命队伍，再到革命取得阶段性胜利，王蒙等一代青年学生迅速完成了这些跨越，这让他们充满豪情。

在小说《恋爱的季节》中，王蒙曾写下了那个时代青年们的心理：

> 原来伟大的革命就在身边，原来谁想革命就能革命。参加革命不过是做了一件不比穿一件衣服更容易、但也不比缝一件衣服更困难的事情，这就是革命，比书商分析的小说里描写的平凡得多……哪怕他们还只是一些未谙革命真谛的年轻孩子，但是历史让他们扮演了历史新篇章的创造者的角色，于是，他们纷纷离开课堂、工厂、商店，聚到一起，成为职业的革命者了。

虽然他们可能与现实存在脱节，但他们有理想、有热情、有奉献精神。

王蒙回忆道："我的周围有一大批这样充满阳光的青年骨干……这些'学生干部'既是工作同人，也是青春革命伙伴。男男女女的团干部，人小心大，重任在肩，读书求知，才智出色，一心革命，豪情如火，功课好，能讲演，善分析，同时具有组织能力和指挥能力，优秀得很。"

置身其中，很难不被他们感染；而激情消退后，又很难不怀念那个时代。那是一个古老民族在挣脱历史枷锁之后，又一次的青春期，恰好与那一代人的青春期同步。这成了王蒙下决心去写《青春万岁》的理由——它是王蒙对自己的青春岁月的欢呼，也是对青春的新中国的礼赞。

> 所以我要写《青春万岁》，我要让人们知道我们这一代年轻人是怎样生活、思考、学习、激动过的，我们曾经万分珍爱我们的时代、我们的新中国、我们的党的共产主义思想，我们曾经万分珍爱青春和友谊，我们曾经都愿意使自己变得更完美些也更高尚些。

更重要的是，王蒙将"青春万岁"视为一种时代精神，正是在这种精神的感召下，一代人翻开了历史的新篇章。王蒙想给这种时代精神留下一座文学纪念碑。

19 岁开启文学之路

一九五三年深秋的一个晚上，在离北新桥不远的一幢新建的二层小楼里，当时担任共青团干部十九岁的我，怀着一种隐秘的激情，关好那间办公室兼宿舍的终年不见太阳的小屋的门，在灯下，在一叠无格的白片艳纸上，开始写下了一行又一行字。旁边，摆着各种工作卷宗，没有写完的汇报、总结，如果有人敲门，我准备随手把一份汇报草稿压在白片艳纸上，做出一副正在连夜写工作材料的样子。在写作生涯刚刚开始的时候，我考虑的是失败和嘲笑，我感到的是力不从心的痛苦。

今天的读者可能对"片艳纸"一词感到陌生，"片艳纸"是一面轧光的薄纸，主要用来当算草纸，而王蒙用来当稿纸用。就这样，王蒙开始了文学之路，这一年他才19岁。

在此之前，王蒙因为看了苏联作家安东诺夫的小说《第一个职务》，向上级申请离开青年工作岗位去考大学学建筑，因为小说中写了一个女建筑师的生活，让王蒙沉醉，但他的申请未被批准，"无法，只好走向文学"。

支撑王蒙写作的，还有一个理由："一九五三年我十九岁，十九岁的王蒙每天都沉浸在感动、事情与思想的踊跃之中。这一年我开始了真正的爱情和真正的写作。这一年内心的丰满洋溢，空前绝后。"

之所以悄悄写作，是因为王蒙"怕人家说我不安心本职工作，也怕写砸了丢人"。王蒙整整写了一年，虽然从1953年起，他读了古今中外的大量名著，但实际投入创作，还是感到力不从心。

只是在动笔以后才知道写一部书有多么伟大、艰难、捉襟见肘、黔驴技穷、殚精竭虑、左右为难、进退失据。你要考虑人物，你要考虑人物间的关系。你要考虑事件。你要考虑天气、场景、背景、道具、声响、树木、花草、虫鱼，日光和月光，朝霞和夕照，一年四季，悲欢离合，生老病死，是非功过……你是在创造一个世界，你成了你的世界的上帝。

．．．．．．．．．．．

而且你东想西想，一分钟一个主意，你徘徊犹豫，时刻站在十字路口。任何一段都有几十种上百种可能的选择，每一句话都有几十种上百种说法，每一个标点符号您也可以想上一次两次八次十八次。

好在，少年的激情让王蒙有了一种狂妄劲儿，想打破那种以一个贯穿的戏剧性的故事来组织全篇的惯常的写法，可没有故事，如何将如此多的文字串联在一起呢？王蒙的解决方案是诗意。强烈的诗意将碎片化的故事捆扎为一体。

当我坐在桌前，拿起笔来的时候，我意识到这是发生了一件影响我的一生命运的事情。我觉得神圣、觉得庄严，深知自己是在努力把美好的、却也是稍纵即逝的生活记录下来，是在给热烈的、难以把握的激情赋以固定的形式。我真诚地认为，写在纸上的东西，也许其丰富多彩不及活生生的生活的千百分之一，然而它是热情的结晶、是生活的光泽、是青春的印迹，它比生活事件本身更永久，比生活事件本身更能为千万人所了解，它是心灵的历久不变的、行远不衰的唯一的信息。

小说被《文汇报》"部分连载"

《青春万岁》整整写了一年，这是一个异常痛苦的过程，王蒙后来说："我常常回忆起刚过完 19 岁生日，决定写一部长篇小说（即《青春万岁》）的情景。当时，我觉得它像一个总攻击的决定，是一个战略决策、是一个大胆的尝试、是一个决定今后一生方向的壮举，当然也是一个冒险、是一个狂妄之举，因为所有的忠告都说初学写作应该从百字小文、千字小文做起。……一部长篇小说，足以把一个 19 岁的青年吞噬。结构、语言、章节、段落、人物塑造、抒情独白，这些东西我一想起来就恨不得号啕大哭，恨不得从楼上跳下去。"

好不容易写完了，如何发表，又成了一件难事。

　　一年后完成了初稿，我请我的妹妹王鸣与本单位即东四区委干部朱文慧帮我抄了一遍，我请我父亲王锦第帮助，拿给北京电影制片厂的编剧、作家、南皮县同乡潘之汀先生（我称之为潘叔叔）看看。一个月后他来信说我"有了不起的才华"，他已把我的初稿推荐给中国青年出版社文艺室审读。当时该社文艺室的负责人是吴小武，即作家萧也牧。负责读我的稿子的是编辑刘令蒙。

　　潘先生的信令我如发高烧，但接下来是漫长的等待。为了等到中青社对此文稿的处理意见，我用了一年的时间，急不得恼不得，催不得问不得，哭不得笑不得。期间我小心翼翼地给刘先生打过电话，刘先生也给过什么"快了"之类的答复。忽然从我所在的团北京市委传出消息，刘令蒙在"反胡风运动"中有麻烦，我只能目瞪口呆了。终于，1955 年秋天，我接到吴小武的电话，说是小说最后请了中国作协青年工作委员会副主任、老作家、评论家萧殷审读，并约我到赵堂子胡同萧老师家里一谈。萧殷老师指出此书稿有很好的基础，作者有很好的艺术感觉，问题在于小说缺少一根主线，需要从结构上下功夫打磨。

　　萧殷当时任《文艺报》主编、中央文学讲习所副所长，见面时，萧殷将自己写的《与习作者谈写作》一书送给王蒙，后来王蒙说："从此，文学的殿堂向我打开了它的第一道门，文学的神祇物化为一个和颜悦色的小老头，他慈祥地向我微笑，向我伸出了温暖的手。"

　　见面后，萧殷亲自找到王蒙的单位协商，给王蒙争取了半年的创作假。

　　因此前在《人民文学》上发表了《小豆儿》，在《文艺学习》上发表了《春节》，王蒙获得了参加 1956 年春召开的第一次全国青年作者会议的资格，为了避免某些青年作家骄傲，这次会议只称"作者"，不称"作家"。

　　1956 年，王蒙创作的《组织部来了个年轻人》引起了巨大反响，《青春万岁》也改好了，萧殷审读后，写下了这段评语：

> 作者就是通过对生活真实的描写，通过对个性化的人物的刻画，生动地反映了民主改革到和平建设这一阶段的社会特点；真实地表现了中学生在这一时期中曲折迂回的成长过程；也细致地解释了各个阶层出身的中学生在这时期中各种不同的精神面貌。而所有这些，都写得那么真实和那么动人，因而作品所显示的思想力量——即那种为建设社会主义祖国所鼓舞起来的、英勇前进的热情和豪迈的精神，是有力的、能激动人心的。

通过了审读，意味着《青春万岁》即将正式出版。出版前，《文汇报》的两位著名编辑浦熙修、梅朵找到王蒙，希望先全文连载，还预付了 500 元稿费。原本说好了全文连载，可将手稿带回后，总编觉得篇幅太长，而且故事不够紧凑，决定节选连载。一气之下，王蒙退回了预付稿费，但《文汇报》锲而不舍，两位著名编辑又坐着汽车去拜访王蒙。

王蒙说："当时谁家有'屁股冒烟'即坐汽车者来访也不是小事。总之，最后还是按他们的意思办了。"

> 后来我正好在香港与碰巧也到了香港的黄苗子、郁风夫妇见面，我与郁风说起此事，我开玩笑说郁风应该赔偿我的"精神损失费"，郁风大笑，并说当时香港当局的司法方面的负责官员是她的什么亲戚，不怕在当时与我在港对簿公堂云云。

幸亏有"部分连载"，许多读者知道了有这本小说。王蒙也没想到，就在《青春万岁》即将付印前，因王蒙的《组织部来了个年轻人》受到严厉的错误批评，出版社不敢贸然出版《青春万岁》了。

王蒙曾感慨地说："胎儿脑袋已经伸出了子宫，突然叫了停，可以说是中途难产。这在历史上可能也是难得一遇的。"

王蒙老照片 ▲

等待 22 年后终出版

1961 年，中国青年出版社黄伊编辑找到王蒙，提出要继续出版《青春万岁》，并请时任《文艺报》负责人、著名评论家的冯牧审读。

我与冯牧也见了面。冯牧认为书稿没有问题，只是里面提到苏联的分量过多，可以减少一下。于是我把提到苏联书籍、歌曲的地方尽量改成本地土产，将青年们读的《卓娅与舒拉的故事》改成《把一切献给党》，把苏联歌曲改成陕北民歌……说好了很快可以出版。

恰在此时，中央提出"千万不要忘记阶级斗争"，《青春万岁》缺乏相关刻画，出版社犹豫了，又将书稿交给上级领导审读，回复的意见是未写出知识分子与工农兵的结合，是个缺憾。于是，《青春万岁》的出版计划又被暂时搁浅。

感人的是，新疆生产建设兵团的友人姚承勋读了我的此书清样，他用绸布面做了封套，将清样装订得很漂亮，并宣布此书已经由他出版，印数一册。时在 1973 年或 1974 年左右。可惜的是，这个"姚版"书没有保存好，找不到了。

1978 年，在人民文学出版社当时的领导韦君宜的关注下，《青春万岁》再次被提上出版日程，本想请萧殷写个序，但萧殷患病，王蒙只好自己写了个《后记》。这篇《后记》是当代文学史上的重要文献，不仅对后人了解《青春万岁》的出版史有帮助，对理解这本小说也有价值。

正式出版前，王蒙做了第三次修改。

1979 年，经过 22 年漫长的等待，《青春万岁》终于出版了。《青春万岁》电影编剧张弦说："小说《青春万岁》出版后，评论界的反应是冷淡的……可是，在今年（1982 年）举行的十万名中学生投票评选'我最爱读的十本书'活动中，《青春万岁》名列第二。这并不奇怪。想想吧，反映中学生生活的长篇小说除此之外，还有第二部吗？没有。"

1986 年，《青春万岁》获人民文学奖。

到 2020 年，各版《青春万岁》的总发行量已超百万册。

科幻作家刘慈欣曾说："我大一时第一次读到《青春万岁》，如今将近 30 年过去了，我还是能够随口背诵那本书中王蒙写的序诗。"

《青春万岁》能畅销，是因为经历挫折后，老一代中许多人对曾经的激情产生了怀疑，而新一代人因不了解历史，对生活的方向感到迷惘。曾经的理想，曾经的坚持，真的要彻底推翻吗？从 20 多岁起，王蒙也遭遇了不少挫折，但在基层，他在普通百姓身上找到了生活的目的，曾经的理想之光重新闪亮。

回报这片热土，回报淳朴闪亮的人们。很少有人能像王蒙这样，开启生命中的又一次青春。一位中年读者读完小说后，给王蒙写信说："《青春万岁》唤醒了我珍藏在心灵深处的记忆，回想起来使我的心情难以平静，这些记忆使我留恋，也使我向往。人为了前进，总免不了要回忆过去。你的书在我心中引起的回忆，不是彷徨和悔恨，而是奋发和自豪。我相信，这枝经过风雨的吹打而倍加鲜艳的花朵，会使我们这一代人壮志满怀、青春焕发；也会帮助我们的孩子们懂得怎样度过他们的青春年华。"

张弦将小说改编成剧本

听说《青春万岁》即将出版，上海电影制片厂编辑刘果生找到王蒙，希望将它拍成电影。其实，早在 1956 年，刘果生看了《文艺报》上《青春万岁》的节选连载后，就曾找过王蒙，后因种种变故，此事不了了之。

没想到，20 多年后，刘果生又找到了王蒙，王蒙同意把《青春万岁》交给上海电影制片厂，并请好友张弦写剧本。1979 年春，张弦交了第一稿剧本。

张弦也是从 1956 年起便关注《青春万岁》的。早在 1957 年初和 1962 年，他两次和王蒙提起，小说出版后，他来改编成电视剧本。可直到 1978 年，王蒙才来信告诉他，书即将出版，问他愿不愿意改编。张弦立刻就答应了下来。

不断有人问张弦，为什么要改编《青春万岁》，张弦自己的回答是：

> 对于我们这些 50 年代初期成长起来的人来说，青春时代则是另一种样子。腐败的国民党政府被推翻了，年轻的共和国刚刚诞生，旧社会遗留下来的反动势力、旧思想、坏风气，困难和障碍，以及它们投射到人们心灵上的阴影，都像堆在马路上的垃圾似的被迅速地清除着，一天一个样子，一天比一天好。在这一代青年的面前，天空是那样晴朗、阳光是那样明丽、理想是那样美好、心灵是那样纯净、前途是那样广阔……

虽然许多人后来遭遇了挫折，但他们总是对张弦说："如果不是想到 50 年代的美好日子，如果不是 50 年代给我以牢固的信念，也许我早已不在人世了。"

所以，读到《青春万岁》全本时，张弦激动得彻夜难眠，他想："让我们于辛劳的工作之余，在银幕上看一看当年的自己吧！如同打开影集里年轻时的照片，翻出珍藏在箱底的书信，或者查看饱含情谊的纪念品：一朵小花或是一片树叶……这也许将引起美好的、温馨的回忆。"

然而，改编《青春万岁》并不容易，原著不太注重故事性，写的都是日常生活的琐屑，如果没有诗意的串联，易让观众感到乏味、单调，可电影如何才能拍出诗意来呢？

从 1978 年春到 1981 年 8 月，张弦整整写了 5 稿剧本，才被上海电影制片厂通过。

然而，剧本通过后，又是两年的等待，迟迟不见开机，"据说电影厂的某些导演认为小说风格不易搞成电影"。渐渐地，张弦品出了个中滋味：

我理解你提出"为什么要改编这本书"的问题，里面包含着这层意思："50年代中学生生活对于80年代的青年有没有现实意义呢？今天的青少年观众能相信吗？能理解吗？能接受吗？"

认为"今天的青年不理解、不欢迎""这个题材缺乏现实意义"的意见，如此之普遍，以致剧本……没有一位导演愿意接受！为此，我颇感困惑和苦恼。反映什么样的青少年生活才算是有现实意义呢？

不得已，张弦只好先将剧本发表在《电影新作》杂志上。没想到，张弦很快收到了许多中学生的来信，他们几乎异口同声表示羡慕当时的中学生生活。有的学生在信中说："为什么我们在银幕上看不到这种中学生呢？看到的总是谈恋爱的中学生……我今年才17岁呢！"

张弦无奈地说："我不知道怎么回答这些少男少女们，因为正在这时，电影厂已因没有导演愿拍而决定退稿了……"

好在，早在1979年，著名导演谢晋便将小说《青春万岁》推荐给了黄蜀芹，黄蜀芹当时就被打动了。在杂志上看到张弦改编的剧本，黄蜀芹下决心接手。

黄蜀芹决定执导《青春万岁》

为什么黄蜀芹如此关注《青春万岁》？

因为黄蜀芹经历过那段激情岁月。她的中学时期是在上海市著名的女三中（宋庆龄、宋美龄、宋蔼龄曾在此读书）度过的，上海解放时，黄蜀芹恰好10岁，她对20世纪50年代中学生们的思想、生活非常熟悉，她依然怀念当时学生们崇高的理想、无私的情怀和建设国家的热情。

黄蜀芹表示，在当时，"同学之间经常开展相互批评与自我批评，不仅要挖出自己的'资产阶级思想'根源，也要狠挖别人的……真傻、真'左'、真幼稚，却都是发自内心的。女中生活平凡简单，回忆起来却全是美好有趣的"。黄蜀芹一直珍藏着和另外两个女生共记的译本日记，内容全是同学间的琐事：谁昨天笑了，谁今天哭了，有人做了功课，有人克服了缺点、取得了进步……这些芝麻绿豆般的小事，让人觉得真诚、可贵。

黄蜀芹说："对那健康的、亲密的、洋溢着青春活力的女中校园生活做一个朴素的历史回顾，是我最初的拍摄动机。"

黄蜀芹找到张弦，说自己要把《青春万岁》拍成既是青春片，又是怀旧片。张弦大喜过望，表示："《青春万岁》总算遇上'如意郎君'了。"

黄蜀芹要接手《青春万岁》，让很多人感到意外，张弦的剧本已公开发表了一段时间，大家都能看出，其中没有什么曲折的情节，缺乏时髦因素和噱头，还有人说："拍50年代初期的中学生生活，有什么现实意义？难道今天还要去表现'左'的色彩和一群头脑简单的人？"

然而，黄蜀芹有一股倔劲。中学毕业时，黄蜀芹报考了北京电影学院导演系，她的父亲、著名电影评论家黄佐临不同意，希望她报考理工科大学，可黄蜀芹坚持自己的志愿。碰巧赶上北京电影学院导演系连续两年不招生，黄蜀芹就背起铺盖，到嘉定县（今上海市嘉定区）当了两年农民。第三年开始招生时，黄蜀芹只身北上，在考试时，她即兴编了一个小品：

> 通过一条狭窄的门缝，她捡起了北京电影学院的来信。打开一看，傻了，原来她没被录取，顿时眼泪扑簌簌地掉了下来。突然，电话铃响了，她急忙接起电话，原来是北京电影学院打来的，告诉她，刚才的通知发错了。黄蜀芹破涕为笑……

黄蜀芹的表演将考官们都逗乐了，她从此走上了导演之路。

对于《青春万岁》太"左"的批评，不应忽略其时代背景：20世纪80年代，改革开放正在起步阶段，基于当时中国与世界其他国家有较大的差距，不少人产生了焦虑、失落的心理，聚合成当时较强烈的反思精神。这种反思精神有存在的必要性，正如黄蜀芹所说："坚持两分法的、正确的历史观，主张把曾经有过的美好东西肯定下来，继承下去，我认为这种态度是高于那些'忿忿然'者的。"

> 我们的任务是要真实地去表现那个时代，表现那个时代的人的精神面貌。只要是真实的，相信人们就会从中得到启示和教益。至于历史上的是非功过，不必由影片强加于人，而应该由观众离开影院后自己去思考、争辩。这恐怕就是我们影片的立足点。

黄蜀芹决定接手拍摄《青春万岁》电影，但上海电影制片厂还有些犹豫，在黄蜀芹反复说服下，《青春万岁》终于立项。

然而，让80年代的演员去演50年代的中学生，能演得像吗？用80年代人的眼光看，那时的中学生太"傻"了，怎么才能演出那种"傻"的感觉呢？

在1983年第6期《电影新作》杂志上，黄蜀芹曾发表文章谈了执导电影《青春万岁》的构思，即"不要技巧"，换言之，就是尽可能平淡、朴素。在片中，没有令人眼前一亮的画面构图、拍摄角度、剪辑技巧，乃至隐喻、象征、对比之类，而是全力呈现出那个时代中的真实的人。

也就是说：

> 我觉得这种平铺的方法，更能显现作品的朴实和亲切感。我们决定不追求情节的完整、跌宕（本来我们也曾想寻找一个高潮，但连续否定了各种方案，感到还是不去编造，不去做人为的渲染为好），索性把原来的内容再作一番加减，使之更"散"，力求从小说里摄取更多的光斑到影片中。

比如片中主角杨蔷云，"一个半是火半是诗的姑娘，纯真、坦荡，水晶般透明，但有点'瞎操心，穷受累'。她自己也发问：'先生，我是不是尽干傻事？'"

在剧本中，杨蔷云有一句台词："我们不能总这样傻下去啊！"可这话说出来，下面该怎么接呢？副导演金肇渠突然想起一句："生活会陶冶我们的。"这句台词成了全片的亮点。

黄蜀芹特别关注杨蔷云性格的两面性，她说："杨蔷云有那个时代造就的特有的、一股精、气、神，她既有无理也要争三分的劲头，但也会有迷惘、想不通，以及爬校门、与传达室的老头吵架的时候。她不客气地流露出对赵尘的反感，又不自觉地流露出对张世群的热情。这些富有年龄实感的侧面，丰富了人物形象。"

黄蜀芹选任冶湘演杨蔷云这个角色，因为任冶湘"有一张带着孩童稚气的脸和不停眨巴着的、热情洋溢的大眼睛，外形与角色比较接近"。为突出50年代中学生的特点，黄蜀芹让任冶湘在镜头前不断跑跳，任冶湘累得受不了，找到黄蜀芹说："导演啊，您让我跑了一遍又一遍，为什么这个杨蔷云总是要跑呢？"

《青春万岁》公映后，任冶湘成了大众偶像，遗憾的是，正在事业高峰期的任冶湘不幸患病，体重增加。1992年时，任冶湘战胜病魔，回归大银幕，参演了神话剧《小龙人》，这是她的最后一部作品，此后她退出了影视圈。

作为青春片，《青春万岁》中没有爱情萌动，没有重大事件，没有非凡人物，但它把7个普通女孩表现得活灵活现。在结尾部分，黄蜀芹希望能有一个高潮，她设计了几个结尾，但觉得都有斧凿的痕迹，最终放弃了，回归了生活的平淡细腻。

片子拍得很累，因为短镜头非常多。比如《见习律师》用了320个镜头，《城南旧事》用了518个镜头，《青春万岁》却用了718个镜头。这让做后期的剪辑师韦纯葆颇感棘手，在《剪辑〈青春万岁〉的体会》中，他写道："本片文学本在最后部分比较薄弱，苏宁矛盾解决以后的戏总是嫌单薄，推不上去，为此第九、第十两本很难剪。戏将要结束了，但零散的内容仍在不断出现……"

黄蜀芹 ▲

电影公映后获大众瞩目

1983 年 9 月，王蒙在观看了电影《青春万岁》后，激动地说：

> 摧枯拉朽的人民革命运动，初升的太阳一样的共产主义思想体系，改变着我们这个古老的中国，改变着旧社会的腐朽的社会制度，治愈着旧社会的那些诸如"一盘散沙""东亚病夫""因循守旧"的不治之症，焕发出我们的民族、我们的人民的无限青春！在这个意义上，"青春万岁"，不仅指一代人的青年时期，而且指我们的中华人民共和国，我们的凯歌行进的革命事业，我们的干部和人民将永葆的精神的青春！

《青春万岁》公映后，不仅得到了中学生们的喜爱，也得到了他们父母的喜爱。有的年轻观众看完电影后感慨道："我是 80 年代的中学生，对于 50 年代缺乏了解。看了影片《青春万岁》以后，我感到非常振奋：那种大家庭般的集体温暖，同学间的亲密友谊和优美的学习环境，是多么令人向往！我羡慕当年那种像火一样热烈的生活。"

上海第四师范学校的学生孟华泽说："我喜欢这部影片，就是因为它唤起了我们对火热生活的渴望，它揭示了人的心灵中美好的一面。要说缺点，我觉得影片还不能包含青春的全部内容，它可以拍得更长一些，更充实一些。"

1984 年，《青春万岁》获得了苏联塔什干国际电影节纪念奖，成为当时中国为数不多的受国际电影节瞩目的电影。

王蒙老照片 ▲

蔡国庆：永远为如火青春呐喊

1982 年开始拍摄的《青春万岁》，是蔡国庆人生中参与演出的第一部电影。

1977 年，蔡国庆上了中央戏剧学院的少年班，1981 年时，他在中国儿童艺术学院当专业话剧演员。《青春万岁》剧组的副导演在剧院挑演员，选中了蔡国庆。当时蔡国庆才 16 岁，他也不知道到底要演什么，只是内心有一种"莫大的惊喜"，觉得这是不可思议的事情。因为，能有机会去拍电影，对职业演员来讲是实现了心中的一个梦想。

被挑上后，蔡国庆从北京出发，坐绿皮火车，第一次去上海试镜。剧组给他买的是硬卧，而那时蔡国庆他们去外地演出，都是坐硬座。蔡国庆住在上影厂的演员招待所，在那里他看到了张瑜，在那里他看到了龚雪，还有赵静。那时她们都是大明星，让蔡国庆觉得不可思议。

第一次看到黄蜀芹导演，蔡国庆觉得她是一个运动员，因为黄蜀芹的个子很高，大概有 1 米 7。可他们一对话，黄蜀芹说的是上海人的吴侬软语，蔡国庆觉得她说话很温柔。蔡国庆问黄蜀芹："黄导，我这个角色该怎么演啊？"

黄蜀芹说："你不用演，你就是那个人。"

蔡国庆当时就迷茫了，因为当话剧演员，要塑造角色、要写规定情境、要写角色档案，包括该用什么眼神、该有什么动作。他搞不明白："我就是那个人，我是哪个人？到底该怎么演？"

说起当时在上海的剧组生活，蔡国庆说："不得不说，上海的饭比北京的饭好吃多了，在上影厂，总跟着他们去打红烧狮子头。此外还有大排面。我觉得食堂的老阿姨很喜欢我，别人的大排面只有一块排骨，到我这儿，她给两块大排骨。老阿姨问我也是来拍电影的？我说是啊，老阿姨马上夸我长得好精神、好帅啊。我当时觉得拍电影多好啊，能天天吃好吃的。"

严格来说，在《青春万岁》这部片子里只有四个男生，所以蔡国庆说："我意识到了，那会儿我多得宠啊，我那会儿就是她们当中的'小鲜肉'。"

在影片中，蔡国庆扮演的角色试图追女主角杨蔷云，但被拒绝了。蔡国庆感到满意的是："邀请杨蔷云跳舞的那一段，我认为是一次非常棒的表演，那会儿我是超常发挥。为什么这样讲呢？因为拍电影跟在话剧舞台上演戏完全不一样，在话剧舞台上演戏有调度、有台词什么的，但是演电影时，在那个年代，还要拿皮尺一次次量，不像现在，可以'NG'（不行，重来）20次、30次都没关系，那时你要NG到3次，剧组就要说，太吓人了，吓死了。因为那个机器一响，胶片就转动了，费用惊人。所以每一次都要准确地量皮尺，你怎么走、怎么跳、怎么动，真的要做得丝毫都不能差。但是我认为我有表演的天赋，女生突然要甩我走了，我还沉浸在那个情感中，那种尴尬，那种不好意思，我还自己设计了一个摇头的动作，就觉得表演得特别自然、特别真实。"

当时任冶湘演戏已非常成熟，在跳舞那段戏中，包括在后来的一些戏中，她每次都对蔡国庆说："小蔡，别怕啊，好好来，没关系，你就大胆地演吧。"

蔡国庆的感受是："其实我内心那会儿觉得，我要追也是追妹妹，不会追姐姐的，但我总是把任冶湘当成姐姐，所以那个感觉总找不对。"

虽然在《青春万岁》中蔡国庆的戏份不多，但他始终认为，那是自己的青春岁月在荧屏上留下的最光彩的一幕。"那一代电影和电影导演，我觉得非常了不起。20世纪80年代，如果大家说去拍一部电影的话，会把它当作一个非常伟大的事业来干，所有人都是这样。所以那么多演员投入那么多时间和精力，体验生活，体验角色。"

黄蜀芹导演之所以挑中蔡国庆，她后来跟别人说过："一看蔡国庆这小孩儿就早熟，就是那种早早就知道要去追女生的感觉。"蔡国庆曾辩解过，说他不早熟，在中戏读书时很老实，没有去追女生，都是女生来主动追他。

不过，拍完《青春万岁》之后，蔡国庆自认"算是彻底熟了"，因为要看小说，要经常跟女演员们一起读剧本。蔡国庆说："那个年代拍一部电影是不惜时间代价、不惜工本的，真的把它当作人生的一件大事来做。所以呢，才能耗时那么长。"

《青春万岁》拍了春夏秋冬，因为小说是讲了学校的一个学年。所以拍戏也用了一年，采用了追求现实主义的这种表现方式。

蔡国庆个人拍的第一场戏，是在上海的一个电影院门口，那场戏是蔡国庆拿着电影票约女主角杨蔷云。让蔡国庆窘迫的是，他在真实生活中，从没做过这种事，当时不知道该怎么演，又羞涩又懵懂。蔡国庆回忆说："黄导是一个非常暖心的导演。在这段戏中，她给我做了好几次示范，让我内心没有了焦虑，让我有了很大的信心。我年少时也上过电视台，我也会紧张，更何况是第一次上大屏幕。所以我一直感谢黄蜀芹导演，我唱歌成名后，无数次去上海，每次我都会去看她，我觉得，她就像我的妈妈，充满着一种慈爱。"

《青春万岁》表现的是20世纪50年代中学生的生活，对于蔡国庆这样生活在80年代的年轻演员来说，能真正深入角色吗？蔡国庆自己认为，他完全可以和角色的感觉互通，因为当时他刚从中戏四年的封闭生活出来，走向社会，所以内心仍然纯净，没有太多杂念。他当时对电影感到崇拜，从没有想过"上了这部电影，我会成名，然后我会怎么样"，只是觉得，这辈子能拍一部电影，那是多了不起的事。

蔡国庆说："虽然影片讲的是50年代的事，但我觉得，我能接近那样的情节和气质，因为我的家庭对我的影响很大。我爸爸是共和国第一代唱西洋歌剧的演员，是苏联专家培训出来的，所以他那一代人忘我的那种热情，对于共和国的希望，一直在影响着我。那时排戏、演出，无论多辛苦，我爸爸都是兴奋的。我始终认为，《青春万岁》虽然是80年代拍的，但在我们那个年代，仍然还有这份真诚，还有这份纯洁的心。在中国几千年的历史长河中，50年代的中国人是让人感到巨大惊喜的一代人，是让我们难以想象的一代人。他们毫无保留地为国家付出，真的到了忘我的状态。那个时候每一个人都充满燃烧感，要燃烧自己的生命，燃烧自己的才华，燃烧自己的一切，让这个新生的共和国能够前进、进步。"

在影片中，蔡国庆有一个造型，是他穿着学生服，脖子上戴了一个咖啡色的毛线脖套。影片拍完后，蔡国庆觉得这个造型太帅了，回到北京，就让妈妈给他又织了好几条脖套，黑色的、白色的、蓝色的、咖啡色的……

蔡国庆说："那个时候就觉得电影里的感觉，永远不会忘记。对我来讲，'青春万岁'好像冥冥之中已在我身上，显现得特别深刻。《青春万岁》让我知道了，人的生命当中最美好的、最无法挽留的其实就是青春。青春带给你无限激情飞扬的岁月，让你心中充满理想。我希望80年代拍的这部《青春万岁》永远留在我心中，就像一团火一样，燃烧着我的生命，无论我再过十年，再过二十年，直到老去，但我内心永远会喊这四个字：'青春万岁！'"

蔡国庆儿时与父母合影 ▲

徐枫：黄蜀芹是用全身心的真诚去拥抱生活

徐枫，中央戏剧学院电影电视系教授、博士生导师，电影史论研究者与电影制作人，其监制作品《寻找智美更登》获 2009 年上海国际电影节金爵奖评委会大奖；《太阳总在左边》获 2011 年香港国际电影节"亚洲数字"单元特别表扬奖；《星溪的三次奇遇》获 2018 年威尼斯电影节"威尼斯日单元"竞赛影片、法国南特三大洲电影节银气球奖等。他还参与策划了徐浩峰影片《师父》《刀背藏身》。

2000 年后，我们做了一套有关第四代导演的丛书，基本上每人一本，黄蜀芹导演的这本叫《东边光影独好》，收录了我跟她的访谈录。当年，我因为要专门研究 20 世纪 70 年代末、80 年代初中国电影的转型，所以采访了二十多位电影人，其中就有黄蜀芹导演。

黄蜀芹在 1978 年和 1979 年给谢晋导演连续做了两年副导演，谢晋是中国第三代导演的代表，第四代导演里有几位来自他的门下，比如拍了《沙鸥》《青春祭》的张暖忻导演，以及《小街》的杨延晋导演。黄蜀芹参与导演的是《摇篮》《天云山传奇》，当时石晓华导演也参与到这部影片里。黄蜀芹的工作比较接近于分镜，在《天云山传奇》中，她承担了大量的分镜工作。谢晋的导演思路对她的影响非常大，她后来一直说，谢晋导演无论在人格上还是在工作上，都对她有重大影响。

第十一章 《青春万岁》：
永不褪色的芳华记忆

243

1979 年，《青春万岁》刚出版时，谢晋导演送给黄蜀芹这本书，黄蜀芹是 50 年代的中学生，这本书读得她热血沸腾，唤醒了她的女中记忆。有人认为，女中比较封闭和封建，黄蜀芹说："你们完全误解了，女中是最自由的。"当年的女中生活其实非常丰富，甚至非常疯狂，因为没有男孩子在，所以姑娘们当年无所不为，天天踢球、翻墙、欺负男老师。但学校有联谊活动时，特别是有其他学校的男生来时，大家又会变得很文雅，可如果哪个男生单独来她们学校，肯定会被姑娘们捉弄得哭笑不得。所以黄蜀芹说："我们那时是最疯狂的，和你们想象的完全不一样。你看影片里的杨蔷云，简直就像一个大丈夫，主动保护其他的女孩子，这才是当时真实的生活。"

读了小说后，黄蜀芹就非常想把它拍成电影，但要等机会。后来潇湘电影制片厂缺导演，向上海电影制片厂求援，黄蜀芹得到了执导合作第一部影片《当代人》的机会，那是一个关于改革开放的故事。那部影片获得了成功，上海电影制片厂同意让黄蜀芹继续当导演。于是，黄蜀芹找到编剧张弦，提出可以拍摄《青春万岁》。

其实，《青春万岁》的剧本早就写出来了，但无人问津，原因比较复杂，一个原因是，在 80 年代初，中国电影沉浸于反思题材。比如谢晋拍的《天云山传奇》，黄蜀芹任副导演，这部片子就是反思电影的代表作。相比之下，《青春万岁》离当时的潮流相当远。

此外，《青春万岁》比较散，没有主导性冲突，让导演们有点无从下手。

然而，恰恰是这个看上去有点散的故事，在黄蜀芹看来，是最真实的，能最贴切地体现她的青春记忆，所以她见了张弦。张弦说刚见到黄蜀芹时，觉得这个导演好书生气啊，而且特别严肃，但她一上来就说到了问题的本质——她要的就是这个年代的纯真。

电影《青春万岁》用了一种比较快的叙事节奏，这个节奏来自青春本身的热情。此外，黄蜀芹追随谢晋导演时，中国电影有了第一波电影语言的革新浪潮，即以时空交错、快节奏为特点，所以她实际上是师承了谢晋。应该说，这两个特点促使这部影片有了这样一种语言风格。

影片的整体风格跟当时中国电影界的美学趣味的总体方向不太一致，人们觉得，它基本上还是"苏联学派"的东西，比较老。其实，黄导演有她自己的美学渊源。

《青春万岁》上映时，是改革开放初期，影片表现的却是 50 年代的内容，业界在评判时，可能是因为不太适应这个时间差。在审片和在北京电影学院试映时，都有不少声音觉得这部影片有"左"的倾向，与后来的"极左"有类似之处，此外觉得影片在艺术上比较老套。总之，批评的声音占比较主导的地位。

黄蜀芹没有过多辩护，一方面，她觉得不能用今天的立场判断那个年代的人；另一方面，要一分为二，20 世纪 50 年代的学生可能稍微有点"左"，但他们也有很理想主义、很真诚的一面，二者是并存的。

其实，黄蜀芹导演在拍这个片子时，已经思考过这些问题，因为她经历过 50 年代。王蒙先生也经历过那个年代，他说："那时小伙子们恨不能共产到大家用一把牙刷。这是现在想都不敢想的事，可那个年代，大家对于阶级兄弟的情谊就能达到那个程度。"

20 世纪 80 年代，黄蜀芹重新看到这个剧本和这本小说的时候，她有一种新的感受，她觉得，她对那个时代的爱更深了，她说："（那个时代）当然有幼稚和偏差，但那种理想主义和热情应该被肯定。"

其实看片子时，观众能注意到，黄蜀芹试图站在一种不做评判的立场，比如李春和杨蔷云之间的争论，她都持居中态度，她更希望观众能以相对中肯的方式，来看待两个女孩子的不同。

这部电影上映后，观众是喜欢的，不光是观众喜欢，著名作家阿城也写了一篇评论，赞美了影片中包含的理想主义热情。电影圈里的人的反应也不尽相同。很多人看得热泪盈眶，观众中的反响更是异常热烈。

我父亲是中国最早做天然气研究的专家，当时中国没有天然气研究的条件，所以他到苏联学习了一年半。他对《青春万岁》非常喜爱，特别喜欢女主人公杨蔷云，她那种鲁莽的、充满热情的性格，其实跟他挺像的。我母亲也一样。我当年是12岁看的这部影片，我也非常、非常喜欢它。

当时很多的中学生看了这部影片后，都很惊讶地问他们的父母："你们那个时候真的这么热情吗？你们那个时候是不是真的这么自由自在？"因为我们那时都快被功课压垮了。我妈跟我说："哎呀，我们那个年代真的是这样，没有什么考不考大学的，不像你们现在这么苦，千军万马过独木桥。"

我觉得《青春万岁》成功的地方，就在于它表里如一。它的电影语言、它的镜头数，都反映了它的真诚、它的热情。黄蜀芹导演是一个非常真诚的导演，她总是把她的心呈现给她的观众。她后来年事已高，因为想拍一对拾荒老夫妇的电影，就在20世纪90年代时，她跑到这对拾荒老人家的家里住了一个月，跟他们生活在一起。我真的想问一问今天的电影人，有多少人能做到这一点？黄蜀芹导演拿出整个身心的真诚去拥抱生活，我认为，这是这部影片最动人的地方。（根据徐枫口述整理）

黄蜀芹与编剧张弦等人合影 ▲

朱雪清：特殊年代里的别样芳华

朱雪清，北京交通大学副教授。

我进北京市第二女子中学时，是中华人民共和国刚刚成立，接触的苏联小说较多。比如《卓娅和舒拉的故事》《青年近卫军》《钢铁是怎样炼成的》等，后来我们班经批准，成了"保尔班"。

我觉得，我不是《青春万岁》里的人物，只是"保尔班"的一名成员。

我 1935 年在北京出生、在北京长大，1937 年"卢沟桥事变"，日本鬼子来了，北京沦陷，我们过着亡国奴的生活。不知道大家看没看过《骆驼祥子》，我父亲死得比较早，我一直在姥姥家生活，那会儿舅舅拉洋车，就像《骆驼祥子》里的祥子一样。那种亡国奴的生活，绝不是今天的人所能体会到的。

那时，我才几岁，家境困难，全靠舅舅拉车生活。今天拉车挣着钱了，我们就可以吃上饭，如果没挣着钱，我们就吃不上饭，只能挨饿。那时老北京人一天只吃两顿饭，早饭一般不吃，可我们家就连一顿饭都保证不了。

拉车可以挣钱，但在日本鬼子的统治下，你是亡国奴，跑了一天，如果拉的是地痞流氓，或者是鬼子兵，他们不可能给你钱，你就只能白拉，回去还要给车厂交"车份儿"。

我们一家八口人住在一间不到十平方米的房子里，都挤在一块儿，等我舅舅挣钱回来。要是挣着钱了，就开始生炉子，到粮店买棒子面，也就是玉米面，可以蒸窝窝头。生完炉子、蒸好窝窝头，等到吃上的时候，就已经很晚了。那时，我们晚上经常吃不上饭就睡觉了，到时候家人给你叫醒了，你就吃，具体几点了，不知道，因为家里也没有钟表，只知道是半夜，吃完了再接着睡。如果舅舅没挣着钱，那就不做吃的了，接着睡吧。当然，那时北京也有有钱人，说不好听点儿，就是那些汉奸、伪保长、伪甲长之类。

我上学挺困难的，我跟我表姐在这所学校上几天，等到学校要交钱了，我们俩就得走了，改去另一所学校了。现在人说蹭吃蹭喝，我们那时是蹭学。我上学上得晚，而且有的时候能上，有的时候不能上，就这样断断续续地上。

1949年1月30日北京解放，那时我舅舅和我表哥已经到航空公司的仓库去扛大包了，就是扛棉花，你可能觉得棉花好像挺轻，实际上扛的是那种打紧的大包，非常重。那时他们在那里做临时工。

解放军进城时我还小，我舅舅、表哥都去看了，他们回来时，我发现，他们的背上都写了"解放了"三个字，当时我对"解放了"也不是十分理解。后来，我舅舅和表哥虽然只是临时工，下班后每人却领了一袋小米。他们把小米扛回来放在家里，我当时已经十几岁了，那种心情，感觉是又高兴又激动，从小就没见过我家有过这么多的粮食，终于吃完上顿还可以吃下顿了。

我的感觉是，真的解放了。

有些老歌中写到了人民感念党的恩情，说实话，当时大家真是有那种感觉。如果没有共产党，没有北京解放，我根本上不了中学，更上不了大学。直到解放那年，我才稳定地上了小学，小学毕业后，我就考到了女二中，在女二中我上了6年。高中时有两个班，甲班、乙班，我被分到了甲班，就是后来的"保尔班"。

在"保尔班"里，班干部、团干部能力都挺强的，会动员，也会说话，他们的讲话都很激动人心。我觉得我没这个能力。

"保尔班"每年都参加国庆庆祝活动，1949年的10月1日，开国大典那一天，毛主席在天安门城楼上宣布成立中华人民共和国，我们都参加了。我那时读初一。

我们是第一届红领巾。当时要求是齐耳短发，然后梳一个小辫，系一根红头绳，然后穿白衬衫、蓝裤子、黑鞋子、白袜子，大家都一样。我们凌晨两三点在学校集合，然后走到东单，等待大典开始。先是解放军经过，后边就是我们少先队，我们一下就过了天安门。准备时，还要分列，因为走的面比较大，要跟很多学校合练。我们比较幸运，基本上都靠着天安门走。

我们学校里边也有社团，每个星期下课后有社团活动，有腰鼓队、舞蹈队，还有航模组、数学组。我参加的是舞蹈队，跳苏联的水兵舞，还有朝鲜舞。社团活动时，男五中的学生会到我们学校一起练习。

我们是文理分科的第一届。听班长讲，当时我们学校在北京女校中升学率排名第一，全市排名第二。有些人有偏见，他们觉得，女孩子多的地方事儿多，比如互相看不起等，可我们班没有。不论成绩如何，大家都很平等，都在顾全班集体的荣誉。

我们班里团员挺多的，甚至还有党员。

我觉得，可能是因为我有一个比较苦难的童年吧，所以解放后，对党、对毛主席、对新社会，我充满了感激之情。大学一年级的下学期，我就入党了。这种感恩之情，绝对是融入在血液里了，刻骨铭心。

从那时到现在，已经70年了，对于舅舅和表哥背着两袋小米回家的场景，我还历历在目。没有共产党，就没有我的今天。

我后来考上了唐山铁道学院。别看我们是女生，在选择报考志愿时，大部分选了工业化方面的，我们真心希望为国家建设贡献一份力量。工作后，我一直保持着这样一种精神，从不为个人名利去麻烦领导，我觉得这是"保尔班"对我的影响。（根据朱雪清口述整理）

朱雪清的学生时代 ▲

朱雪清与表姐合影 ▲

曹璐："保尔班"烙下的青春印记

曹璐，中国传媒大学教授、博士生导师。

上学时，我们在"保尔班"，每天早晨上课前都要一起朗诵保尔·柯察金的格言："人，最宝贵的是生命；它，给予我们只有一次。人的一生，应当这样度过：当他回首往事时，不因虚度年华而悔恨，也不因碌碌无为而羞耻；这样在他临死的时候，他就能够说：我已经把我的整个生命和全部精力，都献给了这个世界上最壮丽的事业——为了人类的解放而斗争。"

当时我对这段话的深刻内涵不完全了解，但每天会问自己："人最宝贵的就是生命，生命应当怎么来度过？"

如果说青春万岁，那么就是青春为生命的底色涂满了阳光，涂满了快乐、健康、幻想、理想、青涩等，我们要扎扎实实过好每一天。

我已 80 多岁了，保尔·柯察金的这种时代精神，给我的人生打上了深深的烙印。我们是幸运的，我们应该感谢"保尔班"，感谢《青春万岁》。

那时"保尔班"提出了"不让一个同学掉队"的口号，这个口号挺深入人心的。有几位同学学习不太好，同学们都是一对一、一帮一补起来。有的同学生病了，班长就安排人给她补笔记，到她家里去看望。

我记得，有一名同学家里出了事，几天没来上学，在同学们的帮助下，那个同学的成绩也没有掉队。我们毕业时分文理班，我是文科，选文科的同学占同学的 1/3，剩下 2/3 的同学选了理科。复习时，文科班的同学们常常今天在你家一起学习，明天再到她家，所以，我印象比较深。我们班毕业时，全班 50 多人都考上了大学，百分之百的升学率。

我们那时的文娱生活很丰富，"保尔班"的同学多才多艺，而且很有情趣。那时下课十分钟，大家都要唱歌。一个人起头，四面八方的歌声都响起来了。现在想起来，那种生活确实美好。

那时我们才 15 岁，我们班有十几个同学考上了清华、北大，我考上了北大中文系新闻专业，毕业后，在北京广播学院当老师，到现在已经六十年了。回想这六十年，我觉得做老师也好，教专业课也好，重要的是对生命价值的思考。我们的知识老化得很快，但基本价值、理念和做人的一些东西，是不变的。（根据曹璐口述整理）

曹璐学生时代 ▲

参考文献

[1] 於可训 . 王蒙传论 [M]. 武汉：武汉大学出版社，2009.

[2] 张仲年，顾春芳 . 黄蜀芹和她的电影 [M]. 上海：上海人民出版社，2009.

[3] 历史的回顾，青春的赞歌——上海市中学生座谈影片《青春万岁》的发言摘编 [J]. 电影新作，1983（5）：84 - 87，95.

[4] 沈一珠，夏瑜 . 写意光影织妙境：黄蜀芹海上谈艺录 [M]. 上海：上海文化出版社，2017.

[5] 王蒙，徐纪明，吴毅华 . 中国当代文学研究资料·王蒙专集 [M]. 贵阳：贵州人民出版社，1984.

[6] 春发 . "青春三部曲"和她的女主人——电影导演黄蜀芹纪事 [J]. 电影新作，1985（3）：93 - 95.

[7] 温奉桥，王雪敏 . 《青春万岁》版本流变考释 [M]// 汤江浩 . 华中学术（第 19 辑）. 武汉：华中师范大学出版社，2017：113 - 121.

[8] 王蒙 . 《青春万岁》六十年（外一篇）[J]. 新文学史料，2013（2）：4 - 19.

[9] 张弦 . 关于《青春万岁》改编的一封信 [J]. 电影新作，1983（1）：77 - 79.

[10] 杨庆华 . 回放：新中国经典影片与话剧的台前幕后 [M]. 北京：北京出版社，2016 年 .

[11] 王蒙 . 《青春万岁》六十年 [M]// 严家炎，温奉桥 . 王蒙研究（第一辑）. 青岛：中国海洋大学出版社，2014.

[12] 罗怀金，政协龙川县委员会文史委员会 . 萧殷与王蒙的《青春万岁》[J]. 龙川文史（第 27 辑），内部印刷，2007.

[13] 方蕤 . 我的先生王蒙 [M]. 武汉：长江文艺出版社，2004.

[14] 金浪 . 青春的记忆何以永不褪色 [N]. 光明日报，2019 - 08 - 02（2）.

血色的狂野
与浪漫

1986 年 3 月，《人民文学》杂志发表了莫言的中篇小说《红高粱》。小说展现了自由不羁的叙述风格，建立了狂欢新颖的感官王国，讲述了生命的欢愉与悲歌，一经发表便震动了文坛。时任主编的王蒙先生在看完小说之后感慨自己老了，甚至说如果自己年轻二十岁，可以跟莫言比一比。

《红高粱》完成于 1985 年，当时，莫言还在原解放军艺术学院文学系学习，他拿起笔，将发生在故乡山东高密东北乡的一个真实故事写了下来，仅用一个星期就完成了小说的创作。《红高粱》中的平民英雄群像高扬着"酒神精神"，把自然生命力的蓬勃张扬作为"生命哲学"的底色，颂读了一首赞扬生命的震撼诗篇。苍茫土地上的生存与搏杀、人性的生长与毁灭，使得小说蕴含了空前的文化容量。《红高粱》隐含着民间与历史的多重主题结构，激荡着破坏和创造的活力，成为一部为中国当代文学带来丰沛力量的小说。

1987 年由西安电影制片厂出品的电影《红高粱》，是中国历史上第一部获得国际 A 级电影节大奖的影片，也被视为中国电影走向世界的里程碑之作。电影中，以粗犷豪爽的"我爷爷"余占鳌和敢爱敢恨的"我奶奶"九儿为代表的普通百姓，不惜以生命去捍卫土地和尊严。高粱酿成酒、流成血，涌动在山东高密东北乡的十八里坡上。如火如荼、恣意蔓延的高粱红，是价值秩序与情感力量的外在表现，也是展现生命浓烈与悲壮的一面旗帜。

《红高粱》不仅被改编成了电影，还被改编成了电视剧，以及话剧、舞剧、晋剧、评剧等多种形式，甚至还有莫言先生从小非常热爱的高密地方戏——茂腔。在本章中，担任《红高粱》电影编剧之一的人民文学杂志社原小说编辑室副主任朱伟、时任摄影师的顾长卫，以及电视剧《红高粱》的导演郑晓龙，共同讲述了这部经典在艺术创新中不断传承的故事。

那如火如荼、恣意蔓延的红色是《红高粱》固定的底色，如同血一般浓烈的色彩，张扬的是生命的野、生命的强。也正是这样强悍的生命力，让我们感受到"我爷爷""我奶奶"的故事就像是从土地里直接迸发出来的，我们可以通过莫言的小说、通过电影，去走进那一片广袤的高粱地，追寻那连绵不绝的勃勃生机。

第十二章 《红高粱》：
血色的狂野与浪漫

莫言：《红高粱》的
民族血性和乡土情深

　　莫言，本名管谟业，1955年2月17日出生于山东高密，中国当代著名作家。1981年，发表处女作短篇小说《春夜雨霏霏》。1985年，因发表中篇小说《透明的红萝卜》而一举成名。一部《红高粱家族》引起了当代文坛的轰动，凭借长篇小说《蛙》获得茅盾文学奖。2012年，莫言获得诺贝尔文学奖，成为首位获得该奖的中国籍作家。其作品风格以大胆新奇著称，扎根于本土文化之中又吸收西方艺术技法，将魔幻与现实、当代与历史熔铸贯通。

"重点还要描写在战争的环境下，人的表现、人的思想、人的行为，
以写人为主，把战争变成一个环境。"

主持人： 1986年3月的《人民文学》杂志发表了莫言的中篇小说《红高粱》，那自由不羁的想象、汪洋恣肆的语言、奇特新颖的感受一下子震动了文坛，而后莫言一鼓作气又完成了《高粱酒》《高粱殡》《狗道》《奇死》等四部作品，构成了一个完整的《红高粱家族》，也为观众呈现了一个辉煌的、瑰丽的莫言小说世界。《红高粱》完成于1985年，当时您还在解放军艺术学院文学系学习，这是一种怎样的创作灵感呢？

莫言：1985 年正好是抗日战争胜利五十周年，我们军人当时下决心要用自己的笔来写一个关于抗日的故事。但是也有一些老同志就比较担忧了，说你们没有经历过战争，怎么会写抗日战争呢？那时候也年轻嘛，初生牛犊不怕虎，我说尽管我们没有参加过战争，但是我们看过你们写的作品，看过电影，再加上我们的想象力，然后再去图书馆查查资料，到农村、工厂去做一些采访，也许是可以写战争的。像前苏联卫国战争打了四年，但是已经出现了五代描写卫国战争的作家。我就是在这样一个动机下开始写这部小说的。

主持人：当时好像这部小说写得非常快，一个星期就完成了。

莫言：因为有一个真实历史事件。在我的故乡山东高密东北乡，离我们那个村庄六里路的一条河流上有一座很小的石桥，在 1938 年那里确实发生过一场战争。游击队用最劣等的武器，成建制地消灭了日本人的一个小队，烧毁了日本人的三辆汽车，缴获了许多重武器，这确实是一个很了不起的胜利。这样一个故事在我童年时期就耳熟能详，我经常在劳动间隙休息的时候，听老人讲当年是怎么样打仗的，当然很多人讲的不太一样，但是这个故事毫无疑问给在这里长大的

这批孩子留下了深刻的印象。我们在河里游泳的时候，会从桥下面摸出子弹来，有的人甚至还摸出手榴弹来，而且在旁边河堤上挖土的时候，也有可能挖出日本人当时丢失的一些物资，如钢头盔、锈迹斑斑的刺刀等。因为有这样一个真实的事件，所以写起来比较容易。

再就是当时我在军营听了很多课，对于战争文学的写法有很多不成熟的思考。我觉得我们写战争不是写战争历史，重点还要描写在战争的环境下，人的表现、人的思想、人的行为，以写人为主，把战争变成一个环境。那么写人就写爷爷奶奶，写熟悉的那些乡亲们。有这样一个创作素材在那儿，所以写起来就比较顺利。

主持人：其实 80 年代您在写作的时候，无论从写作的环境来看，还是从写作的条件来看，都谈不上很好。我记得您曾经说过，是在军艺宿舍这样一个人来人往的环境里写的这部小说，但是您却在那个阶段完成了《透明的红萝卜》《红高粱》《天堂蒜薹之歌》等作品，很高产，您当时是什么样的状态？

莫言：1984 年我考到了解放军艺术学院文学系，这个解放军艺术学院文学系是由部队的一批老作家和总政治部领导刚

刚成立的，两年的学制。主要就是为了在部队培养已经有一定创作成就的青年作者们，来这里边起起火、加加感觉、加加油。我们来学习之前都发表了很多的作品，有很多人都非常有名了，包括李存葆，他已经发表了轰动全国的中篇小说《高山下的花环》，我也在河北的一些刊物上发表过两篇中篇小说和六篇短篇小说，所以还是有一定的创作经验的。

> "文学并没有规定必须要写重大题材，也并没有规定必须写这种高大全的人物，而就是应该写日常生活，凡人小事。"

主持人：是不是徐怀中老师给了您一些建议，认为您可以更多地去写您熟悉的生活，所以在1984年的时候，在您的小说《秋水》当中，第一次出现了"高密东北乡"这几个字？

莫言：徐老师实际上只给我们讲了一课，主要还是讲他个人的创作体会。因为他在20世纪60年代的时候，已经写出了像《无情的情人》《地上的长虹》这样的作品，在80年代初期，他也写了像《西线轶事》这样引起了巨大轰动的军事题材小说。他主要跟我们讲他的创作经历，至于怎样写、写什么，我想都是耳熟能详的，那就是写自己最熟悉的、感受最深刻的。但是我们头脑里边有很多关于文学的观念是不对的，因为刚刚经历了一个比较长期的、动乱的时期，主题先行、三突出等一些创作原则对我们产生了根深蒂固的影响。所以到了军艺，我首先改变观念，然后就意识到，实际上文学并没有规定必须要写重大题材，也并没有规定必须写高大全的人物，可以写日常生活、凡人小事。写自己最熟悉的，写自己、写家庭、写乡亲，都是可以的。

那么一旦这种观念发生了变化之后，你想我们都是在农村有过长期生活经验的，几十年的经验，几十年的积累，就像沉睡的记忆全部被唤醒，所以写起来，下笔有滔滔不绝的那种感觉。

> "故乡跟作家的关系，就好像是植物跟土地的关系一样，他离开了它就要枯萎。一株高粱如果不在土地上生长，那它立刻就要死亡。"

主持人：从 1984 年《秋水》中第一次出现了高密东北乡，后来包括《红高粱》等作品，故乡这面大旗始终矗立在您的文学领地上，为什么？

莫言：我觉得写作是摆脱不了故乡的，一个作家时时刻刻受到故乡的制约，因为我生于此、长于此，我所有童年的记忆、青年的记忆都与这个地方密切相关。但我当时没有意识到"高密东北乡"这个文学概念，我原来一直错以为是在《白狗秋千架》中第一次出现了"高密东北乡"这样一个地理名称，后来有研究者告诉我，应该是在《秋水》里边。

我意识到，作为一个作家，应该有一块自己的文学根据地，有一块属于你的领土，然后才可能站稳脚跟，才可能有源源不断的创作素材。所以像高密东北乡这样一个地理文学名称的出现，仿佛使我从一个叫花子突然变成了一个小地主，当然，小地主慢慢地又想变成大地主，大地主慢慢地又想当皇帝，这是一种比喻。所以后来我也很狂妄地说，我就是"高密东北乡"这个文学王国的国王，我想干什么就干什么，想让谁死，谁就得死，想让谁活，谁就要活，这就是文学意义上的比喻。总之，"高密东北乡"这个文学地标的确定，就决定了我之后几十年的创作方向。

几十年以来，我创作的故事几乎都发生在"高密东北乡"。当然，这个"高密东北乡"和真实的高密东北乡是有很大差距的。在刚刚开始写的时候，很多故事，像《红高粱》，都是有故事原型的。但后来一些现成的故事、亲身的经历是不够用的，所以"高密东北乡"也慢慢地由一个封闭的概念变成了一个开放的概念，由一个现实的地域变成了一个和历史、未来贯通的区域。有了观念上的改变之后，发生在天南海北任何一个角落的故事都可以移植到"高密东北乡来"。后来我也确实做了大量的尝试，把在外地的、听到的、看到的和亲身经历过的很多故事都移植到这里来了。看起来我写的是我的家乡，说一句狂妄的大话，我认为"高密东北乡"变成了中国的一个缩影，而且我也感觉到，只要在这个地方站稳就可以走向世界。

主持人：您第一次到外面去是什么时候？

莫言：我第一次离开我家到县城里去是

14 岁的时候，我跟着生产队的马车去县城里面拉棉籽油，那个时候感觉到县城已经非常的遥远了。我第一次在火车站看见了火车，以至于半夜都爬起来跑到铁路边上等待着火车从远方过来，而且认真地数着一节一节的车厢，数到六十几节、七十几节，回去好向小伙伴们炫耀。

后来我到了一个更大的城市，就是 18 岁的时候，正好当时我大哥带着我的侄子从上海回来探亲，他要从青岛坐船回上海，我就送他去青岛。那是我第一次坐火车，进入像青岛这样一个大城市。现在看来，当时的青岛还不如现在的一个县城大，但是在我们这样的农村孩子的心中和眼里，青岛已经像天堂一样了。

有了这两次进城的经历以后，我离开乡村的愿望就更加强烈。我为什么不能到青岛呢？我为什么不能到高密县里去呢？我要努力、要奋斗。但是没有别的办法，那时候大学也不招生了，工农兵大学生要靠贫下中农推荐，这看起来很平等、很公正，但实际上大家也都了解，名额那么少，一般的农村孩子要想通过好好劳动上大学是不可能的，当工人我想也轮不到我们这些普通的农村青年。唯一比较可能的就是当兵、参军，那时候阶级斗争讲得很厉害，对家庭出身要求很严格，因为我们家出身是中农，从理论上来讲，中农当然也可以当兵，但在现实生活当中可能性却比较小了，因为有那么多的贫农、下中农的孩子排着队呢，人家首先要家庭成分好的。所以我从 17 岁开始，每年都去参加体检报名应征，一直到了 21 岁，我终于当兵了，成了一名人民解放军战士。

主持人：您年轻的时候有很强烈的离开故乡的意愿，而且后来您的确告别了高密，现在您反而又经常回去。这是一种怎样的感情呢？

莫言：这是我们这一代人的共同想法，是 20 世纪 50 年代农村出身的一批人的共同想法。因为当时农村生活比较艰苦，年轻人都愿意到外边去看大城市、看更加广阔的世界，去当工人、去当兵、去上大学、去寻找更加光明的前途。农村青年想离开农村是一个非常普遍的现象，谁也不愿意在农村待着。那时候我们中国的三大差别：工农差别、城乡差别、脑力劳动与体力劳动的差别，这些差别还是非常的大。城里人跟乡下人这两个概念，可能现在的年轻人体会不到，但是我们这样年龄的人一说起来就会知道这是天壤之别。所以我从十五六岁起，就开始梦寐以求想离开家乡，到外边去。

故乡跟作家的关系，就好像是植物跟土地的关系一样，植物离开了土地就要枯萎。一株高粱如果不在土地上生长，那它立刻就要死亡。所以作家与故乡，我觉得就仿佛是高粱与黑土地的关系。我不但要从这里获得创作的灵感，还要从这里获得创作的素材和故事。

主持人：所以现在您还会用当年您说的那句话来形容自己的故事吗？"最美丽但也最丑陋……"

莫言：最英雄好汉最王八蛋。

主持人：对。

莫言：这实际上是过去的儿童式的印象，因为它是矛盾的，这也反映了我在离开家乡时的一种心态。因为我们农村青年，每个人都想脱离故乡到外面去追求更美好的生活，然后希望自己能够在城里边做出更好的事情来，享受更富裕的生活。但是，当你离开了以后又觉得，这个地方有很多眷恋的东西，你的朋友、村头的那棵大树、河上的小石桥、河底的鱼虾，甚至树上的知了、田野里各种各样的叫声、婉转的鸟，都是你眷恋的。另外，在农村体验到的生活的贫困、劳动的艰苦，又让你觉得这个地方不能久待，

就是那样一种矛盾心态的描述。

农村最近四十年来发生了翻天覆地的变化，现在农民的生活和过去也大不一样。当年我们夏天是在田里边顶着炎热的太阳来锄地干活的，现在他们都坐在树下打扑克、听收音机。所以用《红高粱》里边那样一种强烈的、矛盾的、对抗的话语来描写现在的乡村是不准确的。我离开的时间越长，对它的眷恋之情越深，这是一种深深的乡愁，以至于当年在农村所受的苦难，现在也变成了美好记忆的重要组成部分。

主持人：而且故乡也成为您的文学的宝藏，成了心灵的归宿。

莫言：是。上个星期，我见到军艺时期的老同学，他们还在回忆当年，说我背了一摞稿纸回高密老家了。北京的编辑都知道了，说莫言已经背着稿纸回家了，过两个星期回来，一部中篇小说就写出来了。所以，我几乎所有的小说里的故事都可以找到一个甚至好几个原型。我前面也讲过，发生在世界各地的、天南海北的、古今中外的很多故事，也都被我移植到了"高密东北乡"的文学版图上来了。

"只有对人有深刻的理解和了解，你才可能写文学作品。"

主持人：现在的您频频回乡，再回高密的话，您希望得到的是什么？

莫言：我主要是想回去接一下地气吧，用一种形象化的说法，更多的还是想和日新月异发生着变化的故乡保持一种联系。因为不回去的时间久了之后，就感觉眼前的一切都比较陌生，包括人，也是陌生的。像我这样年龄的人们，在乡村我们之间见了面，应该是知道彼此的心理的，我知道他们在想什么，也知道他们最希望过什么样的生活。但是像年轻人，那些二十来岁的、十来岁的，他们的想法我确实不太清楚。那么只有通过回去和他们接触后，才会了解到当下的年轻人在想什么。因为文学最终是写人的，不管是写工业题材、军事题材还是农村题材，最终还要落实到写人上，所以只有对人有深刻的理解和了解，你才可能写文学作品。因此，我回去主要是想跟人打交道，跟我的乡亲们打交道，跟他们保持一种没有心理障碍的亲密状态。

莫言 ▲

> "如果让我现在写，肯定会写得比那会儿要通顺、要文雅、要优美，但如果那样写了的话，也就没有《红高粱》，也就没有这种力量了。"

主持人：在《红高粱》中，我们充分地感受到了您的语言的张力，甚至于是暴力，比如纵酒、剥皮等，您现在回过头来再看，会觉得有点意外吗？

莫言：因为 20 世纪 80 年代是一个文学和各种艺术大胆创新的时代，当时开玩笑说，创新就像一群狗追在我们屁股后面咬，所以我们要创新、往前跑。创新是全方位的，也包括语言方面，比如语言的冲击力，甚至语言的暴力。

我现在回头来看《红高粱》之中的很多句子，发现语言是不规范的，甚至是破坏了汉语的优雅风格的。但当时感觉不这样写，就不能够发泄出我心中的强烈的情感，就像梵高笔下的油画一样，旋转的星空、扭曲的树冠，所以我想《红高粱》的小说语言是可以和梵高的油画进行比较的。当时也确实是这样，我那一段时间在军艺图书馆里面，几乎霸占了梵高的油画、莫奈的油画，每次都要翻来覆去地看，就感觉到这样一种有关画面的色彩的强烈的感受，可以转移到我的语言上来，所以我想在语言方面进行大胆的尝试。

现在回过头来看，确实有一些不是特别雅致的地方，但是我想，你如果让我现在写，肯定会写得比那会儿要通顺、要文雅、要优美，但如果那样写了的话，也就没有《红高粱》，也就没有这种力量了，所以还是保留原貌好。

《红高粱家族》手稿 ▲

一支生命的赞歌，
一座如烈酒般的里程碑

张艺谋，1950 年 4 月 2 日生于陕西西安，毕业于北京电影学院摄影系。曾执导《秋菊打官司》《一个都不能少》《十面埋伏》《满城尽带黄金甲》等影视作品，作品集民族文化、社会现实、文化寻根与电影创新为一体，擅长以极具力度的构图，饱满的意象与浓烈的色彩挖掘电影语言的潜在力量，作品先后多次获国际电影节大奖，张艺谋亦多次任国际电影节评委会及主席职务，为中国"第五代导演"代表人物之一。

张艺谋在借调西安电影制片厂不久之后，开始为拍摄电影寻找合适的题材。在图书馆工作的肖华在知道张艺谋苦心寻找题材后便格外留意，一有时间就翻阅各种文学期刊，希望帮他找到好素材。肖华在整理新一期的期刊杂志时，发现《人民文学》刊载了莫言的一篇新小说。肖华知道张艺谋很欣赏莫言的小说，年初时还特意叮嘱过她以后要多注意莫言的作品，因为张艺谋之前就对莫言写的《透明的红萝卜》很感兴趣。

张艺谋从肖华手中接过杂志，认真地读起来，一边读一边说："好东西，好东西！"甚至连吃饭的时候也在读。此时，他拿定主意，自己当导演的处女作就选《红高粱》。

此前，张艺谋为了拍摄《老井》前往山西太行山体验生活。回来时，经济并不宽裕的他竟然慷慨了一回，从农民那里买来了一大堆旧衣服，因为他想体验一下《红高粱》中那些农民的心态，想穿着旧衣服找一找感觉。次日，张艺谋果真穿着旧衣服上班去了。傍晚回家后他兴奋地对肖华说："今天穿这身衣服，谁见了都要问我怎么回事，连卖西瓜的农民都说这样的衣服现在要饭的都不穿。他问我们拍戏一天挣多少钱，怎么这么苦。"

不久之后，电影圈已经有很多人知道张艺谋对《红高粱》十分感兴趣，纷纷帮他出主意，也有朋友开始替他联系莫言。基本工作准备好后，张艺谋便决定去找莫言谈谈。

那天，张艺谋挤着公交车去找莫言。公交车上非常拥挤，但他不敢耽误时间，于是拼命往上挤，一不留神，脚被车门夹了。在卫生所简单包扎后，他便拖着伤脚去见莫言。莫言当时住在一座筒子楼内。张艺谋那天一瘸一拐地走进大院，却忘记了莫言的房间在哪里，只能站在那里大喊。莫言曾在 1987 年 11 月 27 日撰写的《也叫"红高粱家族"备忘录》中回忆道：

《红高粱家族》图书 ▲

去年（1986 年）8 月里，张艺谋到军艺（解放军艺术学院）找我，他的确在楼道里喊我的名字，我开门把他迎接到学生宿舍。眼前的张艺谋穿着一件破汗衫、一条破劳动布裤子、赤脚上穿着一双乡下农民才穿的用废轮胎胶布缝成的凉鞋，一个光溜溜的瘦而饱满的头，眼神忧伤、面容憔悴、耳朵竖挺，宛若铁皮剪成。我一见他就引为同党，他的确像我们村里的人。我们谈改编《红高粱》为电影的事。谈了总共不到 10 分钟。我说："张艺谋，我信任你！"接着我就把他送走了。

1986 年，一段充满意外的路途，一场一见如故的会面，拉开了《红高粱》影视化的序幕。

靠内容取胜的电影撑得住时间

顾长卫和张艺谋是同班同学，因为都是从西安到北京电影学院来上学，而且还在一个宿舍住了四年，所以他们的关系还挺亲近的。宿舍住六个人，顾长卫说当时他们都没有张艺谋那么用功，每天床头灯关得最晚的都是张艺谋。张艺谋每天晚上都特别认真地写字，写字的时候那个嘴还有点往一边使劲儿，但平时是看不出来的。顾长卫和张艺谋住一个宿舍，总是一块儿玩、一块儿混、一块儿吃喝，彼此之间产生了信任和了解，顾长卫当时称呼张艺谋为老谋子，其中既有亲近感又有尊敬和欣赏。

在拍摄《红高粱》之前，顾长卫和陈凯歌在西影拍了《孩子王》，张艺谋看过样片后觉得不错，后来张艺谋也在西影参演了吴天明导演的《老井》。一天，张艺谋问顾长卫要不要做《红高粱》的摄影，顾长卫说："行啊。"于是在机缘巧合之下，顾长卫就成了《红高粱》的摄影。多年后，顾长卫接受采访时回忆说："仿佛那是一件自然而然的事情。"

顾长卫与张艺谋、陈凯歌、姜文等人合作过多部影片，顾长卫在访谈中表示："现在回想起来觉得我真的是运气不错。"因为一部电影最后呈现出来的精彩效果，获得了观众的喜爱，并且观众能够在数年之后再次回想起来，还愿意再去观看，"我觉得这首先是因为影片内容足够有魅力、足够接地气、足够能撑得住当时的那个荧幕和那个市场，也能撑得住时间。"

顾长卫认为谈论《红高粱》还是得讲到莫言。莫言的《红高粱》和《红高粱家族》等小说，他觉得"确实是各种好，各种讲究"。他说："一部影片首先得内容好，然后我们一起合作的每一个创作人员都使劲儿，或者是说，大家这个劲儿拧在一起，才能让整个故事锦上添花。总而言之，我觉得哪部电影或哪部作品大红大紫的时候，它首先一定是内容取胜。"

凑上四万块种片高粱地

1986 年 12 月，《红高粱》的剧本交给西安电影制片厂后，厂里却产生了不同的意见，双方争执不下。张艺谋急坏了，因为庄稼不等人，错过了这个季节，高粱地怎么办？如果不能在开春时种下百十亩高粱，明年是绝对不可能拍成这部影片的。幸亏时任西安电影制片厂厂长的吴天明知道张艺谋心急，紧急给他拨出了一笔专款，允许张艺谋速种高粱。

吴天明回忆说：

> 据说艺谋要拍《红高粱》，他曾经跟好几个厂联系过，就在《老井》做后期的时候，他正式提出想要独立拍片。当时已经是 1986 年年底，广西厂对他拍片没有限制，但是按照正规的渠道，应该是把剧本先送到文学部审批，文学部提意见、修改通过后，送到厂委会进行审批，最后拿到生产令才准许开拍，一般都要 4 个月左右的时间。如果还要修改剧本，然后等送审通过就不知何年何月了，节令不等人，再晚就来不及种高粱了，当时张艺谋确实挺着急的。但没有生产令，厂里是不能拿出资金给一个剧组的，我找到了厂里的副业部门，把照明、美工组的主任叫来跟他们凑了 4 万块钱，我知道这笔钱是收不回来的，让艺谋他们先到山东高密种高粱，出了问题我扛着，先种上再说。

种高粱并不是一件容易的事，张艺谋在《我拍红高粱》一文中提到当年种高粱的情景：“那年为选景没少费劲儿。因为农村的地都分了，种的庄稼杂，高粱不怎么值钱，种的人少，很难找到成片的，最后只能是在山东高密县量出地来自己种。”

1987 年春天，张艺谋找到莫言，请莫言发动自己的乡亲们，在山东高密的胶河两岸种下了百十亩高粱，接着选种、施肥、浇水，就忙活开了。四至七月，张艺谋往返山东数趟，忙活的全是种高粱的事情。然而到了七月下旬，张艺谋将全剧组带到外景地时，却傻了眼。当时正逢山东连日无雨，高粱发育严重不良，于是众人一起抗旱，都下地做了一回农民。最后，还是县委和莫言帮了大忙。莫言收到张艺谋的电报后就火速返回高密，到了孙家口一看，莫言也想哭。因为他发现："高粱全都半死不活，高的不足一米，低的只有几拃。叶子都打着卷，叶子茎上密布着一层蚜虫，连蚜虫都晒化了。天太旱了！"第二天，莫言跟张艺谋说他找到了县委负责的同志，批了5吨化肥。县里领导还把种了高粱的乡领导召到县委开了会，要他们把管理高粱的事当成"政治任务"。功夫不负有心人，火红的高粱在高密蔓延开来了。

后来，张艺谋多次提到对亲自浇水、除草的高粱地的深厚情感：

高粱这东西天性喜水，一场雨下透了，你就在地里听，四周围全是乱七八糟的动静。棵棵高粱都跟生孩子似的，嘴里哼哼着，浑身的骨节全发出脆响，眼瞅着一节一节往上蹿。人淹在高粱棵子里，只觉着仿佛置身于一个生育大广场，满世界都是绿、满耳朵都是响、满眼睛都是活脱脱的生灵……

成熟的高粱能长二三米高，雄雄浑浑一片。借了风，便有了光彩，海浪般呼呼啦啦地荡起来，天地间增添了许多强梁气势，也很好看。从眼下常讲的经济效益看，高粱的用处不算很多、很大。这倒有点像我们的电影，派不上很多、很大的用场。如果众人觉着它还有点飞扬流动的活气，觉着它还好看，我和我的伙伴们也就很知足了。

莫言和张艺谋 ▲

为选角费尽心思，脱胎换骨改造巩俐

张艺谋不仅为高粱地的种植劳心劳力，同样也为选取角色费尽心思。导演张艺谋、副导演杨凤良、摄影顾长卫、美术指导曹久平等主创在电影开拍前半年经常聚在一起讨论选角。

《红高粱》剧组副导演杨凤良对当时寻找演员的过程记忆犹新：

> 当年巩俐还在中戏表演系读二年级，也就22岁。"我奶奶"这个角色很关键，寻找的过程也比较费脑筋，找了几个人选，史可也是候选人。正准备回去的时候，北影导演李文化的女儿——当时也正在中戏导演系读书的李彤说："巩俐演这个角色肯定合适。"和巩俐见面谈了不到10分钟，她当时看上去很瘦，但是有一种很独特的味道。

顾长卫发现张艺谋每天晚上回来吃饭也不欢实，一会儿一个人在那里琢磨，一会儿又问大家，史可和巩俐你觉得哪个合适。一番琢磨，几经犹豫，张艺谋最后决定请那时已经在影坛崭露头角的姜文饰演男主角"我爷爷"，而女主角"我奶奶"，即九儿，挑选的则是当时尚在中央戏剧学院上二年级的大学生巩俐来出演。

张艺谋谈到他第一次与巩俐见面时的情形：

> 当时她穿着一件宽大的衣服来试镜，与我想象中的《红高粱》女主角对不上号。当时我心目中的女主角应该是一位漂亮的女子，而且有一种强烈的情感。当然，巩俐的样子也很清秀、聪明，眼睛很有表达力。后来，经过进一步接触，我发现巩俐的性格正是人物所需要的。她在外表上很纯真，不是那种看起来很泼辣的样子。外表不很张扬，内心活动及性格又可以表达出来，这样在戏里表现会更好。"

张艺谋从北京回到西安几天后，西影厂的聘书就发到了巩俐手中。

电影开拍前，莫言邀请剧组到他家做客。当时，剧组还不叫《红高粱》剧组，而是叫《九九青杀口》剧组。巩俐住在高密县招待所，在招待所大院里，巩俐挑着木桶来回转圈，身上穿着不伦不类的服装，脸上凝结忧虑重重的表情。莫言毫不讳言，那时的巩俐给他的感觉与自己心目中"奶奶"的形象相差太大。"在我心目中，'奶奶'是一株鲜艳夺目、水分充足的带刺玫瑰，而那时的巩俐更像不谙世事的女学生，我怀疑张艺谋看走了眼，担心这部戏将砸在她手里。"

一个从未正式演过戏的二年级学生如何担任女主角？更何况长在城市的巩俐和生活在 20 世纪 30 年代中国北方农村的"我奶奶"天差地别，这样一个女孩怎么可能演绎好"我奶奶"的角色呢？

张艺谋从《老井》中学来了"实打实"一招。为了让巩俐与"我奶奶"形神合一，张艺谋让巩俐在大热的夏天穿上大棉袄，还箍了一副绑腿，每天练挑水、骑毛驴、学坐轿。巩俐从小在城市长大，人又长得文静秀气，怎么挑得动？挑起半桶水，走起路来便如扭秧歌一般，引得村里一群孩子追着看，羞得巩俐抬不起头。除了这些，巩俐还得学农村女人那种走路的姿势。在《红高粱》剧组中饰演刘大号的演员杨前斌曾在 1988 年 6 月的《延河》杂志上发表了《关于电影〈红高粱〉的日记》，其中有一小节专门写到巩俐学挑水的情景：

> 她创造角色非常刻苦。九儿要挑着担子"像个大蝴蝶一样款款飞来"，可她从未挑过担子。为了演得真实，她就挑一副木制的大水桶练习。第一天挑空桶，第二天在两个水桶内各添一瓢水，以后每过一天，都加一瓢水。我们在水库管理所的小食堂吃饭，那里的几个大水缸她全包了。她肩膀肿得老高，晚上疼得睡不着觉，但到第二天，她咬着牙又挑起担子，后来，她居然能挑起满满一担水。……在这期间，自从未挑过担子到居然能挑起满满一担水，没有顽强的毅力和刻苦的精神是无法办到的。而且巩俐请求学以致用。她一边练习挑水，一边把几个大水缸全包了，足见她脱胎换骨地改造自己的诚意。

脱胎换骨后的巩俐与"我奶奶"的精神气质达到了浑融的境地，莫言对巩俐的刻板印象在看样片的时候发生了改变。莫言说，看样片的时候，他感到了强烈的震撼，电影给了他崭新的视角、强烈的色彩。他也第一次感受到了电影的影响力。他说，那篇小说写完后，除了文学圈也没什么人知道，但是1988年春节过后，他返回北京，深夜走在马路上还能听到很多人高唱"妹妹你大胆地往前走"。

"它没有想负载很深的哲理，
只希望寻求与普通人最本质的情感沟通。"

张艺谋直言，在《红高粱》的筹拍阶段，他曾经听到过这样的指责："张艺谋在《一个和八个》里就歌颂土匪抗日，这个本子又是写土匪加妓女，色情加暴力。"对于这些谈论，张艺谋没有怎么理会。后来在对谈中，张艺谋提到：

> 对"我爷爷"这个人物身份进行定位，主要还是出于艺术上的考虑。俗话说，画鬼容易画人难。如果"我爷爷"的身份是土匪司令，那就跟画鬼似的把他写成是骡子、是马都可以。观众对土匪的概念化认识会妨碍与这个人物情感和心灵的沟通。因此，我们就把他放到了普通农民的位置上。这样，会有助于表现他身上那种构成人的本质的热烈、狂放的生命态度。《红高粱》的拍摄实际上反映了我创作心态的不安分，艺术的本质是创造，一个艺术家走向完整和圆熟，就是走向死亡。因此，我的每一次创作，都是想方设法和过去的自己不一样，和其他人不一样。拍《一个和八个》《黄土地》时，我是非常自觉地在画面中灌注强烈的思想内涵；但是，当一大批电影都着劲儿朝哲学层次上奔时，我就想自己能不能换个路子，拍另一种电影？这种电影既有一定的哲学思想内涵，又有比较强的观赏性。它的思想是由引人入胜的艺术形式包起来的。《红高粱》是我发挥电影观赏性的一次尝试，小说中带有传奇色彩的人物、情节和戏剧冲突，为这尝试提供了可能性。电影是一次性的观赏性艺术，《红高粱》也是只准备让人看一遍的电影。它没有想负载很深的哲理，只希望寻求与普通人最本质的情感沟通。

张艺谋当初看中莫言的《红高粱》，小说中的刺激性场面或"魔幻"手法倒是次要原因，最打动他的是爷爷奶奶的爱情传奇，那都是充满活力的人，那都是豪放舒展的活法。小说中高粱地里发生的故事，显现出男人女人的豪爽开朗、旷达豁然，生生死死中狂放出浑身的热气和活力，随心所欲里透出做人的自在和快乐。这里没有女人的重负或男人的畏缩，有的是热血沸腾的活力。

　　张艺谋认为现今大家常谈关于文化的各类学问，而作学问的目的还是要使人越活越精神。他认为中国人举止圆熟，言语低回，这样一来便少了许多做人的热情，应该活得舒展些。张艺谋"秉承了莫言《红高粱》中那种狂放、自由、洒脱的心态，然后把他们发挥了出来"，把《红高粱》拍成浓浓烈烈、张张扬扬的样子。张艺谋想表现人的一种本质的对生命的爱、对践踏生命者（日寇是其象征）的恨，想唱出一曲对具有理想色彩的人格的赞歌。

"我们试图达到雅俗的结合，或者叫可思性与可视性的结合。"

　　张艺谋在国际电影节上听外国影评家评电影时发现，他们首先说"好看"或"不好看"，然后才作分析。张艺谋则想让独具性格的人物、跌宕起伏的情节与造型、音响的因素融合在一起，形成一种传奇色彩。他对《红高粱》的艺术追求是"我们试图达到雅俗的结合，或者叫可思性与可视性的结合"。

　　为了达到这一艺术追求，张艺谋等人抱着自由的、不受束缚的态度去拍，比如当地并没有"颠轿"的风俗，甚至是莫言也不知道该怎么酿高粱酒，但张艺谋等人在影片艺术中却琢磨着强化了这些民俗成分。相对应地，因为剧中人和幕后都有热情，所以拍摄时也希望充满热情。"颠轿""野合""敬酒神"等几场热烈狂放的戏，都是为了表现做人的潇洒和欢乐；那些与秃三炮、蒙面人生死搏斗的动作性场面，则是为了表现人在受到欺侮之后的反抗态度，把秃三炮写得来无影、去无踪，也是为了增加影片的传奇色彩。在张艺谋的内心深处，对爱和死都是顶礼膜拜的，他认为它们是生命中很神圣、很美丽的组成部分。因此，"颠轿""野合""敬酒神"等几场观赏性很强的戏，都带有浓厚的仪式感，包括最后小孩喊"娘，娘，上西南"那场戏，也是一种送葬的仪式。

张艺谋回忆拍摄《红高粱》时的心态：

> 我是怀着对生和死的深情礼赞，来拍这些戏的，比如"野合"这场戏。我们没有拍"我爷爷"和"我奶奶"如何在高粱地里男欢女爱。而是用一个俯拍的全景镜头。"我奶奶"躺在倒伏的高粱所形成的圆形圣坛上，"我爷爷"双膝跪下。表现爱的热烈和生命的辉煌。影片创作之初，我就对摄制组的同志讲，咱们有三个主角：一个男人、一个女人，加上一块高粱地。莫言小说里的高粱比较实，我们把它改成了野高粱，没人种也没人收，自生自灭，是活得自自在在的天地间的精灵。我和摄影师顾长卫一起，认真研究了如何把高粱拍好，我觉得，对于摄影来讲，拍出精美的、有情趣的画面并不是难事，但要在总体上传达一种气质，并且这种气质又与影片的内容相吻合，就不那么容易了。

因此，张艺谋在构思高粱画面造型时，特别注意的是要表现出一种浓郁、强悍、充满活力的气质。也许一望无际的高粱画面是观众所期待的，但当时没有拍一望无际的高粱的条件——只有一百亩高粱地。张艺谋等人想突破以往的拍法，因为连绵万里固然可以表现出一种气质，但贴近地面拍高粱的动势更能传达出它的活力与神韵。所以，摄影顾长卫通过光线和风，表现高粱在风中舞动的多姿多态和躁动不安的生命感，拍高粱的每一个画面时，都把阳光拍进去，灿烂的阳光在一棵棵高粱间跳跃闪烁，把原是墨绿色的高粱染成一片金黄，晶莹辉煌的高粱在阳光下狂舞，这时，高粱变得鲜活、舒展。

影片结尾的画面，张艺谋要求高粱全都红起来，而且是血一样的红色。顾长卫拍摄的高粱的画面中，血红的太阳、血红的天空、血红的漫天飞舞的高粱，小孩"娘、娘，上西南"的声音随风飘散，再伴以升腾而起的高昂激越的唢呐齐奏，使影片的生命主题得到了最高的升华。

红色构成了影片最富有形式感的部分，
红色代表着一切情感的极致……

影片的名字叫"红高粱"，酒叫"十八里红"，歌中高声唱着"红绣楼""红绣球"，全片又以红为主色调，《红高粱》十分善于利用色彩本身作用于视觉的美感效应以及色彩的象征意义，由此勾起了人们丰富悠远的联想，充分调动了观众的审美体验。弥漫开来的欲望与狂野、血腥与罪孽，是影片留给观众最深切的感受。尤其是在影片结尾，"娘、娘，上西南，高高的大路、足足的盘缠，娘、娘，上西南……""我父亲"高亢童稚的声音回荡不绝，碰得高粱棵子簌簌打抖。在剪破的日影下，"我爷爷"牵着"我父亲"的手在高粱地里行走，三百多个乡亲叠股枕臂，陈尸狼籍，鲜血灌溉了一大片高粱，把高粱下的黑土浸泡成深红的稀泥。血色夕阳，无边无际的高粱红成了血海。奶奶安详地倒在血泊中，唢呐齐声哀鸣，慷慨、悲凉。太阳被暗红色的血抹成深红，红色的太阳燃烧着，世界都是红色……红色构成了影片最富有形式感的部分，红色代表着一切情感的极致，包含着大悲大喜、大爱大恨、大执着、大解脱，形成了雄浑壮丽的境界之美。

张艺谋执导的影片都与红色有关。《红高粱》中的红高粱、《菊豆》中的红染布、《大红灯笼高高挂》中的红灯笼、《秋菊打官司》中的红辣椒……所以人们干脆称张艺谋为"偏爱红色的电影导演"。

张艺谋认为他偏爱红色的原因有两点：

第一，张艺谋一直都很重视影片的色彩。而红色富有表现力，能给人以强大的冲击力，能马上唤起人的情绪，在视觉上给人以感染力。

第二，这与张艺谋是陕西人有关。陕西的土质黄中透红，陕西民间就喜好红色。秦晋两地，即陕西和山西，在民间办事情时都会使用红色。陕西的风俗习惯影响了张艺谋，使他对红色有一种偏爱，然后张艺谋又反过来去表现这种红色。

讲故事的人

1955年2月17日上午十时左右，莫言出生在山东省高密县河崖镇大栏乡平安庄一户农民家中。祖父管遵义，祖母戴氏，父亲管贻范，母亲高淑娟，大哥管谟贤，大姐管谟芬，二哥管谟欣，莫言排行最小，本名管谟业。

莫言经常对人说童年的饥饿与孤独是他创作的财富。莫言出生后便生活在由十一口人组成的大家庭里，和当时山东农村典型的大家庭生活模式相同，大家共同劳作，同吃同住。

2000年3月，莫言在斯坦福大学演讲时对童年遭受过的饥饿进行了回忆和评价，他认为：

> 饥饿的岁月使我体验和洞察了人性的复杂和单纯，使我认识到了人性的最低标准，使我看透了人的本质的某些方面。许多年后，当我拿起笔来写作的时候，这些体验，就成了我的宝贵资源。我的小说里之所以有那么多严酷的现实描写和对人性的黑暗毫不留情的剖析，是与过去的生活经验密不可分的。当然，在揭示社会黑暗和剖析人性残忍时，我也没有忘记人性中高贵的有尊严的一面，因为我的父母、祖父母和许多像他们一样的人，为我树立了光辉的榜样。这些普通人身上的宝贵品质，是一个民族能够在苦难中不堕落的根本保障。

孤独是莫言童年经受的另一份苦难。莫言读小学五年级时，因为说错了一些话而被学校开除，11岁的他参加不了繁重的劳动，所以只能去放牧。他的家乡高密东北乡是三个县交界的地区，交通闭塞，地广人稀。村子外边是一望无际的洼地，莫言每天都要去那里放牧。当他赶着牛羊从学校门前路过，看到那些与他同龄的孩子们正在校园里嬉戏打闹时，心里充满了难以名状的痛苦。莫言在多篇文章中记述过他做牧童时孤独寂寞的心情，可见这对他的成长经历影响之大：

　　当我成为作家之后，我开始回忆我童年时的孤独，就像面对着满桌子的美食回忆饥饿一样……我想跟牛谈谈，但是牛只顾吃草，根本不理我。我仰面朝天躺在草地上，看着天上的白云缓慢地移动，好像他们是一些懒洋洋的大汉。我想跟白云说话，白云也不理我。天上有许多的鸟儿，有云雀，有百灵，还有一些我认识它们但叫不出它们的名字。它们叫得实在是太动人了。我经常被鸟儿的叫声感动得热泪盈眶。我想与鸟儿们交流，但是它们也很忙，它们也不理睬我。我躺在草地上，心中充满了悲伤的感情。在这样的环境下，我首先学会了想入非非。这是一种半梦半醒的状态。……然后我学会了自言自语。

　　开始进行文学创作后，莫言将他当年的许多幻想都写进了小说。许多人夸奖他的想象力丰富，甚至有人夸张地说莫言是中国最有想象力的作家，还有文化爱好者请莫言告诉他们关于如何培养想象力的秘诀，莫言说："对此我只能报以苦笑。"

"用耳朵阅读"，积累写作资源

那时农村既没有电视，也很少有收音机，更别说电影了。因此人们最大的娱乐活动就是听村头的大喇叭播放歌曲、样板戏或看本村业余戏班子演的茂腔戏。莫言从小就迷恋读书，他在小学二年级就学会了查字典，因此他通过查阅字典阅读了很多人们称呼为"闲书"的小说。起初，家里人反对他看"闲书"，因为会耽误功课和割草放牧，但后来老师家访时说只要功课好了，看看"闲书"还可以多识字、明事理，向书中的正面人物学习。此后大人们才不反对莫言阅读"闲书"。

莫言从小看书速度快、记性好，一遍看完，便能记全书中的人名并且复述主要情节，对于经典的句子甚至能成段背诵。莫言在《童年读书》中回忆说，为了读杨沫的《青春之歌》，"下午不去割草放羊，钻在草垛里，一个下午就读完了。身上被蚂蚁、蚊虫咬出了一片片的疙瘩"；为了看二哥借来的藏到猪圈棚子里的《破晓记》（孙犁），"头碰到马蜂窝，嗡的一声响，几十只马蜂蜇到脸上，奇痒难挨。头肿得像柳斗，顾不上痛，抓紧时间阅读，读着读着眼睛就睁不开了，肿成了一条缝"，还是忍着痛苦阅读。莫言的二哥也是个书迷，二人经常互相争抢，有时二哥借到好书，莫言就凑过去，"脖子伸得长长的，像一只喝水的鹅"。莫言还从大哥管谟贤的语文课本中阅读了《席方平》《促织》等故事。据大哥管谟贤回忆，莫言少年时期不但把古典小说《三国演义》《水浒传》《西游记》《红楼梦》《封神演义》都读了，还把当时流行的"红色经典"差不多都读了。莫言失学后，还曾经跟着他的大爷爷学过中医，背诵过《药性赋》《濒湖脉诀》等中医专著，也读过《唐诗三百首》，为学习古典文学打下了一点底子。

莫言在很多文章中都提到过童年时代"用耳朵阅读"的问题。所谓"用耳朵阅读"是指听书、听故事。莫言的大爷爷（即莫言爷爷的哥哥）、莫言的爷爷等村子里上了岁数的老人们，都有着满肚子的故事。生产队的记工屋、冬天的草鞋窨子都是人们谈古论今的地方。莫言在与他们相处的日子里，听故事听得津津有味，并且在回家之后再复述给家人。正如莫言所说：

> 我虽然没有文化，但通过聆听，这种用耳朵的阅读，为日后的写作做好

了准备。我想，我在用耳朵阅读的二十多年里，培养起了我与大自然的亲密联系，培养起了我的历史观念、道德观念，更重要的是培养起了我的想象能力和保持不变的童心。我相信，想象力是贫困生活和闭塞环境的产物，在北京和上海这样的大城市里，人们可以获得知识，但很难获得想象力，尤其是难以获得与文学、艺术相关的想象力。我之所以能成为一个这样的作家，用这样的方式进行写作，写出这样的作品，是与我的二十多年用耳朵阅读密切相关的；我之所以能持续不断地写作，并且始终充满自信，也是依赖着用耳朵阅读得来的丰富资源。

莫言童年时期 ▲   莫言的父母 ▲

在《超越故乡》和《漫长的文学梦》等文章中，莫言回忆自己的创作生涯时说到："当了兵，吃饱了、穿暖了，作家梦就愈做愈猖狂。"但他最初的文学道路并不是一帆风顺的。

1979年，莫言在训练大队当政治教员时写了不少作品，就近寄到《莲池》，每次莫言都是满怀信心地把厚厚的稿纸装进信封，然后开始煎熬地等待，但每次都是寄出去、退回来，如此反复，如此漫长……

1981年，莫言终于收到了编辑部的一封让他面谈的回信。这封信是《莲池》的编辑毛兆晃写给他的。兴奋了一夜的莫言，第二天一早就搭上了去保定的长途汽车。在路上颠簸了三个半小时之后，他平生第一次跨进了编辑部的大门，第一次见到了文学编辑，编辑毛兆晃接待了莫言。稿子几经修改后，终于发表了出来，这就是莫言公开发表的第一个作品——短篇小说《春夜雨霏霏》（《莲池》1981年第5期）。

后来，在《莲池》上，莫言接连发表了《丑兵》《为了孩子》两篇小说。当莫言将颇具魔幻现实色彩的短篇小说《民间音乐》寄给编辑毛兆晃后，毛兆晃虽然看不懂，但也不保守，请了同事锺恪民来处理。锺恪民十分欣赏这篇小说，于是在1983年第5期《莲池》刊出了这篇小说。

一个地方文学杂志从1981年到1983年连续刊出一位无名作者的五篇小说，在当时是十分少见的。毛兆晃对莫言的有意栽培和提携，对于当时身处逆境的莫言来说，无疑将他从黑暗带向了光明。

莫言偶然听说毛老师喜欢收藏石头，便从驻地山上寻找了一块八十斤重的异石，乘车背着它送给毛老师，不曾料到毛老师原来只喜欢小小的异石，但也从中可见莫言的实在、诚恳与深切的感恩之情。1984年莫言考入军校，一年后爆得大名的莫言虽然很少再给毛老师写信，但在莫言的内心永远珍藏着这位发现他、欣赏他的恩师。1998年，他在《我是从〈莲池〉里扑腾出来的》一文中写道："我永远不敢忘记毛兆晃老师……《莲池》是我永远的圣地。"

莫言与战友合影（一排左一） ▲

第十二章 《红高粱》：
血色的狂野与浪漫

《透明的红萝卜》引起全国关注

如果没有毛兆晃先生，莫言很难踏上文学之路，而没有徐怀中先生破例将他招进解放军艺术学院文学系学员班，莫言的小说不可能走向全国。

1984 年夏天，莫言得知了解放军艺术学院的招生信息，但报名时间已过，莫言只能留下小说回去等通知。莫言留下的"敲门砖"是在《莲池》上发表的小说和孙犁先生对《民间音乐》的点评。老作家孙犁在文坛德高望重，他曾在《读小说札记》中说："（莫言的）小说的写法，有些欧化，基本上还是现实主义的。主题有些艺术至上的味道，小说的气氛，还是不同一般的，小瞎子的形象，有些飘飘欲仙的空灵之感。"

解放军艺术学院文学系主任是军旅作家徐怀中先生，他曾写出长篇小说《我们播种爱情》和《西线轶事》等名作。他读了莫言的小说，又看了孙犁的评论，便对文学系办公室干事刘毅然说："这个人即使文化考试不及格，我们也要破格录取他。"

刘毅然电话通知了莫言，他说："徐主任看了你的作品很高兴，赶快准备文化课考试吧。"留给莫言的复习时间尽管只有十天，但最终莫言以局里文化分最高、专业课满分的成绩被录取。1984 年 9 月 1 日，莫言扛着背包，走进了解放军艺术学院的校门，这是一个历史性的时刻。报到时，赏识莫言的徐怀中主任告诉莫言，"你的专业课打了满分"。莫言成了解放军艺术学院文学系的第一届学生，也是这届学生中最后一个到解放军艺术学院报到的学生。

作家班实行的是"导师制"，解放军艺术学院把全国最著名的高校老师、作家、评论家、艺术家请来上课，有吴组缃、王蒙、刘再复等。其中甚至有从福建请来的孙绍振先生。孙绍振提出的"一个作家有没有潜能，就在于他有没有同化生活的能力"的观点，多年后莫言还记得十分真切。

班上同学四人住一间宿舍，莫言所在的宿舍被称为"造币车间"，莫言则是"头号造币机"。莫言在《我的大学》一文中是这样回忆他当时的学习和生活的："那时天比现在冷，暖气不热，房间里可以结冰。写到半夜，饿了，就用'热得快'烧水煮方便面吃。听说方便面要涨价，一次买回八十包。深夜两点了，文学系里还是灯火通明。"

一天晚上，莫言"梦见一块红萝卜地"，醒来后，莫言决定要写一个金色的红萝卜。他从金色的红萝卜这一意象出发构思小说，调动童年的屈辱记忆，将自己少年时代在水利工地拉风箱打铁的故事融合进去，以贫困、饥饿和欲望作为表现对象，作品充满了朦胧、感伤色彩。小说原取名为《金色的红萝卜》，徐怀中看了之后，将题目改为《透明的红萝卜》。

《透明的红萝卜》在《中国作家》1985 年第 2 期刊登时，配发的还有徐怀中与青年作家们对该作品的座谈讨论稿《有追求才有特色》。一个梦成了莫言文学创作的爆发点，《透明的红萝卜》是莫言真正的成名作。之后，全国都开始关注写出《透明的红萝卜》的莫言。

《透明的红萝卜》不仅为莫言带来了关注度和声誉，更重要的是莫言通过对"黑孩"这一形象的捕捉和确立，寻找到了自己。在其之后的作品中，大都有一个类似黑孩的人物形象存于其间。对此，莫言在《小说的气味》中写道：

> 一个作家一辈子可能写出几十本书，可能塑造出几百个人物，但几十本书只不过是一本书的种种翻版，几百个人物只不过是一个人物的种种化身。这几十本书合成的一本书就是作家的自传，这几百个人物合成的一个人物就是作家的自我……黑孩是一个精灵，他与我一起成长，并伴随着我走遍天下，他是我的保护神。

从黑孩到红高粱，响亮沉重地呼吸

《透明的红萝卜》作为莫言的成名作，促使时任《人民文学》小说组副组长的编辑朱伟结识了莫言并与之成了亲密的朋友。在某种程度上，《透明的红萝卜》也构成

第十二章 《红高粱》：
血色的狂野与浪漫

了推动《红高粱》发表的重要一环。关于二人的认识过程，以及《红高粱》的发表和过程，朱伟回忆道：

> 认识莫言是因为他发表了他的成名作《透明的红萝卜》，当初我是《人民文学》小说组的副组长。我认为自己是一个很好的编辑，也就是说，我能够嗅到谁是一个优秀作家。那我看到《透明的红萝卜》后，《透明的红萝卜》的风格和色彩太强烈了，里面有一个特别重要的意象，黑孩眼睛看着在铁砧子上烤的那个萝卜，萝卜被火烤得透明了，孩子的眼睛就发出金色的光芒。在 80 年代，我对这样的小说意象产生了强烈的感觉。于是，我觉得莫言可能是我的一个"猎物"。因为作为一个编辑，就是要对准猎物。

> 《人民文学》在 1985 年有一场文学革命。那时王蒙先生是主编，《人民文学》举办了一期青年作家培训班，王蒙先生要把全国各地最有才华的青年作家聚集在一起来开一个座谈会，其中就包括莫言。经过这样一期座谈会，我和莫言成了朋友。在 80 年代有一件很有意思的事情，就是作家和编辑之间的关系实际上是朋友之间的关系，如果我和莫言不是朋友的话，他可能就不会把《红高粱》给我。因为一方面我是《人民文学》的一个编辑，可能他觉得《人民文学》是比较重要的，另一方面更重要的可能是他觉得我懂他的小说，比如我在和他谈红萝卜的时候，我对这个小说的兴奋，我对他的赏识，让他觉得我懂他。

> 我和莫言认识时，我 33 岁，那时我是一个年轻气盛的编辑，当初只关注一流作家，不关注二流、三流作家。在我和莫言认识以后，我们俩有一个君子协定："如果莫言你信得过我的话，我要求小说的'初夜权'，也就是说你的小说写完了以后要先给我看，我如果觉得这小说好，你就不要再给别人。"当初我还是比较霸道的。

> 有了这么一个协定以后，莫言先给了我《爆炸》，紧接着大概是那年冬天吧，我骑着自行车去找莫言，问他最近又有什么小说要写，然后他跟我说："我最近想写一个小说，我想写抗日战争，我家乡那个地方有好多土匪，也

有很多英雄，我想写一部抗战的小说。"那时我觉得很意外，因为莫言原来的小说现实感不是那么强，比如《透明的红萝卜》是一种很意象性、很象征性的小说。我们还是说好了，小说写完了以后要给我，不要给别的刊物。过段时间我又去看看他，问他写得怎么样了，其实他在那儿写，我就说我不打扰他。又过了段时间我再去，问他写完了没有，莫言说小说刚被《十月》编辑部的张守仁先生拿走。

张守仁先生是京城四大名编之一，而且他是我们的前辈，是《十月》的创始人之一。莫言说："张守仁先生到我这儿来说要看我写的稿子，我刚刚写完不给他看，他一定要看，他说他就坐在这儿看一下，结果看完了以后就放不下了，他就拿走了，我也不好意思说不让他拿走。"

我回到编辑部很生气，立马给张守仁打了个电话，那时候我没叫他张先生，我说："老张，你是一个老编辑了，我们都是干编辑这一行的，如果都像你这么做的话，文学就没法办的。你这稿子是莫言答应给我们《人民文学》的，你把这个稿子给我送回来。"而且我的语气特别强硬。现在想想对这样一位老先生，对我的长辈，是很不讲理的。张先生是一个很儒雅的人，他没有跟我计较，很快就把稿子寄还给了《人民文学》。这个稿子我看了以后很激动，然后我就马上写了一稿，发稿子发得很快，是王蒙当主编的时候发的。《人民文学》1986年第3期头篇发的《红高粱》，王蒙再编了第4期以后，他就成为文化部部长了。当初王蒙看了小说以后感慨说："看了这个小说，我觉得自己老了。"我觉得王蒙是一个特别知道什么样的小说是好小说的人，所以他促成了《人民文学》的特别辉煌的1985年、1986年，我很有幸在1985年、1986年成为一个当事人，包括我成为《红高粱》的当事人。

余华、苏童、格非我都发表过他们的小说，但他们的小说最早都不是我发表的。我觉得莫言的小说跟他们的小说的不同之处就是他的强烈性，莫言的小说绚丽到会让人觉得刺眼，他的小说里颜色是刺目的，光彩是特别特别亮丽的。莫言得诺贝尔奖是实至名归的，因为无论是他小说所表现的宽度——我指的这个宽度就是在于他的十几部长篇小说，每一部长篇小说可能写作方法都不同，题材都不同，更重要的就是他情感的厚度。我觉得中国作家其实逃不了一个关于大地的主题，尤其是对于像他这样的农民作家来讲。莫言严格地说应该是一个农民作家，他在农村土生土长，最终要表现对这块土地深厚的情感，他写的所有人物都是为了写这块土地，因为所有人物都是在这块土地上面生长出来的。他写的这个人物的强烈程度，要写出这个人物的血性，比如说"我爷爷"余占鳌、"我奶奶"九儿，都是血气方刚的人物，这些人物也许他们是理想化的人物，但是他们构成了强烈的一个中国农村的群像。

我的说法可能不一定准确。一百年来，那么多的作家其实都在那儿写中国农村，其实都在比较着写中国农村土地母亲的深度和厚度，我觉得莫言的小说是用很锐利的方式把中国土地的深刻性给写出来了。同时他对这个土地表达的情感和情感的浓度，可能也是别的作家很难比较的。

我最近推出了一本书叫《重读八十年代》，选了十位最有价值的中国作家对他们进行解读，我给每一个作家都起了一个标题，像韩少功是《仍然有人仰望星空》，而对莫言，我当时是取了《在深海里响亮沉重地呼吸》。这个标题实际上是莫言自己的话，因为所有的标题我都是征求了他们的意见的，我是选取他们自己的话。这句话是莫言自己在《创作谈》里写的。在我理解看来，"在深海"，这个深海就是大地；"沉重地呼吸"，就是他对这个土地的感觉、感情，对土地的敏感。我觉得呼吸是一个作家的气息，好作家的话，这个气息很长，我觉得这个气息就是他的呼吸。

用自己的方式，讲自己的故事

莫言认为他需要做的事情其实很简单，那便是用自己的方式，讲自己的故事。所谓自己的方式，也就是他所熟知的集市说书人的方式，就是他的爷爷奶奶、村里的老人们讲故事的方式。

最初，莫言是讲自己的故事。《透明的红萝卜》中那个自始至终一言不发的孩子，《枯河》中那个遭受痛打的孩子，都是他将自己的故事经过虚构加工后，升华成的艺术创作。当自己的故事讲完后，就必须讲他人的故事。于是，莫言的亲人们、村民们的故事，以及他从老人们口中听到过的祖先们的故事，都以热切的姿态迎接着莫言与他的纸笔。莫言对他的爷爷、奶奶、父亲、母亲、哥哥、姐姐、姑姑、叔叔、妻子、女儿，以及高密东北乡的乡亲，都进行了文学化的处理，使他们超越了他们自身，成为文学中的人物。比如《蛙》中出现了以莫言姑姑为原型的人物形象，《檀香刑》的人物孙丙是以清末高密抗德义士孙文为原型的，《天堂蒜薹之歌》中的说书人张扣也有现实原型。

> "我是一个讲故事的人。
> 因为讲故事我获得了诺贝尔文学奖。
> 我获奖后发生了很多精彩的故事，这些故事，让我坚信真理和正义是存在的。
> 今后的岁月里，我将继续讲我的故事。"

这是莫言在获得诺贝尔文学奖时在瑞典学院发表主题演讲时的结束语，莫言近年的新作《晚熟的人》中，现实中的作家莫言打量着每个故事中叫"莫言"的人物，书中的"莫言"变成了被书写、被观看的人。作为写作者的莫言，将讲故事作为自己的艺术追求，将自己的血肉，连同自己的灵魂，倾注到自己的作品中去。他，依旧保持着讲故事的姿态。

郑晓龙：电视剧是
用讲故事的方式讲人物

郑晓龙，1952 年 11 月 30 日出生于北京，导演、编剧、出品人。1990 年在感情剧《渴望》中担任制片人。代表作品有《幸福像花儿一样》《金婚》《甄嬛传》《芈月传》《红高粱》等。2015 年 8 月，他凭借执导的年代剧《红高粱》获得了第 17 届华鼎奖中国百强电视剧最佳导演奖。

小说《红高粱》已经把余占鳌和九儿这两个人物形象非常鲜明地表现出来了，而且 1987 年版的电影又从意象的角度，反映了他们这两个人强烈的生命力，人性的光彩在这里面表现得非常突出。而电视剧，在我看来，更多地用讲故事的方式来讲人物，因为电视剧的篇幅长，它需要更多的情节、更多的细节来反映这两个人物，或者是更多的人物，比如电视剧里面增加了像朱豪三、张俊杰，还有九儿的嫂子等人物。罗汉的戏也增加了很多，同时加上了一个日本人的戏。

电影里有两个非常华彩的段落，一个是颠轿，拍得精彩好看，还有一个就是在高粱地苟合的戏，现在高密那高粱地据说成了旅游景点了，很多人跑到那儿买票参观。但是电视剧的讲法不能按电影来，电视剧更多的是讲人物，比如说颠轿就要变成人物的对峙。电影里的颠轿是营造一种气氛，但在电视剧里面就变成刻画人物形象了，余占鳌看到九儿要嫁给麻风病人，心里很不舒服，于是他就要颠轿折腾她、吸引她。九儿的性格当然是，老娘不怕，甭跟我来这一套。所以这就把故事情节化了，而且人物化了。这样颠轿就不仅仅是一个意象，它变成了一个故事。

再比如苟合的戏，电影里余占鳌是把九儿带到高粱地，往高粱地一放，他往地上一跪，然后画面就开始表现高粱了，这都是一种意象。但是在电视剧里，就是余占鳌把九儿拉到高粱地里，把她抱进去。我记得拍这一段的时候，朱亚文抱着周迅最后胳膊抱酸了，因为拍了好多次，根本抱不动还得愣抱着去。进了那高粱地，余占鳌就强行要跟九儿发生关系，九儿坚决不从。按九儿的个性来讲，她不从就又踢又打的，一下就打了余占鳌，余占鳌最后被打得想不如就算了，不愿意就拉倒了。这时候余占鳌算了，九儿又不算了，她反而把余占鳌一拉，你想干就干，你想不干就不干，门儿都没有，又把他拉回来了，这才承启了九儿和余占鳌的一段故事。所以说，电视剧就必须把这些都情节化、细节化、人物化，最后才能够篇幅地把故事讲完。得把人物的细节表现出来，不然撑不够六十集。

在电影中，"我爷爷"是贯穿主线的人物，但是在电视剧里"我奶奶"变成了贯穿主线的人物。这种改法不是我一开始想的，实际上是编剧，还有笑笑和赵冬苓老师等人建议的。那会儿我拍完《甄嬛传》后，正准备拍《产科医生》，后来公司就说得拍一个大点的，才能完成公司和人家的业务。正好山东台的闫爱华来找我，拿这个故事大纲给我看，我看后觉得故事大纲里面讲了很多，首先它角度不一样了。因为电影已经是珠玉在前，如果还从余占鳌"我爷爷"的角度讲可能就没有新鲜感，但是从九儿的角度讲，故事就又有了一种新的感受。所以说，我是比较同意这个事的。

在中间过程当中，莫言先生和我们还开过一个座谈会，他也看了这个大概的故事，做了非常正面的肯定。因为，在电影里面由于篇幅所限，没有更多地去展现九儿的个性，但是电视剧是可以的。所以说，就主要是围绕九儿这个角色来反映故事。而且，观众也会有一种不同的看法。

我出生于军人家庭，五年的军旅生涯背景对我拍摄《红高粱》中部分战争的场景是有帮助的。剧中有很多战场，比如土匪与鬼子打、土匪之间打、土匪和朱豪三的军队打。我认为好的东西最重要的是真实，当你表现了战场的真实，就会让观众信服。比如原来在电影里面叫十八里红，但是我在电视剧里就变成三十里红了。原因是从村里到县城大概是十几里路，当时鬼子是有汽车的，枪炮一响传十里远是一点问题都没有的，如果是在那儿打这一仗，那鬼子的增援部队马上就来了。当时我们去东北乡了解这场仗的时间，这场仗打了好几个小时，从中午开打一直打到晚上才打完，打了很长时间。因此我决定把距离放远，让鬼子那边听不见，这才是一个合理的距离。林外打仗和排兵布阵的那场戏是在发生真实战事的那个桥上拍的。鬼子有歪把子机枪，火力猛。游击队或者土匪的武装手里只有一些最差劲的武器，最好的就是汉阳造。靠着这些兵器根本就没有太强的战斗力。但鬼子的枪法又准，武器又好，是经过训练的正规部队，那么跟他们这场仗就打得很艰难，他们从正面桥上过不去又从桥底下走，他们怎么把部队分到两边？这样你的轴线都得考虑到。拍戏的时候，群众演员拿枪的姿势都不对，对于应该如何弯腰、拿着枪怎么走等，都得事先教。如果细节不对，那就是拍了抗日雷剧。九儿来送饭，也送来了高粱酒，打仗要喝酒提神，结果一个酒罐子一不小心掉下去一炸，所以说《红高粱》里面的高粱酒是很重要的一个道具，而最后九儿也是死在高粱酒的爆炸声里，和鬼子同归于尽。在这些问题上，电视剧的改编要先抓住莫言老师的主题，然后再去大胆地改造。细节上的不真实会导致整个故事的不真实，整个故事的不真实就意味着对主题的诠释也是不真实、不严肃的。

最初选演员的时候，也是想选或高大、威猛，或强壮、健美、性感的形象，但这样一来就和电影中巩俐的形象重复了。后来和周迅聊起来，我觉得她的气质和感觉都挺好的。为选女主角这件事，我还跟莫言先生打过电话，莫言先生觉得周迅选得很不错。我说她个儿不够高，不够北方。莫言先生说："我奶奶才一米五几，不一定非要那么高，主要是气质上要合适。"因此，我最终决定让周迅来演九儿。

我是非常严肃、非常真实地去反映这个作品，我觉得真实是力量。我认为莫言先生的作品中最重要的一点就是对人性非常真实的诠释，而不是故意夸大。比如余占鳌，他和九儿之间的情感，不是高、大、全的，他就是一个普通的农民，但是他有朴素的情感和朴素的认知，知道感恩、孝顺、兄弟情谊、疼自己的女人，这都是他身上非常优秀的品质。当他知道了日本鬼子，才发动群众去抗日，才有了家国情怀，有了家，后来才有了国。最后他才到了游击队，上了西山加入抗日。我觉得这个过程，要用细节一步步地表现出来。（根据郑晓龙口述整理）

参考文献

[1] 莫言. 关于《红高粱》的写作情况 [J]. 南方文坛, 2006 (5)：47.

[2] 张清华. 《红高粱家族》与长篇小说的当代变革 [J]. 南方文坛, 2006 (5)：49 - 52.

[3] 莫言. 饥饿与孤独是我创作的源泉 [J]. 创作与评论, 2012 (11)：51 - 53.

[4] 管谟贤. 大哥说莫言 [M]. 济南：山东人民出版社, 2013.

[5] 莫言. 盛典 诺奖之行 [M]. 武汉：长江文艺出版社, 2013.

[6] 程光炜. 生平述略——莫言家世考证之一 [J]. 南方文坛, 2015 (2)：67 - 71.

[7] 程光炜. 创作——莫言家世考证 [J]. 新文学史料, 2015 (3)：4 - 17.

[8] 管谟贤, 管襄明. 莫言与红高粱家族 [M]. 南京：江苏文艺出版社, 2015.

[9] 张艺谋. 唱一支生命的赞歌 [J]. 当代电影, 1988 (2)：83 - 85.

[10] 张艺谋. 我拍《红高粱》[J]. 电影艺术, 1988 (4)：17.

[11] 李尔葳. 直面张艺谋：张艺谋的电影世界 [M]. 北京：经济日报出版社, 2002.

[12] 黄晓阳. 印象中国：张艺谋传 [M]. 北京：华夏出版社, 2008.

[13] 张艺谋, 张莉. "我和当代作家相伴成长" [N]. 文艺报, 2014 - 5 - 21.

[14] 大江健三郎, 莫言, 张艺谋. 超越国界的文学 [J]. 大家, 2002 (2)：122 - 126.